어제와 오늘, 이 땅의 문학

어제와 오늘, 이 땅의 문학

전영태 비평집

새미

어느 회의주의자의 방백

    청마靑馬 유치환은 「생명의 서書」에서 "나의 지식이 독한 회의를 구救하지 못"할 때 "저 머나먼 아라비아의 사막으로 나는 가자"라고 노래했다. 지식으로는 독한 회의에서 빠져나오지 못한 그가 회의에서 탈출하기 위해 열사熱沙의 아라비아의 사막에 실제로 가지는 않았을 것이다. 가고 싶다는 희망 사항을 그런 시구로 나타낸 것이리라.

    그런데 나는 독한 회의를 구救하기 위해서 아라비아 사막은 물론이고 서정주가 「바다」에서 부르짖은 지역, "알라스카로 가라! /아라비아로 가라! /아메리카로 가라! /아프리카로 가라!" 까지 다 가서 돌아다녔다. 미당도 그 당시에 이런 곳을 두루 돌아다녔다기보다 청년에게 호기를 불어넣기 위해서 이렇게 썼을 것이다.

    나는 국내로는 서쪽의 백령도에서 가거도까지, 동쪽의 간성 앞바다에서 대마도까지, 북쪽의 파로호에서 산청의 경호강과 추자도를 거쳐 남쪽 제주도까지, 강과 호수와 바다를 두루두루 섭렵했다. 바다 위에 떠 있는 무인도에서 낚시를 하며 「바다」의 첫 연을 읊기도 했다.

귀 기울여도 있는 것은 역시 바다와 나뿐,
밀려 왔다 밀려가는 무수한 물결 위에 무수한 밤이 왕래하나
길은 항시 어디나 있고, 길은 결국 아무데도 없다.

무수한 방랑의 결과 시간과 경비와 힘만 낭비하고, 나는 독한 회의도 구하지 못했고, 길도 찾지 못했다. 그 방황은 비평에 대한 회의에서 비롯되었는데, 삶과 비평 양쪽의 회의만 깊어졌을 뿐, 독한 회의에서 벗어나지 [구救하지] 못했다.

새롭게 변신하는 순발력이 떨어지는 나이가 된 요즈음, 나는 회의주의적 태도를 용인하고 오히려 회의주의를 즐기기로 마음을 바꿨다.

최근 예술대학원 개강모임에서 학생들에게 "열심히 놀라"고 충고하고, 삼일 뒤 대학원 모임에서는 제자들에게 "열심히 공부하라"고 훈시했다. 두 모임에 같이 참석한 같은 과 이승하 교수가 "어떻게 장소에 따라 달리 말할 수 있는가"라고 공개 질의를 나에게 던졌는데, 그런 것이 바로 회의주의자의 태도이고 견해이다.

중기아카데메이아의 회의주의자 카르네아데스(Karneades, B.C. 214-129)는 철학자 사절단으로 로마에 가서 정의를 찬양하는 연설을 했는데, 사람들이 그 명석한 증명에 감동했다. 다른 어느 날에는 정의에 반대하는 연설을 했는데, 사람들은 논거가 명백하다고 생각했다. 그는 실제로 세상에는 권력욕 때문에 정의가 없다고 단정하고 있었다. 나도 그의 논리를 따라 노는 것도 공부하는 것도 보람 있는 일일 수 있다고 생각한다. 하지만 사실은 세상에 보람 있는 일은 없다고 속으로 단정 짓고 있다. 노나 공부하나 끝이 없다는 것은 마찬가지이다. 끝에서 느낄 보람을 중간에서 확인하는 것은 어리석은 일이다.

선생으로서는 회의주의적 태도가 바람직스럽다고 생각한다. 학생들이

안이한 사고로 아무렇게나 진리라고 주장하는 것에 대해 진리를 새롭게 더 잘 확충하기 위해 비판의 화살을 날리고, 진리라고 흔히 생각하는 것은 대부분 그럴듯하게 보이는 개연성일 따름이라는 것을 알릴 수 있다. 학생들이 특정한 이념에 대한 믿음을 갖기 시작해서 그 믿음을 강화시키면 모든 현상을 믿음의 틀 안에서 포용하고 이해하려고 한다. 이것저것 알아보고 믿을 것은 아무 것도 없다는 것을 확인해야 할 도정에서 한 가지 믿음에 자기존재를 스스로 유폐시키는 행위를 나는 적극적으로 말린다.

기독교, 불교, 사회주의, 자유주의 그 어느 것이건 간에 믿음의 체계는 물론 중요하다. 「히브리서」에 썼듯이 믿음은 "바라는 것들의 실체요 보지 못하는 것들의 증거"다. 소망의 확실한 실현을 예약하는 믿음은 정신의 세계를 풍요롭게 한다. 그러나 젊은이들은 많은 믿음의 체계를 잘 따져보고 특정 믿음 체계의 한계를 헤아려야한다. 믿음이라는 보증 받은 기대는 문지도 따지지도 않는 믿음에 대한 굴종으로 변질되기 쉽다. 그렇게 되면 진리도 주체도 모두 사상捨象되고 만다. 현실 개혁의 의지를 담은 변혁의 믿음을 나는 사랑한다. 그런 믿음의 실천자들을 늘 부러워한다. 나의 회의 속에 믿음의 뉘앙스가 섞여 있는 것도 그런 선망과 애정 때문이지만, 나는 어느 새 믿음의 냉신도冷信徒가 되어 선망과 애정의 문제점과 한계를 따지고 캐본다.

따질 수 있는 극한까지 따져 보고 이것은 아닌데 라고 돌아서고, 캐볼 수 있는 한계까지 캐보고 결국 저것도 아니다 라고 판단중지를 하는 방법적 회의를 나는 권장한다. 묻지도 따지지도 않고 보험에 가입할 수 있다는 광고를 나는 증오한다. 진실을 추구하는 자는 묻지도 않은 예단이나 따지지도 않은 예정된 결론을 거부한다. 돌다리도 두드려보고 안 건너는 조심성과 신중함이 그에겐 있다.

문학하는 사람은 정도의 차이는 있지만 거의 회의주의적 사고에 젖어있다. 훌륭한 문학작품에는 서로 모순되고 반대되는 의견이 승부를 가르지 않은 상태에서 병존하고 있다. 자기 작품에 한쪽 편의 불변의 진리만 담겨 있다고 주장하고 그 내용에 대해 시비를 걸어오는 사람을 증오한 적이 있는가? 자기가 쓴 시에 자아도취 되어서 이후에 이에 필적할 작품은 당대는 물론 후세에도 나올 수 없다고 단언한 적이 있는가? 이런 경우의 작가나 시인은 남들 앞에서는 큰소리치지만 스스로는 다른 의견을 어느 정도 긍정하고, 자신을 초라하고 보잘것없는 존재라고 생각한다. 혹시 그렇지 않은 사람이 있다면 그들은 마땅히 경멸해야 할 문인들이다. 작가나 시인은 자신을 조롱과 비난, 풍자와 냉소의 대상으로 삼아 회의적 시각으로 자신을 분석, 해부하기 때문에 자기만족에서 스스로 배제된, 쓰라린 삶을 기꺼이 선택한 사람들이다. 한마디로 딱한 사람들이다. 남들이 그들을 딱하게 볼수록 자존심은 더 크게 키우는 골치 아픈 사람들이다.

『어제와 오늘, 이 땅의 문학』에 수록된 글들은 지난 30여 년 동안 비평에 대해 줄곧 회의하면서도 심심치 않은 주문에 신속 배달의 의무로 쓴 자기 방어적 기록의 일부이다. "무엇이 확실한 것이다"라는 주장이 담긴 글의 이면에는 "그것은 그렇지 않은데……"라는 내부의 반대 의견이 존재했고, 존재하고 있다는 점을 명기해 둔다. 오래 전의 글과 몇 년 전의 글, 올해 쓴 글까지 섞여 있어서 문학에 대한 의식과 견해가 서로 상충하는 부분이 있지만, 문학에 대한 확고한 정견이 없다는 점은 잘 나타나 있어서, 발표 당시의 글의 골격을 크게 바꾸지 않았다. 어제에서 오늘로 세월은 흘렀지만 한국사회와 한국문학의 기본 토대는 분단 상황이 지속되는 한 별로 달라지지 않았다. 나는 바뀌지 않은 이 땅의 토대에서 시대에 따라 바뀐 표피적, 심층적 양상을 이 책에서 동시에 보여주기로 했다.

이 책에 등장하는 여러 작가와 시인의 작품집을 분석하면서 나보다 훨씬 딱하게 살고 있는 그들에게 나의 애정을 쏟아 보려고 노력했다. 그들은 스스로 딱하게 살기로 결심하고 이를 실천에 옮긴 용감한 사람들이다. 이런 그들의 노작을 대하면서 비난과 매도, 비아냥거림과 욕설을 피부을 수는 없다. 그렇게 할 경우, 비평가의 마음속은 시원하겠지만 사디즘적 쾌락을 지적 승리로 착각하는 오류에 빠진다. 부정과 비판의 목적으로 텍스트를 선택한다면 아예 그런 텍스트를 선택하지 않고, 선택했더라도 아무 말도 안하는 침묵 비평이 가장 적당한 비평방법이다. 이것이 내가 신랄한 비난의 비평을 저어하는 까닭이다.

나는 내가 선택하지 않은 텍스트의 작가에게 미안한 느낌을 갖고 있다. 독서는 선택하지 않은 책에 대한 비非독서여서, 선택한 책의 행복과 불행, 선택하지 않은 책의 행복과 불행이 공존하는 시공이다. 내가 선택한 책의 저자는 내가 잘못 읽어서 불행해질 수 있고, 선택하지 않은 책의 지은이는 나한테 안 걸려서 다행일 수도 있다. 나는 이 두 경우의 작가를 공히 사랑한다.

이 책에는 작가 조정래, 시인 김초혜의 작품에 대한 비평이 비중 있게 여러 편 실렸다. 이들 부부는 내가 비평에서 벗어날 궁리를 할 때, 일거리를 몰아 주면서 비평의 길로 다시 들어설 것을 독려했다. 그분들은 나의 오독 때문에 괴로워 한 적은 없다고 면전에서 칭찬해준 친절한 사람들이다.

나와의 대담에 응해준 작가와의 대화를 이 책에 실었다. 그분들 중 세 분은 아쉽게도 이미 유명을 달리 하셨다. 그분들과의 대화에서 많은 가르침을 얻었는데, 녹취한 테이프를 수십 차례 들으면서 메모와 대조하여 문장화하는 번거로운 일을 하면서도 그 가르침에 느꺼워 할 수 있었다.

분단문학에 대한 현상 파악과 통일문학의 가능성 모색이 이 책의 가장 묵중한 주제이다. 중복되는 내용도 있지만, 통일에 대한 확신을 갖고 끈질기게 그 주제를 천착한 나 자신을 대견하게 생각한다. 통일에 관한 한 나는 회의주의 시각과 믿음의 체계를 중화시켜, 통일에 대해 문학이 모색할 수 있는 길을 찾을 수 있는 극한까지 찾으려고 노력했다. 통일문학에 대한 암중모색이 따질 수 없는 한도까지 따지려는 나의 시각과 일치되었기 때문이다. 회의주의는 허무주의와 달리 비관적 견해를 미리 제시하지 않는다.

　수록된 글들의 발표 연대와 기관을 밝히는 대신, 논저 총람을 권말에 붙여 수록된 평론이 어떤 글들과 더불어 발표되었는가를 밝혔다. 이 목록을 작성하면서 내가 쓴 글을 내가 얼마나 회의적인 시각으로 대했는지 확인할 수 있었다. 다섯 편의 비평은 복사물은 있지만 언제 어디에 발표했는지 미확인 상태여서 목록에서 제외되었고, 기억 속에 있는 발표된 글 중 대여섯 편은 목하 행방불명이다. 시시한 글임에 틀림없을 것이므로 앞으로 찾을 계획도 없다.

　이 한심한 사람이 책 내는 것을 도와주기 위한 제자들의 노고가 컸다. 김인성, 신은정, 이성애, 이화송, 황혜경, 이승우, 김유석 제군들과 김은석 씨, 김순옥 씨가 원고 정리와 편집을 거들었고, 이자화 양이 이를 총괄했다. 시인 이수명, 작가 박형숙 씨는 최종 교정을 보았다. 실로 고마운 일이다.

　내가 잘난 체하는 사람이 아니라 잘난 사람 그 자체라는 격려로 나를 주눅 들게 하면서 없는 자부심을 북돋우는 아내 김춘옥 씨도 물론 고마운 사람이다. 적지 않은 출혈을 감수하면서 이 책을 발간하는 나의 책벗 정찬용 사장에게 술 한 잔 대접해야 하겠다.

2010년, 깊어가는 가을에
전 영 태

차례

머리말: 회의주의자의 방백

Ⅰ. 우리 문학의 사회적 조건

1. 현실의 삶, 문학의 삶

1. 인간의 왜소화와 가짜 초인의 등장

세종로 네거리에 서 있는 이순신 장군의 동상을 보면서 장군의 실제 모습이 그렇게 장대한지 의문을 품게 된다. 장군의 칼을 보면 너무나 굵고 길어서 보통사람은 그냥 들고 있기도 어렵겠다고 생각하지 않을 수 없다. 조각가가 일부러 크게 제작했을 것이라는 점을 감안한다고 해도 실제로 이순신 장군은 그렇게 장대한 신체였고, 장군은 그 무거운 칼을 가볍게 휘둘렀을까?

그렇지 않다. 이순신 장군을 존경하는 후대 사람들이 그들의 존경심만큼 확대해서 그의 육신과 위상을 크게 만들었고, 그에 비례한 큰 칼을 차게 했을 뿐이다. 이처럼 과거의 위대한 인물은 기억의 영역에서 위대한 존재로 부각되곤 한다. 그러한 기억을 토대로 한 고대의 문학은 평범한 인물이 아닌 초월적인 존재를 주인공으로 삼았다.

신화의 시대에는 천지를 창조하고 세상을 주름잡는 신들이 문학의 주인공이다. 고대 그리스의 신들의 이야기를 담은 『그리스 신화』나 『삼국유사』
의 「단군신화」는 초월적 존재가 그 시대 문학의 주인공임을 알려준다. 『성
경』의 「창세기」 역시 유태인들의 절대신인 야훼를 주인공으로 삼은 천지
창조의 신화로 해석할 수 있다.

신화의 시대를 지나 서사시의 시대에 이르면 신과 거의 비등한 초월적
존재인 영웅들의 이야기가 펼쳐진다. 호머의 『일리아드』·『오디세이』는
트로이 전쟁에 얽힌 신과 영웅들의 일대기를 다룬 서사시이고, 고려시대
이규보의 『동명왕東明王』, 『제왕운기帝王韻紀』 등은 고구려의 시조 동
명왕과 역대의 위대한 제왕의 사적을 서술한 서사시이다.

로망스의 시대, 고대소설의 시대에는 위대한 장군이나 귀족, 기사, 뛰어
난 인물이 문학작품의 주인공이 되었다. 서양의 『장미의 노래』·『엘시드』,
우리나라의 『홍길동전』·『구운몽』 등은 비범한 존재들의 평범하지 않은
이야기를 담은 작품이다.

근대에 이르러 이 시대 문학의 대표적인 장르인 소설에서는 문제의식을
풍부하게 지닌 문제적 인간Problematik Helden이 주요 인물이지만, 현대
에 이르면 평범함을 벗어나 왜소하게 느껴지는 초라한 존재들이 소설의
주인공으로 등장한다.

이렇게 볼 때, 문학의 인물들은 시대가 흐름에 따라 점차 왜소해짐을 알
수 있다. 초월적 존재에서 초라한 존재로의 퇴화는 오랜 세월에 걸쳐 수축
적인 방향으로 이루어졌다. 인간의 사회와 문화는 사회적, 문화적으로 진
화하는데 인간존재는 왜 이렇게 역진화한 것일까. 이 문맥에서 이런 의문
을 품지 않을 수 없다.

아리스토텔레스는 그의 『시학』에서 그 당시 문학 장르의 인물에 대해서
비극은 우리보다 월등하게 나은 인간, 아이러니는 우리보다 나은 인간, 희
극은 우리 같은 인간, 풍자는 우리보다 못한 인간이 주인공이라고 규정한
바 있다. 여기서 '우리'는 평범하고 정상적인 삶을 살아가는 일상인을 뜻

한다. 이 이론에 따른다면 고대에서 근대까지 인물의 왜소화는 비극적 인물에서 풍자적 인물로 진행되고 있음을 알 수 있다. 도저히 항거할 수 없는 운명적인 결함hamartia 때문에 필사적으로 적대 세력과 싸우다가 장렬한 죽음을 맞는 비극적 인물은 신분적으로나 의식적으로 고귀한 존재라서 아무나 될 수 있는 것이 아니다. 비극적 인물은 현대의 문학 사회적 장면에서 퇴장하고 말았는가? 유감스럽게도 그렇다고 보아야 한다. 니체는 『비극의 탄생』에서 비극이 다시 창조되어야 한다고 역설했지만, 그런 강변 자체가 비극이 소멸되었음을 반증한다.

인물의 왜소화는 인류문화의 발전이라는 측면에서 부정적인 현상만은 아니다. 오히려 인류문화의 균질적 발전이라는 측면에서 바람직한 현상으로 수용할 수 있다. 문학의 인물이 수적으로 극히 제한되어 있는 초월적 존재에서 전 세계 인간의 절대 다수를 차지하는 '우리'와 '우리보다 못한 인간'으로 바뀐 것은 문학에서 중요하게 여기는 삶이 '보다 뛰어난 삶'에서 '보다 많은 삶'으로 변화했음을 알려준다. 특정 소수의 삶을 위한 문학에서 모든 사람의 삶을 위한 문학으로 발전된 것이다. 봉건제도의 붕괴와 시민사회의 출현은 소수인을 위한 체제에서 다수인을 위한 체제로 변화시켰고 문학 역시 그렇게 바뀐 것이다. 이런 경향은 산업사회가 발달되면서 더욱 가속화되어 과거에는 상상도 못할 괴이한 존재, 보잘 것 없는 존재들이 문학적 장면의 전면에 출현한다. 카프카의 「변신」에서 그레고르 잠자는 흉측한 벌레로 변신한 자신을 발견하고 절망에 빠진다. 벌레가 되어 버린 인간이 문학작품의 주인공이 된 것이다.

한국문학의 경우 70년대 산업화 사회의 모순과 비리를 가장 힘차게 고발한 인간 중 가장 인상적인 인물은 조세희의 『난장이가 쏘아 올린 작은 공』의 주인공 난쟁이이다. 불구의 몸으로 도시의 변두리에서 힘겹게 가족들을 부양하는 난쟁이는 분명 우리보다 못한 인간이지만 그가 제기하고 있는 문제는 우리 모두가 해결해야 할 시대적 과제의 핵심을 담고 있다.

우리의 생활은 회색이다. 집을 나온 다음에야 나는 밖에서 우리의 집을 들여다볼 수 있었다. 회색에 감싸인 집 식구들은 축소된 모습을 나에게 드러냈다. 식구들은 이마를 맞댄 채 식사하고, 이마를 맞대고 이야기했다. 작은 목소리라 나는 알아들을 수 없었다. 아버지의 실제 모습보다도 작게 축소된 어머니가 부엌으로 들어가다 말고 하늘을 쳐다보았다. 하늘까지 회색이다. 나는 나 자신의 독립을 꿈꾸고 집을 뛰쳐나온 것은 아니다. 집을 나온다고 내가 자유스러워질 수는 없었다.

—조세희,『난장이가 쏘아올린 작은 공』에서

이 작품은 근대화와 산업화의 변두리에서 그 혜택을 받지 못하고 살고 있는 난쟁이 일가를 전면에 부각시켜 그들 삶의 왜소함을 강조한다. 엄밀하게 생각하면 이 난쟁이 일가의 삶은 근대화와 산업화 때문에 왜소해진 것이 아니라 난쟁이 가족의 유전적·환경적 불우함 때문에 초라해진 것이라고 볼 수 있다. 근대화나 산업화가 진행되지 않았다고 해도 그들은 가난하고 초라한 삶을 살았을 것이고, 그 삶의 질이 나아질 전망은 보이지 않았을 것이다. 이런 가족이 근대화가 진행되면서 더욱 초라한 삶을 강요당한다는 것이 이 작품의 요체이다.

인물의 왜소화 현상은 초라한 삶을 강요당하는 현대인의 보편적인 삶의 모습을 투영하기 위해서 어쩔 수 없이 받아들여야 할 문학현상이 되었다. 현대의 지식인과 작가들은 이 현상을 부정하기 위한 저항의 여러 모습을 보이고 있다. 많은 작가들은 지식인의 자격지심에서, 우리의 삶이 그렇게 초라하게 그려지는 것은 참을 수 없다는 반발심을 가지고 이 시대를 초극할 수 있는 혁명적 인물을 그리려고 안간힘을 쓰고 있다. 민중주의자의 의식을 가지고 농민과 노동자를 의식화시켜서 기존질서를 뒤엎어버리려는 선동가와 혁명가가 근대문학의 무대에 자주 등장하는 것도 그러한 까닭에서 비롯되었다. 지식인은 그들이 중심이 되어 이 세상의 비리와 모순을 사라지게 할 책임과 의무를 가지고 있다는 자격지심을 가지고 있다. 하지만 그들 역시 그러한 의도가 현실 속에서 성공적으로 실현되기 어렵다는 점을 잘 알고 있기에 슬픈 감정에 휩싸이게 되는 것이다. 테러리스트가 되고 싶었던 한 지식인 출신 시인은 이렇게 노래한다.

> 나는 안다. 테러리스트의
> 슬픈 마음을…
> 말과 행동으로 나누기 어려운
> 단 하나의 그 마음을
> 빼앗긴 말 대신에
> 행동으로 말하려는 심정을
> 자신의 마음과 몸을 적에게 내던지는 심정을…
> 그것은 성실하고 뜨거운 마음의 사람이 늘 갖는 슬픔인 것을.
>
> 끝없는 논쟁 후의
> 차갑게 식어버린 코코아 한 모금을 홀짝이며
> 혀끝에 닿는 그 씁쓸한 맛깔로,
> 나는 안다. 테러리스트의
> 슬프고도 슬픈 마음을
>
> —이시카와 타쿠보쿠, 「코코아 한 잔」 전문

　자신의 마음과 몸을 다 바쳐서 초극의 삶을 살려는 테러리스트에게도 이런 슬픔이 서려 있는 것은 인간의 삶을 구조적으로 왜소하게 만드는 사회에 대해 전면적으로 대항하는 것이 벅차게 느껴졌기 때문일 것이다. 계란으로 바위를 치려는 사람의 용기의 저변에는 무력감이 자리 잡고 있고,

그 무력감은 슬픔의 감정으로 나타난다. 테러리스트의 진정한 가치는 테러 행위 그 자체에서 찾을 수 있는데, 그것을 행동으로 실천하지 못하고 논쟁만 끝없이 되풀이 하면서 식은 코코아 잔이나 홀짝여야 하는 자신이 슬프게 느껴지는 것이다.

19세기 말에 인간의 왜소화 현상을 이미 간파하고 초인Übermensch의 출현을 갈망했던 니체는 인간이 동물과 달라지기 위해서는 위버멘쉬의 가르침을 따라야 한다고 역설한다.

나는 너희들에게 위버멘쉬를 가르치노라! 인간은 극복되어야 할 어떤 것이다. 너희들은 인간을 극복하기 위하여 무엇을 했는가?

지금까지 모든 존재자는 자기 자신을 뛰어넘는 어떤 것을 창조하여 왔다. 너희들은 이 거대한 밀물이 썰물이 되고 인간을 극복하기보다 차라리 동물로 되돌아가고자 하는가?

인간에 있어서 원숭이는 어떤 존재인가? 하나의 웃음거리 또는 하나의 고통스러운 부끄러움이 아닌가. 위버멘쉬에 대해서는 인간이 바로 그와 같은 존재이다. 하나의 고통스러운 부끄러움.

너희들은 벌레로부터 인간에 이르는 길을 걸어왔고, 아직도 많은 점에서 벌레이다. 너희들은 언젠가 원숭이였고, 지금도 인간은 어떤 원숭이보다 더한 원숭이다.

너희 가운데서 가장 현명한 자도 식물과 유령의 분열이며 트기에 불과하다. 그러면 나는 너희들에게 유령 또는 식물이 되라고 요구할 것인가?

─니체,『차라투스트라는 이렇게 말했다』에서

니체는 차라투스트라의 이러한 가르침을 통해서 인간이란 무엇이며 자연 가운데 어디에 서 있는가 하는 물음을 던지고 있다. 인간은 자연의 한 부분이며 그렇기 때문에 자연에서 나서 자연에서 죽는 벌레나 원숭이와 마찬가지로 하나의 생명체에 불과하다. 이 생명체가 아무런 의식도 없이, 목표도 없이 그냥 숨 쉬는 존재로 삶을 지탱한다면 벌레나 원숭이로 퇴화되는 것과 다름없다. 차라투스트라 같은 위버멘쉬를 설정하여 그것에 도달하기 위해 애를 쓸 때 인간은 비로소 인간으로 존재할 수 있다. 니체는 벌레나 원숭이와 다름없이 초라해지고 왜소해진 미래의 인간상을 투시하고 거대하고 위대한 삶을 설계할 수 있는 차라투스트라를 설정했지만 차라투스트라의 가르침은 현대인에게 빈들에서 소리 지르는 미친 선지자의 외침으로 들릴 따름이다. 차라투스트라는 니체의 철학적 이상 속에만 거주하는 초극적 존재였던 것이다.

현대인이 받아들어 모시는 초인superman은 마이클 조단 같은 슈퍼스타 운동선수이거나 마이클 잭슨 같은 가수, 최진실 같은 영화배우이다. 이 가짜 초인들은 현대인의 삶을 더욱 움츠리게 한다. 니체가 그렇게 경멸해 마지않았던 평균 이하의 인간인 '대중'은 그들의 초라한 삶을 은폐하기 위해 가짜 초인, 거짓 영웅을 만들어 냈던 것이다. 거짓 영웅의 가르침은 TV를 비롯한 각종 전달매체를 통해서 대중들에게 그들을 세뇌시키기 충분할 정도로 강력하게 반복적으로 전달되고 있다. 가짜 영웅에 대한 평균인들의 열광은 영웅 그 자체는 될 수 없지만, 삶의 진정한 영웅이라고 할 문학작품 속의 주인공hero에 대한 냉담한 반응으로 이어진다.

2. 인간의 실종과 예술의 비인간화

당신은 무슨 일로
그리합니까?

홀로이 개여울에 주저앉아서

파릇한 풀포기가
돋아 나오고
잔물은 봄바람에 해적일 때에

가도 아주 가지는
안노라시던
그러한 약속約束이 있었겠지요.

날마다 개여울에
나와 앉아서
하염없이 무엇을 생각합니다.

가도 아주 가지는 안노라심은
굳이 잊지 말라는 부탁인지요

―김소월, 「개여울」 전문

　이 시를 읽으면 풀포기가 파릇이 돋는 이른 봄, 개여울가에서 떠나간 임의 돌아오겠다는 약속을 상기하면서 하염없이 앉아 있는 한 인간의 모습을 떠올리게 된다. 문학의 주인공은 이 시에서 보듯 인간이다. 누군가를 그리워하고 무엇을 생각하고 자연과 더불어서 삶을 영위하는 인간, 그가 문학의 주인공이다. 이 시의 작자 김소월은 자신의 임을 향한 아련한 그리움을 정형률에 실어 곱게 노래할 줄 아는 서정적 인간이다. 시적화자를 객관화시킨 전반부와 시적 화자의 주관이 노출된 끝 연의 대조가 특히 주목된다. 인간은 이 시에 나오는 약속과 부탁을 잊지 않고 그것을 소중한 기억으

로 간직하기에 인간답게 살 수 있는 것이다. 그런데 이러한 소중한 서정적
감정은 오늘에 이르러 망각된 지 오래된 형태로 바뀐다. 서정이 추방된 몰
서정시를 살펴보자.

> 길안에 갔다.
> 길안은 시골이다.
> 길안에 저녁이 가까워 왔다. 라고
> 나는 썼다. 그리고 얼마나
> 많이, 서두를 시작해야 했던가?
> 타자지를 새로 끼우고 다시 생각을
> 정리한다. 나는 쓴다.
>
> 길안에 갔다.
> 길안은 아름다운 시골이다.
> 그런 길안에 저녁이 가까워 왔다.
> 별이 뜬다.
>
> 이렇게 쓰고 더 쓰기를
> 멈춘다. 빠르고 정확한 손놀림으로
> 나는 끼워진 종이를 빼어,
> 구겨버린다. 이놈의 시는
> 왜 이다지도 애를 먹인담. 나는
> 테크놀로지와 자연에 대한 현대인의
> 갈등을 추적해 보고 싶다. 종이를 새로
> 끼우고 다시 쓴다.

—장정일, 「길안에서 택시잡기」에서

이 시의 가장 큰 특징은 소월의 위의 시와는 달리 시적 화자의 감정의 대상이 없다는 점과, 시적 서술과 작자의 시 쓰는 작업이 동시에 노출되어 있다는 점이다. 이 시의 작자는 1연에서 산문적인 서술을 한 뒤 그것이 마음에 걸려서, 2연에서는 시적 서정을 살려서 '길안은 시골이다'라는 문장에 '아름다운'이라는 형용구를 삽입하고 '별이 뜬다'라는 말까지 덧붙인다. 이렇게 서정시처럼 꾸미는 것이 마음에 차지 않아서 타자기에 '끼워진 종이를 빼어 구겨버린다.' 시적 화자라는 문학적 인간의 감정을 표출하는 것이 싫기 때문이다. 그러한 인간적인 서정을 표현하는 것보다 '테크놀로지와 자연에 대한 현대인의 갈등'을 추적해보고 싶은 것이다. 현실 속에서 사는 구체적인 인간을 배제하고 보편적인 측면에서의 인간을 추상적이고 관념적인 차원에서 서술하고 싶은 시인은 시의 내용보다 시 쓰는 과정 그 자체를 노출하고 싶어 한다. 인간은 이처럼 시의 문맥에서조차 제외된다.

예술의 비인간화, 문학의 비인간화는 인간존재의 가능성에 회의를 갖기 시작한 19세기 말부터 본격적으로 나타나기 시작하여 포스터모더니즘이 맹위를 떨치는 20세기 말 현재 절정에 도달한 현상이다. 예술에서 특히 문학에서 인간이 배제되는 비인간화의 발상이 문학적인 의미를 갖는 까닭은 무엇일까?

스페인의 철학자 오르테가 이 가세트는 『예술의 비인간화』라는 글에서 이러한 비유를 하고 있다. 지금까지의 예술은 실내에 앉아서 유리창에 비치는 바깥 풍경에 모든 주의를 집중해 왔다. 그러나 현대의 예술은 풍경보다는 유리창의 투명도에 신경을 더 쓰기 시작했다. 유리창 밖의 풍경은 어떠한 각도에서 보든 신선할 것이 없으므로 유리창의 유리 그 자체의 투명도에 관심을 집중시킴으로써 표현의 신선성을 획득할 수 있다는 것이다. 여기서 유리창 밖 풍경은 예술의 내용을, 유리창은 예술적 형식 내지 매체의 특성으로 풀이할 수 있다. 현대예술은 새로움을 찾기 위해서 유리창이라는 매체의 독자적 특질 개발에 매달려야 한다는 주장이다.

문학, 특히 소설의 경우 내용상의 새로움을 인물과 주제에서 찾는 것은 불가능에 가깝다고 가세트는 밝힌다.

소설을 끊임없이 새로운 형식을 제공할 수 있는 무한한 영역으로 생각하는 것은 곤란하다. 소설은 차라리 광대하지만 쓸모는 별로 없는 채석장으로 비유할 수 있다. 이제 소설 속에는 극히 제한된 돌(주제)이 있을 뿐이다. 채석장에 제일 먼저 발 들여 놓은 노동자(작가)는 새로운 것을 찾는데 그렇게 큰 수고를 할 필요가 없다. 이와 마찬가지로 오늘날의 소설가들은 그들 앞에 새로운 것(인물, 주제)이 얼마 안 남았다는 현실을 깨달아야 할 것이다.

—오르테가 이 가세트, 『예술의 비인간화』에서

과거의 작가들은 그 시대의 독자를 뛰어 넘는 사회적, 심리학적 지식을 지닌 뛰어난 지성인이었지만, 그 정도의 지식은 오늘의 평범한 독자들은 누구나 갖추고 있어서 오늘의 작가는 내용상 새롭고, 지식의 수준에서 차원을 달리하는 고품질의 지성을 더 이상 독자에게 과시하기 어렵다. 내용상의 참신성은 인물에서 찾아야 하는데 그 인물이라는 것도 더 캘 돌이 없는 채석장에서 돌을 찾는 것처럼 어렵다. 그래서 소설은 인간보다는 소설의 기법적인 새로움에서 활로를 찾아야 한다는 것이다. 문학작품이란 작품 그 자체로 보아야지 그것이 무엇을 의미하는 것으로 보아서는 안 된다는 이러한 주장은 포스트모더니즘 시대 예술의 기본원리로 작용하고 있다.

80년대의 한국문학에도 그러한 인간배제의 해체주의적 양상이 나타나고 있다. 황지우 시의 다음 구절을 일별해 보자.

쑹쑹쑹쑹쑹쑹쑹쑹쑹쑹쑹쑹쑹쑹쑹쑹쑹쑹
띠리릭 띠리릭 띠리리리리리리릭

피웅피웅 피웅피웅 피웅피웅피웅
꽝! ㄱㄱㅗㅏㅇ!
PLEASE DEPOSIT COIN
AND TRY THIS GAME!
또르르르륵
그리고 또 다른 동전들과 바뀌어지는
숑숑과 피웅피웅과 꽝!
그리고 숑숑과 피웅피웅과 꽝!을 바꾸어 주는, 자물쇠 채워진 동
전통의 주입구
　　(하략)

　전자오락실의 전자오락기의 굉음소리와 화면만 제시할 뿐 전자오락을
즐기는 사람은 간 곳이 없는 이 시에서 인간감정의 저장고 역할을 하는 시
에서조차 인간의 그림자가 사라진 사실을 확인할 수 있다. 전자오락기의
화면과 요란한 소리만 보이고 들릴 뿐이다.
　문학에서 인간이 배제되고 비인간화의 양상이 출현하게 된 배경에는 인
간에 대한 불신이 20세기에 들어서서 가중되었다는 사실에서 그 이유를
찾을 수 있다. 18세기 계몽주의 시대는 인간은 무한한 지식을 축적함으로
써 만물을 지배할 수 있다는 확신을 가진 시대였고, 19세기 사실주의 내지
자연주의 시대는 인간이 살고 있는 사회현실에 대한 면밀한 관찰을 통해
인간의 존재조건을 개선할 수 있다고 확신한 시대인 반면, 20세기에 들어
서서 과학문명의 발달은 인간을 과학의 예속적 존재로 인식하게 했고 1차
세계대전과 2차 세계대전을 치르면서 수많은 인간이 살상되면서 인간 그
자체에 회의를 품게 되었다. 특히 나치 독일이 유태인을 비롯한 소수민족
600여 만 명을 학살한 사건은 인간의 잔인성에 대한 각성과 인간이 더 이
상 인간으로 존재할 수 없는 막다른 상황에 도달 하지 않았는지 라는 뼈아

픈 자성의식을 느끼게 하였다. "아우슈비츠 수용소의 학살 이후 이성이라는 것이 존재하는가?"라는 아도르노의 물음은 인간에 대한 불신의 단적인 예이다.

3. 그래도 인간이 문제이다

인물의 왜소화와 예술의 비인간화는 현대문학을 관류하는 중요한 문학현상이지만, 그럼에도 불구하고 문학에서 인간을 철저하게 제거시킬 수 없다는 것은 그보다 더 중요한 문학현상이다. 인간이 소거된 문학을 기획하는 것은 인간을 문학 너머로 폐기시키려는 것이 아니라 인간이 만들어 내는 문학을 보다 새롭게 하려는 인간적인 의도로 해석해야 한다. 물론 오늘의 문학에는 인간과 신 사이에서 갈등을 일으키다 비극적 최후를 맞는 위대한 존재도 등장하지 않고, 인간존재의 보편적 가능성을 모색하기 위해서 자신의 모든 것을 희생하는 진정한 휴머니스트의 모습도 찾기 어렵다. 그 어려운 조건에서도 바늘 구멍만한 인간의 가능성을 찾기 위해서 오늘의 작가는 혼신의 힘을 다해서 노력하고 있다.

문학은 언어예술인 동시에 인간학이다. 아무리 인간을 제외하려고 해도 문학은 인간과 인간의 삶을 떠나서는 존재하지 못한다. 문학이 인간학이라는 것은 문학의 세계가 인간의 모든 삶의 실체를 집적하고 있다는 점에서도 그러하지만, 이 지상에 존재할 수 있고 또 존재하고 있는 인간의 초상들, 각양각색의 인간상이 그 속에 제시되고 있다는 점에서도 그러한 것이다. 문학작품에는 무수한 사람들이 살아 있다. 작품세계 밖으로 나오면 화석이나 재로 산화할 그런 고전속의 사람들이 작품이라는 공간 속에서 제 시대의 환경에 맞게 살아 움직이는 것을 비롯해서, 우리들의 이웃에서 동시대를 살아가는 사람들이 작품 속의 시민이 되어 살아가기도 한다.

한국문학의 경우 인간소외의 현상이 보편화된 서구와는 달리 인간과 인간의 단절현상이 심각하게 노정되고 있지는 않다. 그것은 서구와 달리 한국이라는 동양적 공간은 신과 인간의 철저한 대립과 신에 대한 절대적 복종에서 인간관계가 시작되지 않았기 때문이다. 서양 최초의 인간인 아담은 인간은 언젠가는 죽어야 할 존재라는 것과 인간은 성을 통해서 생식활동을 해야 지속적으로 존재할 수 있다는 것을 깨달아서, 바꿔 말해서 너무나 인간적인 존재였기 때문에 신의 세계에서 추방된다. 그런가 하면 신성 그 자체인 그리스도는 너무나 인간적이었고 순결무구했기 때문에 인간의 세계에서 추방된다. 신의 세계에서 추방되는 아담과 인간의 세계에서 추방되는 그리스도의 존재는 인간과 인간 사이, 신과 인간사이의 갈등을 심화시켜 인간의 대립과 신에 대한 배반을 초래했고 서구사회의 인간소외 현상을 촉진시키는 바탕으로 작용한다. 산업혁명 이후 물질문명의 발달에 따른 물질에 의한 인간소외라는 것에서 물질이라는 개념은 신의 이름이 바뀐 물신에 의한 인간소외라고 해석할 수 있다. 바꿔 말해서 신에게 추방당한 과거의 인간처럼 근대인은 물신에 의해 삶의 세계에서 추방당하는 존재가 되었다는 말이다. 한국사회에서 인간소외는 적어도 이러한 서구적인 신에 의한 추방의 개념은 내포되어 있지 않다.

서구의 개인주의는 신에 대한 저항에서 시작하여 타자에 대한 철저한 대립의 산물로 발전되었다. 한국인의 개인주의 역시 서구의 영향을 받아 타자에 대한 대립의 산물이지만, 유기론적 사회관과 공동체의식이 강한 가치관을 전통적으로 중요시한 우리사회에서는 자기 이익만 추구하며 일체의 공동체의식을 결여한 극단적 개인주의는 발붙일 터전이 없다. 극단적 개인주의에서 인간의 해체가 이루어지는 것이라면 한국사회에서 인간의 해체는 다행스럽게도 그 사상적, 가치관적 기초가 미약하기 짝이 없다. 그러나 서구인들이 생각하는 것처럼 프라이버시라는 개념이 없었던 것은 아니다. 이에 대한 다음의 견해를 참조해 보자.

유교사상은 일반적으로 인간사회와 자연을 보기 때문에 근세 서구에서 연유하는 사회 단자론 및 개인주의와 관련되는 의미에서의 프라이버시의 개념은 없었다. 그렇지만 실제적으로 각자 나름대로 하는 것을 존중하는 미풍이 있었다. 선비가 사랑에서 글도 읽고, 서예도 하며, 일반적으로 삶을 관조했던 것이 우리 나름대로의 프라이버시가 아니었던가? 점잖은 남자들은 부녀자가 하는 일에 참견을 하지 않았다. 왕도 정승의 권위에 속하는 일에 함부로 간섭하지 않았다. 우리 전통사회체제(유교체제) 안에서는 사회적으로 기능적인 분화functional differentiation가 비교적 잘 되어 있었던 것 같다.

—이광세,『동서문화와 철학』에서

이러한 프라이버시를 바탕으로 대립되는 견해나 신념에 대해서 서구에서처럼 그 견해나 신념을 완전히 무화시키기 위해서 강력한 반발의 적대적 태도를 취하는 것이 아니라, 상호보완적 측면에 주목해서 관용의 정신으로 이를 융합시키려고 노력한 것이 한국의 사상적 전통이다. 서구에서 반대개념들이 갈등과 대결을 의미했다면, 동양에서는 음양陰陽 철학의 이론이 그러하듯 상호보완 관계를 갖고 있었다. 플라톤, 데카르트, 칸트의 철학에 반기를 든 서구의 포스트모더니즘 철학이 앞선 철학에 대해서 기를 쓰고 그 오류를 증명하려고 과잉반응을 보이는 것과 대조적으로, 동아시아의 사상적 전통에서는 절대종교, 절대이론 그 자체가 존재하지 않기 때문에 관용의 정신으로 각종 사상을 융합하였던 것이다. 기독교 외의 일체의 종교는 사교로 간주하고 그 신앙을 지키기 위해 전쟁을 불사한 서구와 달리 유교, 불교, 선교의 통합적 가치관을 2천년에 이르는 긴 기간 동안 평화스럽게 유지할 수 있었던 것이 동양이다.

이러한 동아시아적 사상 전통과 전혀 무관한 서구적 사상을 배경으로, 극단적 개인주의와 반대개념에 대한 적대적 반발의식으로 인간을 해체하고 인간존재의 의미를 왜소화 시키려는 시도가 우리 문학에서 발견되고 있는 것은 사실이다. 그러나 그러한 문학은 한국사회와 한국문학의 전통 속에 아무런 각인을 남길 수 없는 예외적인 문학작품에 불과하다. 그런 식의 문학을 전개함으로써 그들 작가들은 전통에서 스스로 소외된 문학적 소외인으로 전락한 자신을 발견할 수 있을 따름이다. 그들은 한국인이지 아무리 탈바꿈을 시도해도 서구인은 아니다.

70년대에서 80년대를 거쳐 2천년대로 진입하는 동안 한국사회는 인간의 기본적 권리를 신장하고 정의로운 사회를 건설하기 위해서 휴머니스트적 투쟁을 지속해 왔다. 반독재투쟁, 민주화운동, 노동운동은 인간배제의 풍조를 배격하고 인간다움의 권리를 찾으려는 인간해방의 논리로 통합될 수 있다. 그 격렬한 사회적 격동기를 통해 잃은 것도 없지 않겠지만, 확실하게 얻은 것은 '그래도 문제는 사람이다'라는 인간존중의 사상이 확립되었다는 점이다. 그 사상의 핵심을 한 시인은 이렇게 노래했다.

> 사랑은
> 슬픔, 가슴 미어지는 비애
> 사랑은 분노, 철저한 증오
> 사랑은 통곡, 피투성이의 몸부림
> 사랑은 갈라섬,
> 일치를 향한 확연한 갈라섬
> 사랑은 고통, 참혹한 고통
> 사랑은 실천, 구체적인 실천
> 사랑은 노동, 지루하고 괴로운 노동자의 길
> 사랑은 자기를 해체하는 것,
> 우리가 되어 역사 속에 녹아들어 소생하는 것
> 사랑은 잔인한 것, 냉혹한 결단

사랑은 투쟁, 무자비한 투쟁

사랑은 회오리,

온 바다와 산과 들과 하늘이 들고 일어나

폭풍치고 번개 치며 포효하여 핏빛으로 새로이 나는 것

그리하여 마침내 사랑은

고요의 빛나는 바다

햇빛 쏟아지는 파아란 하늘

이슬 머금은 푸른 대지 위에 생명 있는 모든 것들이 하나 되어

춤추며 노래하는 눈부신 새날의

위대한 잉태

—박노해, 「사랑」 전문

이 시에서 '사랑'은 점점 그 음량이 커지는 음악작품처럼 슬픔에서 시작하여 분노, 통곡, 갈라섬, 고통, 실천, 노동, 해체, 결단, 투쟁을 거쳐 회오리에서 그 절정을 이룬 다음, 위대한 잉태라는 평화스러운 결말로 끝나고 있다. 사랑을 비유하고 있는 이 모든 명사들은 80년대라는 격동기의 민중의 감정과 이념을 집약하고 있다.

오래전부터 교회당에서 암송되고 분홍색 편지지에 정성껏 베껴졌던 「고린도 전서」 13장과 이 시를 비교해 보라. 신의 은총을 상징하는 신성한 기운은 찾을 수 없지만, 인간 삶의 냄새가 향기롭게 충만하지 않은가. 컴컴한 침실에서의 관능적인 뒹굶을 전제로 한 사랑이 아닌, 인간과 인간이 서로 껴안고 보다 나은 사회현실의 도래를 위해서 동지애를 확인하는, 결연한 사랑의 의지가 이 시에서 솟구치고 있다. 이 시의 작자가 그 당시 노동자의 신분으로 이 작품을 썼다는 사실을 주목할 필요가 없다. 노동자이든, 지식인 출신의 시인이든, 이만한 작품을 통해 새로운 사랑의 헌장을 제정했다는 사실에 주목해야 한다. 이 작품의 시인은 이렇게 외치고 있는 듯하

다. "그래도 (사람의) 사랑이 문제이다."

　이런 격렬한 사람의 사랑에 대해 전혀 무관하게 지극히 평범한 삶을 살 수도 있다. 그러나 사람답게 산다는 것을 조금이라도 인식한다면, 문학의 세계와 절연된 삶을 살아 갈 수 없다. 그가 시인이든 아니든 인생을 의식하는 순간부터 그는 자연스럽게 문학과 연관관계를 맺는 것이다. 자신이 어떻게 해서 문학에 발을 들여놓게 되었는지 젊은 시절의 기억을 더듬어 회상한 글에서 플로베르는 이렇게 적고 있다.

> 　분명히, 사람은, 인생이란 무엇인가, 죽음이란 무엇인가를 한 번도 묻지 않고 살 수도 있다. 그러나 바람결에 나부끼는 나뭇잎, 초원을 굽이쳐 흐르는 강, 사사건건 마음을 죄이며 동요하는 인생사, 선을 행하고 악을 행하며 사는 인간들, 파도를 일게 하는 바다, 빛을 던지는 하늘을 지켜보는 사람은, "왜 나뭇잎은 존재하는가? 왜 물은 흐르는가? 왜 인생은 그렇게 무서운 분류(奔流)를 이루다가 죽음의 한없는 대양(大洋)으로 사라지는가? 왜 인간은 걸으며 개미처럼 일하는가? 왜 소나기가 내리는가? 왜 하늘은 그렇게 맑고 땅은 그렇게 더러운가?"라는 의문을 던진다. 이러한 의문은 사람을 암흑 속으로 인도한다. 사람은 거기서 벗어날 수 없다.
>
> 　　　　　　　　　　　　　　　　　　─플로베르, 「어릿광대의 회상」에서

　플로베르의 이러한 말은 젊은 시절이면 누구나 던져볼 수 있는 인간과 자연에 대한 소박한 질문이다. 이런 질문에 대해 조소할 수 있는 사람은 인생과 죽음에 대해 한 번도 묻지 않고 살 수 있는 저급한 부류에 속하는 인간이다. 플로베르는 자신에게 여러 질문을 던진 뒤 그 대답은 '암흑', 즉 '모르겠다' 내지 '회의스럽다'라는 말로 얼버무린다. 플로베르는 젊은이다운 이 유치한 결말을 세련되고 구체적인 답변으로 바꾸기 위해서, 이런 소

박한 물음을 해결하기 위해서 문학을 시작하겠다는 결심을 한다.

위대한 작가의 자리를 결국 차지한 플로베르조차도 인간에 대한 소박한 물음으로 문학가의 길을 걷기 시작했다는 것이 우리들에게 무엇을 시사해 주는지 생각해 보자.

2. 지금·이 땅에서의 문학

1. 문학한다는 것의 뜻

문학에 관심을 가진 사람이라면 누구나 최초로 갖게 되고, 잊을만하면 다시 가끔 되씹어 보게 되는 물음이 "내가 문학한다는 것이 어떤 뜻을 가지고 있는가?"라는 질문이다. 이 물음을 분석해 보면 다음 세 가지가 이 말 속에 들어 있는 것을 알 수 있다.

첫째, 문학이란 무엇인가?

둘째, 문학은 무엇을 위한 것인가?

셋째, 문학을 해서 어떻게 된다는 것인가?

첫째 물음이 문학의 현상적인 면에 대한 탐구라면, 둘째는 문학의 목적에 대한 것이고, 셋째는 문학을 하는 주체에 관한 것이다. 이것을 각각 문학의 존재론, 목적론, 행위 주체론이라고 바꿔 말할 수 있다.

사람에 따라서 이 세 가지 물음 중 어느 하나만 집요하게 캐물을 수도 있다. 존재론에 집착한다면 문학의 기능 쪽을 중시하는 사람이고, 목적론에 매달린다면 문학의 목적을 문제시하는 사람이며, 행위 주체론을 따지고 든다면 문학인의 사회적 위치를 중요하게 여기는 사람이다.

자, 이 세 사람 중 어떤 사람이 되어야 할까? 내가 말하고자 하는 것은 초등학교 도덕시간에나 나올 이런 물음을 던지고, '이런 사람이 됩시다'라고 유치한 도덕적 판단을 강요하자는 것이 아니다. 그렇다고 해서 이런 세 종류의 사람을 모두 인정할 수 있는 판단력이 마비된 인간이 되자는 뜻도 아니다. 문학에 관심을 가진 사람치고 왕년에 이런 문제에 대해 생각해보지 않은 사람이 어디 있겠는가?

내가 강조하고 싶은 것은 이 세 종류의 질문에 대해 어느 하나라도 대답하지 않아서는 안 되며, 어느 한 가지 대답을 자신의 문학적 이념으로 삼는다면 다른 두 가지 대답에 대해 자기 나름대로 대처 방안이 있어야 된다는 점이다. 한 가지 대답도 제대로 못하면서 다른 두 가지 대답을 명확하게 할 수 있다고 강변하는 사람들이 우리 주변에 얼마나 많은가?

막연하게 "문학한다는 것이 무엇인가" 따위의 물음은 묻지 않는 것만 못한 것이다. 문학을 제대로 하려면 물음부터 분석적으로 정확하게 묻고, 여전히 모호하고 불투명한 것 같지만 자기 나름대로 애써 파악한 것을 정연하게 간추려서 대답할 수 있어야 한다. 그런 다음에 자기가 살고 있는 시대와 사회에서 문학이 차지하는 위치를 파악하여야 한다.

2. 현대사회에서 문학의 위치

우리 주변에는 아직도 문학이 세계를 구원한다고 과장해서 말하는 사람이 적지 않다. 이 말이 사실이라면 참으로 좋겠지마는 문학을 하고 있는 당사자 자신도 구원할 수 없을 것 같은데, 그런 말을 떠벌이는 것은 자기기만인 동시에 문학에 대한 사기행위이다.

이런 말이 나오게 되는 까닭을 살펴보면 문학이 사회의 전반적인 문제를 포괄할 수 있었고, 문학을 통해 세계내적 모순의 문제를 해결할 수 있다고 믿었던 말하자면 '문학 전성시대'의 문인들의 건방진 말들에 영향을 받았다는 것을 알 수 있다. 발자크, 톨스토이, 셸리 등이 살았던 시대는 오늘의 현대사회에 비해 상대적으로 좁은 세계가 아닐 수 없고, 문학이 점유할 수 있는 사회영역은 상대적으로 넓었다고 할 수 있다. 그러나 오늘의 현대사회는 예측할 수 없을 정도로 팽창되어서 문학이 차지할 수 있는 땅은 자꾸 변두리로 밀려가고 있고 그 넓이도 점점 좁아지고 있다.

이 사실을 인정하지 않으면 안 된다. 문학 전성시대의 문인들은 사회의 노른자위 땅덩이에서 그 사회의 모든 문제를 총체적으로 해결하고 있다고 자부했지만 오늘의 문인들은 실지회복을 위해서 고군분투하는 패잔군이나 다름없다는 사실을 깨달아야 한다.

이 말은 오늘의 문학영토가 옛날에 비해서 줄어들었다는 것이 아니라, 문학인들의 끈질긴 노력에 의해서 문학의 영토는 계속 확장되었지만, 그 확장의 속도보다 더 빠른 현대사회의 팽창도 때문에 상대적으로 문학의 비중이 옛날보다 줄어들었다는 말이다. 그래서 문학을 대수롭지 않게 여기는 사람들은 현대사회의 전모를 파악하려면 옛날처럼 소설이나 시를 읽을 것이 아니라, 신문, 텔레비전, 잡지, 사회학 보고서 등을 읽는 것이 낫다고 단언한다. 이런 사람들에게 문학이 세계를 구원한다고 주장한다면 그들은 코웃음이나 칠 것이다.

자본주의 발달기의 자본가 계층들은 문학하는 사람들은 으레 가난해야 한다는 말로 문학인들을 능멸해 왔다. 정신적으로 고귀한 것을 탐구하는 사람들이 물질적인 부까지 얻게 되는 것을 경계하는 마음에서 문학을 하면 가난해진다는 말을 퍼뜨렸고, 일반인들 역시 이 말을 거리낌 없이 받아들였다. 이 말이 거짓된 유언비어라면 소설보다 신문을 읽는 것이 낫다는 오늘의 소문 역시 뜬소문으로 취급해야 옳을까?

유감스럽게도 이 소문은 때로는 사실인 것처럼 받아들여진다. 형편없는 소설들은 신문기사보다도 진실성이 없는 형편이기 때문이다. 진정한 문학인이라면 이런 현상을 극복하고, 문학을 우습게 아는 사람들의 말을 뜬소문으로 만들기 위해서, 현대사회에서의 문학의 터전을 굳건히 다져야 한다. 상대적으로 움츠려들고 있고, 모멸의 대상으로까지 떨어지고 있는 문학의 위신을 다시 높이기 위해서 뜬소문의 진원지와 그 말의 근거 없음을 문학 자체로 증명해야 한다.

만약 문학이 소멸한다면 그것은 문학이 현대사회에서 아무런 의미가 없어서 소멸하는 것이 아니라, 문학을 업신여기는 사람들의 농간과 문학하는 사람들의 무능력 때문에 소멸할 것이다. 문학 전성시대의 사람들이 근본적으로 괴로워했던 여러 문제들에 덧붙여서 이런 고뇌까지 하게 되는 것을 다행으로 여기고, 일찍이 없었던 이 이중의 고뇌를 슬기롭게 해결할 수만 있다면 문학은 소멸하기는커녕 더욱 왕성하게 발전할 것이다.

문학을 자신의 열등의식의 보상수단으로 생각한다거나 자신만을 구원하는 개인구조요원으로 생각하는 사람들을 눈여겨 볼 사람은 별로 없다. 문학을 위협하고 있는 제요소들을 똑바로 바라보면서 보다 넓은 시야로 문학의 나아갈 길을 찾는 사람이 과연 누구인가를 문학 주변의 모든 사람들은 똑똑히 지켜볼 것이다.

그런 사람들이 나오기를 지금·이 땅의 모든 문학인들은 고대하고 있다.

3. 지금·이 땅에서의 문학

'문학한다는 것'의 뜻과 현대사회에서의 문학의 위치에 대한 검토는 '지금·이 땅에서의 문학'을 묻기 위한 예비절차에 불과하다.

‘지금·이 땅에서의 문학’이라는 말은 “문학이란 무엇을 위한 것인가”라는 목적론의 문제와 현대사회의 문학이라는 문제가 서로 엇갈려 짜여있는 문제이다. 모든 문제가 모이고 있는 문제의 핵심이다.

이런 문제일수록 사람들은 명쾌한 대답을 들으려 한다. 그래서 하나의 이념을 내세우고 그 이념주변의 잡다한 것들을 이념의 틀 속에 끼워 맞추려고 한다. 그 과정에서 동원되는 말이 민족, 민중, 한국적인 것, 통일지향의 문학 등등이다.

이런 시도나 동원되는 말들에 대해서 원천적인 거부감을 가지는 사람들은 별로 없지만, 변증법이니 지양이니 하는 말로써 강변되고 있는 단순논리에 반감을 가진 사람들은 적지 않다.

내가 말하고자 하는 요점은 이들 시도나 말에 대한 시시비비가 아니라, 문학이 지금·이 땅에 대하여 어떤 역할을 하는 것인가를 살펴보자는 것이다. 문학을 하는 사람들은 자신들의 행위가 대단한 것으로 여기고 있겠지만, 여타의 사람들은 그렇지 않다고 생각하고 있는 지금·이 땅의 현실을 똑똑하게 바라보자는 것이다.

계약금 몇 억 원을 받는 축구선수가 되기 위하여 아무리 연습해보아야 절대로 그렇게 될 수 없는 무명의 축구선수들은 오늘도 빈 골대를 향하여 공을 차 넣고 있다. 그들에게 있어 문학이란 무슨 의미를 지니고, 몇 가지 유력한 상징조작의 방법으로 사람들의 관심을 다른 데로 돌리고 있는 통치정책에 문학은 어떤 영향을 미치며, 밤마다 벌어지는 휘황찬란한 텔레비전 쇼에 넋을 잃고 있는 사람들에게 문학은 무엇을 해주고 있는가를 생각해보아야 한다.

문학은 동업자들끼리만 알아듣는 은어의 일종이 아닐까? 자기들끼리만 이해할 수 있고 즐길 수 있다는 데서 오는 배타적 쾌락의 대상이 문학인가? 사실의 진상을 밝혀준다는 구실로 은유나 상징을 동원해서 오히려 사실을 은폐하고 그 진상에 이르는 길을 차단하는 역할을 하는 것이 한국의 문학인가?

이런 의문에 대한 속 시원한 대답은 들어 본 적이 없다. 이런 의문은 애초에 갖지 말아야 하고 혹시 갖게 된다하더라도 없었던 일로 치부해야 문학을 아는 사람으로 대접받는 풍토에 대해서 심각하게 생각해야 한다.

노동자나 버스차장이 시를 썼다고 해서 대단한 문학적 사건으로 여기고, 문학이 민중화되고 있다거나 민중이 문학화 되고 있다고 떠드는 것도 중요한 일이지만, 그런 사람들이 그런 계층의 예외적 인물이라는 점에 주목하고, 예외적 인물이 아닌 평범한 사람들은 왜 아직도 문학을 도외시하고 있는가를 따져 보아야 한다.

'지금·이 땅'이 현실적으로 가장 바람직스러운 시대나 사회가 된다고 하더라도 그런 바람직스러운 변화에 문학이 아무런 기능도 하지 못하고, 바람직스러운 시대나 사회에 별 도움을 주지 못한다면 "한국문학 따위는 없어져 버려라"라는 말이 나오지 않을 수 없다. 그런 말이 나올 수 있을 정도로 시대나 사회가 변화할 수 있다면 다행이지만 지금·이 땅의 현실은 그렇게 될 조짐이 잘 보이지 않는다. 그렇다면 그런 현실 속에서 "문학 따위는 없어져라"라는 야유에 대한 대응방법은 무엇인가?

"그런 말을 하는 너 따위나 없어져라"라는 말이나 구구한 변명 대신에 당당한 입론을 전개할 터전을 우리가 지금·이 땅에서 찾아야 하는 것이다. 그러기 위해서는 지금·이 땅의 사정을 두루 살펴 자신의 문학만이 참 문학이고 자기가 주장하는 것만이 문학을 위하는 길이라는 아집을 버리고, 자신과 다른 사람이 서야 할 자리가 어디인가를 정확하게 예측해야 한다.

그 자리가 한국문학의 좌표임은 두말할 나위가 없다.

3. 문학 민주화의 기초 개념

1. 문학민주화의 네 영역

‘문학의 민주화’라는 말은 자주 거론되었음에도 불구하고 아직도 낯설고 그 의미가 명확하게 정립되지 못한 용어이다. 문학을 통해서 민주화된 정치체제를 요구하는 운동 그 자체를 가리키는 말인지, 문학작품 속의 비민주적인 요소를 제거하고 민주적인 문학을 확립하자는 말인지, 또는 문학권에 민주주의적 질서를 부여하여 문학권을 재정비하자는 말인지 그 뜻이 분명하지 않다. ‘문학의 민주화’라는 말로 연상되는 또 하나의 개념은 독서 대중의 확대와 연관되는 개념이다. 즉 문학과 거리가 먼 사람들을 문학권으로 끌어들여 문학을 개방시키려는 시도가 그것이다.

‘문학의 민주화’라는 용어는 이 네 가지 용법 중의 하나 이상의 개념을 지칭하는 말로 모호하게 사용되고 있다. 이상 네 가지 용례를 항목화하면 아래와 같다.

① 정치체제의 민주화

② 작품 형식과 내용의 민주화

③ 문학권의 민주화

④ 독서대중의 민주화

①의 항목은 문학작품을 통해서 정치체제의 민주화를 이룩하려는 문학의 민주화 개념으로 진보적 성격을 띠고 있다. 정치체제의 민주화란 급진적인 특정 인사들만의 소망사항이 아니라 실제로 민주화를 거부하고 있는 사람들의 표면적인 소망사항이기도 하다. 민주화를 주장하는 사람들을 배격하는 사람들조차 민주화를 내세운다는 것 자체가 민주화라는 말의 모호성을 반영한다. 민주화라는 말이 전혀 뜻을 달리하는 사람들에게 혹사당하는 인상을 주는 것도 사실이다. 또 정치체제의 민주화를 염두에 둔 문학의 민주화 개념에 대해서는 문학의 자율성을 주장하는 사람들이 격렬한 반발을 일으켜왔고 앞으로도 그럴 것이다. 문학의 정치성에 대한 기본적인 인식의 차이를 주목해야 한다.

②의 항목은 작품의 형식과 내용에서 비민주적 요소를 제거하자는 데 그 목표가 있다. 이러한 주장이 극복해야 할 난관은 문학작품이란 원래 비민주적이어야만 문학적 가치를 획득할 수 있다는 엘리트주의적 발상이다. 이런 발상은 정치체제의 개편을 목적으로 하는 문학인들에게서도 찾아볼 수 있는데, 구호로는 문학의 보편화를 외치면서도 실상은 그것을 거부하는 의견이 상존한다. 작품의 형식은 독점적·배타적 특성을 내포하고 있는데 그 내용만 균점적·포괄적인 것이라면 형식과 내용이 괴리되어 애초부터 독점과 배타를 주장하는 작품보다 더 큰 해악을 끼칠 수 있다. 또한 문학작품 속의 비민주적 요소가 무엇인지 분명하게 판별하지 않는다면 문학작품의 민주화란 구두선으로 그칠 공산이 크다.

③의 문화권의 민주화란 가장 현실적인 문제로서 문단의 제반 상황의

민주화, 출판체제의 민주화, 문학에 영향을 미치는 문화적 환경의 민주화 등이 포괄된다. 문학 제도의 민주화에 대해서는 단편적으로 산발적인 논의가 있었지만 전반적인 문제점에 대해서 체계적으로 검토된 적이 전혀 없다.

④의 독서 대중의 민주화는 문학의 사회화와 문학교육의 문제와 밀접한 상관관계를 맺고 있다. 현대사회의 팽창과 반비례적으로 수축되고 있는 문학의 영역을 독서 대중의 확보로 그 수축의 진행상황을 완화하려는 시도가 독서 대중의 민주화의 개념에 내포되어 있다. 동업자들끼리만 알아듣는 용어로 저희들끼리만 속닥거릴 것이 아니라 보다 많은 독자들이 참여할 수 있는 문학을 정립시키는 일이야말로 문학의 민주화의 실천사항일 터이다. 독서 대중의 절대 숫자가 줄어들고 있는 문학사회적 현실에서 독자를 확보하는 방안의 수립이란 지난한 과제이다.

사실 이 시점에 있어 문학의 민주화라는 문제에 중요한 것은 문학의 민주화라는 말 자체를 기피하는 그릇된 풍조이다. 이러한 풍조에 어떻게 대처해야 하며, 위에 거론한 문학 민주화의 네 가지 양상의 문제점들을 어떤 방법으로 극복할 수 있느냐 하는 문제를 차례로 검토하려고 한다.

2. 논의의 어려움

'문학의 민주화'라는 용어 자체를 정확하게 정의하지 못해서 그런지 모르나 이 말에 대해서 심한 거부반응을 보이는 사람들이 많다.

"문학의 민주화라니, 아니 그러면 지금까지의 문학은 독재화된 문학, 독재자의 문학이었다는 말씀입니까?"

이 말은 한 문예지의 좌담회 석상에서 나온 이야기이다. 민주의 반대는 독재고 따라서 문학의 독재화가 없는 이상 문학의 민주화라는 말을 발론

하는 것부터가 가당치 않다는 이야기이다. 이런 발상을 그대로 좇는다면 문학의 민주화라는 말은 없었던 말, 앞으로도 없어도 괜찮을 말로 생각해도 무방하다. 그러나 이런 이야기를 신경질적으로 내뱉는 사람들에게 문학의 독재 내지 문학의 독재화 현상이 과연 없었던지 되묻고 싶다.

문학을 지고한 가치를 지닌 예술로 생각하는 것은 좋으나, 문학을 자신의 열등의식과 삶의 훼손된 부분을 보상하는 대상물로 삼아 삶과 세계의 전체적 모습을 흐리게 하는 사람들이, 자신들만이 참문학을 한다고 주장하는 것은 문제가 아닐 수 없다. 게다가, 실제의 자기는 그렇지 못하면서 자신들을 비롯한 위대한 작가들의 위대한 작품만이 온 인류를 구원할 수 있다는 도그마를 강요한다면 이것이야말로 '문학의 독재화 현상'일 것이다.

문학의 독재란 정치적 독재와는 달리 물리적 폭력을 수반하지 않는다는 점에서 구별되며 그렇기 때문에 더욱 교묘한 양상으로 나타난다는 사실을 인식해야 한다. 독재란 자격을 구비하지 못한 사람들이 억지로 자격을 주장하고 그 자격을 인정하라고 강요할 뿐만 아니라 다른 사람들의 기본 권리를 박탈하는 것을 지칭하는데, 문학의 경우 이러한 독재의식을 가지고 작품 활동과 문단 활동을 병행하고 있다면 그런 사람이야말로 문학 독재라고 지칭해도 무방하다. 자신만이 확보할 수 있는 문학 영역을 주장하는 것은 문학인으로서 당연한 일이지만 정치권력과 유착해서 자신의 배타적 권리를 강조하고 그와 다른 문학적 제 경향을 봉쇄하는 것은 분명 문학의 독재화현상이다. 우리가 이런 현상에 대해서 어느 정도 묵인하고 용납하는 것이 관용화 되어서 크게 문제 삼지 않는 것이지 이것을 의식한 다음엔 마땅히 그런 현상에 대한 대책을 수립해야 할 것이다.

문학의 독재현상과 더불어 '문학의 독점현상'에 대해서도 검토해야 한다. 문학의 독점은 재화의 독점현상과는 달리 독점하고 있는 사람의 이익이 극대화되는 것이 아니라 독점하고 있기 때문에 문학의 영역이 축소되는 현상이다. 재화의 독점은 자본주의 경제의 보편적 현상이지만, 문학의 독점은 자본주의 시장경제의 질서와 대중문화의 팽창현상으로 인해 문학이 처하게 된 특수현상이다.

문학 향수층과 문학 빈곤층간의 벌어진 간격을 어떻게 줄일 수 있는가 하는 문제는 '상대적 균질화relative homgenization'의 방법을 모색하자는 의견이다. 이 문제는 문학적 빈부격차의 해소문제라고 하겠다.

이 문제에 대한 상투적인 해결방안으로는 다음과 같은 것이 있을 수 있다. 즉 문학 향수층과 문학을 제대로 접하기 어려운 문학 빈곤층의 갈등은 심각한 것인데, 문제의 심각성과는 대조적으로 그 해결의 방법은 모호하기만 하다. 해결의 방법이 혹시 있다면 정부의 차원에서 문학교육을 활성화시키고, 문학작품을 보급할 수 있는 적극적 대책을 마련해야 한다. 그렇게 함으로써 상대적 균질화가 어느 정도 이루어지지 않을까, 이런 식의 논의를 예상할 수 있다.

우리는 사회의 부조리라든가 체제적 모순을 해결할 수 없을 때 그 대책을 정부에 미루곤 한다. 이런 점은 "국가적 차원에서 시급히 대책을 마련해야 한다"라든가 "정책적 배려가 있어야 한다" 등의 이야기를 거론하고 황급하게 논의를 마무리지어버린다. 이러한 주장은 문제의 해결은커녕 문제의 제기에도 실패하는 무책임한 발언이며, 문제의 의미를 망각하는 인습적 문제 해소 방안이다.

개인의 힘으로 풀기 어려운 문제를 국가에 미루는 것은 그렇지 않아도 비대해지고 있는 국가의 통치범위를 극대화시켜 개인이 해야 할 몫을 스스로 박탈하고, 개인을 사회의 거대한 메커니즘 속의 한 나사로 위축시키는 행위라는 점을 자각해야 한다. 물론 제도적 측면에서 나라에 요구할 사항이 많아 있지만 겉으로는 '문학의 민주화'를 표방하면서 문학을 통치조직의 상징적 수단으로 제도화한 경우가 비일비재함을 상기할 때, 그러한 요구에 앞서 스스로 해야 할 일이 무엇인가를 자문해야 한다.

문예를 진흥시키기 위해서는 정책적 배려와 기구의 설치 등으로 효과를 거둘 수 있겠지만, 그러한 제도화를 통해서 문학의 민주화에 역행하는 문학제도의 관제화를 초래할 수도 있다. 문예를 진흥하는 정책은 문예를 경시하는 정책보다 낫지만 진흥의 결과가 어떻게 되느냐 하는 점을 유의해야 한다.

우리가 문학 민주화를 거론하는 까닭은 문학을 특정한 제도로 묶자는 것이 아니고, 오히려 특정한 제도에 묶여 있는 문학을 해방시켜 문학 본연의 자리로 되돌아가게 하는 데 목적이 있다. 민주화에 대해서 누구보다도 예민한 반응을 보여야 할 문학인으로서 문학의 민주화에 대해 관심을 갖지 않는다면 자신의 직접적 능력을 초월하는 정치나 사회의 민주화를 어떻게 이야기할 수 있겠는가? 문학의 민주화에 대해서도 잘 모르면서 어떤 부분의 민주화에 대해서 자신 있게 말할 수 있겠는가? 문학의 민주화는 문학하는 당사자들이 해결해야 할 가장 시급한 현안이며 되풀이되어 검토되어야 할 문제이다.

더욱 더 강력해져가는 정부와 비약적인 성장을 이룩하는 트러스트 조직에 의해 통치되고 있는 사회에서는 문학의 독자적 영역이나 문학의 민주적 성격이 말살되고, 문학이 과거에 가졌던 중요성은 상실되고 만다. 이러한 시점에서 문학의 민주화를 논의하는 것은 상실당하고 박탈되고 있는 자유에 대해서 검토하는 실천적 행위이다.

문제는 민주화라는 말을 이야기하면서 민주화의 겉모습에 집착해서 민주화를 포기하는 행동이다. 서구사회가 평등주의의 현상에 사로잡혀 평등주의적 기대만을 향상시켰기 때문에 불평등이 보다 안정되고 굳어졌다는 사실을 간과할 수 없다. 이와 마찬가지로 민주화에 대한 기대수준만 상향 조정하여 비민주화를 정착시키는 결과를 초래한다면 애당초 논의하지 않음만 못한 것이다. 민주화를 부르짖다가 결과적으로 비민주화를 도와주는 꼴이 된다면 그런 민주화의 주장은 없었던 것보다 못하다.

현대 산업사회의 열망은 평등주의적이지만, 열망이 그렇기 때문에 그 조직은 위계적인 사회이다. 평등의 본질은 실천하지 못하고 평등의 겉모습만을 드러내는 사회구조 속에서 민주화에 대한 열망도 똑같은 전철을 밟을 가능성이 있다. 이 점을 인지하고 민주화의 요구 속에서 비민주적 요소를 분별해서 그것을 척결하는 일은 생각보다 간단한 일이 아니다. 오늘날 민주주의가 소수집권계층의 통치능력에 의존하고 있는 것과 마찬가지로 문학 민주화의 논의가 특정 인사들의 예외적 의견에 의해 주도된다면, 즉 논의가 확산되어 많은 사람들이 그 중요성을 실감하지 못 한다면, 논의의 진행양상부터 비민주적이라는 순환론적 난관에 봉착할 것이다. 이렇게 볼 때 우리가 해결해야 할 과제는 한두 가지가 아니라는 점을 실감하게 된다.

3. 중간계층과 전위예술의 문제

정치체제와 문학의 민주화라는 명제를 생각하면 거의 기계적으로 민중문학론이나 '새로운 민족문학의 건설'과 관계되는 논의가 예상된다. 모든 문학행위는 궁극적으로 정치행위와 연관된다는 발상을 접어두고 이 명제에 대해서 본격적으로 거론할 수 없다. 그러나 여기서는 그와 관련된 토의를 일단 미루기로 한다. 미룸의 까닭은 그와 관계된 문제를 결말에 이르러 언급하려는 기술 절차상의 문제 때문이다.

80년대 말의 정치적 열풍을 통과한 현재, 우리는 여전히 정치의 소용돌이 속에 빠져 있다. '민주화'를 위한 국민적 합의과정의 뒤틀림에 휘말려 아직도 그 열기 속에서 빠져나오지 못한 느낌이다. 그럼에도 불구하고 몇 가지 소득이 있다면, 정치참여의 폭발적인 힘을 충분히 실감했다는 점과 대다수의 국민들이 급진적인 변혁에 대해 아직도 두려움의 감정을 가지고 있다는 점, 우리들의 정치의식은 여전히 개발할 여지가 있다는 점 등을 확인할 수 있었던 사실이다. 이러한 확인은 결코 유쾌한 일은 아니지만, 그동안 여러 제약에 의해서 무지를 강요당했던 현실의 좌표를 새삼스럽게 인식하게 되었다는 점에서 소중한 가치를 지니고 있다.

『악마의 사전』을 편찬한 A·비어스에 의하면, 투표란 "그 자신을 어리석게 만들고 나라를 파괴시키는 자유인의 힘을 나타내는 제도나 상징"을 의미한다고 한다. 이 말을 일종의 풍자나 비아냥거림으로 간주하기에는 우리의 현실적인 문제는 너무 복잡하다.

여기서 예견되는 두 가지 진로는 정치참여와 무관하게 문학을 더욱 신비화하려는 경향과 더 크고 격렬한 목소리를 내기 위하여 정치적 급진주의로 치닫으려는 경향이다. 이 두 경향은 서로를 용납하지 않기 때문에 마찰의 폭과 깊이는 그만큼 넓어지고 깊어질 것이다. 문학을 신비화하는 경향을 다시 세분하면 문학이란 애초부터 정치와 무관한 것이라는 판단으로 문학의 자율성을 강조하는 측과 모처럼의 정치참여의 기회에서 자신의 뜻을 관철시키지 못한 허망감 때문에 문학적 신념이 흔들린 측으로 구별된다. 이에 대해 급진적 경향은 정치적 실망감에 구애되지 않고 오히려 실망감 때문에 전투의지를 굳히려는 사람들로 대변된다. 현실과 이상의 간극이 크다는 것은 싸워야 될 영역의 확장을 의미한다.

이들의 이러한 간극에 소위 중간계층(중산층)이 자리 잡고 있다. 이들은 문학의 신비화를 이해하는듯하면서 급진주의의 목소리 중 자신에게 유용한 것을 선별해서 들을 줄 아는 예지를 가졌다고 스스로 생각한다. 중간계층의 이러한 의식은 세속적 이해타산에 재빠르다는 부정적 측면과 새로운 사회를 지향하는 비판의식의 함양이라는 긍정적 측면을 동시에 가지고 있다. 이들의 야누스적 양면성 때문에 '중간계층의 계급적 성격'을 분석한 서관모 교수는 "민중운동론에서 중간 제계층의 비중을 전반적으로 무시하고 민중의 주요구성부분에만 관심을 집중시키는 것은 오류이지만 또한 중간계층을 거의 무차별적으로 민중의 연합대상으로 파악하는 입장도 배격되어야 한다는 점"을 강조한다. "민중적·민족적 상황이 간고하고 민중·민족에 대한 지배구도가 폭압적인 것일수록 중간세력의 분화는 객관적·주관적으로 분명해지는 것이기 때문이다."

계급적인 관점에서 중간계층은 "자본주의 사회에서 독립된 존재로서의 근거를 상실하고 부르주아와 프롤레타리아의 사이를 방황하고, 그러한 동요의 과정을 통해 부단히 프롤레타리아화해가고 있는 집단"으로 정의된다.

중간계층이 결국 프롤레타리아로 전락할 운명이라는 이런 식의 정의는 많은 사람들의 중간계층 귀속의식을 근본에서부터 낙담시키는 저주적 발언이다. 말의 진위는 차치하고 칼빈의 '예정조화설'과 맞먹는 현실적 구속력에 대한 반발이 뒤따르게 마련이다. 이러한 판단의 혼란 속에서도 한 가지 분명한 것은 중간계층의 계급적·정치적 부동성浮動性은 문화의 양상에서도 나타난다는 점이다.

중간계층은 문화의 수호자인 동시에 문화의 파괴자이다. 중간계층은 자기중심적이기 때문에 자신의 수준에 맞는 예술을 요구한다. 이것은 특정한 계층의 모든 사람의 공통된 욕구이다. 그들의 기호는 계급적 위치변동과 시류의 움직임에 민감한 영향을 받아 수시로 바뀐다. 만족했다고 생각하는 순간에 불만의 싹을 틔우는 그들의 기호에 맞추기 위해 문화나 예술의 제도와 형식이 자의적으로 변모한다. 사회학적, 미학적 추론으로 합당하게 설명할 수 없는 이러한 자의성 앞에서 작가와 연구가들은 당황하지만, 중간계층이 사회의 중추를 이루는 현실에서는 문화의 자의성이야말로 이 사회의 중요한 구조적 특질이다.

어떤 책이 교양인들의 화제에 오르게 되면 누구에게 뒤질세라 그 책을 사보지만 일단 인기를 잃게 되면 책의 내용은 기억의 저편으로 사라진다. 평소에 문화와 접할 기회가 없는 하층민들이 단 한 번의 문화접촉에도 충격을 받는 것과 달리, 다수인이 공통적인 문화인식에 도달했다고 느끼는 시간부터 공통성에서 탈피하려는 엘리트의 뒤를 따르기에 급급한 부류가 중간계층이다.

문학의 체계는 종교적 신념처럼 변화하지 않는 것이라고 믿는 이와, 구두나 옷의 패션 스타일처럼 수시로 바뀌어야 한다고 생각하는 이가 중간계층에 공존한다. 문학을 위대하게 생각하는 사람과 문학은 극도로 위축되었다고 인식하는 사람들의 공존을 문학의 민주화로 이해하는 것도 무리는 아니다.

그것은 자유주의와 민주주의가 같은 것이라고 판단하는 것과 같은 차원의 인식이다. 자유주의와 민주주의는 밀접하게 연관되어 있다. 민주주의가 요구하는 각각의 자유를 실현하기 위해서 자신의 주의와 주장을 밀어붙이는 것은 자유주의이다. 예를 들어 경제활동에 대한 자유방임이라든지 자유무역 등을 주장함으로써 국가권력의 간섭을 가능한 멀리하고, 각 개인의 활동에 개입하지 않는 단지 감독만 수행하는 국가를 요구하는 것이 자유주의이다. 자유주의는 실제로 자유를 직접 행사할 수 있는 기업가, 자영적 경영자들에 의해 요구되었던 주장이다. 그런데 민주주의는 단순히 자유의 실현만을 요구하는 것이 아니라 평등이라는 조건을 요구하기 때문에 자유주의보다 광범한 내용을 담고 있다. 전반적인 민주주의 획득 없이 자유주의적 요구는 성취될 수 없다. 그런 의미에서 자유주의는 민주주의의 부분적 요구로 나타나는데, 중간계층은 자유주의를 요구할 만한 처지에 있지 않은 사람들까지 자유주의가 민주주의보다 우선적으로 요구해야 할 사항으로 생각한다. 중간계층의 자유주의적 편향은 민주화의 촉진요인이 될 수도 있고, 장애요인으로 작용할 수도 있다. 대체적으로 지나친 자유주의의 강조는 민주화의 참뜻을 망각하게 된다. 왜냐하면 자유주의의 기반은 공동체적 이익보다는 개체중심의 이익을 독단적으로 추구하기 때문이다. 정치체제와 문학의 민주화를 논의하는 과정에서 중간계층의 문화적 위치에 관한 해명이 필수적인 것도 이와 같은 중간계층의 문제점이 때와 장소에 따라서 유리하게도 불리하게도 작용할 수 있기 때문이다. 또한 중간계층의 문제를 도외시하고 문학과 사회의 보편적 현상에 대해 논술할 수 없기 때문이다.

중간계층의 문화적 속성의 해명과 더불어 전위주의적 문화예술의 민주화 경향 역시 면밀하게 살펴볼 필요가 있다. 우리 문학에도 젊은 작가나 시인들에 의해서 전위적 형태의 문학작품들이 생산되고 그것이 문학권에 적잖은 충격을 주고 있는 사실을 감안할 때, 전위예술에 대한 고찰은 불가결하다.

전위주의 예술가들은 중간계층의 안온함에 대한 집착을 혐오한다. 그들은 기존사회의 가치체계에서 탈피하고 새로운 체제를 창출하기 위해 사회구성원들의 본능과 욕망을 파헤치는 반이성적 미학을 수립하려 한다. 이 과정의 어떤 요소들은 그 파괴적 돌파력과 논리적 결속력에 있어 급진적 계급주의 예술의 경향과 매우 흡사하다. 정치적 경향에 있어 근본적인 차이는 있지만 그 양상이 급진적이라는 면에서 전위적이라는 점은 마찬가지이다.

전위주의자들은 자신의 사상을 인식의 차원으로 수렴시키는 것에 만족하지 않고, 그것을 예술과 삶의 행위로 실연實演한다. 인식의 실천을 위해 삶의 현장에 느닷없이 뛰어들어 사람들이 삶의 질서라고 생각하고 있는 것들을 파괴하고 파괴된 결과를 그들이 발견하고 재현해놓은 참삶의 모습이라고 주장한다. 전위주의자들의 이러한 행위에서 주목할 것은 그들의 행동이 '민주화'와 직접적인 관계가 있다고 확신하는 점이다. 특정한 소수의 전유물로 인식되던 예술의 영역을 깨뜨려서 이것을 대중 속으로 확산시키고, 정치적·사회적 안정을 추구하는 중간계층의 기호에 맞춘 위안과 오락의 예술을 아스러뜨려서 민주화된 예술의 기틀을 마련한다고 자부한다. 여기서 중간계층과 전위예술가간의 간격이 벌어지는데, 일부 문화엘리트들은 그 간격이 커질수록 전위예술의 예술성은 보장된다고 믿는다.

중간계층의 전위예술에 대한 혐오감은 전위예술이 그들이 살아가는 방식을 파괴한다는 것에서 극대화된다. 편안하고 즐거운 삶을 누리려는 중간계층에게 전위예술은 혼란을 불러일으킬 뿐만 아니라 그들이 지향하는 가치체계를 뚜렷한 이유 없이 포기하라고 강요하기 때문에 전위예술가와 중간계층이 화합할 여지는 거의 없다. 중간계층은 혼자 고립되는 것을 무엇보다도 싫어하는데 전위예술가들은 의도적인 단절감 속에서 창조적 독립을 꿈꾸는 사람들이다. 더불어 있음의 편안함을 전위예술에서 찾을 수 없다는 점이 중간계층의 전위예술 기피의 중요한 원인이다.

전위예술에 대한 중간계층의 반감은 심정적 차원의 그것이라서 중간계층이 논리적으로 전위예술을 극복하기에는 어려움이 존재한다. 그들의 논리는 정교하게 다듬어져 있어서 쉽사리 반론을 제기할 수 없다. 그러나 그들이 말하는 민주화는 그들 자신도 믿지 못하고 의아하게 여기는 예술을 바탕으로 한 민주화이고, 대다수의 사회구성원들이 그들에게 공통적으로 느끼는 불신의 바탕위에 선 민주화이다.

고도산업사회의 산물인 포스트모더니즘의 예술은 현대사회의 비틀림의 구조를 비뚤어지게 반영함으로써 뒤틀림의 의식을 보편화하는 비민주적인 예술임에 틀림없다. 포스트모더니즘 예술의 비민주적 특성은 그것의 비규율성에서 찾을 수 있다.

산업사회의 치밀한 조직 속에서 규율성이 소멸하는 것은 문학에 대해 매우 불리하게 작용한다. 고도의 정보조직사회에서 책이 그나마 팔리고 읽히는 것은 산업사회가 자기조정의 능력을 함축하기 위해 엄격한 규율성을 강조하고, 그러한 규율성을 도서문화에서 찾았기 때문이다. 전통과의 연관을 긴밀하게 하기 위해서도 책 읽기의 강조는 필수적이고, 컴퓨터나 영상매체에 대한 일방적인 편향에서 벗어나기 위해서 질이 다른 형태의 도서문화를 의도적으로 권장한 것이다. 문학이 예전처럼 중심문화의 기능을 발휘하지 못하지만 강력한 보조문화로서 명맥을 이어나가는 것도 산업사회의 규율성의 강조와 그에 따른 문학의 중요성 부각이라고 설명할 수 있다.

전위적인 문학이 규율성을 파괴하고 무정형적인 요소만 드러낸다면 그런 내용을 담은 작품을 참조할 이유를 찾지 못하게 되고, 문학 또한 전반적으로 위축된다. 산업사회가 정신문화의 영향을 받아 질서로 회귀하는 복원력을 가질 수 있다면, 그 복원력을 상실케 하는 전위예술의 해독은 흔히 생각하는 것보다 훨씬 크다.

이와 같이 살펴볼 때, 문화의 자의성을 문화 민주화로 잘못 아는 중간계층의 문제와 혼자 우뚝 서는 예술을 통해서 문화의 민주화에 기여한다고 주장하는 전위예술의 문제는 정치체제와 문학의 민주화 문제를 해명하는 데 있어 선결과제라는 것을 알 수 있다.

4. 우리 문학의 사회적 조건

1. 문학과 종파주의

종파宗派sect라는 말은 원래는 종교용어이다. 불교에 조계종, 화엄종, 천태종 등이 있는 것처럼 자기 주장하는 교리에 따라 세운 갈래를 말한다. 기독교적으로는 금욕주의를 신봉하거나 고도로 개인화된 카리스마적 지도의식을 신봉하는 소규모 집단의 종교운동을 가리킨다. E.트뢸취에 의하면 각 종파는 개인을 완성시키기를 열망하여 각 집단의 구성원 사이의 직접적 동료의식을 고취하는 것을 목적으로 삼는다. 그 초기 단계에서부터 각 종파는 스스로 소집단으로 조직하고 세계를 지배하겠다는 이념을 포기한다.

종파에 대한 이러한 일반적 정의에서 유념할 것은 종파는 신념에 의해 지배되는 집단이라는 점, 직접적 동료의식을 중시한다는 점, 세계에 대한 지배의욕을 포기한다는 점 등이다. 이것이 긍정적 의미에서 종파에 대한 정의이다.

우리는 종파라 하면 보통 나쁜 의미의 개념을 연상한다. 처음에는 위와 같은 목적으로 조직된 각 종파가 나중에 원래의 강령에서 곧잘 이탈하기 때문이다. 굳건했던 신념도 해이해지고, 동료의식보다는 개인의식을 앞세우며, 세계를 자신의 이념으로 지배하겠다는 야욕을 불태운다.

마르크스주의자들이 상대방을 매도하기 위해서 '종파주의자'라는 용어를 사용하는 것은 종파주의의 이러한 일탈현상과 관계된다. 종파주의는 마르크스주의의 정통성에서 벗어난 방해 책동꾼들의 모든 행위를 지칭하는 용어이다. '종파주의'라는 용어는 비판대상의 인물과 사상을 단숨에 깎아내릴 수 있는 가장 효과적인 폄하 부가어épithetes disqualification이다. "너는 종파주의자이다."라고 하면 더 이상 그 인물을 깎아내릴 것도 없다.

이러한 폄하 부가어가 특정한 정치적 목적으로 종파적 순수성을 간직하고 있는 집단에게 마구 사용된다면 그것 또한 무분별한 행위이다. 대중의 심리기법적 조작을 위해서 한 인간이나 종파의 가능성을 모조리 무시하는 행위는 독점산업이 중소기업을 깔아뭉개고 이익을 극대화하는 행위와 동일하다.

종파주의 그 자체를 연구하자는 글도 아닌데 그것에 대해 길게 설명한 까닭은 우리 문학에도 이러한 종파주의적 양상이 빈번하게 발생하며 그것 때문에 문학에 대한 정당한 이해가 저해되고 있기 때문이다. 앞으로 서술할 글의 맥락에서 '종파주의'라는 용어는 비판대상의 가능성을 송두리째 부정하기 위한 것이 아니라 종파의 긍정적 존재 가능성을 전제로 한 종파의 부정적 의미에 대한 탐색의 차원에서 사용될 것이다.

우리 문학의 종파주의적 현상 중의 하나는 개인보다는 집단의 속성을 중요시하는 현상이다. 어떤 작가나 시인의 작품을 작가나 작품을 통해 이해하지 않고 그가 속해 있는 집단의 성격과 결부시켜 작품을 평가하는 것이다. 누가 무슨 작품을 썼느냐 하는 것은 중요하지 않고 어느 집단에 속해 있는(속한 듯이 보이는) 누가 어디에 발표했는가를 문제시한다. 또한 논리적으로 생각할 때 우스꽝스럽기 짝이 없는 이 현상에 대해 많은 사람들이 당연하다는 듯이 침묵을 지키면서 그것을 인정한다. 조잡한 작품이라고 하더라도 그 전에 괜찮은 작품을 썼기 때문에 그럴 수도 있다고 인정해 주고, 제대로 읽지도 않았으면서 그가 썼다는 사실과 그가 속해 있는 집단의 후광을 인식해서 좋은 작품으로 평가하는 흐리멍덩한 인정주의와 애매모호한 추수주의追隨主義가 논리로 둔갑한다. 이러한 풍조는 독자에게도 영향을 미쳐 특정집단에 의해서 이미 정해져 있는 독서 신뢰도의 규칙에 따라 책을 읽고, 그것을 읽지 않으면 창조적이고 비판적인 독서행위를 할 수 없다는 착각에 빠진다. 이러한 제 현상에 얽힌 구질구질한 이야기는 알 만 한 사람들은 모두 다 아는 이야기이고, 그것을 미주알고주알 털어놓는다는 것 자체가 창피한 짓이라 대충 이렇게 이야기하는 것이지만, 창피 같은 것은 제쳐놓고 툭 털고 이야기할 자리가 마련되어야 할 것이다.

그런가 하면 작가나 시인들은 자신의 작품을 정당하게 이해시키고 창작의 자극을 얻는다는 목적으로 동인지를 발간하여 동인지 하나 내면서 새 시대 새 문학은 온통 자기네들만 창조할 수 있는 것처럼 너스레를 떤다. 그 공인지가 나오기 전까지의 문학은 모두 쓸데없는 문학이라는 식으로 전시대의 문학이나 동시내의 다른 경향의 작품들을 신랄하게 비판힌다. (이 시실을 직접적으로 표명하는 어리석은 동인지 발간사는 거의 없다. 최대한의 완곡어법으로 조심스럽게 이 사실을 기술하고 있지만, 예의범절을 다 무시해버리면 말하고자 하는 주제는 결국 이것이다.) 물론 새 시대 새 문학이 창조될 때도 있다. 그러나 떠들썩한 표어에 못 미치는 예를 우리는 자주 보아왔다.

동인지의 특성은 좋은 의미의 종파 개념과 유사하다. 몇몇 동인이 모여서 소규모 집단을 결성하고 그들 간의 동료의식을 고취하면서 비슷한 경향의 문학작품을 산출하려고 노력한다.

대부분의 동인지는 그 출발부터 '동인지同人誌'가 아니라 '이인지異人

誌'적 성격으로 시작한다. 동창생들이기 때문에, 한 지역에 같이 살고 있기에, 같은 잡지로 등단해서, 같은 해에 데뷔했기에, 친구의 소개로 등등 문학적 논리로는 도저히 이해되지 않는 기묘한 이론으로 결합된 동인지가 너무나 많다. 게다가 동인지를 통해서 얼마간 유명해지면 동료의식 같은 것은 저리 가고 독자적 활동을 위해 동인지에서 탈퇴하고(그룹사운드의 이합집산과 비슷한 현상), 성향도 다르고 모임에 자주 나오지 않고 경비 부담의 성의도 없기 때문에 동인에게 제명당해 다른 동인지에 참가하고(공천 탈락의 후유증과 비슷한 현상), 어떤 동인지가 이름을 얻자 그 동인지에 참여하기 위해 여러 경로를 통해 안달을 하고(연고를 통한 취직과 비슷한 현상) 등등 꼴사나운 일들이 없다고 단정적으로 말할 수 있는 사람은 거의 없다.

동인지에 대한 이러한 기술에 불쾌감을 느끼는 구성원이 있다면 그가 속한 동인지는 바람직스러운 형태의 동인지일 터이기에 위의 말에 기분 나빠할 필요가 없다. 문제는 동인지에 대한 이러한 기술에 반감을 갖고 우리는 그렇지 않다고 글쓴이를 꾸짖을 사람들이 많아져야 한다는 사실이다. 각자 개성이 다르고 지향하는바 문학의 목표가 다르므로 동인지가 한 사람의 목소리를 내야한다는 주문은 잘못된 것이다. 또 특정의 동인지에 대해 지나치게 기대를 거는 행위도 잘못된 것이다. 동인지를 좋은 의미에서 종파라고 한다면, 종파란 원래 일정한 성향을 외부의 압력에 굴하지 않고 지속적으로 유지하가 위해 조직된 것이지, 종파의 이념을 세계에 전파해서 세계를 자신들의 이념으로 정복하기 위한 것이 아니다. 이념적 정복도 가능하고 원래의 취지를 유지하는 것도 인정된다면 다행이지만 취지를 유지하기 위해서는 확산은 금물이다. 일단 확산되기 시작하면 취지는 없어지고 야욕에 가득 찬 개개인의 서로 다른 꿈이 들어서는 것이다. 확산된 동인지는 해체되어야 할 운명을 가지고 있다. 동인지에 대한 지나친 기대는 해체의 운명과 서로 통한다.

동인지에 대해 지나친 기대를 거는 것과 마찬가지로 특정 집단이나 잡지에 과도한 기대를 거는 것도 문제가 있다. 그런데 지나간 시대의 문학을 이해함에 있어 과중한 기대를 거기에 걸어놓고 오늘의 현상을 설명하려는 견해가 있다. 70년대의 문학을 ≪창비≫와 ≪문지≫의 역할기능의 대립으로 이해하고 ≪창비≫와 ≪문지≫의 한계를 극복하는 것이 오늘의 문학의 선결과제라고 주장하는 것이 그 예이다. 이러한 논리는 꽤 보편화되어 있어서 이 논리를 그대로 수용한다면 70년대는 ≪창비≫와 ≪문지≫의 문학 외에 따로 거론할 문학이 없는 것처럼 여겨진다. 과연 그러한가? 물론 그렇지 않다. 자세한 이야기를 하기에 앞서 그 적용 예를 살펴보자.

> 70년대 한국문학의 현실 응전력은 문학의 지도원리로서 비평운동의 상황대응적 이념과 그것의 현실 실천화, 문학의 적절한 방향성 설정 등으로 이해되어질 수밖에 없다면, 70년대 비평운동인 ≪창비≫와 ≪문지≫의 문학 명제에 대해 명증한 이해가 그 출발점이 됨은 아무리 강조해도 지나치지 않는다. (특정인을 비방하기 위한 목적이 아니라는 점을 강조하기 위하여 인용근거를 밝히지 않는다.)

이 문맥을 살펴보면 처음에 걸리는 것이 '문학의 지도 원리로서 비평운동'이라는 말이다. 물론 '현실 응전력'이라는 전투 용어와 흡사한 말도 거부감이 가지만 '현실 적응력'이나 '현실 대응력'이라는 말에 힘을 주다 보니 그런 말을 사용할 수도 있다. 그러나 비평운동이 문학의 지도원리라는 말은 비평이 문학보다 선행한다는 말 같아서 선뜻 동의하기 어렵다. 비평이 문학의 지도 원리로 작용될 수 있었던 시대는 문학보다 이론이 승하고 그런 까닭에 문학은 별로 볼 만한 것이 없는 시대이다. 70년대가 과연 그러한 시대였던지 되묻고 싶다. 또한 ≪창비≫, ≪문지≫가 70년대를 주도했다는 지적은 이것을 사실이라고 인정한다고 해도, 이러한 이해방법은 식민지 시대의 문학사를 잡지 중심으로 서술하는 태도와 무엇이 크게 다른가 하는 의문을 갖게 한다. 한 잡지에 참여하는 잡다한 인물들의 공통점만을 찾아서 그 차이점은 망각한 채 특정 경향성만 추출하는 행위는 종파주의적 사고방식에서 크게 벗어나지 않는다. 이런 까닭에 잡지 중심의 문학사 서술에 대해서 그 유용성에도 불구하고 여러 차례 비판을 가하게 된 것이다.

≪창비≫나 ≪문지≫가 70년대 문학에 이바지한 여러 가지 역할 기능을 부정할 사람은 없다. 이 두 잡지와 출판사 외에도 70년대 문학에 공헌한 많은 잡지와 출판사가 있다는 것 또한 사실이다. 이 사실 역시 인용문의 번역 문식 어투를 빌린다면 "아무리 강조해도 지나치지 않는다."

위에 인용한 비평문의 저자와 다른 비평가는 ≪창비≫와 ≪문지≫의 역할과 자신들의 문학적 지향성에 대해 다음과 같이 말하고 있다. 즉, ≪창비≫와 ≪문지≫에 대해서 80년대 동세대는 ①민중적 전망 / 시민적 전망(성민엽) ②현실에의 몸담음 / 현실에의 반성적 질문(정다비) ③역사 실천주의 / 분석 전망주의(장석주) 등으로 이해하고 있는데, 이는 참여 / 순수라는 해묵은 논쟁의 연속성을 지니는 이해 방법이라서 자신들은 비평적 유연성을 가지고 ≪창비≫와 ≪문지≫의 명제를 변증법적으로 종합하겠다는 것이다.

이러한 견해는 70년대 문학의 이분법적 이해 현상이 바람직하지 못하다는 지적인 것 같지만 사실은 그렇지 않다. 80년대 문학이 가졌던 문학적 유연성 내지 비평적 유연성을 간과하고 80년대에 들어서서 자신들에 의해 비로소 유연성이 획득되고 변증법적 경향이 이루어질 것이라는 오만하다고 하면 오만한 생각이 이 견해에 담겨져 있다. 사실을 따지고 보면 70년대의 지난 문학조차 파당적으로 이해하는 사람들이 종파주의의 또 다른 오류를 빚지 않으리라는 생각을 하기 힘들다.

≪창비≫와 ≪문지≫의 역할 기능에 대한 지나친 집착이 오늘의 문학에

공헌할 바 크지 못하다. 이들의 활동이 70년대로 끝난 것도 아닌데, 마치 종지부가 찍힌 것처럼 서술하는 것도 마땅치 않다. 70년대의 공헌을 인정하면서 70년대의 다른 문학 유파의 활동도 고찰하고 80년대의 ≪창비≫와 ≪문지≫의 변모 양상도 살펴보는 것이야말로 '비평적 유연성'에 해당할 것이다. 70년대를 다루려면 ≪창비≫와 ≪문지≫ 부터 살펴야 한다고 해서 ≪창비≫나 ≪문지≫ 쪽에서 으쓱해하지 않을 것이다. 이미 지나간 문학, 극복되는 문학으로 취급되는 것을 즐겁게 생각하지 않을 것이기 때문이다.

우리는 종파의 존재 자체를 부정할 수 없다. 정치적으로 종파가 정당이 되고 정당의 대립을 통해서 국가 경영이 이루어진다. 마찬가지로 동인지나 잡지, 문학단체의 운영을 통해서 우리 문학이 흥륭하게 된다. 그러나 종파주의의 폐해 또한 지적된다. 사고의 유연성을 방해하고, 집단 간의 대화의 통로가 차단되고, 구성원 간의 대립이 심화되고 개인보다는 집단의 이념이 강조된다.

문학을 이야기하면서 '종파주의' 운운하는 것 역시 종파주의를 조장하는 행위일지 모른다. 대단한 종파주의도 아닌데 '종파주의의 폐해'를 거론하는 것 역시 종파주의에 집착하는 행위일지 모른다. 이런 점에 대한 반성을 철저히 해야 할 것은 물론이지만, 종파주의의 싹부터 제거해야 한다는 신념 없이 문학공동체를 수립할 수 없다는 사실 또한 기억되어져야 한다.

2. 문학교육의 제문제

1980년대에 들어서서 새로 개정된 중고등학교 교육과정에 따르면 국어교육의 교과과정으로 표현과 이해의 영역에 말하기, 듣기, 읽기, 쓰기 등의 활동 외에 언어, 문학의 영역을 각각 독립시켰다. 이는 언어, 문학의 영역을 전문화하여 이 분야의 지식과 이해의 수준을 강화하려는 시도이다.

　문학교육의 목표로 세분화되어 다양한 항목을 설정하였고, 중학교 1학년에서부터 상당한 수준의 문학 이해력을 요구하고 있다. 다음에 제시하는 중학교 3학년의 문학교육목표를 살펴보면 그 수준의 높음과 다채로움에 놀라지 않을 수 없을 것이다.

중학교 3학년 문학교육 목표

1) 소설의 중심이 되는 갈등 이해
2) 소설은 인물을 드러내는 방식이 여러 가지임을 이해
3) 소설 배경의 물리적 환경과 상징적 의미로서의 역할 이해
4) 어떤 사실이나 생각에 대해서 작자의 생각과 주인공의 생각의
　　불일치 이해
5) 소설이 누구의 눈을 통하여 진술되는지 이해
6) 희곡의 대화, 독백, 방백의 구별 및 이들의 기능 이해
7) 비극의 중심인물을 통하여 삶의 엄숙한 진실 자각
8) 시의 음악적 효과를 높이는 언어적 요소 분별
9) 시의 비유나 관습적 상징 이해
10) 시의 설득적, 명상적 목소리의 구별과 감상
11) 문학적 산문과 실용적 산문과의 차이점 파악
12) 문학적 산문의 설득력을 높이는 여러 가지 표현법 이해
13) 사람과 영적 존재 관계를 주제로 한 문학의 흥미

　이러한 교육목표를 제대로 교육시킬 수 있다면 고등학교 교육은 물론이고 대학교 교육을 받지 않아도 문학에 관한 한 중3 학생이 이해할 수 없는 요소는 별로 없을 것이다. 웬만큼 실력 있는 교사가 아닌 다음에야 이러한 목표를 완벽하게 가르치기 힘들 터이다. "소설 배경의 물리적 환경과 상징

적 의미로서의 역할 이해” 같은 항목이나 “비극의 중심인물을 통하여 삶의 엄숙한 진실 자각” 같은 항목은 전문비평가들도 이해하지 못하고 놓치는 경우가 많은 수준 높은 비평의 덕목이다.

교육목표란 원래 다분히 이상적인 것이라서 실천 불가능한 요소가 들어 있기 마련이지만 중학교 3학년의 목표로는 아무래도 너무 높게 잡은 것 같다. 이런 목표 하에 교육을 받은 중3 학생들의 문학에 대한 일반적 무지는 그러한 사실을 증명한다. 자습서에 씌어있는 정답을 외우는 데 급급한 중3학생들이 “시의 설득적, 명상적 목소리의 구별과 감상”을 할 수 있다면 얼마나 다행이겠는가. 불행하게도 현실은 전혀 그렇지 못하다.

내가 하고 싶은 말은 문학교육의 목표가 잘못 잡혀 있다는 것이 아니라, 그러한 목표를 가진 국어교육을 받는 사람들이 왜 그렇게 문학에 대해서 무지하고 무관심한가 하는 점이다. 고등학교를 졸업한 사람들이 대학에 들어가 문학과 관련 있는 과목을 전공한다거나 문학에 대해 특별한 관심을 지속하는 극히 예외적인 경우를 제외하면 졸업 이후에 문학에 관심과 흥미를 느끼는 사람은 많지 못하다. 중3 정도의 과정만이라도 온전히 이수한 사람이라면 문학에 대한 관심을 지속시킬 수 있을 터인데 무엇이 잘못되어서 이러한 현상이 나타나는 것일까? 우리는 여기에서 문학교육의 일반적 문제점들을 살펴보아야 할 필요성을 느끼게 된다.

첫 번째로 지적할 것은 수준 높게 설정된 교육목표와는 대조적으로 문학작품 그 자체에 접할 수 있는 기회가 많지 못하다는 점이다. 입시준비에 쫓겨서 책 읽을 시간을 갖지 못하는 것을 현실로 받아들일 수도 있다. 그러나 모처럼 시간을 쪼개서 독서시간을 마련한다고 해도 무슨 책을 어떻게 읽어야 될지 알 수가 없다. 학년별로 독서 프로그램이 마련되어 있는 것도 아니고, 독서지도를 전담하는 교사가 있는 것도 아니다. 학생들은 손에 닿는 대로 무질서하게 책을 읽거나 교사가 추천하는 책을 마지못해 읽기 마련이다. 교사가 추천하는 책들은 학생의 수준에 맞는 경우도 있지만 대개는 교사 자신도 읽어보지 못한 난해한 책들이거나 현실과 동떨어진 고루한 책인 경우가 더 많다. 중3 학생이 플로베르의「보바리 부인」을 읽고 그 작품의 주인공 엠마와 자신을 동일시한다거나 예를 들어 엠마가 레옹과 마차에서 벌이는 정사장면 같은 것에 감동을 받는다면 도덕적으로도 바람직스럽지 못하다. 또『일리아드』,『오디세이』에 나오는 수많은 그리스인들의 인명에 압도되어 머리만 복잡하게 얽힌다면 학습능률이라는 측면으로 보아서도 좋은 현상은 아니다. 요컨대 흥미를 유발시키고 이를 지속시킬 수 있는 체계적 절차를 갖춘 독서교육의 프로그램 개발이 시급한 과제이다. 고전이라고 해서 학생들에게 다 유익한 책은 아니다. 고전이기 때문에 고서적상에서나 취급해야 할 책도 수두룩하다. 학생들을 고전古典 때문에 고전苦戰하게 만드는 것은 효과적 교육 방법이 아니다.

그렇다고 해서 흥미 위주의 책만 선택하는 것에도 문제가 있다. 책 이외의 것에서 얼마든지 책보다 흥미 있는 것을 발견할 수 있는 대중사회에서 흥미 있는 문학작품에만 주목하는 것은 대단히 위험한 일이다. 소설가들에게 재미있는 이야기만을 기대하는 독자의 태도는 무슨 재미나는 일이 없을까 라는 일종의 재미에 대한 강박관념을 표출하는 것이다. 수도원 학교시절의 엠마처럼 통속소설에 몰두하여 재미의 환상을 쫓다가 결국 파멸의 구렁텅이에 빠지게 되지 않는다는 보장은 없다. 이야기의 재미만을 쫓아서 소설을 읽는 것은 부르주아적 안이성을 나타내는 대표적인 태도이다.

따지고 보면 이 사회에서 문학보다 재미있는 것이 얼마나 많은가. 재미의 홍수 속에 휩쓸리지 않으려면 어떻게 해야 하는가, 손쉽게 재미를 느낄 수 있는 현실에 살고 있으면서도 왜 골치 아픈 문학작품에 관심을 기울여야 하는가, 문학교육은 우선 이런 점을 학생들에게 숙지시켜야 한다. 그렇게 하지 못하고「보바리 부인」은 누가 썼는지 따위의 장학퀴즈의 문제 따위를 교육시킨다면 문학은 잘못된 교육 때문에 더욱 빨리 멸망할지도 모른다.

문학에 관심을 갖는다든지 문학작품 창작에 몰두하는 것은 보다 가치 있는 삶을 위한 진지한 노력이라는 것을 깨닫게 해야 한다. 그런 의미에서 작가가 된다는 것은 평범한 인간 감정의 향유로부터 제외된다는 점을 강조하는 토마스 만의 말을 음미할 필요가 있다.

> 문학은 소명이 아니라 일종의 저주이다. ─ 문학은 교양 있는 일반인과 기묘하게 대립된 가운데, 당신 스스로가 동떨어져 있다고 하는 감정으로 시작된다. 문학에는 지식, 회의주의 및 당신과 다른 사람간의 불일치에 대한 풍자적 감수성이라는 실연이 존재한다. 이것이 깊어질수록 당신은 혼자라는 것을 깨닫게 될 것이고, 그 때부터는 어떠한 화해도 기대할 수 없게 된다.

이러한 고립자로서 작가의 이미지는 얼마간 과장된 면도 있지만 불확실하고 고립된 상황을 지탱해 나아가기 때문에 더 가치 있는 삶을 살 수 있다는 논리에 승복해야 한다. 문학작품을 통해 안이하고 쾌적한 즐거움을 누리겠다는 생각은 잘못된 것이고 괴로움의 소용돌이 속에서 삶의 충일성을 찾아야 한다는 생각으로 바꾸도록 지도해야 한다.

그 동안의 교과서 분석에 의하면 중고등학교 교과서에는 지나치게 많은 문학 관련 단원이 수록되어 있다고 한다. 이렇게 과다한 분량의 문학 단원이 수록되어 있음에도 불구하고 문학에 대한 관심을 제고시킬 수 없는 까닭은 그런 단원들이 우리들의 삶과 동떨어진 형식과 내용으로 구성되어 있기 때문이다. 생활과 동떨어진 정도가 커야 교과서에 수록되는 것으로 착각할 정도로 현행 교과서의 문학작품 선정기준은 애매모호하다. 문학작품의 선정기준이 그렇다면 학생들에게 문학이란 삶의 가치를 증진시키는 것이라는 설명을 할 수가 없다. 그런 이야기야말로 교육을 빙자로 한 사기에 불과하다.

문학은 삶의 궁극적 구경究境이라는 사이비 종교적 신념과 순수미학의 수립이라는 저급한 형태의 이데올로기를 학생들에게 강요할 수 없다. 삶의 우원한 가치 때문에 삶의 직접적 가치를 포기하는 것은 또 다른 형태의 기만행위이다. 글이란 글 쓰는 기교가 탁월하기 때문에 감동을 주는 것이 아니라 글 속에 담겨 있는 세계관의 독창성과 시각의 예리함에 의해 공감을 부여하는 것이다. 이글튼T.Eagleton의 말을 빌린다면 "글을 잘 쓴다는 것은 '스타일'의 문제만이 아니라 특정 상황에서의 인간 경험의 실제를 꿰뚫을 수 있는 이데올로기적 시각을 확보할 수 있다는 것을 의미하기도 한다."

이러한 이데올로기적 시각을 확보하기 위해서 분노, 증오, 투쟁, 저항 등의 감정과 이념으로 가득 찬 작품을 가르쳐야 한다는 주장도 제기되었는데 이 점은 다시 고찰되어야 한다. 부르주아적 안이성은 타파해야 하겠지만 "학교 앞 술집에서 막소주를 마시고"로 시작되는 시를 어떻게 학교에서 가르칠 수 있겠는가? 이 세상은 아름답기만 한 것이 아닌 것과 마찬가지로 더럽기만 한 것도 아니다. 아름다움에 심취할 수도 있고 더러움을 배격할 줄도 아는, 균형 있는 정서를 함유하게 하는 문학교육이 요청된다. 지금까지의 문학교육이 부정과 비리, 모순과 결합으로 가득 찬 현실 상황을 도외시하는 데 치중해왔다고 간주하기 때문에 그에 반비례해서 현실의 부정적인 면을 의도적으로 부각시킬 필요도 있다고 생각한다. 올바른 길은 긍정과 부정의 균형에서 찾을 수 있다.

문학교육의 문제는 교육을 담당하는 선생이나 교육받는 학생의 문제가 아니다. 올바른 문학교육의 기반에서 문학을 바르게 향수할 수 있는 독자층이 형성되는 것이고 그러한 독자들에게 역동적인 이해의 길을 열어줄 작가층이 생성된다. 이렇게 되면 말로만 떠들던 문학의 민주화라는 개념에 한걸음 더 가까이 가게 되어 '모든 사람을 위한 문학'이라는 이상에 도달하게 될지 모른다. 물론 '모든 사람을 위한 문학'이란 완전한 평등이 불가능한 것과 마찬가지로 한갓 이상일 따름이지만 문학적 엘리트주의를 불식시키고 문학적 평등을 이룩하려는 뜻 깊은 시도이다. 문학의 저변 확대, 문학권의 광역화, 신진작가의 등장, 문학시장의 활성화, 독자층의 확보 등 문학권에서 사용될 수 있는 좋은 의미의 모든 말들은 문학교육의 문제와 직접적 연관을 맺고 있다. 이 사실을 잊어서는 안 된다는 점, 목표가 훌륭하게 설정되었다고 해도 그 실천방법이 졸렬하면 목표의 훌륭함 때문에 오히려 교육을 망친다는 점 등을 마음에 새겨야 한다.

문학과 관련된 행위 치고 문학교육과 연관되지 않은 것은 아무것도 없다. 문학교육은 작가, 작품, 독자 간의 소통을 원활하게 하고 생산, 분배, 소비의 과정을 밀접하게 연관시키는 다양한 기능과 역할을 내포한다. 문학의 현장과 문학교육은 따로 존재한다는 인식이 바뀌지 않는 한 한국문학의 수준 향상은 기대하기 어렵다.

5. 소설적 인식의 전환과 다양성 확보

−1960년대와 1970년대의 소설

1. 60년대 초의 정치적 격변과 현대적 소설문법의 정립

60년대 소설의 문학사적 의미는 본격적인 현대소설의 전개를 준비하고, 그러한 준비를 바탕으로 현대소설로 진입했다는 점에서 찾을 수 있다. 50년대의 한국소설이 전쟁이라는 한국적 특수상황에 대한 응전의 특별한 형태를 취하고 있다면, 60년대의 소설은 전후소설의 특수성에서 벗어나 보편적인 소설의 문법을 마련하는 일반적인 형식을 갖추고 있다. 전후소설의 작가들이 전쟁에 대한 피해의식에서 탈피하지 못하고 전쟁 그 자체에 매달려 있느라 소설의 미학적 측면을 고려하지 못한 것에 대하여 50년대의 전후소설작가까지 포함하여 60년대에 들어선 신진작가들은 보다 자유롭게 소설의 미학적 골격을 개편할 수 있었다.

이렇게 소설의 형식적인 측면에서 다양한 실험을 전개했지만 4·19와 5·16으로 이어지는 정치적인 대변혁과 보수적인 것으로의 강압적 회귀는 60년대 소설의 내용적 측면에 여러 가지 굴곡을 초래시켰다. 4·19로 상징되는 자유의 방출로 오래간만에 표현의 포만감을 느낀 것도 잠깐, 군사 쿠데타의 돌발로 인해서 그 포만감이 순식간에 배고픔으로 전변하는 불행을 맞게 된 것이다. 5·16이 있음으로 해서 4·19를 겪었다는 사실이 더욱 안타깝게 여겨지는 현실, 60년대 소설은 그러한 불행을 형상화해야 할 의무를 지니고 있었다.

4·19의 행운을 누구보다도 기민하게 포착해서 이를 작품화한 작가가 최인훈이고 그 작품이 『광장』임은 4·19의 자유가 잠시 부여한 행운의 산물이었다. 소설가가 이토록 재빨리 사회변혁의 속도에 맞추어서 재빠르게 변혁의 요체를 짚은 것은 90년대의 소설까지 고려하더라도 『광장』이 거의 유일하다. 소설의 시간 지체설을 따르면 소설은 항상 일정한 변화의 시간이 흐른 다음 과거의 현실을 반영하는 것인데, 최인훈은 저널리스트와 같은 민첩성으로 시간 지체론의 반증을 제시한다.

2. 『광장』 신드롬의 허상

오늘의 시점에서 『광장』을 다시 검토하면 70년대나 80년대에 지식인들이 그렇게 열중했던 '『광장』 신드롬'이란 별 내용이 없는 것임을 확인할 수 있다.

남과 북의 대비를 시도하고 남한의 현실에 대해서 근본적인 비판을 가했다는 점이 높이 평가되나, 밀실과 광장의 대립이 이항대립으로 처리될 수 있을지 의문이 가고, 논리의 정확한 전개라는 점에서 재검토가 요청되는 무수한 궤변적 진술, 그리고 무엇보다도 이 작가가 역사의식적 측면에서 허무주의로 함몰하고 있지 않은가라는 의심 때문에 『광장』을 예전과 같은 열정으로 다시 읽을 수 없다. 남한은 밀실만 있고 북한은 광장만 존재한다는 애매한 은유도 공감이 가지 않고, 현실을 추상화하는 지적인 조작으로 가득 찬 수많은 소피스트케이션sophistication의 문장들이 마음에 들지 않는다. 게다가 이후 여러 번의 수정이 있었지만, 이명준이 중립국을 택하는 결말 또한 이 땅에서 역사와 대면해야 한다는 주장을 개인주의적 이상에 매몰시키는 처참한 패배를 의식하게 한다.

『광장』 이후 최인훈의 작품 세계가 하루하루 무사히 살아남는 것을 안도하는 다행중의 세계로 이어지는 것은 이미 『광장』에서 예견할 수 있었다. 『광장』의 이러한 한계에도 불구하고 『광장』이 60년대 소설의 선두에 서 있는 것은 소설사적 시각에서 부정할 수 없다. 『광장』이라는 작품에 대해 위에서 예거한 비판을 퍼부을 수 있을 정도로 60년대의 현실의 폭은 넓지 못했고 현실 인식의 깊이도 확보되지 못했기 때문이다. 이 작품은 그런 점에서도 60년대 초반의 한국적 상황을 증언하고 있다.

61년과 62년의 작품발표 목록을 보면 이 시기에 우리 소설의 명작이 속속 발표되었다는 사실에 주목하게 된다. 61년에 안수길의 『북간도』, 이호철의 「판문점」, 남정현의 「너는 뭐냐」, 김동리의 「등신불」, 1962년에 황순원의 『일월』, 장용학의 『원형의 전설』, 전광용의 「꺼삐딴 리」 등이 발표된다. 1960년대는 이처럼 이 시기 이전에 작가로 출발하였던 중견 작가들이 자신의 작품세계를 굳건하게 다지는 정립의 시기였다.

60년대 초반에 가장 활발한 작품 활동을 펼친 작가는 이호철이다. 그는 「판문점」, 「닳아지는 살들」에서 소설의 상징적 분위기를 창출하는 미학적 역량을 과시하고 『소시민』에서 한국사회 구성원에 대한 계층 분석을 미시적 관점에서 수행한다.

60년대 중반과 후반에 들어서서 아직도 현업 작가로서 활발한 작품 활동을 펼치는 많은 작가군이 산출되는데, 홍성원·박상륭·이제하·송상옥·이문구·이동하·박태순·송기숙·김원일·신상웅·서정인·김주영 등이 그들이다. 이들의 등장과 이들이 펼치는 개성적 문학세계는 1970년대로 이어 진다. 이 명단에서 일부러 제외한 김승옥과 이청준은

1960년대 소설의 핵심을 창출한 작가이다.

이 두 작가에 대한 언급에 앞서 한 가지 짚고 넘어 갈 것은 60년대 소설은 60년대 시와 달리 순수·참여의 대립에 휘말리지 않았다는 사실이다. 60년대의 시가 순수·참여로 양분되다시피 격렬한 대립의 양상을 보인 데 대해 소설은 순수·참여를 별로 의식하지 않고 현실제시의 충실도를 측정하면 그만이라는 의식이 강했다. 사회적 격변기에 대응하는 순발력에서 시가 소설보다 강했기 때문에 이러한 현상이 나타났겠지만, 현실의 반영물로서 소설은 소설 그 자체가 참여의 형식이기 때문에 구태여 순수 참여의 구분이 필요하지 않았을 터이다.

70년대에 들어서서 작가들의 정치적 처신에 따라 민중계열과 그렇지 않은 계열로 나누어지긴 하나 민중계열에 속하지 않은 소설가를 순수작가로 분류할 수 없다는 점을 감안하면 소설에서 순수·참여의 구분은 무의미하다는 것을 확인할 수 있다.

3. 김승옥의 화려한 출발과 이청준의 꾸준한 정진

최서해 이래 소설가로서 데뷔 당시부터 강력한 주목을 받은 작가가 바로 김승옥이다. 어떤 비평가는 그의 작품세계를 지칭하여 '감수성의 혁명'이라고 극찬한 바 있다. 이 시점에서 김승옥을 다시 읽으면 그런 호들갑을 긍정할 수 있는 요소를 그의 작품이 듬뿍 담고 있다는 것을 느끼지만, 그렇다고 해도 혁명 운운은 지나친 바가 있다고 판단된다.

혁명이라는 것은 기존 질서의 총체적 변혁을 의미하는데 김승옥이 감수성의 체계를 전면적으로 개편했다고 볼 수가 없다. 세련된 문체와 표현의 참신성을 혁명이라고 생각한다면 김승옥의 소설은 질서가 잘 잡혀 있다는 점에서 혁명과 거리가 멀다. 혁명은 뒤죽박죽 상태로 만드는 것을 뜻하지 그것이 정리된 것을 의미하지는 않기 때문이다. 김승옥은 뒤죽박죽의 의식 상태를 가장 잘 정리한 정돈의 명수이다.

「무진기행」은 그런 정돈의 양상을 잘 표출한 작품이다. 나는 고향 무진에 가면 언제나 혼돈 상태에 봉착한다. 서울에서의 생활은 일상의 논리에 충실한 생활인의 착실한 자세의 연속인데, 고향에만 가면 마치 꿈을 꾸면서 안개를 해치듯이 뒤죽박죽의 의식 상태에 휘감기고 만다. 그래서 여선생과 뜻하지 않은 정사를 벌이고 자신의 행동에 대해서 아무런 해명을 하지 않고 무진을 떠나 버린다.

이러한 줄거리의 「무진기행」은 어머니 앞에서나 고향에서 자기 귀속감을 느끼기 때문에 본능적 행동을 자제하지 못하는, 금제의 해방을 의식하는 콤플렉스를 상징화한 작품이다. 콤플렉스를 정교한 문장으로 정돈한 솜씨가 빛나는 이 작품에, 감수성의 혁명의 징후는 그 어디에도 없다. 더구나 4·19혁명과 관련된 구석은 아무리 찾아봐도 없다. 혹자는 김승옥의 작품이 자유정신과 연관됨을 의식하여 4·19의 자유정신과 김승옥의 그것을 대비하기도 하는데 부정과 독재에 항쟁하는 자유정신은 김승옥의 어떤 작품에도 없고, 대신 전시대의 작가와 구별되는 서구 취향의 일본적 투영을 연상하게 하는 개인주의적 자유정신을 읽을 수 있을 따름이다. 4·19와 김승옥을 연관시키는 것은 애초부터 무리인데도 그가 60년대를 대표하는 작가라는 사실 때문에 그런 연관을 당연시하는 판단은 수정되어야 한다.

김승옥과 짝을 이루어 논의되는 이청준의 작품이해에서 가장 커다란 난관은 작가 자신의 문학관이다. 그는 문학을 자기실천, 자기구제라는 점을 강조하고 자기 구제는 작가를 패배시킨 현실을 자기 이념의 질서로 거꾸로 지배하려는 ‘복수’행위로 본다. 강한 복수심의 설천이 곧 그의 문학이라는 생각이다.

이러한 문학관에서 자기실천, 자기구제의 개념은 이해가 되나 현실이 작가를 패배시켰고 작가는 현실에 대해 복수를 한다는 개념은 도무지 이해가 가지 않는다. 왜냐하면 그의 작품에는 작가를 패배시킨 현실에 대한 파악이 지극히 주관적이고, 개인적인 관점에서 추상적으로 파악되고 있는 복수의 과정과 결과도 마찬가지의 방법으로 형상화되고 있기 때문이다. 정치혐오중을 연상시키는 그의 작품은 패배와 복수를 자신이라는 제한된 영역에서 되풀이하고 있다.

이청준의 작품에서 50년대 작가의 엄숙주의와 정치 기피증, 좌절의식을 다시 읽는 것은 그가 근본적으로 새로운 60년대의 작가는 아니라는 점을 증언한다. 미완의 혁명으로서 4·19의 좌초가 그의 작품에서 읽혀진다면 이청준이야말로 4·19를 대변하는 작가이겠지만, 4·19라는 공적 쟁점 제기의 실패라기보다 개인의 좌초에 그의 작품이 치우쳐 있기 때문에 그런 판단을 쉽게 내릴 수 없다.

4. 사회구조의 변화와 농민소설

1970년대에 들어서서 근대화 일변도의 정책은 농어촌 공동체의 급격한 해체를 초래한다. '100억 불 수출, 100불 소득'이라는 슬로건 아래 농촌사회의 구성원인 농민은 도시 노동자로의 변신을 강요당하고 거기에 적응하지 못한 농민은 도시 빈민으로 전락한다. 이렇게 해체되는 농촌을 설득력 있게 묘사한 작품이 이문구의『관촌수필』연작이다.

이 연작은 내용상 두 부분으로 구분되는데, 과거에 대한 동경과 미화를 그리움의 정서로 표출하는 「행운유수」, 「녹수청산」, 「공산토월」 등의 작품과, 타락한 오늘의 농촌세태와 과거의 대비를 통해 사회구조의 변화를 감지하는 「관산추정」, 「여요주서」, 「월곡후야」 등의 작품이 대조를 이룬다.

이문구는 농촌사회의 해체를 과거에 대한 그리움으로 산업화 정책에 희생되는 농민의 안타까움을 오늘의 세태에 대한 풍자로 점잖게 묘사한다. 치열한 비판정신이 문맥 사이에 번득이는 그런 소설을 그는 시대를 거스르는 한문 투의 문장으로 끈질기게 전개한다. 이것이 이문구가 취할 수 있는 최대의 저항방법인 것이다. 문체의 힘으로 현실에 대항하는 작가의 의도가 어느 정도 성공했느냐는 차치하더라도 우리말의 다양한 어휘를 일부러 꾸며서가 아니라 지극히 자연스럽게 구사하는 그 입심에는 감탄을 금할 수 없다. 70년대의 농민 저항의 문학적 표출은 이문구의 소설처럼 풍류가 있고 해학도 있어서 그래도 여유가 있는 것이었다.

이에 대해 송기숙의 「자랏골의 비가」, 「암태도」는 즉자가 아닌 대자적인 조직적 농민저항을 다룬 작품이다. 박경수의 「동토」 같은 작품에서 보이는 농촌현실의 꾸밈없는 표현과는 여러모로 대조적인 작품들이지만, 그래도 송기숙의 작품에는 농민들의 삶의 해학과 간난 중에서 여유를 찾으려는 품격이 나타나 있다. 70년대 이후부터 농민소설이라는 소설의 하위 장르가 쇠퇴하고 있다는 점을 고려할 때 70년대 소설에서 농민소설을 먼저 주목하는 이유를 이문구, 송기숙의 작품에서 찾을 수 있다.

5. 노동현실과 현실의 구조

노동자 계급의식의 발아를 언급하면서 황석영의 「삼포가는 길」과 「객지」를 예거하는 것은 노동문학 논의의 정석이다. 한 명의 작부와 두 사람의 노동자가 느끼는 연대의식은 아직은 뚜렷한 계급의식이라고 지칭할 수 없다. 그러나 그들은 밑바닥 인생이라는 공통점을 서로 인식하고 현실에 대한 막연한 개혁을 꿈꾸기도 한다.

이러한 의식이 계급의식으로 전개되려면 좌절감과 패배의식을 투쟁의식과 승리에 대한 선취의식으로 전환시켜야 하는데 70년대의 상황은 그들에게 그런 전환을 허용할 상황이 아니었고 작가 자신도 노동계급과 막연한 연대의식을 느꼈을 따름이다. 70년대의 독재정치는 의식의 단선성을 강요하고 있었기 때문에 계급의식이 발아할 조그마한 텃밭도 허용하지 않았다. 황석영의 「객지」는 계급의식의 발아를 일용 노동자의 작업 현장에서 찾아냈다는 점에서 가치가 있는 작품이다. 80년대 중반 이후의 노동자 소설과 비교해도 황석영의 작품은 관념의 틀을 의식하지 않았다는 점에서 여전히 빛나는 작품들이다.

윤흥길의 「아홉 켤레의 구두로 남은 사내」는 변두리 주민의 전형적인 소시민의식을 70년대의 성남 소요 사건과 연관 지워 삶의 음영과 더불어 묘사하고 있는 작품이다. 이 작품은 노동자의 계급의식을 그렸다기보다 도시적 삶에서 소외된 주변인의 삶과 의식의 황폐함을 일상의 디테일로 제시하면서 70년대의 소시민의 삶의 밑바닥까지 투영한다. 인간으로서 자존심을 잃지 않으려는 처절한 몸부림이 오늘의 도시 빈민에게 이어지고 있는 것을 연상하면 이 작품은 우리 시대 도시 빈민의 초상을 그리고 있는 것이다.

70년대를 흔히 산업화의 시대라고 규정하고 우리 소설을 산업화와 연관시켜 고찰하는 시도가 있어 왔다. 산업화의 세부적 현장에 대한 작가들의 무지와 산업 자본주의 형성 배경에 대한 작가들의 접근이 원천적으로 금지되어 있는 상황이어서, 산업화의 구조적 문제를 파헤치는 작업은 시도조차 제대로 이루어지지 않았다.

조세희의 『난장이가 쏘아 올린 작은 공』 연작은 이러한 원천적 접근 금지와 무지를 초월하려는 작가의 안쓰러운 희망이 점철된 작품이다. 알레고리 구조와 평면적 상징체계가 교차된 이 작품을 오늘의 관점에서 보면 작가의 산업화에 대한 이해도가 인문학도의 기계설비에 대한 이해의 그것처럼 엉성하다는 것을 금방 알아차릴 것이다. 거대한 산업화 구도의 일단을, 육체적으로 불구이고 정신적으로도 상처투성이인 난쟁이의 한정된 관

점에서 본 이 작품을 70년대 노동소설의 대표작으로 꼽을 수밖에 없다는
것이 우리 소설의 한계이다.

70년대뿐만 아니라 80년대, 90년대에 이르기까지 우리 소설의 작가들
은 산업화의 현장에서 철저하게 격리되어 왔다. 산업화의 구조와 재벌들
의 성장, 그들의 권력기구와의 밀착, 이런 제재를 철저하게 외면하게 만든
정치, 사회, 문화의 제 현실은 작은 대롱으로 풍경을 바라보는 근본적인 통
찰력의 한계를 초래한 것이다. 70년대 후반의 민중주의의 대두에도 불구
하고 우리 사회의 근본적인 비리에 대해서는, 80년대 후반에서 오늘에 이
른 회고물에서 다루어지는 내용의 일단조차도 언급하지 못하고, '나는 모
르쇠'를 강요당한 것이 우리 문학의 실정이었다.

6. 분단소설의 70년대적 양상

70년대 작가들의 공통점은 유년시절에 6·25를 겪었다는 점이다. 전쟁
을 이념이나 체험으로 겪은 것이 아니라 자라나는 아이로서 정서적 충격
으로 실감했다는 점은 이념의 대립이나 전쟁체험의 몸서리치는 악몽에서
얼마만큼 비껴 설 수 있는 시공을 확보하게 만들었다.

윤흥길의 「장마」, 이동하의 「전쟁과 다람쥐」, 김원일의 「어둠의 혼」 등
은 유년시절의 정서적 체험을 바탕으로 분단 상황을 재조명하고 있는 작
품이다. 성장소설 내지 교양소설의 테두리 내에서 분단소설이 씌어졌기
때문에 창작의 자유를 제한하는 일면적 반공 논리의 테두리에 크게 저촉
되는 바가 없다. 이것이 작가들을 이런 종류의 분단소설에 몰두시킨 배경
이고 이런 분단소설에 대해서 비평가들이 다른 제재의 소설보다 논평의
순위에서 우선하게 된 동인이다.

권력의 비리, 한국사회의 근본적 취약점 등에 대한 접근 자체가 봉쇄된

상황에서 주제적 무게를 확보할 수 있는 혈로는 분단을 제재로 한 소설이었다. 통일된 다음의 시대적 관점에서 이런 작품을 다시 읽으면 "전쟁에 대한 이런 식의 유치한 접근도 있었구나"라고 지나쳐 버릴 작품이 70년대 당시는 가장 심각한 문학적 주제의 작품으로 자리매김 되고 문학인들의 주목을 받았던 것이다. 정서의 힘에 의지해서는 통일이 이룩되지 못한다는 것을 잘 알고 있으면서도 이러한 안타까움마저 표현되지 못한다면 통일은 더욱 요원한 것이 아닌가라는 안쓰러운 생각이 분단 소설을 지배하는 사념이다.

이러한 분단소설 중에서 그래도 시각의 입체성을 확보한 작품이 황석영의 「한씨 연대기」와 신상웅의 「심야의 정담」이다. 「한씨 연대기」는 월남한 의사의 험난한 삶의 행로를 분단 상황과 결부시켜 시대적 고민의 정체를 밝히려 했고, 「심야의 정담」은 특히 작품의 초반부에서 휴전선 일대의 긴장상황과 분단현실의 냉엄성을 깊이 있게 포착하고 있다.

두 작품 공히 유년시절의 시각에서 벗어나 분단 상황의 정체를 현실 속에서 투시하고 있다. 이 계열의 분단소설이 80년대로 계속 이어지지 못한 것은 분단 상황에 대한 입체적 접근이 시간이 흐를수록 어려워졌기 때문일 것이다.

7. 상업주의 소설의 대두

70년대 소비주의의 발달은 필연적으로 문학의 상업주의 현상을 초래하였다. 상업주의라고 하지만 미국이나 유럽에서의 기업형 소설 창작과는 거리가 멀고 작가가 한 작품을 히트 쳤다고 해서 부호의 반열에 오를 만큼 떼돈을 버는 것이 아님에도 불구하고 작품의 상업적 성공에 의심과 질시의 눈초리를 보내고 상업주의 작가라고 매도하려는 비판이 가해졌다. 최인호의 『별들의 고향』은 공전의 히트를 친 상업주의 소설의 대명사처럼 여겨진 작품이지만 작품의 내용으로 보면 70년대의 상황을 변증하는 작품적 가치를 지니고 있다. 이 작품에 등장하는 경아라는 인물은 남자의 사랑을 받기 위해서 자신의 모든 가능성을 내던지다가 결국 사랑에 실패하고 눈밭에서 얼어 죽고 만다. 신문 한 장 읽지 않는 이 여자야말로 사회적 현실에 대한 참획보다 개인적 사랑의 쟁취가 인생 최고의 가치라고 여기는 70년대 뭇 여성의 표상이 아닐 수 없다. 세련된 문체와 60년대의 김승옥이 70년대식으로 변한 것 같은 최인호식의 풍부한 감수성은 본격소설의 수준을 넘어서는 바가 없지 않다. 그러나 '사랑이냐 돈이냐'라는 진부한 『장한몽』식 멜로드라마의 틀을 벗어나지 못한다는 점에서 신소설로의 회귀라는 시대착오적 색채도 가미된 작품이다.

이 작품을 옹호하기 위해서 최인호는 중간소설이라는 개념을 스스로 창출하여 자기변호에 급급했는데, 그렇게 궁색한 변명을 할 것이 아니라 나는 그런 소설을 직업적으로 쓰는 프로페셔널 작가라고 당당하게 밝혀야 했다.

상업적 성공과 문학적 성공을 동시에 거머쥐려는 욕심 많은 의도는 우리 작가들이 소설만 써서 먹고살겠다는 프로의식보다 소설을 통해 이념을 전파하겠다는 사명감의 측면에 더 큰 가치를 부여하고 있기 때문이다. 돈이나 문학적 가치냐의 질문 앞에서 최인호가 취한 어정쩡한 중간자적 태도는 90년대에 이르기까지 사업의 일환으로 소설을 쓰고 있는 다른 유명 작가들에게까지 이어지고 있다. 양수겸장의 수를 발견하려다가 외통수로 몰리는 장기판의 이치를 깨닫지 못한 작가가 상존하는 것도 70년대의 유산이다.

8. 70년대 소설의 다양한 스펙트럼

70년대 소설의 문학사적 기여는 소설의 형식과 내용을 이전의 어느 시대보다 다채롭게 개발해서 다양한 소설적 스펙트럼을 내뿜게 했다는 점이다. 오정희, 박완서, 서영은 등으로 이어지는 여성 작가들의 작품은 남성, 여성을 따지기 이전에 문학의 커다란 가능성을 개발한 탐구자로서 작가의 위치를 가늠하게 한다. 비수로 찌르는 것 같은 오정희의 내면적 성찰, 세상의 이치를 통달한 듯 보이는 박완서의 수필적 지혜, 세계와 자아의 불화를 표현하는 서영은의 특이한 양식은 남성 작가들을 위축시키고 여성 작가 지망생들의 용기를 부추겨 각종 문학상 공모에 여성들이 남자들을 제치고 당선의 영광을 차지하는 발판을 마련하게 했다.

조정래 · 한승원 · 박영한 · 송기원 · 최창학 · 전상국 · 유재용 · 김원우 · 김성동 · 이문열 등의 활약은 70년대 소설을 한국소설의 빛나는 무대로 이끌었다. 이들의 개성이 각기 다르듯이 한국소설의 개성도 각기 다른 방향으로 뻗어 나갈 가능성이 70년대 소설에 의해 마련되었다는 점이 70년대 소설의 가장 큰 수확이다.

소설이라는 장르가 원래 잡종 장르라는 점을 상기한다면 소설적 스펙트럼의 다양성은 소설의 본질에 어울리는 일이다. 70년대 소설이 이렇게 다양하게 전개된 것이 우리 사회의 구조적 중층성에 대응하는 소설적 방법의 다양함과 연관되는 것은 췌언의 여지가 없다.

6. 소설의 현실주의, 그리고 대항문화

―90년대 한국문학의 쟁점

1. 새로운 소설의 출현은 가능한가?

해가 바뀔 때나 10년 단위의 시간이 바뀔 때, 사람들은 무엇인가 새로운 것이 출현하여 기존의 질서를 무너뜨리고 새로운 체계가 수립되었으면 하는 바람을 갖는다. 한국소설도 여기에서 예외가 아니다. 60년대에서 70년대로, 거기서 다시 80년대에서 90년대로 이행될 때마다 새로운 소설의 출현을 갈망하는 여러 가지 논의가 이루어져 왔고, 다양한 형태의 소설적 실험이 모색되어 왔다. 90년대 초반에 선 시점에서 그동안의 논의와 소설의 형태를 되살펴 본다면, 사람들의 갈망을 만족할 만한 수준은 못되지만 새로움의 징조들이 연속적으로 나타났다고 볼 수 있다. 60년대와 90년대의 소설을 전반적으로 비교·대조할 때, 변화의 징후를 불변의 양상보다 더 뚜렷하게 감지할 수 있다. 4·19세대의 의식과 6월 항쟁을 겪은 세대의 의식이 다를 수밖에 없음은 물론이다. 게다가 문체의 양상이 시대적인 격차를 보이고 있고, 소설의 형식, 작품 발표의 문학사회적 조건, 작가의 세계관과 생활양식이 현격하게 달라졌다. 이렇게 의식과 물질적 조건, 문학의 형식과 내용이 변모했다는 사실은, 30년이라는 세월이 흐르는 동안 소설계에 알게 모르게 새로운 작품이 출현했다는 것을 의미한다.

새로운 소설의 출현은 하루아침에 이루어지는 것이 아니다. 역량 있는 신인 한 사람이 충격적인 작품을 발표하여 요란스럽게 등장한다고 해서 한국소설이 근본적으로 달라지는 것이 아니다. 그런 신인이 있다면 그는 변화의 단서를 제공할 수는 있어도 변화의 전체를 끌고 가는 주체 역할은 할 수 없다. 80년대 초반 한국소설계에 신선한 바람을 불러왔던 이문열의 예를 생각해 보자. 그의 「두 겹의 노래」, 「우리 기쁜 젊은 날」, 「익명의 섬」 등의 단편이 한국소설의 새로운 시각을 보여준 것은 사실이지만, 그의 소설로 인해서 한국소설이 달라졌다고 단정할 수는 없다. 장편소설 『영웅시대』만 하더라도 발표 당시에는 여러 방향의 비판과 긍정이 엇갈렸지만 오늘의 시점에서 이 작품을 문제시하는 비평가는 별로 없다. 이 작가는 스스로 생각하고 있는 보수주의적 사회의식으로 인해서 변화의 흐름 바깥에 서 있는 국외자 같은 느낌을 주기도 한다. 식민지 시대의 사회에서 도학과 정감록을 숭앙하고 있는 인물을 그린 『황제를 위하여』 같은 작품은 그가 필요하다면 얼마든지 현실의 변두리에 서 있을 수 있다는 점을 우리에게 알려준다. 이 작품 역시 내용의 독창성과 이야기를 끌어가는 능숙한 수법 때문에 새로운 형태의 소설로 분류 될 수 있었다. 그러나 격동의 80년대를 경과한 이 시점에서 이 작품의 새로움을 거론하는 문학인들은 많지 않다. 이 말은 그의 작품이 진부하게 여겨진다는 뜻이 아니라, 새로움이란 항상 당대적 시각에 긍정할 수 있는 요소에서 비롯된다는 의미이다. 이문열의 소설은 80년대에 새로운 가능성을 열어 보였고, 90년대에 이르러 다른 형태의 변화를 모색하고 있다. 우리가 주목하는 것은 지나간 날의 새로움이 아니라 앞으로 다가올 새로움이다.

새로운 소설의 출현을 갈망하다 보면 제일 먼저 부딪히는 것이 신기성의 벽이다. 색다른 제재, 기존의 소설과 구별되는 이색적인 형식, 눈을 크게 뜨고 읽어야 하는 특이한 내용 등에 관심을 집중하다 보면 신기한 소설을 제작하려고 하게 된다. 시인이 소설가로 변신하면서 도색적인 이야깃거리들을 시적인 상상력으로 수필처럼 써대는 소설을 생산하여 독자의 구미를 당기게 만들기도 하고, 소설을 쓰면서 계속 알몸 상태로 있었다는 점을 신문광고에 밝혀 알몸으로 쓴 소설은 어떤 것일까 궁금증을 갖게 하기도 한다. 그런가 하면 보고문학의 형식을 빌려 우리가 알지 못하는 미지의 세계에 강제로 밀어뜨리는 소설이 산출되기도 한다. 이런 종류의 소설 중에도 새로움의 형태는 어느 정도 드러나 있다. 그러나 그 대부분은 독창성으로 간주하기 어려운 신기성의 영역에 머문다. 신기성이란 지속적인 새로움을 창출하지 못하고 일시적인 호기심을 자극할 뿐이다. 세월을 뛰어넘는 이월 가치를 지닌 독창성을 생성하는 것은 신기성의 벽에 부딪혀 오랜 세월을 방황한 다음에야 이루어진다. 신기성에 대한 유혹을 강하게 느끼는 작가는 아무리 방황해도 끝내 독창성의 주변에서 맴돌게 된다.

그렇다면 무엇이 소설의 새로움인가? 그것에 어떻게 도달할 수 있는 것인가? 일견 거창해 보이는 이 질문에 대한 해답은 의외로 간단하다. 현실을 정확하게 보고 그 현실을 그대로 소설 속에 베끼면 된다. 현실을 비틀린 시각으로 파악하고 현실보다 우월한 소설을 창조하려고 할 때, 새로움의 갈망에서 빚어지는 파탄을 초래하게 된다. 소설가들의 오랜 꿈은 현실을 뛰어넘는 작품을 창작하는 것이다. 소설이라는 장르의 특성상 현실을 초월하거나 현실 이하로 잠복할 수 없고, 현실을 현실 그대로 보지 않을 수 없다. 현실을 파괴하여 소설로만 가능한 세계는 소설 속에서 존재할 뿐 현실과 양립할 수 없다.

80년대 소설에서 형식적인 측면에서 두드러지게 솟아나온 이인성과 최수철의 소설에 대한 우리의 이해 역시 현실에서 출발하여 현실에서 끝나야 한다. 누보 로망적 사고방식에서 출발한 이들의 소설은 각기 다른 편차를 보인다. 이인성은 현실의 가장 내밀한 부분에 밀착하여 세부적인 사실의 종합이 현실이라는 점을 가르치고 있고, 최수철은 현실의 구조를 말의 구조와 일치시키려고 하면서 말에 대한 궁극적인 의문의 해결이 현실 문제 해결의 근원적 접근이라 믿고 있다. 이 두 작가는 현실과 직접적 갈등을 벌이기보다 현실의 내면 속에서 현실을 상징하는 대상에 대한 갈등을 제기한다. 따라서 이들이 제시하는 기법상의 새로움을 주시 할 것이 아니라 그들이 제기하는 현실 내면의 갈등 양상을 살펴보아야 한다.

90년대의 현실에서 한국소설가들이 가장 정확하게 보아야 할 현실의 국면은 무엇이고, 그것을 어떻게 정확하게 베낄 수 있는가? 새로운 소설의 출현을 기대하는 작가나 문학관계자들의 관심의 초점은 이 질문에 모아진다. 이것에 대답하기 위해서는 앞서 거론한 여러 조건들이 검토되어야 할 것은 물론이다. 그것을 다시 요약한다면, 첫째 새로움에 대한 조급한 기대는 새로움에 대한 강박관념을 조장한다는 사실이다. 60년대에서 90년대에 이르는 소설의 변화는 새로움의 생성과정을 나타내고 있다. 둘째 새로움이란 당대적 시각에서 인식될 수 있어야 하며 현실에 대한 지나친 보수주의 시각은 이미 생성해 놓은 새로움을 변색시킬 수 있다는 점이다. 새로움이란 진취적 의식의 산물인데, 그 산물을 생산한 다음 그것을 뒷받침하는 의식이 회고주의적으로 후퇴한다면, 애써 마련한 진취성마저 시대착오적인 것으로 변질된다. 셋째 새로운 소설의 출현을 기대하면서 신인에게 거는 바람이 큰 것은 얼굴이 새롭게 여겨지기 때문이 아닐 것이다. 신인은 대체로 젊기에 기성작가의 시각으로 미처 보지 못한 것을 볼 수 있고, 변화의 가능성이 기성인 보다 훨씬 크다. 요컨대 미완성 작가로서 신인에게 새로움의 소망을 부여하는 것인데, 이런 신인들이 1년을 버티지 못하고 작가로서 스러져가는 것은 그들이 새로움의 본질을 파악하지 못했기 때문이다. 다른 종류의 예술에 종사하는 예술가들과 달리 소설가의 작가적 운명은 상당히 짧다. 미술가의 예를 든다면 화가로서 일단 명망을 얻은 작가들은 거의 늙어 죽을 때까지 예술가로서의 생명을 유지할 수 있는데, 소설가는 예외는 있지만 대개 10년 안팎에 자신만이 쓸 수 있는 이야깃거리를 탕진한 뒤 침묵 쪽으로 사라진다. 신인들의 새로움이 10년을 지탱하기 어렵다면 10년을 돌파할 수 있는 창작의 샘을 자기 자신보다는 현실 속에 파두어야 할 것이다. 자신의 가장 의미 있는 원초체험 내지 문화체험은 10년 만에 고갈될 수 있지만, 현실은 10년이 아니라 100년이 지나도 엄존하고 있다.

90년대라는 10년 동안에 한국소설이 담아야 할 과제를 고찰하는 작업도 우리 시대의 이 10년이 어떻게 변모할 것인가를 내다보는 일에서 시작해야 한다.

2. 후기산업사회와 한국소설

80년대 초반의 한국사회는 정치적인 압제 하에 있었음에도 불구하고 문화예술 전반의 상황은 상당한 활기를 띠고 있었다. 광주항쟁의 후유증이 그대로 남아 있고 문화적 상상력을 제압하는 정치적 금제의 그물이 펼쳐진 상태에서 문화예술이 활발하게 전개될 수 있었던 이유는 무엇인가? 그 까닭은 두 가지 방향에서 탐색할 수 있는데, 첫째는 우리사회의 자본주의적 특성이 문화의 옹호자 역할을 감당하고 있었다는 것이고, 둘째는 기존 문화 형태에 반기를 든 대항문화가 기반을 굳힘에 따라 기존 문화에 대한 자극이 가해졌다는 점이다.

70년대의 고도성장지향 정책의 결과 국가독점자본주의의 형태가 무르익어 80년대에 오면 우리 사회의 자본주의적 성숙도가 상당한 수준에 도달하게 되고, 그 수준을 유지하기 위한 일종의 접착제 구실로서 문화의 필요성이 강조된다. 문예진흥원 따위의 관제 문예부흥기관이 설립되는가 하면 예술회관 건립이나, 작가에 대한 지원책 수립 등의 정책이 실시된 것을 즐겁게 수용할 수도 있다. 그러나 이런 현상은 문화가 이 사회를 지탱하는 버팀목이라는 인식에서 비롯된 것이 아니라, 자본주의의 병적 증상을 감추기 위해서는 문화의 가면이 필요했고, 또 문화에 대한 정치적 통제를 통해 여론의 조작을 기도할 수 있다는 인식에서 출발했다는 점을 망각하기 어렵다. 이런 정책의 결실이 80년대 후반 문화부라는 정부기관의 설립으로 이어져 90년대로 접어들었다는 점 또한 주목해야 한다.

소설의 경우 80년대를 장식한 여러 작품 중 중간계급의 문화수호의식과 절충하여 제작된 작품이라든지 사회의 구조적 모순을 노정하는 것 같으면서 실제로는 이 사회의 근본적 문제를 망각하려는 작품이 산출되었다. 특히 중간계급의 생활상을 표현한 작품 가운데 중간 계급의 중요성을 필요 이상으로 강조하고 그들이 이 시대의 주도적 계급임을 주지시켜 소위 중산층 예술의 가능성을 타진한 작품들도 많았다. 작가들의 중간계급에 거는 기대는 어느 정도 긍정할 요소도 있지만 결론적으로는 부정해야 한다. 중간계급은 계급 자체의 속성이 상층계급이나 하층계급에 비해 모호하다. 그들은 기회만 닿으면 언제든지 상층계급으로 비약하려 하지만 그 대부분은 하층 계급에 편입되어 있는 자신을 발견한다. 중간계급은 소설을 포함한 문화예술의 형식 속에서 자신들의 이상과, 일상생활 때문에 연기되고 있는 행복에 대한 약속을 확인하려고 한다. 이들의 의식이 이렇게 얄팍하기에 그 의식을 배반하는 작품 경향은 그들 자신에 의해 부정된다. 바꿔 말해서 문화예술의 수호 계급으로서 중산층은 언제든지 배반할 여지가 있는 믿을 수 없는 사람들이라는 것이다.

양귀자의 『원미동 사람들』 연작은 이 문제와 약간 궤를 달리하고 있긴 하나 하층계급의 중간계급 편입욕구와 관련해서 의미 있는 시사를 던져준다. 양귀자는 이 연작을 통해서 하층계급의 생활실상을 여실하게 묘사하면서 그들이 왜 행복에 대한 약속에 집착하는가를 밝힌다. 각종 다양한 직업에 종사하는 하층계급의 사람들의 공통된 신념은 자신은 행복해질 수 있는데 생활 때문에 그것의 실현이 연기되고 있을 뿐이고, 그것이 실현되면 원미동 따위의 변두리 동네에서는 당장 벗어나겠다는 것이다.

그들은 원미동에 살지만 원미동에서 마음속으로 벗어나 있는 주민들이다. 양귀자의 작가적 탁월성은 이 마음의 벗어남이 우리 현실의 중요한 문제라는 것을 포착한 데 있다. 하지만 왜 그들의 마음이 원미동에서 벗어나 있는가라는 동인을 밝히려 하지 않는다. 그들이 하층계급에서 탈피하여 중간계급에 편입된다고 해도 이 벗어난 마음은 여전히 벗어나기를 바라고 있다는 점을 짐짓 간과해 버린다. 90년대의 한국소설은 양귀자가 간과해 버린 지점에서부터 다시 출발해야 할 것이다. 의식의 구심점을 모을 수 없는 중간계급의 허상을 지적하고 그들을 그렇게 만든 한국자본주의사회의 모순을 지적해야 한다. 중간계급은 이 사회의 자본주의 성숙도에 비례하여 문화의 수호자에서 문화의 파괴자로 변신하는 속도를 배가시키고 있다.

이와 관련하여 박영한의 『우묵배미』 연작을 살핀다면 우리의 출발점을 보다 명확하게 인식할 수 있다. 80년대 말에 씌어진 『왕룽일가』와 『우묵배미의 사랑』 연작은 소설적 성과를 뛰어넘는 사회문화적 반향을 얻은 작품이다. 이 작품은 TV 드라마나 영화로 각색되어 많은 사람들의 갈채를 받았다. 그렇다면 작품의 한 구절도 읽지 않은 사람들이 보내는 갈채는 어떤 종류의 것일까? 그것은 이 작품이 그것의 극화된 형태를 보는 사람들 자신의 초상을 그리고 있기 때문일 것이다. TV나 영화를 보면 그 속에 출연하고 있는 자신을 보고 있는 것은 분명 쾌감을 불러일으킨다. 그러나 거울에서 매일 만나는 자신을 다른 매체를 통해서 확인하는 일의 무의미함은 또 어떠한가? 소설로서 『우묵배미』 연작의 탁월성은 반도반농의 근교 사람들의 생활을 통해 농촌의 피폐한 상황을 알림과 동시에 도시화의 문제점을 제기하는 데 있다. 도시화란 곧 의식의 왜곡과 직결된다. 사물을 인지하는 순수한 마음이 사라지고 대상의 복잡성을 강조하기 위해서 의식을 이리저리 의도적으로 꼬이게 만드는 것이다. 이것을 박영한은 우리에게 보여주는 것인데, 작가의 의식 자체가 도시화되어 있다는 점에서 문제가 발생된다. 우리는 그의 작품에서 도시화되는 우묵배미 사람들의 의식의 비틀거림과 작가의 의식의 꼬임을 동시에 감지한다. 그의 소설에서 모더니즘의 반이성적 미학을 언뜻 느끼게 되는 것도 의식의 이중적 복잡성과 관계가 있다. 우묵배미 사람들의 본능과 욕망을 파헤쳐 그 성격을 규명하면서 작가는 점점 전통과 단절되어 도시화의 지름길 속에 위치한 자신을 발견한다.

90년대의 한국소설에서 박영한의 소설에서는 미미하기 짝이 없는 역할을 했던 반이성적 미학이 더욱 활개를 칠 것이라고 예상할 수 있다. 그러한 현상과 이론이 이상한 형태로 '민주화' 될 것이라는 불길한 추측을 하게 된다. 이러한 추측 때문에 느끼는 불길함은 후기 모더니즘의 도래에 대한 걱정과는 비교도 되지 않는다.

1930년대에 이상 같은 선진적인 모더니즘 작가에 의해 모더니즘을 일찍이 겪었고, 60년대의 김승옥, 70년대의 최인호, 80년대의 여러 작가에게서 모더니즘의 훈련을 거쳤던 우리로서는 후기 모더니즘이라는 신종의 예술사조가 어떤 영향을 끼칠 것인가 지레 짐작할 수 있다. 그런데 소위 후기 모더니즘이란 것은 우리가 이미 겪은 모더니즘이란 것과는 본질적으로 성격을 달리한다. 이에 대해 한 사회문화비평가는 이런 말을 하고 있다.

전통적인 모더니즘은 아무리 과감한 것이라 할지라도, 예술이라고 하는 제약 내에서 상상력을 통하여 그 충동을 발휘했다. 악마적인 것이었든 살인적인 것이었든, 환상은 형식의 배열원리에 의하여 표현되었었다. 그러므로 예술은 설사 사회의 변혁을 꾀하는 것이라 할지라도 여전히 질서의 편이었으며, 함축적으로는 설사 내용까지는 그렇지 않다 하더라도 형식의 합리성과 한편이었다. 그러나 후기 모더니즘은 예술이라는 그릇을 흘러 넘는다. 이것은 일체의 경계선

을 허물어뜨리고 구별이 아니라 실연acting out이 지식을 획득하는
방법이라고 주장한다. 이제는 대상이나 무대가 아니라 사건의 발생
과 환경과 거리의 장면이 생의 고유한 장이다.

―다니엘 벨,『모더니즘과 자아를 넘어서』에서

벨이 지적한 바처럼 후기 모더니즘은 예술이라는 그릇을 넘어버린다.
그렇다면 소설도 소설이라는 형식을 넘어서야 하고 현실 또한 넘어서야
한다. 이것은 앞서 우리가 경계한 현실 초월주의와 맥락을 같이 한다. 이러
한 후기 모더니즘에 관한 논의가 우리의 문화현상을 설명하는 적절한 용
어로 등장하여 한국소설에도 큰 자극을 주고 있다. 박상우의「지구인의 늦
은 하오」같은 작품에서도 그 편린을 발견할 수 있고, 시에서는 박남철이
나 황지우의 시가 해체시라는 명목으로 분류되어 후기 모더니즘적 현상을
나타내고 있다.

90년대의 한국소설이 후기 모더니즘이라는 애매한 용어가 지닌 확정할
수 없는 의미를 향해서 확장된다면 한국소설의 앞날은 갈피를 잡을 수 없
는 갈림길에 서 있게 될 것이다. 후기 모더니즘이라는 말은 그 배경에 깔린
의미는 짐작할 수 있지만 그것이 정작 무엇을 뜻하는지 분명하지 않다. 예
를 들어 박남철의 시를 후기 모더니즘시라고 규정한다면 그 용어로 인해
서 명백해지는 의미가 아무것도 없다. 후기 모더니즘이라는 말은 세 가지
의미를 지닌 것으로 억지로 이해할 수 있다. 첫째 후기산업자본주의의 문
화현상을 가리키는 말, 둘째 오늘날 문화의 전대미문적 복합성과 다양성
을 지칭하는 말, 셋째 이 사회에도 여러 시대의 문화적 산물이 공존하고 있
고 이런 것들을 복잡하게 재구성할 수 있다는 가능성을 상징하는 말 등이
후기 모더니즘에 대한 억지 이해이다. 후기 모더니즘의 뜻이 이러하다면
이 말은 후기 산업자본주의 사회에 접어든 한국의 문화현상을 설명하는
용어가 될 수 없다. 우리 사회의 문화적 복잡성을 정리할 수 있는 기준을

아무것도 갖추지 못한 후기 모더니즘으로 우리 사회의 무엇이 설명될 수 있는가?

후기 모더니즘에 대한 이러한 비판적 견해는 한국소설에 관한 한 성급한 감이 없지 않다. 한국소설은 식민지 치하의 자연주의 시대를 거쳐 70년대에서부터 본격화된 현실주의 시대에 이르는 동안 형식의 완강한 보수성을 유지하고 있다. 이 형식의 보수성을 깨기 위한 여러 차례의 실험 —60년대의 최인훈, 70년대 상업주의 소설, 80년대 이인성, 최수철 등의 실험— 이 실험의 가치 인정에 그치고 있다는 사실은 결코 부끄러운 일이 아니다. "문제는 리얼리즘이다"라는 말처럼 한국소설의 과제는 여전히 현실주의의 정립에 있다. 그런 차원에서 후기 모더니즘쯤은 문제가 아니라고 생각하기 쉬운데, 후기 산업사회가 진행되면서 겪는 엄청난 변화의 체험에 놀란 나머지 그 현상을 설명하는 후기 모더니즘의 동어 반복적 논리에 쉽게 빠져들 함정은 도처에 깔려있다.

산업화의 과정은 지난날에는 따뜻하고 인간적이고 개성적이었던 세계를 차갑고 비인간적이고 보편적인 것으로 만드는 과정이다. 이러한 산업주의의 성립에 필수적인 합리화된 규율이나 다른 세계를 이해할 수 있는 교양이 책을 통한 학습에서 얻어진다. 이러한 시점에서는 소설 또한 산업화 과정에 중요한 성찰의 학습장을 마련한다. 그러나 후기산업사회로 치달으면서 그러한 규율이 폐기되고 고도로 전문화된 기술만 중시되어 학습장으로서 소설의 가치마저 쇠락한다. 과거의 기술자는 문학사에 등장하는 소설을 못 읽은 것을 교양인으로 부끄러워 하지만, 오늘의 컴퓨터 전문가는 그것이 업무에 관계되지 않는 한 부끄러움을 느낄 이유를 찾지 못한다. 소설책을 위시한 책은 모든 계급의 필수품이 아니라 카메라나 낚시도구, 요트나 피아노, 전축과 컴퓨터 등을 가진 사람들이 결코 부러워할 필요가 없는 저가품이다.

90년대 한국소설의 과제에는 소설가 개인이 부담하기는 너무 벅찬 책의 중요성을 제고시키는 일도 들어있다. 아무도 도움말을 주지 않는 현대미술 전시회에서 자신의 무지만을 탓하면서 다시는 이런 데 오지 않겠다고 다짐하는 현대인을 위해서 소설은 여러 장치를 고안해야 할 것이다. 이것은 소설을 넘어서서 교육 전반의 과제이기도 하다.

3. 대항문화의 제기와 문화적 재편성

앞서 대항문화의 활발한 전개가 기성문화에 자극을 준 것이 80년대의 문화적 열기를 높였다는 점을 지적한 바 있거니와, 90년대에도 대항문화의 역할과 이러한 양상은 일정기간 지속될 것이다. 이에 대해 상론하기에 앞서 최근 「큰새는 나뭇가지에 앉지 않는다」를 발표한 김용성의 '작가의 말'에 귀 기울일 필요가 있다. 그의 말은 학생운동 소재의 학생작품의 도식성에 불만을 느껴 이 작품을 썼는데, 이 작품을 완성시킨 다음에는 참담한 부끄러움을 느꼈다는 것이다. 자신을 찾아온 투옥 석방 학생의 모습을 보면서 그가 감옥에 있을 때, 나는 무엇을 했는가라는 물음을 떠올렸고, 80년대의 수많은 그가 있었기 때문에 내가, 우리가 있다는 생각을 한다. 작가가 이런 말을 했다고 해서 그가 운동가로 변신할 수 없음은 물론이다. 여기서 중견작가가 대항문화인 학생운동에 자극받아 작품을 썼고 대항문화의 주체인 학생을 크게 의식한다는 것 자체가 중요하다. 이편의 교육자의 견해로 학생들의 주장을 저편의 논리로 간주하여 완강하게 꾸짖는 풍토에서 이만큼의 의식 전환도 대단한 변화이다.

70년대를 거쳐 80년대 전반을 풍미한 민중문화론은 소설에도 예외 없이 적용된다. 저간에 발표된 대항문화적 성격의 소설은 대체로 세 갈래로 나눌 수 있다. 우선 예술적 형상성을 인식하는 기성작가들의 새로운 각성을 전통 형식의 틀에 담는 작품을 들 수 있고, 둘째 지식인 계급의 작가들이 노동자, 농민, 학생들의 의식과 자신을 일치시켜 사회적 변혁을 촉구하는 소설, 마지막으로 노동자, 농민 등 비지식인 계급이 창작 주체가 되어 기존 소설에 반향을 일으키는 작품 등이 그것이다. 이 세 갈래의 대표작가로 이문구, 김영현, 정화진을 거론할 수 있다.

이문구는『우리 동네』연작에서 농촌사회의 변화를 그 특유의 시각으로 포착하면서, 70년대에 이어지는 우리 사회의 모순에 대한 증언을 지속시킨다. 그는 80년대 후반「산넘어 남촌」을 발표하여 농촌문제가 증폭되고 있다는 사실을 다시 깨우치고 있다. 이러한 이문구의 문학적 활동은 신인을 배타적으로 주목하는 문학현실에서 중견작가들의 소설적 방향이 어떻게 잡혀져야할 것인지를 알린다.

김영현은「깊은 강은 멀리 흐른다」에서 이념적 구호가 남발되고 현실개혁의지만 두드러지게 표출되는 80년대 초반과 중반의 도식적 경향성에서 벗어나 현실 속에서의 운동논리를 점검한다. 그의 작품에 대한 비평논쟁이 촉발될 정도로 그의 작품의 내포적 의미는 그 폭이 퍽 넓다. 김명인이 지식인 문학의 재편성을 주장한 시점과 김영현의 작품에 대한 논쟁이 불붙은 시점을 비교한다면 격세지감을 느낄 정도이다. 이런 시각적 거리감이 불과 몇 년 사이의 그것이라는 점은 대항문화의 논리가 주변상황에 따라 쉽게 변이되는 취약점을 가졌다는 사실과 연계된다. 사회운동논리를 포함하여 모든 전위적 논리는 그것이 전위에 섰기 때문에 언제든지 후위에 밀리는 위험을 감수해야 한다. 그래서 뒤로 처지지 않기 위해서 새로운 논리를 창출해야 하는데, 이런 현상이 성격을 규정하기 어려운 후기 모더니즘의 논리와 일맥상통한다. 김영현이 그의 작품에 대한 논쟁과 무관한 것처럼 작품 생산 활동을 지속한다면 전위 문학이 봉착하는 어려움을 피할 수도 있을 것이다.

노동자 계급의 정화진의『쇳물처럼』,『철강지대』의 작품은 소설이 전업 작가의 전유물이 아니라는 점을 확인시키는 동시에 후기 산업 자본주의 시대의 문제의 핵심이 노동에 있다는 것을 일깨운 작품이다. 노동문화가 학생문화를 넉넉히 포용할 만큼 성숙되지 못했지만, 90년대 이후 양상은 그 위치가 역전될 것이라는 것을 예측할 수 있다. 학생문화가 인생의 일부기간에 한정되는 문화형태라면 노동문화는 생애에 걸쳐 있는 장기간의 문화양상이다.

이 세 소설가가 제기하고 있는 각각의 문제는 대항문화에만 국한되어 있는 현안이 아니다. 통일을 부르짖으면서 반통일의 논리를 강요하는 현실에서, 노동의 가치를 평가하면서 노동자가 억압당하는 세태에서, 후기 산업자본주의의 병리적 사회 현상에 신음하면서 고도풍요사회의 쾌락에 탐닉하는 오늘날의 사회 상황에서 대항문화와 이에 자극을 받고 새로운 논리전개에 골몰하는 기성문화는 이제 문화 재편성의 필요성을 절감하고 있다. 90년대 한국소설에 주어진 최대의 과제는 다름 아닌 이러한 사회문화의 재편성 작업에 관련된 것이다. 분단사회의 재결합과 재통일은 이런 작업을 통해 구체화될 수 있다. 세련된 소설 기법의 개발, 인간성의 깊이에 대한 천착, 생활논리에 대한 현학적인 이해, 종교적 구원에 대한 집착 등등 제법 가치 있어 보이는 이러한 주제에 대한 소설적 작업도 문화적 재편성의 과제 앞에서는 한갓 부차적인 의미만 지닐 뿐이다.

한국소설에서 가장 무게 있는 주제로 여겨지는 분단문제에 대해서도 같은 말을 할 수 있다. 분단을 체험했으면서도 이 사회를 또 분단시키고 있는 사람들 속에서 남북한의 통일만 부르짖는다고 해서 통일이 되지 않는다는 것은 자명한 논리이다. 이제는 한 편의 주장을 하면서도 다른 한 편의 주장의 오류를 자기주장의 정당성으로 편입시키지 않는 반성적 주장이 선행되어야 한다.

90년대의 소설적 전망은 결코 밝지 않지만, 이 밝지 않은 전망과 한국소설을 누르고 있는 과제의 중량감 때문에 한국소설은 더욱 빛나고 무게가 나가는 방향으로 발전할 수 있을 것이다.

7. 문학 · 연애 · 성욕

─ 문학에서 성이란 무엇인가

1. 앞글

'문학에 있어서 성이란 무엇인가?'라는 말은 의문 제기자의 답변에 대한 유인력이 내포된 매력적인 질문이지만, 구체적으로 대답하기에는 너무 막연한 물음입니다. 이것은 뒤집어 물어보아도 마찬가지입니다. '성에 있어서 문학이란 무엇인가?', 이런 질문은 일찍이 누구도 던져본 바 없기에 앞서와 마찬가지로 막연하지만, 대답하고 싶은 욕구가 치솟습니다. 그러나 다시 생각해보면 응답할 말이 얼른 떠오르지 않습니다. 그것은 성性이라는 낱말의 뜻이 모호한 까닭입니다.

이희승편『국어대사전』을 찾아보면, '④남녀 자웅雌雄 및 빈모牝牡의 구별, 섹스sex, ⑤성욕性慾'이라고 성에 대해 풀이하고 있습니다. 그렇다면 문학에 있어서 성은 문학에 있어서 성욕이란 말이 되겠는데, '문학에 있어서 성욕이란 무엇인가?'라는 질문은 우스꽝스럽게 생각됩니다. '문학에 있어서 식욕이란 무엇인가?', '문학에 있어서 명예욕, 권력욕, 금전욕, 소유욕이란 무엇인가?' 이런 물음과 같은 차원에서 성욕의 문제를 다뤄야 하기 때문이지요.

이처럼 우리말에서 성이란 낱말은 모호한 의미영역 속에 놓여 있습니다. 성이란 말 자체를 기피해서 sex라는 말을 대신 사용할 정도로 성은 금기시되어 왔습니다. 그런 터에 이런 글을 쓴다는 것부터 점잖지 못한 일이라서, 주제에 직접 뛰어들지 못하고 이렇게 빙빙 돌고 있습니다.

우리가 '성性'이라고 할 때에는 관계된 모든 의미가 포함됩니다. 성욕, 성교, 연애, 사랑, 간통, 강간, 성적인 에너지, 성생활, 섹시한 분위기, 결혼, 출산, 월경, 정액, 몽정, 자위행위, 수간, 성전환, 성병, 그리고 더 열거하기에도 쑥스러운 성에 관계된 모든 의미가 성이라는 한 마디 어절에 모두 담겨 있습니다. 그 까닭에 성이란 말을 입에 담기 두려워하는 것입니다. 그래서 관능적인 의미를 가진 '색色'을 '성' 대신 사용하기도 합니다.

이러한 관습은 일상생활에서 뿐만 아니라 문학에서도 마찬가지입니다. 성의 의미를 분절화하기보다 얼버무려서 종합화합니다. 우리문학의 실정이 이러하므로 문학과 성의 관계에 대한 논의는 자연스럽게 서양문학의 예에서 비롯되어야 합니다. 서양인들은 지금의 한국인이 벌이는 성풍속과 행태의 원천을 제공한 셈입니다. 그렇지만 우리는 죽었다 다시 깨어나도 서양인은 될 수 없는 것 아닙니까? 따라서 우리는 문학에서 성의 다양한 표출 형태를 서양의 예에서 찾아보고, 이를 우리 문학의 경우와 비교·대조하는 방법을 사용하는 것이 좋겠습니다. 그것을 통해 우리 문학의 성에 대한 관점의 종류를 분별하는 것이 옳을 듯합니다.

2. 연애와 간통

살기에 여유가 있는 서양인들이 거금을 들여서 입장권을 사고 성장을 하고 참석해서 즐기는 고급오락 프로그램 중의 하나가 오페라입니다. 음악과 문학의 종합예술인 오페라를 보면, 거의 대부분이 남녀의 애정·치정 관계에 대한 이야기가 전개됩니다. 16세기 말에서 비롯되어 18세기, 19세기에 절정을 이루었고, 20세기에 이르러서도 그 화려한 명맥을 잇고 있는 오페라는 우리나라에도 수입되어 각 오페라단에서 정기공연을 하고 있습니다.

그래서 어떻게들 하고 있나 궁금해서 구경한 일이 여러 번 있습니다. 세계적으로 노래를 잘 부르는 민족의 일원답게 노래도 잘 부르고, 고등 교육 받은 가수들의 외모나 연기력 또한 나무랄 데가 없습니다. 그런데도 어딘지 어색한 것은 오페라가 서양예술이기 때문만은 아니고, 출연자의 남녀 애정 표현이 아무래도 모자라기 때문입니다. 눈에 불꽃이 튀길 정도로 열렬하게 연정을 표시해야 할 대목에서 장작개비처럼 우두커니 서서 목만 터지게 노래를 하는 모습은 어색하기만 합니다. 사실 그 대사라는 것도 문학적으로 본다면 별 대단한 것도 아닙니다. 나는 너를 사랑할 수밖에 없다는 내용을 음악을 빌어서 완곡하게 표현하는 것인데, 사랑을 고백하는 가수의 표정에는 연정이 담기지 않고 엄숙함만 강조됩니다. 그렇게 심각한 얼굴을 보고 연정으로 응답하기란 불가능한 것이지요. 상대편 가수가 엄숙한 얼굴이니까 이쪽도 경건해질 수밖에 더 있겠어요. 이런 표정들을 '낭만적 고통'이라고 풀이할 수도 있겠지만, 그렇게 해석해도 어색해 보이는 것은 마찬가지입니다.

고전음악 연주가들의 공연실황을 보면 감미로운 음악이 흐르고 있음에도 오만상을 찌푸리고 세기의 고뇌는 혼자 짊어진 것같이 연극하는 모습을 볼 때가 있습니다. 이런 태도를 '낭만적 고통romantic agony'으로 간주할 수 있는데, 악기를 연주하는 것이 힘들다 보니 그런 모습이 자연스럽게 연출되는 것이겠지요. 그런데 오페라 가수가 그런 모습을 사랑이 흘러 넘쳐야 할 장면에서 보이는 것은, 사랑을 표현하는 코드의 관습이 저쪽과 이

쪽이 다르기 때문입니다. 저쪽은 서로의 사랑을 확인하는 순간 입맞춤을 하는데, 그것을 흉내 내서 하다 보니까 이쪽에서는 입 박치기를 하거나 이 부딪치기를 하는 것입니다. 이런 이야기는 우리나라 오페라 일반에 대한 것이 아니라, 내가 본 겨우 몇 편의 작품에 국한된 말이니까, 오페라 관계 자들의 오해 없기를 앙망합니다.

우리의 오페라라고 할 판소리 중 연애에 얽힌 이야기는 「춘향전」에 나 오고, 노골적인 성관계는 가사만 전해오는 「가루지기타령」에 나옵니다. 서양의 오페라와 견주기 위해서 우선 「춘향전」 중의 「사랑가」부터 한번 들어봅시다.

사랑 사랑 사랑이야. 연분이라 하는 것은 삼생(三生)의 정함이요,
사랑이라 하는 것은 칠정(七情)의 중함이라.

이 대목 다음에는 어려운 고사성어가 너무나 많이 나오니까 들었다 치 고, 이 도령의 사랑에 대한 정의를 살펴봅시다. 사랑은 전생·차생(此生) ·후생의 인연으로 정해진다는 인연설과 희(喜)·노(怒)·애(哀)·구(懼) ·애(愛)·오(惡)·욕(慾)의 7정 중 가장 중하다는 성정설, 유교와 불교의 가장 중요한 원리로 사랑이 정의되고 있습니다. 유불교가 총동원될 만큼 사랑이 중요하다는 것이 우리의 전통적인 사랑의 관념입니다. 이런 식의 사랑 정의와 사랑타령이 전개된 뒤의 장면을 살펴봅시다.

"……사랑 사랑 사랑이야" 무수히 어른 후에 벗기기로 드는구나.
춘향이 부끄러워 옷고름을 꽉 잡으니 도령님이 개유開諭하여, "애 이게 웬일이냐. 신랑 신부 첫날밤에 옷고름이 떨어지면 좋잖다 하다 더라. 벗자 벗자 어서 벗자. 중동에서 야단났다."
상하의복 훨씬 벗겨 이불 속에 안아 뉘고 촉대에 불 끈 후에 도령

님이 훨훨 벗고 꼭 끼고 드러누워 속옷을 벗기려니 춘향이가 두 손
으로 속옷 끈을 꽉 잡고서, "양반 행세 안 되었고, 염치없이 첫날밤
에 속옷조차 벗기려네." "애야, 이 판 되어 양반이 왜 있으며, 염치가
왜 있으리."

　　두 손을 한데 쥐고 속옷 끈을 끌러내어 두 발로 미적미적 속옷 벗
겨 밀친 후에 알몸으로 둘이 누워 온갖 장난 다 한 후에 웬 좋은 그
노릇이 몇 번이나 되었는지 미명에 일어나서 책방으로 들어와서 낮
이면 글을 읽고 밤이면 찾아다녀 온갖 희롱, 온갖 교태 정이 점점 깊
어간다.

—강한영, 『신재효 판소리 사설집』, 민중서관, 25쪽.

　이것이 이 도령과 춘향이의 첫 성 교섭의 현장 묘사입니다. 얼마나 해학
과 기지가 넘치는 장면 묘사입니까. 유교적 윤리에 엄격하게 지배되는 조
선사회에서, 양반의 자제가 만난 지 하루밖에 안 되는 처녀하고 농탕질을
치다니, 라고 분노할 필요는 없습니다. 판소리란 원래 중민衆民의 예술이
고, 문학적 논리나 사회규범의 원리에서 얼마간 자유로울 수 있는 예술이
기 때문에 이러한 묘사가 가능합니다. 이 도령이 급하게 되니까 양반이니,
염치니 하는 것을 다 치워버리고 춘향에게 달려드는 장면에서, 우리는 일
종의 통쾌한 해학적 해소감을 맛볼 수 있습니다.

　이러한 춘향과 이 도령의 행위를 확대해석하여 자유연애라든가 프리섹
스 따위와 연결시키려는 사람들도 있습니다. 그러나 「춘향전」을 꼼꼼히
감상하면 그런 사람들의 성질이 대단히 급하다는 것을 금방 알 수 있습니
다. 이 도령과 춘향이는 광한루에서 만나 수작을 교환하고 그날 밤으로 합
환의 정을 나눕니다. 이것은 춘향이가 여염집 규수가 아니라서 가능한 이
야기겠죠. 「춘향전」의 매력은 춘향의 신분이 애매하다는 데 있습니다. 양
반의 서녀 같기도 하고, 기생 같기도 하고 아닌 것 같기도 한, 모호한 신분

규정이 「춘향전」의 흥미를 배가시킵니다. 그렇게 애매모호한 신분의 춘향이가 신분상승의 의지를 갖고 수절을 지킨다는 데에서 「춘향전」의 주제를 찾아야 할 것입니다. 따라서 자유연애나 프리섹스 같은 것은 춘향이의 안중에도, 「춘향전」의 작자의 의중에도 없습니다.

원래 '자유연애'라는 개념은 서양에서 연원되었습니다. 자유연애를 흔히 결혼하기 전의 미혼 남녀가 신분의 고하나 재산의 유무 따위의 결합 조건을 떠나서 자유롭게 배우자를 선택하는 것으로 생각합니다만, 사실을 알아보면 자유연애는 그런 개념과는 거리가 먼 관념입니다. 결혼한 남자가 결혼하지 않은 처녀와 결합할 수도 있고, 결혼한 유부녀가 총각과 놀아날 수도 있다는 생각을 정당화하기 위하여 창출된 개념이 자유연애입니다. 좀 거칠게 말하면, 간통의 자유를 위해서 자유연애를 부르짖었다는 말씀입니다. 이 점에 대한 전문가의 해설을 한번 들어봅시다.

…… 결혼 전의 성관계는 대개의 경우에 성적인 욕구의 어쩔 수 없는 해결이라는 것이 명확하다. 그러나 그것이 결혼생활에서 충족되리라고 생각하는 것은 참으로 오산이다. 이때 결혼의 구속으로부터의 해방도 문제가 되기 때문에 한층 더 높은 인간성에 대한 선언이 나타난다. 따라서 모든 인습이나 물질주의적 계산을 떠나 정신과 마음의 요구에 따라서 공동의 결합을 함께 만들어가려는 충동이 문제가 된다. 다시 말하면 깊은 애정만이 두 사람을 결합시킨다는 것, 만일 이 애정이 식는다든가 상대방이 싫어진다면 그 두 사람은 ─ 서로 간에 고통스럽지 않게 ─ 서로를 구속하지 않겠다는 것을 남녀 쌍방이 분명히 인식하는 결합이 중요하다. 우리들은 나중의 것만을 특히 자유연애의 의미로 해석한다. 우리들은 그러한 결합이 어느 정도까지는 근대자본주의에 의해서 성숙되었을 뿐만 아니라 근대자본주의에 어울리는 성적 혼돈 가운데서 가장 도덕적인 상태라고 말할

수 있다.(중략)

자유연애는 부르주아 시대에 들어와서 비로소 일반화된 현상이었다. 왜냐하면 자유연애는 대도시의 개인의 독립을 전제로 하기 때문이다. 다시 말하면, 자유연애는 개인이 그 자신에 대해 반드시 쏟아지게 마련인 같은 계급의 동료들의 비난에 의해 신세를 망치는 일이 없이, 성적인 것에 대한 자기가 속한 계급의 엄격한 독재를 피할 수 있다는 가능성을 전제로 하고 있다.

—E.훅스, 『풍속의 역사IV』, 까치, 166쪽.

쉬운 것도 어렵게 표현하는 것이 전문가의 글이라서 요약한다면 이렇습니다. 자유연애는 상대방이 싫어지면 헤어진다는 것을 전제로 하고, 그런 전제를 강조함으로써 주위의 비난을 막을 수 있는 형태의 연애라는 것입니다. 헤어짐의 자유와 방패막이의 가능성을 내포하고 있는 개념이 자유연애라서, 이 개념은 서양을 중심으로 전 세계에 급속하게 퍼져나갔습니다. 근대 자본주의의 발달과 보급의 속도와 자유연애의 그것이 일치하고 있는 것이지요. 물론 저항도 없지 않았습니다. 괴테. 셸리, 쉴레겔 등의 위인들은 자유연애에 대립되는 양심결혼의 윤리를 굳건하게 고수하기 위해서 몸부림을 쳤습니다만, 그게 어디 쉬운 일입니까? 양심결혼이란 언제나 현실의 잔혹한 논리에 의해서 난파당하는 참으로 숭고한 관념입니다. 그리고 숭고하기 때문에 현실에 적용하기 힘듭니다.

이러한 자유연애의 노도 속에서 옛날에는 부랑아, 패륜아로 낙인 찍혔던 바람둥이 남성상에 대한 재평가가 대두되었습니다. 카사노바, 돈 후안 등의 난봉꾼들이 갑자기 영웅으로 부상된 것이지요. 시대는 아직도 남성 상위 시대라서 바람둥이 여자들—난질꾼의 위상에 대해서는 뒤늦게 평가되었지만, 예전에는 상상조차 할 수 없었던 난잡스러운 여인들이 문학작품의 주인공이 되었습니다. 메리메의 「카르멘」, 뒤마의 「춘희」의 주인공들이 바로 그런 여인들입니다. 이 작품은 비제와 베르디에 의해 각각 오페라화 되어 카르멘과 비올레타(이른바 춘희)는 그들이 한 남자를 버리고 왜 다른 남자를 택하게 되었는가를 목청껏 노래할 수 있게 되었지요. 그런가 하면 희대의 플레이보이 돈 환은 모차르트에 의해서 「돈 죠반니」로 오페라화 되어 자신의 탁월한 성적 능력을 무대를 누벼가며 점잖은 청중들에게 자랑할 수 있게 되었지요.

돈 죠반니의 하인 레포렐로는 돈 죠반니에게 농락당한 엘비라라는 여인에게 돈 죠반니의 성욕과 그 결과에 대해서 자세하게 설명합니다. 이것이 그 유명한 「카탈로그의 노래」라는 것인데, 노래의 멜로디를 연상하면서 감상해봅시다.

아줌마, 이 목록은 주인님이 사랑하신 아리따운 분들에 관한 것입죠. 바로 내가 만들었지요.

잘 보시죠. 나하고 한번 들춰봅시다요. 이탈리아에서 640명, 독일에서 200하고도 서른한 명, 프랑스에서는 100명, 터키에서는 91명, 그런데 스페인에서는 무려 1,003명.

그 중에서 농사짓는 여자들, 하녀들, 도시 여자들, 그런가 하면 백작부인, 남작부인, 후작부인, 공작부인, 신분을 가리지 않고, 온갖 모습의 모든 나이의 여자들에게 금발에서는 사랑스러움을, 갈색 머리에서는 정절을 칭찬하고, 살빛이 희면 달콤하다고, 겨울에는 뚱뚱한 것이 좋고 여름에는 빼빼 마른 것이 좋고, 체구가 큰 여자는 위풍당당해서 좋지만, 주인님을 녹이는 것은 몸집 작은 여인, 나이 든 여자를 정복하는 것은 그저 목록에 이름을 올리는 재미뿐이고, 가장 정열이 불타오르게 하는 건 젊은 초심자들.

부자건 아니건, 예쁘거나 못 생겼거나 치마만 들렀다하면 다 건드렸지요. 모두 여기에 적혀 있어요.

이 가사를 보면 돈 죠반니야말로 자유연애의 화신이라는 것을 알 수 있습니다. 신분, 재산, 용모, 체형의 구분 없이 치마만 둘렀다 하면 건드리려는 돈 죠반니의 행태에 대해서 두려움과 호기심을 가지게 됩니다. 돈 죠반니의 원형인물 돈 후안 테노리오Don Juan Tenorio는 스페인에서 14세기경부터 나타나는 전설상의 인물인데, 호색가로서 신을 두려워하지 않는 파란 많은 생활이 많은 소설과 극의 제재로 제공되었습니다. 그중에서 몰리에르의 「돈 주앙」, 스페인의 수도승 티르소 데 몰리나의 희곡 「세빌리아의 호색가와 돌의 손님」이 유명합니다. 그것을 바람기 농후한 모차르트가 오페라화 했는데, 시대적 윤리의 압력에 짓눌려 돈 죠반니가 지옥으로 굴러떨어지는 것으로 오페라의 결말을 맺습니다. 모르긴 하지만 돈 죠반니를 그렇게 처리한 것이 모차르트로서는 안타까웠을지도 모릅니다. 그런 인물은 죽어야 돼, 하면서도 그런 인물처럼 정력적으로 놀아나고 싶다는 욕구가 전혀 없는 남성은 별로 없을 것입니다. 모차르트는 그럼에도 불구하고 돈 죠반니를 무대의 마루 밑바닥에 뚫린 구멍으로 밀쳐버렸습니다. 이 오페라의 대본작업에 참여한 카사노바는 자신의 반대에도 불구하고 돈 죠반니가 비참하게 죽자 크게 실망했다고 합니다.

자유연애의 결말은 이처럼 비참하게 끝납니다만 우리는 개화기에 그 개념을 받아들이면서 미화된 개념으로 수용합니다. 최찬식의 신소설 『추월색』의 결말 부분에 영창과 정임의 결혼식에서 주례가 그들의 자유연애를 찬양하면서 자유연애를 널리 전파해야 한다고 연설합니다. 최찬식은 자유연애의 개념을 몰라도 너무 모르고 있습니다. 결혼식에서 자유연애를 부르짖는 것은 신랑 신부가 자유연애 전선에 어서 나서서 빨리 헤어지라는 소리와 같지 않겠습니까?

요즈음 결혼식에서 신부 입장의 음악으로 널리 연주되는 바그너의 <결혼행진곡>도 나로서는 빨리 헤어지라는 소리로 들려 난감함을 느낍니다. ≪로엔그린≫ 3막에 나오는 <결혼행진곡>은 듣기에는 매우 좋으나 그 음악을 듣고 결혼한 로엔그린과 엘자는 곧 헤어지고 맙니다. 자신의 신분이나 이름에 대해서 묻지 말라는 남편 로엔그린의 당부를 어기고, 신부 엘자가 자제심을 잃고 그것을 캐묻자, 신비력을 상실한 로엔그린은 그 나라를 떠납니다. 바그너 자신이 자유연애의 신봉자라서 이 음악은 그에게 걸맞는 것이지요. 그러나 자유연애주의자가 아닌 신랑 신부라면 그 음악은 결혼한지 하루만에 헤어지라는 일종의 저주일 것입니다. 물론 이 음악의 의미에 대해서는 다른 해석도 가능합니다.

개화기 문학에서 자유연애라는 주제는 서구화, 근대화, 자본주의화 되어야 한다는 발전논리에 대한 열망으로 해석할 수도 있지만, 자유연애를 통해 풍속을 문란하게 만들어 식민지 통치를 원활하게 하려는 일본 제국주의 정책에 부합하는 관념을 형상화한 것입니다. 도시사회연구가들의 견해에 따르면 일제의 식민지 통치의 일환으로 가장 먼저 이루어진 것이 공창의 설치였다고 합니다. 사창가를 관의 지배하에 두어 질서를 잡겠다는 것이 아니라, 더 많은 조선인들을 성에 탐닉되게 묶어놓겠다는 계략입니다. 그렇다면 개화기 소설가들은 이러한 정책적 계략에 알게 모르게 협조한 셈입니다.

자유연애에 대한 부정확한 이해는 이광수의 작품에서도 찾을 수 있습니다. 그는 내놓고 부르짖었습니다. 조선 사람은 사랑이 부족해서 이 모양이 되었으니, 사랑하는 법을 배워야 한다는 것입니다. 그가 주장하는 사랑에는 물론 형이상학적 사랑도 포함되고 민족과 국가에 대한 사랑도 들어가나, 그의 중요한 관심은 자유연애에 있습니다. 헤어짐이 보장되는 사랑을 강조한 결과 『무정』, 『유정』, 『사랑』 등의 작품이 씌어지고, 그 자신도 구처와 이혼하고 신여성과 결혼할 수 있었습니다. 재혼이 그 개인으로서는 자유연애주의의 승리로 여겨졌겠지만, 그녀와 헤어지지는 않았습니다. 그의 작품에도 헤어지기를 밥 먹 듯하는 인물들은 나타나지 않습니다. 결혼하기 전까지의 자유연애주의, 결혼한 다음부터는 자유연애를 조심스럽게 이야기하고 실천하는 것, 그의 연애 이야기는 이런 테두리 안에서 펼쳐집니다. 자유연애는 결혼한 다음에 더 활발하게 이루어지고 그것 때문에 결혼생활이 파탄난다는 사실을 이광수는 모르거나 무시하고 있습니다.

그가 세운 자유연애 오해의 전통은 아직도 건재하고 있습니다. 간통의 자유가 유교적 윤리로 억제되고 있는 한국사회에서 자유연애가 정착하기에는 어려움이 상존합니다. 이것을 안타깝게 여기느냐, 당연하다고 생각하느냐에 따라서 성에 대한 관념은 판이하게 달라집니다. 간통제 폐지 여하가 아직 결정되지 않은 상황에서 간통을 찬양하는 작가가 사회적, 윤리적으로 어떤 평가를 받겠습니까?

서양문학에서 간통의 모티프는 근대문학의 성격을 결정짓는 중요한 작품구성 요소입니다. 형과 동생이 한 여자를 동시에 사랑했는데, 동생이 여자와 같이 있는 것을 보고 형이 동생을 죽인다는 줄거리의『펠리아스와 멜리장드』의 이야기는 많은 작가, 음악가, 미술가에 의해 다루어졌습니다. 김동인의『배따라기』에서는 형수를 건드리지도 않았는데, 형에게 아우가 쫓겨 유랑하는 신세가 되는데,『펠리아스……』에서는 동생이 형의 여인과 아예 같이 삽니다. 간통을 했다고 해서 멜리장드처럼 죽는 경우는 극히 예외적인 것이라서 이 이야기가 더 유명해졌습니다. 대부분의 경우는 간통 당사자인 남녀들이 사회적으로 아무런 제약 없이 살아갈 수 있는데,『주홍글씨』의 여주인공처럼 그렇지 않은 경우가 있어서 문학작품으로 유명해질 수 있었던 것입니다.

남편이 아내의 간부에게 너그럽게 대해주는 관습 때문에 아내를 간부에게 뺏긴 서양의 관대한 남편들도 헤아릴 수 없이 많이 있습니다. 한국의 남편이나 남자 애인들은 성질이 급하고 포악한 편이라서 그런 여자나 남자를 그냥 두지 않습니다. 오늘도 이 땅에서 벌어지는 치정 활극의 원인은 간통에 대한 보수적 관념 때문입니다. 대한간통문화협회라도 조직되었다면 간통 장려, 간통죄 폐지, 간부들의 인권보호운동을 전개할 수 있을 터이지만, 그런 단체나 운동은 다행스럽게 성립·전개되지 않고 있습니다.

이런 희떠운 이야기는 간통에 대한 우리의 생각이 근본적으로 바뀌지 않는 한, 이광수 이래의 전통적인 자유연애 개념이 바뀌지 않을 것이라는 점과 목숨을 걸고 사랑을 한다는 것이 폐가망신에 직결된다는 생각이 작품 속에서도 여전히 통용될 것이라는 점을 확인하기 위해서입니다. 그래서 대부분의 한국문학 종사자들은 이성문제, 간통문제, 성문제에 초연한 태도를 취하고 국가, 사회, 교육, 문화, 경제, 정치 특히 정치문제에 골몰한 상태입니다. 이것이야말로 잘하는 일이지요. 괜히 오해 살 것이 무엇 있겠습니까?

그런데 자유연애나 간통문제에 대해서 새로운 아이디어를 가진 신진작가들이 급격하게 늘어나고 있습니다. 이들은 예전에는 상상도 못할 음탕성을 문학의 무기로 삼아 자유연애를 합리화하고 간통의 논리를 정교하게 가다듬었습니다. 한국도 후기자본주의사회로 접어들었고, 서구화나 근대화는 어떤 부문에서 지나치게 발전된 바 있는데, 산업자본주의사회의 논리인 자유연애나 간통의 자유를 우리라고 못 누릴 바가 어디 있느냐, 라는 것이 그들의 주장입니다. 어떤 사람들은 이런 논리나 견해를 포스트모더니즘이라고 규정하는데, 나 자신은 포스트모더니즘을 모르는 체하고 싶어서 그것을 그렇게 정의·확정할 수 있는지 망설여집니다. 아무튼 세상 많이 달라졌어요.

3. 성욕과 성교

부처님께서는 일찍이 "성욕은 야생코끼리를 길들이는 갈고리보다 예리하고 화염보다도 뜨거우니, 그것은 인간의 정신을 관통하는 화살과 같다."라고 말씀하셨습니다. 쇼펜하우어도 이와 비슷한 이야기로 "성욕은 생존

의지의 가장 완전한 표현이며 일체의 의지의 집결이다"라고 했습니다. 참 지당하신 말씀입니다. 이것을 문학과 관련짓는다면 문학 역시 인간의 정신을 관통하는 화살 역할을 할 것을 목표로 삼고 있고, 생존의지를 완전하게 표현하고 일체의지를 집결시키려한다는 점에서 성욕의 기본개념과 일치합니다.

『에로티즘』의 저자 조르쥬 바따이유는 이런 말을 합니다. "에로티즘은 가장 신비하고, 가장 보편적인 것이면서, 가장 엉뚱한 것이다.", "에로티즘의 순간보다 강렬한 순간은 없다(신비체험을 제외한다면). 그래서 에로티즘은 인간 정신의 정상에 위치한다." 과연 에로티즘 연구의 대가다운 말씀입니다. 에로티즘의 본질이 그렇다면 문학 또한 마찬가지입니다. 가장 신비하고, 보편적이면서 엉뚱한 것을 산출하려는 것이 모든 문학인의 꿈입니다. 그리고 에로티즘의 순간만큼 강렬한 충격을 주고, 신비체험에 육박하는 감동을 주어 인간정신의 정상에 서려는 것이 작가, 시인들의 거대한 욕망입니다. 문학에 뜻을 두었다는 것은 성욕과도 같은 욕망을 작품생산을 통해 달성하겠다는 의도나 다를 바 없습니다.

이 욕망을 어떻게 달성할 수 있을까, 문학업에 종사하는 노동자들의 뇌리에서 이런 물음이 떠날 날이 없습니다. 그렇다면 성욕은 어떻게 달성할 수 있습니까? 상대를 만나 성적인 욕구를 만족시키는 것은 어렵고도 쉬운 일입니다. 문학에서도 그 욕망을 달성하는 것은 어렵고도 쉬운 일입니다만, 일반적으로 쉬운 경우는 별로 없지요.

성욕, 바꿔 말해서 리비도libido라는 것은 이성과 교접하기를 바라는 욕망으로 종족보존의 생식욕과 쾌락을 목적으로 하는 접촉욕과 종창소실욕 腫脹消失欲으로 나눌 수 있습니다. 문학작품 산출욕구도 성욕의 분류에 따라 두 가지로 나눌 수 있습니다. 인간정신의 강렬한 흔적을 남기려는 생식적 창작 욕구가 그 하나이고, 작품 산출을 통해 쾌락을 얻어 보겠다는 욕구가 다른 하나입니다. 이 쾌락적 욕구는 성욕의 예에 따라 다시 두 가지로 나눕니다. 접촉욕 − 피부와 피부를 접촉해서 상대방(이성)에게 밀착하고 싶어 하는 욕구처럼 독자를 의식해서 그들과 함께 나누는 즐거움을 중요하게 여기는 문학적 욕구가 그것이고, 종창소실욕 − 성물질(정액 등의 호르몬)을 방출하고 싶은 욕구가 다른 하나인데, 문학작품에는 국물이 없으니까 센세이션 따위를 불러일으켜 냄새를 피어보겠다는 욕구로 풀이할 수 있을 것입니다.

이러한 생식적 문학욕구와 쾌락적 문학욕구 중에서 최근에는 쾌락적 문학욕구 쪽이 강해지고 있는 실정입니다. 그중에서도 냄새를 풍겨보겠다는 종창소실적 문학욕구가 팽배하고 있습니다. 접촉욕만으로는 만족할 수 없다. 좀 더 세게 나오려면 문학의 정액 같은 것을 방출해야만 하겠다는 주장이, 원래 그런 주장을 오래전부터 해온 대중문학작가가 아닌 문학인의 입으로부터 터져 나오기 시작했습니다. "피묻은 피묻은 처녀막을 나부끼며 광화문 한복판에 내가 섰다, 내가 섰어." 이것은 60년대 모시인의 작품의 일절입니다만, 이런 정도로는 성이 차지 않는다는 것이 요즈음 일부 문학 생산자들의 견해입니다.

이제 그녀의 오른쪽 젖꼭지를 빨고 있는 R의 자세는 바뀌어 그녀의 배 허리 위에 걸터 올랐다. 침대 위에 똑바로 누운 채 자신의 오른쪽 젖꼭지를 빨고 있는 R의 머리통을 어루만지고 있는 J의 허리는 R의 가랑이 사이에 있었다. 그녀의 가랑이는 여전히 십오 도 각도를 벌어진 채였다. 자세를 바꾸었기 때문에 지금까지 J의 사타구니 사이를 어루만지고 있던 R의 오른손은 이제 그녀의 왼쪽 젖꼭지를 만지고 있고 그녀의 오른쪽 젖무덤을 어루만지고 있던 왼손은 아래로 내려가 그녀의 왼쪽 허벅다리 안쪽을 어루만지고 있었다. 그녀의 오른쪽 허벅다리는 왼쪽 허벅다리와 거의 직각을 이루며 벌어졌다.

−하일지,『경마장 가는 길』에서

자, 어떻습니까? 속된 말로 화끈하다고 말해야 좋겠습니다. 격정의 와중 속에서도 정신의 냉철함을 잃지 않고 분도기로 각도 재듯이 십오 도, 직각 등의 용어를 구사하며 극사실적으로 표현하는 것을 아무나 할 수 있겠습니까? 이 작가는 분도기적 안목에 만족하지 않고 스톱워치와 자를 동원한 것처럼 몇 분이 경과한 것인가를 정확하게 측정하고, 몇 센티미터가 삽입되었는가를 정밀하게 계측하고 있습니다만, 지면 관계상 더 인용할 수가 없는 것을 안타깝게 여깁니다. 다만 이 작가의 종창소실적 문학적 기교나 관념에 놀랄 따름입니다. 이 방면에서 이 작가는 성공했고 앞으로도 그러리라 생각합니다.

성에 관계된 것에 대한 구체적 묘사는 전통문학에서도 풍부하게 찾아볼 수 있습니다. 「주장군전」, 「관부인전」 같은 가전체 문학작품도 있고, 조선시대 선비들이 잠을 쫓기 위해 만든 각종 설화집에 온갖 음담패설이 다 수록되어 있습니다. 그러나 이런 작품은 센세이션을 불러일으키기 위한 것이 아니라, 삶의 궤적을 해학적으로 보여주기 위한 것들입니다.

앞에 인용한 작품도 서양인들의 작품과 비교하면 너무나 품위 있는 작품입니다. 험프리 리처드슨이라는 작가가 다니엘 디포우의 작품을 패러디화한 「로빈슨 크루소의 사랑」*The Sexual Life of Robinson Crusoe*을 보면, 무인도에 기착한 젊은 로빈슨이 각종 동물과 수간을 하고, 프라이데이와 동성연애를 즐기다가 구조된 뒤에 창녀 집에서 난폭한 성행위를 하다가 체포되는 내용이 펼쳐집니다. 이런 작품이 나올 전망이 불투명한 것에 아쉬움을 느끼는 문학인들도 있겠지만, 그것에 안도감을 느끼는 사람이 더 많을 것입니다.

에렌쯔버그라는 정신분석비평이론가는 예술 생산의 최종단계로 '바다와 같은 포용'의 단계를 설정합니다. "이 단계에서 창조적인 사람은 작품 속에 분열된 대상들을 담고 통합해주는 자애로운 어머니의 이미지인 모든 것을 수용하는 '자궁'을 마련한다"고 합니다. 이런 이론은 문학과 성의 관계에 대해서도 적용할 수 있습니다. 성문제 때문에 분열된 대상을 포용하고 통합하는 모든 것을 수용하는 문학적 인식의 '자궁'을 마련해야 하겠습니다. ('자궁'이라는 말의 어감이 안 좋게 느껴진다 해도 일단은 참읍시다.)

4. 뒷글

지금까지 갈피를 잡을 수 없는 이야기들을 너무 늘어놓아서, 혼란을 느끼셨을 것입니다. 사실 연애나 성행위 등은 혼란스러운 특성을 내포하고 있습니다. 이성을 사랑한 경험이 있는 사람이라면, 성행위의 체험이 있는 사람이라면, 그 혼란이 어떤 상태인가를 알고도 남을 것입니다. 문학의 경우도 다를 바 없습니다. 특정한 작품을 산출해보겠다고 생각하는 순간부터 작가, 시인의 머리는 혼란 속에 빠져듭니다. 그 혼란을 억제·정리하기 위하여, 생각의 가닥을 하나씩 정리하고, 이것을 표현에 옮김으로써 성적 엑스터시와 같은 생산의 기쁨을 맛볼 수 있습니다.

예술의 특성에 관한 프로이트식의 범성론汎性論은 수긍할 수 없지만, 인간 활동의 중요속성이 성과 관계된 모든 것과 연관된다는 것은 부정할 수 없습니다. 성에 매여 사는 것이 아니라, 삶에 성을 덧붙임으로써 삶을 풍요롭게 하는 것이 성에 대한 포용적 이해방식일 것입니다.

이러한 절충적이고 상식적인 성의 문학적 포용양상에 반기를 들고, 좀 더 열기에 찬 구멍문학을 전개해야 한다는 이 시대의 전위작가들도 존재합니다. 그들은 성에 대한 유형·무형의 검열을 폐지해야하고, 오르가즘의 강도를 높이기 위해서 다채로운 성도착증과 사도·마조히즘의 형태를 개발해야 한다고 주장합니다. 희극적, 비극적 외설문학의 정립, 유아론적 놀이로서 섹스의 확립, 호모와 레즈비언의 주인공화, 마약을 비롯한 각종 약물복용으로 성의 쾌락을 배가시키는 것, 그들이 해야 할 과업은 산더미처럼 쌓여 있습니다. 그들은 묵묵히, 때로는 요란스럽게 이들 과제를 실천에 옮기고 있습니다. 그들은 그들 자신이 늙고 병들어서 성적 수행능력이 시든 다음에도 이런 작업을 지속할 것이라는 각오에 차 있습니다. 참으로 성스러운 구도자의 자세입니다.

그러나 아무리 타락한 시대라도 그 시대가 안고 있는 위험을 규제하는 도덕률은 언제나 존재합니다. 그들의 영향력을 차단하는 유무형의 장치가 사회 속에 이미 내재되어 있습니다. 그들도 주장하다가 지치면 립 서비스로서 문학에 만족할 것입니다.

문학은 성에 억압될 요소와 그것을 해방시킬 요소를 두루 갖추고 있습니다. 그런 요소들을 조화롭게 질서화 하는 일, 이것이 문학인이 해야 할 과업입니다.

8. 한국 근대문학에 나타난 에로티시즘

에로스라는 말이 단순한 성애를 의미한다면 이 말에 대해서 왈가왈부한다는 것 자체가 무의미하다. 하찮은 동물들도 인간보다도 훨씬 진지하고 정교한 방법으로 성애의 행동을 벌이고 있지 않은가? 인간이 살아가면서 느끼는 삶의 강렬한 충동, 상식이나 이성을 벗어난 행동, 인간의 힘으로 어쩔 수 없는 추월적인 힘, 이런 모든 것들이 에로스와 관계된다.

불교에서는 얼마간 의미가 다르지만 에로스의 개념을 자비라는 말로 뭉뚱그려서 표현한다. 자慈란 사랑의 표현으로서 "그대의 기쁨을 내 것으로 함"을 뜻한다. 또는 "그대를 기쁘게 해 준다"라는 뜻도 들어 있다. 그대의 기쁨을 내 것으로 하는 행위는 에로스의 가장 기본적인 요소이다. 그대가 기뻐하고 있는데 나는 딴청을 피우고 있다면, 에로스는 성립되지 않는다. 또한 그대의 기쁨만을 내 것으로 하고 그대를 기쁘게 해 줄 의사가 없다면 사랑은 이루어질 수 없다. 에리히 프롬이라는 계몽주의 심리학자가 『사랑의 기술』이라는 책에서 핏대를 올려가며 주장했던 "사랑은 주고받는 것"이라는 사랑의 정의가 자본주의 시대의 사랑의 대차대조표처럼 계산적인 것으로 여겨지는 것에 비해 불교의 '자'의 개념은 그 정의부터가 영혼적인 것으로 생각된다. 불교의 에로스의 정의는 그러나 여기에서 멈추지 않고 비悲의 개념으로 확산된다. '비'란 그대의 괴로움을 내 것으로 한다는 뜻이다. 그대의 기쁨만 내 것으로 하는 것이 아니라 그대의 괴로움과 슬픔까지 내 것으로 함으로써 사랑은 깊이를 알 수 없는 그윽한 곳으로 잠입한다. 기쁨과 괴로움을 공유할 수 있는 사랑의 형태, 특히 괴로움까지 같이 당하려는 사랑의 의지는 사랑의 튼튼한 뿌리를 형성한다. 기쁨만을 공유하려는 사랑이 시련에 부딪쳤을 때 쉽사리 꺾이는 갈대와 같은 것이라면 괴로움을 같이 겪으려는 사랑은 뿌리 깊은 나무와 같이 쉽게 흔들리지 않는다.

1. 에로스의 동양적 의미

한국 근대문학에 나타난 에로티시즘을 이야기하면서 사랑에 대한 불교적 정의를 거론하는 까닭은 한국 근대문학이 서양적 정신의 유입에 의해서 촉발되기는 했지만 그 정신은 여전히 동양적인 것에 뿌리를 내리고 있기 때문이다. 사랑하는 사람의 괴로움을 대신하기 위해 자신의 목숨까지 희생하는 비련의 주인공은 서양에서는 예외적이지만 동양이나 한국에서는 언제라도 있을 수 있는 일로 받아들여진다.

노골적인 성애의 묘사보다는 은근한 것을, 요란스러운 연애보다는 조용하면서도 품위 있는 사랑을, 포르노적인 음탕함보다는 내면에서부터 서서히 차오르는 성적인 충동 등이 아직도 우리 문학의 에로스적 근간을 이루는 까닭은 그것의 근원이 동양적인 것에 두어졌기 때문이다. 한국문학의 이러한 에로스적 양상에 대해서 그것은 오랫동안 유교적 엄격성이 우리의 정신세계를 지배했기 때문이라고 설명하는데, 조선조의 유학자들이 잠을 쫓기 위해서 혹은 심심풀이로 썼다고 주장하는 각종 소화집笑話集을 보면 그러한 주장이 별 근거가 없음이 증명된다. 그들의 소화집은 결코 잠을 쫓거나 심심해서 쓴 것이 아니라, 자신들이 형이상학적 유학 체계로는 도저히 해명할 수 없는 삶의 가장 정채 있는 부분에 대한 진지한 탐구의 결과였던 것이다.

"인간 생활의 본질이 에로틱하다면 에로틱한 요소를 성공적으로 형상화한 문학은 당연히 위대한 문학이다"라는 말은 조선조 유학자들의 설화집의 예에서조차 도출할 수 있다.

2. 에로시티즘을 통한 자의식의 분열

한국 근대문학에 나타난 에로티시즘이라고 하면 으레 이효석의 작품을 연상하고 그의 소설과 로렌스의 문학과의 연관성에 대해 언급하게 된다. 이효석의 문학이 본질적으로 성애의 충동과 관련이 있고, D.H.로렌스나 멘스필드 등의 에로티시즘을 주제로 한 작품의 작가들과 관계를 맺고 있음은 물론이다. 그러나 이효석 문학에서의 에로티시즘은 「돈豚」이나 「메밀꽃 필 무렵」 같은 작품을 제외하고는 대부분 식물적이고 정태적인 상태의 성적 상징의 차원에서 머무를 뿐, 육감적이고 역동적인 에로스의 활력을 찾아볼 수 없다.

「메밀꽃 필 무렵」에서조차 에로틱한 충동을 가급적 억제하고 메밀꽃이라는 식물로 사랑의 모든 행위를 암시하려는 애매모호한 태도가 드러난다. 그의 작품에 흔히 나타나는 사랑의 식물화현상은 그가 에로스의 본질을 동물적인 것보다는 식물적인 것에서 찾았고 역동적인 것보다는 정태적인 것에서 삶의 의미를 모색하려는 평면적인 작가라는 점을 알려준다. 「오리온과 능금」이라는 작품 예에서 보듯 능금이라는 제재가 성경에서처럼 인간의 원죄와 낙원에서의 추방이라는 계속적인 행동으로 이어지는 역동적인 상징으로서가 아니라 단순한 성욕을 표상하는 단일 상징으로서의 의미 밖에 갖지 못한다. 이러한 이효석 문학의 에로스적 한계를, 그에게 영향을 준 외국작가의 작품세계를 철저하게 이해하지 못했기 때문이라고 해석하기도 한다. 이러한 이해가 잘못된 것임은 물론이다. 그것은 이효석이 외국작가의 작품을 잘못 이해했기 때문에, 다시 말해서 공부를 못했기 때문에 그런 결과를 초래한 것이라는 말과 똑같은 이야기이다. 이효석 문학에 나타난 에로티시즘의 양상이 정태적이라는 것은 곧 이효석 문학의 개성을 의미한다. 이효석은 문학의 수준에서 약간 뒤떨어질지 모르지만 어디까지나 이효석이지 D.H.로렌스는 될 수 없다.

1930년대의 작가 중 로렌스적인 성의 의미를 자의식적인 차원에서 작품화한 작가로 최명익을 들 수 있다. 그의 대표작 「심문·心紋」에는 상처한 화가인 내가 다방 마담 여옥과 동거하지만 그녀의 자의식과 나의 그것을 일치할 수 없어 헤어지고 그녀를 다시 회상하는 장면이 나온다.

> 침실의 여옥이는 전신 불덩어리의 정열과 그러면서도 난숙한 기교를 갖춘 창부였고, 낮에는 고양인 듯 영롱한 그 눈이 차게 빛나고 현숙한 주부인양 단정한 입술은 늘 침묵하였다. 그리고 무엇을 주고받을 때 무심히 닫힌 그의 손가락은 새삼스럽게 그 얼굴을 쳐다보게 되도록 싸늘한 것이었다. 그렇게 산뜩한 속은 이지적이랄까, 두 사람만이 거니는 호젓한 봄 동산에서도 애무를 주저하게 하는 것이었다. 그 뿐 아니라, 그 영롱한 눈과 침묵한 입술, 그 사이에 오연히 높은 코까지 어울려, 어제 밤은 언제더라 하는듯한 그 표정은 나를 당황케 하였고 마침내는 그 뺨을 갈겨보고 싶도록 냉랭한 여옥이었다.

"밤에는 창부요, 낮에는 현숙한 부인" 같은 여옥에 대해 내가 관심을 갖게 된 것은 그녀의 외모 때문이기도 하겠지만 그녀의 성격미 때문이었다고 나는 회상한다. 그러한 여옥을 모델로 그림을 그리고 동거생활까지 하지만 그녀와 나는 도저히 합치되지 않는다. "고양인듯한 차게 빛나는" 여옥의 눈은 내가 견디기 어려울 만큼 저항의 감정을 불러일으키는 것이다. 게다가 나는 여옥의 얼굴을 보면서 죽은 아내의 얼굴을 연상한다. 여옥은 이 모든 것에 권태를 느껴 내 곁을 떠나버린다.

이 작품에는 성애에 대한 노골적인 묘사도 없고 성적인 충동을 유발시킬만한 자극적인 장면도 존재하지 않지만 근대인의 에로티시즘의 본질이 자의식의 문제에 있음을 근본적으로 제시한다. 프로이트나 로렌스가 인간의 성을 강조한 것은 파산 직전에 이른 인간정신을 다시 소생시키려면 무엇보다도 그것을 본능의 뿌리로 회귀하도록 유도해야 하기 때문이다. 성은 바로 인간의 뿌리이며 그 성을 통해서 갈기갈기 찢어진 우리들의 자의식을 다시 회복시킬 수 있다. 로렌스에게 있어 주요한 것은 성애의 탐닉 그 자체가 아니라 성애의 행위를 통한 자의식의 확립에 있다. 그런데 「심문」의 주인공인 나는 여옥과의 육체적인 사랑을 통해서 자의식의 분열만을 확인할 따름이다. 여기에 주인공의 고민이 있으며, 이 문제를 해결하기 위해서 끊임없는 사색적 모험을 펼쳐야 했고, 여옥을 찾아 만주까지 흘러가야 했던 것이다.

여옥과 같은 여인은 어떠한 남자라도 만족시킬 수 있는 창녀적 소질을 갖춘 여자이지만, 그녀 스스로 순수한 창녀의 역할을 거부한다는 데에서 문제가 발생한다. 격정의 소용돌이 속에서도 냉정을 유지하고 상대를 기쁘게 하면서도 자신은 기쁨에 젖는 적이 거의 없는 그런 여자가 창녀라면, 창녀는 아놀드 하우저의 말처럼 예술가의 여자 쪽 쌍둥이임에 틀림없다. 그런데 여옥은 밤에는 그러한 역할을 수행하다가도 낮에는 그것을 거부하고, 나 또한 여옥의 얼굴을 보면서 아내의 영상을 포개는 착시적인 행동을 되풀이한다. 이러한 커플의 결말이 헤어짐으로 끝난다는 것은 자연스러운 일이다.

「심문」의 여옥 같은 여인이 성애에 의해서도 자의식을 회복하지 못하는 근대인의 초상이라면 나도향의 「물레방아」에서의 이방원의 처는 보다 본 능적이고 원색적인 유혹녀의 원형이다.

> 새침한 얼굴이 파르족족하고 기다란 눈썹과 검푸른 두 눈, 가장자 리에 예쁜 입, 뽀르퉁한 뺨이며 콧날이 오똑한 데다가 후리후리한 키에 떡 벌어진 엉덩이가 아무리 보더라도 무섭게 이지적인 동시에 또는 창부형으로 생긴 것이다. 계집은 아무 말이 없이 서서 짐짓 부 끄러운 태를 지으며 매혹적인 웃음을 생긋 웃고는 고개를 돌렸다.

이방원의 처는 이지적이고 창부형의 여인이라는 점에서 「심문」의 여옥 과 일치하지만, 여옥이 수동적인 것에 대하여 이방원의 처는 보다 적극적 으로 남자를 유혹한다. 이방원의 처가 신치규와 간통하다가 남편에 의해 서 살해당하는 것은 남성 위주의 문학작품에서는 당연한 귀결이다. 유혹 녀의 운명을 비참하게 만드는 것은 남성 본위의 세계관이 세상을 지배하 는 한 동서고금의 공통적 현상이다. 남자들은 「금병매」의 서문경처럼 아 무리 많은 여자와 관계를 맺는다 해도 있을 수 있는 당연한 행동으로 간주 하고, 여성은 단 한 번의 일탈 때문에 비참하게 죽어야 하는 것은 요즈음과 같은 시대에서는 남녀불평등의 역설적인 증거 같기도 하다.

「심문」의 여옥도 여기에서 예외가 아니어서 만주로 건너간 그녀는 공산 주의 운동을 하다가 폐인이 된 남자와 같이 살면서 그녀 자신도 아편중독 자가 되고, 그녀를 화가인 나에게 넘겨 돈을 받으려는 남편의 행위와 도저 히 일치될 수 없는 나와의 관계에 절망을 느껴 결국 자살하고 만다. 자의식 의 합일이 없는 에로티시즘이란 육체의 맞부딪침에 불과하다는 것을 여옥 은 죽음으로 증명한다. 내가 그녀를 사랑하게 된 것 같다고 사랑을 확인하 는 장면에서 여옥이 보이는 싸늘한 반응은 그녀의 죽음을 예시한다.

　　"안 그래? 내가 여옥이를 정말 사랑하게 될 것 같잖아?"

　　"글쎄요. 그럼 낮에요? 밤에요?"

　　여옥이는 이렇게 반문하였다. 그렇게 묻는 여옥이를 나만이 밤의 여옥이와 낮의 여옥이가 딴 사람이라고 보아 왔지만 여옥이 역시 나를 밤과 낮으로 구별하여 보는 것이 분명하였다. 그렇다면 본시부터 모호하던 두 사람의 심정의 초점이 더욱 모호해진다기보다도 **밤과 낮으로 다른 두 여옥이와 두 '나'로 분열하고 무너져가는 동정**을 믿거니 바라볼 밖에는 별 도리가 없는 듯하였다. (고딕:인용자)

　　밤과 낮으로 달라지고 두 개의 자아로 분열되는 것을 막기 위해서 성애에 몰두하는 것인데, 성애조차 자아의 분열을 막지 못한다면 그 다음에 오는 결과는 무엇일까? 파멸과 죽음, 그것만이 기다리고 있을 따름이다. 최명익은 에로티시즘을 형상화하면서도 이와 같이 수준 높은 존재론적 질서에 대해서 해명하고 에로스에 탐닉함으로써 빚어지는 에로스의 비극을 구현한다. 에로스의 부정이 삶 그 자체를 부정하는 것이라면 에로스의 긍정은 삶의 질서를 되찾자는 것인데 「심문」의 인물들은 에로스의 긍정 속에서도 절망을 느껴야 한다. 근대인의 근본적 비극이 여기에 있음을 이 작품은 문학적 형상으로 뚜렷이 보여준다.

3. 초월적인 사랑의 경지로

　　나도향의 「물레방아」의 이방원의 처는 본능적인 욕정 때문에 파멸에 이르게 되었고, 「심문」의 여옥은 분열된 자아로 인해서 비극적 최후를 맺게 되었다. 이 두 여인의 경우가 한국 근대문학의 에로티시즘의 양상을 대표하는 것은 아니지만, 자신의 힘으로는 억제할 수 없는 에로스의 충동과 에로스의 덫에 치어 죽은 그들의 모습에서 현대인의 초상을 엿볼 수 있다.

에로스에서 궁극적으로 해방되는 길은 없을까? 사람들은 이런 우둔한 질문을 던지지만 에로스에서 해방된다는 것은 평범한 사람들에게는 죽음을 의미하고 비범한 존재에게는 해탈을 뜻한다. 에로스를 긍정함으로써 에로스에서 해방된 저 인도의 창부 파수미트라의 말이 시사하는 바 큰 것은 우리가 의외로 에로스에 대해서 모르는 것이 많기 때문이다. 소년 선재가 53명의 스승을 찾아 진리를 배우는 『화엄경』「입계법품入界法品」에서 창녀 파수미트라는 이렇게 이야기한다.

> 소년이여 나는 자유를 얻었다. 온갖 탐욕으로부터 자유로움을 얻었다. 나는 뭇사람들의 바라는 욕망에 따라 그 욕망에 맞는 몸을 나타낸다. 만일 하늘나라에서 나를 원한다면 나는 하늘 여자가 되어 그들을 맞이한다. 인간들이 나를 원하면 나는 한 인간의 여자가 되어 그의 품에 안긴다. 짐승으로 나를 요구하면 나는 짐승의 암컷이 되어 수컷을 즐겁게 한다. 나는 원하는 대로 그 바람에 맞게 가서 그들을 만족시킨다. 어떤 남자가 나를 안는다면, 그 남자는 "모든 생명을 버리지 않는 연민"을 얻을 것이다. 나의 입술을 빠는 사람은 뭇 생명을 키우고 싶은 양육과 생산의 마음을 얻을 것이다.

애욕의 극치가 빚어낸 불멸의 꽃이 파수미트라라면 한국문학이 도달하고자 하는 에로티시즘의 절정도 그녀가 터득한 사랑 —육체적인 것에 연연하지 않고, 사랑을 줄 수도 받을 수도 있으며, 남의 고통을 자신의 아픔으로 받아들이며, 불쌍한 사람들에게 진정한 연민의 감정을 보일 수 있는, 인간적이기 때문에 초월적인 사랑의 경지여야 할 것이다. 에로티시즘은 육욕을 바탕으로 한 '양육과 생산의 마음'이며, 정신적 초월의 사상이기 때문이다.

II. 작가 · 작품론

1. 역사의 격류 헤쳐 나아가기

―이호철, 『개화와 척사』

1. 오래된 새로운 소설

분단의 원인을 규명하는 방안과 분단극복을 모색하는 방법은 여러 가지가 있다. 그 많은 방안과 방법이 제시되고 있음에도 8·15 이후 지금까지 거의 한 치도 달라지지 않은 분단 상태에서, 또다시 방안과 방법을 궁리해야 하는 우리의 형편이 안타깝기만 하다. 동구의 대변혁과 소련의 해체라는 국제사회의 대개편을 거치면서도 한반도의 상황은 예전이나 지금이나 다를 바가 없다.

안타까움을 넘어서서 통탄에 이르는 이러한 상황에서 벗어나 앞으로 나아가기 위해서 우리의 근대사를 다시 더듬어 보고, 그 속에서 통일의 방안을 찾아보려는 지적 모험의 결과가 『개화와 척사』라는 작품으로 산출되었다. 이 시대의 현실을 단절된 국면으로 보려는 경향 때문에 분단 상황이 더욱 공고해진다는 사실, 분단의 원인을 민족사 외부에서 찾으려고 했기 때문에 분단현실의 바깥에서 맴돌게 되었다는 사실 등을 소설의 형식을 빌려 새삼 일깨워 주고 있는 작품이다.

이 작품은 '소설의 형식'이라는 측면에서부터 놀라운 충격을 가하고 있다. 소설을 이끌어 가는 사유의 방식부터 색다르다. 문학이 형상적 사유에 의해서 구성된다는 기본적인 합의를 깨뜨리고 추상적·개념적 사유를 과감하게 도입하여 진실의 핵심 속으로 직접 파고 들어간다. 극단적으로 말하면 역사를 소설화하는 것이 아니라 소설을 역사화하려는 작가의 의도를 확인할 수 있다.

왜 이런 형식을 취하게 되었을까? 그 까닭은 역사를 대하는 작가의 진실성과 현실의 문제를 해결하려는 급박한 의무감에서 찾아야 할 것이다. 역사를 제재로 한 형식적인 미학을 거부하는 것은 주제 자체가 미학적 발상으로 지탱하기 어려운 역사적 무게를 지니고 있기 때문이고, 통상적 소설의 틀을 벗어난 문제제기의 방법을 채택한 것은 작가가 제기하려는 문제를 기존 소설의 형식으로 담을 수 없기 때문이다.

역사소설을 "통속적 전기류나 중세의 로맨스와 구분되는 근대적인 장편소설로서, 현재와 획기적으로 구분될 수 있는, 적어도 두 세대 이전의 과거사를 명백히 역사적 과거라는 의식 하에 형상화한 소설"(강영주, 『한국 역사소설의 재인식』, 창작과 비평사, 18쪽)이라 정의한다면, 『개화와 척사』역시 역사소설임이 분명하다. 이 작품의 특성을 보다 명확하게 밝힌다면, '당대의 현실문제와 대결할 용기와 의욕이 결여된 작가들이 과거로 도피하고자 하는 의도에서' 쓰인 소설이나 '과거를 현재에 대한 비유로써 형상화하고자 하는 역사소설'이 아니고, '과거의 역사를 현재의 전사로서 진실하게 묘사하려는 역사소설'이다.

『개화와 척사』가 이런 종류의 역사소설이라는 점은 논의의 진행을 통해서 소상하게 밝혀질 것이다. 앞서 현실의 문제를 해결하려는 '급박한 의무감'이 작품의 창작 동인 중 하나라고 밝혔지만, '급박한 의무감' 때문에 작가의 주관적 의도에 부합하도록 역사적 사실을 왜곡·과장·미화·단순화하려는 경향을 이 작품의 어디에서도 찾아볼 수 없다. 오히려 자신의 의도에 반하는 역사적 사실까지 제시하여, 논리적 일관성을 위태롭게 하는, 역사를 대하는 작가의 진실성이 작품의 곳곳에서 나타나고 있다.

이 작품을 요즈음 유행하는 '대체역사소설'의 맥락에서 살필 수 없는 것은 당연하다. 복거일의 『비명을 찾아서』와 이문열의 『우리가 행복해지기까지』 등은 없었던 역사를 작위적으로 만들어서 역사에 대한 공상력과 상상력을 적절하게 자극시키는 작품들이다. 이런 종류의 소설은 나름대로 적당한 미덕을 가지고 있다. 역사에 대한 호기심을 촉구시키고, 역사적 사실의 이면을 탐구하게 하며, 역사와 현실이 어떻게 접합되는지 그 연계관계를 해명한다. 그러나 이런 소설은 '역사소설'이 아니라 어디까지나 '대체역사소설'이다.

최근에 한 평자는 이런 종류의 소설을 '황당무계한 정감록'이라고 규정한 바 있고, 이에 대한 작가의 격렬한 반발이 제기된 바 있는데, 소설적 자유의 부산물이 '대체역사소설'이라고 한다면 이에 대한 감정적 거부나 지나친 옹호, 어느 쪽도 정당한 의견표명이라고 보기는 어렵다.

『개화와 척사』는 박래적舶來的 소설의 형태인 대체역사소설보다는 전래적 몽유록계의 소설에 근접하고 있다. 자생적인 문화 형태가 외래적인 것보다 반드시 우월한 것도 아니고, 근대소설이란 개념이 원래 외래적인 것이어서, 이 작품과 몽유록계 소설의 연관성은 작품의 가치평가와 아무런 상관이 없다. 다만 전혀 새롭게 보이는 이 작품의 형식이 전통적인 소설 형식의 하나인 몽유록계 소설과 유사해 보이는 것이 자못 흥미롭다. 작가가 몽유록계의 소설을 전혀 의식하지 않고 이런 형태의 소설을 썼다면, 그것은 더 흥미로운 일이다.

몽유록계 소설은 꿈을 통하여 경험한 사실을 서술한다. 작가 자신이나 주요 등장인물의 꿈이 주요제재인데, 『개화와 척사』에는 꿈이 주도主導 동기의 역할을 하지 않는다는 점에서 몽유록계 소설과 구별된다. 그러나

백일몽으로든 한밤의 꿈속으로든 후대의 인물과 만나서 영향력을 행사하려는 내용에서 몽유록계 소설과 유사점을 보인다. 매월당 김시습의 『원생몽유기元生夢遊錄』에서 신채호의 『몽견제갈량夢見諸葛亮』에 이르기까지 조선 초부터 구한말에 이르는 몽유록의 흐름에 이 작품은 가깝다. 작품의 무대가 천상이나 가상의 세계로 설정된 점, 현세에서의 불평, 불만과, 실패, 영락을 몽유의 세계에서 역전시키거나 재해석하는 내용, 정치적 간섭을 배제하려는 의도 등을 몽유록계 소설에 대한 접근으로 해석할 수 있다.

『개화와 척사』를 쓰기 위해 개항기의 문인들의 전집을 독파하면서, 박은식의 『서사건국지瑞士建國誌』, 신채호의 『이태리건국삼걸전』, 앞서 예거한 『몽견제갈량』, 그리고 『꿈하늘』, 『용과 용의 대격전』 등의 작품을 수용하는 과정에서 몽유록적 특성이 작품 속에 자연스럽게 흘러들어갔을 것으로 추정할 따름이다. 특히 신채호의 영향을 추측할 수 있는데, 작품의 여기저기에 인용된 신채호의 글은 작가가 신채호를 깊이 있게 이해하고 상당한 영향을 받았다는 근거로 판단된다.

신채호는 「소설가의 속세」라는 글에서 소설을 국민의 나침반이라고 역설한다.

> 소설은 국민의 나침반이라 기설其說이 이異하고 기필 其筆이 교교巧巧하며 목불식정目不識丁의 노동자라도 소설을 능독能讀치 못할 자 일무一無하며, 우又 기독其讀치 아니할 자 일무하므로 소설의 국민을 강한 데로 도導하면 국민이 강하며, 소설이 국민을 약한 데로 도하면 국민이 약하며, 정正한 데로 도하면 정하며, 사邪한 데로 도하면 사하나니.
>
> ─신채호전집 별집, 81쪽.

소설이 정치사상과 세도풍속世道風俗에 대하여 커다란 영향력이 있음에도 국민들은 그 정교를 패괴敗壞케 한 재래소설을 좋아하는데, 이를 선도해 나가려면 국민의 나침반 역할을 할 새로운 소설을 써야 한다는 것이 단재의 주장이다. 이러한 견해와 『개화와 척사』에 담긴 내용은 기본적으로 그 궤를 같이 한다. 역사를 흥밋거리로 여기지 말고 역사 속에서 현재 고통의 원인을 발견해야 하고, 그것을 실천의 원리로 삼아야 한다는 당위적 결론을 도출하는 것이다.

이렇게 보면, 『개화와 척사』는 형식적인 면에서부터 과거에서 현재에 이르는 한국적 전통을 충실하게 재현하고 있는 작품이라 할 것이다. 몽유록계의 소설을 연상하게 만들면서 애국계몽기의 소설관을 적절하게 흡수하고, 이것을 종래에 없었던 새로운 형식으로 펼쳐나가는 작품 전개의 구도에 주목할 필요가 있다. 이해조의 『자유종』을 떠올리게 하는 토론체 소설의 골격을 유지하면서 관념소설에 근접하고, 이것을 다시 역사소설의 궤도로 진입시키는 여러 형식의 묘한 접목 기술은 젊은 작가의 실험정신의 차원을 넘어선다.

그러나 『개화와 척사』는 형식보다는 내용의 전달에 치중한 작품이다. 스타일은 부수적인 요소에 불과할 뿐인데, 그럼에도 장황하게 형식적 특성 해명에 치우친 것은, 작가가 신기한 형식에 매달려 내용의 미학적 분식粉飾이나 독사의 일시적 호기심을 자극시키는 것에 관심을 가지지 않았다는 점을 역설적으로 증명하기 위해서이다. 좀 더 거칠게 말하면 새로운 소설 형태로 낙양의 지가를 올려보겠다는 상업적 욕심이 노골적인 것이 아니라는 이야기이다. 가상정치소설이 독자의 호기심을 극대화하는 풍토 속에서, 또는 대체역사소설이 역사적 흥미를 팽배하게 하는 문화 상황에서, 그런 종류의 소설과 한꺼번에 휩쓸리는 것을 거부하는 구조를 갖춘 작품이 『개화와 척사』라는 말이다. 이런 말 때문에 그런 작가나 그런 출판사가 뜨끔함을 느낄 것인지 아닌지는 불분명하지만……

2. 끝없이 메아리 쳐 이어지는 말

『개화와 척사』에는 익종 시대부터 오늘에 이르기까지 근대사에 명멸했던 수많은 인사들이 시공을 뛰어넘어 의견을 교환한다. 그들은 생존 당시의 자신의 처지나 태도를 설명하기도 하고 과오를 인정, 해명, 변명하고 오늘의 현실을 개탄하거나 내일에 대한 전망을 시도하기도 한다. 그들의 이야기는 들을만한 가치가 있는 것도 그렇지 않은 것도 있다. 이야기의 본류에서 벗어난 지루한 신세한탄도 전개된다. 역사의 본질에 접근하는 이야기도 있고 그렇지 않은 것도 있다.

그렇다면『개화와 척사』유의 소설을 읽기보다는 예를 들어 강만길의 근·현대사 책을 읽는 것이 낫지 않을까? 역사 그 자체에 진입하는 것이 소설이라는 우회로를 통해 에워 돌아가는 것보다 효과적인 것이 아닐까? 이 작품을 읽다 보면 저절로 이런 의문에 빠지게 된다. 이에 대한 해답은 이 작품에 나와 있다.

역사책은 글을 통해 역사적 사실의 진행과 그 결과를 완결적으로 서술한다. 불분명한 원인을 최대한 명확하게 밝히고, 확실하게 정리할 수 없는 결과도 가능한 한도 내에서 확정짓는다. 거대한 줄거리를 가진 이야기가 역사적 지향점을 향해 매진해 나아가는 것이 역사적 서술의 특징이다.

그런데『개화와 척사』는 글로 정착되기는 했지만 글보다는 말을 중요시한다. 끝없는 말의 잔치, 언어의 향연이 불분명한 무대에서 잇달아 펼쳐진다. 역사책에서 읽을 수 없었던 대화를 통해 등장인물의 사상, 생활의 여러 측면을 약여하게 파악할 수 있다. 작가는 자신의 목소리를 극단적으로 억제하고 작중인물의 목소리를 그 육감적인 면까지 전달하려고 애를 쓴다. 문자언어가 아닌 음성언어 중심의 끝없는 대화는 등장인물들이 살았던 역사적·현실적 분위기를 재현하는 데 큰 역할을 한다. 작가가 여러 종류의 역사서적과 논문을 통해 습득한 지식들이 글이 아닌 말로 유창하게 전개되는 것이다.

『개화와 척사』의 이러한 음성언어 중심의 전달체계는 요즈음 그 주장의 강도를 높이고 있는 해체주의나 포스트모더니즘의 발상과 극단적으로 대립된다. 기존의 철학체계는 음성언어 중심의 언어체계라고 규정하고, 그것에서 비롯되는 이성중심체계의 사고방식에 일대 타격을 가하려는 것이 해체주의의 기도이다. 삶, 언어, 역사를 어떤 궁극적인 목적에 비추어 중요성의 등차에 따라 질서를 부여하고 순서를 매겨 그 서열을 정하는 목적론은 이제 필요 없다는 것이다.

해체주의의 관점에서 보면『개화와 척사』의 논리 구조는 케케묵은 옛날 것의 재탕에 지나지 않는다. 단순한 재탕이 아니라 강화라고도 볼 수 있다. 해체주의의 이런 관점과 극단적으로 대립한다는 점에서『개화와 척사』의 의미는 놓여 있다. 해체주의가 이 땅의 지성적 논리구조로 작용하기에는 이 땅의 역사와 현실은 비 해체주의적 요소로 가득 차 있다는 것을 이 작품은 보여준다. 그렇게 많은 대화를 나누어도 미진한 문제가 산적해 있고, 중요성의 등차에 따라 질서를 부여하기에는 너무나 많은 시간이 소요된다는 사실을 작품 속에서 적시한다.

해체주의의 바탕인 기호학은 원래 진실을 추구하지 않는다. 진리의 향방이 문제가 아니라 기표의 작동에 초점을 맞추는 기호학은 의미화 작업의 기호, 의미생산에 사용되는 기호체계를 밝히려 한다. 따라서 기호학에서 비롯된 해체주의는 진실을 연구하는 학문이 아니라 '담론체계'에 관한 특수성을 해명하는 지적 관심의 극대화된 영역이다. 지적 유희의 정점에서 행복한 고민을 하는 저편에서 음성언어 중심의 사고체계를 극렬하게 비난한다고 할지라도, 이편은 아직도 다 말하지 못하고 있는 말들을 소리를 높여 외쳐야 한다.

그 외침들이 메아리처럼 지상계와 천상계를 왕래하면서 반향하는 상태를 나타내려 한 것이『개화와 척사』이다. 신채호가 죽어서도 자신의 주의

주장을 굽히지 않고 외치는 장면을 보고, 박규수와 박은식이 대화를 나누
는 대목을 보자.

> "단재는 언제부터 저러시는가?"
> "언제랄 것이 없고 살아생전이나 지금이나, 한결같사옵니다. 오
> 직 한결같이 저 소리옵니다."
> "그 점, 어느 점으로는 지금 북쪽의 저 사람과도 닮았구먼. 세상이
> 어찌 되든, 애오라지 한결같은 것은, 그러기도 여간해서는 쉽지 않
> 으이. 다만 다른 점이 있다면, 북쪽 저 사람은 살아서 저러고 있고,
> 단재 저이는 저승에서까지 저러고 있는 점이구먼."
> "그렇게 보신다면, 선생님이 생각하듯이 두 사람을 만나보게 하
> 는 것도 괜찮음 직하긴 합니다만, 그것이 어떤 활로活路로 이어지
> 지는 못할 것이옵니다. (이하 생략)"

이 대화에는 단재의 사상적 변화, 영웅 숭배적 민족주의에서 아나키즘
에 대한 경도가 언급되고 있지 않다. 이것은 일면 김일성과 상통하는 고집
불통의 태도를 강조하기 위해서 그렇게 서술했을 것이다. 신채호의 음성
중심적 주장이 김일성의 주장과 같다는 것을 강조하는 것이 아니라, 주장
을 표출하는 태도가 유사하다는 것을 명시하고 있다. 지상계와 천상계에
그런 태도가 공존하고 있는 것을 밝혀, 역사의 배면에 깔린 인간의 모습
을 재조명한다. 이 경우 단재는 역사적 인물에서 현식의 인물로 변신한
다.『개화와 척사』의 언어중심체계는 단순한 로고스의 향연에서 벗어나
말로 이해될 수 없는 역사와 현실, 생활에 대한 태도를 측정하는 시험장을
마련하려고 한다.

이 시험장에 등장하는 두 무리의 인간군은 개화파와 척사파로 분류된
다. 근대화 태동기에서 오늘에 이르는 근대사를 이런 식의 이항대립으로

파악하고자 한 것은 일찍이 없었던 시도이다. 특히 북쪽은 척사를 이어받고 남쪽은 개화를 계승한다는 구도는 선뜻 수용하기 어려운 견해이기도 하다. 역사를 이항대립으로 파악하여 너무 단순화한 것은 아닌지, 이러저러한 예외를 제쳐놓고 논리 전개에 합당한 인물들만 등장시킨 것은 아닌지, 구한말 개항기의 시대적 쟁점을 위·아래로 확산시킨 것은 아닌지, 소설 전편을 읽으면서도 그렇고 다 읽고 나서도 여전히 그런 의문을 떠올리지 않을 수 없다.

사실 이 전제를 수용하지 않는다면 이 소설의 역사논리에 동감할 수 없고, 작품의 현실적 가치에 대해서도 수긍할 수 없다. 작가가 가장 힘을 기울여 고민한 부분도 이 부근일 것이다. 그래서 예단적으로 생각하는 개화파의 논리에서 벗어난 활동을 벌인 인물을 등장시키기도 하고, 수구 지향적 가치기준에서 멀리 떨어진 척사파의 인물을 무대에 들어서게 하기도 한다. 이러한 작가의 노력을 종합해서 판단하면 개화와 척사의 대립을 역사소설의 논리로 확립시키고 있다고 생각한다. 다시 말해서, 역사의 논리로 학문적으로 밀어붙이기보다는 역사소설의 논리로 소설적으로 관철시키려는 것이다. 물론 그 반대의 경우도 예상할 수 있지만, 만약 그렇다면 그런 주장의 설득력은 논리의 생경한 뼈대에서 비롯된 것이 될 터라서, 소설적 설득력이 갖는 힘살의 두툼함과 폭넓은 감정의 공감대를 형성하지 못할 것이다. 이념의 뼈대에 현실의 근육과 신경체계를 부여하는 것이 소설이라면, 역사소설의 논리로 개화와 척사를 대립시키는 것이 더 큰 영향력을 행사할 것이다.

개화와 척사라는 거대한 상징체계의 대립으로 인해 빚어진 근대사의 분열과 분단의 획정, 이것을 우화가 아닌 현재의 전사로서 그려낸 작품이 『개화와 척사』이다. 루카치의 견해에 따르면, 역사소설은 현재의 이념을 역사적 제재에다 일방적으로 '투사'할 것이 아니라, 현재의 성립사라는 관점 하에서 과거를 생생히 묘사함으로써 현재에 대한 우리의 인식을 좀 더 풍부하게 하는 것이 바람직하다. 이 작품은 그러한 '투사'의 유혹을 강하게 느끼면서도 (작가의 머리말을 보면 철저하게 '투사'한 것처럼 여겨지기도 하나), 정작 작품에서는 그것을 극복하고 현재의 성립사 成立史를 탐구하고 있다.

'급박한 의무감'이 아니라면 이 만큼의 공부와 조사와 정열로 이 작품의 분량보다 몇 갑절 부피의 소설로 늘여 쓸 수도 있었을 것이다. 그리고 한 대목씩 확대하여 일련의 중편소설로 개작할 수도 있었을 것이다. 그런데 이러한 소설 생산의 밑천을 단번에 끌어 모아 어찌 보면 아깝게도 한 권으로 묶어 버린 까닭이 무엇일까. 두말할 나위 없이 그것은 작가의 통일에 대한 열망 때문이다. 김 주석도 읽어야 한다는 작가의 요청에 동참하지 않을 수 없게 작품의 내용을 개화와 척사의 대립으로 휘몰아간 것이다. 개화파와 척사파가 이렇게 한 자리에 모여 대화를 나누고, 그들의 수다한 의견들이 끝없이 메아리쳐 이어지고 있다는 사실 한 가지로도 이 작품의 의미는 넉넉하게 확보된다고 하겠다.

3. 이제 풀기 시작하는 매듭

이 작품의 첫 단락을 읽을 때부터 궁금한 것은 작품의 결말을 어떻게 잡으려고 이렇게 패기에 찬 구도로 이야기를 전개하는가 하는 점이다. 결말에 대한 궁금증 때문에 가독성可讀性이 제고되는 전개방식에 끌려 마지막 장章에 이르면, 항일운동 말기의 유일당 조직의 전말과 북한의 주체사상에 대한 검토가 펼쳐진다. 유일당 결성의 동인動因이 명망가들의 고질적인 분열상에 있다는 것, 그런 분열을 막기 위해 북쪽에서는 실제로 유일당을 조직했지만 그 폐해는 심대하다는 것, 이런 사실의 제시는 이 소설의 결말에서 반드시 검토되어야 할 사항이고, 분단의 역사를 재조명하기 위해서 결론적으로 논의되어야 할 항목이다.

『개화와 척사』에는 숱한 명망가들이 등장한다. 그래서 명망가들의 경력과 그들이 비쳐 보이는 한 소식이 날줄 씨줄로 엮어져 기층 민중의 역사는 그들의 개인사 뒤로 사라진 느낌을 주는 부분도 있다. 작가는 이 점을 깊이 인식해서 소설의 결말에 명망가들의 한계를 명확하게 노정한다. 유일당 운동을 전개한 조성환曹成煥은 의병대장 의암 유인석에게 이렇게 한탄한다.

> "선생님의 그 갸륵한 뜻이야 어찌 모르겠습니까마는, 되레 이 나라는 이름깨나 알려진 명망가들 싸움이 고질이었사와, 소인이나마 그런 대역에서 빠지고 싶었나이다. 모든 종파싸움, 파벌싸움이 소위 명망가들의 자리다툼에서 말미암으니, 이름 없이 자취 하나 남기지 않고 이 나라 산야와 북극 들판에 산화한 수만, 수십만의 억울한 혼령들은 …… 지금까지도 말 한마디 없이……."

의암 유인석은 조성환의 이 말에 강력하게 동의한다. 그러나 명망가들의 쟁투를 없애려고 만든 강한 '중앙', 강한 '중심'의 '유일당', '로동당'의 사정은 어떠한가. '강철 같은 하나'가 '왕권' 비슷하게 전락하고 있는 것이 저쪽의 실정이다.

명망가의 분열을 경계해야 하면서도 그들의 활약을 통해 북쪽의 완고한 체제에 대한 변혁을 촉구해야 한다는 역설적인 방안이 강구되는 것도 북쪽과 남쪽이 각각 지닌 한계 때문이다. 양세봉과 박렬이 일종의 선무사로 선택되고 개화와 척사의 융합선상으로 김 주석을 끌어내는 것으로 잠정적인 결론이 맺어진다. 그래서 청문회 비슷한 자리가 마련되고, 그 사회자로서 국조 단군의 목소리가 메아리치는데…… 사실 이러한 결말은 결말일 수가 없다. 그것은 이제 막 풀기 시작한 매듭일 따름이다. 풀어야 할 매듭의 고비는 숱하게 남아 있는데, 여기서 일단 마무리해야 하는 작가의 고뇌가 역력히 서려 있는 매듭이다. 그 고뇌가 어찌 작가 개인만의 것이겠는가?

이렇게 열린 결말로 작품이 맺어지는 것은 결국 역사의 질곡 탓이다. 근대사의 총체적 의미를 개화와 척사를 중심으로 요약하고, 분단의 원천을 찾아 지하계까지 통찰하려는 의지를 보인 이 작품이, 열린 결말로 마무리되는 것을 함께 아쉽게 여길 따름이다. 열린 결말의 여운을 역사를 통해 되씹고 곱씹음으로써 통일의 문에 한 발짝이라도 더 가깝게 다가서려는 것이 이 작품의 뜻이라면, 그런 뜻을 거부할 사람은 결코 없을 것이다.

역사의 격류를 헤쳐 나간 사람만이 민족통일의 길로 나설 수 있음을 작가는 보여준다.

2. **해한**解恨**의 탑에 이르는 길**

―조정래,『불놀이』

1.

『불놀이』는 한국전쟁이라는 민족적 대참화의 처절한 실상과 그것이 우리의 근대사의 맥락을 어떻게 뒤바꾸었으며, 오늘을 살아가는 우리들의 마음속에 어떻게 자리 잡고 있는가를 극적으로 조명한 장편소설이다. 이야기의 공간적 배경은 전라도의 한 마을과 서울의 한 가정으로 제한되어 있고 인적 구성 역시 두 가족에 국한되어 있지만, 이러한 한계를 넘어서서 민족사의 대참극인 한국전쟁의 역사적 의미를 총체적으로 살펴보고 있는 작품이다.

『불놀이』는 통칭 6·25소설로 분류되어 6·25를 다룬 여러 소설과의 대비를 통해 그 자리매김을 시도할 수 있는 작품이지만, 이런 종류의 시도는 이미 여러 번 있어왔기에 참신한 접근방법이 될 수는 없다. 이런 방법을 진부하게 느끼는 것과 마찬가지로 6·25를 체험하지 못한 독자들은 으레 고개를 내젓기 마련이다. 또 6·25인가, 한국소설에는 6·25가 빠지면 이야기가 성립되지 않는다는 말인가, 으레 그렇고 그런 이야기가 행해지고 한계만 뚜렷한 결말을 보여주는 6·25소설에는 이제 신물이 날 지경이다 등등의 불평불만을 갖게 되곤 한다.

『불놀이』는 이런 독자들의 상식적인 실망감 내지는 예상되는 불만을 불식시키는 구조적 장치를 내장하고 있는 소설이다. 물론 이미 여러 편의 6·25소설에 나타나 있는 제재를 다루고 있고, 한국전쟁에 대한 역사적 해석도 기존의 차원에서 머물고 있는 부분도 있지만, 궁극적인 새로움을 발굴해내고 또 다른 차원의 민족적 각성을 계발하고 있는 부분이 더욱 돋보이는 작품이다.

『불놀이』의 궁극적인 새로움 내지는 또 다른 차원의 민족적 각성은 다음과 같은 몇 가지 특징으로 나타나 있다.

첫째, 이 작품은 6·25의 참화를 극적으로 내면화시킬 수 있는 형식을 개발하여 6·25의 새로운 문학적 형식을 구축하고 있다. 『불놀이』는 장편소설의 형식으로 보아서도 특이한 구조로 된 작품이다. 4개의 중편소설이 나사를 맞물리듯이 연결되어 하나의 장편소설을 이룬 형태는 이 작품 말고 다른 작품에서는 쉽게 찾아볼 수 없다. 「인간연습」·「인간의 문」·「인간의 계단」·「인간의 탑」이라는 제목의 4개의 중편소설은 각각 독립되어 있으면서도 하나의 주제를 향하여 통일되어 있고, 동시에 각기 다른 주제를 향하여 분산되어 있다. 주제의 통일성과 분산성은 한국전쟁이라는 전쟁의 실제 양상과 매우 흡사하다.

'민족해방'이라는 구실 아래 통일을 지향하기 위해서 시작된 전쟁이 민족적 통일이나 합일점을 찾기는커녕 더 이상 쪼갤 수도 없는 분열의 상태를 초래하게 된 전쟁의 진행 양상은 『불놀이』의 주제적 통일성, 분산성과 거의 일치하고 있다. 이 작품을 이렇게 네 편의 중편소설로 나누게 된 동기에는 형식 지향적인 의도도 내포되어 있겠으나 발표 지면상의 문제라든가 집필 절차상의 문제 등, 작가 주변의 사정이 크게 작용한 것이 아니냐는 지적도 있을 수 있다. 물론 이런 지적도 어느 정도 타당성이 있다. 하지만 위에 열거한 작품 제목을 면밀히 고찰해 보면 그런 지적은 작가의 주변 상황에 집착하고 있는 '의도의 오류'에 지나지 않는다는 것을 알 수 있다.

작가는 이 작품의 첫 장이라고 할 수 있는 「인간연습」을 통해 6·25의 이야기를 오늘의 이 시점에서 왜 다시 말해야 하는가에 대해 분명한 답을 제시하고 있다. '평화롭고도 만족스러운 일상의 조화'를 깨뜨리고 느닷없이 전신을 드러내는 6·25를 중심으로 한 사건의 내막을 펼쳐 보임으로써 한국인의 인간연습이 어디에서부터 비롯되어야 하는가를 알려주고 있는 것이다. 「인간연습」이라는 첫 장의 제목은 자칫 잘못 해석하면 저 실존주의 유의 고도의 사변성과 관념적 추상성을 연상하게 되는 표제인데, 이 작품에 있어서의 「인간연습」은 기계문명에 찌들어 인간성을 상실하고 이미 인간 이하로 떨어진 상태에서 인간회복을 꿈꾸는 실존주의 유의 인간연습이 아니다. 그것은 어디까지나 한국인이라는 민족적 실체로서 마땅히 알고 있어야 하고 그 속에 뛰어들어서 인간적 담금질을 스스로 당해야 하는, 처절한 아픔의 과정을 겪어내는 인간연습이다.

「인간의 문」은 이런 뼈아픈 인간 연습을 통해 한국인의 아픔의 원천을 확인한 사람들이 들어서야 할 형극의 문을 형상화한다. 아무리 격렬한 연습의 과정을 거쳤다고 해도 문 앞에서 멈추고 말면 연습은 한갓 도로徒勞에 그치고 만다. 그 문을 들어서면 또 하나의 장애가 나오는데 이것이 이 작품의 셋째 장인 「인간의 계단」이다.

6·25의 현장을 겪지 못한 배점수의 아들 형민이 그 현장을 답사하는 과정을 통해서 한국인이 반드시 딛고 넘어가야 할 섬돌과 디딤돌을 확인하는 것이다. 이 계단을 넘어서서 「인간의 탑」에 이르게 되는데, 탑이란 다 알다시피 깨달음의 높은 경지에 이른 성인을 기리는 건축물로서 인간이 이룰 수 있는 최고의 경지를 가리키는 말이다. 그러나 이 작품에서 「인간의 탑」은 반드시 그렇게만 해석되지 않는다. 공든 탑도 폭풍우가 심하면

무너지기도 하는 법이고, 사리함을 도둑에게 털린 빈 탑도 있을 수 있는 법이다. 인간들이 힘껏 고생하면서 꼭대기에 도달했지만 그곳이 비극적인 정점인지 환희의 절정인지 확실치 않다. 이 작품은 그 탑이 무엇을 의미하는지 의미의 한정을 의도적으로 생략한 채 끝을 맺고 만다.

이렇게 네 편의 구성 소설을 분석해 볼 때, 이 작품은 4막으로 된 비극과 연관되면서 동시에 불교적 수련과정을 연상시킨다. 작품의 전체 내용으로 보아 불교에 대한 단 한마디의 직접적 언급이 없음에도 불구하고 사찰을 참배하는 경건한 신앙인의 마음가짐을 느끼지 않을 수 없다. 그것은 4개의 중편의 제목에서 피상적으로 느낄 수 있는 것이 아니라 형식적 구조 내부에서 울려오는 반향으로 감지되는 것이다.

궁극적 새로움의 두 번째 특징은 이 작품이 위협과 반응이라는 일종의 추리소설적 체재로 6·25를 형상화했다는 점이다. 전쟁이 우리에게 불러일으키는 가장 근본적인 감정은 공포일 것이다. 흔히 비극의 이론에서 공포와 연민을 한 데 묶는데, 전쟁은 비극이 아니므로 연민은 뒤로 물러서고 공포의 감정만 살아남는다. 공포는 무엇으로부터 비롯되는가? 그것은 위협이다.

이 작품은 배점수에 대한 신찬규의 위협 전화에서 시작된다. 퇴근 전에 나른한 오후를 즐기고 있는 배점수에게 느닷없이 위협 전화가 걸려와 다시는 생각하기 싫은 망각의 세월을 되살려 놓는 사건이 발생한다. 6·25가 그렇게 느닷없이 터졌듯이, 전쟁이 간단없는 위협을 가중시켜 끝없는 공포의 심연으로 밀어 넣었듯이, 배점수는 느닷없이 발생한 사건에 대해 간단없는 위협을 받으면서 끝없는 공포의 심연으로 빠져들어 간다.

이렇게 보면 이 작품이 위협과 반응이라는 추리소설의 공식을 어떤 이유에서 차용했는가를 알 수 있다. 이 작품은 추리소설의 공식이 얘기하는 상투적 효과를 노리는 것이 아니다. 전화를 건 범인이 과연 누구인가. 범인은 협박 해소의 대가로 얼마를 요구했고 그것에 응하지 않자 어떻게 실패했으며, 수사당국은 범인을 어떻게 체포했는가. 이런 종류의 호기심을 가지고 작품의 모두에 주목했던 독자들은 이 작품이 추리소설의 골격에서 벗어나 범인이 누구인가를 친절히 알려주고 범인이 대가 없는 위협을 계속하는 데 대해 실망을 느꼈을지 모른다.

하지만, 생각해보라. 추리소설이라는 것이 안개가 많이 끼는 영국에서 흥륭했다는 것과 그것이 범죄를 오락으로 삼는 서구사회에 퍼지게 된 병적인 문학이라는 것을. 범죄는 오락일 수 없으며, 진리를 규명하는 것이 미로 찾기 장난일 수는 없다.『불놀이』의 추리소설적 전개는 그 외연外延이 그렇다는 것이지 내포內包까지 그렇다는 것은 아니다. 위협과 반응이 6·25의 형식 논리인 이상 그것은 재현할 수 있는 문학적 논리를 추리소설에서 잠정적으로 빌려와 그것을 다른 모습으로 바꾸어 골격을 형성해 놓은 것이다.

우리가 이렇게 이 작품의 형식적인 면에 주목하는 것은 6·25를 새롭게 인식하고 보다 깊이 있게 추체험하기 위해서는 내용이 속속들이 스며들 수 있는 형식의 해면체海綿體가 개발되어야 하기 때문이다. 어떤 평론가는 그것을 「광장」이나 「장마」에서 찾아볼 수 있다고 하고, 또 어떤 이는 「아버지의 땅」 등의 작품에서 재발견된다고 하는데, 그러한 발견은 뜻이 매우 큰 것이지만 그런 작품에서 발견되는 형식 논리를 기준 삼아 다른 작품들에는 형식의 해면체가 존재하지 않는다는 말을 할 수 없다. 왜냐하면 작품이라는 것은 개개의 법칙과 문학적 논리를 갖추고 있는 법이라서 몇 개의 생경한 비평적 논리로 해상되지 않는 부분을 필수적으로 내포하고 있기 때문이다.

『불놀이』는 위에서 살펴보았듯이 6·25의 실체와 병치되는 형식을 구사하여 그 형식에서부터 6·25를 내면화하고 있는 작품이다. 이 점을 일단 논의를 보류한 '또 다른 차원의 민족적 각성'이라는 문제와 더불어 구체적인 분석의 과정을 통해 검증해 보기로 한다.

2.

이 작품의 주인공 배점수는 대장장이다. 신씨 가문의 병철이 배점수의 동생 순월이를 잡아놓고 나무꼬챙이로 순월이의 거기를 찔러댔던 일로 점수와 병철의 싸움이 벌어져, 농토도 붙여먹지 못하고 쫓겨난 배점수의 아버지가 점수를 대장간에 보낸 것이다. 배점수는 대장간에서 일하는 동안 붉은 사상에 물들은 방선생의 영향을 받게 되고 6·25가 일어나기 얼마 전 농기구 대신 창을 만들어 방선생과 함께 봉기한다. 그리고 타도해야 할 대상으로 신씨 가문을 지목하고 그들을 무자비하게 살육한다.

이러한 소설의 줄거리는 그렇게 새로운 것만은 아니다. 6·25를 전후하여 너무나 흔하게 발생했던 사건이기 때문이다. 우리가 여기에서 주목해야 할 것은 사건의 외면적 흐름보다는 사건의 내면을 형성하고 있는 소용돌이의 핵심이다. 우리는 그것을 대장장이라는 직업에서 우선적으로 발견할 수 있다.

대장장이라는 직업은 쇠를 달구고 담금질하고 벼려서 농기구나 부엌 도구를 만드는 직업이다. 깊은 의미를 부여할 수 없는 듯이 보이는 이 대장장이라는 직업은 이 작품의 내면을 살펴보는 데 있어 중요한 기능을 수행한다. 대장장이는 만물의 근원이라고 할 불을 다스리는 사람이고, 만물 중 가장 단단한 쇠를 지배하는 직인이며, 농사의 기본이 되는 농기구를 생산하는 기능인이다. 상고시대에 있어 대장장이는 종교적 의식을 거행하는 제정일치의 제사장과 같이 떠받들어졌다. 불을 다스리고 쇠를 지배하고 농기구를 생산하는 중요한 사람이기에 대장장이는 영혼을 지배하는 샤만의 반열에 오를 수 있었다. 이러던 것이 시대의 변천과 더불어 대장장이의 제의적 기능이 망실되어 무당이나 마찬가지로 천인의 처지로 영락하고 말았다.

무당이 굿을 할 때 대장장이가 벼린 칼을 휘둘러 역신을 쫓는 의식을 치

르는 것을 생각해 본다면 무당과 대장장이는 같은 계열의 직업에 속한다
는 것을 알 수 있다. 전라도의 풍속을 살펴보면 대장장이와 세습 무당과는
거의 인척지간이다. 박수무당이 되지 않는 사람들은 대개 대장장이가 되
거나 그렇지 않으면 손님 얼굴의 털을 밀어내는 이발사가 되곤 한다. 엉뚱
한 일 같지만 이발사 역시 칼을 가지고 먹고 사는 직업이다.

그런데 이 작품의 주인공 배점수가 전라도 대장장이가 된 것은 인척 중
에 무당이 있었기 때문도 아니고 아버지가 대장장이였기 때문도 아니며,
아이들 싸움조차 아량 있게 보아주지 못한 신 씨 가문의 횡포 때문이다. 더
정확히 말한다면 신 씨 기문에 대한 한恨 때문이며 그런 한을 발생하게끔
하는 사회체제의 구조적 모순 때문이다.

배점수의 아버지는 무자비한 살육에 미쳐 날뛰는 배점수에게 제발 자제
해줄 것을 눈물겹게 호소한다.

니 한이 크다 헌들 이 애비 것만 허것냐. 애비 맘 아리고 쓰린 것
참아감서 대장간에 보낸 거슨 니놈 가슴에 한맺히지 않게 헐란 것이
었어. 그란디, 니가 워쩐 일이여. 니놈보담 몇십 곱절 큰 한을 안고도
나는 참고 살고, 나보담도 몇백 곱절 큰 한을 안고도 느그 할아버지
는 참고 사셨는디, 니놈이 이게 워쩐 일이여. 애비 쥑인 웬수도 아니
것고, 있는 사람 없는 사람끼리 살다 보니 생긴 감정만으로 사람을
그릇크름 개 잡듯 허는 행투 니 워디서 배웠드라냐. 대장쟁이 솜씨
로 농기구 실하게 맹글라 그랬제 사람 찔러 쥑이는 창을 맹근 요런
숭악헌 놈아. 니놈이 미쳐 돌아가니께 순월이년꺼정 함께 미치는 거
여. 이눔아. 안되는 법이여, 안되야 남 목심 개 잡듯 허고 니놈 두 다
리 뻗고 자는 법 읎는거.

배점수의 아버지는 점수의 한을 삭이게 하기 위해 점수를 대장간으로

보낸 것인데, 점수는 한을 삭이기는커녕 한을 부풀려 한의 근원을 큰 망치로 두드려 부수기를 갈구한다.

방선생의 사상은 이러한 배점수의 마음에 풀무질을 하여 커다란 불꽃을 일으키게 하고 호미 대신에 창을 만들어 그것으로 한의 근원을 깊숙이 찌르게 만들었다. 그 과정에서 배점수는 이성을 상실하여 병모의 아내를 겁탈하고 38명의 목숨을 앗아가는데, 뒤늦게 정신을 차렸을 때는 이미 그 불꽃이 사그라져 있었다. 이 작품의 제목이 『불놀이』로 붙여진 것도 이러한 배점수의 심정의 불꽃과 상관이 있는 듯하다.

세차게 풀무질을 하여 타오르는 불꽃에 쇠를 녹이는 대장간의 풍경은 대장장이의 불끈불끈한 힘살을 미학적인 면에서 관찰하는 병모 같은 지식인에게는 불놀이로 여겨졌을 것이다. 그러나 당사자인 배점수에게 대장간의 불꽃은 노동의 괴로움과 생활의 빈곤을 상징하는 뜨거운 화염이고 타오르는 가슴에 다시 투쟁의 의욕을 일으키는 점화點火일 것이다.

작가는 작품의 제목을 『불놀이』로 잡았다. 이것은 분명 아이러니의 효과를 노린 아펠레이션일 것이다. 등불, 화포 등으로 흥취 있게 노는 놀이가 불놀이라면, 그리고 중국의 사신을 접대하기 위해 폭죽을 터뜨리는 화희火戲가 불놀이라면, 이 작품의 표제는 소설의 내용과 너무 동떨어져 있다. 한의 불꽃이 주인공의 의지와는 별도로 자기 마음대로 떠돌아다니는 과정에서 벌어지는 불의 참극을 이야기하고 있다고 해석한다면 이 작품의 표제는 소설의 내용에 걸맞은 것이라 할 수 있다.

6·25라는 전쟁의 불이 6·25에 휘말린 인간의 의지와는 상관없이 마당놀이처럼 한바탕 휩쓸고 지나갔고, 강대국들의 전쟁 놀음에 억울한 희생자가 되었기 때문에 제목이 『불놀이』라면 일단 수긍하지 않을 수 없다.

그럼에도 불구하고 제목의 인상을 중시하는 평범한 독자들은 작품의 제목에 이끌리지 않을 것이다. '아― 아―' 어쩌구로 시작되는 주요한의 「불놀이」라는 제명에 익숙해진 독자들로서는 조정래의 『불놀이』에서 그런 것을 기대할 터이고 다 읽고 나서도 그런 기대감을 버리지 않을 것이다. 요컨대 표제의 매력도 내지 유인도가 떨어진다는 말인데, 제명이 암시하는 바를 명확하게 꿰뚫은 사람이라면 그런 일에 오래 매달릴 필요가 없다.「강물과 함께 흘러간 청춘」따위의 감상적인 제목에 이끌리지 않는 독자들은 일부러 건조한 제목을 선호할 것이기 때문이다.

3.

이 작품의 또 하나의 요체는 이미 삼분세기가 넘어선 역사적 사건인 6・25를 오늘의 젊은 세대가 어떻게 인식하고 있으며, 그들이 어떻게 해서 6・25를 재인식하게 되는가의 과정을 보여주는 데 있다. 이 작품의 핵심 부분인「인간의 문」에서는 배점수의 아들인 대학교수 형민이 배점수의 고향을 찾아가 참극의 현장을 확인하는 도정을 그렸고,「인간의 계단」에서는 배점수에게 아버지 신명모를 학살당하고 어머니를 겁탈당한 신찬규가 복수의 칼을 품게 되는 과정을 형상화하고 있다.

형민이나 찬규는 6・25의 현장을 겪지 못했기 때문에 6・25는 제법 시끄러웠던 과거지사에 지나지 않는다고 생각한다.

1950년에 일어나서 1953년에 끝난 6・25라는 전쟁은 1954년에 태어난 형민으로서는 아무런 실감이 없었다. 객관적으로 지금도 휴전선을 사이에 두고 적과 대치하고 있다는 것, 그래서 의무적으로 군인이 되어야 한다는 것, 주관적으로 아버지가 이북에 고향을 둔 실향민이라는 것, 이런 사실을 제외한다면 6・25라는 전쟁은 3・1 운동과 마찬가지로 시차가 서로 다른 역사적 사실에 지나지 않았다.
―「인간의 문」

「인간의 문」의 문전 부근에서 형민이 느끼고 있는 인식의 수준은 이 정도이다. 그러나 찬규의 위협 전화를 받고 아버지의 고향을 답사한 형민은 지금껏 자기가 6·25를 너무나 안이하게 생각해왔다는 것을 깨닫는다. 우선, 자신이라는 개체가 6·25라는 역사적 사건에 깊이 결부되어 있다는 점을 확인하게 되었고, 자신이 조작된 가족사로 인하여 기만된 삶을 살아가고 있다는 것을 확신하게 되었고, 이복동생 칠성이가 실성해서 돌아다니는 모습을 보고 뼈아픈 동정심을 갖게 되었으며, 억울하게 죽은 신 씨 문중의 원혼들에 대해 죄의식을 느끼게 되었다. 대학교수인 형민이 역사학·사회학·철학 등의 책에서 관념적으로 인식하고 있던 역사의식, 사회의식, 세계관 등을 단 한 번의 고향 답사로 총체적인 인식을 하게 된 것이다. 지금까지 살아온 자신의 인생이란 한국인의 삶의 문 앞에도 미치지 못했다는 것을 알아차린 것이다.

한편, 「인간의 계단」에서 찬규의 인식은 형민의 지적인 인식과는 차원을 달리한다. 월부책장사로 힘겹게 삶을 꾸려온 찬규는 어머니가 죽은 후 어머니와 아버지를 죽인 원수를 갚으라는 이모의 말에 시큰둥한 반응을 보인다.

> "이모, 답답한 말씀 그만 하세요. 아버지를 죽인 원수를 평생 찾아
> 다니다가 끝끝내 원수를 갚으면 효자로 떠받들어지던 옛날과 지금
> 은 너무 달라요. 요즘 세상에 그런 일을 저지르면 효자가 아니라 바
> 보나 미치광이가 되고 살인자가 됩니다."

이모의 입을 통해 사건의 진상을 알게 된 찬규는 아버지의 원혼과 어머니의 한을 위로하고 풀어드리기 위해서라도 기어코 복수를 해야겠다는 감정으로 돌아선다. 형민의 인식이 지적인 것이라면 찬규의 그것은 지적인 것은 결핍되어 단단하게 응어리진 한恨에 옭매어져 있다. 그렇다면 찬규

의 그것은 형민에 비해 보다 본능 쪽에 가깝고 이념보다는 현실에 밀착된 것이다. 따라서 단순한 비교의 안목으로 보면 찬규의 인식은 형민에 뒤떨어진 것이다.

그러나 그 단단한 한의 껍질에서 탈각하여 복수의 과정에서 화해의 실마리를 거머쥘 수 있었던 찬규의 인식의 변화는 형민보다 우월하다. 형민이 관념적 인식에서 현실적 인식으로 발전된 결과 겨우 「인간의 문」에 이르게 되었다면 찬규는 한의 탈각 과정에서 「인간의 계단」이라는 한 차원 높은 세계에 도달하게 되었다. 한에서 벗어남을 깨달음의 경지로 비유한다면 니르바나의 탑에 이르는 계단이라 본 것이다. 그렇다면 한이란 무엇이관데 그렇게 인간의 감정을 옥죄는 것일까? 배점수가 품었던 한에 대한 느낌을 통해서 한의 정체를 살펴보자.

> 점수는 똑바로 서서 먼 허공을 응시한 채 그 소리를 오래도록 듣고 있었다. 한恨이라는 게 있다고 했다. 그건 어떻게 해서 생긴 것이고, 어떤 모양을 하고 있을까. 도저히 삭힐 수 없이 억울하고 분한 꼴을 당할 때마다 가슴 깊이에 피멍이 잡히고 또 뭉쳐져 돌멩이처럼 딱딱하게 굳어진 피멍의 덩어리가 한이 아닐까 싶었다. 그 덩어리를 반으로 쪼개 보면, 하나의 돌멩이가 여러 층을 이루고 있듯 한의 덩어리도 수십 개의 층이 제각기 다른 색깔을 띠고 있을 것만 같았다.
>
> —「인간 연습」에서

한恨이 무엇인지 제대로 모르는 어떤 국문학자는 혜경궁 홍씨의 『한중록恨中錄』을 죽을 때까지 『閑中錄』이라고 우기다가 죽었다. 그에게 있어 한은 단지 문자의 한 종류일 뿐이리라. 그러나 이 글에 묘사된 한은 심리적 병리현상으로 나타난다. 한은 온몸이 두루두루 쑤시는 주마담走馬痰 같은 것이 아니라 잊을 만하면 문득 온몸에 통증을 일으키는, 말하자면 담석증 같은 것으로 묘사되고 있다. 사실 이런 비유도 문자의 희롱이나 좋아하는 사람이 사용하는 것이지만, 한의 정체를 알기 위해서는 굳이 비유하자면 그렇다는 뜻이다. 그러한 심리적 병리증상이 대대로 유전되고 만연되는 동안 그것은 개인적 증상이 아니라 한국인의 민족적, 집단적 병리현상이 되고 말았다. 여기서 벗어난다는 것은 민족적 심성을 재발견하는 것이며 개인적으로는 보다 성숙한 자아를 발견하는 길을 찾는 것이다.

배점수는 그러한 해한解恨의 방도를 폭력에서 찾았고 신찬규는 위협과 복수심에서 찾았다. 그런 방법은 일시적인 효과를 거둘 수 있을지 모르나 심각한 부작용을 동반하는 치유 행위이다. 배점수는 회한 속에서 새 삶을 설계해야 했고, 신찬규는 복수 행위의 허무함을 깨닫게 된다. 신찬규가 죽어가는 아버지를 옆에 두고 전화를 받은 형민에게 하는 말은 해한을 조급하게 바라는 것과 해한을 인위적으로 조작한다는 것의 허망함을 지적한다.

당신은 서너 번 나를 만나자고 했소. 그건 당신 아버지와 집안을 위기에서 구하고자 하는 흥분과 다급함 때문에 한 말이었소. 만나봤자 해결책은 있을 수가 없소. 내가 그 어떤 조건에도 응하지 않았을 테니까. 당신 아버지가 이룩한 부富나 당신이 갖춘 조건 같은 것은 당신 아버지가 저지른 범죄와는 별개의 것이오. 그것을 파괴하거나 다치게 하는 것은 나의 범죄가 되는 것이오. 내 목적은 당신 아버지를 서른여덟의 망령들에게로 보내고 나도 그 짐을 벗고 싶을 뿐이오. 당신을 만나지 않는 또 다른 이유는, 이 일이 다시 당신과 나에게로 연장되는 것을 원치 않았기 때문이오. 당신 아버지가 망령들 앞으로 떠나가면 당신은 당신대로, 나는 나대로 살아가면 그뿐이오. 당신은 비로소 황형민으로 말이오.

—「인간의 탑」에서

이 대목을 두고 성급한 평자는 '한의 극복'이니 '민족적 화합'이니 하는 말들을 남발할 수 있다. 그러나 곰곰이 생각해 보면 한이 극복되지도 않았고 화합은커녕 냉랭한 분위기만 감도는 것을 알 수 있다. 한이 이런 말 따위로 극복되는 것이라면 한국 민족의 한은 소설가들의 펜 끝에서 녹아버린 지 이미 오래일 것이다. 해한解恨이라는 말도 한이 흩어져 없어지는 것이라고 새긴다면 있을 수 없는 말이다. 한은 쉽사리 녹아버리는 아이스크림도 아니고 쉽게 해체되는 장난감 블록도 아니다.

이 대목에서 우리가 주목하는 것은 교육도 제대로 받지 못한 찬규가 어떻게 해서 이러한 성숙한 인식에 도달하게 되었는가 하는 점이다. 한을 극복하지는 못했지만 극복하려고 안간힘을 쓰는 동안 그 자신도 모르게 「인간의 탑」에 도달하게 된 것이다. 바로 이 지점이 탑이 서 있는 자리이며 수없는 탑돌이를 통해 미래의 소망을 빌어야 할 자리인 것이다. 문제의 실꾸리는 이제야 겨우 풀릴 수 있는 실코를 갖게 되었다. 과정보다 도달점을 중요시하는 이론가들은 '이제야 겨우'라는 말에 실망감을 느낄 것이다. 그래서 사태를 과장하여 모든 문제가 해결되었다는 식으로 논리를 확대시키거나 아직도 그 수준에 머물고 있다고 깔보기도 한다. 『불놀이』가 도달한 수준은 '겨우, 거기'이지만 이제부터가 문제라는 것을 자신 있게 서술함으로써 문제의 전체적인 조망점을 발견했다는 사실을 잊어서는 안 된다.

4.

6·25를 다룬 소설에 대한 논의에는 대개 이데올로기 문제가 다뤄지기 마련이다. 이데올로기라는 측면에서 『불놀이』를 분석해 보면 이 작품에는 의도적으로 이데올로기의 문제가 빠져 있다는 점을 발견하게 된다. 따라서 '사상성의 결핍' 운운의 평가를 내릴 수 있다. 따지고 보면 이 작품의 주

인공 배점수에게는 이데올로기란 오히려 사치스러운 장식물이다. 그것은 이 작품의 주인공에 국한되지 않고 6·25를 겪은 대부분의 한국의 중민衆 民들도 마찬가지일 터이다. 열세 살의 나이로 신 씨 집안의 아이를 반죽음 이 되게 두들겨 팬 것을 지주계급에 대한 투쟁이라고 하고, 대장간에서 땀 흘린 노동은 지주계급을 향한 굽힐 줄 모르는 투쟁정신의 발로라는 방선 생의 말에 점수는 어리둥절했지만, 차츰 자신이 장하고 큰일을 한 것이라 는 생각으로 굳혀갔다.

> 그 때는 분을 견디다 못해서, 달리 살아갈 방법이 없어서, 사사로
> 운 분풀이 때문에 저질렀던 일들이 갑자기 영웅적 투쟁으로 변하고,
> 혁명의 기수로 둔갑하는 바람에 점수는 은근히 아랫배에 힘이 짱짱
> 하게 오르고 항상 주눅이 들어 오그라들기만 하던 어깨가 슬슬 펴지
> 는 것을 느끼며, 남모르게 세상 살 맛을 생전 처음으로 쇠고기 등심
> 살을 씹듯 즐기게 되었다.
>
> —「인간연습」에서

6·25를 이념의 투쟁으로 다루는 소설이 어서 빨리 나와야 한다는 재촉 되는 주문에 맞춰 이 대목을 음미해 보면 『불놀이』는 시대의 조류를 역행 하는 인상을 준다. 게다가 순간적인 일탈조차 허용하지 않는 모범적인 소 설 문장과 꽉 짜인 형식미, 기존의 한국 소설에 다뤄진 주제를 체계적으로 정리한 주제적 정연성 등은 이 작품을 비판하는 중요한 근거가 될 수 있다.

달리 생각하면 자신이 투쟁의 기수가 되고 혁명적 영웅이 된 것을 이념 적으로 음미한 공산주의자들이 얼마나 되겠는가? 만약 그런 자를 주인공 으로 하는 소설이 있다면 그것은 분명 이북에서 발간되는 선전소설일 것 이다. 『불놀이』의 사상성의 결핍은 의도적인 것이고 사상보다 앞서는 한 의 문제를 형상화하는 데 중점을 두어 사상성까지 감싸는 인간의 궁극적

인 문제를 다루려고 한 것이다.

또 한 가지, 기존의 한국 소설에서 다뤄졌던 주제를 체계 있게 정리한 주제적 정연성을 부정적으로 해석하면 주제의 근본적 새로움이 없다는 말로 간주되는데, 긍정적 방향으로는 산만한 주제들을 깔끔하게 가지치기하여 기존 주제의 의미를 심화·확충시켰다고 할 수 있다.

『불놀이』의 주제는 유사한 듯이 보이는 작품의 주제와 확연히 다른 면모를 보이고 있다. 따라서 주제적 정연성이라는 말은 부정적으로 해석될 수 없으며, 그렇게 정연해지기까지 쏟아 부은 노력을 그대로 지나칠 수 없다. 70년대 초반에 발표된 「청산댁」·『황토』에 이어 중편『유형의 땅』에서 일단 한 금을 긋고『불놀이』로 집대성한 '우리만의 삶의 아픔과 고뇌'의 이야기는 이제 보다 높은 차원에서 계속 전개될 것이다.

『불놀이』는 이 땅의 영원한 한恨이 될지도 모르는 6·25를 소재로 한 작품이다. 그러나 나는 6·25를 전쟁사의 측면에서 보기를 거부했다. 민족사의 큰 맥락 속에서, 이 땅의 사람들이 겪어낸 삶의 아픔 속에서 그것을 파악하고 수용하려 했다. 그것은 무수히 반복되어 온 소재인 6·25를 통해서 새롭게 하고자 하는 이야기의 욕구 때문이었다. 그러나 슬픈 삶의 굴절인 한의 사슬이 다 풀린 것은 아니다. 이제 시작일 뿐인 것이다. 앞으로도 계속될 것 같은 예감을 가지고 있다.

이와 같은 작가의 말에서 우리는 작가의 지향성과 미래에의 투시가 어떤 것인지 짐작할 수 있다.

한국전쟁은 1920년 이래의 민족 내부의 이데올로기적 분열이 외적 촉발을 받아 내외적으로 폭발을 일으킨 내란이며 국제전이다. 내란이기에 세계전의 양상으로만 파악될 수 없고 국제전이기에 민족적 양상으로만 파악할 수도 없다. 『불놀이』는 이러한 한국전쟁의 전사적戰史的 특징을 우선 민족사적 맥락에서 정립하고 그것을 바탕으로 인간의 삶 전체를 조망하려고 한 작품이다. 작가는 8·15 이후 첨예화된 분단의식의 갈등을 폭발적으로 재생산하는 내적 기틀이 6·25에 내재되어 있다는 점에 주목하고 피해 의식의 지속적인 확산 장치가 우리들의 삶을 어떻게 괴롭히는가를 똑똑하게 규시窺視하려 한다. 이러한 노력이 최근에 연재되고 있는 『태백산맥太白山脈』으로 이어짐은 두말할 나위가 없다.

『불놀이』의 주인공 배점수는 잊힌 과거를 타의에 의해 뒤돌아봄으로써 깊이를 알 수 없는 고뇌에 빠지게 되지만 자신의 과오를 반성하고 죽을 수 있었다. 또한 신찬규는 과거의 근원을 캐냄으로써 보다 성숙한 자아인식과 사회의식을 갖게 되었다. 이렇게 보면 6·25를 다룬 소설은 '이제부터' 쓰여야 한다는 것을 알 수 있다.

『불놀이』는 논리적 과장으로 사태를 조급하게 완결시키려는 행위를 그 시초에서 저지하고, 응당 다시 캐보아야 하고 또다시 물어보아야 할 질문을 반복해서 던지고 있다.

"도대체 이 땅의 역사와 현실에서 우리들은 어떻게 살아가야 하는가?"

3. 이념적 갈등의 뿌리를 찾아서

―조정래趙廷來,『태백산맥太白山脈』제1부

1.

우리나라의 동쪽에서 남북으로 길게 뻗어있는 백두대간白頭大幹 큰 줄기의 명칭을 작품의 제목으로 삼고 있는 조정래의 『太白山脈』은 그 산맥과 뚝 떨어진 전라남도 벌교읍을 중심으로 근대사의 변혁 과정을 형상화하고 있다. 지리적 배경은 벌교 인근으로 제한되고 등장인물 역시 거의가 벌교읍 부근의 지방 사람들이다. 이것으로 보아 쉽사리 예측하고 그 예측이 빗나가도 마음 상하지 않는 사람들은 이 소설을 지방소설 내지 농촌소설이라 단정하려고 할 것이다. 공간과 인물은 제한되지만 이 고장에서 일어나는 사건들은 해방 이후 6·25에 이르는 한반도 전체의 역사적 지각 변동과 관련되고 촌사람에 지나지 않아 보이는 인물들 또한 그러한 사건에 깊숙이 개입되어 한국 근대사의 핵심 속에서 활약한다. 이 소설에서 벌교는 한국사회의 특수성과 보편성을 동시에 나타내며 그 인물들 역시 한국사의 여러 특성을 대변하는 인물들이다. 박경리의 『토지』에서의 하동

평사리, 황석영의 『張吉山』에서 구월산처럼 『태백산맥』의 벌교읍은 소설의 구조적 특성을 내포하는 중요한 장소이다. 이 고장에 대해서 잘 안다는 사실은 이 소설을 보다 명확하게 이해한다는 것을 뜻한다는 차원에서 소설에 나타난 벌교의 여러 면모를 살펴볼 필요가 있다.

김범우는 홍교를 건너다가 중간쯤에서 멈추어섰다. 그리고 북쪽을 망연히 바라보고 있었다. 드넓은 낙안벌은 어둠 속에 그 자취를 숨기고 있었다. 진광산도 금산도 그리고 조계산으로 뻗어나가고 있는 산줄기들도 농밀한 어둠의 장막에 가려 보이지 않았다. 무수하게 뻗은 산줄기들은 모두 북으로 북으로 치달아 가고 있었다. 조계산 줄기는 무등산 줄기와 손을 맞잡으며 섬진강에 이르고, 그 지맥은 섬진강을 뛰어넘어 지리산으로 이어졌다. 산 속에 산을 품은 지리산의 준령들은 북으로 치달아 오르다가 덕유산을 만나고, 덕유산은 가쁜 숨을 몰아 추풍령에 다달아선 속리산으로 건너뛰는 것이다. 그 줄기가 소백산에 이르러, 원줄기인 태백산맥이 거느린 네 개의 실한 가지 중에서 최남단으로 뻗어내린 소백산맥을 형성하고 있는 것이다. 그러니까 낙안벌을 보듬듯이 하고 있는 진광산이나 금산은 태백산맥이란 거대한 나무의 맨끝가지에 붙어있는 하나씩의 잎사귀인 셈이었다. (8장)

지리부도의 산맥을 설명하는 듯한 이 대목을 인용한 이유는 문장이 특별히 아름답다거나 지리적 사실을 정확하게 파악하고 있다는 사실을 강조하기 위해서가 아니다. 북쪽과의 연관 속에서만 한반도의 일부라는 것이 파악되는 폐쇄된 고장, 더 이상 나아갈 수 없는 단절된 지점이며 바다를 향해 열려 있는 개방된 지점인 별교라는 고장의 복합적 위치가 잘 나타나 있는 동시에, 그 단절된 지점을 태백산맥이라는 한반도의 큰 줄기에 접맥시켜 한국사회 전체를 조망하려는 의도가 이 대목에 드러나 있기 때문이다. 하나의 잎사귀에 불과한 이 고장의 흔들림이 거대한 나무등치에 전달되는 파장을 기록하고, 북으로 뻗어 오르는 반향을 예민하게 감지하여 분단현실의 전체적 양상을 서술하려는 작가의 야심을 이 글에서 엿볼 수 있다. 이 작품의 제목이 『太白山脈』인 것도 그러한 야심과 관련되었을 것이다.

이 작품에 서술된 벌교라는 고장은 일제시대에 전라도 지방의 농산물을 수탈하는 데 이용되었던 항구이고, 전라도 남부의 교통의 요지이며, 농수산물이 풍부하게 생산·집산되는 농업과 상업의 요충지다. 약간은 도시적이고 얼마간은 농촌적 특성을 지닌 벌교라는 공간의 모호하면서도 복합적인 성격은 이 소설의 내용을 다채롭게 전개하도록 한다. 소도시이기 때문에 사회적 변화가 대도시에 항상 지체되며, 도시에 어떤 분위기가 형성되면 쉽사리 다른 분위기로 바뀌지 않고 인구가 많지 않아 익명성이 보장되지 않는 소도시적 특성과, 근대 자본주의의 발전의 체제에서 소외되고 지주나 자본가의 수탈에 의해서 피폐화된 농촌적 특성이 뒤섞여 도시와 농촌의 여러 문제점이 복합적으로 나타난다.

여기서 주목할 것은 이 고장을 인식하는 작가의 태도이다. 작가 자신이 성장한 고을이기에 누구보다도 애착이 가고 모든 것이 정답게 느껴지겠지만 작가는 그러한 정서를 쉽사리 드러내지 않는다. 막연하고 아련한 향수, 농촌에 대한 신비감, 고향 자랑을 통한 자기 과시욕, 상실된 고향 때문에 괴로워하는 방황의식 등등의 상투적인 소설 정서가 이 작품에는 차용되지 않는다. 이런 감정이야말로 개인주의에 함몰되기 직전의 과잉 정서라는 사실과 사태를 올바르게 파악하지 못하는 주관적 편견의 원천이라는 점이 이 소설의 공간의식에 내포되어 있다. 사건이 숨 가쁘게 전개되는 현장에서 향수나 신비감을 느낀다는 것은 분명히 사치스러운 감정이다. 흘러간 것에 집착하기에는 닥쳐올 것들에 대한 근심이 앞서 뒤를 돌아보지 못한다. 농촌생활을 미화하는 것은 그것 자체가 자연을 물신화하여 농촌생활을 '조화로운 자연성'으로 착각하는 행위다. 도시 사람들은 상품을 물신화하는 것에서 멈추지 않고 자연까지 물신화하여 농민들이 신선놀음을 하고 있는 것으로 착각하는데, 그런 인식이야말로 사물의 겉면만을 훑어보는 얄팍한 사고방식이다. 작가는 자연을 물화시켜 주목하고자 하는 대상을 바깥으로 제쳐놓은 외화外化의 사고방식을 거부하지만, 생활세계의 규칙과 비밀을 간직하고 있는 정서적 대상물에 대해서는 놀라울 정도로 섬세하게 묘사한다.

제1부 「한의 모닥불」에 반복적으로 등장하는 '꼬막'에 대한 묘사와 서술은 벌교가 일제시대부터 꼬막의 특산지라는 사실 외에 꼬막을 캐고 팔고 먹으면서 살아온 생활세계의 본질이 어떤 모습인가를 알려준다.

꼬막은 다른 조개들과는 달리 다루기가 꽤는 어려웠다. 모래밭에 사는 조개들과는 달리 뻘밭을 집으로 삼고 사는 꼬막은 온몸에 거무스름한 갯뻘을 먹칠을 하고 있었다. 그래서 씻는 것부터가 다른 조개에 비해 힘과 정성이 몇곱으로 들었다. 힘과 정성이 몇곱으로 드는 것은 갯뻘이 묻어서만이 아니었다. 그 껍질의 생김 때문이었다. 대부분의 조개는 그 껍질이 매끈거리게 마련인데 꼬막의 껍질은 수없이 많은 골이 파여 있었다. 기와 지붕과 똑같은 골이 쥘부채의 살처럼 퍼져나가고 있었다. 그 골마다 갯뻘이 끼어 있으니 씻는 것만도 보통일은 아니었다. 그 다음이 삶는 일이다. 솜씨는 이때부터 필요한 것이었다. 감자나 고구마를 삶듯 해버리면 꼬막은 무치나마나가 된다. 시금치를 데쳐내듯 핏기는 가시고 간기는 그대로 남아 있게 슬쩍 삶아내야 한다. 그 슬쩍이라는 것이 말 같지 않게 어려운 것이었다. 알맞게 잘 삶아서 꼬막의 껍질을 까면 몸체가 하나도 줄어들지 않았고, 물기가 반드르르 돌게 마련이었다. (4장)

해방 이후에서 6·25 직전까지 좌익과 우익의 사상적 대립을 다루고 있는 이 소설에서 요리강습 강사의 수다 같은 이러한 묘사는 전혀 어울리지 않는 것이라고 생각하기 쉽다. 더군다나 꼬막 맛을 시답지 않게 생각하는 사람이라면 이것은 또 무슨 쓸데없는 너스레인가 의구심을 품을 것이다. 그러나 꼬막에 대한 이러한 자세한 묘사야말로 이 소설의 집중적이고 핵심적인 장면 중의 하나다. 이 고장에 살고 있는 사람들 삶의 양태가 꼬막의 외양처럼 섬세하고 미묘하다는 사실과, 꼬막 하나를 씻는 데에도 그처럼 많은 힘이 들고 공을 들여야 하는 것처럼 삶을 힘겹게 살고 있다는 것이 위의 문장을 통해서 자연스럽게 서술된다. 장편소설에는 흔히 이러한 집중적인 장면이 서술되는데, 이 소설에서 봉숭아 물 들이기에 대한 자세한 묘사, 대나무 전설에 대한 상세한 서술, 사건의 본류에서 이탈된 음담패설 등은 생활세계의 본질을 드러내는 핵심적인 장면들이다. 이런 장면들은 소설의 장식적 요소가 아니라 사건 진행에 활기를 불어넣는 본질적 요소이다. 세부적인 것에까지 관심을 쏟는 정치한 정신으로 이 소설의 시간적 배경인 여수순천 반란사건의 전모와 그 미묘한 부분을 세밀하게 포착하겠다는 의도가 나타나 있다. 사건의 외부뿐만 아니라 그 속살까지 까뒤집겠다는 생각이 꼬막에 대한 묘사에 숨어 있는 것이다.

제1부 「한의 모닥불」을 읽으면서 여순반란사건의 자세한 진행 과정을 살펴보려는 독자들에게 이 소설은 다소 부족감을 줄지도 모른다. 벌교라는 고장이 순천에 가깝고 또 그 반란사건의 여파가 직접적으로 미쳤음에도 불구하고 전투 장면이라든가 피해상황 등을 전면에 노출시키지 않는다. 반란군의 패주 후 몇 사람의 좌익분자가 벌교 읍내에 잠입했다가 도피했고 토벌단이 들어오고 계엄군이 진주했다는 이야기 외에는 여순반란사건에 대한 설명은 배경으로 처리되고 있다. 바로 이 점이 이 작품의 중요한 특징이다.

『고요한 돈강』의 작가 숄로호프는 무수한 역사적 사실들을 한 권의 책 속에 쑤셔 넣으려는 작가는 딜레땅뜨일 뿐이라고 지적했다. 국어사전을 찾아보면 딜레땅띠즘은 저회취미低回趣味라고 번역되는데, 그 풀이는 '감정과 사상과 이상을 바로 표현하지 않고, 천천히 돌려서 표현해 내는 태도, 또는 그러한 취미의 내용'으로 되어 있다. 이 작품은 무수한 역사적 사실을 삽입시켜 여순반란사건을 천천히 돌려서 표현하지 않고 그 사건과 연계된 인물들의 감정과 사상과 이상을 똑바로 나타낸다.

루카치는『고요한 돈강』에 대해 언급하면서 "진정한 작가에게 중요한 관심거리는 학살이나 전장에 대한 자세한 묘사가 아니고 오히려 승리나 패배의 근거들Gründe을 설명하고, 예술적으로 형상화하는 것이다. 세세한 군사적 사건의 서술은 단지 군대의 정신을 문학적으로 조명하는 데 기여할 뿐이다."(『변혁기 러시아의 리얼리즘 문학』)라고 천명한다.

6·25를 전후한 반란, 전쟁, 공비토벌 등을 소재로 한 많은 소설들에 기록문학적 요소가 풍부하게 등장하는 것과는 달리 이 작품은 등장인물의 개인적 전사를 개별적으로 서술하는 데 상당한 분량을 할애하고 있다. 얼핏 보아서 역사의 개별화에 치중하고 있다고 여겨질 수도 있다. 이 작품은 내밀하고 치밀한 방법으로 역사의식의 총체성과 사회현실의 복합성의 형상화를 꾀하고 있다. 바로 이 점이 이 작품의 본질이다. 개별적인 인간사에 대한 충분한 고찰을 통해서 개인사의 의미를 파악하고 이것을 결집시켜 역사의식의 의미망을 형성한다. 따라서 사건의 진행이 느린 것 같지만 개별적인 사건이 숨 가쁘게 전개되고 이것이 다시 사건의 본류로 흘러가는 과정은 실로 복잡다단하다. 이 복잡다단한 과정을 통해 그 당시 한국 사회의 복합적 구조가 드러나면서 역사의식의 총체성이 획득되고 사회의 실상이 전체적으로 조감되는 것이다.『장길산長吉山』같은 작품을 사건이 사건의 꼬리를 무는 연쇄형 사건소설이라고 한다면 이 작품은 하나의 큰 사건에 수많은 작은 사건이 걸려 있고 그것이 끝나갈 무렵이면 또 다른 큰 사건이 시작되는 거점 확보형 사건소설이라고 할 만하다.

2.

 이 소설에서 사건의 거점 확보는 인물에 의해서 이루어진다. 주요 인물과 군소 인물을 합쳐서 거의 60여 명에 이르는 등장인물들은 한 장이 바뀔 때마다 그 장의 주인공으로 등장한다. 여러 인물들이 뒤섞여 한꺼번에 나타나는 것이 아니라 한 인물이 등장하면 그 인물의 개인적 전사前史라든가 성장환경, 행동의 양식 등이 소상하게 서술된다. 정공법적인 이러한 인물 묘사를 통해서 한국 근대사를 살아왔고, 살고 있고, 살아갈 사람들의 삶의 의미를 역사의 의미에 결부시킨다. 말하자면 한 사람, 한 사람을 소설이라는 무대의 전면에 등장시켜 그 인물에 온갖 조명을 비춤으로써 인물의 음영을 세세하게 관찰하고 그의 삶이 가지는 의미를 낱낱이 쥐어짜보려는 것이다.

 어떤 의미에서 이런 수법은 대단히 잔인하게 느껴진다. 털어서 먼지 나오지 않는 사람 없다고, 한 인물을 무대 전면에 포치시켜 놓고 여러 가지 충격을 주고 조명을 가하고 분석을 하는 동안 그 인간의 약점·치부가 한꺼번에 쏟아져 나오기 때문이다. 뿐만 아니라 무대 전면에 서 있는 인물들에게 대사를 외우게 하고 왔다 갔다 하는 행동을 지시하는 동안 그 인물의 성격적 파탄이 자연스럽게 노정된다. 잔인하기도 하고 냉혹하기도 한 이러한 인물 묘사의 방법은 특별히 어느 한 쪽에 쏠려서 근대사의 의미를 이해하지 않으려는 객관적 정신과 부합된다. 작가도 인간인 이상 때로는 어떤 한 인물에 대한 애정을 나타내는 부분도 없지 않지만 그런 애정 표현은 냉철한 검증의 시선에 의해서 곧 차갑게 식는다.

 특정한 인물을 주인공이라고 내세울 수 없는 이 작품에서 그래도 주인공이라고 할 수 있는 김범우의 경우를 통해서 이 점을 점검해 보자. 김범우는 이 작품의 3장에서부터 출현한다. 활동자금을 마련하기 위해 벌교 읍내로 잠입하다가 거점 확보를 위해서 무당 소화와 정사를 벌이는 정하섭이 1

장의 주인공이라면, 공산주의자 염상진의 충실한 행동책 하대치는 2장의 주인공이다. 이렇게 배경적 인물이 소설의 방향을 어느 정도 잡아준 다음에 등장하는 김범우는 3장의 서두에서 염상진과 대비되는 존재로 부각된다. 그는 혼자 단독으로 등장하는 것이 아니라 염상진 때문에 악몽에 시달려서 깨어나는 인물로 출현하는 것이다. 해방이후 공산주의가 불법화되자 1년의 징역을 살고, 좌익계 반대폭동을 주도하다 실패한 후 7개월 동안 자취를 감췄던 염상진이 밤중에 느닷없이 나타나 김범우에게 피신을 종용한다. 여기서부터 김범우는 갈등에 휘말리고 그 갈등의 과정에서 김범우가 학병에 나가게 된 배경, 김범우의 아버지 김사용이라는 인물 및 김범우의 집안 등이 실꾸리에서 실이 풀리듯 전개된다.

김범우라는 인물은 어떤 사람인가? 그는 대지주의 아들로서 그의 형은 독립운동에 몸을 바친 독립투사이고 그의 아버지는 농민들의 고달픈 삶을 충분히 알고 있는 토착 양반이다. 고등교육을 받은 인텔리겐챠로서 집안을 지키기 위해 학병에 끌려가 탈출하여, 산타카탈리나에서 OSS대원의 훈련을 마친 다음 식민지인의 기구한 운명에 의해 미군의 포로로 취급되었다가 뒤늦게 귀국한 인물이 김범우이다. 일종의 신화적 인물인 그에게 군정청에서 협력을 부탁하는 권유가 있었지만 이를 거부하고 학교 선생으로서 평범한 삶을 꾸려 나아가고 있다. 그러나 평범함 속에서 비범함을 찾으려는 그를 세상은 가만히 놓아두지 않는다. 그 개인의 힘으로서는 어쩔 수 없는 근대사의 굴곡의 힘이 그의 평탄한 삶을 휘게 만든다. 염상진이라는 그의 중학 2년 선배이자 정신의 대결자인 공산주의자와의 숙명적 대결이 그를 기다리고 있는 것이다.

따로 독립시켜서 발표하면 단편소설로도 통용될 수 있는 3장의 말미에서 김범우는 염상진과 정면으로 부딪친다. 제1부 「한의 모닥불」에서 딱 한 번뿐인 이 부딪침은 두 명의 자연인의 만남이 아니라 공산주의와 민족주의의 대립을 의미한다.

"미국 놈들은 우리나라를 망치려고 온 놈들이야!"

염상진은 마치 구호를 외치듯이 버럭 소리를 질렀다.

"그럼 우리나라를 흥하게 하려고 온 사람들이 따로 있다는 말이오?"

김범우는 말을 하면서 내가 왜 어린애 장난 같은 소리를 지껄이고 있나 싶었다. 그런 김범우의 얼굴에는 경멸적인 웃음이 드러나 있었다.

"사회주의 건설만이 그 길이야!"

염상진은 부르르 떠는 몸짓을 하며 마침내 깃발을 세우듯 그 말을 부르짖었다. (중략)

"좋아요. 어떤 주의를 따르던 그런 개인의 자유지요. 그러나, 그것이 곧 민족 전체를 위한 유일한 길이라는 성급한 판단은 금물입니다. 미국이다, 소련이다, 민주주의다, 공산주의다, 자본주의다, 사회주의다, 우리에게 지금 필요한 건 그런 정치적 선택이 아닙니다. 그건 한 민족이 국가를 세운 다음에나 필요한 생활의 방편일 뿐입니다. 지금 우리에게 필요한 건 민족의 발견입니다. 그 단합이 모든 것에 우선해야 해요."

김범우는 이마에 돋는 식은땀을 닦으며 말을 마쳤다. 결코 입 밖에 내고 싶지 않았던 생각이었다. 그러나 너무 어이없게 치닫고 있는 염상진을 보자 그 말만은 하지 않을 수가 없었다.

"자네 말은 아주 그럴 듯해 보여. 그러나 그건 부르즈와적 환상이야."

염상진은 일어섰다. 김범우는 염상진을 올려다보았다. 염상진의 얼굴에는 노기가 서린 것 같았고, 김범우의 얼굴에는 쓸쓸함만이 머물러 있었다. (3장)

이 글로 미루어보면 작가는 김범우의 견해에 동조하고 있는 듯하다. 분

단문학의 인간상으로 분류한다면 '중간파 혹은 민족주의자상'에 해당하는
김범우는 최인훈의 「광장」의 이병준이나 「회색인」의 독고준 같은 '회색
적 인간상'과 구별되는 '민족주의자상'의 인물이다. 이에 대하여 염상진은
'좌경적 가담자상'의 인물로 '사회주의자 내지 공산주의자상'의 인물로 하
위 분류된다. (용어에 관해서는, 임헌영, 『민족의 상황과 문학사상』, 참조.
이런 용어는 좀 더 세련되게 표현될 필요가 있다.) 이 두 유형의 인물 중 작
가가 기울고 있는 인물인 김범우는 독자적인 입론의 기반을 가진 개성적
인 인물이다. 그러나 이 작품의 진행에 따라 작가가 이 인물의 의견에 동조
하거나 이 인물이 주장하는 바를 작가 자신의 견해로 받아들이지 않는다
는 사실이 분명하게 나타난다. 이 점은 위에 인용한 글에서도 뚜렷하게 암
시된다. 김범우는 염상진의 단호한 주장을 들으면서 쓸쓸함을 맛보아야
하는 감성적인 인물로 그려져 있고, 염상진은 노기를 띤 열정적인 인물로
묘사되어 있다. 이러한 대립은 끝없이 지속될 두 인물 사이의 갈등의 시초
를 표시할 뿐이지 그 자리에서 결판을 낼 수 있는 결투를 의미하는 것이 아
니다.

　이 작품에 있어 김범우는 그를 둘러싼 우익적 인간상— 좌익에서 전향
한 손승호, 좌익에 대한 생리적 거부반응을 보이는 실향민 선우진, 애매하
게 좌익으로 몰려 옥에 갇힌 법일 스님, 그 지역 농민들의 삶에 관심을 가
지는 심재모, 그에게 큰 감화를 주는 무교회파 민족주의자 서민영 선생 등
등의 인물을 포괄하고 있는 원광석原鑛石 같은 인물이다. 이 원광석이 어
떻게 제련되느냐에 따라서 금속의 질이 달라지나 그 원초적 속성은 쉽게
변하지 않는다. 그런가 하면 김범우는 그의 정신을 끊임없이 괴롭히는 좌
익적 인간상에 대해서 시금석試金石과 같은 역할을 하는 인물이다. 출신
성분부터 다르고 이론으로 철저히 무장된 염상진, 회의주의적 기질이 다
분히 있는 안창민, 다정다감한 술도가집 아들 정하섭, 공산주의와 한풀이
를 가끔 혼동하는 행동책 하대치 등의 좌익적 인간상은 김범우라는 인물

과의 대조를 통해 더욱 똑똑하게 부각되는 인물들이다. 또한 김범우는 기득권에 집착하는 여러 군상들, 국회의원 최익승, 극우 폭력배 염상구, 맹종파 남인태 경찰서장, 토벌대장 임만수, 끝까지 재산을 지키려는 양조장의 정현동 사장 등의 인물에 새롭게 조명을 가한다. 그들의 존재는 김범우와 대조됨으로써 더욱 어둡게 비추어진다.

이렇게 보면 김범우는 이 소설의 중심사상 그 자체를 반영하는 인물은 아니지만 중심사상을 형성하는 데 결정적인 역할을 하는 형성 주도의 중도적 인물이라는 점을 알 수 있다. 이 중도적 인물Der mittelmäßige Held의 기능은 사회의 대립적 구조의 층위를 명백하게 밝혀 그 구조의 정체를 소설화하는 데 주도적 역할을 수행하는 것에 있다. 다시 말해서, 역사적 과도기 혹은 이행과정기의 상충하는 사회구조의 단층을 절개하여 그 층위를 다각적으로 검토하게 한다. 그런 의미에서 중도적 인물은 단층 절개의 굴착기와도 같고, 화학적 비유를 사용한다면 리트머스 시험지처럼 사회의 화학적 변화과정을 눈에 보이게 만드는 인물이다. 산과 알칼리의 농도가 리트머스 시험지에 표시되는 PH지수에 따라 측정되는 것처럼 김범우라는 인물은 과도적 이행기의 사회구조가 어떤 상태에 놓여 있는지 측정의 수단이 되는 인물이다.

제1부에서 김범우의 행적은 순탄할 수 없다. 항상 정신적 라이벌인 염상진을 의식해야 하고, 인간적인 매력은 풍부하지만 자신이 남에게 돌이킬 수 없는 죄악을 저지르고 있다는 사실을 모르는 청년단장 염상구 때문에 괴로움을 당해야 하고, 서민영 선생의 감화를 자기 것으로 정리해야 하며, 권위주의자 최익승 국회의원과 그 하수인인 남인태 서장 때문에 감옥에 가서 고초를 겪어야 하는 등 김범우가 가는 길은 가시밭길뿐이다. 이런 고행조차 단지 시작에 불과할 뿐, 6·25가 터지는 제2부에서는 더 큰 불행이 닥치리라 예상되는데, 그것은 김범우가 문제성을 상실하게 되면 그 즉시 존재의의가 사라지는 문제 제기적 인물이기 때문이다.

공산주의자의 시선으로 보면 김범우는 상대적 정당성을 지닌 인물이다. 마르크스는 앙시앙 레짐ancien regime의 일정한 발전 국면에서 부르조아의 상대적 정당성을 인정한 바 있다 이와 마찬가지로 염상진은 위의 인용문에 밝혀진 바대로 자신의 주장을 신념에 의지하여 강력하게 표출하지만 속으로는 김범우의 정당성을 어느 정도 인정하고 있다. 근본적으로는 옳다고 여겨지지 않지만 절대적으로 무시할 수 없는 목구멍의 가시 같은 장애인물인 동시에 정당성이 인정되는 상대적 인물이 김범우이다. 염상진은 이 상대적 정당성의 인물에게서 상대적으로 정당한 정열이 상실될 날이 도래할 것이라고 믿고 있다. 즉, 혁명이 완수되어 사회적 모순 세력이 발을 붙이지 못하는 때가 도래하면 김범우 같은 인물의 빛나는 정열이 아무짝에도 쓸모없는 시대가 열릴 것이라는 생각이 그것이다. 그런 관점에서 본다면 김범우는 한계효용적 인물이다.

이 작품이 지닌 강점은 작가에 의해서가 아니라 작중인물 스스로에 의해 인물의 효용과 한계가 그때그때 판정된다는 점이다. 사상을 관망하는 지점을 여러 곳으로 잡아 상황에 따라서 그 원근을 조절하는 원격조정의 서술방법을 취함으로써 섣불리 한 사상을 선택하는 어리석음에서 벗어나고 있다. 또한 김범우뿐만 아니라 등장하는 모든 인물에게 적절한 정당성을 효율적으로 부여하여 프로타고니스트와 안타고니스트의 기계적인 구분을 지양하고 있다.

3.

김범우가 이념적 차원의 형성 주도적 인물이라면 농민들의 한을 대변하고 있는 생활체계적 차원의 주도적 인물은 하대치이다.

조정래의 작품 세계에서 하대치라는 인물은 매우 낯익은 인물이다. 「유형의 땅」에서의 만석, 「불놀이」에서의 배점수 등이 하대치라는 인물의 작품적 형님들이다. 그렇다면 작가는 왜 이러한 인물들을 반복적으로 등장시키는 것일까? 이런 인물이 소설의 문지방에 들어서기만 하면 '전근대적인 세계관', '샤머니즘의 미망' 운운하는 일부 평론가의 질타를 받을 줄 뻔히 알면서 왜 우둔하게 자꾸 출연시키는 것일까? 정말 우둔하기 때문일까? 그럴지도 모른다. 사실은 하대치와 같은 인물이 지니는 우둔함을 이해할 수 없다면 저 농민들의 우둔해 보이면서도 꿋꿋한 삶을 이해할 수 없다고 작가는 믿기 때문이다. 그래서 이 부분에 관한 한 작가는 우둔함을 감수하고자 하는 것이다. 이들 인물에게 있어서 합리적 세계관, 논리적 합당성 따위는 머리만 거대한 과분수의 지식인의 전유물로 여겨질 뿐이고 논리적 합당성은 억압의 원천으로 새겨질 따름이다. 논리에 소외당하고 합리에 의해 수탈당한 그들에게는 논리보다는 한의 문제가 더 절실하게 다가오는 현안이 아닐 수가 없는 것이다.

이렇게 보면 작가는 우둔하기보다 영악스러운 존재이다. 누가 무엇이라고 하든 내가 할 일은 내가 하겠다는 고집은 우둔보다는 영악 쪽에 가깝다.

하대치라는 인물이 공산주의에 가담하게 된 까닭은 개인적 포한抱恨 때문이다. 동학혁명 때부터 그의 집안에 쌓인 한을 풀기 위해서 공산주의 운동에 투신, 사상적 혁명보다는 한풀이에 더 큰 뜻을 품고 있는 전형적인 농민 공산주의자상이다. 공산주의가 이 땅을 풍미하기 이전이라면 하대치는 분명 비적이라도 되어서 한풀이에 전력했을 것이다.

『의적의 사회사』를 쓴 홉스보옴의 용어를 빌려 엄밀하게 정의한다면 비적匪賊bandit 중에서도 의적social banditry노릇을 했을 터이다. 홉스보옴에 의하면 의적은 세 부류로 나뉜다. 첫째는 로빈 후드형인 신사강도noble robber, 둘째는 원초적인 저항전투자나 게릴라 부대원인 하이더크haiducks, 셋째는 테러를 일으키는 복수자avenger이다. 하대치는 공산주의자가 됨에 따라 이 모든 종류의 의적 역할을 동시에 수행할 수 있게 되었다. 군자금 확보를 위해서 신사강도 노릇을 하고, 조계산을 근거로 게릴라 활동을 하는 하이더크 역할도 하며, 복수심에 불타 복수의 대상자를 물색하는 복수자 역할도 한다.

농민 프롤레타리아들이 왜 그들의 목숨을 던져 공산주의에 가담하는지 그 까닭을 의적의 분류를 통해 똑똑히 알 수 있다. 그들은 운동에 가담함으로써 적대세력에 대항하는 여러 가지 방법을 동시에 구사할 수 있고 다양한 임무를 수행할 수 있는 가능성을 찾을 수 있기 때문이다. 뿐만 아니라, 그들은 그들의 행위가 농민사회의 대부분의 구성원에 의해서 칭송을 받고 원조를 받고 지지를 받는 영웅, 전사, 정의를 위해 싸우는 투사의 행동으로 받들어지고 있다고 생각한다. 일상생활 중 한 번도 한을 풀어볼 기회가 주어지지 않고, 혹 한풀이에 접근한다면 가차 없는 보복이 기다리고 있는 단조로운 농민생활에 비해서 의적으로서의 활동은 얼마나 다채로운가? 그러나, 엄밀히 말한다며 의적은 개량주의자이지 혁명가는 아니다. 『長吉山』에서 장길산을 비롯한 의적들은 감히 혁명을 꾀하지만 혁명에 대한 열광은 미륵신앙이나 샤머니즘과 결부된다. 장길산 일당에게 혁명의식을 고취시키기 위해 작가는 사회·경제적 기반을 조성해주고 정치의식을 불어넣는 등 별의별 수단을 강구하지만 장길산은 산 속으로 들어가 소식을 알 길 없다. 하대치의 과거사적 모습이 장길산의 운명이라면 새로운 미륵사상—가장 근대적인 묵시론적 이상인 마르크스주의와 조우하게 된 하대치는 운명을 초극할 수 있다고 믿는다. 하대치가 단순한 의적을 넘어서는 것은 바로 이 지점부터이다.

하대치의 과거의 모습은 정현동 사장에 대항해서 소작쟁의를 벌이는 농민들에게서 찾아진다. 마삼수, 강동기, 김복동, 노덕보 등 쟁의에 직접 가담한 인물들과 김종연, 장칠목, 유동수 등 그들의 편을 들어주는 농민들은 주어진 체제에 순응하고자 노력하면서도 살기 위해서 하는 수 없이 저항을 하게 된다. 음담패설을 신나게 하고 재미나게 듣고 나서도 막걸리 몇 되넉넉하게 먹을 수 있는 세상이 왔으면 좋겠다고 넋두리 하는 그들의 쓸쓸한 모습에서 체제에 순화된 농민들의 서글픔을 느낄 수 있다. 하대치 역시 이들처럼 순박한 농민이었는데, 의식의 각성을 촉구하는 생애사적 사건과 염상진의 감화에 의해서 공산주의자로 결정적으로 돌아서게 된 것이다.

하대치의 인간적인 매력은 그가 공산주의자임에도 불구하고 농민들의 생활정서에서 크게 벗어나지 않은 데 있다. 공작활동을 위해서 의도적으로 장터댁과 관계를 맺지만 그들 사이에는 어느새 끈끈한 정이 맺어져 있다. 그런가 하면 장터댁은 약삭빠른 장사꾼의 속셈을 감추고 있고 하대치는 혁명가적 음모를 숨기고 있다. 이 기묘한 음험성을 감싸고 있는 농민적 순박성이야말로 제1부의 가장 흥미있는 장면 중의 하나이다.

장터댁은 차분한 어조로 말했다. 그녀의 얼굴에는 색정을 탐하는 기운이 말끔히 가셔져 있었다. 나가 누군지 색질에 넋빼고 앉아 기둥서방 먹여살릴 것 같으나. 색질도 꽁(꿩) 묵고 알 묵는 셈으로 돈꺼정 생기니께 헐만 헌 것이제, 색질만 헌다면야 재미가 그리 오질 리가 있겄냐, 가운뎃다리심 좋은 것허고, 장작짐 실헌 것 보면 서방삼아도 될 성부르다만, 아서라 사람 맴 변허기는 잠시 잠깐잉께, 내 장시(장사) 믿고 손발 묶고 밍기적이면 떡을 딸 것이냐, 불알을 잡아챌 것이냐. 그가 돌아가고나시 며칠이 지나면 슬그머니 기다려지고, 다시 만나면 살부터 화끈거려지던 자신의 해묽은 마음을 장터댁은 부랴부랴 단속하고 있었다.

하대치는 반사적으로 아래를 내려다보며 버럭 소리쳤다. 여자는 얼굴을 박은 채 아무런 대꾸가 없었다. 그런데, 하대치는 천천히 무릎을 꺾으며 앉아가고 있었다. 그 느린, 동작은 그녀가 그의 물건을 아래로 당기는 만큼의 힘과 비례하고 있었다. 그려 니년이 내 연장 맛에 환장을 안허면 워쩔 것이냐, 하대치는 넉넉한 승리감에 차 있

　　었다. 그것은 그 일을 해결할 수 있다는 자신감으로 이어지고 있었
　　다. (24장)

　　이 해학이 넘치는 농민 춘화의 장면에 구사된 전라도 사투리의 감칠맛
은 이제까지 딱딱하게 전개되던 소설을 급격히 부드럽게 만든다. 간교하
게 행동하려고 아무리 노력해도 도시인의 그것에 비해서는 순박하기만 한
간교함, 어리숙한 음탕함 등의 요소가 소설의 긴장된 근육을 풀어주는 것
이다.

　　원래, 의적들이란 여자에 연연해하지 않는다. 그들의 내재적 규칙에 의
해서 성에 대한 방종이 허락되지 않고 성은 엄격하게 억압 내지 통제된다.
그들이 시정잡배처럼 성적으로 문란한 생동을 자행한다면 그 순간부터 집
단에서 추방되거나 죽음을 당한다. 그러나 홍명희의『임꺽정林巨正』의
예에서 보듯, 일단 어떤 필요에 의해서 성의 배수로가 열리게 되면 꺼질 줄
모르는 정력을 솟구쳐 보통 사람은 상상할 수조차 없을 정도의 뛰어난 성
적 수행력을 과시한다. 하대치가 자기 연장에 대해 무한한 자신감을 가지
는 것은 성적으로 탁월한 능력을 의미하는 것뿐만 아니라 육체적·본능적
능력의 탁월성까지 의미하는 것이다. 평범한 독자가 하대치에 주눅이 드
는 것은 그가 도시인으로서는 상상할 수 없을 정도의 농민적인 원시적 활
력을 소유하고 있기 때문이다.

　　하대치의 여자 쪽 상대역은 그의 아내 들몰댁이나 정부 장터댁이 아니
라 정하섭과 사랑을 불태우는 무당 소화이다. 흰 꽃이라는 뜻의 ‘素花’라
는 이름에 걸맞게 그녀는 순결한 여성이고 순결하기 때문에 조그마한 더
러움도 쉽게 표가 나는 인물이다.

　　어렸을 때부터 동경해 왔지만 신분의 격차 때문에 감히 접근조차 할 수
없었던 정하섭이 자신에게 접근해 왔을 때 그녀는 그와의 결합이 운명이
라고 생각하고 기꺼이 그를 받아들인다. 내력을 따져보면 가까운 인척지

간인 그들의 결합을 안타깝게 거부하면서 소화의 어머니 월녀가 타계한 뒤, 소화는 그의 아이까지 배게 되지만 염상구의 고문에 의해 아이도 떨어지고 시어머니라고 할 수 있는 낙안댁에게 차가운 모멸의 시선을 받는다. 소화의 시련의 역사가 그 서장을 열고 있는 대목이다. 예측컨대, 앞으로 닥쳐올 몸서리치는 한의 축적의 역사에 비한다면 그래도 소화는 지금까지는 행복한 편이다.

여자들에게는 '맺을 수 없는 사랑'이란 멜로드라마의 주제인 줄 뻔히 알면서도 거기에 온몸과 정신을 바쳐야 하는 모험 감수의 장이 된다. 그 결과가 멜로드라마의 어떤 양상으로 귀결이 나든 간에 거기에 휘말리고 있는 동안에는 어떠한 장애물도 극복하려는 모험 감수의 정신을 확립해야 한다. 애정소설을 여성판 모험소설이라고 하는 까닭도 여기에 있다.

비평가의 안목으로 볼 때 소화의 모티프는 비판에 굶주린 늑대의 먹이 같은 것이다. 우선 제재가 진부하고, 애매하기 짝이 없는 샤머니즘이 문젯거리가 아닐 수 없고, 멜로드라마적 요소의 표출이 뚜렷하기 때문에 기다렸다는 듯이 맹공을 퍼부을 수 있다. 그러나 톨스토이의『안나 카레니나』나『부활』같은 작품도 따지고 보면 진부한 제재와 러시아 정교적 요소, 멜로드라마적 결구를 내포한다. 문제는 그런 것들을 얼마나 신선하게 환골탈태하느냐 하는 점인데,「한의 모닥불」에 형상화된 소화의 모습은 애착심을 나타내지 않으려는 작가의 자제력에도 불구하고 나타나는 애착심 때문에 약간은 위태롭다. 이것은 안창민의 애인 이지숙의 경우에도 해당되는데, 그녀에게 그녀 자신이 감당할 수 있는 능력 이상의 임무를 부여하고 있는 인상을 준다.

작가는 이러한 위험부담을 인식하고 있으면서도 여성적 편향성을 작품의 곳곳에서 표출한다. 염상진의 아내 죽산댁, 하대치의 아내 들몰댁, 강동식의 아내 외서댁, 염상진의 어머니 호산댁 등의 중요 인물 외에도 몰골댁, 과수원댁, 장흥댁, 남양댁, 조성댁 등 많은 아낙네 들이 중요한 역할을 수

행한다. 그 중에서도 외서댁은 염상진의 망나니 동생 염상구와 불륜의 관
계를 강압적으로 맺고, 그에 대한 죄책감 때문에 물에 빠져 자살한다.

이데올로기 소설이라고 할 『太白山脈』에 이들 여인네들이 차지하는
비중은 어느 정도인가? 무엇 때문에 그들이 그렇게 자주 등장하는 것일까?
이런 의문에 대한 해답은 총체성의 구현이라는 말로 요약된다. 이때의 총
체성이란 헤겔적 의미의 사변적 개념이 아니라, 문자 그대로 인간 존재의
총체성이다. 이들 여인네들이야말로 한의 진정한 담지층이며 한의 생성층
이며 한의 수용층이다. 남정네들이 뜬구름 잡듯이 이데올로기를 좇는 동
안 이들은 종족을 보존하기 위해서 온갖 수모를 마다하지 않는다. 이들을
제외시킨다면 농민적 이데올로기인 한의 정체를 파악할 수 없다. '한'이란
농민적 이데올로기의 일종이기 때문에 그 정체가 쉽게 드러나지도 않고,
또 드러난다고 해도 그 무엇이라고 딱 잘라 정의되지 않는다. 앞길을 쉽게
내다 볼 수 없는 '전망불투명성', 현실과 강력한 연관 관계를 맺고 있으면
서도 미래를 지향하는 '가변성', 삶에 확고한 근거를 부여하는듯하면서도
그 근거를 박탈하기도 하는 '불확정성' 등이 한의 기본 속성이다. 이러한
속성은 여인들의 삶에 가장 잘 구현되기 때문에 이 작품에 여인들이 대거
등장하는 것이다. 작가의 과제는 '전망불투명성', '가변성', '불확정성' 등
의 한의 의미를 정서적 차원에서 시작해 이데올로기의 차원에서 전면적으
로 재조명하는 일이다. 이 과제를 풀기 위해 제1부 「한의 모닥불」에서는
과제 확정의 작업을 벌인 것이다.

4.

우리는 이 작품의 제1부 「한의 모닥불」이 형성과정의 소설이라는 점에
주목해야 한다. 염상진 같은 확고한 공산주의자도 사상의 담금질을 강요

하는 상황의 제약에 의해 궤도에서 벗어날 가능성이 형성 과정 속에 내포되어 있다. E.M. 포스터의 인물에 대한 고전적 정의를 원용하면, 이 작품의 많은 인물들은 사건이 진행됨에 따라 성격이 바뀌는 원형적 인물round character이라서 사상이나 성격이 고정되는 평판적 인물flat character로 취급될 수 없다. 이 작품은 작가가 지금까지 쓴 것도 중요하지만 앞으로 쓸 것이 더 큰 뜻을 가진다. 작품의 미래에 대한 투시를 항상 의식하면서 이 작품을 읽는 것이 올바른 읽기 방법일 것이다.

앞으로 쓸 부분에서 가장 큰 변수를 지닌 인물이 계엄군의 우두머리 심재모이다. 제1부의 끝부분은 23장에서부터 200여 명의 군인을 끌고 벌교 읍내로 진입한 심재모는 평범한 군인이 아니다. 보통 군인이라고 하면 침략과 공격, 수비와 퇴각의 전략·전술을 익히고 이를 직업적으로 활용하는 단순한 성격의 소유자라고 생각하기 쉬운데, 심재모는 여기에다가 정신의 고양과 사념적 사고의 중요성을 인식하고 있는 복합적 성격의 소유자이다. 문사의 관점에서 보면 이런 군인일수록 더 기분 나쁜 법이다. 출장입상出將入相이니 문무겸전이니 하는 말은 과거에나 있었던 말인데, 군인이 입상入相까지 하려는 욕심을 끊임없이 경계해야 하는 문인의 처지에서 본다면 신재모 같은 인물은 경쟁적인 존재가 아닐 수 없다. 정의롭고 청빈하며 영리하고 과단성 있으며, 게다가 사회학적 상상력까지 갖추고 있는 군인, 심재모의 등장은 무엇을 뜻하는 것일까?

심재모의 등장은 지금까지 벌교라는 내부 공간에서만 바라보았던 시선을 외부에서부터 내부로 뚫고 들어가는 시선으로 바꾸게 한다. 심재모가 자신의 장악 지구에 대해서 여러 가지로 학습하고 있는 동안 지금까지의 내부 시선의 미비점이 보충되고 생기 넘치는 새로운 시선이 생성된다. 29장 '대나무 전설'과 30장 '전라도'는 심재모가 출현함으로써 비로소 설명되는, 주어진 현실에 대한 객관적 서술이다.

심재모의 등장은 기득권을 옹호하는 계급에 대한 가차 없는 철퇴를 의미하기도 한다. 심재모가 주둔하고 나서 한 일 중 가장 의미심장한 것은 토벌대장 임만수에 대한 일장의 훈계이다.

"임만수, 똑똑히 들어! 모두 까내놓고 뒤집어놓고 보면 그저 그 타령이라고? 네놈의 그 한마디로 네놈이 일정시대에 얼마나 개같이 더럽게 살았는지 훤히 알 수가 있다. 개 눈엔 똥밖에 안 보인다고, 나도 네놈처럼 산 줄 아느냐. 네놈이 일본 말단순사질이나 형사질을 해먹다가 해방이 되고나서도 아무런 처벌을 받지 않고 다시 복직되어 토벌대장 노릇을 해먹으니, 나도 네놈 같은 과거를 가진 관동군 출신쯤으로 뵈는가? 정신 똑바로 차려. 난 독립군 출신은 못 되지만, 학병 출신이다. 글줄이나 쓴다는 놈들은 '영광스런 성전聖戰에 기쁨으로 참전하자'고 선동해대고, 너 같은 놈들은 덩달아 한 명이라도 더 전쟁터로 내몰려고 혈안이 되어 날뛰었던 바로 그 학병 출신이야. 일 년 남은 공부를 작파하고 내가 왜 군대에 투신한 줄 아는가! 바로 네놈들 같은 썩어빠진 종자들이 이 나라의 권력조직 속에 드글드글하기 때문이었다. 위로는 친일 지주계급들이 뭉치고 아래로는 네놈 같은 민족반역자들이 모여 권력 조직 칠팔 할을 장악했으니 이 나라 장래를 좌시할 수가 없었던 것이다." (23장)

심재모의 이러한 시퍼런 서슬에 임만수는 물론이고 읍장, 세무서장, 경찰서장, 토착지주, 유지 등등은 좌불안석의 심정이 된다. 일찍이 청산해야 할 것을 청산하지 못하고 질질 끄는 동안 사태가 악화될 대로 악화되었음을 심재모는 통탄하는 것이다. 그래서 정현동 사장의 토지를 둘러싸고 소작쟁의가 일어났을 때, 이를 신중히 처리하고 그 당사자를 결국 풀어준다. 이 사건의 이러한 마무리는 기득권 장악계층에게 큰 충격을 준다. 그들의 안목으로 보면 심재모는 위험하기 짝이 없는 인물이다. 제1부의 끝에 이르기까지 이들은 심재모에 대한 반격을 가하지 못하고 있다. 예상되는 반격을 기다리면서도 심재모는 불안해하지 않는다.

심재모가 통상적 군인이 취하는 행동을 거부하고 '제3의 길'을 찾아나서는 것은 통용의 이념을 거부하고 '제3의 이데올로기'인 민족주의를 찾아나서는 김범우와 일치한다. 심재모는 김범우처럼 정신적 방황을 거듭하는 '지식인 햄릿'이 아니다. 김범우 역시 단호한 인물이고 행동적 인물이지만 그의 영혼은 그가 속한 사회적 입장에서는 도저히 풀 수 없는 혼돈에 휘말려 있기에 간단없는 방황을 거듭하여야 한다. 심재모와 김범우는 여기에서 결정적으로 구별되며, 김범우가 흠모하는 서민영 선생과 심재모가 구별되는 것도 이 지점부터이다. 서민영 선생은 박경리의 『시장과 전쟁』에서의 석산선생 같은 인물인데, 사물의 이치에 통달해 있는 존경할 만한 민족주이자상이긴 하나 그가 아무리 격물치지格物致知에 능통했다 하더라도 책상물림적 사고에서 크게 벗어날 수 없으리라 예측된다. 그에 비해 심재모는 너무 자신만만한 것이 흠이긴 하나 자신만만하기 때문에 감당하여야 할 엄청난 봉변을 예상할 때 더욱 흥미를 집중시키는 인물이다.

결론적으로 정리하면 『太白山脈』은 한국근대사의 총체적 양상과 복합적 문제점을 객관적으로 투시하고 제시하는 대형 서사문학이다. 『太白山脈』은 8·15와 함께 시작된 민족 분단을 본격적으로 다루고 있다. 민족 분단은 좌우이데올로기의 갈등을 낳고, 좌우이데올로기의 갈등은 여순반란사건을 낳게 된다. 작가는 그런 시대를 선택함으로써 민족 분단사를 엮어내려는 무거운 짐지기를 자청하고 나선 셈이다.

분단된 민족의 삶을 그리고자 하는 작가의 욕구는 그 욕구만큼의 역사적 질문 앞에 서지 않을 수 없을 것이다. 역사적 질문, 그것은 객관적 질문인 것이다. 객관적 질문에는 필연적으로 객관적 답이 따라야 한다. 그 역사적·객관적 답을 찾아내기란 그렇게 용이한 일이 아니다. 왜냐하면 민족이라는 것이 단순개념이 아니라 복합개념이며, 정치상황 또한 대립상태에 있기 때문이다.

작가는 이 숙제를 해결하기 위하여 각계각층의 인물들을 동원하여 주인공들의 입체화를 시도한다. 이것은 민족사의 총체성을 구현하고자 하는 현명한 선택이고 바람직한 대처라 할 것이다. 제1부 「한의 모닥불」에는 주요인물만 60여 명이 등장한다. 그들은 크게 네 계층으로 구분할 수 있다. 기득권 상실을 두려워하며 자기 옹호에 급급한 부자나 지주계층, 어떤 방법으로든 사회개혁은 시도되어야 한다는 인식을 가진 지식인계층, 해방과 더불어 사람답게 살 수 있기를 소원하는 무수한 농민계층, 공산혁명을 목적으로 하는 공산주의자계층이 그것이다.

작가는 이렇게 노선이 각기 다른 인물들을 등장시켜 개인적 전사와 그들의 사상을 소상하게 밝혀 그 시대의 전형적 인물로서 그들이 차지하는 역사적 비중을 정밀하게 점검한다. 그러면서 어느 한쪽의 사상이나 인물의 관점에 치우치지 않고 객관적 거리를 엄정하게 유지하여 사상이나 인물에 대한 섣부른 판단을 유보한다. 작가가 유지하고 있는 그 엄정한 객관적 거리가 바로 『太白山脈』의 새로움이며 생명력이며 탁월성인 것이다.

소설의 중심축을 이데올로기의 문제에 두면서도 농민들의 생활정서와 한의 문제를 등한시하지 않고 오히려 그것을 소설의 전면에 끌어올림으로써 사상이라는 뼈대에 생활의 살을 붙이고 있다. 하대치라는 매력적인 농민 프롤레타리아상을 통하여 농민들이 왜 공산주의 활동에 가담하게 되었는가 하는 그 구조적 원인을 해명하고 있다. 이러한 천착과 규명은 민족성원의 절대다수를 차지하고 있는 당시 농민들의 의식이나 사회상을 여실하게 밝혀내는 중요성을 가지고 있다. 그 중요성은 한 계층이 역사 속에서 정치적 희생물이 되고 있음에 대한 양심적 증언이며 용감한 변호인 동시에 분단 비극의 내적 원인의 핵을 찾아낸 것이라 할 것이다. 이 소설을 단순한 이데올로기 소설로 볼 수 없음은 이와 같이 사건 진행과 사상과 생활 세계를 조화시키는 탁월한 형상력 때문이다.

『太白山脈』은 분명히 서사적 기념비성을 함축하고 있는 스케일이 큰 소설이다. 작가는 큰 스케일의 소설을 씀에 있어서 세부적인 것에 대한 정치한 묘사를 바탕으로 깔면서 전체적인 윤곽을 뚜렷하게 부각시키는가 하면, 구체적인 역사적 사실을 배면에 깔아나가면서 역사적 갈등의 근본 원인을 직접적으로 해명해 냄으로써 민족적 삶의 현장적 생동감을 획득하고, 역사적 문제점들을 객관적으로 통찰하는 데 성공하고 있다.

『太白山脈』 제1부가 종결된 시점에서 우리가 바라는 것은 앞으로 2부, 3부가 계속되면서도 지금까지 유지해왔던 팽팽한 긴장감을 지속시켜, 기존의 대하소설에서 보았듯이 종말의 느슨함을 노출시키지 않았으면 하는 것이다.

1부에서 문제 제기를 정연하게 할 수 있었던 작가의 능력을 신뢰하며, 계속해서 그 전개 과정을 지켜보아야 할 것이다. 작가는 여러 사건들을 매듭지어가는 행간의 사이사이에서 많은 것들을 암시적으로 유보시키고 있다. 그 암시를 따라 독자들도 긴 태백산맥의 등반에 나서야 할 것이다.

심재모의 등장이 6·25의 발발을 대비한 작가의 사려 깊은 인물 배치의 일환이라면, 6·25 이후의 제1부에 등장하는 모든 인물들의 운명은 어떻게 변화할 것인가? 제1부에서는 어린아이로 성장하고 있는 경희, 성일, 정님이, 길남이, 종남이, 경철이, 광조, 덕순은 어떤 인간으로 변모할 것인가? 진광산, 금산, 제석산의 불길은 어떤 방향으로 번져 올라갈 것인가? 이 모든 궁금중을 일단 가라앉히고 이 모든 운명과 사건을 걸머쥐고『太白山脈』을 향해 나아가는 작가의 모습을 지켜볼 도리밖에 없다. 힘들고 험난한 역정이 예상되지만, 그 모습을 지켜보는 것이야말로 계속해서 소설을 읽는 기쁨일 것이다.

4. 문학적 진실의 심화와 확대

─조정래,『태백산맥太白山脈』제2부「민중의 불꽃」

1.

『太白山脈』제1부「한의 모닥불」을 충격적인 감동으로 읽은 지 꼭 1년 만에 제2부「민중의 불꽃」을 다시 접하게 되었다. 작가의 말에 의하면 방대한 구상의 전 4부에 꼭 절반에 이르렀다고 하는데, 이런 식의 속도와 이런 형태의 소설 전개라면『太白山脈』을 완벽하게 종주하는 그 날이 곧 다가올 것이라고 믿는다. 3천여 매에 이르는 막대한 분량의 제2부를 1년 만에 썼다는 것도 놀라운 사실이거니와, 제1부「한의 모닥불」에 비해 소설의 구성력이라든지 역사적 사건의 해상력이 조금도 떨어지지 않고 앞으로 나아갈수록 주제의식은 보다 뚜렷해지고, 작중인물의 성격은 더욱 분명해지며, 소설을 읽는 재미는 증대된다는 점에 경탄을 금할 수 없다.

대하소설이란 작가가 써내기도 어렵지만 독자가 읽어내기도 어렵다. 작가는 자신의 문학적 생명을 걸고 정신을 집중해서 그 작품에 매달리는 까닭에 육신과 영혼이 고단하지만 자신만의 느낄 수 있는 보람을 찾을 수 있다. 물론 그 대하소설이 실패작으로 끝난다면 작가에게 있어 그보다 더 참담한 일은 없을 것이다. 독자가 대하소설을 읽어내기 어려운 것은 작품의 줄거리를 놓쳐버리기 쉽고, 인물에 대한 영상도 잘 떠오르지 않아 몇 가지 희미한 작품의 잔상을 토대로 작품을 읽어나가야 하기 때문이다. 그런데 『太白山脈』 제2부 「민중의 불꽃」은 1부 「한의 모닥불」의 참조 없이도 얼마든지 작품의 윤곽을 파악할 수 있고, 그것만 보아도 이제까지 쓰인 내용을 유추할 수 있고, 제2부가 차지하는 비중을 너끈히 짐작할 수 있게 꾸며졌다. 작품의 전체적 연관성에 대한 작가의 세심한 배려와 잘 계산된 구도가 존재하기에 틈이 벌어지지 않게 작품을 운영할 수 있었던 것이다.

제2부 「민중의 불꽃」은 율어면을 장악하려는 염상진의 빨치산 부대가 올리는, 공격을 신호하는 봉홧불을 바라보면서 계엄사령관 심재모가 방어전략을 짜는 것에 골몰하는 장면으로 시작한다.

어디가 먼저라고 할 것 없이 세 산봉우리에서 거의 동시에 봉화의 불길이 타올랐을 때 심재모는 그것을 즉각적으로 공격신호라고 판단했었다. 다른 세 사람의 반응도 마찬가지였다. 심재모는 지체 없이 비상전화를 돌려 '완전무장·비상대기'를 각 예하부대에 지시했다. 제이, 제삼의 추리가 나온 것은 그 조치를 취한 다음 시간이 점차 지나면서였다. 공격을 감행하자면 그들의 입장에서 기습공격만큼 유리한 것이 없을 것이었다. 그런데, 왜 봉화를 일시에 올린 것일까. 그들이 포위 공격을 동시에 계획했다 하더라도 그들에게 무전기 세대가 없을지는 모르지만 손목시계 세 개가 없을 리 없었다. 그런데, 왜 봉화를 일시에 올린 것일까. 봉화는 예로부터 어떤 긴급사태를 먼 거리에 신속하게 전하거나, 미리 약속된 신호로써 피워 올리는 불이었다. 그러나 세 산봉우리는 봉화를 피워 올려야 할 만큼 거리가 멀지 않았다. 그런데 왜 봉화를 일시에 올린 것일까. (4권, 8쪽)

'왜 봉화를 일시에 올린 것일까', 이러한 의문을 두고 심재모는 여러 가지 추리를 전개한다. 다른 지역과 연합하기 위해서, 자기네의 사기를 북돋우고 이쪽을 위협하는 심리전의 목적으로, 자신들이 읍내 가까이 육박했다는 것을 과시하기 위하여, 심재모의 이러한 추리는 어느 것이나 다 봉화불의 의미와 관련되어 있다. 염상진 일파가 올린 봉화는 이러한 다목적의 용도로 심재모가 이끄는 계엄군에게 위협을 준다. 제1부의 결말로부터 제2부의 서두까지 타오르는 봉화는 염상진을 비롯한 빨치산 부대가 자신의 정체를 노출하고 본격적인 투쟁에 들어섰다는 것을 뜻한다. 이 봉홧불을 계기로 하여 염상진 부대는 율어면을 장악하고 읍내에 주둔하고 있는 심재모의 부대와 정면으로 대치한다. 천혜의 요새인 율어면을 손에 넣음으로써 일차적인 해방구를 설정할 수 있었고, 벌교읍은 물론이고 보성군 일대의 요처를 하시라도 공격할 수 있는 전략상의 거점을 확보하게 되었다. 이에 따라 읍내에 거주하는 지주세력과 유지급 인사들은 언제 어떻게 피해를 입을 것인가 전전긍긍하게 되고, 계엄군사령관, 경찰서장, 토벌대장, 청년단장 등 우익 측의 병력은 방어선이 연장됨에 따라 작전의 전개에 어려움을 겪게 된다. 또 이 봉화로 인해서 지주세력의 억압과 지배계층의 착취에 억눌린 농민들은 이제까지의 인종의 태도에서 벗어나 과감한 항거의 깃발을 쳐들게 된다. 이렇게 보면 2부의 서두에 솟아오르는 염상진 부대의 봉화불은 단순한 작전상의 의미만을 갖는 것이 아니라, 민중의 가슴에서 타오르는 불꽃이 봉화가 솟구치는 것처럼 하늘 높이 솟아오르는 것을 뜻한다.

1945년 8월 15일 직후부터 1948년 겨울에 이르는 과정에서 공산주의자와 민족주의자의 대립과 여순반란사건의 폭발을 다룬 것이 제1부라면, 제2부는 여순반란사건이 표면적으로는 대체로 진압되었으나 그 여파가 인근 지역으로 퍼져나가는 시점에서, 빨치산으로 입산한 공산주의자들이 전열을 가다듬고 제2의 동요를 획책하는 과정을 구체적으로 보여주고 있다.

2부에서 우리가 특히 유의해야 할 것은 1부에서는 중심축이 김범우나 서민영, 심재모 등 양심적인 민족주의자들에게 얼마간 기울어진 상태에서 염상진, 하대치, 안창민 등의 공산주의자들을 부각시키고 있는 반면에 2부에서는 공산주의자들의 치밀한 조직 활동과 혁명적 투쟁에 역점을 두고 있다는 사실이다. 또한 토벌대장 임만수, 청년단장 염상구, 경찰서장 남인태 등의 세력이 급격하게 약화되어 그들 내부의 세력 다툼으로 영일 없는 나날을 보내는 것으로 전개되고 있다. 1부에 이은 2부의 이러한 변화는 작품을 서술하는 작가의 태도나 사상이 변모했다는 것이 아니라는 점을 특히 강조해둔다. 2부의 변화는 『太白山脈』이라는 대하소설의 자연스러운 흐름을 좇아서 소설의 경향이 순조롭게 바뀌고 있는 현상이다.

8·15이후의 남한의 현실을 다면적인 시각으로 투시하고자 한 것이 1부라면, 특정한 시각을 더욱 날카롭게 다듬어서 시야의 한계를 무너뜨리려는 것이 2부의 의도이다. 따라서 1부에서 큰 비중을 둔 김범우 유의 민족주의를 2부에서 중첩되게 소개할 필요가 없었고, 2부에서는 1부에서 다소 미진하게 다루었던 염상진 일파의 투쟁활동을 예각적인 시각으로 통찰할 필요가 있었던 것이다. 이러한 예각적 시각을 소설화하기 위한 작가의 고뇌가 얼마나 크고 격렬했을 것인가에 대해서 재삼 확인해야 한다. 이데올로기적 제약이 현실의 조건으로 상존하고 있는 상태에서 공산주의자들의 활동상황을 액면 그대로 표현할 수 있기까지에는 남모르는 고민이 수없이 많았을 것이다. 메카시즘적인 판단으로 공산주의의 '공'자만 나와도 황급히 고개를 돌리는 풍토에서, 2부에서 서술되는 내용 수준에 도달하기까지 외부적 억압과 내부적 갈등을 간단없이 겪어야 했을 것이다. 이것을 지나가는 말로 "지금까지의 서술수준과는 다른 차원의 기술이다"라는 표현으로 넘어간다면, 한국소설의 이데올로기적 수준에 대한 무식을 드러내는 것밖에 다른 일이 아니다.

그런 의미에서 "우리 문학이 『太白山脈』에 이르기까지는 해방 40년의 기간이 필요했다"라는 지적이나 "『太白山脈』은 민족분단의 원인을 규명하고 민족통일을 도모하는 문학적 작업이다"라는 견해는 사상적 이해 수준을 높이고, 원인 규명의 기준을 확장시킨 이 작품에 대한 지극히 타당한 평가이다. 제1부 「한의 모닥불」이 발간된 이후, 이제까지의 망설임에서 간신히 벗어나 "이런 소설도 가능하구나"라는 피동적 현실의식으로 쓰인 이데올로기 소설이 잇따르고 있음에 유의하라. 의식의 미망을 깨뜨리기 위한 선도자의 역할을 간과하고 자신이 몸소 발견한 진실인 것처럼 위장하는 작품에서 아무것도 얻을 수 없음은 자명한 이치이다.

제1부와 마찬가지로 「민중의 불꽃」에서도 여순반란사건의 진행과정을 자세히 밝히고 있지 않다. 보성군 율어면에 진을 친 염상진 부대와 심재모가 이끄는 계엄군의 대치상황을 중심으로 반란사건 이후의 사회 상황과 민심의 동향을 세부적인 것에서부터 전체적인 것으로 낱낱이 기술, 묘사함으로써 반란 이후의 사태를 손바닥 들여다보듯이 파악할 수 있게 한 것이 제2부이다. 사정이 이러함에도 불구하고 아직까지도 『太白山脈』을 여순반란사건 소설이라고 생각하는 사람이 많은 듯하다. 여순반란사건만을 다루는 소설이라면 작품의 제목을 『太白山脈』이라고 붙일 수 없다. 한반도의 동쪽을 북에서 남으로 뻗어 내린 태백산맥을 제명으로 붙일 때에는 우리나라 전체를 뒤흔드는 역사의 지각변동을 총체적으로 다루고자 하는 작가의 야심이 숨어 있다는 뻔한 사실을 잘 모르고 있다.

여순반란사건과 관련된 제반사항 — 군대의 이동상황, 반란의 주동자와 진압군 지휘자의 인적사항, 민관군의 피해양상, 반란의 확산과정, 반란에 얽힌 뒷이야기, 이런 것을 알고 싶어서 소설을 읽는 사람이 있다면 소설책을 덮어버리고 『한국전쟁사』 같은 역사책을 읽으라고 권하고 싶다. 최원식 교수가 쓴 『太白山脈』에 대한 비평문 「역사적 진실과 문학적 진실」에 여순반란사건의 개요가 간략하게 기술되어 있는데, 시간이 없는 사람이라면 그 글을 읽어도 무방하다. 그 글은 문학적 진실보다는 역사적 진실에 중점을 두어 『太白山脈』을 평가하고 있기 때문이다.

　역사적 사실의 확인은 소설집필 과정의 가장 기초적인 일이다. 따라서 연대가 틀린다거나, 학교 명칭에 대한 확인을 소홀히 했다거나 하는 사항은 시정의 대상이 되어야 한다. 그러나 역사의 기록물에 의존해서 문학적 진실을 의도적으로 왜곡해서 해석하는 일은 아무리 비평가의 권한이라고 할지라도 삼가야 한다. 최원식 교수와 작가 조정래 사이에 벌어진 '태백산맥 논쟁'의 진행과정과 그 결말을 지켜보면서 비평의 상도常道가 어디에 있는지 다시 한 번 성찰하는 계기가 되었다. 아주 사소한 악의라도 그것이 부정적 평가의 근거가 되었다면 그러한 비평은 공정한 비평이 될 수 없다.

　이 문맥에서 제1부 「한의 모닥불」을 논하면서 필자가 인용했던 숄로호프와 루카치의 말을 재인용하고자 한다. 숄로호프는 "무수한 역사적 사실들을 한 권의 책 속에 쑤셔 넣으려는 작가는 딜레땅뜨일 뿐"이라고 지적하고, 루카치는 "진정한 작가에게 중요한 관심거리를 학살이나 전쟁에 대한 자세한 묘사가 아니고, 오히려 승리나 패배의 근거들Gründe을 설명하고, 예술적으로 형상화하려는 것이다. 세세한 군사적 사건의 서술은 군대의 정신을 문학적으로 조명하는 데 기여할 뿐이다"라고 밝힌다. 역사적 사실의 잡다한 나열이 소설의 진수가 될 수 없음은 명확하다. 역사적 사실을 과도하게 신뢰하는 역사주의자들의 과오에 대해서는 칼 포퍼가 그의 『역사주의의 빈곤』이라는 저서에서 일찍이 갈파한 바 있다. 역사주의자들에 의한 역사의 기만은 역사를 모르고 있는 사람들에 의한 기만보다 야비하다. 『太白山脈』에는 역사적 진실을 뼈대로 삼으면서 거기에 문학적 살을 붙여서 살아 있는 정신을 환기한다는 총체적 조화 능력이 구사되고 있다.

2.

제1부 「한의 모닥불」을 읽은 독자들은 이 소설이 이데올로기적 갈등과 민족 분단의 원인을 규명하는 꽤나 골치 아픈 관념소설인 줄 알고 책을 접했다가, 저절로 웃음을 자아내는 해학적 요소와 가슴을 쥐어뜯는 비극적 요소, 시의 그것을 초월하는 서정적 요소, 남성적 감정으로 도저히 이해할 수 없는 여성적 요소 등이 골고루 함축된 재미있는 소설이라는 사실을 뒤늦게 알아차리고 감탄한다. 그리고 소설의 골격을 이루는 이념적인 측면과 소설의 살에 해당하는 정서적 측면을 어떻게 서로 상치되지 않게 어울려 놓았는지 주시하기 시작한다.

제1부에 나오는 꼬막에 대한 묘사 같은 것에서 꼬막의 주름까지 섬세하게 그리고 있는 문장은 대상의 속성을 숙지하고 대상 그 자체 속으로 들어가지 않으면 도저히 산출될 수 없는 글월이다. 어떻게 그런 수사법이 가능한 것인지, 겨울 꼬막의 묘사 장면에서 독서의 눈길은 잠시 멎는다. 「민중의 불꽃」에서도 그러한 장면들이 이어지는데, 동백꽃에 대한 아름답고 순결한 묘사(4권, 107쪽), 쑥에 대한 정감이 얽힌 설명(4권, 269쪽), 진달래를 인간화시킨 표현(4권, 273쪽) 등은 1부의 겨울 꼬막과 함께 우리나라 소설의 중요 묘사문으로 오랫동안 기억될 것이다. 그 중에서 동백꽃의 묘사 대목을 같이 읽어보자.

절기의 변화는 하늘에서 오되 땅이 먼저 깨닫고, 살아 있는 것들 중에서는 지심에 목숨줄을 대고 있는 나무들이 제일 먼저 그 깨달음을 다시 깨닫는 것인지도 모른다. 음력설을 고비로 절기가 달라졌음을 알리는 것이 동백이었다. 음력설을 넘기면서 동백나무들은 서로가 다툼이나 하듯 이 가지 저 가지에 선연한 핏빛의 꽃들을 피워내기 시작했다. 초록빛 잎사귀들에 떠받들려 매운 추위 속에서 피어나

는 핏빛으로 붉은 꽃, 동백잎들은 제각기 윤기를 머금어 그 초록빛
이 유난히 진하게 돋아 올랐고, 그 잎사귀 사이사이에서 피어나는
꽃들은 초록빛 속에서 선홍의 모습을 더욱 치장했다. 동백나무는 무
리를 지어 사는 까닭에 가지마다 꽃을 피우기 시작하면 핏빛의 꽃무
덤을 이루어놓았다. 앞서 핀 꽃은 쉬 지지 않고 아랫가지의 봉오리
가 벙글기를 기다리므로 선홍빛 꽃숲은 오래도록 찬바람에 시달리
는 처연한 외로움이었다. 누구나가 동백꽃을 처연한 아름다움으로
느낌은 사람도 저어하는 추위 속에 피는 까닭이리라. 아침 안개에
묻힌 동백의 핏빛 꽃들은 흐느끼는 슬픔이었고, 거센 찬바람에 휘몰
리는 동백의 핏빛 꽃들은 안타까운 서러움이었고, 흩날리는 눈발 속
의 동백의 핏빛 꽃들은 사무치는 한이었다.

　도중에서 인용을 중단할 수 없는 이 동백꽃 단락에서 우리는 묘사 대상
과 인간의 현실을 교차시키는 '정서적 조응'의 수법을 발견하게 된다. 대
상에 대한 미적 거리를 유지한 채 대상을 객관화시키는 기법을 '객관적 상
관물'의 기법이라고 한다면, 작가의 대상에 대한 느낌을 소설에서 서술하
고자 하는 주제와 연관시켜 주관화하는 방법을 '주관적 상관물'의 방법이
라고 할 만하다. 동백꽃의 색상을 '핏빛'으로 나타내고 동백나무의 군집을
'핏빛의 꽃무덤'이라고 표출한 까닭이 무엇인지, 알 만한 독자들은 모두
고개를 끄덕일 것이다. '찬바람에 시달리는 처연한 외로움'을 느끼는 계층
이 기층민이라는 사실을 동백꽃이라는 식물에 대한 묘사로서 인식할 수
있다. 지배층의 욕구를 충족시키는 '식물'이기를 강요당하는 민중을 은유
하고 있는 꽃이 동백꽃이다. 이 꽃은 김유정의 「동백꽃」의 그 꽃처럼 사춘
기 남녀가 서로 안고 쓰러지는 성적 욕망의 알싸한 상징물이 아니라, 피비
린내 나는 현실의 밑바탕을 뚫고 나오는 삶의 원동력을 구체화한 사물이
다. '흐느끼는 슬픔'과 '안타까운 서러움'과 '사무치는 한'을 대변하는 꽃

이기에 그 빛깔이 핏빛일 수밖에 없는 것이다. 동백꽃 묘사와 같은 장면은 소설의 장식적 장면이 아니라 소설의 진행에 활기를 불어넣는 본질적 장면이다.

동백꽃의 핏빛만큼이나 진한 사연을 가진 인물이 『太白山脈』의 히로인 소화素花라는 여인이다. 제1부에서 정하섭의 전략적인 접근으로 그의 연인이 됨으로써 온갖 시련과 고초를 겪어야했던 이 여인은 2부에 들어와서 보다 성숙한 모습으로 우리들 앞에 나타난다. 정하섭의 여인이라는 죄목 아닌 죄목으로 모진 고문을 당하고 그의 아기까지 낙태한 그녀이기에 모진 광풍이 불어와도 버텨낼 수 있는 삶의 슬기를 터득한 것이다. 2부에서의 소화와 정하섭의 사랑이 1부의 경우와 그 색채를 달리하는 것도 소화가 겪은 시련과 관련된다. 1부에서 정하섭이 소화에게 접근한 까닭은 투쟁활동의 은폐물로서 그녀를 활용하기 위한 것이었고, 사랑의 진전에 따라 그것이 서로의 가슴을 불길로 에우는 참사랑으로 발전된 것이었는데, 2부에서는 정하섭의 정체와 그의 활동 상황이 드러난 상태에서 소화가 혹독한 고초를 당해야 했기 때문에, 소화의 정하섭에 대한 사랑이 정하섭의 소화에 대한 사랑보다 더 단단한 기반 위에 자리 잡게 된다. 정하섭의 작위적인 사랑에서 진실한 사랑으로 나아간 경로와 소화의 우연한 사랑에서 우연한 사랑에서 필연적인 사랑으로 나아간 길에서, 운명의 힘은 소화의 사랑에 더 크게 작용한다. 소화의 사랑이 신령님에게 매달리는 종교적인 사랑의 변이형태라고 한다면, 정하섭의 사랑은 마르크스주의의 낭만적인 변이형태라고 설명된다. 사랑이라는 것이 결코 과학화될 수 없다는 사실을 상기한다면 어느 쪽의 사랑이 사랑의 본질에 가까운가를 쉽게 추단할 수 있다.

작가는 정하섭과 소화의 사랑을 이런 식으로 비교하는 것을 보류하고 정하섭의 일면적인 의식을 일깨우는 정하섭과 소화와의 목욕 장면을 제시한다. 몸은 허락했지만 아직도 부끄러움에 젖어 있는 소화를 부드러운 말로 타일러서 목욕탕으로 끌어들인다. 에로틱한 정황이 전개될 것으로 예측하면서 바삐 책장을 넘기는 독자의 기대감과는 달리 작가는 소화의 피멍이 든 고문의 상처를 정하섭의 두 눈으로 확인하게 된다. '맨살로 드러난 소화의 등에 푸릇푸릇하기도 하고 누릇누릇하기도 한 멍 자국'. 정하섭은 고문으로 인해 그의 자식이 낙태되었다는 사실을 모르면서 그 자신 때문에 소화가 고문을 당했다는 사실에 치를 떤다. 그리고 그녀의 멍 자국을 핥기 시작한다.

> 소화를 목욕탕 안으로 끌어들인 정하섭은 그녀의 몸에 물을 끼얹어주며 멍 자국들을 핥기 시작했다. 그건 애무의 행위가 아니었다. 지금 그에게 그녀의 몸은 남자의 욕정을 불러일으키는 여자의 몸이 아니었다. 자신이 당해야 될 고통을 대신 당한 순직한 희생물이었고, 자신은 교활하게도 예견된 위험을 피한 또 다른 가해자였다. 전신에 찍혀 있는 그 참담한 고문의 흔적 앞에서 감히 무슨 말을 할 수 있을 것인가. 원수를 갚아주겠다고? 너는 마침내 훌륭한 혁명전사가 되었다고? 그런 소리를 지껄일 수 있는 뻔뻔스럽고 간사스러운 혓바닥은 열 토막, 스무 토막을 내버려야 한다. 그 멍 자국들은 어떠한 말도 용납하지도 허용하지도 않고 다만 죄의식만을 확인시키고 있었다. 부모가 자식의 종기에서 고름을 빨아내듯, 모든 짐승이 새끼의 상처자리를 핥듯이 그는 그 순직한 인간의 몸에 찍은 자신의 죄를 진정으로 비는 마음으로 멍 자국을 핥아나가고 있었다. (4권, 195쪽)

이 희한한 애무의 장면! 은근히 음탕한 것을 기대했던 사람들은 정하섭의 애무가 함축하고 있는 처절함에 새삼 몸서리를 친다. 피도 눈물도 없는 이념의 인간으로 상정된 주의자에게 이러한 넘치는 인간미가 존재한다는 사실을 지금까지 우리의 문학에서는 한 번도 정면으로 제시되지 않았다.

그런 의미에서 『太白山脈』을 비롯한 소위 빨치산 소설들이 우리의 고식적인 시각의 입지점을 자리 옮김 해서 우리의 역사와 신념에 공정하게 접근하며, 현실과 미래에 대한 의식의 수정을 가능하게 했다는 김병익의 지적(「분단문학의 새로운 시작」)은 재음미되어야 한다.

공산주의자에게 사랑은 무엇을 의미하는가? 베토벤의 소나타는 말로 표현할 수 없이 아름답지만 혁명을 위해서는 아름다운 곡조를 연주하는 손목을 망치로 쳐야 한다는 레닌의 말처럼 사랑 역시 단호하게 제거해야 할 낭비적 감정에 불과한가? 위에 인용한 소화에 대한 정하섭의 생각은 이런 문제를 다른 차원에서 검토할 것을 요구한다. 이념적 인간에게 가장 결핍된 것이 정서적 요소이고, 그러한 결핍은 사랑의 충족을 통해 비로소 가능하다는 인식을 정하섭의 소화에 대한 애무에서 발견하게 된다.

사랑과 혁명은 여러 가지 면에서 유사한 속성을 지닌다. 사랑이라는 것이 이성과 정서의 본능이 융합되어 인간관계로 개편되는 것이라면, 혁명역시 이 사회 속에 존재하는 모든 모순된 요소들이 뒤범벅이 되어 엉켜 있다가 강력한 물리적 봉기의 힘과 그를 떠받치는 헌신적 논리에 의해서 새로운 질서로 진입하는 급격한 변모양상이다. 바로 이 지점에서 '혁명적 낭만성'이라는 개념이 탄생되는 것인데, 혁명의 이러한 복합적 개념을 무시하고 그 속성을 단순화한다면 공산주의에 대처하는 효율적인 방안을 찾지 못할 것이다.

소화와 정하섭의 사랑은 흔히 내릴 수 있는 안이한 판단처럼 감상성의 과잉이라고 폄하할 수 없다. '감상성'이란 자신의 감정을 쓸데없이 과장해서 자기 자신을 속이는 경우를 일컫는 말이다. 감상성이 그런 뜻이라면 소화와 정하섭의 사랑은 거기에 해당되지 않는다. 감정을 과장시키는 것이 아니라 축소시키고, 자신을 속이는 것이 아니라 자신에게도 상대에게도 진실해지고 있는 사람들이 소화와 정하섭이기 때문이다. 8·15이후 한국전쟁 직전에 이르기까지 얽히고설킨 민족의 상황을 실록적인 측면에서 서술하는 『太白山脈』에서, 소화의 존재와 그녀의 사랑을 부각시키는 까닭은, 역사적 갈등의 치열한 상황에서도 사랑은 무르익고 또 사라져간다는 평범하지만 결코 경시할 수 없는 삶의 진리를 발굴하기 위해서이다. 역사의 거대한 수레바퀴의 조그마한 톱니보다 못한 사람들이 역사와 더불어 굴러간다는 평범하지만 중요한 사실을 누구도 부정할 수 없다.

제2부 「민중의 불꽃」에서는 1부보다 더 세차게 기층민의 삶의 개별성을 강조하고 있다. 시대가 혼란해질수록 사람들의 삶은 안으로 움츠러들기 마련이고, 그러한 응축된 삶 속에서 난국을 헤쳐 나가는 슬기를 발견할 수 있다. 자신을 해코지하려는 남정네를 물어뜯는 죽산댁, 염상구에게 농락당하고 저수지로 뛰어들었다 간신히 목숨을 건진 외서댁, 이런 여성들의 삶에는 역사도 마음대로 움직일 수 없는 생의 외경스러운 본능이 내재되어 있다.

벌교를 중심으로 한 좌·우익의 대립의 양상을 사건중심으로 선조화線條化시킨 작품이 『太白山脈』이라면 무미건조한 소설로 전락했을 것이지만, 동백꽃과 여인이 역사와 함께 어우러져서 총체적인 세계의 모습을 형성하고 있기에 약동하는 박진감을 우리들에게 부여하는 것이다. 시간을 중심축으로 한 공간의 확대, 이것이 『太白山脈』의 기본적인 서술 방법이다.

3.

제2부 「민중의 불꽃」의 내용상의 특징 중의 하나는 인물과 인물 사이의 대립이 1부에 비해 훨씬 복잡하게 분화한다는 사실이다. 1부에서는 염상진과 김범우의 대립을 기본으로 하여 그 밖의 인물들 간의 대립이 파생적으로 소개되는데, 2부에서는 대립의 분화가 가속화되고, 그 분화과정이 소

설의 근간을 이룬다. 예컨대 염상진의 동생 염상구는 그의 형과 대조되면서 그와 비슷한 무리에 속하는 토벌대장 임만수와 비교되는데, 2부에 들어서서 유주상이라는 인물이 청년단장으로 떠오르고 염상구는 그 휘하의 감찰부장을 맡음으로써 유주상과의 대립이 본격화된다. 이들 사이의 싸움은 썩어빠진 기생계층의 속성을 여지없이 드러낸다. 1부에서 선을 보인 염상구의 칼 던지기 솜씨에 놀라고 그의 악담에 넋이 나가 자신의 연장을 사용할 수 없게 된 유주상의 처지는 그냥 웃고 넘어갈 대목이 아니다. 정신이 오죽 썩어빠졌으면 몇 마디 저주의 말에 성기능까지 상실한다는 말인가?

심재모와 지방유지 내지 지주계층의 대립은 심재모의 체포로 귀결될 정도의 심각한 사건으로 비화한다. 한국인이라면 누구나 수긍할 씨받이사건 때문에 유지 급의 인사로 구성된 좌익척결위원회의 참소를 받아 빨갱이 혐의로 체포된다는 것 자체가 아이러니컬하다. 빨갱이를 방조한 세력에 의해 빨갱이를 진압하는 사령관이 빨갱이로 몰린 것이다. 여기서 씨받이 사건은 심재모와 부패한 우익세력 간의 갈등을 극적으로 고조시키는 기능을 하면서, 이제까지 서로 일정한 간격을 두어왔던 작중인물을 한 연장선으로 묶는 역할을 한다. 우익과 좌익을 방황하던 손승호의 앙청에 의해 김범우는 심재모에게 여인을 염상진의 진영에 들여보내 씨를 받게끔 하도록 부탁하고, 염상진 역시 김범우의 부탁을 순순히 수락한다. 주의, 주장은 달라도 이들 모두가 한국인이라는 사실을 확인시켜주는 에피소드가 씨받이 사건이다. 이 사건을 전후로 하여 손승호와 심재모의 벌어졌던 간격은 좁아지고, 김범우와 염상진 사이의 틈도 축소된다. 김범우가 염상진을 '형님'이라고 호칭하는 장면에서 작가가 왜 이 이야기를 삽입했는가를 어림 짐작할 수 있다. 이념적 불연속이 핏줄의 단절을 초래할 수 없다는 백범의 명제가 연상되는 대목이다.

이러한 대립의 분화와 대립의 완화과정을 통해서 인물들 사이의 거리를 재조정한 뒤, 소설의 무대는 서서히 벌교에서 벗어나 정치의 중앙무대로 전환한다. 김범우가 교사직을 사직하고 공부를 계속하기 위해서 상경하고, 심재모는 용공분자로 몰려 서울로 체포되어가고, 손승호는 보도연맹위원장을 시키려는 관권의 강압을 피해 고향을 등지고 서울로 진출한다. 그런가 하면, 이제까지 보성지구책으로 지방당을 이끌어왔던 염상진은 도당의 지령에 의해서 전출가고, 그의 후임으로 안창민과 하대치가 각각 군당의 책임자와 벌교책으로 임명된다. 염상진은 이제 어느 곳을 거점으로 어떠한 활동을 벌일 것인가? 이 물음은 염상진이 그의 선배 김태규와 어떤 관계를 맺느냐에 따라서 그 대답이 달라진다. 추측컨대 제3부에서 이제까지 책 속에 숨어 있던 김태규나 지리산지구 사령관 이현상이 본격적으로 활동하고, 그들과의 연관에 따라 염상진의 행동반경이 정해질 것이라고 짐작된다. 염상진의 전출과 관련된 특기할 사항은 하대치의 벌교책 임명이다. 소학교밖에 나오지 않은 하대치가 벌교책에 임명된 것은 "혁명은 의지의 강철 같음과 피의 뜨거움으로 하는 것"이라는 사실을 일깨운다.

인물을 둘러싼 정황의 급격한 개편과 더불어 역사적 사건도 돌발적인 사태로 점철된다. 반민족행위자특별조사위원회의 습격사건, 백범김구 암살사건 등, 우리 근대사의 흐름을 가름 짓는 커다란 사건들이 속출하면서 제2부「민중의 불꽃」은 서술의 호흡을 숨 가쁘게 내뿜는다. 2부의 전반부인 4권에 목가적인 분위기가 잔존해 있다면, 그 후반부인 5권에는 도시의 혼란스러움이 노출되기 시작해, 1부 내에는 서로 대립되는 구조를 형성한다. 2부의 후반부를 강타하는 충격은 어떠한 사건보다도 백범 김구의 암살사건이다. 1부에 대한 평론에서 내가 '사상의 리트머스 시험지적 인물'이라고 불렀던 김범우의 이념적 거점 인물이 김구 선생이기 때문이다. 백범이 타계한 직후, 김범우는 사상의 혼돈 속으로 빠져든다.

두 강대국의 점령과 함께 두 이데올로기가 대립하는 상황 아래서
누가 가장 바람직한 민족의 지도자였을까. 사회주의혁명을 앞세운

극좌의 박헌영이었는가, 권력 장악만을 앞세운 극우의 이승만이었
는가, 좌우합작을 앞세운 중도적 여운형이었는가, 민족자주를 앞세
운 포용적 김구였는가. 두 강대국이 양보 없는 대립을 하는 한 극좌
나 극우의 노선은 필연적으로 민족분열을 초래하게 되어 있었다. 이
데올로기에 의한 민족의 분열, 그것은 결코 용납할 수 없는 어리석
음이고 비극이 아닌가. 그럼 여운형과 김구가 남는다. 그 두 사람이
한때 뜻을 같이 하려고 접근했던 것은 결코 우연한 일이 아니었던
것이다. 민족의 분열부터 막아 외세에 대처하고, 그 다음 단계로 사
회혁명을 시도하여 민족정권을 세우려 했던 그들의 구상은 진정 바
람직한 것이었다. 그러나, 몽양이 먼저 총을 맞아 떠나갔고, 이제 백
범마저 총을 맞고 떠나가게 되었다. 두 민족주의자는 차례로 제거되
고 극우와 극좌만 남겨진 것이다. 미국이 주도하는 제국주의의 패권
주의와 소련이 주도하는 공산주의의 팽창주의가 대결하는 틈바구니
에서 두 민족주의자가 그렇게 죽어가야 하는 것은 어쩌면 당연한 귀
결이고, 피할 수 없는 운명인지도 모른다. 이제 우리는 어떻게 될 것
인가……. (5권, 201쪽)

'이제 우리는 어찌 될 것인가……'라는 김범우의 생각의 말없음표 안에
민족의 미래가 담겨져 있다. 민족의 필연적인 분열, 분단의 영속화, 피할
수 없는 민족 내부의 전쟁, 근대사의 가장 비극적인 사건들이 이 말없음표
안에 내포되어 있다. 김범우의 생각이 옳건 틀리건 간에 민족의 분열을 가
속화시킨 백범 김구의 암살사건의 의미는 충격적인 것이다. 좌우를 연결
하는 지렛대의 버팀목이 상실되었으니 민족이라는 지렛대는 쓸모없는 나
무덩어리로 전락하고 만 것이다.

사상이라는 것은 극단적인 논리를 찾아 논리의 끝으로 치닫는 성질을
원천적으로 포함하고 있다. 사상의 수립 과정에서 그 중간까지만 도달하

고 끝에 이르지 않는다는 것은 사상의 자율적인 논리에 어긋난 것이다. 중
도파의 논리가 완벽한 사상이 될 수 없음은 사상의 이러한 속성에 비추어
보아 자명한 이치다. 백범 김구의 민족주의 사상도 사상의 본질 면에서 개
관한다면 허술한 점이 한두 가지가 아니다. 민족주의를 확장한 개인주의
로 해석한다면 백범의 민주주의에도 민족애民族愛라는 정념이 내재하고
있기 때문이다. 김범우가 백범에게 이끌리는 것도 따지고 보면 그러한 뜨
거운 정념에 감동을 받았던 까닭이다. 현실을 논리로만 풀어나가려는 공
산주의의 논리적 강제성에 실망하고, 현실을 그때그때의 임기응변책으로
대처하려는 사이비 민주주의자들의 기만적 술책에 절망을 느낀 그가 인간
적 정서가 담긴 제3의 논리― 백범의 사상에 이끌리는 것은 당연한 일이
다. 그 논리의 지주가 무너졌다는 것은 『太白山脈』의 중인인 김범우의 사
상적 방황과 연결된다.

　『太白山脈』에 대해서 언급한 비평가들 중에 몇몇은 작가가 김범우에
게 기울어 있다고 설명하는데, 내 생각으로는 김범우에게 어느 정도 경도
되었지만, 김범우가 곧 작가의 사상적 분신이라는 생각은 성급한 판단인
것 같다. 작가는 조급한 판단을 일단 보류하고 이것과 저것의 변수를 두루
보임으로써 최종적 판가름을 독자에게 맡기고 있기 때문이다. 작가의 이
러한 의도적인 느긋함과 대조적으로 2부의 막바지는 농지개혁에 대한 농
민들의 반발로 줄달음질친다.

　「일어서는 산山, 민중」이라는 소제목의 2부의 마지막 장에서 지금까지
서술되어왔던 민족 내부의 모순이 농민들의 농지개혁에 대한 불만으로 터
져 나오기 시작한다. '악질 지주 처단하라', '우리 땅 내놔라'라는 농민들
의 복창을 짓누르는 '작저언 개시!'의 표독한 목소리가 또 어떤 참극을 빚
어낼 것인지, 두려움과 떨림의 궁금한 감정을 가라앉히고 이제 제3부를 기
다려야 한다. 농토의 재분배라는 물질적 차원을 떠나서 의식의 본질을 개
편한다는 의미에서 큰 뜻을 지난 농지 개혁이 실패로 돌아간 뒤, 그 커다란

간극을 무엇으로 메울 수 있으며, 강대국의 틈바구니에 끼어 이데올로기 대립의 대리전쟁을 치러야 하는 민족의 운명은 어떻게 전개될 것인가, 제3부는 이처럼 막중한 과제를 풀어나가야 한다.

4.

　『太白山脈』 제2부 「민중의 불꽃」을 통독하면서, 소설가란 자신의 있는 힘을 모두 투여해서 다른 사람의 삶의 진로를 개척해가는 순직한 희생자라는 생각을 떨칠 수 없었다. 민족이라는 대존재 앞에서 겸허하게 옷깃을 여미고 자기구원보다는 타인의 해방을 간구하는 자세가 「민중의 불꽃」에 역력히 표출되어 있다. 무엇 때문에 작가는 그렇게 자신을 내던질 수 있는가? 무슨 보상이 있기에 자신의 모든 힘을 작품 속으로 쏟아 붓는가? 작가는 이런 질문에 답변하는 것조차 유보하고 자신의 소임을 다하고 있다. 이 시점에서 우리가 할 수 있는 일이란 작품의 진행과정을 지켜보는 일 뿐이다.

　「민중의 불꽃」에서 작가는 1부에서 소설의 절차상 필요했던 인물의 소개라든가 배경 요소에 대한 상세한 설명, 사상에 대한 주석 등이 불필요하기 때문에 작품의 본질로 곧장 뛰어들 수 있었다. 인물의 대립의 분화와 새로운 인물의 출현으로 이야기를 더욱 생동감 있게 전개할 수 있었고, 후반에 이르러서는 인물보다는 사건을 위주로 소설의 속도를 가속시켜 나아갔다. 앞으로 진행될수록 다급하게 느껴지는 소설적 추진력에 밀려 뒤돌아볼 여유도 없이 작품에 몰두하게 만드는가 하면, 진양조의 가락처럼 휘늘어진 정경 묘사로 긴장된 마음을 이완시킨다. 소설이란 장르가 장터의 언어로 구성된다는 것을 확인하는 동시에, 소설이 언어의 종합예술이라는 사실을 숙지시킨다. 이야기를 풀어가는 솜씨가 여기에 이르면 이야기하는 사람을 의식하지 않고 이야기 스스로 자라나는 경지에 도달하게 될 것이다.

「민중의 불꽃」은 민족사를 포괄적으로 바라보는 확대경적 시점과 민족구성원의 개념적 삶의 굴절을 검증하는 편광경적 시점을 순차적으로 구성해서 분단된 역사의 연원을 통합적인 관점으로 투시하고 있다. 민족통일의 진로를 가로막는 이데올로기적 대립을 거시적 안목으로 개관하면서 개인의 조그마한 삶의 진실을 소홀히 여기지 않는 작가의 진지하고 성실한 자세가 이 작품을 관류하고 있다. 여순반란사건 이후로부터 농지개혁에 대한 저항의 시기에 이르는 근대사의 가장 중요한 시기를 최초로 본격적으로 다루었다는 점에서 『太白山脈』 제2부 「민중의 불꽃」은 문학사적 의미를 이미 확보한 작품이다.

5. 진실과 감동의 자연스러운 박동

―이동하,『삼학도』

1.

우리 소설계에 활동하는 현업 작가 중에서 서로 치열하게 경쟁을 벌이며 각각 괄목할 만한 작품 생산실적을 올리고 있는 작가들이 40대 중반에서 50대 초반에 이르는 연배의 소설가들이다. 이들은 서로 앞서거니 뒤서거니 하면서 자신의 문학적 입지를 더욱 공고하게 다져 가고 있다. 이들의 선배들이 몇몇 작가를 제외하고 소설에서 거의 손을 놓고 있는 실정과 견주어 본다면 이들 작가의 활동은 한층 주목된다. 6·25를 유년기 내지 소년기에 체험한 작가들이 전쟁을 청, 장년기에 치러야 했던 세대들보다 더 길고 화려한 작품 활동을 할 수 있는 까닭은 그들이 선배작가들보다 소설적 주제와 제재의 선택에 있어 보다 자유스러운 태도를 취할 수 있기 때문이 아닌가 생각한다. 바꿔 말해서 6·25를 청, 장년기에 치러야 했던 전쟁체험 당사자 작가들은 전쟁이 그들에게 부과한 공포심에 짓눌려 주제 선택의 폭이 제한된 데 비하여, 그 다음 세대 작가들은 전쟁과 무관하지 않으면서 전쟁을 비교적 객관적으로 묘사할 수 있는 가능성을 가질 수 있었던 것이다. 전쟁 당사자 작가들이 전쟁의 실체와 멀어질수록 경건주의적 태도로 작품 활동을 스스로 억제하는 것에 반하여, 그 다음 세대 작가들은 계속해서 자유주의자의 태도를 견지할 수 있었다.

6·25를 유년기 내지 소년기에 체험한 작가 중에서 이동하의 존재는 유독 두드러진다. 60년대 후반 이래 오늘에 이르기까지 쉼 없는 작품 생산 활동을 통하여 작가적 개성을 확연하게 보여주고 있는 작가가 이동하이다. 이동하는 전쟁을 직접 이야기하지 않으면서도 전쟁의 본질인 폭력에 대해서 집요하게 천착함으로써 전후 차기 세대 작가의 특징을 제시한다. 이동하 소설에 자주 등장하는 집단 폭력의 장면은 그의 소설을 이해하는 데 가장 중요한 모티프가 된다.

그랬다. 한 떼거리의 소년들이 사냥을 나섰다. 무대는 6·25의 뼈아픈 상흔이 아직도 검버섯처럼 남아 있는 K시의 밤거리였고, 대상은 같은 또래의 사내라면 아무라도 무관했다. 통금이 임박한 시간과 거리일수록 사냥은 신이 났고, 때로는 그와 상반되는 악조건 속에서도 묘미는 있었다. 미끼는 언제나 패거리 중 가장 어리고 허약한 녀석이었다. 그래서 사냥감은 번번이 걸려들게 마련이었다. 어둠 속에 일제히 몸을 숨긴 채, 녀석이 그럴듯한 대상을 물색하여 접근하고 시비를 걸고, 그리하여 주먹다짐으로 발전하기까지의 과정을 은밀히 지켜보는 순간처럼 피가 지글지글 달아오르는 때는 다시없었다. 거의 발작을 일으킬 정도의 흥분과 희열이 온 몸을 인두로 지져대듯 태우는 것이다. 마침내 수세에 몰린 녀석이 구원의 신호를 보내오고, 그에 따라 어둠 속에서부터 일제히 뛰어나가며 아팟치들처럼 소리소리 지르던 그 순간의 감격이란…… 한 차례 몰매를 주고 의기양양하게 돌아와 누우면, 초라하고 을씨년스러운 잠자리일

망정 비로소 꿀보다 달디단 잠 속으로 빠져들 수가 있었던 것이다.

―「몰매」에서

이 문맥에서 작가는 집단 폭력을 '사냥'이라는 말로 치환시키고 있다. '사냥'은 인간의 원시적 파괴 본능을 취미활동으로 미화시켜 무고한 짐승의 죽음을 통해 쾌감을 획득하는 과정이다. '사냥'이라는 폭력의 내부에는 비정상적인 쾌락이 숨겨져 있다. 그래서 제일 허약해 보이는 소년을 앞세워서 시비를 걸고 집단적으로 상대방을 제압하는 과정에서 "거의 발작을 일으킬 정도의 흥분과 희열"을 느낀다. 그리고 집에 돌아와 "꿀보다 달디단 잠 속으로" 빠져들 수 있었다. 폭력 행위를 자행할 당시는 물론이고 그 다음의 시간에도 반성적 성찰이 개입할 여지가 없는 것이다.

따지고 보면 이것이 전쟁의 본질이 아니고 무엇이겠는가. 이러한 폭력이 거꾸로 피해 당사자에게 가해질 때 피해자가 느끼는 참담함은 말로 표현할 수가 없다. 직장생활에서 무능력자로 낙인찍혀 여러 사람들에게 따돌림을 당하고 전출을 하게 되거나 사표를 쓰는 상황이 이동하의 소설에 자주 등장하는데, 이 때 피해 당사자는 사냥감으로 지목된 것이고, 몰매를 얻어맞아 다시는 재기할 수 없을 정도로 파괴되는 것이다. 몰매를 가할 때 느끼는 흥분과 희열이 억울함과 낙담의 감정으로 뒤바뀐 상황이 연출된다.

이동하는 이렇게 폭력의 본질에 집착하면서도 폭력의 원인을 이데올로기 차원에서 분석해서 소설을 관념적 성찰의 수단으로 정착시키지 않는다. 이것이 그가 속한 세대의 다른 작가와 구별되는 이동하의 작가적 개성이다. 이 세대의 작가들이 전쟁을 이야기하면서 의식적으로 관념화의 조작을 가하는 것과 대조적으로 이동하는 이념적 의식화를 가급적 배제하고 폭력의 감성적 측면을 체험 그 자체로 형상화하려고 한다. 그의 소설에는 지식인들끼리 나누는 지적 요설, 관념의 황당무계성, 이념을 과장적으로 떠벌이는 데 필요한 허황한 제스처 등이 철저하게 배제된다. 어떤 면에서

는 너무 의도적으로 비지성적인 경향으로 치닫는 것이 아닐까라는 느낌이
들 정도로 그의 소설의 언어는 감성적이다.

그렇다고 감성적인 소설이 대개 그렇듯이 그의 소설이 감수성에만 의존
하는가 하면 그런 것도 아니다. 이동하라는 작가는 감수성만을 온전히 드
러내기 위해서 작품을 쓴 적이 없는 소설가이다.

작가 자신의 목포대학 교수 체험이 잘 나타난 「삼학도」에서 독자들은
무엇인가 달콤한 연애 감정 같은 것을 기대할 것이다. 그림을 그리는 여인
과 야간열차 속에서 만나 대화를 나누고 종착역 목포에서 헤어진 뒤, 유달
산 정상에서 다시 만난다. 줄거리가 이렇게 전개되면 으레 '나'와 '그녀'의
연애과정이 소개되는 것이 보통인데, 작가는 그러한 상투적 공식에 눈길
한번 주지 않는다. 그녀가 유달산에 나타나 '나'를 만난 소설적 이유는 삼
학도라는 것이 옛날에는 섬이었는데 개발로 인해 철저히 파괴되었다는 것
과 목포가 개항 이래 아무런 발전을 못해 피폐한 도시가 되었다는 것을 설
명하기 위해서이다. '나'는 '그녀'와 함께 '목포의 눈물'이 실린 노래비를
보면서 다음과 같은 생각을 도출한다.

왜 하필이면 '눈물'인가? 문득 자문했던 나는 곧 해답을 찾아냈
다. 눈물은 바로 살아있는 보석이며, 그것은 또 꿈과 사랑의 열매라
고 아랫단에 적혀 있었다. 덧없는 유행가마저 견고한 대리석 위에
이처럼 단단히 새겨두고자 하는 마음은 어떤 것일까를, 고개를 떨군
채 나는 잠시 생각했다.

「삼학도」라는 작품의 요체는 이 대목에 있다. 나와 그녀와의 연애에 관
심을 가진 독자들이 그 요체를 이해하는 데 얼마간의 시간이 필요하다. 작
가는 유달산에서 나와 그녀를 만나게 한 뒤, 그 두 사람이 어떻게 헤어졌는
지, 언제 다시 만나기로 했는지, 아무런 암시도 주지 않은 채 삼학도에서

남자들과 술을 마시는 장면으로 소설을 끝맺는다. 이런 제재와 줄거리의 작품을 김승옥이 썼다면 「무진기행」의 예에서 보듯, 감수성이 넘치는 언어의 교직물로 만들었을 것이다. 그리고 이것을 최인호가 썼다면 그녀를 그렇게 갑자기 소설의 전면에서 사라지게 만들지 않았을 것이다. 이동하의 소설을 대충 읽어보아도 금방 알겠지만 그의 소설에서 여자가 차지하는 비중은 극히 미미하다. 마찬가지로 그의 소설에서 아름다움으로 치장한 묘사 장면은 거의 찾을 수 없다. 그렇다면 이동하 소설의 특성은 자명하다. 감성에 의존하면서도 미화된 감각과 감수성을 배제하고 체험 그 자체를 건조한 상태로 그대로 드러나게 하는 것, 체험의 골격을 보여주는 것에 그의 소설의 무게 중심이 놓여 있는 것이다.

이 점에 대해서 작가 자신도 얼마간 회의를 느끼는 듯하다. 그러나 작가 자신이 오랜 기간 동안에 이룩한 특정 소통상황은 일시적인 충동이나 경제적 욕구에 의해서 마음대로 바꿀 수 없다. 여기서 특정 소통상황이란 작가가 특정한 서술방식을 사용하여 자신의 독자에게 하나의 사건을 상징적으로 변형된 의미 전체로 인식할 수 있게 하는 상황을 말한다. 이동하의 특정 소통상황의 특질이 체험의 골격을 그대로 유지하는 것에 있다면 이것을 하루아침에 다른 것으로 바꿀 수 없다. 그럼에도 불구하고 자신의 소통상황을 바꿔볼까 망설이고 있는 대목을 발견하는 것은 자못 흥미롭다. 최근작 「춘화도를 위하여」에 그런 장면이 나타난다.

진짜 예술을 하겠다고 돈은 거들떠보지 않던 '나'의 친구 화가 정욱이 '나'의 보스의 부탁을 받고 그림을 그렸는데, 보스의 마음에 안 들어 계약금까지 토해벌 위기에 처하자 정욱은 희한한 그림을 제작한다. "드넓은 화폭 가득히 누릇누릇한 보리밭이 펼쳐져"있고 그림 한구석에 "나신의 두 여자와 한 사내가 한 덩어리로 얼크러진 채 몰아의 상태에 빠져 있는 모습이 지극히 사실적인 터치로 소묘돼"있는 그림이 그것이다. 이 그림을 나의 보스는 안방에 걸어놓고 그 그림을 감상할 기회를 제공받는 일을 '은밀한 사이'임을 확인하는 의식으로 삼는다. 나의 보스는 정욱에게 그런 유의 작품을 더 그릴 것을 원하지만 그는 거기에 응하지 않는다. 그런 일이 있은 후 '나'와 정욱, 그리고 또 다른 절친한 친구 남기주는 술 마실 때마다 "정욱 화백의 춘화도를 위하여 건배!"라고 외치지만 그 뒷맛은 몹시 쓰다는 것이다. "아예 붓을 내던지기보다는 또 다른 춘화도를 그려내는 편이 어떨까 싶은 갈등이 내 안에 있기 때문인지" 몰라서이다.

소설이 지니고 있는 구매력으로 소설의 질을 평가하려는 문학 시장적 조건 속에서 작품을 생산하면서 소설 춘화도를 그리고 싶은 충동을 느끼지 못한다면 한참 둔감한 작가일 것이다. 그러나 이동하는 지금까지 보아 온 것처럼 독자나 문학 상인들의 안이한 기대를 만족시키기를 거부하는 작품 생산노동자이다. 우리가 그의 작품에 주목하는 까닭도 그러한 주체성과 자율성 때문이다.

2.

이동하의 소설은 데뷔 이래 지금까지 연속성을 유지하면서 전개되어 왔다. 사회 상황의 변화에 민감한 작가들이 시대 분위기가 바뀔 때마다 재빠르게 변신하여 어제의 진실을 오늘은 거짓이라고 외치고 있는 형편에 비춘다면 이동하는 그런 상황에 둔감한 작가에 속한다. 또한 문학적 성취동기가 유달리 뛰어난 작가들이 스스로 창작생활을 구획하여 몇 년까지는 백제 탐구기, 어느 때까지는 영원 탐색기 등으로 구분하는 것과 비교하면 이동하의 창작 활동기는 그저 밋밋할 뿐이다. 이런 작가들의 영악성에 가장 장 넘어가는 부류가 이 글을 쓰고 있는 나 같은 평론가들이다. 작가의 창작활동기간을 이론적 조작에 의해서 잘라 보아야 하겠는데, 작가 스스로 그 기간을 구분해 주는 것을 고맙게 여기지 않을 평론가가 몇이나 되겠는가? 그런데 유감스럽게도 이동하라는 작가는 그러한 친절을 거부한다. 그저 한결같은 태도로 자신이 쓰고 싶은 것을 솔직하게 털어놓는다.

이런 작가가 현업 작가로 성공한 이유가 무엇일까, 계산속이 빠른 문학 상인들은 이런 생각조차 할 수 있을 정도다. 데뷔에서부터 몇 년간 무섭게 반짝이는 작품들을 쏟아내다가 그 이후에는 그때의 명망에 힘입어 과거를 추억하는 폐업 작가, 잊을 만하면 가끔씩 작품을 산출해서 쉬고 있었던 것이 아니라는 점을 내세우는 상습 휴업 작가, 언젠가는 대작을 완성시키겠다는 의지를 불태우는 위장폐업 작가 등의 작가들 틈에서 꾸준히 작품생산에 전력하는 현업작가의 존재는 더욱 빛난다.

이동하가 현업작가로서 꾸준히 그 면모를 지속할 수 있는 것은 작가적 성실성에 기반을 둔 한결같은 태도 때문이다. 잔꾀를 부리지 않고, 독자를 위압하지 않으며, 무엇인가를 가르치려고 거만을 떨지 않는 그의 태도가 소설 속에 여실히 나타난다. 그런 작품의 하나가 「과천에는 새가 많다」이다. 이 작품을 살핌으로써 그의 최근 소설의 경향을 알아볼 수 있을 것이다.

이 작품에는 허구적 사건이라고 할 만한 사건이 없다. 어느 겨울 아침 산책길에서 "두 손을 합친 것 만한 중량의 까치 한 마리가" 언 땅에서 죽어 있는 것을 발견하는 장면에서 이 소설은 출발한다. 이 작은 주검을 무심히 지나쳤다가 문득 되돌아서서 자세히 살펴보는 장면이 다음과 같이 묘사되어 있다.

나는 그 앞에 웅크리고 앉았다. 그리고는 얼굴을 바짝 가까이 들이대고 그 작은 주검을 꼼꼼히 들여다보았다. 사인이 무언지는 알 길이 없으나 죽은 지는 이미 여러 날째임이 분명하였다. 날갯죽지며 길쭘한 꼬리가 흡사 마른 검불뭉치 같고, 잿빛의 다리는 삭정이처럼 먼지를 내며 쉽게 부러질 듯싶었다. 어쩐지 망연한 느낌을 주었다.

눈부신 비상 따위는 상상조차 할 수 없었다. 그 작고 초라한 육괴 어디에도, 한때나마 약동하는 생명이 머물다 간 흔적을 찾기가 어려웠다. ㄱ자로 꺾어진 채 딱딱하게 굳어버린 모가지를 펴주고 모잽이로 나동그라진 몸통을 바로하다 말고 나는 또 한 번 찔림을 당하듯 놀랐다. 거기, 한 덩어리를 이루고 달라붙어 있는, 불그스름한 개미떼를 비로소 발견한 것이었다. 저 미물의, 소문난 근면성으로 하여 까치의 몸뚱아리는 이미 거덜 난 상태였다. 속이 거의 횡하니 비어 있는 것이었다. 일단 흩어졌던 개미들이 다시 죄 모여들었다. 금방이었다. 노다지를 캐내는 광부들처럼, 그 바지런한 곤충들은 또다시 까치의 주검을 헐어내기 시작하였다. 저마다 아주 조금씩, 그러나 맹렬한 기세로…….

인용문에서 '나'는 웅크리고 앉아 얼굴을 바짝 들이대고 그 작은 주검을 '꼼꼼히' 들여다본다. 즉 사물을 응시하는 것이다. 사물을 그냥 지나쳐 보는 것이 아니라 사물의 본성 속으로 들어가기 위해서 애를 쓰면서 그 본질을 투시하려고 한다. 이 별것 아닌 듯한 '나'의 행동에 이동하 소설의 비밀이 숨어 있다. 이동하 소설의 문맥은 이러한 응시의 집중력으로 가득 차 있는 것이다. 작중인물의 이러한 응시와 비교되는 것이 플로베르의 회상록에 나오는 다음과 같은 대목이다.

시립병원의 해부실은 정원으로 향해 있었습니다. 몇 번이나 나는 누이동생과 함께 철망 위로 기어 올라가, 포도넝쿨 사이에 매달려, 나란히 진열되어 있는 시체들을 바라보았는지 모릅니다. 햇볕이 그 시체 위에 내리 붓고 있었습니다. 우리들의 머리와 꽃 위를 날아다니고 있던 파리 떼가 시체 위로 날아가서 앉았다가는 다시 날아와서 윙윙 소리를 내고 있었습니다.

　꽃과 시체 사이를 날아다니는 파리 떼의 움직임을 응시하는 소년 플로베르의 민감한 모습과 날카로운 시선이 선명하게 부각되어 있는 글월이다. 한 플로베르 해설가에 의하면 이 문맥에 플로베르의 전 작품이 요약되어 있다고 보아도 무방하다고 한다. 그의 생활, 재능, 작품에는 언제나 이 시립병원 장면의 각인이 선연하게 찍혀 있기 때문이라는 것이다. '인간의 자연 상태'를 투시하는 예리한 파리의 시선이 플로베르의 전 작품에 번득인다는 설명이다.

　플로베르의 시선이 루앙 시립병원의 시체와 파리에 머물렀다면 이동하의 시선은 과천 산책로의 까치의 주검과 개미에 두어져 있다. 이 차이는 무엇인가? 그 점에 대해 구구하게 설명할 의욕을 느끼지 못한다. 왜냐하면 플로베르는 플로베르고 이동하는 이동하이기 때문이다. 섣부른 비교문학적 지식으로 플로베르는 대단한데 이동하는 신통치 못하다는 식의 이론에 신물이 났기 때문이다.

　어쨌든 '나'의 시선은 까치와 개미에 모아져 있다. 플로베르의 경우와 다른 것은 플로베르가 머리와 꽃 위에 날던 파리가 시체 위로 날아 앉는 것을 바라보는 것에 대해, '나'는 까치의 주검을 세밀하게 관찰한 뒤, 주검의 모가지를 펴주고 몸통을 바로 잡아주다가 개미를 발견한다. 또 하나 다른 것은 플로베르가 파리의 시선을 통해 인간 세상이란 본래 악으로 가득 찬 것이며 악은 도처에 편재해 있다는 점을 읽어낸 것에 대해, '나'는 까치의 죽음은 당사자에게는 어쨌든 개미에게는 행운이었다는 행운의 상대성을 간파해 낸 점이다. 이 별것도 아닌 생활의 진리를 음미하기 위해서 작중에서 소설가로 나오는 '내'가 웅크리고 있었다면, 일종의 시간낭비일 것이다. 대학교수까지 겸업하고 있는 작가가 까치의 주검을 장사지내기 위해서 꽃삽을 들고 나와 파묻어 주는 행동을 하는 것은 또 어떻게 이해해야 할까? 할 일도 되게 없는 사람이구나라는 비아냥거림이 나올 수 있는 대목이다.

바로 이 대목에 체험의 골격을 소설의 뼈대로 삼는 이동하 소설의 원리가 내재되어 있다. 행운의 상대성은 이론적으로 얼마든지 설명할 수 있지만, 이론만으로는 부족하고 그것이 체험으로 육화되어서 '나'의 깨달음이 되어야만 진정한 가치를 획득할 수 있다는 인식이 까치와 개미를 바라보는 시선에 담겨 있다.

우리가 여기서 주의할 것은 그러한 진리를 전달하는 작가의 방법이다. 「과천에는 새가 많다」는 작가의 체험을 사소설 형식으로 담담하게 펼쳐나간 작품이라서, 그 안에 수필적 요소가 상당히 많이 내포되어 있다. 소설에 수필적 요소가 개입될 때 대개 누구에게 무엇인가를 가르치려는 태도가 드러나게 마련인데, 이 작품에는 전혀 그러한 태도가 나타나지 않는다. 심지어 까치가 죽었는데 개미는 좋아한다는 우화적 진실조차 강조하지 않는다. '나는 그렇게 생각한다'라는 한정어를 내세워 남들에게 '나'의 생각을 강제로 수용시키지 않고, '나'의 경우로 생각을 국한시킨다. 이러한 서술적 겸손이 강압적 명령보다 더 큰 힘을 발휘하는 것이 근대문학의 본질이다. 이동하는 철저하게 이 본질에서 벗어나지 않는다.

수필이라는 장르는 수필가 여러분에게는 미안한 말씀이지만 여유 있는 사람들이 느긋한 마음으로 사물을 관찰하고 '나는 이렇게 고고한 생활의 경지와 사색의 고도에 도달했다'는 것을 은근히 뽐내는 데 적합한 형식이다. 그래서 누군가가 수필은 학이고 청자연적이라고 말하지 않았던가. 차를 마실 때는 조금씩 음미하며 마셔야 하고 푸른 하늘을 바라볼 때는 눈을 지그시 감았다가 뜨고 보는 것이 유익하다는 잡설을 제기하는 것이 수필이다.

이러한 수필의 부정적 속성이 수필적 요소가 내포되어 있는 이 작품에서는 거의 나타나지 않는다. 이 작품의 주인공인 '나'는 그렇게 여유 있는 사람도 아니고, 사물을 느긋하게 바라보지도 못하며, 사색의 고도나 생활의 경지도 그리 고고하지 못하다. 학이나 청자연적 같은 고상한 것들을 운운하지 않고 대신 죽은 까치와 '관악산의 늙은 등가죽'에 대해서 이야기한다. 섬세함이 지나친 부분도 있지만 그 속에서 사물을 인식하는 체험의 힘을 발견하는 일은 경이롭기까지 한다.

3.

작가는 「김 씨에 관한 추측」(1988)에 대한 '작가의 말'에서 이런 이야기를 하고 있다.

> 무릇 인간존재란 근원적인 허무를 빨아들이지 않고는 도무지 설 자리가 없듯이 오늘 우리의 삶이란 것도 결국 그런 것이 아닐까하고 생각해 본다. 말하자면 불완전성을 전제하는 것이다. 그렇다고 체념이나 순응주의 쪽에 서자는 뜻은 아니다. 보다 근원적인 자리에서 우리의 삶을 봄으로써 들뜬 목소리들을 순화했으면 싶은 바람에서다. 그 같은 자세는 또, 어떤 자리에서도 우리의 삶을 의미 있고 견딜 만한 것으로 서게 해주리라는 생각이다.

결론부터 이야기한다면 나는 작가의 이런 생각에 동의하지 않는다. '근원적인 허무'라는 일종의 종교적 비의 같은 개념에 동의할 수 없을뿐더러, '보다 근원적인 자리' 같은 추상적인 개념을 수용할 수 없기 때문이다. 이동하 같은 현업 작가가 짐짓 뒷방 노인네와 같은 말을 하는 것이 아닌가 하는 의문이 들기도 한다. 그러나 선뜻 동의는 못하면서도 왜 이런 발언을 하는가하는 이유는 알 것 같다. "우리의 삶을 의미 있고 견딜만한 것으로 서게" 하려면 들뜬 목소리 못지않게 가라앉은 목소리가 중요하다는 사실, 삶의 완전성보다 불완전성에서 삶의 가치를 발견할 수 있다는 사실 등을 강조하기 위해서, 또한 그런 사실을 강조하면서도 남에게 그것을 알아달라고 강요하지 않는 그런 자세로 이 말을 하게 된 것이라고 이해한다. 국가와 민족을 신의 자리로 격상시키고 유물론적 인식을 과학적 교리로 전환시키고 있는 시대에서 이러한 목소리는 잘 들리지 않는다. 그러나 그 의견을 주장을 할 수 있는 사람이 이러한 이야기를 할 때에는 그 견해에 동의하지 않는다고 해도 들어야 될 의무가 있다고 나는 생각한다.

'일상의 그늘'에 가려 우리가 미처 깨닫지 못하고 있는 진실을 진실의 곁에서부터 찬찬히 살펴 그 내부까지 투시하고, 거기서 얻은 결과를 내밀하게 우리에게 제시하는 이동하의 소설에서 우리는 겉으로는 조용하지만 안에서 세차게 박동하는 진실과 감동의 자연스러운 흐름을 뚜렷하게 감지할 수 있다.

6. 미셀러니, 이동하론

1. '동하' 다방 점주, 이용 선생

이 글은 소설가이자 대학교수이시며 '동하' 다방 점주이신, 이동하 선생의 작품세계를 창작집 『문 앞에서』를 중심으로 그의 생활세계와 대비시켜 그 이모저모를 두서없이 살펴보려는 미셀러니류의 글이다. 본격적인 비평을 전개하지 않고 왜 이런 종류의 글을 쓰려고 하는가?

그와 나는 같은 대학 같은 과에서 같이 선생 노릇을 하는 직장 동료이고, 같이 분당에 거주하는 동네 사람이다. 연배로 보나 문단 진출로 보나 나보다 훨씬 윗길에 계시지만, 아주 자주 얼굴을 대하는 처지로서 그의 문학세계에 대한 본격적인 평론을 전개하기에는 쑥스러움이 존재한다. 그래서 그와 접하면서 보고 느낀 것과 소설에서 얻는 그것을 대비하려고 하는데, 이런 시도에는 굉장한 위험이 따른다. 만약 이 글을 잘못 써서 그의 마음이라도 상하게 되면, 선생이 끓여주는 차는 더 이상 마실 수가 없을 뿐더러 그가 운영하는 고급 사교장, '동하' 다방의 출입이 제한되는 수가 있다. 그것은 직장에서 떨려나가는 것 이상으로 괴로운 일이다.

　작가 이동하는 학교에서는 이용 교수로 불린다. 목포대학에서 중앙대학교로 옮겨왔을 때, 행정의 편의를 내세우는 학교 당국의 쓸데없는 고집에 눌려 그의 본명인 이용이 이동하라는 필명을 젖히고 학교생활의 전면에 부상되었던 것이다. 그는 이 사실을 받아들이기 싫어 몇 차례 소극적인 저항을 시도했지만 끝내 수포로 돌아가, 학생들이나 교수가 '이용' 교수라고 호칭하는 것에 아직도 거부감을 느끼고 있다. 그 거부감의 배면에는 전두환 정권의 민심 무마용 행사였던 88년도 '국풍'이 배출한 '잊혀진 계절'의 가수 이용을 떠올리게 되는 이름이라는 점, 무엇인가를 어디에 '이용'하는 교수로 오인하지 않을까라는 염려, 필명에 익숙해진 세월에서 오는 본명에 대한 낯섦 등이 존재해서, 그 사정을 모르는 학생이 '이용 교수님'이라고 호칭하면 이맛살을 아주 극미하게 찌푸리는 모습을 몇 차례 슬쩍 지켜보았다. 그런 사정을 아는 나는 절대로 이용 선생이라고 부르지 않는다. 본명으로 불리면서 살아온 어둡고 음산한 과거에 대한 작가 자신의 쓰린 기억이 필명으로 호칭되기를 선호하는 것에 작용하는 것일까? 그런 생각이 들어서이다.

　　그는 전후戰後 사회인, 저 50년대의 궁핍 속에서 생을 출발한 사람이었다. 그 어두운 시기를 지나온 사람이라면 예외 없이 쓰라린 기억들을 한두 가지쯤 간직하고 있을 테지만 그의 경우엔 그것이 유독 깊은 상흔으로 남아 있는 듯싶었다. 어언 40대, 불혹의 나이로 접어든 지금도 그는 종종 그 시절의 삶을 되작되작해보며 종이 위에다 무언가를 골똘히 끄적거리곤 했던 것이다. 헐벗음·굶주림·죽음·헤어짐……그것은 결국 뼈저린 가난의 기억들이었다. 누가 그보다 가난을 잘 안다고 하랴.

─「지붕 위의 산책」,『문 앞에서』, 18쪽.

"누가 그보다 가난을 잘 안다고 하랴"라는 말의 비장감이 서려 있는 것이 그의 중요한 작품세계이다. 『장난감 도시』 같은 작품에는 가난에 정통한 작가가 빚어내는 비장미가 흘러넘친다.

그러나 생활세계의 그는 가난을 잘 알기 때문인지 사치도 잘 알고 있다. 특히 그의 끽다喫茶취미는 자못 사치스러운 바가 있다. 이름도 열거하기 힘든 수많은 종류의 녹차가 그의 시음 절차를 거쳐 적절하게 품평이 되고, 아무 물이나 끓이기만 하면 찻물이 되는 걸로 아는 우리를 위해서 일부러 약수 물을 길어오고, 차 그릇 데우는 절차에 물 붓는 순서에 차 마시는 요령, 차 그릇 설거지 방법에 이르기까지 그 하나하나에 법도가 있다는 것을 선생을 통해 비로소 알았다. 아는 순간 잊어버리는 순발력 덕택에 차 끓이는 번거로운 일은 그의 전업이 되었고, 그의 연구실은 학과 교수의 회의장이자 사교장이 되었다. '동하' 다방은 이렇게 개업된 것이라서 점주이자 마담인 그의 수고에 대해서 아무도 치하하는 사람이 없다. 그것은 그의 단아하고도 정확한 문장에 대해 그것은 너무나 자연스러운 그의 소설의 특징이라서 특별히 칭송하지 않는 것과 같다.

그가 누리는 사치는 그러나 특별하게 요란스러운 것은 아니다. 커피의 경우, '동하' 다방 커피는 인스턴트 가루 커피이고 찻잔도 투박하기 짝이 없는 것에 설렁설렁 끓는 물을 부은 것이지, 원두를 갈아서 특수기기에 끓이는 고급 커피가 아닌 조금 신경 쓴 자판기 커피이다. 그 커피가 아닌 녹차에 다방 점주께서 캐비닛에 넣어둔 '발렌타인 17년' 양주를 한두 방울 떨어뜨려 마시는 것을 여러 번 목격한 바 있는데, 빤히 쳐다보아도 줄 생각을 안 해서 아직까지 못 얻어 마시고 있다. 유별나게 화려한 문장이 아니면서도 세월의 향취를 간직한 문장이 그런 취향에서 나오는 것이 아닌지 짐작하면서도, 이건 줄 수 없다는 배타적 향유에 언젠가는 항의하고 싶은 생각이다. 끝까지 안 주면 '동하' 다방이 아닌 '영태' 다방이라도 차릴 수밖에.

2. 문 밖에서, 문 앞에서, 문 안에서

창작집 『문 앞에서』에 실린 작품들을 일별하면 아내와 남편이라는 부부가 가장 중요한 등장인물이라는 것을 알 수 있다. 실직 위기에 처한 남편도 있고, 남편의 이혼 요구에 당황해하는 아내도 존재하지만, 대체로 본 이 작품집의 부부상은 일상의 세세한 부분까지 낱낱이 이야기하는 풍부한 대화거리를 공유하고 있는 정다운 부부이다. 요란스러운 부부싸움은 이혼 위기의 부부에게서조차 발견할 수 없다.

이 천연기념물 같은 부부가 존재하는 것은 작가 개인의 부부생활의 반영일 것이다. 약수터에도, 산에도 같이 가는 이 살뜰한 부부에게 갈등이란 존재하지 않는 것일까? 나는 이 집에 대해서 충격적인 증언을 하고자 한다.

비가 부슬부슬 내리는 어느 가을날 오후 4시쯤, 나는 작가에게 날씨도 궂은데 제 차로 일찍 귀가하는 게 어떠냐고 권유한 바 있다. 그때 작가는 짐짓 이렇게 말했다. "집 사람이 나하고 하도 붙어 있어서 지겹다고 해서 퇴근 버스를 탈 예정입니다." 말을 하면서 지은 약간은 쓸쓸해하는 웃음기 어린 표정을 간취한 순간, 나는 깨달았다. 무갈등의 부부생활이란 가능하지 않다는 것을.

그래서 작가는 소설이라는 허구의 힘을 빌려 이혼을 결심하고 온 가족이 모인 자리에서 이렇게 선언한다.

> 죄송합니다. 먼저 부모님께 면목이 없구먼요. 못난 놈을 용서해주십시오. 그리고, 또 동생들과 애들 앞에 부끄럽기도 합니다. 너희들한테는 그저 이해만 바라겠다……긴 말 할 건 없구요. 제 결심만 밝혀두겠습니다. 어떤 경우를 당하더라도 할 수 없습니다. 다 각오하고 있습니다. 그러니, 말릴 생각일랑 마십시오. 그뿐입니다……
>
> —「낯선 바다」, 위의 책, 43쪽.

이런 말을 하는 뻔뻔한 남편에 대해서 아내는 자기주장이 진실이라는 확신에 찬 태도에 감동을 받는다. 매사에 소극적이고 순응주의적인 그에게서 진작 저런 모습을 찾아내었어야 옳았다고 아프게 자성까지 한다. 게다가 그의 딸은 다른 여자를 사랑한다면 아빠가 그럴 수도 있다고 강변하고, 아내는 가출하는 남편의 가방까지 싸준다.

세상에, 아내라는 족속의 일원을 이렇게까지 미화하다니, 나는 현실 속의 아내를 대하는 작가의 간특한 예지에 두려움을 느낀다. 만약, 만약에 내가 이혼을 요구하면 이렇게 대처해줘, 그리고 내 딸도 나를 이해해야 돼. 작가는 이런 주장을 멋지게 펼치고 있는 것이다. 만일 내가 이런 소설을 썼다면 그 순간부터 마누라에게 닦달을 당했을 것이다. 결국 나는 쫓겨나서 연구실에 야전침대를 놓고 자야 하는, 생각도 하기 싫은 장면이 데자뷰처럼 떠오른다.

그러나 한편으로는 순전한 허구를 소설의 뼈대로 삼기 싫어하는 작가가 오죽하면 이런 소설을 썼을까 라는 측은한 생각도 든다. 생활인으로서 이동하 선생은 다시 태어난다면 모를까, 이혼을 그렇게 당당하게 요구하지 못할 테니까.

작가 이동하는 자신의 체험에서 우러나오거나 그 자신의 체험이 능히 삭일 수 있는 체험을 허구보다는 진실 쪽에 가까운 세계로 형상화하는 작가이다. 그렇다고 해서 가족 이야기만 집중적으로 하는 작가는 아니다. 『문 앞에서』에 실린 작품 중 이장移葬을 주제로 한 「젖은 옷을 말리다」같은 작품은 그의 가족사적 사실에 바탕을 두었지만, 가족사 그 자체를 강조하지 않는다. 「엇길」에서 이동하 선생의 아들 이름인 '한'이 나와서 긴장을 했지만 아들 세대가 아닌 작가 세대를 다루고 있다. 아들, 딸에 관한 이야기는 배제하는 개인적 묵약이 그의 작품집에서 확인된다.

아들, 딸 이야기가 나와서 덧붙이자면, 그 집 자식들은 요즘 보기 드문 희한한 젊은이들이다. 대학까지 졸업한 장성한 청년들이 부모들과 함께 여행을 간다는 것이다. 거제도, 설악산, 지리산, 동해안 등 남한 천지를 가족 전체가 헤집고 다녔다는 것은 가족 간의 유대가 유달리 단단하고 화기애애한 집안이라는 점을 감안하더라도 희한한 일이 아닐 수 없다. 그 나이가 되면 부모가 아무리 강권해도 말을 듣지 않는 것이 보통이거늘, 이 무슨 전근대적인 가족 풍토란 말인가.

'문 안', 그러니까 단란한 핵가족의 생활공간의 테두리 바로 바깥에 '문 앞'의 세계가 놓여 있다.「문 앞에서」라는 작품은 과거에는 '문 안'에서 같이 살았지만 지금은 그 '문 안'에서 살지 않고 모처럼 그 집을 방문하는 아버지에 대한 이야기이다. 이 작품에서 주목할 것은 문 안으로 들어가는 중요 도구인 아파트 열쇠를 아내와 두 자녀는 가지고 있어도 가장인 나는 가지고 있지 않다는 사실이다. '나'는 문 밖에서 아버지를 만나 열쇠가 없어 문 앞에서 서성이면서, "나의 가정이란 생각은 어쩌면 착각일지도 모른다."라고 생각한다.

"그들의 가정이라고 해야 마땅하다. 그러고 보니 자신은 늘 잠긴 문 밖에서 서성거리고 있었다는 느낌이 들었다. 아버지의 집을 떠나온 이래 지금 이 후줄근한 나이에 이르도록 말이다……."

이 작품의 나처럼 한국의 가장들은 문 밖에서 서성이면서 아내와 자식, 형제와 부모의 가정을 확보하지 않았는가. '나'의 가정을 마련하기 위해서 고생하던 나의 아버지는 후줄근한 나이를 지나 완전히 시든 나이가 되어서도 나와 함께 문 밖에서 서성거리지 않는가. 가족의 가정을 지키기 위해서 자신을 희생하는 이 작품의 '나'와, 가족의 가정은 일단 제쳐놓고 혼자서 또는 친구들과 함께 강으로, 호수로, 바다로 '문'따위는 의식도 않고 저 멀리서 떠돌기를 즐기는 이 글을 쓰는 '나'는 너무나 대조적이다. 이런 사람에게 이 작품은 뭉클한 자성의식을 던진다. 문에서 멀리 떨어져 있지 말라, 항상 가정을 생각하라. 이 생각을 차 끓이는 방법 잊듯이 쉽게 잊어서는 안 되는데…….

이들 부자는 몇 차례나 문 안으로 들어가려고 시도하지만 나의 아내가 귀가하지 않아 진입에 실패한다. 이럴 때 보통 사람이라면 죄 없는 아내를 욕하면서 속을 있는 대로 끓이고 내심 욕설도 퍼부을 터인데, 워낙 아내에게 주눅 든 나(작가 자신인 듯, 아닌 듯)는 놀라울 정도의 인내심을 발휘할 뿐더러 그렇게 아내가 늦게 들어오는 것도 정황으로 보아 아내의 특권이라고 단정한다. 참으로 놀라운 일이다.

아내가 원래 악독해서 그랬을까. 아니다. 악독하다는 증거는 어디에서도 찾을 수 없고 어질다는 증거는 찾을 수 있다. 그렇다면 아내에게 지레 눌려 살려고 결심했기 때문일까. 그것도 아니다. '나'의 천성이 착하기 때문이다. 타고난 품성이 가난을 이겨내고, 조급증을 참아내고, 어려움을 극복하는 지혜를 산출하기 때문이다. 그 착함은 아버지에게 물려받은 것으로 여겨지는 것이 아버지는 그 기다림에 결코 짜증을 내지 않고 착한 어린 이처럼 아파트 앞 벤치에서 잠이 들었다는 사실로 보아서 알 수 있다.

놀이터로 되돌아와 보니 노인은 다시 잠들어 있었다. 이번에는 벤치 위에 모잽이로 드러누운 채였다. 옹색한 자리가 잔뜩 움츠린 자세여서 노인의 몸뚱이가 더 작고 잔약하게 느껴졌다. 머리맡에 모자와 안경이 얌전하게 놓여 있었다. 그는 그것을 집어 들고는 그 자리에 앉았다. 고개를 젖히고 밤하늘을 쳐다보았다. 하현달이 떠올라 있었다. 오늘이 며칠이던가? 잠시 더듬어보았지만 얼른 생각이 나지 않았다. 다시 고개를 꺾고 노인을 내려다보았다. 깊은 잠에 떨어진 듯싶었다. 멀고 먼 길을 훌쩍 떠나버린 것처럼 몹시 적막한 느낌이었다.

이 처연하면서 아름다운 문장에서 아버지의 죽음을 생각하는 작중 화자의 느낌을 간파할 수 있다. 자꾸 잠이 드는 아버지, 그는 옹색한 자리에서 모잽이로 드러누워 잠을 잔다. 그의 인생을 이지러진 달로 표상하듯 하현달이 떠 있는 하늘 아래에서 나는 멀고 먼 길을 떠나버린 적막감에 사로잡힌다. 아버지를 곧 상실할지 모른다는 서글픔이 짙게 깔려 있다. 아버지라는 말 대신에 노인이라는 용어를 써서 그의 존재를 객관화하지만 피붙이의 감정은 문맥 사이를 맥맥이 흐르고 있다. 아버지의 운명은 곧 내가 되풀이해야 할 운명이 아니런가.

이런 해설조의 문장을 쓰면서 나는 잠자는 나를 지켜주었던 이동하 선생의 시선을 기억한다. 방배동 고기 집에서 소주를 마시고 선생의 차를 얻어 탄 것까지는 좋았는데, 그만 차 속에서 잠이 들고 말았다. 술에 취했다 깨는 것 보다 잠에 취했다 일어나는 것을 더 힘들어 하는 나는, 차에서 잠이 들어 일어나지 못했고, 선득선득한 새벽 기운에 추위를 느껴 일어나 보니, 선생이 걱정스러운 눈빛으로 이제 정신이 드느냐고 묻는 것이었다. 술 때문이 아니라 잠 때문이라고 변명을 하면서 생각해보니 선생은 나 때문에 잠도 한숨 못 자고 차에서 밤을 샌 것이다. 혼자 집에 들어 가 자면 차에서 무슨 일이 일어날지도 모른다는 염려 때문에 차에서 밤을 지새웠다는 것이다. 나는 다른 사람 잠자리를 지키는 키퍼 노릇은 해보지 않아서 잘 모르지만 실로 고단한 일일 터이다. 작가 이동하의 소설쓰기가 다른 사람 잠잘 때 자지 않고 그들의 인생행로에 대해서 생각하고 그것을 글로 옮기는 작업이 아닌지, 그때 미안하고 죄송했던 마음의 연장에서 멋있는 말 하나 골랐다는 차원에서 덧붙여 본다.

사실 학생들과 MT나 수학여행을 같이 가서 잠을 자게 되면 옆 사람의 잠버릇, 주고 코고는 소리 때문에 이 선생은 잠을 잘 못 잔다. 코파에 속하는 나와 신상웅 선생은 둘이 같이 자면서 아무런 불편을 못 느낀다고 이구동성으로 동의하는데 이 선생은 두 사람이 스테레오로 코를 골아서 못 잤다는 주장을 펼친다. 스테레오로 음악을 듣는다고 생각하면 될 게 아니냐고 반론을 제기해도 이 선생은 두 사람을 소음공해의 주범으로 몰아세운다.

　이런 선생 때문에 나 역시 잠을 못 잔 기억이 있다. 학생들과 MT를 가서 각각 떨어져서 학생들과 술을 마셨는데, 그런 일이 없던 이 선생이 대취해서 그만 뻗어버리신 공전절후空前絶後의 대사건이 발생한 것이다. 그날 밤에서 아침에 이르기까지 나는 이선생의 신음소리와 잠꼬대, '어머니'를 부르는 소리에 잠을 설치고 말았다. 그런 일이 있은 후 술을 조심하는 선생의 모습을 습관적으로 지켜보게 되었다는 전설이 학과에서 전해 내려오고 있다.

　그런 일을 통해서 나는 이 선생이 개신교회 집사님이긴 하지만 믿음은 그렇게 독실하지 않다는 나름대로의 판단을 갖게 되었다. 믿음이란 사람이 극한상황에 처했거나 무의식 상태에 빠졌을 때 그 독실성의 정도를 가늠할 수 있는데, 선생은 취해서 몸이 괴로운 상황에서 '주여'를 찾지 않고 연신 '어머니'를 찾았다. 이로써 선생의 신앙적 신실도를 알 수 있지 않느냐는 나의 지적에 대답할 가치를 느끼지 않는지 아직도 말이 없으시다. 나의 지적이 경박하기만 한 것이 아니라는 점은 「문 앞에서」에서 아버지의 장례를 상정하면서 전통식 장례를 싫어한다는 점을 노골적으로 밝히면서도 기독교식 장례 절차도 마뜩찮게 생각하는 대목에서도 확인된다.

　여기서 기독교를 믿으면서도 특정한 교리 쪽으로 작품을 몰고 가는 교훈적 어리석음을 범하지 않는 작가의 예지를 읽을 수 있다. 선생이라는 직업을 가진 소설가로서 소설을 통해 무언가를 가르치겠다는 생각을 그의 소설에서 애써 지우는 것은 쉬운 일이 아니다. 그의 소설에는 '알겠느냐'를 강조하는 메시지 대신 '이런 일이 있었다'라는 소설적 정보가 내재되어 있다.

3. 작가는 화가 났던가?

작가 이동하의 소설에는 영화적·음악적 체취가 묻어 있다. 어둡고 음울한 유년의 추억을 다룬 작품에는 전후 이탈리아의 네오리얼리즘의 모노크롬의 서정적 화면이 담겨 있고, 그의 출세작인 장편소설『우울한 귀향』에는 베리스모의 베르디나, 푸치니의 ≪라 보엠≫ 유의 오페라 분위기가 흐르고 있다.

그의 소설이 영화적이라는 것은 그가 영화를 광적으로 좋아했던 젊은 시절의 다음과 같은 전설과 관련이 있다.

때는 1960년대 초반의 어느 이른 봄날, 지금은 고수부지가 되어버린 한강 백사장에 낡았지만 그래도 깨끗한 복장의 20대 초반의 청년이 밤하늘의 별을 바라보며 생각에 잠겨 있다. "영화 한 편 보기 위해 이렇게까지 극성을 떨어야 하나, 그래, 그래야 하구말구, 한국 최초로 개봉되는 70밀리 영화, 이걸 누구보다도 먼저 보아야 해." 청년은 서서히 몸을 움츠리게 하는 추위를 잊기 위해서라도 생각을 더욱 골똘히 해야겠다고 마음먹는다. 그리고 주머니에 든 지폐 몇 장을 다시 확인해본다. 아까보다 더 차가워진 밤바람이 그의 몸을 더욱 굳게 만들지만 청년의 영화에 대한 열정은 하늘의 별처럼 초롱초롱 빛난다. 다음날 새벽, 청년은 흐르는 강물에 세수를 하고 버스 열 정거장도 넘는 거리를 걸어 퇴계로의 대한극장에서 70밀리 영화 ≪벤허≫를 감상한다. 뱃속은 비었지만 스펙터클 그 자체인 ≪벤허≫의 화면이 그의 머리를 꽉 채우고 있다.

그가 살고 있는 대구에는 대형 영화 상영관이 없어 없는 돈에 서울까지 와서 영화를 보고 내려가는 길이다. 그까짓 백사장의 노숙은 젊은 혈기로 얼마든지 견딜 수 있었지 않았는가. 그러나 추위를 유난히 많이 타는 그로서는 노숙은 일생일대의 모험이었다. 그가 앞으로 살아갈 세월을 두고 언제나 지긋지긋하게 생각할 추위와 굶주림을 무시할 만큼, 그는 영화에 미처 있었던 것이다.

청년 이동하는 이런 대단한 사람이었다. 이 혈기 방장한 청년은 영화산업에 뛰어들어 시나리오 작가나 감독이 되고 싶었지만 마땅한 통로가 없어 일단 단념하고, 친구는 만화 화면을 그리고 자신은 스토리 라인과 지문 및 대사를 담당하는 거의 한국 최초의 만화 스크립터가 된다. 그러다가 서라벌예대에 늦은 나이에 입학하고 1966년 「전쟁과 다람쥐」로 신춘문예 작가로 등단해서 오늘에 이른 것이다. 소설을 쓰기 시작한 이래 영화계 진출의 생각은 중단되었지만 그의 대학 학적부를 보면 학과의 통폐합에 따른 문제로 연극영화과를 졸업한 것으로 되어 있다.

작가는 이러한 나의 서술에 대해서 이쯤 정도에 이르러 화를 내고 있을지 모른다. 무얼 그렇게 미주알고주알 까발리느냐는 불만을 품을지 모른다. 그러나 작가론이란 작가의 전기를 완성시키는 작업이다. 평소에 별 관심 없이 들었던 선생의 일화를 나는 낱낱이 기억하고 이것을 언젠가는 써먹어야 한다고 벼르고 있었다. 작가 이동하는 비평하는 사람의 이 음험한 기획 의도를 모르고 자신의 기억의 편린들을 털어놓을 만큼 허술한 작가가 아니라고 나는 판단한다. 무언가 다른 의도가 있지 않았겠냐는 의견도 제출할 수 있는 국면이다.

앞서 그의 소설에는 오페라 분위기가 흐른다고 이야기했지만, 선생이 잘 부르는 노래는 오페라의 아리아가 아니라 '목포의 눈물' 같은 뽕짝 유행가이다. 그것도 겨우 들어줄 만한 불안한 음정과 박자로 아슬아슬 넘어가서 듣는 이에게 스릴을 느끼게 하는 창법으로 부른다. 전직 목포대학 교수라는 경력을 상기하면서 청중들은 지정곡으로 이 곡을 부를 것을 그에게 강요하곤 하지만 요즈음의 선생은 이젠 그 노래는 지겹다는 반응을 보인다. 그도 그럴 것이 목포를 떠나온 지 이미 오래되었고, 목포에 거주했다는 것이 초원호텔 뒤 '영란횟집'에서 가족과 함께 민어회를 먹는다든가 영암 독천에서 낙지 연포 국물을 마시는 추억 등의 재미를 제외하고는 썩 즐겁지만은 않았다는 것이 그의 작품에 투영되어 있기 때문이다.

그랬다. 목포가 나에게 심어준 최초의 낯선 이미지는 바람이었다. 이 도시에서 처음 맞은 봄 내내 나는 이 바람 때문에 도무지 정신을 가누기 어려웠다. 바람 없는 날은 거의 하루도 없었다. 오전 중에 없으면 오후에 있고, 오후에도 없으면 밤중에라도 부는 식으로, 기어이 그날 치를 치르고 나서야 잠잠해졌다. 풍향도 일정하지 않았다. 금방 동쪽에서 불었다가 그새 서쪽에서 불어오는 식이어서 사람의 혼을 숫제 빼놓게 마련이었다. 그야말로 미친년 널뛰듯 하는 바람이었다. 목포는 항구이며 또 풍항風港이던 것이다. 극성스러운 바람 속에서 나는 5월이 다 가도록 내의를 벗지 못하였고, 성긴 머리칼을 잡초처럼 흐트러뜨린 채 길을 가다 보면 그 머릿속 생각들조차도 소금기 눅눅한 해풍과 굵은 모래가 섞인 흙먼지를 잔뜩 들이켠 나머지 탁하고 몽롱해져버리게 마련이던 것이다.

―「물풍선 던지기」, 위의 책, 213쪽.

작가가 태어난 고장인 경산은 오래 전에 떠나 낯설고, 자라난 도시 대구는 너무 변해서 서먹서먹하고, 대학교수로 직장생활을 시작한 목포는 바람의 도시, 풍항이라서 낯설고, 작가는 이 모든 도시에서 낯설음을 느낀다. 그 낯선 도시 목포에서 아직도 숱은 웬만큼 있지만 머리카락 하나라도 소중하게 여기는 작가가, 흘러내리는 머리칼을 연신 쓸어 올리며 길을 걷는 모습은 나 같은 악동은 즐겁게 여기겠지만 본인에게는 실로 괴로운 시련이다. 지금 같이 모자를 쓰고 다니면 모자 창만 붙잡고 걸어도 될 일인데…… 처음에는 가족 전체가 목포 생활을 같이하다가 경기도 과천에 본인을 제외한 가족을 이주시키고 혼자 객지생활을 해야 했던 작가는 혼자 포장마차에 드나들 만큼 외로움을 느낀다. 그러다가 차츰 목포에 정을 붙이지만 마음은 그가 태어난 경산도, 자란 대구도, 젊음을 보낸 서울도 아닌 그의 가족이 있는 정겨운 도시 과천에 가 있다. 이런 사정이니 '목포의 눈물'에서 졸업해야겠다는 생각을 하는 것은 당연한 일이다.

그의 소설에서 과천은 너무 좋은 도시로 미화되어 있는 느낌을 준다. 몇 차례 선생이 사는 과천의 동네에 가본 적이 있지만, 「과천에는 새가 많다」에서 그려진 것처럼 새도 많지 않고, 약수도 그냥 찝찝한 수준이라서 시큰둥한 눈치를 보였더니, 작가는 몇 년 전에만 해도 좋았는데, 인근 도시들이 개발되면서 환경이 버려졌다고 무슨 변명처럼 열심히 설득하려고 들었다. 그런 변명은 이 작품집의 「가을볕 속 잠자리 떼」에도 나온다.

나는 여가서 묻고 싶다. 선생이나 나나 다 분당 사람인데, 왜 분당에 대한 소설은 쓰지 않느냐고. 작가는 조용한 성품의 자신은 내가 사는 산동네에 살고, 나같이 활동적인 (말을 좋게 하느라고 이런 표현을 쓰는 것이지 '조용한'의 반대인 '시끄러운')사람은 교통이 편리한 당신의 동네에 살아야 맞는다나. 나는 이 거주 교환의 제의를 단번에 거절했다. 시끄러운 인간일수록 조용한 데에서 수양을 하고, 조용한 분일수록 세상과의 소통을 번잡하게 해야 한다는 곳이 나의 대항 논리이다. 아무튼 작가는 과천을 떠나온 지 5년을 넘어선 시점에서도 분당 이야기가 아닌 과천 이야기를 쓰고 있다. 고층아파트라는 공중누각의 14층에서 바라보는 분당의 세계는 저층 아파트 5층에서 내려다보는 과천의 세계에 비하면 너무 작아 보이는 것인가. 그럴지도 모르지만 비평가로서 나는 작가의 정신세계가 과천시대에 성숙해질 대로 성숙해서 당분간은 분당에 대한 소설은 발표되지 않을 것이라고 전망한다.

과천은 이웃이 서로 단절의 삶을 사는 살벌한 도시적 공간이면서도 서로의 삶에 기웃거릴 수 있는 숨통이 터져 있는 공간으로 그의 작품에 설정되어 있다. 의사 아내의 죽음, 자신이 기르던 포인터에게 유산을 남기고 죽은 노인, 텅 빈 아파트의 공간에서 탈출을 꿈꾸는 사내, 수찬이 엄마의 남편 김씨의 장례, 작가와 더불어 작중화자는 이 친숙한 공간에서 일어나는 음울한 사건을 목도하고 긴 사념의 늪에 빠진다. 인생에 대한 폭넓은 통찰이 과천의 아파트촌을 무대로 펼쳐지는 것이다. 작품집『문 앞에서』에는 전작보다 압도적으로 죽음에 대한 성찰이 많은데, 그것은 작가 자신의 연만한 정신연령과 관계가 있다.

과천에 대한 이러한 정적 고찰과 대조되는 동적인 관찰이 「그는 화가 났던가?」에서 진행된다. 심야버스에 스무 명이 못 되는 승객을 태운 운전기사는 제멋대로 운전해서 승객을 공포 분위기로 몰아넣는다. 이 작품은 정치 알레고리로 읽어도 되고, 이동하의 장편『폭력 연구』의 연장으로서, 이 사회에 난무하는 폭력의 실체를 탐구하는 작품으로 보아도 무방하다.

그러나 문학 작품을 읽는 것에 익숙하지 않은 사람은 폭력 연구의 연장으로 보지 않는 것이 바람직스럽다. 모대학의 전임총장이 이동하의『폭력 연구』라는 작품집 제목만 보고 운동깨나 하는 문제교수로 지레 짐작하고 그의 임용을 취소시켰다는, 자유당 때의 자칭 문화인인 깡패 임화수식 교양으로 이 작품을 오해할 위험이 존재하기 때문이다. 그분은 지금 국정에 바쁜 정치인으로 변신했다. 그런 분들이 우리 정치판에 많이 뛰어 들어가야 국정현안을 망설이는 법 없이 처리할 수 있을 것이다. 한 때 흥행했던 영화 ≪스피드≫를 연상하면서 이 작품을 읽지 않는 것도 이 작품에 대한 바른 접근 방법이다. 그 영화는 돈에 눈이 어두운 범인의 간계에 생명을 담보 잡히는 흥행 성공작인 것에 비하여 이 작품은 이동하의 다른 작품들과 마찬가지로 돈 문제와는 거리가 먼 그래서 이 작품으로 돈 벌 전망이 어두운, 돈 문제에 관한 한 깨끗한 작품이다. 그의 전작장편『냉혹한 혀』가 몇 부나 팔렸는지 나는 물론이고 주변 사람들도 물어본 일이 없다.

이 작품의 초점은 승객의 공포 심리에 두어진 것이 아니라 왜 운전기사가 승객의 말을 무시하고 제 맘대로 난폭운전을 했는가에 놓여 있다. 작가는 「그는 화가 났던가?」라는 제목으로 운전기사의 불안한 심리 쪽으로 그

답을 암시하고 있지만, "보안경을 벗은, 이제 막 잠에서 깨어난 듯 그저 맥 빠지고 꾸적꾸적한 얼굴"로 운전기사의 마지막 표정을 묘사한 것으로 보아, 공포 유발의 동기는 어떤 상황이나 인물에게도 이제는 너무 보편적으로 존재해서 원인을 규명하기가 불가능하다는 불가지론적 의문을 '?'로 나타낸 것으로 해석된다.

사람 좋기로 정평이 난 이 선생이지만 학생들이 무리한 인사를 거듭할 때면 불같이 화를 내는 적도 있어서 우리를 적지 않게 놀라게 한다. 그냥 화를 내는 것이 아니라, 구한말 국제회의장에서 조국의 독립을 주장하는 우국지사가 그랬듯 책상을 꽝꽝 쳐가면서 언성을 높이는 것이다. 그 열기와 흥분은 드라마틱한 장관의 그것이다. 그러나 작가는 화가 났다고 해서 주변 사람을 내동댕이칠 수는 없다는 것을 「노크도 없이 문이 열리더니」에서 확인시켜 준다. 느닷없이 연구실에 틈입해서 해괴한 언사를 늘어놓는 학생이 장시간의 연구실 점거를 마치고 사라지자 나 교수는 그를 그대로 놓치고 싶지 않다는 열망에 마음에 큰 상처를 입는다. 괴상한 별종인간이 사라졌다는 안도감보다 혈압강하제를 먹어야 할 만큼 흥분했지만, 그의 세계를 더 알고 싶은 열망의 좌절에 "상처 입은 짐승이 바로 자신"이라고 단정하는 것이다. 이 따뜻한 인간 보살핌의 세계는 『밝고 따뜻한 날』에서 이미 체험한 바 있는 그런 세계이다.

4. 기다림의 성찰

나는 작가 이동하의 세계에 대해서 창작집 『삼학도』의 해설과 『밝고 따뜻한 날』에 대한 서평, 『장난감 도시』에 대한 평론 등을 통해서 여러 차례 언급한 바가 있다. 그 글들에서 무슨 말을 했는지 잘 알고 있음에도 불구하고 나는 새롭게 고안한 말로 이동하의 작품세계를 뭉뚱그리려 한다. 그것은 '기다림의 성찰'이라는 말이다.

그는 약속 시간을 어겨 남을 기다리게 하는 법이 거의 없다. 일찌감치 약속 장소에 나가 허겁지겁 뒤늦게 도착하는 나 같은 사람을 빙그레 웃으며 맞아준다. 그와의 관계가 낯설었을 때는 그 웃음에 조롱기가 조금이라도 담기지 않았나 의심한 적도 있지만 더불어 살아온 짧지 않은 세월은 그 웃음 속에 기다림의 지혜를 지닌 현자의 성찰이 담겨 있음을 깨닫게 했다.

그것은 그의 소설의 결말에도 나타난다. 그의 소설의 결말은 결말을 위해서 이야기를 서둘러 마감하거나 극적인 반전을 위해서 작위적 조작을 하지 않는다. 그는 소설을 맺음하면서 열린 결말이 스스로 찾아오도록 기다리는 것이다. 이 느긋한 기다림의 세계는 요즈음 작가의 작품에서는 발견할 수 없는 탁월한 장인정신의 소산이다.

여태까지 했던 허튼소리를 위의 말로 막음할 수 있다면, 나는 '동하' 다방의 단골손님으로서 다방 문 앞에서 서성거릴 필요가 없을 것이다. 아침, 점심으로 때로는 무시로 문을 열고 들어서면, 손님을 기다리는 데 익숙하기 짝이 없는 점주는 원하는 종류의 차를 기꺼이 제공할 것이다. 따뜻한 담소와 함께.

7. 환상과 현실의 멜로드라마

―최인호, 『도시의 사냥꾼』

상식적인 수준에서 『도시의 사냥꾼』을 읽은 사람들은 이 작품을 다 읽은 뒤에 '역시 소설이었구나'라는 생각 외에 별다른 느낌을 받지 못할 것이다. 이야기 자체는 주간지 같은 것에 흔히 나오는 남녀 간의 간통을 다룬 것이고, 사건의 전개 또한 단조롭게 짝이 없다. 다만 색다른 것이 있다면 여주인공 승혜가 목사의 딸이라는 것과 재벌인 남편과 별거중인 여인이라는 것, 승혜의 상대역인 현국의 아내가 정신병동에 수용되어 있어서 불우한 결혼생활을 하고 있다는 것 등이다. 상식적 수준의 독자들은 소설에서나 찾아볼 수 있는 인물들이 등장해서 소설 같은 이야기를 펼쳐나간 작품이 『도시의 사냥꾼』이라는 생각에서 크게 벗어나지 못한다. 이런 생각을 비판적인 방향으로 발전시킨다면 『도시의 사냥꾼』은 '약간 고급스러운 통속소설'로 규정되고 만다.

『도시의 사냥꾼』은 과연 통속소설인가? 아니면 새로운 형태의 대중소설인가? 여기서 통속소설이나 대중소설에 대한 전면적인 검토를 할 여유가 없으므로 결론부터 말한다면 『도시의 사냥꾼』은 통속이니 대중이니 하는 형용어구가 빠진 그냥 '소설'이라는 것이다.

　소설이란 장르는 원래 대중의 통속적인 경향에 부응해서 발전된 문학 장르이므로 그것이 아무리 예술성을 지향한다 하더라도 그 핵심에는 늘 '대중성'이 자리 잡고 있다는 사실을 상기해야 한다. 소설의 예술성을 확립한 작가라고 알려져 있는 플로베르 같은 작가의 『보바리 부인』을 생각해 보자. 엠마 보바리는 소위 삼류소설을 즐겨 읽으면서 삼류소설의 주인공같이 되어 보았으면 하는 환상에 빠져 치과의사인 남편의 눈을 피해 다른 남자와 불륜의 관계를 맺다가 파탄에 빠지고 만다. 엠마 보바리의 허영심은 윤리적 파탄을 초래하고 경제적 파산에까지 이르게 한다. 플로베르는 이러한 엠마 보바리를 비정한 객관적 시선을 통해 정확하게 서술함으로써 사실주의를 확립할 수 있었고, 소설을 예술로 이끌어 올릴 수 있었다. 『보바리 부인』이 아무리 예술적인 작품이라 하더라도 그 안에 내포된 대중성— 대중의 생각이나 생활습관, 기호 등에 부응하는 제경향— 을 완전히 불식할 수는 없었다. 사실 『보바리 부인』이 성공작이 될 수 있었던 것은 이 작품이 풍속문란의 혐의로 재판에 회부되어 문학 외적 센세이션을 불러일으킨 것과 무관하지 않다는 점을 잊어서는 안 된다.

　『보바리 부인』 이후 소설은 대체로 두 갈래 방향으로 갈린다. 하나는 예술로서 소설의 길이고 다른 하나는 소설의 발생 당시의 상황을 그대로 이어가고 있는 대중과 관련되어 있는 내용으로서 소설의 길이다. 전자는 후자를 대중이나 통속이니 하여 쉽사리 경멸하려 들고 후자는 대중의 환영을 받으나 전자에 대한 열등의식을 늘 갖고 있다. 예술로서 소설이 아무리 예술다워지려고 해도 대중과 유리되는 소원감이라는 문제를 내포하고 있고 내용으로서 소설은 예술적으로 고양되지 못한다는 문제를 내포하고 있다. 이 두 경향을 절충하려는 중간형태의 소설이 등장하게 된다.

　『도시의 사냥꾼』은 이를테면 이 중간 형태의 소설에 해당된다. 최인호는 70년대에 대중문학론이 문학논쟁의 초점으로 떠올랐을 때 자신의 소설을 '중간소설'이라고 정의한 바 있다.『별들의 고향』의 성공 이후 그의 작품에 쏟아지는 수많은 비판과 질타에 초연한 듯 '중간소설'이라는 항목을 내세운 것은 그 논쟁에서 도피하기 위한 일시적인 방패막이가 아니라 소설의 방향을 정확하게 알아차린 작가 나름의 판단에 근거를 둔 것이었다.

극히 소수의 예외를 제외하고는 지금까지의 한국 작가들은 직업으로서 작가와 이념의 전파자로서 작가의 차이를 인식하지 못하고 있다. 그것은 문학 외적 조건이 그렇게 형성되어 있기 때문이기도 하지만 한국 작가들 대부분이 소설은 사회적 이념을 예술적으로 승화시키는 것이라는 인식에서 벗어나지 못했기 때문이다. 그러므로 소설을 써서 밥을 먹고 살아야 한다는 프로페션으로서 작가적 인식이 결여되어 있었다. 최인호는 이러한 편파적 인식에서 탈피하여 여러 가지 오해를 받을 것을 감수하고 용감하게 프로페션으로서 작가의 길을 걷기 시작한 모험적인 작가이다. 그레엄 그린 같은 작가는『권력과 영광』같은 작품으로 대중적 인기를 누리면서도 예술적으로 성공하지 않았는가? 미션(mission)으로서 작품이 아닌 프로페션으로서 작품이 등장할 때가 아닌가? 최인호의 생각은 여기에 이르렀고,『별들의 고향』·『내 마음의 풍차』·『도시의 사냥꾼』등의 작품은 이런 사고를 바탕으로 쓰인 작품들이다.

문제는 최인호의 이러한 모험적 출발에 있는 것이 아니고, 그의 성공을 지켜보고 자신도 성공해야만 하겠다고 마음먹고, 굳어진 머리로 최인호가 사용한 공식을 얼마간 변경시켜 판에 박은 듯이 찍어낸 70년대의 다른 상업주의 작가들의 작품들에 있다. 여주인공들을 축구공 몰듯이 차고 박아 섹스를 싸구려 상품처럼 무책임하게 분배해 버린 작품들의 제목을 일일이 예거할 필요는 없다. 최인호는『별들의 고향』의 경아의 성적 편력을 통해 70년대 소비문화의 문제점을 정확하게 노출시키고 있다. 사람들의 사랑을 천박한 어떤 것으로 인식하게 되는 과정을 소상하게 알려주고 있고, 성을 향락의 도구라고 생각하게 되는 소비문화의 병폐를 예리하게 지적하고 있

다. 이에 비해 여타 작가들의 어떤 작품은 간접적인 형태로 사회 내의 공적
쟁점을 환기시키는 최인호의 테마와는 정반대로 말초적이고 찰나적인 흥
미 위주의 사건 전재로 주제의 의미를 상실하고 있다. 이런 차이점을 깨닫
지 못한 일부 비평가들은 최인호와 여타 작가의 작품을 한 데 싸잡아서 소
위 ‘상업주의 작가군’으로 규정해 버린 것이다.

　『별들의 고향』·『도시의 사냥꾼』 등의 일련의 여성 소설들은 최인호가
70년대의 한국 사회를 바라보는 조망의 각도를 이해하는 데 중요한 역할
을 하는 작품들이다. 최인호는 이들 작품을 통해서 70년대의 한국 사회의
문제점을 정면에서가 아닌 측면에서, 이념에서가 아닌 감성에서 간접적으
로 투시한다. 산업사회화 되는 과정에서 발생하는 인간적 소외의식, 물질
만능의 사고에서 빚어지는 물질의 횡포, 사용자와 고용자간의 노동쟁의의
문제 등 사회의 구조적 모순들을 최인호는 일단 지나쳐 버리고 있는 듯이
보인다. 이런 문제들을 본격적으로 다루어야 소설가로 대접받을 수 있다
는 사실을 모르는 사람처럼 최인호는 전혀 다른 방향에서 이야기를 시작
한다. 정치니 경제니 하는 용어들을 생각조차 하지 않는 한 여성을 등장시
켜 사랑을 하게끔 하고 그들의 감성의 변화를 가장 미묘한 것조차 놓치지
않고 포착해 보려고 한다. 『별들의 고향』과 『도시의 사냥꾼』의 두 여주인
공 경아와 승혜는 신문도 보지 않는 철저히 개인적인 주인공인 것 같다. 그
들은 70년대의 정치적 소용돌이 속에서 살면서도 민주회복이니 유신체제
니 노동문제니 하는 것들과 전혀 관계없는 딴 나라 사람들처럼 살고 있다.
그들에게 중요한 것은 그들의 사랑이 어떻게 결실을 맺을 것인가에 있다.
이 점을 들어 최인호 소설의 비현실성을 거론할 수도 있을 것이다.

　그러나 70년대의 한국인의 진정한 모습은 바로 이런 여자들이라는 사실
을 기억해야 한다. 최인호의 소설을 심각한 차원에서 받아들이려는 사람
이라면 최인호가 자신도 모르게 (물론 알고 있는 것이 더 많겠지만) 지적하
고 있는 이 사실을 그냥 지나칠 수 없다. 환상 속에서 살고 있는 듯한 이 두

인물들이 제시하고 있는 현실성이 어떤 의미를 갖는지를 재삼 음미해 보아야 한다. 이들 여주인공들은 정치나 경제 등을 이야기하고 있지 않지만 그것을 정면에서 이야기하고 있는 다른 어떤 인물들보다도 더 많은 것을 말하고 있는 것이다. 그들이 벌이고 있는 사랑 속에 정치 경제적 상황들이 용해되어 감성적인 차원으로 환원 되고 있는 것이다. 일그러진 정치 경제적 조건으로 말미암아 사람들은 자기 혼자만의 행복만을 추구하는 행복의 벌레들이 되어가고 있다는 사실을 이들 여자들은 한마디 설득의 말도 없이 이야기하고 있는 것이다.

여기까지가 최인호 소설의 주제적 깊이인데, 일정한 깊이에 이르면 그의 소설은 곧 한계에 부딪친다. 즉 그러한 우울한 상황에서 벗어날 수 있는 어떠한 실마리도 제시되고 있지 않다는 것과 주인공이 운명적 결정론자처럼 이미 정해진 스케줄대로 이끌려 가기만 한다는 것이 한계로 나타난다. 개인의 행복만을 추구하게끔 하는 상황을 충분히 이해시키는 데까지는 성공하지만 그 상황에 어떻게 대처할 것인가에 대해서는 일언반구의 암시도 없다. 그것은 최인호가 근본적으로 멜로드라마적 상상력으로 이들 작품을 형상화했기 때문이다.

멜로드라마적 상상력은 선과 악을 분명하게 구별하고 그것이 어떻게 대치되는가를 명료하게 보여준다. 그러나 그 다음 단계에 이르면 더 보여줄 것이 없다. 아니, 더 보여주려고 하지 않는다.

『도시의 사냥꾼』은 천박한 수준의 멜로드라마에서 벗어나기 위해 여러 가지 의장들을 동원하고 있다. 여주인공 승혜의 윤리의식에 깊이를 더해 주기 위해서 수많은 성경 구절이 동원되고, 현국과의 사랑이 단순한 사련 邪戀이 아니라는 것을 강조하기 위해서 모차르트의 음악이나 설악산의 설경이 등장하고 있다. 그렇다고 해서 이 소설이 멜로드라마의 공식에서 벗어나는 것은 아니다. 그 같은 의장들은 이 소설이 단순한 멜로드라마가 아니라는 점을 강조하기 위한 복합적 요소들이다. 『도시의 사냥꾼』이 단순한 멜로드라마가 아니라는 점은 최인호가 구사하고 있는 감각적인 문체에 서도 확인된다. 싱싱하고 세련된 그의 문체는 가장 음험하고 부도덕한 것 까지도 화려하고 건강한 것으로 보이게끔 하는 마력을 가지고 있다.

승혜와 현국이 승혜의 남편이 보낸 사람을 때려눕히고 도피하는 기차간 에서의 한 장면을 살펴보자.

> 승혜는 그의 바지 단추를 풀었다. 그리고 그의 성기를 만지기 위
> 해 손가락을 펼쳤다. 거푸 웃음이 터져 나왔다. 현국은 그녀의 손을
> 잡아 뿌리쳤다.
> 대신 승혜의 온몸을 껴안고 입을 맞추었다. 승혜는 활처럼 휘여
> 그의 애무를 받아들였다.
> 머릿속에 기차의 바퀴소리가 가득 차 흘러넘쳤다.
> 승혜는 그의 몸속에 손톱을 세워 꽂으며 파고들었다.

비참한 처지가 되어 쫓기는 상황에서 두 남녀가 벌이는 애무를 이렇게 산뜻하게 처리할 수 있는 것은 이 작가가 아니면 거의 불가능한 일이리라. 이러한 묘사는 천재적 감수성이 없이는 표현될 수 없는 전율감까지 주는 묘사이다. 작품의 도처에서 발견되는 신선한 비유들과 스피디한 문장의 전개 등이 이 작품이 단순한 멜로드라마가 아님을 확증하고 있다.

그러나 굳이 따지고 보면 이 작품은 『장한몽』유의 '돈이냐 사랑이냐'라 는 주제에서 멀리 벗어나고 있지 못한 것 같기도 하다. 승혜는 돈 많은 남 편보다는 허전한 가슴을 채워줄 사랑이 그리워서 별거하게 된 것이고, 그 대상으로 현국을 만난 것이다. 그러나 '돈' 쪽의 남편은 그녀를 보이지 않 는 사슬에 묶어 억류하고 급기야는 그녀를 감옥에까지 처넣어 버린다. 그 녀는 감옥에 갇히면서까지 '사랑'을 갈구한 것인데, 그 사랑은 작품의 결 말에 이르기까지 미결상태로 남아 있다. 하지만 그녀는 그 사랑이 끝내는

결실이 될 것을 기대한다. 그녀는 사랑을 통해 부활과 생명을 꿈꾸는 것이다.

이 작품의 줄거리로 보아서는 『장한몽』의 그것과 크게 구별되지 않지만, 그 세부적인 것을 살펴보면 이 작품에는 도시적 삶에 대한 예리한 성찰이 큰 비중을 차지하고 있다는 것을 알 수 있다. 『장한몽』의 심순애는 '돈'을 쫓아가지만 『도시의 사냥꾼』의 승혜는 '사랑'을 쫓아간다. 그리고 그 이유는 겉만 화려한 물질의 혜택에 참을 수 없는 거부반응을 느꼈기 때문이다. 그러므로 『장한몽』유의 멜로드라마가 1차원적인 것이라 한다면 『도시의 사냥꾼』의 멜로드라마는 3차원을 넘어서려는 단계인 것이다.

최인호의 멜로드라마는 대단히 복잡하고 차원이 높은 것이라서 소위 본격소설의 구조와 차이가 없는 것처럼 보인다. 그러나 근본적으로는 현격한 대조를 나타낸다. 무엇보다도 최인호의 『도시의 사냥꾼』유의 소설들은 불분명한 것을 철저하게 배제한다. 간명한 사태 파악을 통하여 모호한 것을 제거하고 사건의 핵심 속으로 곧장 뛰어들어 선명한 이미지를 형성해 낸다. 이것은 최인호가 소위 본격소설의 불분명성을 몰라서가 아니라 또는 불분명성을 통해 예술적 여운을 남기는 기법을 인식하지 못해서가 아니라 멜로드라마의 영역 확충을 통해 독자들의 멜로드라마적 상상력을 계발하고 그것을 확대·심화시키기 위해서 그 스스로 일부러 선택한 것이다. 이런 의미에서 그의 소설이 멜로드라마적 구조의 작품이라고 하는 말은 경멸적인 의미에서가 아니라, 새로운 형태의 소설을 지칭하기 위한 설명적 용어로 쓰이고 있다는 점을 거듭 강조할 필요가 있다.

사회적 현실과 문학적 형식과의 관계를 교조주의적 각도에서 파악하고 있는 사회적 문학비평가조차도 그의 소설이 독자들에게 또 다른 차원의 상상력을 촉발시키고 있다는 점을 부정할 수 없다.

그의 소설에서 때로 환상과 같은 장면에 부딪치는 것도 말하자면 일종의 상상력 연습이라고 할 수 있는 것이다. 『도시의 사냥꾼』에서 승혜와 현

국이 눈이 쌓인 양폭 산장의 모닥불 곁에서 벌이는 정사 장면은 현실로서
는 도저히 이해될 수 없다. 그 환상을 멜로드라마적 상상력을 통해 현실화
해 버린 것이다. 그런데 놀랍게도 환상이 현실화되는 과정에서 우리는 아
무런 거부반응을 느낄 수 없다. 오히려 그 편이 더 자연스럽게 여겨지기까
지 한다.

소설에서 지성적인 것과 이념적인 것을 요구하는 독자조차도 이런 대목
에서는 아무런 비판의식 없이 같이 넘어가 버리는 것이다. 그리고 그렇게
넘어간 다음에 '이것은 가짜다'라고 비판을 해보지만 자신 역시 공모자가
되고 있음을 깨닫게 되는 것이다. 따라서 최인호의 소설을 '상업주의'라고
매도하는 사람들 역시 최인호 소설의 마력을 부인하지 못한다.

멜로드라마 작가로서 최인호의 강점은 무엇보다도 독자를 계몽하려고
하지 않는다는 점이다. 찰스 디킨스 같은 천부적인 이야기꾼도 이야기를
전개하다가 자신도 모르게 설교를 하곤 하는데, 이 작가는 철저하게 계몽
을 배제한다. 독자와 같은 위치에 서서 함께 깨닫자는 태도를 시종일관 유
지하고, 주인공과 같이 고뇌하자는 자세를 처음부터 끝까지 버리지 않는
다.

『도시의 사냥꾼』의 승혜의 사랑은 작가 자신의 사랑처럼 처리되어 있어
작가의 숨결을 문맥의 곳곳에서 느끼게 하면서도 작가는 어느새 사라지고
없다.

『도시의 사냥꾼』 같은 작품을 비판하기는 쉽다. 그리고 여러 각도에서
비판당할 소지가 많은 작품이다. 그러나 이런 종류의 작품이 나타났다는
것 자체가 한국 소설의 또 다른 양상의 출현이라는 점을 간과할 수 없다.
감성의 섬세함을 인지하게 하고 환상의 이미지를 현실화하며, 단순한 멜
로드라마적 생활을 차원 높은 멜로드라마로 이끌어 올려 현실의 의미를
인식하게 하는 그런 종류의 소설을 최인호는 창안해 낸 것이다.

사랑의 형식과 내용의 변화는 그 시대의 형상을 첨예하게 드러내는 시

대의 표정이다. 『도시의 사냥꾼』은 그 시대의 표정을 읽어낸 작품이다. 그 표정만을 읽었다고 해서 통속이니 대중이니 하는 에피세트를 붙일 필요는 없다. 그것은 다만 '소설'일 따름이다. 좀 더 정확하게 말한다면 환상과 현실을 멜로드라마화해서 될 수 있는 대로 간명하게 묘사한 소설이다.

작가는 사랑이라는 소재를 통해 시대의 표정을 읽었고, 그 표정 속에는 마음속 깊이 숨겨져 있는 심층적 의미도 얼마간 내포되어 있다. 다만 그 읽어내는 방법이 '인습의 틀'을 형성하여 새로운 상상력을 그 자체에서 거부하는 진부한 방법으로 전락하지 않을까 우려될 따름이다. 이런 것까지 이미 계산해 두고 새롭게 변신하려는 작가의 노력이 계속되는 한 그의 소설적 생명력은 결코 상실되지 않을 것이다.

8. 월남 전쟁 인식의 심화와 확대

―이상문,『황색인黃色人』

1. 베트남 전쟁을 다시 생각하는 까닭

‘베트남 전쟁’의 실상을 충격적으로 제시하는 두 장의 사진이 있다. 하나는 1963년 6월, 고 딘 디엠 정권에 항의하여 분신자살하는 73세의 불교 고승이 온몸에 불이 붙었어도 꼼짝하지 않고 앉아있는 모습을 담은 사진이고, 또 하나는 1972년 6월, 공군의 네이팜탄이 잘못 투하된 직후 판 티 킴 푹이라는 어린 소녀가 불이 붙은 옷을 찢어 팽개치고 발가벗은 채 폭격의 현장에서 울부짖으며 도망쳐 나오고 있는 사진이다.

가톨릭교도 중심의 고 딘 디엠 정권에 항의하는 불교 고승의 분신자살은 베트남의 민족적 갈등과 정신적 고뇌를 연상하게 하고 불에 그슬린 계집아이가 울부짖는 사진은 전쟁으로 인해 억울한 피해를 받아야 했던 무고한 베트남 사람들을 생각하게 한다. 또한 분신자살 장면은 예술의 비개입적 특성을 나타내고 있다. 분신자살하기 위해 휘발유통을 들어 몸에 끼얹고 불을 붙여 온몸이 활활 타오르고 있는데, 사진작가는 자기 사진기 뒤에 서서 충격적인 영상을 효과적으로 담기 위해 사진기를 조작하는 비개입적 행동을 하고 있을 따름이다. 그리고 발가벗은 소녀의 사진은 예술이 도덕적 판단을 강화시키는 역할을 한다는 점을 알려준다. 전쟁의 비참함을 입으로 백 마디 천 마디 해보아야 한 장의 사진이 던지는 충격보다 못하다는 것과 그것은 우리의 전쟁에 대한 도덕적 판단을 강화시킨다는 점을 그 사진을 통해 알 수 있다.

이상문의 『黃色人』을 논하면서 이 두 장의 사진 이야기로 논의의 실마리를 삼으려는 이유는 다음 세 가지이다. 첫째, 『黃色人』은 오랫동안 잊고 있었지만 아직도 현실적 밀착성을 가지고 있는 베트남 전쟁의 이미지를 두 장의 사진이 던지는 충격처럼 우리들 눈앞에 펼쳐 보였다는 점이다. 두 장의 사진은 우리에게 결코 낯설어 보이지 않는다. 베트남인들에게 베트남 전쟁이 있었다면 우리에게는 한국전쟁이 있었고, 그들이 불란서 식민 지배를 당했다면 우리는 그보다 더 악랄한 일본의 식민지 치하에서 신음해야 했다. 『黃色人』은 베트남 전쟁을 통해 한국 근대사의 여러 단면을 결집시켜 우리가 잊고 있었던 현실의 문제점을 클로즈업시키고 있는 작품이다. 베트남 전쟁은 남의 나라 전쟁이 아니라 우리의 현대사에 잠재해 있는 전쟁이라는 사실을 새삼스럽게 일깨우고 있는 것이다.

둘째, 『黃色人』은 앞서 두 장의 사진이 지닌 비개입적 특성과 도덕적 판단 강화의 특성을 잘 살린 작품이다. 전쟁의 소용돌이에 직접 뛰어들어 전투의 현장성을 중요시하다 보면 전쟁의 전모를 살필 수 없는 것인데, 『黃色人』은 전쟁의 후방에서 전쟁의 전모를 비개입적으로 포착해서 베트남 전쟁의 부도덕성이 어떤 것인지를 확연하게 판단하게 한다.

셋째, 『黃色人』은 일체의 은유를 배제하고 베트남의 현실을 우리의 현실과 환유의 관계를 맺게 함으로써 구체적 사실의 제시를 시도하고 있다는 점이다. 두 장의 사진이 베트남의 현실을 환유화해서 디테일을 통해 전체를 환기하는 환유의 기법을 사용하고 있다면, 『黃色人』 역시 'V.U.K.

contact'이라는 베트남과 미국과 한국의 합동 연락사무소라는 배경를 설정하여 베트남 전쟁의 전체적 양상을 환유하고 있다.

『黃色人』은 베트남 전쟁을 다시 생각해야 하는 까닭을 제목 그 자체에서부터 나타낸다. 베트남인과 우리는 황색인이라는 인종적 유대감을 가지고 있으며 따라서 그들의 현실은 우리에게 은유적 의미가 아닌, 구체적 세부 사실을 통지하는 환유적 의미를 가지고 있다는 점이 제목에서부터 드러난다. 『黃色人』이 기존의 베트남 제재 소설과 다른 점은 베트남 전쟁을 통해 교훈적 의미를 찾는다거나 전쟁 현장의 비참함을 강조한다거나 베트남이라는 이국의 정서를 환기한다는 따위의 흔히 기대할 수 있는 소설적 효과를 노린 것이 아니라 베트남에서 일어났던 일들이 우리에게 일어났고 일어나고 있고 일어날 사실이라는 점을 가족사와 사회사적 맥락에서 다시 구성하려고 시도한 점이다. 작가의 야심이 그렇게 야무지고 단단하기 때문에 소설의 구성이 복잡하게 얽힌 듯이 모이지만 그 복잡함을 풀어나가는 착상의 패기와 시각의 날카로움은 더욱 돋보인다.

박영한의 『머나먼 쏭바강』이 '머나먼'에 중점이 두어져 있고, 황석영의 『무기의 그늘』이 '무기' 연기 상태에 놓여있는 상황에서 이상문의 『황색인』은 베트남 전쟁과 우리의 현실을 동일한 차원에서 서술한 뜻 깊은 작품으로 받아들여진다.

2. 박노하 병장의 수평적 공간
　　—싸나바빗치에서 싸나바빗치로

이 작품의 서두는 박노하 병장이 월남군과 미군 한국군의 공동 병참사무실인 '벅 칸택'에 전출가는 장면으로 시작된다. '여자의 평퍼짐한 엉덩이'처럼 안정감 있는 케네디 찝이 '햇빛 속으로 조금씩 가라앉고 있는 듯이’ 보여 눈을 비비며 ‘싸나바빗치’라는 욕설을 내뱉는다. 공연히 햇빛을 탓하는 것이다. 그런가 하면 이 작품의 결말에서 박병장은 연병장을 가로질러 위병소 쪽으로 걸어가면서 목이며 얼굴 위로 뜨겁게 쏟아지는 햇빛을 탓하며 ‘싸나바빗치’를 내뱉는다. 이렇게 보면 박노하 병장의 수평적 공간은 싸나바빗치에서 시작하여 싸나바빗치로 끝나고 있다는 것을 알 수 있다.

박노하 병장의 ‘싸나바빗치’의 속뜻은 과연 무엇일까? 전쟁 속의 무력한 개인에 불과한 자기 자신을 탓하는 것인가, 전쟁 상황 전체를 비난하는 것인가, 벅 칸택을 욕하는 것인가, 아무 뜻도 없는 것인가? 아니면 허무감, 무력감, 난감함, 무의지함, 더러움, 추함, 복잡함, 지겨움 등등의 감정이 복합된 것인가?

그 어느 것도 확실한 것은 아니지만 『黃色人』의 수평적 공간이 위에 열거한 부정적 요소로 가득 차 있다는 점은 확실하다. 즉 박노하 병장의 수평적 공간은 싸나바빗치로 표현되어야 할 요소들로 가득 차있다는 것이다.

박노하 병장이 전출해 온 한·미·월 합동연락 사무소는 황칠성 상병이 의문의 죽음을 당한 곳이고, 확실히는 알 수 없으나 어떤 국제적인 음모가 꾸며지는 곳이다. 학생운동 때문에 학교를 떠나야 했던 운동권 대학생 박노하 병장은 그곳에서 하우스보이 출신의 김유복 중사를 만나게 되고 아무런 저항 없이 그에게 이끌려 국제적인 음모에 자신도 모르게 가담하게 된다. 박노하 병장은 아무것도 모르면서 월남 민족주의자의 전형이라고 할 띠엔에 이끌려 보대사라는 민족주의자의 소굴을 방문하게 되고 자세한 것도 알지 못하면서 김유복 중사가 내미는 서류에 도장을 찍고, 그것이 이미 꾸며놓은 계략에 의한 것인지 아닌지 알지 못하면서 띠엔의 동생 떡과 정사를 벌인다.

박노하 병장은 월남 전쟁의 의미를 알기 위해 여러 가지 책을 읽고, 띠엔의 설명을 듣기도 하고, 김유복 중사에게 이끌려 여기저기를 돌아다니고,

띡과의 연애를 통해 감정적으로 동화되어 보기도 하지만 머릿속은 여전히 백지 상태에 놓여 있다. 어떻게 해서 이렇게 순수한 인간이 가능한 것인지 작가는 의도적으로 설명을 배제한다. 따라서 소설의 서두에서 중반에 이르기까지 독자들은 어리둥절한 느낌을 받는다. 박노하 병장은 이미 타락을 각오한 사람 모양으로 아무 저항감 없이 김유복 중사의 가락에 놀아나고, 띠엔에게 붙잡혀 민족주의자의 입장을 강제로 이해당하고, 띡에게 몸을 던져 아이까지 배게 한다. 잘못 이해하면 당혹감까지 느끼게 될 이러한 스토리 전개는 베트남 전쟁을 아무 선입관 없이 백지 같은 상태에서 다시 살펴보자는 작가 의도의 소산이다. 박노하 병장은 그런 상태에서도 이성을 마비당하지 않으려고 끝까지 노력한다.

전쟁의 의미를 알려고 앙드레 말로의 책을 보다가 잠이나 자자고 포기하는 박노하 병장의 행동에서 우리는 이러한 작가의 의도를 눈치 챌 수 있다.

그는 책을 덮었다. 팔자 좋은 말로여. 당신이 부럽다. 에라 모르겠다. 샤워나 하고 잠이나 자자. 사령부에 있었다면 지금쯤 장글도로 제초작업을 하겠군. 아니면 벙커 보수작업을 하든지…… 말로여 내 팔자도 너 못지않다. 그는 정글화 끈을 풀고 발을 빼냈다. 양말을 벗어들고 코에 대보았다. 고린내가 혹 콧속으로 밀려와서 두어 번 재채기를 했다. 바지가랑이 끝에서 노란색 고무줄을 빼내면서 픽 웃었다. 갓난애들이 기저귀를 찰 때나 쓰는 속이 빈 원통형 고무줄을 뺄 때면 그는 늘 그렇게 웃었다. 갓난애 때 허리에 찼던 고무줄을 청년이 되면서 발목에 차고 다니다니. 갓난애 적에는 허리에만 차도 똥오줌을 막을 수 있었는데, 청년이 되면 발목까지 묶어야 가능해진다는 것인가. 그렇다면 청년들의 하체는 전체가 똥구멍이며 오줌구멍이 되는 것이었다. 그런 쓸데 없는 생각 때문이었다.

이 문맥에 드러난 의미는 ①객관적인 정신의 작업에 몰두할 수 있었던 말로가 부럽기도 하지만 ②육체적으로 편해진 현재 상태에 만족한다는 것, ③자신은 군인이 되었기 때문에 아이보다도 더 순진무구하다는 것 등이다. 문제는 아이보다도 더 아이답게 되기를 강요당해 발목에 기저귀 고무줄을 차고 다니는 박노하 병장이, 앙드레 말로를 부럽게 여겨 베트남에 대한 관념적 이해를 시도한다는 점에 있다. 머리는 여러 가지 관념으로 뒤엉켜 있고 허리 아래는 본능적 욕구에 시달려야 하는 갈피를 잡을 수 없는 상황이 계속 연출될 수밖에 없다.

작가는 작품의 전반부에 이렇게 물풀에 휘말린 듯한 박노하 병장의 상황을 충분히 서술한 뒤, 작품의 중반과 후반을 통해 베트남 전쟁의 의미와 베트남 사람들의 정신적 갈등을 껍질을 벗겨나가듯 밝혀나간다. 벅 칸택에서 일어나고 있는 일들이 어떤 것인가를 분명히 밝힘으로써 베트남 전쟁의 전체적 의미를 드러나게 하고, 허만호의 죽음을 통해서 한국군의 참전 의의에 대한 뼈아픈 반성의 계기를 마련하며, 김 중사의 죽음으로 값싼 동정심의 허망함을 나타낸다.

벅 칸택에 근무하는 세 나라 군인의 처지와 견해는 다를 수밖에 없다. 전쟁의 주체가 되어야 할 월남군인 띠엔은 베트콩이나 월맹의 이념에 찬성할 수 없을뿐더러 현재의 정권에도 가담하지 않고 제3의 민족주의 관념을 가지고 있기 때문에 전쟁의 수행에 대해서는 냉담한 입장이고, 미국군은 자본주의의 병폐에 썩을 대로 썩어 띠엔이 주도하는 무기밀반출에 협조적이고 김 중사 역시 거기에 휘말려 수동적 협조를 한다. 베트남 전쟁이란 이념의 전쟁이라기보다는 인간의 부도덕성이 더러운 냄새를 내며 타오르는 부도덕성 연소의 전쟁이라는 사실을 이런 문맥에서 확인하게 된다. 병들 대로 병들고 썩을 대로 썩은 자본주의적 현실 속에서 자기몰각으로 인해 올바르게 진행되어야 할 역사적 전개를 부정하게 되었고, 그래서 자신을 둘러싸고 있는 세계에 대해 추상적 공포와 알 수 없는 불합리한 감정만 갖게 되는 극단적인 상황이 베트남 전쟁이라는 사실이 분명하게 드러나 있다.

허만호의 죽음은 이러한 현실의 불확정성에 덧붙여서 우리의 참전의미가 덧없기 짝이 없다는 사실을 표상하는 단적인 예이다. 베트콩에게 피해를 주었다는 사실에 공포의 감정을 느껴 '비정형충동조절질환'이라는 가학망상증에 걸린 허만호는 베트콩 포로를 보기만 하면 용서하라는 뜻의 '실로이옹'을 연발한다. 허만호의 경우는 극단적인 예에 불과하지만 우리 군대는 용서를 빌기 위해 베트남까지 파견되었던 것인가? 물론 그렇지 않을 것이다. 소위 자유민주주의를 수호하고 우방을 원조하기 위해 그곳에 간 것인데, 그 결과는 허만호 같은 인물을 만들게 하였다. 이념 없는 전쟁이란 무의미한 것이고, 미래에 대한 비전이 없는 물리적 개혁이란 덧없는 것이라는 사실을 같은 한국군인 환자들에 의해 타살당한 허만호의 죽음을 통해 알 수 있다.

임신한 월남 여인에게 동정심을 베풀어 애까지 낳게 하다가 그 여인의 본 남편에게 맞아죽은 김유복 중사의 죽음은 휴머니즘이란 미명의 동정심이라는 것이 얼마나 허망한가를 말해준다. 어렸을 때 미군의 도움으로 성장한 김유복 중사는 조건 없이 월남 여인을 돕지만 그 결과는 죽음으로 나타난다. 은혜를 입었으니 베풀기도 해야겠지만, 시혜의식이란 주는 사람의 기쁨이 더 큰 선택된 인간만이 누리는 배타적 특권이라는 점을 확인하게 된다.

박노하 병장은 이러한 인물들 속에서 싸나바빗치에서 싸나바빗치의 공간을 헤쳐 나아갔다. 자기를 둘러싼 환경과의 갈등의 해소를 무익한 죽음 속에서 찾을 수밖에 없었던 두 인물 ― 허만호와 김유복 중사와는 달리 그는 어쨌든 살아남은 것이다. 아직도 머릿속은 정리되지 않은 채 어지럽혀져 있고, 자기가 무엇을 했는지조차 제대로 알 수 없는 기저귀 고무줄을 찬 청년 박노하는 그래도 살아남아 이제부터는 정신을 차리고 살리라 다짐하는 것이다. 싸나바빗치에서 싸나바빗치로의 공간은 유년을 강요당한 유년 아닌 청년기의 공간이며 그런 의미에서 이 작품의 결말 부분의 싸나바빗 치는 강요된 유년의 공간을 뚫고 나와 성숙한 청년의 자각을 역설적으로 암시하는 새로운 출발의 외침이었던 것이다.

3. 박노하 병장의 수직적 시간
―하나꼬에서 떡으로

　박노하 병장은 자신의 출생 비밀을 베트남으로 날아온 아버지의 편지를 통해 알게 된다. 그의 아버지는 박노하 병장의 출생 비밀을 알리기 위해 장문의 편지를 여러 번 보내는데 그 과정에서 박노하 병장의 가족사가 서술된다. 웬만한 장편소설의 전체 줄거리라고 할 수 있는 그의 가족사 소개는 소설의 구성에 무거운 부담을 주는 것이 사실이다. 이 부분만 독립시켜도 하나의 장편소설이 될 만한 제재이다. 이 점을 의식하면서도 얼마간 무리를 빚으면서 양쪽의 가족사를 접합시킨 까닭은 하나꼬와 아버지의 시대와 박노하와 떡의 시대를 하나의 끈으로 묶어 보려는 시간적 연대성의 강조 때문이다. 한국인 남편과 일본 여인 사이에 태어난 하나꼬는 박의 아버지와 결혼했지만 아버지를 이용해 먹은 나영대의 씨를 배게 되어 박노하 병장을 낳게 되었고, 불란서 군인과 월남 여인 사이에 태어난 떡은 한국군인 박노하의 아이를 임신했다가 중절시킨다. 박노하의 과거가 하나꼬라는 어머니로 표상된다면 그의 현재는 떡이라는 여인으로 상징된다. 그러니까 가족의 수직적 시간은 하나꼬에서 시작해서 떡으로 맺음하는 것이다. 그러나 하나꼬는 불륜의 아이를 배어 그 아이를 낳았지만 떡은 의도적인 목적은 아니지만 박노하에게 접근하여 아이를 배고 자기 의지로 지워버린다. 강간의 시절에서 화간의 시대로 뒤바뀐 시간의 질적인 변화에 박노하는 충격을 받지 않을 수 없다.

> 네가 태어나기 며칠 전이었다. 새벽녘이었는데 네 어머니가 죽고 싶다고 말하더구나. 나는 농담도 임산부가 그런 농담을 하는 게 아니라고 타일렀지. 그런데 그게 아니었어. 그 동안에도 몇 번씩 죽고 싶은 것을 참아왔다는 것이었어. 처음에는 내 얼굴이나 보고 죽을 생각이었는데, 막상 만나고 보니 그럴 수가 없어 차일피일했다는 것이야. (중략)
> 나는 직감적으로 나영대를 떠올렸지. 내 직감이 맞았어.

나영대의 아이를 임신하고 죽기를 결심하는 하나꼬에 비해 자기 의지로 임신중절하고 월남을 떠나기 전에 박노하의 아이를 갖고 싶다고 간청하는 띡의 세계는 시간을 따라 급격하게 변하는 도덕적 감수성의 변화를 나타낸다.

> "그래요. 당신을 돌려보내기 위해서 바보가 되기로 했어요. 김 중사님이 내 뺨을 때린 이유도 이해가 되는 일이었어요. 임신 동기가 계략적인 것이 아닌가 해서였을 거예요. 쫑똑마우홍과 관련해서 당신을 위협하기 위한 수단으로 말예요. 그러나 그땐 이미 내 뱃속에 아이가 있었는데……"
> "당신의 아이를 갖고 싶어요. 당신이 떠나간 뒤에라면, 임신을 알게 되어도 당신을 괴롭히지 못할 테니까요."

『黃色人』 전체에서 가장 낭만적인 장면이 연출되는 이 대목에서 띡의 대사는 단순한 사랑 고백의 말이 아니라 어지러운 시대를 살아가는 한 여인의 슬기를 표현하고 있는 대사이다. 우리는, 전쟁 상황 속에 살고 있는 베트남 사람 모두는 (또한 한국 사람은) 본의든 본의가 아니든 전쟁에 의해 강간을 당한 상태이다. 정조관념에 얽매이는 것은 현실 착오적 발상일 따름이고, 그 가운데에서도 진정한 사랑을 찾을 수밖에 없으며 그런 사랑을 위해서는 조건이 있을 수 없다는 이야기가 띡의 대사의 속뜻인 것이다.

돈으로 산 여인 하나 주체할 줄 모르고, 자신이 시대의 폭력에 강간당한 사람의 후손이라는 사실도 알아차리지 못하고, 띡과의 사랑을 젊은 사람들끼리 흔히 있을 수 있는 사랑이라 생각하고 본능적 정열을 불태웠던 박노하는 이제야 사랑의 의미를 깨닫게 되었다.

작가는 이 사실을 밝히기 위하여 양쪽의 가족사를 대비시켰다. 베트남보다는 한국의 근대사가 더 의미 있다는 판단으로 박노하 아버지의 상경기에서부터 시작하여 하나꼬와의 만남 같은 사건 전개를 거쳐 나영대라는 방해 인물의 등장, 출생 비밀의 밝힘 등으로 이어지게 되었는데, 이에 대한 베트남 쪽 할부counterpart로서 띠엔의 가족사를 장황하게 서술했다. 이렇게 이야기들이 복잡하게 전개되다보니까 인물의 깊이를 나타낼 여유가 없어진 것도 사실이다. 빠른 템포로 울퉁불퉁한 길을 달려가면서 근대사의 복잡한 현실을 가족사에 접맥시키려면 그만한 희생을 감수해야 한다.

이 얽히고설킨 이야기의 실꾸리에서 몇 가닥의 실마리를 찾아내서 장편소설이라는 대형의 직물을 짤 수 있었다는 사실 하나만 해도 주목할 만한 일이다. 이것은 형식적인 고무의 말이 아니라 허구의 세계를 통해 정신의 고답성만을 강조하여 우리가 딴 세계에서 살고 있는 듯한 인상을 주는 소설 따위와 달리, 『黃色人』의 세계는 머리를 뒤로 젖히고 앞으로 돌려놓는 복잡한 상황 속에서도 현실에 질서를 부여하여 인식의 정연성을 확보하려는 깨어있는 자의 삶의 기록이라는 점을 강조하는 말이다.

그런 의미에서 작품 결말의 박노하의 결심은 우리들 자신의 결의이기도 하다.

그러나…… 그는 집으로 돌아갈 것이다. 돌아가 눈을 똑바로 뜨고 귀를 세워서 보고 들을 것이다.

군대생활을 월남에서 보냄으로써 보다 성숙한 세계 인식과 삶의 인식을 얻을 수 있었던 박노하 병장의 이러한 결심은 쓰라린 성인식을 거쳐 이제 진정한 어른이 된 사람이 할 수 있는 뜻 깊은 결단의 말이다. 하나꼬의 몸에서 태어난 박노하는 떡을 거침으로써 비로소 역사적 주체가 된 것이다.

4. 제3세계를 보는 시각

하나의 유행 평론처럼 '제3세계문학론'을 부르짖던 시절이 지나갔는지 제3세계에 대한 언급이 이제는 좀 잠잠해진 것 같다. 물론 이미 제기한 문제들은 아직도 연속적 의미를 가지고 있다. 이 작품은 제3세계문학론을 의식해서 쓰인 작품은 아니다. 그러면서도 우리가 제3세계를 어떻게 이해할 것인가를 잘 설명해주고 있는 작품이다. 제3세계의 현실을 은유의 보조관념으로 활용해서도 안 되고, 제3세계의 문제점을 과장적으로 표현하여 충격의 수단으로 삼아서도 안 되며, 저쪽에서는 아무런 언급도 없는데 일방적으로 짝사랑하는 듯이 제3세계에 접근해서도 안 되는 것 등이 『黃色人』에 작품으로 설명되고 있다.

베트남 전쟁은 은유가 아니라 환유이고, 그 전쟁은 충격의 수단으로 이용될 것이 아니라 우리의 역사를 이해하는 주축개념으로 활용되어야 하며, 그쪽의 문제에 짝사랑하듯이 덤비다가는 값싼 동정심의 최후를 초래한다는 것을 『黃色人』은 소설로 나타내고 있다.

역사를 보는 시각의 폭을 넓히는 데 성공한 『黃色人』이 한 걸음 더 나아가 제3세계를 보는 시각과 결부될 수 있을 때 우리는 '黃色人'으로서의

유대감이라는 단순한 인식을 넘어서서 '민족인'과 '세계인'의 정체 확인을
할 수 있을 것이다.

　『黃色人』은 사실상 그러한 인식을 수립하기 위한 진지한 시도로서, 이
제 그 험난한 노정을 출발해 나가는 스타트 지점에 우리를 데려다 놓았다.
박노하의 아버지가 일곱 번째, 여덟 번째, 아홉 번째 편지를 보내고, 그의
아버지와 어머니의 과거를 보다 구체적으로 알게 되고, 최영식이라는 인
물과 나영대라는 인물의 과거와 현재를 알게 되고, 자신이 어떻게 살 것인
가를 알게 된다면, 그러한 모든 앎을 실천적 삶으로 이행시킬 수 있다면,
우리의 관념적 주문은 소설에 내포된 현실적 실체로서 우리 앞에 다가올
것이다.

9. 속박에서 영광으로 이르는 길

— 이원규, 『훈장과 굴레』

1. 전쟁과 소설

전쟁과 소설은 완전히 일치하는 것은 아니지만 묘한 공통점을 가지고 있다. 양자는 혼란을 정돈하기 위해서 발생 또는 수행되지만 그 과정은 혼란으로 가득 차 있고 혼란을 제거하려고 애를 쓸수록 혼란이 가중되다가 결국 평화로운 상태로 귀결된다. 이것이 혼란의 과정이라는 측면에서 본 공통점이라면, 양자 모두 합리적인 것과 거리가 먼 어떤 행위가 각각의 근본 동인이 된다는 점이 비합리성이라는 측면의 공통점이다.

전쟁이 합리적 토의나 외교에 의해 사태가 해결될 수 없을 때 발생되는 집단적 폭력행위라고 한다면 소설은 합리나 순수이성의 척도로 현실을 파악할 수 없을 때 출현하는 정신적 혁명행위이다. 소설이란 작가가 낱말의 더미 속에서 앞길을 제대로 모르는 채 전진하는 말의 투쟁이다. 전쟁 또한 개인이 예측할 수 없는 한계 속에서 총칼을 무기로 싸우는 물리적 투쟁이다. 이렇게 본다면 전쟁과 소설은 서로 얼마간 동화될 수 있는 연관적 관계를 맺고 있다는 사실을 알 수 있다.

그러나 바로 이 점 때문에 소설과 전쟁은 서로 어울릴 수 없기도 하다. 전쟁을 제재로 한 소설은 전쟁이라는 혼란을 소설적 혼란으로 대처하고 불합리를 불합리로 대응하는 것이기에 혼란에서 탈피하기가 궁극적으로 어렵다. 전쟁과 소설은 그 속성은 유사하나 두 개의 자석을 같은 극끼리 맞붙일 때 서로를 밀어내는 것처럼 그 유사성 때문에 조화를 이루지 못한다. 이 점이 전쟁을 소설화하는 데 있어 최대의 난관이다.

결과가 빤히 예측되는 전쟁이 통상적 의미에서 전쟁이 아니라면 마찬가지로 결말이 환하게 드러나는 소설은 진정한 의미의 소설이 아니다. 전쟁의 혼돈을 그대로 보여주면서 이를 최대한으로 정리하여 균형 잡힌 소설로 만든다는 것은 지난한 일이 아닐 수 없다. 전쟁 수행의 처절한 고통을 간직하면서 소설집필 과정의 치열한 고뇌를 보여준다는 것은 이중의 아픔이다.

이원규의 장편소설 『훈장과 굴레』는 전쟁과 소설의 복합적 관계를 간명하게 정리하여 월남전을 오늘의 시각에서 재성찰한 소설이다. 결코 즐거운 기억으로 떠올릴 수 없는 월남전을 다시 상기하고 이것을 소설화했다는 것 자체가 아픔을 되씹어보려는 작가의 각오의 표현이다.

'월남전'이라고 하면 언뜻 연상되는 것은 혼란과 무질서이다. 월남이라는 국제적인 대리 전장에서 벌어지는 온갖 비참한 영상들이 뇌리를 스치고 부정과 부패, 살육과 기아, 피해와 고통의 심상들이 생생하게 되살아난다. 미국이라는 강대국이 6천만 톤 이상의 폭탄을 소비하고 3천억 달러 이상의 전비를 투입했고, 30만 명 이상이 부상하고 5만7천여 명이 전사했어도 결국 패배로 돌아간 전쟁, 이것이 월남전이다. 그것은 월남전에 참전하기 위해 우리 병사들이 연상했던 전쟁 사정 ― "흘러넘치듯 흔한 맥주와 양주, 얼마든지 구할 수 있는 여자, 그리고 조금만 요령이 있으면 돈도 적당히 모을 수 있고 생명의 위험이라고는 거의 없는, 전쟁 같지도 않은 전쟁"이 결코 아니다.

이 사실을 깨우치기 위해서 많은 기사들과 보고서, 논픽션, 소설 등이 씌어졌고 앞으로도 쓰일 것이다. 그 중에는 전쟁의 비참함을 유희화해서 가학적 내지 피학적 쾌락을 제공하는 값싼 오락물이 존재하기도 하고, 이국적 취향과 반전사상을 교묘하게 배합시켜 전쟁에 대한 쓸데없는 증오심만 키워놓은 작품도 있다. 물론 월남전의 실상을 거의 정확하게 전달하고 있는 기록물도 없는 것은 아니다.

우리 작가들이 월남전을 기술하는 태도는 서방측의 다양한 호기심과는 달리 사뭇 진지하다. 월남과 한국의 운명적 연대성을 자각하고 있는 이상 서양인들처럼 통속적 관심을 표현할 겨를이 없다. 황석영의 단편들, 박영한의 두 개의 장편소설, 최근에 발표된 이상문의『황색인』등은 월남전을 타인의 전쟁으로 인식하지 않는 심각한 연대의식의 탐구 결과이다. 이들 작가는 황석영이 40년대 전반기 출생이고 박영한, 이상문이 40년대 후반 출생으로 6·25를 몸소 겪어보지 못했다는 공통점을 지니고 있다. 이들 작가들은 월남전을 통해 6·25를 대리 체험했다고 해도 무방하다.

그렇다면 이들 작가들과 거의 같은 연배로 비슷한 나이에 월남전을 체험한 작가 이원규가 월남전을 소재로 한『훈장과 굴레』를 가지고 등장했다는 것은 무엇을 의미하는가? 월남전에 대한 각종의 기록문들과 문학작품, 한국 작가들의 기존작품에서 다루지 못했던 무엇인가 색다른 것을 보여주겠다는 것인가? 우리는 당연히 이런 의문을 제기하게 된다.

미리 결과부터 말한다면『훈장과 굴레』에는 파격적인 새로움이 존재하지 않는다. 그럼에도 불구하고 '새롭지 않은 새로움'으로 지금까지의 소설과 그 궤를 달리한다.

우선 이 작품은 월남전을 대혼란의 과정으로 다시 다루지 않는다. 모순과 비리, 혼돈과 무질서의 월남전을 인지하면서도 그 가운데에서 질서를 찾아낸다. 전쟁의 난맥상을 이야기하면서도 작전의 정연성을 묘사하고,

도덕적 타락을 서술하면서도 도덕의 재건을 형상화한다. 20대 군인의 충동적 연애를 기술하면서도 그들이 흔히 빠지게 되는 성애의 탐닉을 배제한다. 지금까지의 작품에서 집중적으로 묘사되어왔던 것이 전쟁의 난맥상, 도덕적 타락, 성애의 탐닉 등이라면 그러한 무질서 속에서 질서를 찾아내려는 것이 이 작품의 새로움이다.

둘째, 소설의 전개방식 역시 대단히 정석적이다. 세 사람의 고교동창생 ROTC장교가 월남으로 가는 과정과 월남에서 겪는 사건들을 계기적으로 전개하여 사건의 전모를 명확하게 파악하게 한다. 극히 예외적인 플래시백의 기법은 주인공의 신상에 대한 이해를 돕는 보조 장치로 처리된다. 인물의 성격도 명료하게 설정하여 20대 장교의 순수한 심성을 그대로 투영한다. 술 먹고 낄낄거리고 여자와 나뒹구는 퇴폐적 군인상이 아니라 군인정신이 투철하게 박힌 건전한 군인상이 이 작품에서의 박성우 중위이다. 사건의 얽힘 역시 극도로 단순화되어 교묘한 트릭이나 복선이 없다. 각 단계마다 분규가 없지 않으나 그것은 그 단계에 그치고 다음 단계와 연결되지 않는다. 달리 생각하면 고지식하고 융통성 없는 소설 전개방식이 월남전을 다룬 이 작품의 또 다른 새로움이다.

셋째, 월남전의 공간을 극도로 축소시켜 다이풍 지역과 나트랑을 중심으로 이야기를 풀어나간다. 다이풍은 전란 당시의 우리나라 지리산 주변의 마을 같은 곳이다.

> ······ 여긴 한국군과 베트콩 양쪽의 이해가 상반되는 지역이지요. 그런 뜻에서 동서의 세력 각축에 의한 분쟁을 겪고 있는 베트남 전쟁의 축소판인 셈이에요. 다이풍은 세 가지 길 중 택일해야 해요. 첫째는 이대로 부대끼며 견뎌내는 것, 둘째는 한쪽 세력을 택해 다른 한쪽을 완전 거부하는 것, 셋째는 양쪽 세력을 모두 받아들이는 중립지역으로 만드는 거지요. 가장 중요한 건 주민의 의지의 통일이에요.

다이풍 지역의 지리적 상징성에 대한 주민의 설명에 다이풍의 운명이 내포되어 있다. 월남의 운명을 응축하고 있는 극적인 공간으로 다이풍을 선택함으로써 주제적 관심을 한곳으로 집중시키고 있다.

우리 소설에서 월남, 미국, 아랍, 유럽 등의 이국적 공간은 이러한 공간을 통해서 무엇인가 '유별난 것'을 표현하기 위해서 설정된다. 따라서 작가들은 이국적 공간의 이곳저곳을 소개하기에 바쁘고 그들 장소의 '유별난 것'을 강조하는 데 몰두해서 정작 해야 할 말을 못하고 소설을 끝맺는 경우가 많다. 『훈장과 굴레』는 기왕에 널리 알려진 월남에 대한 관광안내를 포기하고 그 대신 주제가 응축 되어 있는 촌락으로 우리들을 이끌어간다. 우리들이 다이풍 촌락에 들어선 때부터 우리들은 더 이상 단순한 방관자가 아니다.

마지막으로 이 작품이 제시하는 이데올로기의 대립 양상을 살펴보자. 이 작품의 주인공 박성우는 이북 출신의 부모를 6·25때 잃고 누나와 매부의 도움으로 학교를 마친 뒤, 자신을 속박하고 있는 '운명의 실'을 끊기 위해서 전쟁의 현장인 월남전에 뛰어든다. 전형적인 반공주의자로서 전투에 참여하게 된 박 중위는 이데올로기의 실체가 무엇인지 확인하기에는 너무나 전쟁에 밀착되었고, 자신의 수행하는 임무가 다이풍 촌의 모든 사람들을 구원할 수 있으리라는 한정적 견해를 유지할 수 있을 따름이다. 그는 사학도로서, 군인으로서, 젊은이로서, 월남의 사정을 최대한 이해하려고 애썼으나 그의 이해를 넘어선 거대한 이데올로기의 벽에 가로막혀 인식의 원점에 귀착되고 만다.

작가는 이 점을 보다 선명하게 하기 위하여 후옹 촌장의 민족주의와 그의 아들 탄의 노선을 부각시킨다. 이들에 대한 박성우의 생각은 단순히 신념적인 것이라서 그 대결의 양상이 치열하게 나타나지 않는다. 그런데 이것은 의도적인 것으로 생각된다. 작가는 이념을 말하려고 하지 않고 이념의 현장을 보여주려고 한 것이다. 소설을 이념화하지 않고 이념을 소설화한다. 이념에 대한 자세한 해설을 사회학 서적에 미루고 이념의 형상을 그리려고 한다.

『훈장과 굴레』가 보여주는 이 같은 새로운 시각에 대하여 비판적 견해를 제기할 수도 있다. 즉, 총체예술로서 장편소설의 특성을 살리지 못하고 중편소설이나 몇 개의 단편소설로 충분할 이야기들을 상세화한 것에 불과하지 않느냐 하는 비판을 제기할 수도 있다. 또 소설의 정식에 집착하여 장편소설이라면 응당 내포될 일탈의 미학 같은 것이 결여되지 않았느냐 하는 이야기도 할 수 있다. 공간이 너무 축소되어 의식의 축소를 야기했고 그 결과 이데올로기적 갈등의 윤곽을 뚜렷하게 나타내지 못한 것이 아니냐는 견해도 있을 수 있다.

이러한 비판과 앞서 제시한 바의 새로움과의 대비는 작품에 대한 귀납적 해독의 결과로 판명될 것이다. 그에 앞서서 해명되어야 할 점은 이 작품이 현상응모 소설로서의 한계를 원천적으로 내포하고 있다는 것이다. 분량의 한계를 지키면서 소설적 전형성을 유지하려면 이것저것을 두루 보여주는 총체성이란 애초에 불가능하고 일탈의 미학을 보여주기에는 심정적 여유가 없다. 또한 공간의 축소나 이념의 간결성은 의도적인 것이라서 논란의 여지가 별로 없다. 이렇게 본다면 이 작품의 균제와 균형은 작품적 미덕으로 간주되어야 한다. 비정규전을 벌이는 베트콩을 정규전의 전술로 대치하는 이 작품의 내용처럼『훈장과 굴레』는 소설 쓰기라는 전투를 정규전적으로 수행하고 있는 작품이다.

2. 세 개의 동심원적 궤적

『훈장과 굴레』의 줄거리는 세 개의 모티프로 나눌 수 있다. 윤광호, 마준, 박성우의 월남전에서의 활동과 죽음, 다이퐁 촌의 변화와 파국, 박성우

와 미야의 애정관계 등이 그것이다. 이 세 모티프는 박성우를 중심으로 종
횡으로 연결된다.

첫째 모티프는 월남전에서의 한국군의 역할을, 둘째 모티프는 한국군
주둔지역의 변화과정, 셋째 모티프는 월남인과 한국인의 친화관계를 각각
표상한다. 이 세 모티프가 결합되면 월남과 한국의 관계가 뚜렷하게 나타
난다. 이 모티프들은 하나의 의미망을 형성하는 의미의 굵은 줄기들이다.

첫째 모티프에서 월남전을 통하여 자신의 무용을 갈고 닦으려던 윤광호
는 제일 먼저 전사한다. 용勇은 넘치나 지智가 모자란다는 큰형의 사후 평
가를 받은 윤광호는 혁혁한 전공을 세우지만 세 친구 중 가장 빨리 죽는다.
무엇인가 그럴듯한 사건을 일으킬 것 같은 인물이 소설의 서두에서 사라
진 것에 대해서 아쉬움이 남지만 그의 운명은 그렇게 정해진 것이다. 월남
을 무술의 수련장으로 생각한 것 자체가 착각이었고 전공과 훈장을 목표
로 한 참전부터가 잘못되었기 때문이다. 소설의 서술에 의하면 윤광호는
씩씩한 군인으로서 훈장 매니아증mania症과는 거리가 먼 젊은이지만 그
의 죽음은 월남전의 사정에 따른다면 당연한 것이고 예정된 것처럼 느껴
진다.

마준의 죽음은 또 다른 의미의 허망한 종말이다. 가난한 농군의 맏아들
마준은 참전을 통해서 신분상승의 기회를 포착하려고 군수품을 빼돌리다
가 교통사고로 죽게 된다. 지난날의 순수함이 전쟁의 무질서에 의해 흐려
져서 부정인 줄 알면서도 부정한 짓을 저지른다. 월남전 수행과정의 부패
상이 마준에 의해 표출되고, 그의 죽음을 통해서 부정의 말로를 확인할 수
있다.

그러나 무술의 연마라든지 축제에 관심이 없고 전쟁의 현장에서 자신을
얽매고 있는 '운명의 실'을 발견하려는 박성우는 끝까지 살아남는다.

이 소설의 가장 중요한 장면 중의 하나가 그렇게 살아남은 박성우가 국
립묘지를 찾아가 윤광호의 묘소를 참배하고 마준의 안장식을 참관하는 장

면이다. 소설의 에필로그처럼 여겨져 쓸데없는 군더더기 장면으로 판단하기 쉬운 이 장면에 이 소설의 창작동인이 담겨 있다. 어떻게 죽었고 무슨 이유 때문에 죽었던 간에 이 땅의 피 끓는 젊은이들이 월남이라는 먼 이역 땅에서 죽어야만했던 사실 앞에서 초연할 사람은 아무도 없다. 더군다나 그 전쟁에 같이 참여한 전우로서 그들의 죽음 앞에서 느끼는 감회는 남다른 것이다. '명예롭지 못한 전쟁'으로 알려져 그 전쟁에 참여한 것부터 잘못되었다는 인식을 받는 월남전에서의 죽음을 새롭게 인식해야 한다는 생각이 박성우의 국립묘지 참배 장면에 내포되어 있다. 양키들이 이야기하듯 '미개인들의 전쟁'도 아니고 '이국의 전쟁'이 아닌 '우리들의 전쟁'에 참여했다는 의식이 박성우의 생각이다. 이 생각이 그를 살아남게 한 것이고 월남인과 그곳의 부락에 대해 끊임없는 애정을 갖게 한 동력이다.

박성우라는 인물은 현대소설에서 드물게 보이는 정상적 인간이다. 착실하게 공부를 해서 ROTC 장교로 임관되고, 건전한 군인정신의 소유자로서 자신의 임무를 철저하게 지키고, 도덕적 순수성을 끝까지 간직하는 전형적인 대한민국의 청년이다. 문제가 있다면 그의 이상인데, 이것도 이상을 추구하기 위한 정열을 제외하면 보통사람의 수준을 넘지 않는다. 이런 인물이 소설의 주인공이라는 것 자체가 하나의 경이다.

비뚤어진 인간상에 익숙해진 독자로서는 이런 인물이 소설의 세계에 거주하는 것에 놀라움을 표시할 것이다. 그의 활동을 지켜보노라면 놀라움은 긍정의 감정으로 바뀌고 곧 그의 인간됨에 매료될 것이다. 이런 시선으로 보면 그의 생환은 당연한 것이라서 만약 그의 죽음으로 소설이 결말짓게 되었다면 또 다른 배신감을 느꼈을 것이다. 작중인물에 대한 이 같은 신뢰도는 소설의 기술記述 전체에 대한 신뢰성으로 이전된다. 박성우라는 인물의 성실성과 진지함, 믿음직스러움은 이 작품 전체의 그것과 연결된다.

둘째 모티프인 다이퐁 촌의 변화와 파국은 이 소설의 중심 주제를 함축하고 있는 모티프이다. 박성우 중위는 열과 성을 다해서 다이풍 주민들을 도우려 하지만 그들은 냉담한 표정을 지을 뿐이다. 오랜 전란에 시달려온 주민들은 체념주의에 빠져 있고 또 자신의 비참한 운명을 예견하고 있기 때문이다. 그러나 박성우의 헌신적인 봉사에 감동한 그들은 한국군에게 협조하기 시작했고 얼마 후 한국군은 그 지역을 A급 평정지역으로 평가한다. 그러나 그들의 내부에는 또 다른 생각이 꿈틀거리고 있다.

> 베트남에 한번 발을 들여놓으면 당신은 끝없는 미로에 빠질 것이다. 민족이란 것은 한번 눈뜨고 일어선 다음에는 아무리 강한 세력도 꺾을 수가 없다. 당신이 내세우는 이데올로기는 민중에게 아무 관심도 불러일으킬 수 없을 것이다. 베트남 민중은 오히려 그것을 당신의 지배욕과 동일시할 것이다. 불행한 아시아 민족들을 위해서 당신이나 우리가 해야 할 일은 그들을 인간적 고통과 욕된 상태에서 빠져나올 수 있게 도와주는 것이다.

드골의 말을 인용하면서 성우를 닦아세우는 촌장의 아들 탄의 태도가 그것이다. 탄의 의견이 옳지 않다는 것을 증명하기 위해서 박성우 중위는 모든 노력을 기울이지만 그가 귀국휴가를 갔다 온 얼마 후 다이풍 촌은 베트콩의 습격을 당하고 한국군에게 협조한 사람들―후옹 촌장, 그의 딸 미야 등이 살육 당한다. 드골의 말은 진실로 증명된 셈이고 박성우의 노력은 수포로 돌아갔다. 다이풍 촌 평정으로 받은 훈장이 굴레처럼 박성우를 압박한다. 영광에서 속박으로 이르는 길이 그렇게 순식간에 끝나는 것인지 박성우는 뼈저린 절망과 회의에 사로잡힌다.

다이풍 촌의 파국을 통해서 박성우가 절망과 회의, 참괴와 비통만을 느꼈다면 이것처럼 허망한 일도 없을 것이다. 전쟁의 비참성, 약소민족의 비애 따위를 강조하기 위해서 이 소설이 씌어졌다면 그처럼 무의미한 것도 없을 것이다. 다이풍 촌의 파국은 어느 정도 예상된 것이고, 전쟁의 비참함은 직접·간접의 체험을 통해 익히 알고 있기 때문이다. 박성우라는 한 인간이 다이풍 촌의 파국으로 일종의 통과제의를 겪었고 그로 인해 인간적으로 성숙해졌다는 식의 해석도 큰 뜻을 갖지 못한다.

다이풍 촌의 파국의 의미는 이 작품의 셋째 모티프인 박성우와 미야의 애정관계와 미야의 죽음에서 찾아진다. 미야라는 월남 여인은 자신의 약혼자를 전쟁으로 앗기고 정신적 방황을 계속하다 박성우의 인간적 매력에 이끌려 사랑을 불태운다. 이 여인이 그런 여인이고 박성우와의 사랑이 '사랑에는 국경이 없다'는 식의 멜로드라마적인 것이라면 더 이상 언급할 가치가 없다. 젊은 군인과 현지 여인의 한때의 불장난으로 취급하면 그만이다.

이 작품에서 미야와 박성우의 사랑은 위에 이야기한 바의 통속적 요소를 얼마간 내포하고 있다. 그럼에도 불구하고 이 사랑은 평범한 것 같지 않다. 박성우의 미야에 대한 애정은 월남인들에 대한 뜨거운 애정 표현의 변환된 양상이고 그들이 사랑을 나누는 것은 한국인과 베트남인의 순수한 마음의 교류라는 사실이 소설의 곳곳에서 암시된다. 미야의 죽음과 이 죽음을 끝까지 잊지 않겠다는 박성우의 결심은 베트남의 현실과 베트남인들의 고뇌를 영원히 잊지 않겠다는 각오와 자연스럽게 연결된다. 자신의 끊임없는 노력에도 불구하고 비참한 파국으로 끝난 다이풍 촌의 경우를 통해 베트남인에 대한 죄의식을 절감해야 했던 박성우는 미야의 죽음으로 인해 개인적인 아픔까지 느껴야 한다. 베트남인에 대한 죄의식이라는 공적인 아픔은 세월이 지나가면 잊힐지 모르나 그 아픔 속에 미야를 잃은 슬픔이 내포되어 있기 때문에 잊으려고 해도 쉽게 잊을 수 없다. 미야의 죽음은 베트남인의 고통을 감성화한 슬픔이고 이를 박성우라는 개인의 의식에 각인시킨 내면화된 고통이다.

이들의 사랑에서 주목할 것은 그 순결성이다. 하룻밤 코 풀기식의 상업적 사랑도 아니고 도덕적 타락을 감지 못한 채 감각적 쾌락만 불태우는 관능적 사랑도 아닌 순결하면서도 풋풋한 사랑이 싱그러운(사랑 주고받기에 서투른 사람이 쓴 것 같은 어색함도 있는) 문체로 표현되고 있다. 이런 사랑에 대하여 낭만적 상상력의 과잉이라고 해석할 수도 있다. 그러나 전쟁의 소용돌이 속에서 이런 사랑이 자리 잡을 수 있다는 것은 얼마나 신비로운가.

도덕적으로 훼손된 상황을 복원하기 위해서는 사랑의 감각 마비현상을 극복해야 한다. 이데올로기의 강변과 물리적 폭력을 세상의 전부인 양 착각하는 전쟁 상황에서 이데올로기도 폭력도 물리칠 수 있는 사랑이 있다는 것은 막힌 가슴을 뚫어주는 숨통 같은 것이다. 미야는 성우에게 있어 그런 숨통 같은, 안전핀 같은 역할을 하다 죽었다. 죽어서도 성우에게 영혼의 불망비 같은 역할을 하여 베트남 전쟁의 의미를 그의 마음속에 새겨놓았다. 이 소설의 사랑은 장식적 구성요소가 아니라 본질적 구성요소라고 하겠다.

3. 속박에서 영광으로

『훈장과 굴레』는 자신 있게 말할 수 있는 것만 확실하게 쓴다는 인식을 바탕으로 베트남 전쟁의 핵심적 단면을 겸허하게 성찰한 소설이다. 과장과 허식을 배제하고 진실의 알갱이만 골라 균제된 문체와 균형 잡힌 구성으로 전쟁의 추악함을 아름다움의 영역으로까지 끌어올린다.

훈장을 타기 위해 베트남인을 사랑한 것은 아니지만 그 공적으로 훈장을 타게 되었고 다이퐁 촌의 파국으로 말미암아 훈장의 영광을 자신에 대한 굴레로 생각하게 된 성우는 죽을 때까지 영광을 속박으로 생각하며 살아갈 것이다. 그러한 죄의식이 속박에서 영광으로 이르는 길이라는 사실을 우리는 인식할 수 있다.

『훈장과 굴레』는 베트남 전쟁으로 인한 우리들의 멍에가 언젠가는 영광으로 변할 날이 있다는 확신을 부여한 작품이다. 그런 의미에서 베트남 전장 소설의 한 가능성을 보여주었고, 그 가능성이 한국의 현실과 보다 긴밀하게 연관될 때 또 다른 가능성으로 확대될 것을 기약하고 있는 작품이다.

10. 이 시대 살아가기의 어려움

―박양호,『지방대학교수』

1. 소설 쓰기의 어려움

「지방대학교수」를 비롯한 박양호의 소설에 일관되게 나타나는 주제는 소설 쓰기의 어려움에 관한 것이다. 미술가가 미술하기의 어려움을 말한다거나 음악가가 음악하기의 힘듦을 고백하는 것과 소설가가 소설 쓰기의 어려움을 말하는 것은 그 차원이 틀리다. 미술가나 음악가는 그들의 예술이 아닌 말로 어려움을 호소하지만, 소설가는 소설로 어려움을 표현하기 때문에 어려움 자체가 소설의 형식과 내용을 구성한다.

박양호가 소설 쓰기의 어려움을 말하는 태도와 방법은 정직하고 유연하다. 정직한 태도로 별다른 꾸밈없이 자신의 심정을 담담하게 털어놓을 때, 우리는 문득 이것도 허구적 기교가 아닌지 의심을 품게 되는데, 소설의 밑바닥까지 뒤져보아도 나오는 것은 소설에 대한 작가의 정직한 심상뿐이다. 유연한 방법으로 소설 쓰기가 힘들다고 고백할 때, 우리는 짐짓 이것도 작가의 의례적인 푸념이 아닌지 의심을 갖게 되는데, 소설의 전개를 끝까지 지켜보면 사실은 표현보다 더 심각한데 작가가 그 심각성을 감추고 있다는 것을 알게 된다.

이 작품의 후기는 무엇일까. 무엇이라고 써야 되는가. 아무리 생각해도 명쾌한 답이 떠오르지 않는다. 그런 생각을 하자 내가 왜 차라리 시를 쓰지 않고 소설이라는 괴물을 붙잡았지? 하는 후회도 든다. 물론 그 두 가지를 잘 조화시키는 사람들도 있지만 나로서는 역부족이다. 이 글을 읽는 사람에게 나는 도대체 무슨 얘기를 하려고 했던 것일까. 그러자마자 나는 아주 깜깜한 절벽 앞에 서 있는 기분이다. 뛰어내릴 용기는 갖지 못했다. 사실은 여기까지 쓴 얘기 자체를 찢어버리고 싶은 느낌이다. 그럴 배짱도 갖지 못한 주제에…… 전전긍긍하고 있으니…… 참, 세상에 글 쓰는 일이라는 게 늘 이런 것일까?

가>에서 바>까지로 단락 지은 「참새와 고래」의 끝에 나오는 작가의 독백이다. 후기까지 써야 이야기를 완결 지을 터인데 명쾌한 답이 떠오르지 않자, 소설가인 자기 자신의 한계를 느끼고, 작품을 찢어버리고 싶다는 충동에 잠긴다. 우리가 이 글에서 주목할 것은 딱한 처지에 빠진 소설가 자신이 자기의 치부까지 드러내 보이고 있다는 사실이다. 판사는 판결문으로만 자신의 견해를 밝힌다는 식으로 소설가는 소설 쓰기에 대해서 밝히지 않는 상식에 비추어 이런 서술은 어색한 느낌과 참신한 느낌을 동시에 제공한다. 이청준 같은 작가는 한때 왜 써야 하는가라는 주제로 형이상학적 소설을 구축하다가, 소설의 질료인 말의 사회학 문제를 끈질기게 추구했다. 그러나 그의 소설에는 박양호가 토하고 있는 고민덩어리가 직접 눈에 뜨이지 않는다. 그만큼 이청준은 명민한 궤변 진술에 익숙해 있다는 증거다. 그런데 박양호는 소설가의 체면치레까지 벗어던지고 자신과 독자에

게 하소연을 한다. 어느 쪽이 더 충격적인가에 대해서는 판단을 보류한다
고 해도, 우리는 왜 박양호의 소설에서 소설 쓰기의 어려움이 지속적인 주
제로 떠오르는지 그 이유를 알아야 한다. 위 인용문에서 작가는 그것을 절
벽이라고 묘사한다.

　「참새와 고래」에서 소설 쓰기의 과정에 해당하는 것이 가>, 나>, 마>,
바>이고 본 이야기는 다>, 라>인데, 이러한 액자적 구조에서 정작 중요
성을 함축하는 것은 전자이다. 유년기의 장애 때문에 여자를 사랑하기 힘
든 김평후라는 복학생이 군대에서 한 장교를 만나 치유되는데, 광주항쟁
의 진압군으로 참여한 체험 때문에 다시 불능상태에 빠진다는 것이다.
다>, 라>의 이야기를 그럴듯하게 전개해도 누가 무어라고 할 사람이 없
는데도 작가는 삼중액자구조를 통해 자신이 머뭇거리고 있음을 밝힌다.
이러한 작가의 주저함이 작가적 성실성으로 이어진다고 판단된다.

　이 작가의 여러 작품을 통독해보면, 자신과 관련된 제재나 자신이 잘 알
고 있고 체험한 사실 외에 다른 제재를 차용하는 것을 극력 배제한다는 것
을 알 수 있다. 자신이 잘 알고 있는 사실도 타인의 거듭을 통해 재확인하
고 있다. 이것은 소설 쓰는 작가 자신에 대한 자의식이 유독 강하기 때문이
기도 하고, 자신 있는 사실마저도 확인할 것이 있다는 회의주의적 태도에
연원하기도 한다. 연구논문과 달리 "소설 쓰는 일은 일정 시간, 일정한 노
력에 반드시 비례하는 것이 아니라는 것"에 작가는 일종의 허무감을 느낀
다. 그러나 이러한 회의나 허무감은 작가가 절벽이라고 표현한 현실과 현
실의식에 비하면 아무것도 아니다.

　「뒤로 걷기」에는 앞으로 걷는 사람들 틈에서 뒤로 걸음으로써 현실의
벽을 정면으로 부정하는 맹 교수를 서 교수를 통해서 내가 알게 되는 이야
기가 나온다. 그래서 '나' 역시 뒤로 걷기를 시도해보지만 터지는 것은 매
운 최루탄뿐이다. 전진을 강조하는 학생들로 가득 찬 대학에서 뒤로 걷기
란 시대를 역행하자는 것밖에 아무 것도 아니다. 그러나 너무 앞으로 만을

강조했기 때문에 벽 뒤의 현실에 대해서는 모르고 있는 것이 아닐까?「뒤로 걷기」의 나는 자신의 보수주의적 합리성에 대해서 의식뿐만 아니라 몸으로 확인하려 든다. 이 우직한 실험과 대조적으로 박양호처럼 대학교수로서 소설을 쓰고 있는 미국 작가 솔 벨로우는 소설의 자유주의적 원칙을 강조한다. 그에 의하면 소설에 대한 공격은 자유주의원칙에 대한 공격이라고 못을 박아 원천적인 자기방어 자세를 취하고 있다. 이 얼마나 노회하고 영리한 대비책인가?

솔 벨로우는 자유주의와 소설의 관계에 대해 이렇게 설명한다. 첫째 허구적 배경 속에 작중인물을 창조한다는 것 자체가 어떠한 표제적 선언과는 상치된다는 것, 둘째 소설이 우리에게 개별성을 이해하게 하듯 독서라는 사적인 행위는 공식적으로 규정된 사고와 다른 생각을 하게 만든다는 것이다. 그의 이러한 설명에 동의한다면 박양호처럼 그의 소설에 대해 번민할 필요가 없다. 소설 쓰는 것이 표제적 선언— 정치적 경제적 사회적 문화적 의견의 일관된 표명과 상치된다면 소설가가 쓰고 싶은 대로 쓰면 그만이다. 또 독서라는 것이 이 시대의 합의된 사고에서 벗어나기 위한 행위라면, 독자를 구태여 의식하지 않고 자의적 해석을 개방하면 끝난다.

'이백 장 삼백 장을 써 내놓아도 권위 있는 평론가에 의해서 단 한 줄로 얘기되었던 내 소설(「금빛 새둥우리」)'의 운명에 대해서 고민할 필요가 없다. 박양호는 솔 벨로우적 영악성을 작가의 품성으로 거부하고 자유주의 원칙에 대해서도 전적으로 동의하지 않는다. 자유가 없는 사회, 자유가 넘치지만 본질적인 자유가 허용되지 않는 사회일수록 자유주의 원칙이 강조되고 평등주의 원칙을 배척한다. 박양호는 평등주의 원칙을 강조하지 않지만 그의 소설 곳곳에서 평등주의에 대한 진지한 검토를 발견할 수 있다.

2. 대학교수하기 어려움

그렇게 자유주의 원칙을 강조했던 솔 벨로우의 작품을 보면 틈이 날 때마다 자신이 속해 있는 대학사회에 대한 온갖 불평불만이 토로된다. 학과장의 사고방식이 되어먹지 못했다 라든지 다른 교수의 부인이 천박하다는 따위의 인신공격은 물론 대학제도, 학생들의 수준, 자신의 예술을 이해 못하는 지적 풍토 등에 대해서 미주알고주알 지껄여댄다. 불평불만의 자유주의 원칙이 충실하게 구현되어 있는 것이 그의 작품이다.

박양호의 「지방대학교수」 연작은 불평불만을 터뜨리기 위한 푸념의 공간이 아니다. 이 연작에 나타난 대학교수하기 어려움은 먼저 학생과 교수의 이념적 거리에 관한 것이다. 「금빛 새둥우리」의 작중인물 '나'는 자신의 정치적 성향에 대해 이렇게 이야기한다.

> 아주 간단히 말한다면 나는 보수적 혁신주의자라고 할 수가 있네. 분명히 잘못된 제반 문제들을 고쳐나가야 하기는 하나 과격하지 않은 방법으로 풀어나가야 한다는 생각일세. 또한 신통치는 않지만 교육자의 한 사람으로서 어떤 상황 하에서도 교육은 계속되어야 한다는 신념을 가지고 있다네.

이 문맥으로 미루어 '나'의 정치적 견해는 온건한 보수주의자의 그것으로서 복잡할 것도 특별할 것도 없는 그런 성질의 것이다. 이러한 정치적 성향을 누구에게 강요하려고 들지도 않는다. 다만 이러한 견해의 밑뿌리부터 부정하는 압도적 논리에 대해서는 참을성을 갖추지 못해 자리를 박차고 일어난다거나, 술김에 상대방을 두드려 패기도 하는 객기를 부리지만, 그런 상황이 지난 다음에는 그런 행동을 후회하고 평온을 되찾는다.

80년대의 격동의 현장에서 격동의 주인공들인 학생들에게 둘러싸인 교수들의 처지는 문자 그대로 외롭다. 이 외로움을 달래고 자신의 예술 완성을 위해서 시외에 집필할 거처를 마련하고 소설 창작에 몰두하는데, 그곳에까지 이념적 거리로 인한 심리적 갈등이 따라온다면 더 이상 어쩔 도리가 없지 않겠느냐는 반응이 나오게 마련이다.

이런 상황은 낚시를 마치고 들른 횟집에서 제자를 만나 학생운동과 변신에 얽힌 이야기가 전개되는 「꿈속의 기차」에서도 마찬가지이다. 강일출이라는 똑똑한 학생이 학생운동에 앞장서다가 전경으로 전신하고, 그 과정에서 서로 처지를 바꾸어 생각해야겠다는 깨달음을 얻게 되었다는 기분 좋은 이야기를 듣고 나서도 나의 기분은 상쾌하지 못하다.

밤바다는 칠흑이었다. 깜깜해서 아무것도 보이지 않았다. 가난한 항구에 떠 있는 몇 척의 배들이 불을 몇 개 켜고 있었지만 그 불빛은 바람에 휩쓸리고 어둠에 꼴깍 잠겨 있었다.

교수와 학생 간에 개인적으로 만나 오래간만에 흐뭇한 사제지정을 맛본 다음의 정서적 배경이 이렇게 칠흑색으로 칠해졌다면, 교수와 학생간의 화해는 일시적인 야합에 불과하다. 이러한 칠흑의 상황 역시 작가가 앞에서 표현한대로 일종의 절벽일 것이다.

사회계급이론에 의하면 청년학생은 비노동자적이고 비자본가적 조건에 기인하여 프티 부르주아적 동요를 나타낸다. 프티 부르주아 고유의 불안정성·동요성에서 탈피하기 위해 청년학생 특유의 진보적이고 양심적인 경향을 강화시켜 민중—특히 노동자 계급에 대한 애정과 복무의식을 갖게 된다. 그러나 청년학생들은 자신이 직접 생계부담을 지지 않으며 공통의 경제적 이해관계를 가지지 않기 때문에 상대적으로 자유롭다. 이 자유로움은 정신적 방황과 연결되어 「꽃타령」에서 보듯 자살로 나타나기도 하고, 「비행선을 위하여」에서처럼 정신적 질환으로 표출되기도 한다.

「꽃타령」의 박 군은 적극적인 운동권학생이 아니었기 때문에 방황의 축이 더 컸고, 정신질환의 경력까지 겹쳐 결국 자살로 끝을 맺고 말았다. 이 작품과 비슷한 내용인 강석경의 「숲속의 방」과 「꽃타령」을 비교하면 박양호의 서술방법을 보다 명확하게 알 수 있다. 강석경의 작품이 작중인물의 정신적 방황에 초점을 맞춰 주인공의 심리상태를 소설 서술의 공간으로 확대시키고 있는 반면, 박양호는 학생의 심리상태 따위는 기술하지 않고 그의 죽음이 자신의 대학교수생활에 미치는 감정적 파문을 확인하고 있다. 요컨대 박양호는 가공적이든 실제적이든 어떤 사건이 작가에게 미친 파문을 인상 깊게 서술하는 것을 중요하게 여긴다. 그렇다고 해서 인상주의나 감상주의의 흔적도 보이지 않는다. 건조하면서도 그 이면에는 끈적거리는 감정의 앙금들이 소설의 밑바닥에 가라앉아 있다. 그런 앙금이 대학교수생활을 어렵게 만드는 요인임은 두말할 나위가 없다.

대학교수생활의 어려움은 「지방대학교수」라는 표제에 이미 나타나 있다. 군이 지방대학이라고 지방을 강조하고 있는 이 제목에서, 낯선 지방에 대한 적응이 쉽게 되지 않고, 지방이 지니고 있는 고여 있음의 분위기에 동조할 수 없는 작가의 완강한 저항을 연상할 수 있다. 광주라는 80년대 역사의 진원지에서, 학생을 교사로 진출시키는 사범대학에서 자신의 의도와는 다른 지시사항에 둘러싸여 교수생활을 영위한다는 것이 소설가에게 어떤 의미를 가지는가. 「지방대학교수」 연작은 이 질문에 대한 해답을 집요하게 추적한다. 소설로 평가받는 것이 아니라 학생지도능력이나 교수간의 사교생활의 원만도로 작가를 척도하려는 풍토에서 소설 쓰기의 어려움은 가중된다. 게다가 윤리적인 판단으로 예술가를 매장하기도 하는 반지성적 분위기는 작가를 더욱 갑갑하게 옥죈다.

「누가 앵무새를 죽이는가」는 이런 일련의 상황에 대한 작가의 의문부호를 형상화한 작품이다. 유부남 화가와 스캔들을 일으켜 교수직을 떠나게 된 성악가가 이름 없는 골짜기에서 성악연습을 계속하는 장면은 확실히 충격적이다. 열악한 예술 환경 속에서 그 안에 들어갈 자격마저 박탈당한 성악가의 일화는 차라리 교훈적이다. 작가는 거금의 돈과 긴 시간을 들여 완성한 조각품을 예술가의 시각 때문에 박살낸 그녀의 남편을 대비시키고 있지만, 그 조각가는 그래도 그 안에서 활동할 수 있는 자격이 있는 사람이다. 익명성이 보장되지 않는 사교생활과 예술창작의욕을 고갈시키는 지적 풍토를 날카롭게 지적하면서도, 작가는 이 지방에 대해 근본적인 애정을 갖고 있다. 「지방대학교수」 연작에서 지방과 대학에 대한 자질구레한 불평불만을 발설할 수 없다는 것, 이 두 가지에 대한 작가의 집착이 지속적으로 나타나고 있다는 것을 확인하는 일은 즐겁다. 서술 대상에 대한 자제심과 편벽되지 않은 시각이 그러한 즐거움에 수반되는 작가의 성실성을 조형하고 있다.

3. 형상성 구현의 어려움

「지방대학교수」 연작을 통해서 자신이 발 딛고 있는 입지에 대한 철저한 점검을 시도하고 있는 작가로서 가장 답답하게 여기는 것은, 자신의 소설이 그런 연작을 통해 고정되어서는 안 된다는 자각일 것이다. 지방대학교수도 의미 있는 일이지만 그것보다는 작가로서의 역할이 더 의의가 있다. 그래서 다양한 형상을 구현하기 위해서 여러 가지 시도를 해보는데, 뜻밖에도 표현의 자유에 대한 금제의 덫에 걸려들게 된다.

「미친새」 연작이 쓰인 경위에 대해서는 확실히 모르지만, 「미친새」가 발표되었을 당시 정보기관의 엉뚱한 음모에 얽혀 들어가 작가가 정신적 육체적 고초를 당한 것으로 알고 있다. 작가는 자신의 작가생활에 대해 소설을 통해 자세히 밝히고 있으면서도 이 부근의 체험에 대해서는 입을 다물고 있다. 연상하고 싶지 않은 쓰라린 체험이기도 하거니와 그것을 소설화하는 데는 많은 제약이 따르기 때문일 것이다.

　이런 경위로 작가는 「미친새」 연작에 대해 특별한 애착과 집념을 가진 듯하다. 오리가 주인공으로 등장하는 이 우화소설은 어두운 해학의 기법으로 진행된다. 오리가 날기를 희망한다든가, 오리의 자유를 꿈꾼다든가, 오리 떼의 진정한 지도자를 갈구한다는 등의 이야깃거리는 별로 신통한 것이 못된다. 그럼에도 이 소설을 찬찬히 뜯어보면, 현실에 대한 직접적 비유를 구현하기보다는 인간의식의 근본적 측면을 해부하면서 보편적 진실의 세계를 추구하고 있다는 점을 알 수 있다.

　「꽃타령」에서 학생이 위트나 농담이 어떻게 다르냐는 질문을 교수에게 한다. 그에 대한 교수의 대답은 이러하다. "위트는 기지, 유머를 말하는 것이고, 농담은 장난말이라는 뜻입니다. 그러나 둘 다 겉으로 표현되는 언표, 즉 표면적인 말하고 내면적인 뜻이 다른 경우가 많은 특징들을 가지고 있습니다. 이해가 빠를 수도 있고, 오해가 무엇보다도 깊을 수가 있습니다. 이를테면 저런 사건의 원인일 수도 있습니다." 교수의 유머에 대한 이러한 설명은 「미친새」 연작의 형식과 내용을 충분히 밝히고 있다. 특히 오해가 깊을 수도 있고, 사건의 원인일 수도 있다는 지적은 「미친새」의 창작과 발표경로에 딱 맞아떨어진다. 그런데 여기서 한 가지 분명히 해둘 것은, 「미친새」 연작에서 보이는 우화적 기법이나 고발이 리얼리즘적인 그것보다 한 단계 낮은 차원의 효과를 가져왔다는 점이다. 우화나 풍자는 리얼리즘이 허용되지 않은 상황에서 리얼리즘을 향해 상승하고자 하는 소극적 저항의 양상이다. 이런 사실을 소설이론을 가르치는 작가가 모를 리 없다. 그런데도 이 형식을 고집하고 집착하는 이유가 무엇인가? 그것은 미친새의 우화를 통해서 미쳐 돌아가는 이 세상을 일반화시키는 것이 미친 세상에 대한 리얼리즘적 접근보다 효과적이라고 판단했기 때문일 것이다. 저마다 오리발을 내밀면서도 오리탕을 즐기고 인간의 우월성에 대해 핏대를 올리는 현대인에 대한 근본적 풍자가 「미친새」 연작에서 빛나고 있다. 다만 소설의 재미라는 측면과 현실에 대한 직접적 반영의 각도에서 「미친새」 연작은 따분한 서술이 아니냐는 반론은 가능하다. 작가의 집착이라는 것도 공인될 수 있고 객관화할 수 있는 정도에서 다른 사람이 수긍할 수 있다는 점을 이 연작을 통해 확인하게 된다.

박양호의 작가적 관심의 폭은 그렇게 넓지 못하다. 이것은 자신이 모르는 영역에 대해서 아는 것처럼 쓰지 않겠다는 정직성에 기인하는 것으로서, 작가는 관심의 폭 대신 관심의 깊이를 천착한다. 「조그만 적 2」는 그의 관심의 깊이를 측정케 하는 작품이다. 이 작품의 내용은 간단하다. 아파트에 바퀴벌레가 없어진 대신 개미가 들끓기 시작하는데, 별수단을 다 강구해도 개미를 퇴치할 수 없다는 것이다. 개미가 생활의 리듬을 완전히 깨뜨려서 개미의 출현을 적의 출현으로 간주할 만큼 정신적 긴장감 속에서 삶을 꾸려가게 된다. 이 작품의 개미는 카프카의 벌레나 이인성의 소설의 유리창에 앉은 파리 같은 것이 아니다. 근대성의 변신이 벌레나 파리라면 이 작품의 개미는 현실 속의 삶을 저해하는 조그만 문제들의 집단을 의미한다. 벌레나 파리가 전통을 부정하고 극단적으로 소외된 현대인의 정신적 위기감을 상징한다면 개미는 그런 개념과 거리가 먼 생활에서의 삶을 저해하는 요소들의 집합이다. 이 요소들은 정치적 오류나 경제적 실책처럼 우리의 삶을 결정적으로 파괴하지는 않지만, 야금야금 우리의 삶을 갉아먹어 삶의 형체조차 바스러뜨린다는 점에서 가공할 만한 파괴력을 지녔다. 작중인물 '나'는 그것을 직감하고 대책을 마련하지만 끝내 그 대책을 찾지 못한다. 그러면서도 언젠가는 대책이 나올 것이라는 희망은 버리지 않는다. 이 작품은 이런 서술로 끝이 아닌 끝을 맺는다.

허나 내가 쫓아내지는 못했지만 놈들도 나를 완전히 지치게 할 수는 없었다. 왜냐하면 비록 실패했지만 나도 틈나는 대로 그들을 없애버릴 궁리를 하고 있기 때문이었다. 설령 그들이 아무리 보이지 않는 틈바구니로 살몃살몃 돌아다니면서 나 같은 보통 사람들을 괴롭힌다고 하더라도 세상에는 또 나 같은 사람이 얼마든지 보통으로 있게 마련이니까…… 언젠가는 무슨 궁리가 나올 테지…… 언젠가는…….

그것이 언제가 될지는 아무도 모른다. 그의 소설이 삶의 이러한 세세한 부분까지 관여하면서 우리들 삶의 불균형과 부조화의 문제를 해결하려 한다는 것은 확실하다. 조그만 불만을 큰 불만에 가름하면서 그날그날의 긴장감을 해소시키는 보통 사람들 속에서, 조그만 불만을 적으로 간주하고 그 적을 궤멸시킬 방법까지 궁리하는 것이, 이루지도 못할 사회적 이상을 표제적 표어로 삼아 뭇사람을 기만하는 것보다 낫다는 생각을 「조그만 적 2」에서 되새길 수 있다.

박양호는 허무와 친숙한 작가다. 그의 취미를 짐작하게 하는 「그대를 기다리며」 같은 작품에서, 더운 여름날 밤 단 두 번의 물고기 입질에서 황홀감을 느끼는 작가 자신을 발견할 수 있다. 이 작품의 표현을 빌린다면 그가 바친 기다림의 시간은 그 얼마였고, 얼마나 많은 동안 헛수고를 했던고. 그러나 그는 소설가가 된 자신을 원망하지는 않는다. 좋은 소설이라는 대어를 기다리는 작가의 정성을 생각한다면 지나가는 눈길로 훑어보는 그의 소설에 대한 독서는 작가의 고생에 비해 아무것도 아니다.

이 아무것도 아닌 행위 ― 그의 소설에 대한 해설을 나는 너무 오랫동안 미루어 두었다. 같은 직업의 대학교수로서 낚시라는 같은 취미를 가진 사람으로서 그가 밝히고 있는 고민의 성질이 나의 그것과 너무 비슷했기 때문인지도 모른다. 대학교수와 작가가 겪어야 하는 모든 종류의 어려움을 작품으로 극복하려는 작가의 자세에 다시 한 번 유념의 눈길을 보낸다.

11. **아리랑 노래로 읽어보는『아리랑』**

1. 민요 아리랑, 영화 ≪아리랑≫, 소설『아리랑』

민요 아리랑은 민중의 삶과 한을 응축시킨 노래이기에 중민들의 아낌을 받아왔다. 기쁠 때나 슬플 때, 즐거울 때나 괴로울 때를 가리지 않고 민중은 아리랑을 흥얼거리면서 그들의 가슴속에 품은 정한을 노래해 왔다. 진실을 가려본다면 기쁠 때, 즐거울 때보다 슬플 때와 괴로울 때 이 노래를 더 자주 불러온 것이 사실이다.

신문의 보도(≪동아일보≫1996.8.7일자)는 가미카제 특공대원으로 죽음을 눈앞에 둔 조선인 비행사가 출격 전날 밤 아리랑을 마지막으로 부르고 사망했다는 이야기를 전하고 있다. 일본군에 징집되어 비행교관이 되었던 탁경현 대위가 사망한 곳은 오키나와 전장. 그는 '내가 내일 출격해 사라지는데 마지막으로 내 조국의 노래를 들어주지 않겠느냐'며 아리랑을 한없이 울며 부른 뒤 다음날 사망했다고 한다. 당시 탁대위의 노래를 들어준 부대 앞 식당 주인 도오메 여사는 그의 유언과 메모장을 죽기 전 그의 딸에게 전했고, 이 유품은 이를 취재한 제작진에 의해 50년이나 지난 1995년 가족에게 전달되었다는 것.

이 눈물겨운 사연을 읽으면서 소설 『아리랑』은 수 천 수 만의 탁경현 대위의 스토리를 집적시킨 대작이라는 생각에 부딪히지 않을 수 없었다. 아리랑을 부르면서 죽어간 식민지시대의 수많은 젊은이. 그 노래를 부르면서 삶의 가장 어려운 고비를 넘겼던 이 땅과 그 땅을 벗어난 아득한 외지의 수를 헤아릴 수 없는 조선인들. 이들의 기막힌 사연과 사연을 작가 조정래는 열두 권의 책으로 압축시켜 놓은 것이다.

소설의 제목이 갖는 함의를 생각한다면 『아리랑』이라는 표제는 평범하기 짝이 없다. 김산의 이야기를 담은 님 웨일즈의 『아리랑 노래』*Song of Arirang*를 염두에 두더라도 평범하게 여겨지는 것은 마찬가지이다. 12권짜리 장편소설의 제목이 『아리랑』이라니. 무슨 민요 답사 이야기라도 하겠다는 말인가. 이런 의문을 품기 쉽다.

민요 아리랑이 한말에서 일제 암흑기를 통하여 이 겨레의 비분을 표백한 내용으로 남녀노소를 불문하고 애창했던 노래라는 것과 불린 지역의 광범위함을 상기하면, 『아리랑』이라는 제명이 포괄하는 범위가 시간적으로는 구한말에서 일제 치하를 거쳐 오늘에 이르는 일백 몇 십 년이고, 공간적으로는 조선 땅을 비롯해서 만주, 연해주, 소련의 중근동, 일본, 하와이, 미주, 멕시코에 이르기까지 전 세계에 걸친다는 것을 알 수 있다. 실로 웅대한 숨겨진 뜻이 소설의 제목에 담겨있다. 그렇다면 『아리랑』이라는 제목은 좋게 보면 작가의 패기를 나타내는 것이고, 나쁘게 보면 작가의 지나친 건방짐이 표출되는 제명임에 틀림없다. 과연 어느 쪽인가. 『아리랑』 전권을 통독한 사람이라면 단연 전자로 간주할 것이다. 결론부터 이야기한다면 소설 『아리랑』은 그 제목에 값하는 내용을 어김없이 담고 있다. 시간과 공간의 광대한 범위를 포괄하고 있음은 물론이고, 당시의 조선인을 총체적으로 표상하는 전형적 인물들이 소설 속에 살아 움직이면서 오늘의 삶을 투영하고 있다.

민요 아리랑은 '아리랑'이라는 음성이 후렴에 들어 있는 민요의 총칭이다. 어느 시대에 생겨났는지는 확실하지 않으나, 고래로 조금씩 첨가, 개작되어 오늘의 노래가 이루어졌다. 음악의 장단은 우리 민족에게 가장 익숙한 세마치장단으로 경기도 지방에서 전국적으로 퍼져나가, 변이형으로 신아리랑, 별조別調 아리랑, 아리랑 세상世上 등이 있다. 이들 변이형과 구별하기 위해서 본래의 아리랑은 본조本調 아리랑이라고 한다. 우리가 현재 즐겨 부르는 아리랑은 전통민요 본조 아리랑이 아니라 나운규의 활동사진 ≪아리랑≫의 주제가로 작곡된 신민요 아리랑이다. 일제 강점기에 새롭게 작곡 작사된 신민요가 전통 민요를 압도하고 새로운 인기 가요로 등장해 오늘날 아리랑이라고 하면 으레 신민요 아리랑을 연상하는 것이다. 『아리랑』의 작가는 그런 사정을 이렇게 밝히고 있다.

시위대의 중간쯤에서 노래가 시작되었다.

아리랑 아리랑 아라리요

그 노래는 앞뒤로 번지기 시작했다.

아리랑 고개로 넘어간다

노래는 이내 합창으로 어우러졌다.

나를 버리고 가시는 님은
십리도 못 가서 발병난다.

(중략) 그런데 그 시위대만 아리랑을 부르는 것이 아니었다. 언제 부터인지 모르게 여기저기서 소작쟁의가 일어날 때마다 아리랑을 합창하고는 했던 것이다. 그러다보니 어느덧 아리랑은 소작쟁의에서 빼놓아서는 안 되는 소중한 것이 되고 말았다. 물론 아리랑은 농부들의 소작쟁의에서만 부르는 것은 아니었다. 노동자들이 일으키는 노동쟁의에서도 합창되었다. 군산의 부두노동자들도 합창했고, 이리의 철도노동자들도 합창했고, 논산의 성냥공장 노동자들도 합창했다.

그런데 또 한 가지 이상한 것이 있었다. 전라도 땅에는 지방마다 가사와 가락이 조금씩 다른 전라도아리랑이 많았다. 그런데도 어디에서나 합창하는 것은 새 아리랑이었다. 활동사진 「아리랑」이 지나가면서 끼친 영향이었다. 어쩌면 쟁의에 나선 모든 사람들을 자기 자신이 활동사진의 주인공 영진이라고 생각하는지도 모를 일이었다. (제9권, 56~57쪽)

아리랑은 단순한 민요가 아니라 오늘의 운동권 노래처럼 시위 가요로 성격이 바뀌었음이 인용문에서 확인된다. 오늘의 운동권 가요처럼 가사 내용도 투쟁에 맞지 않고 또 그 가짓수도 별로 없는 상황에서 남녀노소 누구나 알고 있는 아리랑이 시위 가요로 불렸던 사정을 쉽게 짐작할 수 있다. 1960년대나 70년대 초에도 아리랑은 시위 가요로 불려졌다. 아리랑은 시대를 뛰어넘는 민족의 노래인 것이다. 그런데 전라도사람들이 부르는 많은 아리랑을 제치고 신민요 아리랑, 활동사진 ≪아리랑≫의 주제가 아리랑이 합창된다. 시위나 쟁의에 참여하고 있는 자신을 활동사진의 주인공 영진이라고 생각하면서 부를지도 모른다고 작가는 짐작하고 있다. 영진처럼 미치지는 않았지만 일제하의 삶은 제정신으로 견디기 어려운 질곡이었다.

여기서 반드시 짚고 넘어가야 할 사항이 있다. 활동사진의 주제가 아리랑은 일본 오음계로 작곡된 왜색 가요라는 사실이 그것이다. 일본군 장교로 만주에서 근무하면서 일본 군가에 젖어버린 박정희가 그의 딸의 피아노에 맞춰 작곡한 <새마을 노래>가 일본 오음계를 차용한 왜색 가요인 것과 마찬가지로 일본 노래에 익숙해진 작곡자가 새로 쓴 ≪아리랑≫주제가는 왜색 가요였던 것이다.

우리나라의 민요 체계는 세 종류로 구분한다. 경기도·서도의 경기민요 계통, 경상도·함경도·강원도의 메나리 민요 계통, 호남지방의 육자배기로 대표되는 남도 민요 계통, 이 세 계통은 서로 약간씩 다른 오음계를 바탕으로 하면서 각각 개성이 뚜렷하다. 경기민요는 「창부타령」에서 들을 수 있듯이 음을 화려하게 펼치거나 서도소리의 「수심가」처럼 애원성을 가늘고 애달프게 펼치고, 경상도나 강원도 소리는 「강원도 아리랑」처럼 구수하게 넘어가면서도 슬픔의 기색을 투박하게 전개하고, 호남민요는 육자배기가 나중에 판소리로 발전할 정도로 전문적인 기교가 요청되는 음의 화려한 늘여 처짐이 있다. 전라도 민요야말로 음의 다채로운 구사나 음폭의 넓음에 있어 타 민요를 압도하는 것이다. 발성법 역시 가장 까다로운 것이 남도민요이다. 이 세 계통은 각기 특징을 지닌 서로 약간씩 다른 오음계에 속한다. 서로 상통하는 점도 있으나 다른 점도 많다.

전라도 소리의 경우 경상도 계통과 친밀성이 있어서 경상도 사람들은 판소리 가락을 즐겨 듣지만 서도 사람은 전라도 민요에 거부감을 느껴 육자배기나 판소리를 그다지 즐기지 않는다. 지금 북한에서 판소리를 양반 문화의 유습이라고 해서 멀리하는 것도 김일성이 서도나 북도 문화의 영향으로 전라도 음계를 이해하지 못했기 때문이라고 설명할 수도 있다. 북한에서 온 병사나 유학생들이 『서편제』가 왜 좋은 영화인지 이해하지 못하는 것도 음계의 미묘한 차이와 문화적 관습의 상이함에서 비롯되는 것이다.

그런데 이 세 계통의 오음계에 일본의 두 가지 오음계가 일제 강점기에 유입되었고 그 두 계통의 오음계가 유행가로 정착되어 조선 사람들에게 친숙한 음계가 된 것이다. 엔가니 뽕짝이니 트로트니 하는 것들은 거개가 다 일본 오음계를 차용한 유행가의 형태이다. 「황성 옛터」는 물론이고 「눈물 젖은 두만강」도 왜색 가요이고 활동사진 주제가 아리랑도 왜색 가요이다. 1930년대를 풍미한 신민요 아리랑, 「그리운 아리랑」, 이난영의 「아리랑 노래」, 「강남 아리랑」, 「아리랑 술집」, 「아리랑 아가씨」, 「아리랑 이야기」, 「신아리랑」 등도 왜색 음계를 차용했음은 물론이다. 알게 모르게 음계까지 일본색의 침윤으로 왜색화 되었다는 사실은 우리가 일제에 의해 땅과 나라만 빼앗긴 것이 아니라 정신과 영혼마저 상실한 것이라는 점을 단적으로 나타낸다. 그러한 일본 음계의 왜색 가요인 아리랑을 일제에 대항하는 항쟁 가요로 부르고 있다는 사실이 참으로 아이러니컬하다.

작품 중에 소개된 바같이 활동사진 ≪아리랑≫도 검열을 피하기 위해서 일본인을 감독인 것처럼 내세웠고, 주인공을 광인으로 설정하여 상연금지의 예봉을 피했다. 그런 과정에서 주제가로 신민요 아리랑이 작곡되어 이상숙李上淑이 불러 크게 히트한 것인데, 작곡자나 영화의 가장 중요한 인물인 나운규도 그것이 왜색 음계의 가요라는 사실을 몰랐을 것이다. 작가 조정래도 이 점을 몰랐기에 '그런데 이상한 것은'이라는 유보적 표현을 사용했을 것이다.

음악에 대해 길게 언급한 김에 활동사진 ≪아리랑≫에 대해서도 짚고 넘어가자. 이 작품은 프롤로그에 '고양이와 개'라는 자막을 넣어 속박하는 자와 속박 받는 자의 대립을 암시하였고, 주인공 영진을 광인으로 설정하여 나라를 빼앗겨 온전한 정신이 될 수 없었던 우리 민족을 주인공과 동일시하게 했다. 이 단순해 보이는 풍유의 방법이 대중들에게 지대한 감동을 불러일으켰다는 점에서 영화사의 한 페이지를 차지하는 걸작으로 ≪아리랑≫을 기억하게 한다. 홍범도 휘하의 독립군이었다는 등 원래 풍운아로서 면모를 지닌 나운규는 이 영화의 성공으로 최고의 인기 배우 및 감독이 되고 1930년 그 후편을 제작하나 실패로 그치고 만다.

조정래는 이 작품의 작중인물 신세호의 생각을 빌려 활동사진 ≪아리랑≫의 의미를 밝히고 있다.

> 신세호는 새 아리랑이 들불 붙듯 그렇게 유행하는 것이 우연이 아니라고 생각했다. 서울에서 시작된 3·1만세가 지방으로 퍼질수록 격렬한 불길이 되었던 것은 토지조사사업으로 억울한 꼴을 당한 농민들의 분노가 폭발한 때문이었다. 그러나 그 저항은 숱한 희생과 상처만 남기고 결국 좌절할 수밖에 없었다. 그 좌절로 모든 사람들이 안게 된 것은 실의와 한이었다. 그런데 활동사진「아리랑」은 바로 그 3·1운동으로부터 이야기를 풀어나가 사람들의 가슴을 흔들고 울린 것이었다. 3·1운동이 행동적 저항이라면 활동사진「아리랑」은 정신적 저항을 공감시킨 것이었다.
>
> 신세호는「아리랑」을 꼭 보리라 생각했었다. 그런데 고문으로 상한 몸을 가눌 수가 없어서 군산은 물론 전주에서 돌리는 것도 놓치고 말았다. 그렇지만 그 줄거리는 너무나 잘 알려져 있어서 활동사진을 본 것이나 다름없었다. 이제「아리랑」은 어느 도회지에서 돌리고 있는지 알 수가 없었다.
>
> 네놈들이 땅은 빼앗아먹었으나 조선사람 혼백까지야 빼앗아 먹을 수야 있겠느냐. 네놈들이 가면 얼마나 가랴. 이 백성들이 이 땅에서 살아온 것이 반만년의 세월이다. 그간에 온갖 고초 풍상 다 겪고 이겨내며 살아온 백성들이다. 어디 보자, 네놈들이 얼마나 가는지.
>
> 신세호는 먼 하늘을 응시했다. 그건 그저 막연하게 하는 생각이 아니었다. 이대로 꺾여서는 안 된다는 스스로에 대한 일깨움이고 경고였다. (제8권, 269쪽)

호남 누대의 양반인 신세호는 당산나무 아래서 아이들이 구성지게 부르는 아리랑 주제가를 자기도 모르게 따라 부르다가 흠칫 멈춘다. 의관을 차리고 할 짓이 아니라는 생각 때문이다. 양반이 무의식중에 콧소리로 따라 부를 만큼, 아이들조차 곡조를 맞출 만큼 활동사진 아리랑 주제가는 호소력이 있고, 나라 잃은 한이 그 노래 흥얼거림에 녹아 있음을 작가는 예리하게 포착한다. 이런 점에서 조정래의 작가적 탁월성을 확인할 수 있는 대목이다. 작가는 무심하게 상황을 설정한 듯하고, 독자 또한 별 관심 없이 넘어갈 수 있는 대목에 의도적이고 계산적인 소설의 주제가 숨어 있는 것이다.

작가는 활동사진 ≪아리랑≫의 성공 원인을 날카롭게 지적한다. 3·1운동의 좌절감에 젖은 민중들에게 정신적 저항의 빌미를 제공한 것이 「아리랑」이었다는 해석이다. 투철한 역사의식과 해박한 지식에서 비롯된 판단력이 이러한 서술을 가능하게 한다. ≪아리랑≫을 보지 않은 신세호 같은 양반도 줄거리를 꿰뚫고 있고 그 활동사진이 주는 감동의 구체적인 지향점이 어디에 있는지 작가는 신세호의 의식을 통해 확인한다. '네놈들이 땅은 빼앗아먹었으나'에서 '네놈들이 얼마나 가는지'까지가 활동사진이 민중들에게 가한 정신적 충격이다. 그 충격은 일회적인 것, 잠정적인 것이 아니라 행동을 촉발하는 도화선 역할을 할 수 있음을 우리는 신세호의 다짐에서 깨달을 수 있다. 일깨움과 경고를 활동사진을 보지 않은 사람조차 얻을 수 있을 정도로 ≪아리랑≫의 영향은 지대하였다.

≪아리랑≫이 상영되었을 당시 영화가 끝나갈 때의 정황을 작가는 이렇게 묘사한다.

나를 버리고 가시는 님은
십리도 못 가서 발병난다아

　　마침내 모든 사람들이 합창의 물결에 휩쓸렸다.

　　합창은 한번으로 끝나지 않았다. 화면은 사라지고 극장 안에 불이
켜졌는데도 관객들을 나가지 않고 모두 일어나 다시 아리랑을 합창
하기 시작했다. 노래를 부르는 사람들의 얼굴 얼굴은 숙연하고도 비
감했으며, 그 합창은 서러우면서도 장중하게 이어지고 있었다. 손수
건으로 눈물을 닦아내는 여자들이 있는가 하면 소리 내 흐느끼는 여
자들도 있었다.

　　합창이 막 끝났을 때였다.

　　"대한 독립 만세에!"

　　어느 남자의 부르짖음이었다.

　　"대한 독립 만세에!"

　　화답하듯 여기저기서 터진 외침이었다.

　　그때 호루라기소리가 날카롭게 울려댔다. 극장 안이 금방 싸늘해
졌다. 만세소리는 더 울리지 않았다. (제8권, 203쪽)

　　활동사진 한 편이 이렇게 심대한 감동을 준 것은 그때까지의 영화사에
도 아니 오늘에 이르기까지의 영화사에도 없는 전대미문의 일이다. 합창이
울려 퍼지는 것에 그치지 않고 만세까지 터져 나왔다는 것은 ≪아리랑≫이
행동을 촉발하는 기폭제 역할을 했다는 것을 의미한다. 작가는 이렇게 ≪아
리랑≫ 상영 당시의 상황을 재연함으로써 민중들의 항일의지가 기회만 주
어지면 언제 어느 곳에서든 폭발한다는 것을 적시한다. '대한독립 만세
에!' 소리는 어떤 상황에서도 터져 나올 수 있는 소리라는 말이다. 이어서
대중예술로서 영화의 가능성을 극대화한 천재 예술가 나운규의 면모에 대
해서 작중인물 김정하를 통해서 자세히 소개하고 이 작품이 주는 감동에
대한 지식인들의 토론을 통해서 작품의 의미를 검증하는 동안 우리는 ≪아
리랑≫에 대한 상당한 지식을 축적하게 된다. 이 자연스러운 소설 서술의

방법이 역사를 관념으로 이해하지 않고 산 현장으로 파악하게 하는『아리
랑』의 탁월한 형상성이다. 살아 숨 쉬는 역사적 형상성을 통해 활동사진
≪아리랑≫의 감동을 소설『아리랑』의 감동으로 바꾸어놓는 것이다.

　활동사진 ≪아리랑≫을 통한 일깨움과 경고는 소설『아리랑』에서도 당
연히 얻을 수 있다. 일제하의 조선인들은 그들이 비록 역사에 기록될 정도
로 대단한 활약을 하지 못했다 해도 일제의 압제에 끊임없이 저항했다는
것, 그들은 일제하의 삶을 단순히 수동적으로 살지 않았다는 것, 소설『아
리랑』은 무엇보다도 이 점을 우리에게 제시한다.

2. 아리랑의 연주와 변주

　소설『아리랑』을 읽는 방법에는 여러 가지가 있다. 그런 방법 중에서 이
글은 민요 아리랑이 구연되는 상황과 그 흐름에 맞추어 작품을 읽어나갈
계획이다. 소설『아리랑』에서 가장 중요한 부분은 아리랑이 구연되는 장
면이라는 인식하에, 12권이라는 방대한 분량의『아리랑』을 아리랑 노래로
더듬어가는 장님 코끼리 만지기 식의 방법을 의도적으로 택하려고 한다.
원근법적 조망은 이러한 부분적 읽기를 마친 후에 시도하는 것이 합당할
듯하다.

　이 작품에서 아리랑은 두 개의 민요가 등장한 다음에 1권의 끝마무리에
서 한 소절만 간신히 등장한다. 아리랑을 듣기 전에 먼저 나타나는 노동요
를 들어보자.

　부모형제, 상봉가세
　철도공사, 지옥살이
　누굴위해, 골빠지나

묻지마라, 뻔한대답

왜놈발에, 발통달기

어얼딜러, 어야데야 (제1권, 52쪽)

빚에 몰린 감골댁은 돈 때문에 아들 방영근을 하와이 노동자로 보내고 남은 돈을 받기 위해 장칠문을 찾아갔다가, 동행한 지삼출이 흥분해서 폭행을 저지르는 바람에 그만 헌병에 붙들려간다. 『아리랑』의 서두는 이렇게 시작되어 지삼출이 철도공사장의 레일 운반조로 강제취역당하는 상황으로 이어진다. 그때의 공사장에서 불린 노래가 바로 위의 노래이다. 노동요로 하위분류되는 민요로 목도질할 때 부르는 가락이다.

이런 종류의 민요는 생성의 역사가 짧고 시사성이 강해서 전승의 범위와 영향력은 넓거나 길지 못하다. 대원군시대의 「경복궁 타령」처럼 일종의 신민요인 셈인데, 이런 노래는 분명 특정한 작사자가 있다. 노래의 가락은 기존의 민요에서 차용했겠지만 작사는 특정 개인에게서 비롯되었을 것이다. 흔히 민요의 작사나 작곡을 불특정 다수의 공동작으로 추정하고 그것이 세월의 경과를 통해 변화·첨삭된 것으로 보는데, 이런 노래나 그 밖의 대개의 민요의 경우에 해당되지 않는 이론이다. 민요 창작에 뛰어난 익명의 작가가 최초로 부르기 시작해서 사람들에게 전파되는 동안 변이를 보이면서 연변演變되는 것이 대부분 민요의 전파 속성이다. 「정선 아라리」, 「신고산 타령」 따위의 민요도 이 범주에 속한다.

지삼출은 이 노래 가사에서 '왜놈발에, 발통달기'라는 말을 같이 노동하는 강기호가 지었다는 사실에 놀란다. 강기호는 생각대로 짜 맞춰 보았다고 겸손해하지만 철도공사의 의미를 그처럼 정확하게 집어낸 혜안에 놀라움을 표시한다. 강기호야말로 민요의 진수를 꿰뚫은 창작자이다. '춘향전서 춘향이 태형 맞는 대목보다 나은' 이 노래의 핵심이 그 대목에 있다. 조정래는 이런 서술을 통해 민요 생성의 과정을 확연하게 보여주는 동시에 일제침략의 계획적 간악성을 극명하게 표출한다. 수탈 때문에 조국을 떠나 낯선 땅 하와이로 방출당하는 방영근, 그의 가족을 변호하다가 철도공사장에 끌려가 왜놈 발에 발통을 달아주는 하기 싫은 일을 억지로 하는 지사출, 그들의 쫓겨남과 노역의 어려운 삶이 위의 민요를 통해서『아리랑』의 서두로서 엮어지고 있는 것이다.

방영근은 하와이로 끌려가 그곳 농장에서 온갖 고초를 겪으면서 자립의 의지를 굳혀간다. 그러나 농장주의 조직적인 수탈과 농장주의 이익을 대변하는 루나들의 억압 때문에 그의 꿈은 조각나고, 그 외딴 이국땅에서 노동에 지쳐 병들어 죽은 동료를 위해서 사생결단의 의지로 장례식을 치른다. 그때의 상여소리가 이러하다.

<blockquote>
어으허으 어어허야 어얼럴러 어으히야
가네가네 나는가네
육십이라 한평생을
반도 못패우고 나는가네
어으허으 어어허야 어헐럴러 어으히야
엄니엄니 우리엄니
불효자식 용서하소
미국땅 하와이가 이내원수요
어으허으 어어허야 어얼럴러 어으히야
저승길이 멀고험해
고향서도 어둔발길
타국땅 수만리서 어찌갈거나 (제1권, 336쪽)
</blockquote>

서러운 하소연, 사무치는 흐느낌을 이처럼 절절이 담고 있는 상여소리도 드물다. '고향서도 어둔발길'인데 하물며 타국 땅에서는 얼마나 더 어

두운 발길이겠는가. 그런데 이렇게 슬픈 길 닦음 소리가 끝나면서 그곳에 모인 조선인 누군가의 입에서 아리랑 소리가 흘러나온 것이다. 소설 『아리랑』의 최초 아리랑은 이렇게 가장 슬픈 정경 속에서 흘러나온다.

> 아아리라앙 아아리라앙 아아라아리요오
> 아아리라앙 고오개애로 너머어가안다아

상여 나가는 길 닦음 소리로도 한을 풀 수 없었던 사람들의 노래는 금방 합창으로 바뀐다. 아리랑은 상여소리보다 더 가슴에 닿는 민중의 노래였던 것이다. 그런 아리랑의 노래 가사나 가락처럼 '구성지고 눈물겹고 서럽고 사무치고 한스러운' 삶이 식민지시대의 이 나라와 나라 밖을 통틀어서 조선인들의 삶이었다는 것을 이 장면의 아리랑은 여실히 보여주고 또 들려준다.

두 번째의 아리랑은 왜병들의 토벌에 밀려 막다른 길목에 처한 송수익이 의병을 해산하는 처연한 상황에서 구연된다. 서로서로 어깨동무를 하고 동그라미를 그리며 돌아가는 대열에서 지삼출이 선창을 뽑는다. 지난날 철도부역장에서 강기호의 가사 지어내는 솜씨에 감탄했던 그의 입에서 핏줄이 돋도록 엮어낸 노랫말이 나온다.

> 남녀간에 작별이제 의병이 무신 작별
> 죽어서나 작별잉게 맘 변치덜 말세나 (제2권, 320쪽)

목숨을 걸고 의병투쟁에 나섰으나 세 불리하여 동지들과 헤어지는 마당의 비장감이 노랫말에 굽이굽이 서려 있다. 산전수전을 다 겪고 이제는 고참 병사가 된 지삼출은 남의 노래 가사에 감탄하던 노역장의 인부가 아니라 자신의 노래를 부를 줄 아는 능숙한 노래꾼이 된 것이다. 가슴을 쥐어짜면서 나오는 노래, 그것이 지삼출의 아리랑이고 그의 노래를 이어받는 동료들의 아리랑이다. 이렇게 노래가 이어지는 도중에 갑자기,

> 야박허요 대장님 나도 딜고 가주씨요
> 왜놈천지 이세상에 어디서 살라허요
> 아리아리랑 아리아리랑 아리랑이 났네 으으
> 아리랑 응 어어 응 아르랑이 났네
> 신작로 복판은 넓어야 좋고
> 큰애기 보지는 좁아야 좋네 (제2권, 322쪽)

이 엉뚱하게 튀어나온 가사에 모두가 와아 웃음보를 터뜨린다. 슬픔을 감추기 위해서 마련된 위장된 잔치판에 이 무슨 외설스러운 가사인가.

> 큰애기 수바늘은 가늘수록 좋고
> 총각놈 자지는 굵을수록 좋다 (제2권, 322~323쪽)

바로 이런 대목에서 조정래의 뛰어난 해학적 감각을 집어낼 수 있다. 긴장된 상황에서 예기치 못한 이완의 사태가 발생할 때 웃음이 유발되는 것이라고 베르그송은 지적한 바 있다. 의병 해산을 앞두고 비통에 젖어 있는 상황을 이완시키려고 마련한 아리랑 잔치에 걸맞은 또 하나의 이완, 그것이 위의 노래 가사 속에 담겨 있다. 긴박한 사태에서도 웃음을 잃지 않는 삶의 예지를 조정래는 자신이 선택한 엉뚱한 노래 가사에 녹이고 있는 것이다. 이들 노래 가사가 전통적으로 이어지는 재래 가사를 바탕으로 작가 자신이 개작·첨삭했으리라는 점을 감안한다면, 작가가 아닌 노래 작사자 내지 시인으로서 조정래의 자질이 약여하게 나타나고 있는 국면이기도 하다.

우리집 서방님언 명태잡이럴 갔는데
바람아 강풍아 석달열홀만 불어라
잡년아 썩을년아 발광을 말어라
하늘님이 용왕님이 나를 살펴주신다

아리랑의 특징은 가사가 특정화된 양상으로 정착되는 것이 아니라 부르는 사람의 그때 그 장소에 따른 흥취에 따라 즉흥적으로 창작 내지 개사된다는 점이다. 아리랑이 지닌 매력이 이러한 즉흥성에 있음은 췌언의 여지가 없다. 아무리 무식한 사람이라도 한마디 할 수 있는 사연은 누구나 가지고 있는 법이고, 그렇게 내뱉은 가사에 그 사람의 삶의 사연이 깃들여 있어, 듣는 이로 하여금 공감을 자아내게 한다. 아리랑은 정본이 있는 것이 아니라 무수한 변형과 이본이 중요하고, 그것을 통해 삶의 전체적인 국면을 조망하게 하는 것이다.

아리랑 아리랑 아라리요
아리랑 고개로 넘어간다
이천만 동포야 어디 있느냐
삼천리 강산에 살아 있네

이 가사는 님 웨일즈의 『아리랑 노래』에 아리랑의 유래와 함께 소개되어 있다. 그러나 이 가사도 정본이 될 수 없음을 님 웨일즈 자신은 자세히 몰랐을 것이다.

나라를 되찾는건 하늘의 뜻일세
자나깨나 나라걱정 맘 변치들 말세나 (제12권, 324쪽)

의병대장 송수익의 아리랑으로 아리랑 잔치는 끝난다. 의병을 해산할 수밖에 없는 상황이지만 이런 행사를 치름으로써 그들은 좌절을 딛고 넘어서 새로운 투쟁의 의지를 확인하는 이글거리는 열기로 투쟁단체의 생활을 마감할 수 있었다. 투쟁의 승화가 아리랑 잔치로 이루어진다. 일찍이 유생의 구습을 벗어던지고 크게 한 몸을 일으켜 구국의 대열에 앞장섰던 송수익, 그는 독립투쟁의 계보가 의병활동에서 만주독립군 항쟁으로 이어짐을 확인하는 인물이고, 무장 항쟁을 통해서 조국의 광복을 되찾겠다는 독립방법론을 대표하는 인물이다. 그런 그는 의병 해산이라는 눈물겨운 사태를 맞이해서도 아리랑 가락처럼 면면히 이어지는 저항의지를 포기하지 않는다. 그에게는 또 다른 항쟁의 무대, 만주가 기다리고 있다.

아리랑은 저 멀고 먼 하와이에서도 불리고 있다.

> 왜 왔던고 왜 왔던고 하와이땅 왜 왔던고
> 가고지고 가고지고 고향땅 가고지고

작가는 아리랑이 불려지는 또 다른 상황을 우리들 앞에 새로운 실감으로 보여주고 있다. 조선 땅에서도 아리랑이 불리는 상황에 대한 작가의 설명은 의미심장하다.

> 술이 취하면 누구나 아리랑을 불렀다. 불러도 목 놓아 불렀다. 목 놓아 부르다보니 가락은 제멋에 겨워 더 늘어지며 슬퍼지고 넌출져 휘감기며 처연해지고, 술에 젖은 가슴은 그 가락을 못 이겨 허물어지며 더 서러워지고 녹아내리며 한스러워져 이어지고 또 이어지는 가락에는 끝내 물기가 묻어나고는 했다. 그들은 통곡을 대신해 그 가락을 목 놓아 부르고, 분을 삭이려고 목 놓아 부르고, 외로움을 달래려고 목 놓아 부르는 것인지도 몰랐다. (제4권, 313쪽)

하와이 타향에서 사탕수수, 파인애플 농장에서 힘겨운 노동생활로 하루하루를 버겁게 살아가는 그들은 술에 취해 하루를 마감하게 되고, 취하면 아리랑을 부른다. 아리랑은 그들에게 위안을 주고, 그들의 가슴속에 쌓인 한의 사연을 풀어주고, 그들의 통곡을 대신하고 그들의 울분을 풀어주고, 그러는 과정에서 그들은 정화감을 얻어 내일의 삶에 다시 도전하는 의지를 다잡는다. 미국의 흑인들이 재즈에서 위안과 정화감을 얻는 것과 조선족인 그들이 아리랑에서 구하는 바는 상통하는 데가 있다. 다른 것은, 재즈는 아프리카 민속음악이 아메리카 유행음악과 유럽 음악과 접속된 아프로—아메리카 음악Afro-American music이고 아리랑은 순수한 한민족의 음악이라는 사실이다.

백인이 재즈를 연주하면 비상한 노력을 기울여도 재즈의 진수를 전달하지 못하고, 흑인들은 조금만 신경 쓰면 재즈를 자연스럽게 노래하고 또 연주한다. 재즈의 가장 재즈다운 분위기를 그들은 재지jazzy하다거나 어시earthy하다, 또는 펑키funky하다고 표현하는데 이런 말을 번역할 적당한 용어가 없다. 백인에 의해 억압받은 삶의 기억과 관습이 음울한 재즈의 노랫가락에 슬금슬금 배어나오기 때문에 기분이 째지고 아득하고 어지럽게 느껴지는 상태를 가리키는 말일 것이다.

마찬가지로 조선인들은 아리랑을 통해 그들의 아픈 집단적 무의식의 정서를 자연스럽게 표출하면서 '허물어지며 더 서러워지고 녹아내리며 한스러워'지는 것이다. 재즈의 가장 주요한 특징이 즉흥성의 강조에 있다는 점을 상기하면 아리랑은 우리 민족의 고유한 재즈 같은 것이다. 아니, 재즈가 미국 흑인들의 아리랑 같은 것이다. 슬픔과 한을 전달하는 효율성 면에서는 재즈는 아리랑의 맞수가 될 수 없다.

만주로 가는 것이 좋아서 가나
전답을 뺏겼응게 울면서 가제

물 좋고 산 좋은 데 일본놈 살고
논 좋고 밭 좋은 데 신작로 난다

눈물길 만주길 언제나 오려나
부자 돼서 온다고 약소럴 허세

아리아리랑 쓰리쓰리랑 아라리가 났네
아아리랑 꿍꿍꿍 아라리가 났네 (제5권, 314쪽)

　이 노래는 후렴구 '아리랑 꿍꿍꿍 아라리가 났네'로 미루어보아 「진도 아리랑」에 속한다. 김제사람들이 같은 호남인 진도의 아리랑을 부르는 것은 극히 자연스럽다. 많은 아리랑 중에서 「진도 아리랑」은 가락이 유연하고 마디마디 넘어가는 면에서 가장 유려한 아리랑이다. 여담이지만 영화 「서편제」에 삽입된 아버지와 딸과 아들이 전라도의 산과 들을 배경으로 장구 치고 춤추며 부르는, 그 영화의 가장 아름다운 장면의 아리랑도 「진도 아리랑」이다. 만주 이주를 앞두고 신세호의 집에서 이별잔치를 하면서 부르는 「진도 아리랑」 가락에 그들의 신세를 한탄하고 일본에 대한 저주를 퍼부으면서도 앞날의 희망을 버리지 않는다. 아리랑이 한탄이나 저주의 노래이면서도 궁극적으로는 희망의 노래라는 사실을 작가는 노래 가사의 절묘한 배열을 통해 우리들에게 일깨워준다.

물 좋고 산 좋은데 일본놈 살고
논 좋고 밭 좋은데 신작로 난다아

말깨나 하는 놈 감옥소 가고오
인물깨나 생긴 년 갈보로 팔리네에

대대로 물린 땅 토지조사에 뺏기고
처자식 배곯리는 타향 거지 되었네 (제8권, 45~46쪽)

백남일의 정미소에서 열악한 노동조건과 비인간적인 대우에 항의하는 배을남이 자신의 정신적 향도 고서완 선생을 찾아가면서 홍얼거리는 이 노래에도 신세 한탄의 좌절감과 악랄한 일제의 수탈에 대한 저주가 담겨 있다. 이와 비슷한 노래 가사로는 다음과 같은 것이 있다.

말깨나 하는 놈은 주재소 가고
일깨나 하는 놈은 공동산 가네

아깨나 낳은 년은 갈보질하고
목도깨나 매는 놈은 부역질 간다

1912년 총독부에서 채집한 민요집에 이런 가사가 전해진다. 자조와 한탄과 저주가 뒤섞인 이런 노래를 조선인들이 부른다는 것을 일제 당국은 잘 알고, 그런 노래를 통해서 저항의 의지를 제풀에 삭여버린다는 점에서 그대로 방치했을 것이다. 그러나 조선인들이 이런 가사 다음에 부르는 노래가 희망과 기대에 찬 건설적인 노래라는 것을 그들은 간과했던 것이다.

얼마간 우유부단하고 인습적이며 아직도 양반의식을 완전히 버리지 못한 신세호가 아리랑 이별잔치를 벌였다는 점을 주목할 필요가 있다. 그는 풍운의 중 공허에게도 '아이고 부처님'이라고 말할 만큼 구습에서 어느덧 벗어났고, 자신과 일족의 체면과 위신을 벗어던지고 상민들과 어울리는 데 앞장설 만큼 진보적인 의식을 갖게 되었다. 신세호는 그 자신이 아리랑을 부르지는 않았다. 아직도 그에게는 지켜야 할 양반의 체통이 있다는 것을 작가는 암묵적으로 서술한다.

신세호는 만주로 이주하는 네 사람의 가장에게 조국과 고향의 흙을 한 주먹씩 건네준다. 그들이 감동받은 자세로 머리에 동인 수건을 풀어 흙을 받아 감싼 것은 물론이다. 말은 없어도 그들은 이 한 주먹의 흙의 뜻을 몸으로 깨닫고 있을 것이다.

소설 『아리랑』에서 가장 아름다운 예인藝人 옥녀의 아리랑은 가사도 전달되지 않은 채 '아리랑 아라리요'라는 여음餘音만 흐르는 것으로 표현된다.

옥비는 다시 고개를 조아리며 앉음새를 고쳤다.

아아리라앙 아아리라앙 아아라아리오오……

소리가 낮고 가늘어 더욱 애절하고 서럽게 느껴지는 가락이 흐르기 시작했다. (제11권, 73쪽)

옥녀는 판소리 수업을 정식으로 받아 전주 대사습에서 장원으로 뽑힌 명창이다. 그녀는 사랑하는 임 송가원을 따라 만주로 건너와 독립군 대열에 합류하여 간호병 역할을 자청한다. 그녀는 사람들의 청에 의해 판소리를 연주하기도 하지만, 적에게 쫓기는 급박한 상황에서 판소리 대신 유행가 「타향살이」를 부르고 또 아리랑을 부른다. 판소리는 그런 국면에서 예술적 사치에 불과한 것이라는 인식이 작가로 하여금 옥비에게 유행가와 신민요를 부르게 한 것이다. 소리, 불빛, 연기를 금하는 유격투쟁에서 그 중대한 금기를 깨고 노래를 부른다. 독립군이 일본군에게 쫓겨 더 이상 쫓길 데도 없는 극한상황에서 부르는 옥녀의 아리랑은 그녀의 한 많고 굴절 많은 인생역정을 그대로 닮은 듯하다. 애절하고 서러운 아리랑을 부르면서 옥녀는 그러나 행복감을 느꼈을 것이다.

악질지주 이동만의 사주에 걸려 오빠를 방면해 줄 것을 기약하기 위해 일본인 사찰과장에게 넘겨진 그녀는 천신만고 끝에 그 손아귀에서 벗어나, 권번의 소리 기생이 되고, 독립투사 송수익의 둘째 아들 송가원과 흠모하는 사이가 된다. 그래서 송가원의 학비를 공허 스님을 대신한다면서 전달하고 송가원 역시 그런 그녀를 좋아하는데, 송가원은 허탁을 좋아하는 박정애의 동생 박미애와 충동적으로 잠자리를 같이 하여 미애와 결혼하고 만다. 옥녀는 그러나 기다림을 포기하지 않고, 아버지의 옥바라지를 위해서 아내 박미애를 방기하고 만주로 건너간 송가원을 따라 만주로 가 그와의 사랑을 기필코 성취한다. 일생을 기약한 판소리 예인의 길을 훌훌 벗어던지는 그녀의 모습에서 사랑을 위해서는 국경도 신분도 직업도 장애물이 될 수 없다는 사랑 지상주의의 화신을 엿볼 수도 있지만, 그것보다는 민족의 독립을 위해 투쟁하는 남자를 돕기 위해서 이 한 몸 사랑과 희생의 제물로 삼겠다는 의지의 여인상을 찾을 수 있다.

옥비가 독립군 환자수용소에서 부르는 노래는 희생과 봉사의 노래이고 화려한 무대에서 조명을 받아가며 수많은 청중을 대상으로 부르는 노래보다 더 큰 가치를 지닌 '입 속의 노래'다. 입 안에서 들릴 듯 말 듯하게 부르지만 입 속의 노래는 있는 힘껏 부르는 큰 노랫소리보다 더 큰 반향을 일으킨다.

송가원과 박미애, 옥비의 삼각관계는 멜로드라마의 전형적인 전개양상이다. 그럼에도 천박하게 또는 통속적으로 여겨지지 않는 까닭은 주제의 장중한 무게가 통속성을 압도하고 있기 때문이다. 능력 있는 작가는 멜로드라마의 틀을 그대로 구사해 독자의 흥미를 고조시키면서도 그것을 본격적인 소설로 승화시키는 주제적 장치를 통해 통속성을 배제한다. 사회적 문제를 심층적으로 다루되 소설의 틀은 멜로드라마의 형식을 취하는 것을 사회적 멜로드라마social melodrama라고 한다. 톨스토이의 『전쟁과 평화』, 『부활』, 스토 부인의 『톰 아저씨의 오두막』 등이 이런 종류의 소설이다. 조정래가 이 방법에 익숙한 작가라는 것은 그의 대표작이자 이 작품의 전작인 『태백산맥』에서 이미 입증한 바 있다. 작가는 『태백산맥』에서처럼 『아리랑』이라는 대서사를 전개하면서 부분적으로 사회적 멜로드라마를 차용하여 극적 전개에 윤활제 역할을 하게 하고 독자의 흥미를 고조시키는 것이다.

『아리랑』에서 가장 노골적으로 선정적인 장면, 홍씨네 머슴 배필룡이 보름이의 딸 금예를 겁탈하는 장면에도 아리랑 가락은 흘러나온다. 금예는 아리랑 노래를 부르면서 뒤란에서 물을 끼얹다가 사내의 기습적인 성적 공격을 받는다. '흐린 달빛 아래 물을 끼얹는 처녀의 알몸'만 엿보아도 흥분을 느끼게 마련인데 게다가 아리랑 가락이 더 얹히니 사내는 더 이상 어쩔 도리가 없었던 것이다. 이 경우 아리랑은 사내의 관능을 자극하는 흥분제 기능의 선정 가요인 셈이다.

> 처녀는 느리고 부드러운 노랫가락에 맞추듯 한가롭고 여유롭게 바가지로 물을 떠서 알몸에 끼얹고는 했다. 물을 뜨느라고 허리를 굽히면 굽히는 대로, 물을 끼얹느라고 곧바로 서면 서는 대로 풍만한 알몸의 움직임은 더없이 관능적이었다. 더구나 달빛이 아슴푸레하게 미치고 있어서 젖가슴의 흔들림이며 둔부의 윤곽은 더욱 신비스럽고 자극적이었다. (중략)
>
> 사내가 다시 처녀 쪽을 살폈다.
>
> "나아르를 버어리고 가아아시는 니이므은……"
>
> 처녀는 물을 뜨려고 허리를 굽힌 참이었다.
>
> 사내는 처녀를 향해 내달렸다.
>
> "엄……"
>
> 처녀의 소리가 막혔다. 사내가 입을 틀어막은 것이었다. (제 11권, 242~43쪽)

이 더없이 관능적인 장면을 외설이라고 몰아칠 사람은 거의 없으리라 생각한다. 감관을 자극하되 품격이 존재하는 표현 때문이고, 결과론이지만 배필룡과 금예는 결혼을 해서 부부가 되기 때문이다. 배필룡은 금예가 '나를 버리고 가시는 님'을 노래 부를 때 '나를 가지려고 오시는 님'이 된다. 난폭한 방법으로 금예를 가진 배필용은 그러나 끝내는 금예를 버리고 가시는 님이 되고 만다. 필룡은 일제 말기 징용으로 끌려가 낯선 지시마 열도의 한 섬에서 활주로를 닦는 노역에 투입된다. 그가 해방 후 꿈에도 보고 싶은 금예에게 다시 돌아갈 수 있었는가는 제12권 45장 「당신은 아는가」를 읽으면 알게 될 것이다.

> 금예, 또 하로가 갔네. 금예헌트로 갈 날이 또 하로 가차와진 것이여. 금예, 맘 변허지 않고 있는 것이제? 맘 변허면 안돼야. 그리 되면 금예 죽구 나 죽긴게. 소식 안 전헌다고 원망허덜 말어. 여그서는 절대로 편지를 못쓰게 혀. 비행장 맨그는 것이 바깥시상에 알려지면 안되는 중헌 군사기밀이라는 것이여. 쬐깨만 참어. 인자 한 달허고 시무나흘밖에 안 남었웅게. (제12권, 145쪽)

배필룡이 편지로도 전할 수 없는 사연을 어린 아내에게 간곡하게 말하고 있는 독백이다. 필룡은 절대로 '나를 버리고 가시는 님'이 되고 싶지 않았다. '가는 듯 다시 오는 님'이 되고 싶었다. 그러나 활주로를 건설한 비밀을 유지하기 위해 잔악한 일본군은 방공호에 들어간 1천여 명의 노무자들을 모조리 쏴 죽인 것이다. 지시마 열도에서 그렇게 죽은 4천여 명 가운데 배필룡의 운명도 예외가 아니었다.

『아리랑』에서 마지막으로 울려 퍼지는 노래의 무대는 북해도의 도로 공사장이다. 그곳에 투입된 조선 노무자가 단체행동으로서 유일하게 제지를 받지 않는 것이 노래하는 것이었다. "제일 많이 부르는 노래가 아리랑이었고 그 다음이 도라지였다. 그리고 누가 무슨 노래를 시작하건 곧 합창이 되었다."

총독부가 금지한 아리랑을 일본인 감독도 부르고 일본인을 적대시하는 아이누족도 부른다. 노무자, 일본인 감독, 아이누족 이 모두에게 아리랑은 위안을 주고 힘을 부여하는 환기적 기능을 가진 마법의 노래로 여겨졌던 것이다.

3. 유행가, 독립군가, 진혼곡

북해도의 도로 공사장에서도 그렇지만 소설의 후반부에 이르면 아리랑 노래는 유행가 「타향살이」와 겹쳐져 불린다. 낯선 이국땅에서 생각과 이야기를 집 걱정에서 집 걱정으로 조선땅 고향에서 고향으로 이어가는 작중인물들에게는 이 노래가 가슴을 파고드는 절실함을 안기는 유행가이기 때문이다. 소설에서는 '타향살이 몇 해던가 손꼽아 헤어보니'의 두 소절만 불리는데 여기 그 전문을 옮겨본다.

> 타향살이 몇 해런가 손꼽아 헤여보니
> 고향 떠난 십여 년에 청춘만 늙어
>
> 부평 갓흔 내 신세가 혼자도 기맥혀서
> 창문 열고 바라보니 하늘은 저쪽
>
> 고향 압헤 바드나무 올봄도 푸르럿만
> 호들기를 꺽거 불던 그때는 옛날
>
> —김능인 작사, 손목인 작곡

　　1934년 오케 레코드에서 「타향」이라는 제목으로 출반된 이 노래는 고복수를 일약 스타로 만든 그의 출세작으로 후에 「타향살이」로 제목을 바꾸었다. 고복수의 약간은 병적으로 수척한 목소리에 실린 구슬픈 가사의 이 노래는 이국땅에서 어쩔 수 없는 타향살이를 해야 했던 디아스포라 diaspora의 조선 이주민은 물론이고 조선 땅에 살면서도 일제에 나라를 뺏겨 스스로의 삶을 타향살이로 여기고 있던 반도의 민족 모두에게 그들의 공통적 경험을 대신 노래한다는 감동을 일으켰다. 한 가요 평론가는 그래서 「타향살이」를 민족의 엘레지라고 지칭한다.

　　청춘은 늙어 가는데 고향에 다시 돌아갈 수 없는 유민의 신세를 1절에 표현한 다음, 정처를 찾지 못하고 방황하는 자신과 고향에 대한 공간적 거리의 아득함을 2절에서, 고향에 대한 유년의 추억을 구체적으로 상기하여 시간적 거리의 막막함을 강조하면서 3절의 끝을 맺는다. 예술이니 비예술이니 가릴 처지가 못 되었던 당시의 조선인에게 이 노래는 유행가 이상의 그 무엇을 제공하였다. 『아리랑』에서 「타향살이」가 자주 등장하는 까닭도 당시의 그러한 유행과 소설적 상황이 일치하기 때문이고, 그것을 꼭 집어 알아차리고 있는 작가의 혜안이 작용해서이다.

　　「타향살이」는 앞서 옥비의 경우처럼 환자수용소에서, 만주의 숯 굽는 숯막에서도(제11권, 293쪽) 불리고 심지어는 일제의 악질 하수인 밀정 양치성의 동생인 양효남의 집 유성기에서도 울린다. 수국을 겁탈하고 공산주의 운동을 하는 최현옥을 고문하면서 처녀에게 가장 악질적인 성고문을 자행하여 그녀를 죽게 하는 인면수심의 양치성, 그런 자를 형으로 두었다고 거드럭거리는 양효남도 「타향살이」 레코드를 틀고 따라 부른다(제9권, 31쪽). 그런 형편없는 장사꾼도 고향에서 장사를 하면서 타향살이를 느낄 만큼 「타향살이」는 민족의 공감대를 울렸던 것이다.

　　유행가는 유행적 정서와 유행적 감각과 부합될 때 소위 히트를 한다. 고향에서 타향을 느끼는 의식은 친일파라고 예외가 아니다. 일본인들이 상전이고 조선인들은 노예 같은 생활을 하는 곳에서 노예 우두머리가 되었다고 해서 상전과 같은 지위에 올라서는 것은 아니다. 이러한 타향의식을 「타향살이」는 정서와 감각적으로 잘 부합시켜 히트를 했고, 『아리랑』의 작가는 이 점을 예리하게 간파한 것이다.

『아리랑』에 등장하는 다른 유행가 「눈물 젖은 두만강」에 대해서는 작가 자신이 제작의 배경에 대한 설명과 더불어 친절한 해설을 곁들이고 있다(제11권, 253~254쪽). 독립군이 된 남편 소식을 알아보려고 온 여인이 남편이 전사했다는 것을 알고 슬피 우는 것에 감동하여 이시우가 이 노래를 작곡했다는 것이다. 여기서 주목할 것은 작가가 이 애달픈 사연의 전달에 초점을 두지 않고, 이 노래에 얽힌 사연을 듣고 그렇게 죽어간 독립군도 있는데, 살아 있는 사람으로서 조직투쟁에 더욱 매진해야겠다는 김장섭의 결의를 다지기 위해서 이 노래를 화제로 삼았다는 점이다. 한갓 유행가에서 소설의 중요한 모티프를 끌어내는 작가의 솜씨 역시 주목해야 한다.

이것은 「목포의 눈물」의 경우에도 마찬가지이다. 출세하고 싶어서 빨리 어른이 되고 싶은 박용화가 부르는 이 노래 가사를 뒷전에 젖혀둔 채, 작가는 목포가 면화 수출항이고 목화 재배는 일제의 강압적 수탈을 더욱 강화시키는 계기가 된다는 점을 확인한다. 「목포의 눈물」은 그러한 설명을 따르면 개인적 사랑 때문에 흘리는 것이 아니라 일제의 악랄한 수탈 때문에 흘리는 눈물이다.

> 총독부가 일본에서 필요로 하는 면화 10억 근을 모두 조선에서 생산해 내기 위해서 면화장려계획을 세운 것이 지난달 9월이었다. 그것은 이른바 남면북양南綿北羊정책의 일환이었다. 그 뜻은 남쪽에서는 면화를 생산해 내고, 북쪽에서는 양을 사육(1가구당 5마리)하게 한다는 것이었다. 일본의 기후와 풍토에서는 면화 재배와 양 사육이 적당치 않아서 생긴 정책이었다. 면화는 쌀과 비슷하게 무덥

고 찌는 기후 속에서 잘되는 까닭에 그동안에도 전라도 지방, 특히 전라남도에서는 거의 강압적으로 면화를 심어왔던 것이다. 군산항에 쌀이 집중되듯이 목포항이 목화더미로 뒤덮이는 것은 그런 연고 때문이었다. (제9권, 234쪽)

『아리랑』의 가장 중요한 작품배경은 군산을 중심으로 한 곡창지대이다. 김제군의 광활한 농경지 만경 외멧들을 중심으로 죽산, 진봉에 이르기까지 쌀의 주산지에서 벌어지는 일제의 조직적인 토지수탈과 일제에 부합한 지주들의 축재과정과 몰락의 과정이 자세하게 묘사되고 있다. 정미소와 미선소의 당시 풍속도를 재현하는 한편 군산의 미두 취인소의 허실을 예리하게 분석하여 일제의 산미증산계획이 지니는 허구성을 폭로하고, 그것에 속아 사는 조선인들의 실상을 모래알을 헤듯 묘사한다.

군산을 무대로 한 채만식의 소설이 그 당시 사회의 구조적 현실을 의도적으로 외면한 것과 『아리랑』의 경우는 대척적인 위치에 놓인다. 군산은 일제의 조선 수탈의 중심지였기 때문에 군산을 무대로 한 것은 식민지 조선을 소설화하는 데 가장 적합한 위치 선정이었다. 이동만의 몰락을 통해서 30년대를 풍미했던 사금 캐기의 열기와 금점을 둘러싼 사기꾼과 폭력배들의 흑막을 폭로한다. 이렇게 군산을 중심으로 한 소설적 관찰을 보충하기 위해서, 쌀이 아닌 일제의 중요 수탈품목인 면화의 문제를 고찰하기 위해서 작가는 유행가 「목포의 눈물」을 작중인물의 입을 빌려 무심코 흥얼거리게 한 것이다. 이러한 인식의 철저함이 『아리랑』을 관류하는 중심 사상이다.

그러나 「눈물 젖은 두만강」이나 「목포의 눈물」 따위의 유행가가 내포하는 함의는 풍찬야숙風餐野宿의 독립군이 부르는 「독립군가」에 비한다면 보잘것없기 짝이 없다.

나아가세 독립군아 어서 나아가세
기다리던 독립전쟁 돌아왔다네
(중략)
탄환이 빗발같이 퍼붓더라도
창과 칼이 네 앞을 가로막아도
대한의 용장한 독립군사야
나아가고 나아가고 다시 나아가라
최후의 네 핏방울 떨어지는 날
최후의 네 살점이 떨어지는 날
네 그리던 조상나라 다시 살리라
네 그리던 자유꽃이 다시 피리라 (제6권, 285～286쪽)

   어랑촌 전투에서 600여 명의 왜놈을 죽여 대승리를 거둔 독립군을 기다리는 것은 백두산록의 차디찬 어둠이었다. 하루 종일 아무것도 먹지 못한 허기진 배를 부여잡고 잘 먹는 이야기를 나누면서도 연전연승한 용사의 기쁨과 감격이 듬뿍 담긴 기백으로「독립군가」가 울려 퍼진다. 이 얼마나 진취적 기상이 담긴 노래인가! 그들이 처한 열악한 환경과 대조되는 정신의 영롱한 충일감! 이 노래는 그런 것을 담아 밤하늘에 메아리쳐 별빛을 향해 나아가고 있다. '나아가고 나아가고 다시 나아가라'는 불퇴전의 결의, 최후의 핏방울과 살점마저 떨어뜨릴 수 있다는 필사즉생의 각오, 조국과 자유를 되찾고 살리겠다는 굳건한 목적의식, 이러한 가치를 담고 있는「독립군가」는 겨레의 귀중한 유산이다.
   「독립군가」가 민족의 활달한 기상을 일깨우는 계몽적 가사라면, 독립운동의 위대한 지도자 송수익의 진혼을 위해 부르는 옥비의 진혼곡은 슬픔이 하늘을 찌르는 만가이다.

혼백으로도 끝끝내 싸워 이길 터이니 나를 만주땅에 뿌리거라

고결하신 그 뜻에 산천초목이 떨고

휘영청 밝은 저 달도 낙루하는데

어찌타 뒤따르는 자들이 그 뜻 모르오리까

무릎 꿇고 머리 조아려 하늘에 맹세하노니

다 못 이루신 뜻 정녕코 이루오리다

남기고 가신 한 기필코 풀겠소이다

굳게굳게 맹세하고 뒤따르오니

어화 님이시여, 님이시여

원통함을 푸시고

절통함도 푸시고

이 거친 만주벌판 떠돌지 마시고

풀고 어두운 구만리장천을 떠돌지 마시고

편안한 마음으로

웃는 얼굴로

백화난만한 극락으로

상춘화창한 극락으로

왕생하오시라

극락왕생하오시라

비옵나니 비옵나니

극락왕생하오시라 (제10권, 168~169쪽)

옥비가 엮었다고 하지만 사실상 작가 자신이 지은 이 진혼곡은 그 가사나 노래 형식으로 보아서 일단 엉터리 같은 작품이다. 이런 노래는 제요祭謠에 속하는데, 신을 위한 고축告祝을 주된 내용으로 하는 제요는 조금이라도 신의神意에 영합하기 위해서 세련된 수사와 엄숙성을 요구한다. 옥

비의 이 노래는 엄숙성은 있지만 세련미가 없다. 옥비는 무당이 아니라 판소리 명창이지만 명창 소리를 들었으면 무가巫歌 가락과 형식은 어렴풋이나마 터득했을 터이다. 이 진혼곡은 가사를 노래하는 데 어려움을 느낄 정도로 율격이 없다. 이것을 옥비가 지었더라면 그렇게 되지 않았을 터인데 소설을 쓰는 작가가 지었기에 운문의 기본을 망각한 것이다. 게다가 전라도 사투리가 아닌 표준말로 고하는 어투도 어색하다. 그러나 작가에게 제요의 작사자로서 능력을 발휘하라고 어찌 주문할 것인가. 이런 점에 대해 완벽을 요구하는 것은 쑥스러운 일이다. 문제는 이 노래로 전달하려는 소설의 내용이다.

'낙엽이 구르는 10월의 싸늘함 속에 서럽도록 맑고 밝은 만주벌판을 끝간 데 없이 비추고'있는 밤, 옥비는 정인 송가원과 지삼출, 필녀 등과 둘러 앉아 한줌 재로 뿌려진 송수익을 회상하고 주위 사람의 부추김에 자신이 엮은 가락을 노래한다. 조선남아로 빼앗긴 조국을 되찾으려고 만주 땅까지 흘러와 왜놈들과 싸우기 몇 십 년, 나라 찾아 금의환향하려고 했더니 옥사가 웬 말인가. 이런 가사가 전개되는 동안 슬프고 처연한 가락에 듣는 사람들은 애간장을 다 녹인다. 나라를 되찾지 못했는데 매장이 될 말이냐고 생각한 송수익이 화장으로 한줌 재로 변해 만주벌판에 뿌려졌기 때문에 슬픔은 더 배가된다. 이 노래의 슬픈 가사는 송수익처럼 의연한 지도자와는 도저히 비교가 되지 않지만 옥비 자신의 인생역정이 같이 담겨 있다. 그리고 비록 지금은 좌절되었지만 만주에 이주한 조선인들의 꿈이 담겨 있다. '진도 씻김굿'처럼 형식은 갖추어지지 않았지만, 옥비의 이 노래는 죽은 이의 혼백을 위로하고 하늘을 공경하며 동시에 산 자의 슬픔을 정화시키는 가장 훌륭한 씻김굿 기능을 감당한다.

4. 정서의 이념화와 서사화

　지금까지 보아온 바와 같이 『아리랑』 속의 아리랑은 일제침략에 대한 항쟁가로, 사회주의 노동운동의 쟁의가로, 억울하게 희생된 사람을 위한 진혼곡으로, 두고 온 고향을 그리워하는 망향가로, 소박한 시골의 정서를 담은 전원의 노래로, 자신의 질박한 느낌을 표출하는 서정가요로, 심지어는 색정을 유발하는 선정 가요로 두루두루 불렸음을 알 수 있다. 아리랑의 이렇게 다양한 노래 기능을 입체적 차원에서 확실하게 보여준다는 점이 『아리랑』이 지닌 미덕이다. 항쟁과 진혼과 망향의 그리움이 외마디 정서의 표백이 아닌 도도한 서사의 물결로 굽이친다.

　아리랑은 부르는 이의 격정으로 고조된 감정을 순화시키기도 하고, 음침하게 가라앉은 분위기에서 살겠다는 의욕을 고양하기도 하고, 알 수 없는 슬픔에 잠겨 흐느끼게도 하고, 끓어오르는 생명의 환희를 짐짓 식히기도 한다. 『아리랑』은 식민지시대 조선인의 이 분류할 수 없는 감정의 스펙트럼을 찬란한 채색과 미묘한 음영으로 우리에게 전이시킨다. 아리랑에 얽힌 수많은 사람들의 엄청난 정서의 분류가 『아리랑』 속에 차고 넘치는 것이다. 따라서 『아리랑』이 담지하는 특정한 정서에 관심을 집중하는 것은 잘못된 이해방법이다. 변덕스럽다고 느껴질 정도로 시시각각으로 변화하는 감정의 분류奔流를 그때그때 잘 파악해야 한다.

　아리랑은 『수호지』의 노지심을 연상하게 하는 공허 스님과 독립투쟁의 위대한 지도자 송수익, 타고난 미모 때문에 수난의 역정을 거쳐야 하는 수국이, 독립투쟁의 최일선 전사 방대근, 옥비를 사모하지만 뜻을 이루지 못하는 이도만의 아들 이경욱, 그리고 친일파 장칠문, 백종두, 백남일 부자, 깡패 서무룡에 이르기까지 이름만 열거해도 두 쪽 이상을 차지하는 수많은 사람들의 심금을 울리는 명곡이다. 그들의 가슴에 아리랑이 어떻게 새겨지는지 『아리랑』은 그 세부의 거미줄처럼 가는 정서의 실선까지 비춰

보인다. 한 사람의 작가가 이처럼 많은 사람의 사연에 매달리다 보면 사람과 이야기의 무게에 치여 소설의 후반부에 이르면 비틀거리게 마련이다. 작가 조정래는 그러나 끝까지 올곧은 자세를 유지한다. 독한 작가라는 반응이 저절로 나올 수밖에 없다.

아리랑은 느리게 시작하여 부르는 이와 듣는 이의 정서를 슬며시 이끌어냈다가 점차 장단을 빨리 하여 정서의 정점에 올려놓은 뒤, 아쉬움과 한으로 점철된 느린 가락과 되풀이되는 후렴으로 한에 휩싸이게 하거나 극복의 감정을 되풀이해서 다져가는, 그래서 끝내는 눈물선을 자극하고 결의를 굳히게 하는 감동의 노래이다. 『아리랑』은 그런 아리랑의 진행구조를 취해서 서두르지 않으면서도 정서를 다잡는 긴장과 이완을 반복하다가 긴박감 속에 느끼는 정화감을 연출한다. 우리 민족에게 아리랑 노래처럼 감정의 전이와 정화감을 쉽게 얻게 하는 예는 쉽게 찾을 수 없다. 아리랑의 가락과 장단이 복잡하고 충격적이어서 그런 것이 아니고, 가사의 내용이 고상하고 현학적이며 찬연해서 그런 것도 아니다. 질박이라는 말로 요약되는 아리랑의 내용과 형식 구조에 최고의 것을 추출하게 하는 원동력이 숨어있기 때문이다.

『아리랑』에는 헤아릴 수 없이 많은 작중인물이 등장해 두루 다 이야기할 수 없는 이야기들의 산더미를 앞에 쌓아놓지만, 그 주제는 실로 간단하다. 구한말에서 일제시대에 이르는 역사적 시련기에 우리 민족은 가만히 살지는 않았다는 것이 그것이다. 『아리랑』은 일제에 아부하면서 산 친일파조차도 아부의 방법을 개발하고 그 강도를 높이기 위해서 별의별 잔꾀를 다 부리면서 씩씩거리면서 살았다는 것을 보여주고, 민족의 독립에 뜻을 둔 사람은 지도자는 물론이고 사농공상, 필부필부, 장삼이사, 남녀노소, 이 모든 사람이 가릴 바 없이 총체적으로 모두 투쟁의 방법을 생각하고 이를 실천에 옮기는 과정에서 무수한 고초와 생명의 상실을 당했다는 것을 여실히 보여준다. 작가는 이렇게 자기 자신에게 경고하면서 쓰겠다는 의지를 다진다.

> 36년 동안 죽어간 우리 민족의 수가 400여 만! 2백자 원고지 2만 매를 쓴다 해도 내가 쓸 수 있는 글자 수는 얼마인가! (제12권, 「글감 옥에서 가출옥」에서)

그들의 가만히 있지 않은 삶을 묘사하는 작가의 숨결은 노래를 부르는 그것으로 느껴진다. 아리랑 노래를 잘못 부르는 사람이 그런 것처럼 숨을 거칠게 몰아쉬는 낌새를 행간에서 느낄 수 없다는 말이다. 『아리랑』은 아리랑을 부르는 숨결로 씌어졌다.

아리랑을 흔히 한의 노래라고 한다. 한이라는 것은 정서의 차원에서 접근해야 한다. 그런데 한은 그것을 체감하기 때문에 살 수 없다는 감정이 아니다. 죽지 못해 살아도 한이 있기 때문에 조금씩 삭여가면서 살게 하는 것이 한이다. 한은 그것 자체로 죽음에 이르는 것이 아니라 오히려 생명의 강인성을 보장한다. 그런 점에서 한은 삶에 대한 대긍정의 전제이다. 『아리랑』은 우리 민족의 한의 세계를 살피고 삶의 대긍정의 전제로서 한을 인물과 사건의 형상으로 제시한다. 『아리랑』에 그렇게 많은 여인들이 등장하는 것도 대긍정의 전제로서 한을 여인들이 남자보다도 더 잘 체득하고 있기 때문이다. 『아리랑』에 지식인이나 정치적·사회적 지도자보다 농사꾼이나 노동자, 독립군 병사 등 평범한 직업의 인물이 압도적인 지면을 차지하는 이치도 여인의 경우와 거의 동일하다. 『아리랑』은 '민중을 위한 소설'이 아니라 '민중의'소설이다.

이처럼 아리랑 노래의 가능성과 미덕을 소설 『아리랑』이 지녔다고 해서 그것이 그대로 소설의 전체 가치로 전화될 수는 없다. 아리랑 노래는 민요라는 서정 장르이고 『아리랑』은 서사 장르로서 서정적 장르의 세계관과 포관 내용을 껴안으면서도 이를 넘어서야 한다. 정서의 이념화, 정서의 서사화가 이루어져야 하는 것이다. 지금까지 아리랑 노래를 중심으로 살펴왔기에 이념화와 서사화의 작업에 대해서는 간단한 언급을 했을 뿐이다. 그래서 『아리랑』이 이념화와 서사화의 측면에서는 성공하지 못했다는 것으로 오해할 수도 있는데, 소설적 사실은 전혀 그렇지 않다.

『아리랑』에서 최초로 그리고 최후로 주목할 점은 민요에 담긴 단편적·파편적 정서를 민족 대서사시의 이념으로 탈바꿈시킨 작가의 웅대하고도 야심찬 착상과 패기, 그리고 끝내 그것을 성공시킨 작품적 실체에 놓여 있다. 민요 아리랑을 통해서 읽어본 『아리랑』의 작업은 그 착상과 실체를 깨달음으로써 『아리랑』에 대한 장님 코끼리 만지기 식의 접근이 아닌 『아리랑』을 원근법적으로 조망하는 중요한 지점에 도달할 수 있었다는 것을, 『아리랑』을 읽은 독자로서 또 비평가로서 자부심을 가지고 확언하는 바이다. 정서의 이념화에 대한 고찰은 이제 막 시작해야 할 또 다른 과업이다. 이 점만 깨달아도 원근법적 조망점이 어디고 소실점이 어딘지 알고 있다는 증거가 된다. 이제 막 시작한 것에 대해서도 자부심을 가질 만큼 『아리랑』의 세계는 넓다.

이제야 『아리랑』의 핵심에 이르는 초입에 우리는 서 있다. 탐구해야 할 길은 아직도 멀다.

12. 관계의 연대성과 단절성

―유재용, 「관계」

1. 평범하게 느껴지는 비범한 이야기 솜씨

유재용의 단편 소설 「관계」의 이야기 전개방식은 간단하기 짝이 없다. 시간의 흐름에 따라 계기적으로 사건이랄 것도 없는 사건을 평면적으로 나열한다. 복선이 깔리지도 않았고 서술에서 시간적 역전의 기법도 구사하지 않았다. 옛날이야기를 구수한 입담의 힘만으로 밀고 나아가는 인상을 주는, 전통적 이야기 서술방식이 이 작품의 평범한 서술기법이다. 이러한 서술기법이 이 작품을 읽기 시작한 순간부터 끝까지 읽지 않으면 안 되겠다는 독서 의지를 제고시킨다. 우리가 옛날이야기를 듣다가 중간에서 말하는 이가 중단하면 굉장한 안타까움을 느끼듯 이 작품을 읽다가 중단하면 읽기 시작하지 않은 것만 못하다는 아쉬움을 느낄 것이다. 작가는 의도적으로 가장 단순한 이야기 전개방법을 이 작품에서 택함으로써 독서 지속력을 배가시킨다.

"일자리를 자신만큼 옮겨 다닌 사람은 드물 것이다"라는 이상한 자부심을 가진 나(이만복)는 복덕방 영감의 소개로 장현삼이라는 지체 장애인의 수발을 드는 일을 맡게 된다. 나는 "이상한 일, 어처구니없는 일, 엉뚱한 일을 적지 않게 겪어" 보았기 때문에 지체 장애자의 수발쯤 어려움 없이 해 낼 것이라고 생각한다. 건강한 몸과 참을성이 자신의 재산의 전부라고 생각하는 만복은 장현삼 시중드는 일을 아무 탈도 없이 수행한다.

신체는 수척하지만 매서운 눈빛의 장현삼은 내가 며칠 못 가서 일을 집어치울 것이라고 예상하면서 월급을 받을 수 있을지 의심하지만, 나는 그를 우러러보는 상전으로 대하면서 한 달을 보낸다. 나의 이러한 태도는 전근대적 상전 복종의식과 같은 것이다. 유달리 물을 많이 마시는 장현삼은 한밤중에도 몇 차례씩 나를 깨우며 오줌 시중을 요구하고 자질구레한 보살핌을 끊임없이 요청한다. 그러나 나는 그런 일에 대해 한 번도 불평을 한 적이 없다. 그런 나에게 장현삼은 월급을 주는 대신 적금을 들어 줄 것을 제의하고 나는 군말 없이 제의를 수락한다.

장현삼과 나는 친화감을 넘어서 전생의 인연까지 생각하는 혈연과 같은 사이로 가까워진다. 이런 의식은 나보다 장현삼에 의해서 제기되고 나는 그가 의식하는 대로 덤덤히 따라 느낄 뿐이다.

장현삼은 이런 이야기를 만복에게 건넨다.

> "만복 씨와 내가 이렇게 한 지붕 밑에서 살게 된 걸 보면 우리 두
> 사람은 전생에서 무슨 인연을 맺었던 것 같소. 전생에서는 만복 씨
> 가 두 다리를 못 쓰는 처지였구 나는 만복 씨한테서 월급을 받으면
> 서 만복 씨 시중드는 일을 했는지두 모르지."

이런 말을 할 만큼 나에게 친화감을 가진 장현삼은 닭을 삶아 달라고 해서 자기는 몇 젓가락 먹다 남기고 내가 대신 먹는 것을 즐기며 지켜보거나, 별식을 시켜서 역시 그렇게 하면서 만복과 자신이 한 몸이 된 것 같다는 이

야기를 되풀이한다. 자전거를 타고 싶다고 자전거를 사오게 해서 타고 다니도록 하고, 자동차 운전을 배우게도 하면서 동심동체 의식을 강조하던 장현삼은 자기 대신 선을 보라는 기상천외의 제의를 한다.

나는 결국 선 본 여자와 약혼을 하고 결혼까지 한다. 장현삼 대신 결혼하는 것을 저어하는 나에게 장현삼은 "장현삼이가 이만복의 몸에 들어와"있다고 생각하라고 말한다. 이상한 결혼생활이 1년 지속된 후 아이를 낳고 장현삼이 지어 준 장씨 성의 이름을 그 아이에게 붙인다. 아이를 낳은 지 석 달 만에 산후조리 잘못으로 여자가 죽고, 나를 여행 보낸 사이 장현삼은 이사를 가고, 돌아온 나는 자기 앞으로 등기 이전된 장현삼의 집과 적금통장을 받는다. 수소문하면 이사한 곳을 쉽게 찾겠지만 나는 장현삼이 정원을 내다보곤 하던 안락의자에 앉아 사람들을 찾아 나서고 싶은 생각을 눌러 앉힌다.

나는 장현삼 대신 결혼하고 아이를 낳은 것을 어쩔 수 없는 인연의 숙명으로 받아들이는 것이다.

「관계」는 이 평범해 보이는 비범한 이야깃거리를 평범한 듯 비범한 소설기법으로 전개한 작품이다.

2. 관계와 관계의 숙명적 드라마

유재용은 실향 작가로서 지금은 갈 수 없는 고향에 대한 그리움과 고향을 어쩔 수 없이 등져야 했건 사람들이 이 땅에서 벌이는 삶의 드라마를 집중적으로 조명해 온 작가이다. 그의 대표작 「누님의 초상」은 그의 이러한 작품세계를 가장 잘 나타내고 있는 작품이다. 그러나 어느 편인가 하면 그는 갈 수 없는 고향보다 이 땅에 살게 된 인간과 인간, 특히 가족관계에 대해 집착을 보인다. 이미 멀어진 땅에 대한 집착은 가족에 대한 애착으로 대체된다. 가족이라는 인연은 어떠한 형태로든지 이어질 수밖에 없고, 그 인연을 바탕으로 이 세계의 인간관계의 소중한 연대의식이 확인되지 않겠느냐는 것이 작가의 생각이다.

사람들이 서로 어울려 살고 있다는 것은 그들이 상호 불신하고 있다고 해도 어떤 형태로든 관계의 고리를 맺고 있다는 것을 뜻한다. 작가는 그 관계의 고리를 확인하고, 그 관계가 어떤 형태와 성질의 것인지 규명하고, 관계의 연결 양상을 작품으로 정확히 표현해야 한다. 유재용은 그의 작품을 통해서 이러한 관념을 문학적으로 실천하고 있다.

작가는 거창한 주제의식을 소설로 부각시키겠다는 야심을 표명하지 않는다. 남북분단의 직접적 피해 당사자로서 이데올로기의 대립 문제를 이데올로기의 차원에서 정면으로 다루지 않는다. 이것은 관념과 이데올로기를 기피하려는 관점 때문이 아니라, 그렇게 거창하게 문제의식을 제기하는 것보다 현실의 가장 직접적인 차원에서 문제의 전모를 하나하나 차분하게 파헤치는 것이 우리가 살고 있는 세계의 문제를 성찰하는 데 보다 효과적이라고 생각하기 때문이다.

인간관계를 수평적인 관계와 수직적인 관계로 나눈다면, 혈연적 측면에서 수평적 관계는 형제 사이 같은 것이고, 수직적인 것은 부모와 자식의 관계일 것이다. 유재용은 이 두 관계에 대해서 그의 전 작품을 통해 골고루 관심을 보여 왔다. 한 작품 속에 이 두 관계를 모두 다루어 단편소설에 3대의 관계가 별다른 여과 없이 투영된 작품도 제법 많다. 그것이 무리라는 것을 의식하면서도 관계 설정을 중첩적으로 하는 까닭은 관계의 총체적인 망을 설정하려는 작가의 야심에서 기인한다. 유재용은 "소설은 인간관계의 지도다."라는 메시지를 전달하려고 한다.

그와 동년배의 작가들이 대개 그렇듯 유재용도 남녀 간의 애정관계에 대해서는 별다른 관심을 갖지 않는다. 자칫 잘못 다루면 경박해지고 관능적인 것으로 내려가는 남녀관계를 소설적 경건주의자의 의식으로 짐짓 기피한다. 수평적 관계라고 할 남녀관계에 대한 의식적인 기피는 그의 소설을 딱딱한 관념의 껍질 속으로 은폐시킬 것 같지만 그는 관념의 틀에서 벗어난 유연한 사고로 소설의 분위기를 명쾌한 방향으로 역전시킨다.

그가 여러 작품을 통해서 특별히 강조하고 있는 관계는 부모와 자식이라는 수직적 관계, 그 중에서도 대 잇기의 문제이다. 어떠한 상황에서도 대 잇기는 포기할 수 없고, 어떠한 형태로든지 대 잇기는 지속된다. 사생아를 낳았기 때문에 주위의 온갖 눈총을 받지만 그 사생아가 대 잇기의 주역이라는 점을 상기하면서 사생아를 낳았다는 것이 죄가 될 수는 없다는 논리, 이 논리 아닌 논리가 그의 소설에는 지극히 자연스러운 논리로 자리 잡는다.

심리적으로 특별한 상흔을 지니고 있는 것도 아닌 작가 유재용이 이렇게 대 잇기의 문제를 집중적으로 탐구하는 까닭이 무엇일까? 인간관계의 최종 귀착점은 한 인간이 그의 생애를 마감할 때 이 세상에 무엇을 남기고 가는가 하는 것과 관련된다. 인간에게 남는 것은 결국 자손뿐인데, 자손이 없다면 관계의 줄기는 그 지점에서 단절되고, 이미 형성된 관계의 망은 그 부분부터 망실된다. 적자에 의한 계승은 바람직하겠지만 적자로 계승할 수 없다면 사생아라도 관계는 승계되어야 한다. 그것이 관계의 무한한 지속을 가능하게 한다면 그 점에 크게 괘념할 필요는 없다. 작가는 이렇게 생각하고 있는 듯하다.

우리의 민족적 상황도 관계의 차원에서 보면 남과 북이 서로 민족의 정통성을 승계하고 있다고 주장하고 있지만, 어느 쪽이 진정한 적자인지는 서로의 정당성의 주장이 팽팽하게 대립되고 있는 국면에서는 확인할 수 없다. 남북분단으로 인해서 가문의 뿌리를 상실당하고, 새롭게 가족과 가문의 관계를 세워 나아가야 하는 작가로서 대 잇기의 문제에 문학적 관심을 쏟는 것은 지극히 당연한 일이다.

이데올로기라는 괴물에 의해 인간관계, 특히 가족관계의 질서를 파괴당한 작가는 우리 시대의 한 민족 전부를 그 괴물이 낳은 사생아라고 규정할 수도 있다. 유재용은 작품을 통해서 그런 식의 인식을 표출한 바 없지만 대 잇기의 모티프에 자주 등장하는 사생아 상은 이런 추론을 가능하게 한다.

여기서 우리가 주목할 것은 비정상적으로 보이는 관계의 양상을 그리는 작가의 태도이다. 작가는 그 관계가 상궤에서 벗어났다고 해서 그것을 괴상하게 생각하거나 음험하다고 인식하기보다는 그런 관계의 성립을 자연스럽게 여기면서 그 관계에 대한 애정 어린 눈초리를 보내고 있다. 아무리 어렵고 힘든 상황이라 해도 인간이 살고 있는 한 인간관계를 이어주는 따뜻한 정의 교류는 막을 수 없다는 것이 작가의 시선 속에 용해되어 있다.

다른 작가들이 다루면 어둡고 음침한 제재가 될 그런 요소들이 작가의 인간을 바라보는 정감 어린 시선에 의해서 따뜻하고 밝은 분위기로 역전되는 것이다. 이것을 단순한 인정주의라고 표현한다거나 인간 구원의 휴머니즘이라고 말하는 것, 양자 모두 일면의 진실만을 이야기하는 잘못된 판단이다. 작가는 인정이니 휴머니즘이니 하는 용어에 제한되지 않고 자신이 다른 인간들과 맺고 있는 관계의 양상을 작품으로 전이하고 있다. 음침한 제재가 밝게 느껴지는 것은 결국 작가의 실제 삶의 태도나 체험과 연관된다. 작품을 읽는다는 것은 작가를 읽는 것과 상통하는데, 유재용의 작품에서는 작가를 보다 직접적으로 읽을 수 있다. 그러면서도 사소설적 분위기를 감지하지 못하게 인물을 객관화시키는 작가의 비범한 인물 설정의 기술에 주목하지 않을 수 없다.

유재용은 인간관계의 복잡한 음영을 복잡하게 전개하는 현대적인 기법을 구사하기보다 전통적인 이야기 서술방식에 의존하여 복잡성을 단순화하는 정통적 서술양식을 택한다. 이야기가 갖는 본래의 힘은 사태를 복잡하게 얽히게 하는 것에 있지 않고 복잡한 사태를 간명하게 정리함으로써 정돈의 미를 느끼게 하는 것에 있다고 이 작가는 생각한다. 그의 소설을 읽으면서 독자가 느끼는 안도감은 현대 작가의 쓸데없이 이야기를 복잡하게 하는 난잡성과 그의 소설이 상당한 거리를 두고 있기 때문이다.

유재용의 문체 역시 이러한 간명한 이야기 전개방식과 어울리게 명쾌한 구조로 진행된다. 화려한 요설, 탁월한 관념성, 묘사의 정치성, 이런 개념들과 그의 문체는 거리가 멀다. 이야기를 전개하는 데 꼭 필요한 단어들을 집약적으로 모아 이야기의 골격을 그대로 전달하려는 말들의 강인한 힘을 그의 문장에서 확인할 수 있다. 이런 간명한 문장은 이광수의 밥과 공기와 물의 문장론을 연상하게 한다. 밥, 공기, 물은 일상생활에 가장 필요한 것이지만 생활 속에서 크게 의식되지 않는다. 그러나 그것이 결핍되면 생활을 꾸려 나갈 수 없다. 이야기 전개의 밥, 공기, 물을 충분히 확보한 유재용의 문장은 우리에게 이야기의 기본 자양분을 충분히 공급하고 있다.

3. 우연인가, 필연인가?

「관계」의 주인공인 나 이만복은 작품 전체에 걸쳐서 한 번도 자기주장을 적극적으로 펼친 바 없다. 이 전근대적인 사고방식의 사나이는 자신이 돌보는 장현삼을 처음 만날 때부터 상전이라고 인식한다. 이런 인물을 주인공으로 삼았다는 것 자체가 우리의 호기심을 자극한다. 자아와 세계의 갈등이 소설이라고 생각하는 독자들은 갈등 없는 이만복의 세계에 경이감을 느끼는데, 결혼까지 대신하고 자식까지 내주는 대목에 이르면 경악을 금할 수 없다. 아무리 상전과 아랫것의 관계이고 인연의 관계라고 할지라도 이것은 지나치지 않는가 라는 것이 평범한 독자들의 정상적인 반응일 터이다.

작가는 상식과 평범을 초월한 이런 상황을 설정함으로써 독자의 호기심을 자극하고 인간관계의 원형이 무엇인가라는 질문을 제기하는 것에 성공한다. 우리 시대의 갈등하는 인간 군상은 평범한 인물이고, 무갈등의 인간은 오히려 비범한 인간이라는 사실을 작가는 예리하게 포착한다. 갈등이 발전의 기본 전제라는 사실을 포기할 때 인간은 어떤 상황에 도달하게 되는가, 작가는 이 점을 독자에게 되묻고 있다. 상전은 극복과 투쟁의 대상이라는 사실을 포기할 때 인간은 어떻게 변하는가, 이 점도 작가는 덧붙여 묻고 있다.

그 대답은 작품 속에서 이렇게 나타나고 있다. 갈등을 포기함으로써 세계를 조화로운 것으로 바라볼 수 있고, 투쟁을 단념함으로써 투쟁 대상과 자신은 궁극적으로 영혼이 같다는 일체감을 얻을 수 있다. 그러나 그 결과는 완전히 바람직스러운 것은 아니다. 허전함과 아쉬움이 점철된 외로움을 이겨낼 수 없기 때문이다. 이 경우의 외로움은 현대 사회의 소외감과 다른 본원적인 외로움이다. 이 작품은 이러한 대답을 일체의 관념을 동원하지 않고 문학적 형상 그 자체로 드러내 보인다.

이러한 답변에 숨어 있는 인연설에 대한 반론은 쉽게 제기할 수 있다. 만복과 장현삼의 관계는 우연한 관계인데, 이것을 필연으로 변형시킨 것은 작가의 억지에서 비롯된 것이고, 예외적인 것을 보편적인 것처럼 기술하는 것은 작가의 궤변이라고 공격할 수 있겠다. 전생의 인연 운운하는 것 자체가 시대착오적 발상이고, 인연설에 입각해서 사건의 전개가 굉장한 의미를 지닌 듯 표현한 것은 신비주의적 발상이다. 이런 비판은 충분한 개연성을 지니고 있다. 그러나 이런 근거로 이 작품을 비난한다면 이 작품은 없었던 것이 더 나은, 작품 이전의 작품이다. 그런 식으로 비판할 생각이라면 이 작품에 대해서 언급을 하지 않는 것이 더 낫다. 이 작품은 이러한 비판 속에서 내재한 근대성의 개념을 초월해서 인간관계의 원형을 재구성했다는 관점에서 성찰해야 한다.

육체적 불구의 인간과 육체적으로 완벽한 인간은 어떻게 조화로운 삶을 살 수 있는가, 경제적으로 풍족한 인간과 그렇지 못한 인간은 또 어떠한가, 영혼에 상처를 입은 인간과 입지 않은 인간은, 생식 능력이 있는 인간과 없는 인간은 또한 어떠한가. 이런 여러 측면의 의문을 이 작품은, 그들은 그들 자신의 운명에서부터 조화롭게 살 수 있다는 삶에 대한 대긍정의 인식으로 풀어 나가고 있다. 가장 크게 멀리 대립되는 인간들이 궁극적으로 조화로운 삶을 살 수 있다면, 시기와 반목으로 가득 찬 인간들의 관계는 전혀 새로운 양상을 보일 수 있을 것이다. 그 장엄한 환상을 작가는 소박한 이야기 토막으로 펼쳐 보이고 있는 것이다.

그 환상 속에는 조화가 곧 행복을 의미하지 않는다는 슬픔과 외로움이 섞여서 환상의 찬란함의 광도를 어둡게 한다. 환상이 곧 인간의 행복이 아니라는 깊이 있는 사려가 빛의 광도를 조절한다. 일체감의 확인이 이별로 이어지고 이별로 인한 슬픔이 또 다른 관계를 형성하게 한다는 암시가 이 작품의 결말에서는 무르익는 여름으로 표현된다.

> 나는 마루 창가 장현삼 씨가 앉아 정원을 내다보곤 하던 안락의자에 몸을 파묻으며 떠나간 사람을 찾아 나서고 싶은 생각을 눌러 앉혔다. 정원에는 여름이 무르익고 있었다.
>
> —『1980년 이상문학상 수상작품집』, 35쪽.

관계는 끊임없이 형성되고, 그 관계와 관계의 연속에서 인간의 미래가 결실을 맺으리라는 이러한 결말에 특히 주목할 필요가 있다. 찾아 나서면 찾을 수 있지만 그것 자체가 자연스러운 인간관계를 역행하는 것이라는 원숙한 의식이 지금까지 한결같이 수동적이었던 나의 뇌리를 지배한다. 나는 결코 바보가 아닌 것이다.

유재용의 「관계」는 우연으로부터 시작한 인간관계가 필연적으로 바뀌는 과정을 자연스럽게 표출함으로써 서로 섬과 섬처럼 고립되어 있는 현대인의 관계의 도식에서 벗어나서 인간관계의 원형적 형상을 근원적으로 부각시킨다. 아무리 끊으려고 해도 끊을 수 없는 관계의 연대성과 지속성

이 인간의 총체적 세계와 역사적 삶을 형성했다는 자명한 진리를 역동적
으로 해명한다.

13. **현실을 투시하는 두 겹의 시각**

―김원일,『허공의 돌멩이』

1.

　경제 성장을 정책의 제1 목표로 삼아 사람들을 평등주의의 환상에 사로 잡히게 한 70년대라는 시대의 터널을 힘겹게 통과한 오늘날, 우리가 살아왔던 그 시대를 돌이켜 생각한다는 것은 반드시 유쾌한 일만은 아니다. 100억불 수출과 천불 소득의 세상이 도래하면 지상낙원의 거주자가 될 것처럼 떠들었던 시대에, 그러한 환상의 그늘에서 하루하루를 힘겹게 생존해야 했던 사람들이 우리 주변에는 너무나 많았기 때문이다. 근대화로 치닫고 있는 70년대의 현실에서 그것에서 소외된 밑바닥 인생들은 평등주의라는 말의 '평'자 조차 이해 못하면서 살아남기 위한 눈물겨운 투쟁을 벌였던 것이다. 그들에게 있어서 평등주의란 설령 그 말뜻을 이해한다고 해도 한갓 사치스러운 말장난에 지나지 않았다. 80년대에 들어서도 이러한 상황이 근본적으로 바뀌지는 않았지만, 자신이 노력하든 않든 국가 정책에 의해서 모든 사람들이 일정한 기준 이상으로 다 잘 살 수 있으리라는 환상에 시달리지 않아도 된다는 점에서 70년대보다 얼마간 간명한 심리 상태로 자신의 삶을 꾸려 나갈 수 있게 된 것 같다.

현대 산업 사회의 열망은 평등주의적이지만, 열망이 그러하기 때문에 그 조직은 위계적인 사회이다. 현대 사회의 평등은 사회체계 자체가 불평등하기 때문에 평등 자체보다 평등의 겉모습만 크게 만들고 있다. 근대화의 모델이 되는 서구 사회가 신분적 평등이나 경제적 평등, 정치적 평등 이데올로기에 주력하여 평등주의적 기대를 향상시켰기 때문에 불평등이 보다 안정되고 굳어졌다는 사실은 특히 중요한 의미를 지닌다. 돌이켜 생각하면 70년대는 불평등을 심화 확대 시킨 불평등 정립의 시대이다.

김원일의 창작집『허공의 돌멩이』에 수록된 대부분의 작품들은 고도성장의 그늘 속에서 원인을 모르는 힘에 의해서 세계의 변두리로 쫓겨난 사람들의 이야기를 다루고 있다. 열심히 일하면 잘 살 수 있다는 말은 상향 수준으로 평등화된 사람들에게나 통용되는 금언일 따름이고, 아무리 열심히 일해 보았자 평등 이하의 수준으로 떨어질 것이 확정적인 사람들은 평등주의의 환상 때문에 더 괴로운 나날을 보내야 하는 것이다. 김원일은 국가나 사회에 기댈 것도 바랄 것도 없는 이 딱한 사람들의 삶의 세계에 뛰어들어, 그들이 그렇게 살아야만 하는 이유와 원인을 밝힘으로써 시대와 사회가 저지르고 있는 오류와 범죄를 규명하고자 한다. 그들의 삶의 빛깔은 어둡고 음침하지만 그들의 인간성은 삶의 빛깔과 다르다는 점을 제시하여 그 본원적인 모습을 부각시킨다. 이러한 시도는, 그러한 작업을 하는 작가 자신도 음울한 분위기에서 벗어날 수 없고 답답한 심리 상태에서 탈피할 방법이 없는, 결코 신명나지 않는 일이지만, 스스로 선택하지 않으면 안 될 작가의 의무적 과업이다.

『노을』,『불의 제전』,『겨울 골짜기』의 작가 김원일은, 이들 작품으로 작가적 명성을 굳혔고, 또 그의 작품 세계의 본령이 이 작품들이 보여주는 것처럼 분단 문제에 대한 집중적 탐구에 있는 것으로 평가되지만, 그렇다고 해서 이 작가를 분단 문제만을 전문적으로 다루는 분단 작가로 생각해서는 곤란하다. 그의 뛰어난 중편 『도요새에 관한 명상』, 『환멸을 찾아서』와 이 작품집에 수록된 「미망」의 예에서 보듯, 작가는 분단 문제를 형상화하면서 분단된 상황 그 자체만 주목하는 것이 아니라 분단 상황이 야기한 사회구조의 일그러진 양상을 분단 문제와 교착시켜 정교한 직물처럼 날줄과 씨줄을 교직시키는 것이다. 분단으로 인한 역사적 고통이 그 날줄이라면, 분단으로 야기된 사회적 문제는 그 씨줄이다.

이 책에 수록된 중·단편들은 「미망」, 「어둠의 사슬」, 「갈증」 등을 제외하고는 데뷔작 「어둠의 축제」와 「그대 죽어 눈뜨리」(1969), 「피의 체취」(1972)에 이어지는 작품들로 어두운 현실과 그 속에서 한 가닥 빛을 찾아 헤매는 비참한 영혼들의 고뇌를 다룬 작품들이다. 파괴적 충동과 도덕적 타락, 구조적인 비리와 부정, 성윤리의 문란 등 작품의 주제가 칙칙한 것이라서 한편으로 충격을 받으면서도 다른 한편으로는 절망의 과장이 아닌가 하는 의문을 품게 한다. 사실 어떤 작품들은 절망과 고통을 지나치게 과장하여 우리가 더 이상 타락할 수 없는 나락 속에서 살고 있는 것이 아닌지라는 생각을 갖게 할 정도이다.

작가는 이런 방향으로 우리를 일방적으로 몰고 가지는 않는다. 주인공을 출구 없는 밀실에 유폐시키는 행위는 작가 스스로를 감금시키는 것이라는 점을 잘 알고 있는 까닭에 어둠을 비추는 한 줄기 빛을 숨겨 놓는 것을 잊지 않는다. 값싼 동정심이나 사이비 휴머니즘에 의한 절망의 해소가 아니라 자신의 삶 속에서 절망을 탈피할 수 있는 예지를 찾아내게 하는 방법을 구사하여 능동적 삶의 모습을 제시한다. 그 구체적 양상을 작품을 통해서 살펴보도록 하자.

2.

　이 창작집의 첫 번째 수록 작품 「어느 여름 저녁」과 책의 표제가 된 「허공의 돌멩이」는 여러 모로 대조적인 작품이다. 전자가 80년대의 풍요 속에서의 도덕적 타락을 이야기하고 있다면, 후자는 70년대의 빈곤 속에서도 양심을 잃지 않고 살아가는 건실한 젊은이의 이야기를 다루고 있는 작품이다. 작품의 제재가 다른 만큼 서술의 양상도 차이를 보여 「어느 여름 저녁」은 스피디한 진행이 선명하게 드러나는 바, 「허공의 돌멩이」는 둔중하고 느린 속도로 이야기의 맥락을 잇고 있다. 스타일리스트로서 김원일의 면모는 이 두 작품의 대조를 통해서 선명하게 나타나는 데, 「어느 여름 저녁」과 같은 모더니즘적인 작품의 작가가 과거에 「허공의 돌멩이」 같은 전통주의적 작품을 썼다고 판단하기 어려울 정도로 스타일의 변화가 다채롭다.

　「어느 여름 저녁」에서 작가는 경제적으로 여유가 있는 집안의 젊은이들의 철없는 장난에 자극을 받은 운전기사가 태우고 가던 여자를 강간하고 고속도로에 방치한다는 충격적인 이야기를 전개한다. 현실이 무엇인지, 농촌 사람들이 어떻게 생활하고 있는지 아랑곳하지 않고 방위병 주제에 서울에 있는 애인을 불러내는 완수의 동생 완호와 영동의 땅 장사로 졸부가 된 집안의 당돌한 여대생 민희가 벌이는 짓거리에 자극 받은 운전기사 중조는 충동적인 범죄를 저지른다. 중조의 성격이 비뚤어졌기 때문이라기보다 아무것도 모르는 인간들이 천방지축 날뛰는 것이 너무나 못마땅했기 때문이다. 차창에서 바라보는 농촌 현실에 대한 완호와 중조의 의견 대립은 이 작품의 결말이 심상하게 끝나지 않으리라는 예감을 갖게 한다.

　완호도 등받이에 몸을 기댄다. 잠시 눈을 감고 있다가 윗몸을 세운다. 다시 민희 쪽을 본다. 마른침을 삼키고는 시선을 거두어 차창

밖을 내다본다. 눈을 껌벅이며 어둠 속에 가라앉아가는 산야와 마을을 넋 놓고 바라본다. 이제 집집마다 불을 켜 집들이 어둠 속에서 반짝반짝 살아난다.

"소 값 파동이다 해서 죽느니 사느니 하지만, 농촌은 참 평화스럽네요."

완호가 중조에게 말했다.

"먼 데서 보면 그림 같죠. 저기 사는 농사꾼 입장에서 보자면 다르겠지만,"

"설령 농사짓고 산다고 해도 별다를 게 있겠어요. 집은 있겠다, 요즈음 옷이야 어디 떨어져 못 입나요. 사실 촌사람들이 세끼니 먹는 것쯤이야 그 돈이 얼마나 되겠어요."

"얼마나 되다니?"

"그렇다는 거죠 뭘. 난 잘 모르지만서두."

중조의 강한 되물음에 완호가 어물어물 대답한다.

"촌사람은 밥만 먹고 살아야 합니까? 짐승도 제 몫은 다 먹어요."

중조의 말에 완호는 입을 다문다. 약간 겁먹은 눈으로 중조의 뒤통수를 바라본다. 별말이 없는 어머니 차의 기사가 그에게는 늘 꺼림칙하다. 사람을 쏘아보는 빛나는 눈이 음험하다.

중조는 완호가 농촌 현실을 모르고 있다는 사실 때문에 분노를 느끼는 것이 아니라, 모르고 있는 정도를 넘어서 농촌을 미화하고 있다는 사실에 증오심을 품게 된 것이다. 단순히 모르고 있는 정도라면 철이 없어서 그렇겠거니 치부하겠지만, 농민을 근본적으로 경멸하는 발상에 대해서는 반발하지 않을 수 없다. 내가 못살기 때문에 괴로운 것이 아니라 남이 내가 잘살 수 있는 여건을 박탈해 갔기 때문에 내가 가난하게 살게 되었고, 고통을 겪는다는 상대적 박탈감의 개념이 연상되는 대목이다. 이 경우의 박탈감은 절대적 빈곤상태의 절대 박탈감이 아니라, 자신도 어느 정도의 삶의 기반이 잡혀 있지만 잘 살고 있는 사람들에 비해서는 어림없다는 인식에서 나오는 진행형 박탈감이다. 사실 이 작품의 중조라는 인물은 완호와 비교해서 도덕적으로 순수한 인간이 아니다. 민희를 음탕한 시선으로 바라보면서도 속으로만 애를 태우는 완호에 비해 중조는 그것을 행동으로 옮기는 충동적 성격의 소유자이다.

그의 범죄는 완호나 민희의 희떠운 행동에 의해 촉발된 것이기는 하지만 그것 때문에 그렇게 되었다고 정당화될 수 없다. 도덕과 부도덕의 경계를 모호하게 만드는 사회구조가 무엇보다도 문제지만, 부도덕성에 노출되어 그것에 감염된 중조 같은 인간이 무엇이 부도덕한 것인지 분별할 수 없을 정도로 도덕적 경변 현상이 이 사회의 보편적 병리 현상이라는 사실이 특히 중요하다.

「어느 여름 저녁」의 중조에 비해 더 비참한 삶을 영위하고 있는 「허공의 돌멩이」의 창수는 적어도 그러한 도덕적 경변중에 감염되지 않았다. 도덕적 경변중에 초연해질 수 있는 건전한 양심을 소유하고 있기에 자신이 건드린 여자를 찾아내고, 경제적 어려움에도 불구하고 임신한 그녀를 위해 나름대로의 최선을 다하는 것이다. 70년대의 순박한 젊은이 창수는 80년대에 이르러 중조와 같은 인간으로 변질된다. 결코 바람직스럽지 못한 이러한 변화가 현실의 가장 큰 문제점이라는 것을 작가는 시대의 추이에 따라 증언하고 있다. 제 한 입도 살기 어려운 스무 살짜리 총각이 자신의 아내처럼 여자를 아끼는 것이나, 열아홉의 처녀가 임심한 아이를 끝까지 키우겠다고 우기는 따위의 고집 등은 이제 흘러간 시대의 유물 같은 것인지도 모른다. 창수나 순자의 풋풋한 사랑 이야기가 더 이상 허용되지 않는 영악한 시대에 우리가 살고 있음을 이 두 작품의 대비를 통하여 뚜렷하게 알 수 있다.

「어느 여름 저녁」과 「허공의 돌멩이」의 대조는 시대적 변화를 반영하는 동시에 이 책에 수록된 작품의 경향을 대표하고 있다. 열네 살에 가출해서 7년 만에 시골 고향에 돌아오면서 임신한 자신의 계집을 같이 데리고 오는 「박명」 같은 작품에서 주인공이 범죄를 저질렀다거나 여인이 목을 매고 죽는다거나 하는 사건의 양상은 「어느 여름 저녁」과 유사하지만, 생전 처음 보는 아들의 여자를 따뜻이 맞이하는 어머니의 모습이라든지 쫓기면서도 자신의 여자를 책임지려 하는 주인공의 발상은 「허공의 돌멩이」에 가깝다.

김원일의 작품에는 이처럼 파괴적 충동과 긍정적 세계관이 공존한다. 파괴를 할 경우에는 섬뜩한 전율을 느낄 정도의 잔인성이 동반되고, 긍정할 경우에는 흐뭇한 인정에 감싸여 이 세상이 그래도 살 만하다는 것을 곡진하게 표현한다. 그래서 그 파괴적 충동의 위력에 놀라는 사람들은 작가 자신이 파괴되지 않을까 염려하고, 긍정적 세계관에 의심을 품은 사람들은 인정주의의 오류를 범하지 않을까 걱정한다. 그러나 작가 자신은 그 어느 쪽에도 치우치지 않고 그때그때의 국면의 변화에 따라 자유스러운 변신을 기도한다. 이 점이 김원일 문학이 가진 커다란 강점이다. 플로베르가 자신은 루앙 시립병원 영안실의 시체 위를 날아다니는 파리의 시선으로 작중인물을 바라본다고 말한 것처럼 김원일 또한 냉엄한 시선으로 일탈된 인간을 규시하다가, 경우에 따라서는 온정 어린 시선으로 그들의 딱한 처지를 감싼다. 이러한 두 겹의 시각이 작품의 구조로 표출된 소설이 「농무일기」이다.

살인범을 사살한 경찰관의 아들 이종세 군의 일기와 살인범 김대두의 아들 김열추 군의 일기를 나란히 나열하여 범죄자와 추적자의 삶의 단면을 깊이 있게 부각하고, 그 심리적 음영을 살펴보며, 그들이 가지고 있는 사연을 캐냄으로써 사건의 표면과 이면을 동시에 드러내고자 한 작품이 「농무일기」이다. 이러한 작가의 의도는 시도한 만큼 썩 효과적으로 나타나지 못했지만, 현실을 바라보는 두 겹의 시각은 언제 어떠한 상황에서도 유효하다는 것을 알려 준다. 떠도는 소문이나 대중매체가 전달하는 소식의 배면에는 또 다른 진실이 내포되어 있음을 지각하고 그 진실을 밝히려는 작가의 의지가 「농무일기」의 형식으로 나타난 것이다.

이러한 겹 시각은, 추측컨대 작가 자신의 동생의 죽음에서 소재를 따온 것 같은 어둠의 변주에도 적용된다. 동생의 죽음을 객관화하여 동생 스스로 자신의 죽음을 지켜보는 가족들의 슬픔을 분석하고 과거를 돌이켜 보는 형식으로 된 이 작품은 두 겹의 시각을 넘어서서 세 겹 네 겹의 시각의 기법을 차용한다. 가난 속에서도 꿋꿋이 버텨왔던 동생이 병고로 쓰러지게 된 비통함을 그대로 표현하지 않고 일단 심미적 거리를 확보한 다음에 거기에서 한 걸음 더 나아가 복합적인 시각으로 죽음의 의미를 고찰하려는 시도는 평범한 작가는 엄두도 내지 못할 탁월한 실험 방법이다.

이 책에 수록된 대부분의 작품들은 「농무일기」나 「어둠의 변주」처럼 복수複數의 시각이거나 서로 다른 두 대상의 처지에서 시각을 교차시키는 복합 시점의 양상을 띠고 있다.

「오늘 부는 바람」에서는 음식점에 근무하는 성실한 여동생과 도덕적으로 타락한 오빠의 시선이 엇갈리고, 「악사」에서는 과거의 꿈을 버리지 못하고 살아가는 거리의 늙은 악사와 그를 따르는 구두닦이 청년의 시각이 공존하며, 「침묵」에서는 가출한 이치민 군과 그를 걱정스럽게 지켜보는 가족들의 시선이 교차되고, 「잠시 눕는 풀」에서는 운전사 시우의 비운과 그를 고용한 사용주의 횡포가 대조된다. 이것은 분단 상황을 알레고리화한 작품 「어둠의 사슬」에서도 예외가 아니어서, '지금 이곳'의 상황과 '나중 그것'의 상황이 엄밀하게 대응되는 양상을 띠고 있다. 또한 「미망」에서는 할머니와 어머니의 대립과 이 두 사람의 갈등을 지켜보는 '나'의 시선이 여러 종류의 장면을 연출한다.

이러한 복수 시각이 존재하는 까닭에 어느 한 쪽에 치우치지 않고 일단

편향적인 태도를 취했다가도 조정의 시각에 의해서 평형감각을 되찾는 것이다. 「오늘 부는 바람」에서 누이동생은 오빠에게 돈을 강탈당하고 근친강간까지 당하지만 그래도 삶의 균형을 잃지 않으려고 결심을 다진다. 상식적으로 도저히 이해할 수 없는 이 작품의 결말은 상식을 초월하는 평형감각에 의해 정당화된다.

> 봄날 짧은 꿈처럼 흘러간 춘배와의 만남, 그것도 이제 옛 노래로 고이 접어두고 그로부터 일주일 뒤 나는 아버지의 손수레 뒤를 따라나섰다. 내가 이제 죽은 엄마 대신 아버지의 지팡이가 되리라. 굳게 결심한 내 마음엔, 이제 엄마 생각에도 서러워지지 않았다. 껌보다도 더 질긴 삶이 내 발을 땅에다 굳건히 세우고 있을 뿐이었다.

보통의 소설이라면 오빠가 누이동생을 강간하는 충격적인 장면으로 소설을 끝맺음으로써 충격의 강도를 한껏 높이겠지만, 이 작품은 통상의 소설의 기준으로 보면 에필로그나 사족으로 여겨지는 이러한 부분을 첨가하여 소설적 균형과 윤리적 평형감각을 동시에 되찾는다. '껌보다도 질긴' 이러한 삶들이 있기에 우리들의 편안한 날이 존재한다는 점을 이 작품을 통해 확인하게 된다.

이 책에 수록된 분단 상황과 연관된 작품의 수준은 「미망」을 제외하고는 「환멸을 찾아서」나 「도요새에 관한 명상」의 그것을 뛰어넘지 못한다. 「미망」은 과거의 사실(아버지의 실종)과 현재의 삶의 대비를 통해 가족의 연대감을 되살린 뛰어난 단편소설인데 반하여, 분단 상황에서의 탈출을 가상의 무대를 설정하여 형상화한 「어둠의 사슬」은 상황 설정의 어색함과 디테일의 설득력의 부족, 맥 빠진 사건 진행 등 독자의 감동을 유발하기에는 전체적으로 결함이 많은 작품이다. 장인匠人의 경지에 이른 작가라 할지라도 이러한 태작駄作을 산출할 수 있음이 특별히 흥미롭다. 한편 「갈

중」은 어린 아이의 순진한 눈으로 6·25를 바라보는 40대 작가의 작품에서 흔히 찾아볼 수 있는 작품인데, 작품의 내용이 다소 감상적인 방향으로 치우쳐서 특별한 감흥이 일어나지 않는다. 「어둠의 사슬」이나, 「갈증」 같은 작품은 작가의 오늘의 수준이 있게끔 한 연습곡 정도로 이해하는 것이 무난할 듯하다.

그러나 이런 작품의 경우에도 현실을 바라보는 작가의 냉엄하면서도 따듯한 시선이 공존하고 있음을 망각해서는 안 된다.

3.

김원일은 어렵고 힘든 중·단편의 수련 과정을 거쳐 이제 본격적인 장편 작가로 진출하고 있다. 이러한 진술은 단편이나 중편이 장편 소설보다 열등하다는 말이 아니라, 그의 뛰어난 단편 소설과 중편 소설에 구사되었던 작가적 역량이 장편 소설로 결집되고 있음을 지적하는 말이다. 『불의 제전』을 비롯하여 현재 연재 중에 있는 신문소설, 최근에 출간된 거창 양민 사건을 다룬 『겨울 골짜기』 등, 그가 이룩해 놓았고 앞으로 완수해야 될 소설이 산적해 있다는 것은 작가 자신에게는 엄청난 부담이지만, 독자로서는 기대감을 갖게 하는 즐거움의 일종이다.

창작집 『허공의 돌멩이』는 앞에 열거한 장편 소설에서 느낄 수 없는 간명한 완결의 성취감을 느끼게 하는 동시에 벌써 오랜 옛날의 일처럼 망각하고 있는 70년대의 한국적 현실을 되돌아보게 함으로써 반성적 성찰의 기회를 제공한다. 우리가 살고 있는 80년대의 사회는 근본적으로 70년대의 그것과 달라진 바 없으며, 사회 구조가 복잡해짐에 따라 문제의 구조도 다기화 되어 문제의 얽힌 실꾸리를 어디서부터 풀어나가야 할지 더욱 갈피를 잡을 수 없게 된 점을 작가는 지적하고 있다.

　평등주의의 환상을 깨뜨리려면 이 작품에서 제시된 바와 같은 무수한 고난과 투쟁의 과정을 거쳐야 한다는 점과 우리의 인식이 보편적으로 성숙되기 위해서는 의미 있는 시간의 결과가 필요하다는 점을 작가는 자신의 산 체험으로서 독자들에게 들려준다. 사회적 팽창의 시대는 모순 또한 팽창하는 시대임을 작가와 더불어 실감할 수 있다. 이 책은 그러한 모순의 팽창을 저지하기 위한 문학적 저항의 기록이다.

Ⅲ. 통일문학의 방향 모색

1. 한국전쟁과 한국소설의 재발견

해마다 6월 25일이 되면 마치 제의적인 행사처럼 한국전쟁에 관한 특집이 다루어져 전파매체에서는 요란한 특집극이 방영되고 인쇄매체에서는 민족통일논의와 한국전쟁과 한국사회와 문화 전반의 문제가 논의되곤 한다. 3·1절, 4·19, 격동의 5월, 6·25, 비교적 조용한 7월, 8·15, 이렇게 달력의 날짜를 꼽아보면 한국근대사의 역사적 사건들은 대체로 봄부터 시작하여 춘계대공세(?)를 취한 뒤 8·15로 수렴되지 않나 생각된다. 여기서 극적 정점, 역사적 기복의 꼭대기에 있는 것이 한국전쟁이다.

누구는 1950년대가 '아아'라는 감탄사로부터 시작된다고 하는데, 한국전쟁은 '아아 6·25'에서 시작하여 그 '아아' 소리가 6·25를 발음한 다음까지 지속되어야 한다. 고통과 신음, 공포와 충격 등 아직도 그 메아리가 울려오는 반향의 소리가 6·25 다음의 '아—아'에 내포되어 있다. 한국전쟁은 1985년 현재 35주년이 되었지만 무슨 법률처럼 법적 시효가 사라진 것도 아니고, 35세에 요절한 삶처럼 종말이 있는 것도 아니다. 우리는 아직도 '휴전'상황에 처해 있고 한국전쟁은 여전히 미래완료형으로 남아있다.

한국전쟁과 한국소설에 대해 이야기하는 것은 현재 위치에서 중간점검에 불과할 뿐, 유보된 결론이 항상 예상되는 한계가 뚜렷한 논의일 따름이다. 그럼에도 불구하고 단순한 제의적 행사로서가 아니라 늘 지속되어야 할 항구성 있는 논제로서 한국전쟁을 거론해야 하는 것은 한국사회와 한국문학의 특수성을 구성하는 가장 중요한 요인인 '분단'의 문제가 '한국전쟁'을 통해 가장 뚜렷하게 드러날 것이라는 점 때문이고, 그것을 새삼스럽게 이야기하기도 쑥스럽다.

이 글에서 내가 다루고자 하는 문제도 그런 새삼스럽고 의문이 풀리지 않는, 말없음표나 물음표로 끝날 수밖에 없지만 안 물을 수는 없는 물음들이다. 좋은 물음일수록 대답은 나쁜 대답이 되게 마련이라서 문제제기를 거창하게 하고 싶은 욕심도 없다. 아마도 이런 태도가 한국전쟁과 한국소설의 주제를 다루는데 가장 온당한 태도가 아닌가 한다. 당장 무슨 좋은 수라도 있는 것처럼 서두르다가도 막판에 헛것만 보여주는 논의보다는 한걸음이라도 문제의 핵심에 근접하는 쪽이 더 바람직스러울 것이다. 그런 의미에서 한국전쟁을 제재로 삼은 작품들의 줄거리를 소개하고 몇 개의 지문을 뽑아 해설하는 것도 의의가 있겠지만, 줄거리의 단순한 소개나 작품명을 벌여놓은 것은 이제 다시 생각해야 할 때가 왔다고 본다. 보다 넓은 차원에서 살펴본다면 한국전쟁 이후의 문학으로 분단사회의 문제를 다루지 않은 작품이 어디 있겠는가? 찰나적 향락 추구의 일일연속극조차 그런 풍조를 강요하는 산업화·대중화의 폐해와 한국전쟁 이후 고착된 분단 상황의 산물인 쾌락주의와 도피주의의 혼합된 산물이라고 볼진대, 그 명단을 가려 뽑아 줄거리를 나열하는 것은 힘만 드는 쓸데없는 짓일 따름이다. 요컨대 분단의식에서 발생하는 훼손된 상황을 얼마나 첨예하게 그려낼 수 있는가가 문제의 초점이고, 그런 작품을 쓴다는 것이 무슨 의미를 지니며, 쓴 결과로서 분단의식은 얼마나 극복될 수 있고 어떠한 성과를 거둘 수 있겠는가 하는 것이 문제의 핵심이다. 이런 의식을 가지고 여러 번 되풀이 거

론되어 시간이나 낭비하는 진부한 물음으로까지 생각되는 문제들로부터
살펴보기로 한다.

한국전쟁과 본격소설

한국전쟁을 총체적 차원에서 본격적으로 다룬 소설이 있는가?

이런 질문을 제기하는 사람들의 의중에는 그런 작품이 여태까지 없었다
는 내정된 대답이 숨어 있다. 또한 이와 비슷한 물음으로는 한국전쟁이라
는 미증유의 대 전쟁을 치렀으면서도 왜 세계적인 대작이 나오지 않았는
가, 혹은 해방공간에서 한국전쟁을 거쳐 오늘에 이르는 동안의 좌우익의
대립을 이데올로기 이념 투쟁으로 파악한 작품이 있는지 등을 들 수 있다.
이런 물음 역시 그런 소설이 없다는 것을 재확인하기 위해서 던져져 왔다.
이 물음들에 대한 대답은 '없다'라는 내정된 대답과, 그래도 몇몇 작품, 예
를 들어 최인훈의 「광장」, 황석영의 「한 씨 연대기」, 이문열의 「영웅시대」,
같은 작품들은 그런대로 성공한 작품이라는 유보적 답변과, 많은 작품의
예를 들고 한국전쟁을 본격적으로 다룬 작품이 없다는 그동안의 지적은
생트집에 불과하다는 강렬한 긍정이 각각 존재한다.

내 생각으로는 이런 물음을 던지는 것 자체가 한국문학을 경멸적인 관
점에서 보는 자학행위이고 질문에 대답할 필요성도 별로 없는 변죽만 울
리는 물음이라 판단된다. 극히 일부분이든 전체이든 간에 한국현대소설에
한국전쟁으로 야기된 분단 상황이 필연적으로 내재되어 있다고 본다면 앞
서의 물음들은 한국소설에도 가치 있는 작품이 있는가, 한국소설도 세계
적일 수가 있는가, 한국소설도 이데올로기의 투쟁을 다루고 있는가라는
질문들이나 다름없다. 이것은 마치 다른 나라 소설은 긍정적인 가치를 내
포하고 있는데 한국소설은 그렇지 않다는 열등의식을 조장하는 자학행위

로 오해될 공간이 크다. 그런 의문을 품는 근원을 따져본다면 한국소설이 한국전쟁을 제대로 다루지 못하고 있지 않은가라는 반성적 성찰에서 비롯된 것이지만, 그 진행과정에서 나타나듯 절대적 자유의 분재, 분단 상황의 파괴적인 위력, 작가적 역량의 미흡 등 답답한 사실들만 들추어냄으로써 한국에서 소설 쓴다는 것의 허망함, 한국소설의 한계, 작가로서의 불만 따위만 털어놓게 되는 것이다. 온갖 제약을 극복하기 위해 혼돈과의 쟁투를 벌여 혼돈 속에서 질서를 찾아내고야 마는 것이 작가의 임무라면, 한국작가들에게는 이중의 혼돈이 작용하고 있어 잔재주나 피어서는 그 혼돈을 압도될 수밖에 없는 그런 상황이 창작에 큰 도움을 줄 수 있다는 점을 상기할 때, 작가를 위축시키는 그런 물음들은 이제 삼가야 될 때가 왔다고 본다. 한국전쟁을 제대로 다루고 싶지 않아서 안 다룬 것도 아니고, 세계적이고 싶지 않아서 세계적인 것이 못된 것도 아니며, 공부를 못해서 이데올로기 이념투쟁을 전개하지 않은 것도 아니다.

한국전쟁을 본격적으로 제대로 알려면 수많은 한국전쟁 사진첩, 활동사진, 수기물, 전기물, 국방부나 국사편찬위원회의 역사물을 읽어도 그만이다. 그 내면의 깊이를 측정하기 위해서 소설이 쓰이는 것인데, 아직도 전쟁의 상황은 끝나지 않았고 전쟁 수행과정의 제약이 겹겹이 둘러싸인 가운데 그 깊이를 잰다는 것은 필연적인 한계가 따르기 마련이다.

본래 전쟁과 평화란 날카롭게 획을 그어 구별되지 않는다. 군대를 가지고 있는 통치 집단의 갈등이 물리적 충돌로 나타나는 것이 전쟁이라면 평화는 갈등은 안으로 숨어버렸지만 언제 다시 터질지 모르는 전쟁준비의 기간이다. 하물며 그 평화가 '휴전'이라는 명목으로 존재한다면 전쟁은 누구도 예측할 수 없는 사이에 불쑥 터질지도 모르는 것이다. 작가 쪽에서 보면 별 수모를 다 가하는 그런 질문을 받으면서 한국전쟁을 제재로 한 소설을 계속해서 쓰는 것도 한국전쟁을 이미 지나가버린 역사적 사건으로서가 아니라, 아직도 계속되고 있는 잠재적 전쟁의 현재화로 파악하고 있기 때문이다.

한국전쟁은 1920년대 이래의 민족 내부의 이데올로기적 분열이 외적 촉발을 받아 내외적으로 폭발을 일으킨 내란이며 국제전이다. 내란이기에 세계전의 양상으로만 파악될 수 없고 국제전이기에 민족적 양상으로만 이해할 수 없는 복잡한 성격의 전쟁이다. 그 복잡성은 다시 복구할 수 있는 물리적 파괴력에 의한 피해보다 건드리기만 해도 덧나는 심리적 상처의 후유증이 더 심각하다는 면에서 더 다기화 되어 정체를 구별할 수 없는 무정형의 갈등으로 나타난다. 8·15 이후 첨예화된 분단의식의 갈등을 폭발적으로 재생산하는 내적 기틀이 한국전쟁에 내재되어 있고 피해의식의 지속적 확산 장치가 한국전쟁 내부에서 작동하고 있다. 이 복잡한 성격의 한국전쟁을 소설로 제대로 형상화하려면 더 많은 자유가 요청되고 더 긴 세월의 경과가 필요하다고 흔히들 이야기해 왔다. 이것은 사실일지도 모른다. 그러나 얼마나 많은 자유가 요청되며 얼마나 긴 시간의 흐름이 필요한지 분명하게 말할 수 있는 사람이 하나도 없는 것처럼, 자유나 세월이 보장된다고 해서 본격적·세계적 작품이 나오리라 생각하는 사람도 거의 없다. 도대체 무엇이 본격적이고 무엇이 세계적인 것인가? 우리를 씌운 굴레의 옥죔을 느끼면서도 굴레가 존재하지 않는 듯 묵묵히 써 나아가는 것이 본격적인 것이고, 전쟁 당시에는 한국 사람을 경원하고 불신하는 것이 가장 안전한 방도였다고 말하는 외국인들에게 우리는 이것 때문에 고뇌하고 그 고뇌를 이렇게 극복했다고 제시할 수 있는 작품이 세계적일 것이다.

솔직히 말하면 이런 견해는 극단적 낙관주의에 함몰하기 쉬운 생각이기도 하다. 한국전쟁을 에워싼 제반 상황은 그 어떤 부분도 손쉽게 해결할 수 있는 방안을 가지고 있지 않다. 한국전쟁은 작가적 역량에만 기대기에는 너무나 큰 중압감을 가지고 소설의 진로를 차단하고 있다. 절대적 자유가 주어지고 행복한 시간이 찾아와도 한국전쟁을 둘러싼 분단 상황을 제재로 하는 한 문학적 형상화를 방해하는 내적 논리를 한국전쟁은 그 안에 감추고 있다.

냉전논리와 문학의 형식

한국전쟁은 비극인가?

한국전쟁은 민족상잔의 대 비극이라고 흔히 말해진다. 비극이라는 말이 천재지변이나 앙화, 비참한 몰락이나 이유를 알 수 없는 패배와 동의어로 사용될 수 있다면, 한국전쟁은 비극일 것이다. 개인의 행복한 삶이 급작스럽게 불행한 삶으로 전락되는 현상이나 부락민의 대학살, 수십만 명의 전사자, 수백만의 이산가족의 발생, 전쟁미망인과 고아의 급증 등의 사회현상을 비극과 동일시한다면 한국전쟁은 비극일 것이다.

말을 잘못 사용하거나 다른 의미로 구사하고 더 작당한 말을 찾지 못해서 비극이라고 하는 것이지, 비극의 원래 의미로는 한국전쟁을 비극이라고 할 수 없다. 그것은 민족 내부의 모순과 국제적 냉전논리가 불러일으킨 처참한 재앙이며 한국근대사회의 전체적인 단층 붕괴의 현상이다. 운명적 결함에 의해서 본의 아니게 악의 세력에 흡입되어 선악이 분명하지 않은 가운데 선을 찾아 싸우다가 파국을 맞는 것이 비극이라면, 어느 쪽이 선이어야 하고 어느 쪽이 악이어야만 한다는 냉전논리가 철저하게 작용하는 한국전쟁과 그 이후의 분단 상황은 비극이 아니라 차라리 멜로드라마에 가깝다.

극적 전개 따위는 하나도 없지만 충격을 받지 않을 수 없는 처절한 비참함, 사태를 직시하지 못하고 전쟁 통에서도 돈타령 사랑타령에 눈물 흘리는 신파조, 자신의 힘으로 도저히 통어할 수 없는 전쟁의 피해를 받는 결정론적 파멸, 그리고 얼마간의 순수한 비극성, 이런 여러 요소들이 뒤섞여 있으나 그 줄거리는 뻔한 방향으로 흘러가야 하는 멜로드라마가 냉전논리의 근간을 이룬 한국전쟁의 문학적 형식이다. 그것은 한국전쟁 주체의 영화 선전문에 자주 사용되는 '민족의 대서사시'는 더더구나 아니며 이물들이 덕지덕지 달라붙은 멜로드라마일 뿐이다. 선인과 악인이 어느 편인지 미리부터 구별되어 있고 한편이 실패하면 다른 편이 반드시 그 복수를 해야 하는 낭만이니 서정이니 하는 호사스러운 요소가 몽땅 빠진 잔혹한 서부영화 같은 것이다. 아니면 겁먹기로 작정하고 들어가 쥐 한 마리가 지나가는 장면만 나와도 오싹오싹 움츠러드는 괴기영화 같은 것이다.

냉전논리가 지배하는 한 한국전쟁의 문학적 형식은 슬픈 멜로드라마로 규정될 수밖에 없는데, 이 속에서 근대사의 진정한 서사적 요소, 비극적 요소를 뽑아내야 하는 것이 소설의 과업이다. 이 작업에 실패하면 자신이 받는 고통을 은근한 쾌락의 질료로 삼는 감상주의에 빠지거나, 세계를 명백하게 인식하게 되었다고 착각하는 멜로드라마에 안주하거나, 자신의 작업 전체가 허무를 지향하고 있다는 허무주의에 함몰하고 만다. 한국전쟁 제재의 많은 소설들에서 이러한 결함을 발견하게 됨은 한국전쟁이 강요하는 문학적 형식에서의 탈피가 그만큼 어렵기 때문이다.

신상웅의 「심야의 정담鼎談」을 보면 소설의 초반과 중반에는 세 사람의 각기 처지가 다른 휴전선에서 근무하는 학보병의 경우를 통해서 민족의 비극을 한자리에 모을 듯이 전개해 나아가나 후반에 이르면 난롯가에 앉아서 정담이나 나누는 것처럼 맥이 빠진 이야기로 전락해버린다. 이것은 작가적 기량의 부족이라기보다는 분단의식과 냉전논리의 압박에 작품 자체가 억눌리게 되었음을 의미한다. 이처럼 멜로드라마적 요소가 서사적 요소를 강압적으로 추방시킨 실례는 50년대 작가의 작품에서 쉽게 발견할 수 있다.

50년대 작가는 개인의 몰락을 자기 자신의 내부 요인에서 찾지 않고 전쟁에 모든 책임을 전가함으로써 전쟁 상황에서 탈피가 아닌 전쟁으로의 복귀를 꾀하는 기현상을 보여준다. 공포와 절망의 전투상황에서 간신히

벗어나느라고 탈진한 사람들이 전쟁의 비논리적 흡인력에 이끌려 저항도
제대로 못하고 다시 끌려가게 된 모습을 50년대의 제 작가의 작품에서 찾
아 볼 수 있다. 이것이 이른바 50년대 작가의 한계인데, 이 점을 근거로 우
리는 지금까지 50년대 작가의 작품이 한국전쟁을 제대로 그리지 못했다고
비판해 왔다. 그러나 뒤집어 따져본다면 50년대 작가야말로 흑과 백을 선
연히 구별해야 하는 분단논리를 문학적 형식과 일치시킴으로써 즉, 혼돈
을 혼돈으로 그려냄으로써 단선 논리가 지배하는 무질서의 한국전쟁을
'제대로' 그렸다고 할 수 있다. 이것은 물론 '제대로'라는 말을 함부로 사
용해서는 안 된다는 역설적인 이야기이기도 하다.

　50년대 작가는 전쟁과 전쟁 이후의 상황을 인간이 처할 수 있는 가장 극
력한 극한 상황, 더 이상 추락할 수 없는 함정의 밑바닥으로 파악한다. 인
간을 부정할 수 없는 데까지 부정한 손창섭, 한국전쟁을 근친상간으로 규
정하고 이데올로기의 허구성에서 탈각하려다가 실존과 허무의 중간항에
머물고 만 장용학, 아예 인간의 의식 자체를 부정하고 몰의식의 세계로 자
청해서 표류해간 김성한, 테러에 대한 테러라는 폭력적 순환논리를 전개
한 오상원 등, 50년대 작가는 한국전쟁이 확대 생산하는 분단논리에 자기
자신도 모르게 휩쓸려 들어갔다. 그들이 형상화한 작품의 내용과 형식이
비극이 아니라 이렇게 자의를 거스른 상태에서 휩쓸려 들어간 것이 비극
이다.

　전쟁은 강간의 속성을 가진다. 자의에 의한 사랑 대신, 타인의 강제적 폭
력에 의해서 도덕적 순결을 상실하고 부정한 씨앗을 잉태하게 되어 그 씨
앗 때문에 평생을 괴로움 속에서 헤어나지 못한다. 알베르토 모라비아의
「두 여인」을 보면 딸의 도덕적 순결을 지키기 위해 온갖 고생을 마다않던
어머니가 전쟁이 끝날 무렵 연합군 병사에게 딸이 강간당하자 정신적 혼
절감에 빠져든다. 2차 세계대전이 그런 형태의 강간이라면 한국전쟁은 장
용학의 「원형의 전설」에 은유적으로 표현되어 있듯 근친상간 ― 그것도

그 관계가 겹쳐 오빠가 누이를 겁탈하고 그들의 아들이 오빠의 이복 딸을 강간하는 악순환적 근친상간이다. 이런 근친상간의 악순환이 반복되는 한 그것을 비극으로 그릴 수는 없다. 50년대 작가는 작품 이전의 정신과 작품 외적 생활 전체로 한국전쟁의 문제점을 부각시켰고, 그 점은 암시나 상징으로서가 아니라 작품 속에 직선적·직접적으로 투영된다. 기교를 부리기에는 사실과 상상력의 거리가 너무 밀착되어 비극은커녕 잘된 멜로드라마로도 발전시킬 수 없다.

50년대 작가가 이렇게 작품 외적 현실에 속박되어 있는 동안 같은 시기에 원로작가 염상섭의 소설 「취우驟雨」를 보면 한국전쟁은 소나기로 나타난다. 윤흥길은 한국전쟁과 그 이후를 지겹게 쏟아지는 「장마」로 표시했고 홍성원의 「남과 북」 서두에도 억수같이 퍼붓는 비로 그려져 있지만, 염상섭에게 한국전쟁은 남의 집 처마 밑에서 비를 긋는 소나기로 표현된다. 비가 개이면 무지개는 자연히 뜰 것이므로 윤흥길처럼 「무지개는 언제 뜨는가」라고 초조해 할 필요가 없다.

이 작품의 주인공 김학수는 50대의 사장으로 한국전쟁이 일어나자 아내와 아들들을 내버려둔 채, 여비서 첩과 돈 가방을 찾아 피난을 가려고 한다. 피난은 가지 못하고 은신처를 정하게 되자 첩까지 그 은신처로 데려와 살려고 한다. 그의 첩 강순제는 그런 김학수에 싫증을 느껴 경성제대 출신의 신영식에게 접근한다. 이들 인물들에게 한국전쟁은 안온한 삶을 일시적으로 흩뜨린 소나기일 따름이다. 본인 자신도 사실주의자라고 하고 남들도 사실주의의 대가라고 부르는 염상섭 같은 작가에게 한국전쟁은 소시민적 삶에 제법 큰 파문을 일으킨 소나기의 빗방울이며, 그것을 여실하게 그린 사실주의는 복잡한 현실을 단순화해서 몇 개의 멜로드라마적 결구로 보여주는 사실주의이다. 염상섭은 인간 삶의 비참함을 강조하는 자연주의 작가이지 사실주의자가 아니다. 이런 소설에서 통일의 전망이나 의지를 찾는 것은 나무 위에서 물고기를 구하는 것이나 마찬가지다.

50년대 작가라고 할 하근찬 소설 역시 염상섭처럼 전쟁을 정면으로 다루지 않는다. 그의 소설에는 한국전쟁으로 인해 피해 받은 농촌사람들이 끝까지 좌절하지 않고 살아간다는 삶의 긍정적 논리가 펼쳐진다. 이것을 슬픔 속에서도 노래를 잊지 않는 민요로 보기도 하고 나날의 삶의 비극으로 보기도 하는데, 비극으로 본다면 손상된 비극일 터이고 민요로 본다면 '노랫가락'이 아니라 '수심가'인 셈이다. 하근찬 소설에서 특히 주목되는 점은 그가 전쟁을 공포로도 저주로 보지 않는다는 것이다. 그것은 7년 가뭄 같은 가혹하지만 견뎌내야 하는, 냉혹하지만 참아야만 하고 또 참을 수 있는 현실이다. 주체적으로 무엇인가를 하려는 사람이 아니라 수동적으로 당하는 사람들이지만 자기 삶은 자기가 살아야 한다는 사실을 누가 말해 주지 않아도 깨닫고 있다. 그 깨달음은 아는 척하거나 남에게 전파하려고 하지 않는 기층민의 모습이다. 떠들썩한 목소리도, 과장된 표정도 없는 하근찬 소설의 주민이야말로 한국전쟁을 슬기롭게 겪어낸 중민(衆民 ; 민중 문학론의 요란한 민중과 구별되는)들이다. 이 중민의 삶을 역사와 결부시키는 일을 하근찬은 애당초 포기한다. 작가 자신이 여기에 관심이 없기 보다는 자신의 힘으로 해낼 것 같지 않다는 겸손 때문이다. 한국전쟁에 대한 모든 것을 이야기할 수 있다는 방자함에 비추어 본다면 그 겸손은 미덕에 포함되겠지만 역사와 체험의 연관성을 포기할 수 없다. 그 연관성을 차단하는 한국전쟁의 분단논리가 아무리 거세어도 그 시도는 중단될 수 없다.

한국전쟁 소설의 지향점

역사와 체험의 연대성을 소설로 창작하려면 이것과 저것의 양자택일적 사고방식에서 벗어나 이것도 저것도 아닌 다른 것을 선택할 수도 있어야 한다. 다른 것을 택하게 된 이유를 관념적으로 충분히 기술할 수 있어야 한다. 최인훈의 「광장」은 4·19라는 역사적으로 특별한 공간에 갑자기 들어차게 된 자유의 물결에 힘입어 작가 자신이 생각하더라도 '행운의 소산'으로 쓰인 예외적 작품이다. 그래서 60년대 문학은 「광장」에서부터 비롯된다는 찬사도 나오게 된 것인데, 지금 이 시점에서 곰곰이 생각해 보면 O표나 ×표가 아닌 △표를 치다가 만 것이 무엇이 그렇게 대단한 것인지 의심이 나지 않을 수 없다. 너무나 억눌려 지냈기 때문에 투표에 기권할 수 있는 자유를 얻은 것마저 황송하게 여기는 훼손된 심리가 「광장」에 대한 찬사에 포함되었을 것이다. 이북과 이남을 오르락내리락 거리고 중립국에 갈 것을 꿈꾸는 것 자체가 신기한 일이 아닌가. 이명준과 동시대를 살아온 사람들에게 이명준은 지구 저쪽에서 날아온 이방인같이 보였을 것이고 이명준의 죽음에 묵도를 울려야 했을 것이다.

그러나 행운의 순간은 잠시 동안이라서 이북에 두고 온 고향을 회상을 통해서 되씹어보는 「회색인」의 시대로 되돌아가게 되었을 때, 이 작가는 잘 사는 것 또한 우연에 불과한 것이 아니냐는 회의주의에 빠진다. 최인훈의 사소설적 기록인 「소설가 구보씨의 1일」에 의하면 산다는 것은 "재수 없는 제비에 걸리지 않으려는 안간힘"이며 정의란 "불행의 제비에 대한 위험률을 평등하게 하는 것"이다. 마지못해 살아가는 도중에 재수 좋은 제비를 뽑으면 된다는 다행증多幸症, 다시 말해서 공자가 말하는 '민면이무치'民免而無恥 [백성들이 법망이나 피하면 다행이라고 생각하고 부끄러움이 없어지는 것]와 통하는 행복악적幸福惡的 심리euphoria는 한국전쟁 이후 소시민들의 일반적인 심리적 징후로서 최인훈의 경우는 여기에 실향의식이 가세된 것이다. 이런 심리는 「광장」의 주인공 이명준의 여성에 대한 절제된 사랑에서 이미 발견되는데, 「광장」의 행운의 순간이 사라지자 그 관념의 뿌리를 되찾아 이데올로기적 갈등이 존재하지 않는 「옛날 옛적으로 훠이훠이」 날아가 버렸다.

그럼에도 불구하고 「광장」이 계속해서 거론되는 이유는 무엇인가? 한국전쟁을 다룬 대부분의 소설은 민족 분단으로 인한 개별적 경험의 정서적·감정적 차원을 주로 다루었지 그에 대한 과학적(분석적) 인식이나 이념적(구조적) 인식을 체계적으로 수립하지 못했다. 이것은 이 문제를 집중적으로 추구해야 할 사회과학에서도 마찬가지이다. 어느 편인가 하면 사회과학 쪽에서 그나마 문학체계를 통해 구현된 심정적 차원의 기술을 경험적 연구의 자료로 삼을 수밖에 없었던 것이 그동안의 실정이다. 「광장」은 불확실하게나마 분석적·구조적 접근에 한 걸음 다가섰고, 그 인식과 심정적 인식을 통합체로서 제시하려 하였다. 이 작품의 전편을 꿰뚫고 있는 관념적 소피스트케이션이 통합체의 질서를 위태롭게 했지만 상대적인 의미에서 그만큼이라도 노력한 작품이 없었던 것이다. 이러한 노력은 최인훈 자신의 개인적 문학적 역량에 의해 빛이 난 부분도 있겠지만, 휴전이 된 지 10여년이라는 시간의 경과에 따른 사고의 무르익음에 의해 다른 작가들에 의해서도 이루어지기 시작했다.

이청준의 「병신과 머저리」는 심리적 상흔이 외상으로부터 내부로 더욱 깊이 파고 들어가 근원 모를 아픔으로 나타나는 심리적 메카니즘을 예리하게 묘사했고, 박경리는 「시장과 전장」에서 코뮤니스트 '기훈'을 통해서 전쟁을 이데올로기적으로 이해하고 이데올로기적 허구성을 실감한다. 「병신과 머저리」가 심정의 표피에서부터 그 심층으로 깊이 하고 들어가 집단 무의식에까지 도달하려고 하였다면, 「시장과 전장」은 전장을 시장으로까지 확대시켜 공간적 표면의 넓이를 확장하려 하였다.

한편 「병신과 머저리」는 심리적 상흔에 대한 집착으로 동란 이후 사회성을 일단 접어두었고, 「시장과 전장」은 이데올로기의 대립을 강조하였으나 이데올로기의 정체를 드러내지 못했다. 이 두 가지 모두를 보여 달라는 것은 분명히 지나친 욕심이다. 「병신과 머저리」의 아우는 심리병리학적 상황을 강요하는 현실 때문에 앓고 있는 환자이고, 「시장과 전장」의 기훈은 명색은 공산주의자이지만 한국의 공산주의가 칼로 벤 듯이 다른 이념을 제거하지 못한 것처럼 유교적 관념과 심지어는 샤마니즘적 미래관까지 내포한 이데올로기의 혼합상을 보여준다. 이것이 엄연한 현실이라는 점, 그리고 한국전쟁을 아픔과 고통으로 일단 받아들이면 환각을 느끼거나 다른 세계로 옮겨가기 이전에는 한국전쟁을 객관적으로 살피기 어렵다는 교훈을 이 작품들은 보여주었다.

이 점을 확인했음에도 불구하고 여전히 아쉬움이 남는데 객관적인 것이 주관적인 것보다 한 단계 위라는 리얼리즘의 미학적 환상을 부인한다 하더라도 주관적인 주장에 압도되는 객관적 실상을 현장 복원할 필요성을 느끼는 것이다. 다시 말해서 한국전쟁은 개인의 아픔이기 이전에 국민 전체의 아픔인데, 아픔은 항상 개인적으로만 느껴지고 개인만이 그 아픔의 정도를 잘 알기 때문에 자신의 아픔을 앞세우면 집단적 파열의 실체를 포착하기 어렵다는 말이다.

이런 면을 포착하기 위해 우둔할 정도로 전쟁 당시에 집착하고 있는 작가가 강용준이다. 포로수용소에서의 좌우익 대립을 그린 「철조망」에서 시작하여 역시 포로수용소를 다룬 「밤으로의 긴 여로」를 거쳐, 전쟁 체험으로 굴절되어 보이는 오늘의 현실을 그린 「화령장기행」을 지나, 전부 아니면 무라는 전쟁 논리를 현실에 적용하다 실패한 조 대위의 「광인일기」에서 최근작 「파도야 파도야」에 이르기까지 그의 작품에는 전쟁의 피비린내가 가시지 않고 있다. 세월이 지나면 기억도 희미해지는 법인데, 그의 작품에는 전쟁 체험이 여전히 원체험으로 살아남아 있다. 한국전쟁 체험이 내면화되고 분단의식 역시 내재화되고 있는데 그는 이러한 내면화를 거부한다. 전쟁은 끔찍하다는 것, 결코 되풀이되어서는 안 된다는 것, 단순한 반공논리에 이용되는 이런 주제를 그의 작품에서 발견할 수도 있어 이들 작품이 본의 아니게 분단을 고착화하는 데 도움을 주고 있지 않나 하는 비판이 있을 수도 있다. 그러나 이런 비판을 거리낌 없이 할 수 있는 사람은 그래도 행복한 사람들이다. 그렇다면 그런 말을 하는 사람들은 전쟁의 끔찍함을 생각하기도 싫다는 말인가? 전쟁을 아득한 신화로 여기고 있는 이 시점에서 그의 작품은 잊혀져가고 있는 전쟁의 물리적 폭력주의를 다시금 생생히 상기하게 해준다. 분단 상황을 정치적으로 악용하고 있는 것에는 대항해야 하나, 분단을 고착시킨 역사적 대격변의 전체적 양상은 분명하게 기억되어야 한다.

단순한 흑백논리로는 한국전쟁의 실상을 파악할 수 없다는 점, 가해와 복수의 반복은 원시적 복수극으로밖에 한국전쟁을 나타낼 수 없다는 점, 상처받은 사람들끼리의 화해가 무엇보다도 중요하다는 점 등은 1970년대에 이르러 소년의 처지로 전쟁을 겪어야 했던 작가군作家群에 의해 작품적 합의를 본다.

이들 작가의 작품을 한 몫에 묶어 논의할 수 없지만, 이들 작품에 대한 그동안의 지적을 요약하면, 한국전쟁을 몸으로 겪은 세대가 전쟁으로 받은 상처를 다스려가는 방식에 거부감을 가지고 있다는 것, 강요된 긍정의 논리를 완강하게 거부하고 있다는 것, 민감함 감수성을 지니고 있고 세계관의 기초가 닦여지는 소년기의 체험을 통해 한국전쟁을 강하게 추체험하고 있다는 점, 자신은 싸움의 주체도 될 수 없었는데 아버지 세대가 받은 고통을 원인도 잘 모른 채 다시 겪어야 하는 이중의 수난을 그리고 있다는 점, 일부 작품에는 한국전쟁 이전 이후의 사상적 폭동에 대해 역사적 지적 해석을 방치하고 사건을 재앙이나 천재지변으로 받아들이고 있다는 점, 한국전쟁으로 인한 피해의식은 대를 이어받은 민족적 아픔으로 치환되어 '한'의 형태로 내질화되고 있다는 점 등이다. 이런 지적들은 모두 사실과 연관을 맺고 있는 진술이다.

이런 지적이 나온다는 것 자체가 한국전쟁을 이해하는 인식이 성숙해졌다는 것을 의미한다. 교육의 획일적 강압 시책에 의해서 6·25라고 하면 반공 포스터에 그려져 있는 털북숭이의 검붉은 손에 날카롭게 뻗쳐 있는 긴 손톱을 연상하던 소년들이 이제 40대가 되어 누가 누구를 일방적으로

할퀸 것이 아니라 누가 누군지 모르게 뒤엉켜서 할퀴고 할큄을 당했다는 것을 깨닫게 되었고, 평면적 윤리의식으로 판단할 것이 아니라는 점을 확실하게 알아차리게 되었다.

한편으로는 그 깨달음의 전모를 문자 행위로 전위시킬 수 없는 암울한 상황에 부딪쳐 깨닫기 이전에 더 큰 고통에 휩싸이게 된 것 또한 사실이다. 한국전쟁의 사회사적 의미와 역사적 층위를 규명하려고 해도 개인적인 아픔의 표현만 허용하는 상황에서는 그러한 기도는 소중하지만 미완성의 시도로 남을 수밖에 없다.

안타까움과 억울함을 가슴속 깊이 간직하고 그것을 풀어버릴 시간을 기다리는 동안에 한이 쌓이기 마련이다. 전쟁의 좌절과 고통은 민족 공동의 한으로 쌓여 있고 그것을 사실 그대로 표현하지 못하는 한이 그 위에 엎여 한국 작가들은 이중의 한 속에 창작생활을 하는 셈이다. 한승원, 문순태, 조정래 등 판소리와 육자배기의 고향 출신의 작가 작품에서 집중적으로 다루어지고 있는 한의 문제는 민족의 활로를 찾기 위한 몸부림 같은 것이다.

여기서 '한'의 정체가 무엇이냐고 묻고자 하지 않는다. 그 범위가 어느 정도인지는 불분명하지만 왜 그렇게 되었는지 원인은 분명한 것이 한국전쟁의 한이 아닌가. 이들 제 작가의 작품에서 한이 집중적으로 추적되는 것은 답답한 현실의 제약 때문에 사회·경제적 연관관계를 구조적으로 분석하지 못해서 그것을 뭉뚱그린 채로 보여주는 것이다. 그것은 분석 이전의 통합 상태를 싸잡아서 보여주는 방법이다. 문학의 비분절적 본성에 비추어 본다면 분석 이전의 통합 상태를 '한'의 앙금을 거쳐 보여주는 것이 그 비분절적 속성과 자연스럽게 어울리는 일이겠지만 주체의 분절적 측면에서 보면 불분명한 것을 불분명한 것으로 해석하는 불분명의 순환논리에 빠져있음을 발견하게 된다.

이것에서 헤어나기 위해서 소설의 곳곳에서 사상적 보정 작업이 벌어지는데 아직은 미흡한 느낌이 없지 않다. 한 속에 파묻힌 인간이 아니라 적극적 보정 작업을 통해 한을 극복하는 인간상을 그리려는 노력 또한 병행되어 왔는데 통일이 오지 않는 한, '한'에서 궁극적으로 해방될 수 없다. 통일을 기약하면서 화합의 길을 모색하는 방향으로 한국전쟁 소설의 지향점은 그 진로를 개척해간다.

한승원의 「포구」에서 고정관념의 탈피, 문순태의 「철쭉제」에서 용서와 화합, 김원일의 「노을」에서 연대성의 회복, 윤흥길의 「장마」에서 심정의 전환 등은 그런 작업의 소산이다. 조정래의 「불놀이」는 연작중편의 형식을 띤 장편으로서 화합에 이르기까지 길고 먼 도정을 그리면서 궁극적인 화합은 가능한가라는 물음을 던진다. 복수극은 지양되어야 하나 복수는 그 형태를 바꾸었을 따름이지 어떤 형태로든지 진행되고 있고 그 과정에서 화합의 단초를 발견해야 한다는 것이다. 「청산댁」에서 시작하여 「그림자 접목」을 거쳐 진행 중에 있는 「태백산맥」에 이르기까지 한국전쟁은 껍질을 벗어가며 정체를 나타내고 있다. 그 도달점이 어디인지는 더 지켜보아야 하겠으나, 지리산 남쪽의 이야기를 한국의 남쪽을 동쪽에서 관통하여 태백산맥과 접맥시키려는 스케일의 넓고 큼은 수긍하지 않을 수 없다.

그런데 이 화합은 국민 전체의 화합이 아니라 개인적인 화합, 예외적인 화해이다. 국민 대화합이라는 말이 정치적 구호로 채택되는 것을 보아도 화합의 길은 험난하다는 것이 실감된다. 한국전쟁 소설의 지향점에는 이 특별하고 예외적인 성격의 화합이 선도적 화합으로서 사회의 각 층위에 골고루 퍼져 나가도록 노력하는 것이 내포되어 있다.

체험과 비 체험

한국전쟁을 소년시대에 겪은 작가들 중 어떤 사람은 전쟁을 최후로 증언할 수 있는 마지막 세대가 바로 자신들의 세대라고 주장한다. 민속적 전통이 사라지고 있는 시점에서 민속학자들이 자신의 학문에 의무감이나 자긍심을 느끼는 것처럼 체험한 쪽이 없는 쪽보다 훨씬 낫다는 점을 강조하기 위해서 이런 말을 하는 것이다. 일견 그럴듯한 말이다. 하지만 이런 말속에 숨어 있는 경험적 정태주의를 간과할 수 없다. 체험하지 않았으니까 할 말도 없을 것이고 따라서 체험한 사람들의 말을 복종해야 한다는 강압적 논리와 체험해야만 무질서한 것을 평면적 질서로 정연하게 검토할 수 있다는 정태주의적靜態主義的 사고방식이 그런 말에 숨어 있다. 이런 사고는 자칫하면 체제 논리에 역이용될 수도 있는 생각들이다. 체험이 없는 쪽은 한국전쟁이 어떤 양상으로 진행되었는지 그 격동기에 사람들은 어떻게 살았는지에 대해서는 잘 모르지만, 전쟁이 야기한 '편짜기'와 '헐뜯기', '안 믿기'의 풍조에 대해서는 더 잘 알 수도 있는 것이다. 전쟁의 물리적 피해보다도 더 큰 정신적 피폐감을 초래하는 것이 한국전쟁이 야기한 문제점들이다. 한국전쟁을 이야기해야만 한국전쟁의 본질에 접근하는 것이 아니라 한국전쟁이 야기한 일그러진 조건들을 바로잡는 노력이 본질에 더 가까이 갈 수 있는 것이다. 한국전쟁을 체험하지 않은 사람들이 한국전쟁을 단순한 흥밋거리의 역사소설이나 사건소설의 소재로 다룬다면 그것은 문학으로 취급하지 않으면 그만이다.

한국전쟁을 실감 있게 묘사한 작가들 중에는 실향민들이 상당히 많다. 그 명단을 일일이 적는 것은 생략하겠으나, 고향을 상실한 아픔은 파괴된 고향을 가진 작가들의 아픔보다 더 클 것이다. 그러나 망향의 쓰라림이 세월이 흘러감에 따라 아련한 향수로 미화되는 경향이 있듯이 아픔도 결국 망각되게 마련이다.

이산가족 찾기 운동이 벌어졌을 때 눈물로 범벅이 된 얼굴의 클로즈업을 보면서 한국소설은 도대체 그동안 무엇을 했는가라는 야유에 가까운 질타를 받은 일이 있다. 이것은 그동안 눈물 쥐어짜는 소설이 왜 없었느냐와 똑같은 뜻의 질문이다. 아픔은 처절한 것이지만 아픔과 서설을 동일시할 수 없다. 박완서의 「그해 겨울은 따뜻했네」 같은 소설은 더 많은 눈물을 요구하는 사람들에게는 도저히 양이 차지 않는 기갈이 느껴지는 작품일 따름이다. 그러나 한국전쟁을 멜로드라마화하지 않기 위해서 노력한 그동안의 결과를 이산가족 찾기의 눈물이 보여준 감동 때문에 낮게 평가할 수 없다.

마찬가지 이야기로 무덤을 찾아가서 눈물을 흘리고 기구한 생애의 내력을 회상하는 형태의 소위 장제소설葬制小說은 이제 지양될 때가 왔다고 본다. 까닭도 제대로 모르면서 눈물을 흘리느니 주먹을 불끈 쥐고 앞으로 살아갈 길을 다짐하는 것이 더 바람직스럽다. 거듭 말하지만 6·25를 그려야만 6·25를 이야기하는 것은 아니다.

한국전쟁을 아주 어렸을 때 겪은 이문열의 「영웅시대」가 크게 화제가 된 적이 있다. 그 때 이 작품이 한국전쟁 문학의 신기원이라도 이룩한 것처럼 흥분하는 사람도 있었고, 작자의 일방적인 관념의 토로에 싫증을 느끼고 이런 종류의 소설을 읽느니 「어느 돌멩이의 외침」이나 「빼앗긴 일터」 같은 노동자들의 현장 수기를 읽는 것이 나을지도 모른다는 혹평도 있었다. 사실, 이 작품은 이데올로기의 연습장적 성격을 지니고 있어, 관념이 형상화되지 못한 부분도 있고 일정한 방향으로 주인공을 떠메고 간 흔적도 존재한다. 그렇다고 해서 이 작품을 읽고 소설 따위는 다 없어져 라고 외치고 싶은 충동을 받아야 할까? 소설이 상상의 소산이고 그 소산이 허구라는 결실로 맺어진다고 생각하면 허구적인 것을 무시해버리고 문자 그대로 사실적인 것, 현실에 존재하는 것, 더 많은 정보를 요구하는 경향이 거세질수록 허구성은 무시되고 목적성만 생경하게 드러난다. 허구성이 강조되는 「영웅시대」와 목적성이 요란하게 외쳐지고 그 내면에는 폭로 소설류의 흥미가 얼마간 숨어 있는 수기류와 비교한다는 것 자체가 모순이다. 「영웅시대」는 전쟁을 몸으로 체험하지 못한 세대가 한국전쟁을 고찰하려는 진지한 시도의 하나로서, 작가가 밝히고 있듯 체제의 제한을 받아 어느 정도 굴곡 있게 쓰인 작품이다. 이 굴곡을 황당성과 동일시하거나 시도 그 자체를 무의미한 것으로 판단하는 것은 허구성을 황당성과 동일시하는 경직화된 논리이다. 문맥에서 피와 땀이 뚝뚝 떨어져야 읽을 만하고 피와 땀 대신 한숨과 고뇌가 문맥에 숨어버린 소설은 읽을 필요가 없다는 말인지 다시 철저하게 검토되어야 한다.

한국전쟁을 다룬 소설에 대한 양극화 된 견해가 대치되고 있다는 것 자체가 한국전쟁으로 인한 우리들의 비참함이다. 더구나 이런 견해가 체험에 역점을 두어 비 체험을 억누르려는 체험 위주의 발상에서 비롯된 것이라고 본다면, 한국전쟁으로 인한 강압 논리는 멀리서 찾을 것이 아니라는 점을 알 수 있다.

앞으로 우리 문학의 주인공이 될 새로운 세대는 비참함과 강압적인 것을 극복하기 위해서 어느 쪽의 제도적 논리이건 간에 일체의 제도적 논리를 거부하고 자유스러운 상상력의 본질에 도전해야 할 것이다.

통일에의 의지

한국전쟁은 민족주의자들의 경쟁에 의해 야기되었다는 학설이 있다. 박헌영과 김일성이 그들이 내세우는 소위 '민족주의'의 주도권을 서로 장악하기 위해 갈등을 벌이는 과정에서 전쟁이 발생하게 되었다는 학설이다. 이것이 사실이라면 공산주의와 소위 '민족주의'라는 명목 가치를 치켜든 저쪽과 민족주의와 민주주의라는 대항논리를 펼친 이쪽이 싸웠다는 사실이 한국전쟁의 아이러니이다.

민족이라는 말은 '만능'의 의미를 가진, 간에도 쓸개에도 붙는 지조 없는 의미의 단어일까? 절대 이렇게 해석되어서는 안 될 것이다. 이스라엘 족

속들처럼 디아스포라만 되지 않은 상태이지 이리저리 끌려 다니는 데 지칠 대로 지친 민족을 또다시 끌고 다닐 수는 없는 노릇이다. 그러나 논리를 구립하려고 하는 사람들은 지친 민족의 발길을 한군데에 정착시키지 못하게 한다. 그만한 희생쯤은 각오하고 있어야 한다는 극기의 이론을 내세워 민족을 더욱 지치게 만든다.

이런 말은 민족주의의 허망함이나 불필요함을 강조하기 위해서 하는 말이 아니라 민족주의의 다양한 의미의 층이 사태를 혼돈 속으로 밀고 갈 위험성을 내포하고 있음을 지적하는 말이다. 한국전쟁 이후의 문화계의 분단 상황을 기술하고 있는 한 역사학자의 글을 중심으로 이 점을 검토해 보기로 한다.

> 분단체제 아래서의 민족문화운동 역시 그 방향 모색에 많은 혼선을 가져왔다. 우선 민족의 문단과정에서 민족문화운동의 역량 자체가 양분되었고 민족문화 자체에 대한 이해에도 큰 차이를 지었다. 분단국가의 성립과 6·25 전쟁을 통해 문화계는 철저히 양분되어 각기 분단체제를 고정·강화시키는 데 제 몫을 다했다. 분단체제가 장기화되고 심화되어 감으로써 그것을 긍정하고 그것에 안주하는 문화 활동이 있는 한편 분단으로 인한 민족적·인간적 고통을 작품화하고 나아가 민족의 재통일에 이바지하려는 새로운 민족문화운동도 나타났다.
>
> —강만길, 『한국현대사』, 창작과비평사, 261쪽.

이 글에 나타난 요점은 다음 두 가지이다. 첫째, 한국전쟁으로 인해 문화계는 양분되었는데 양분된 문화계는 각기 분단체계를 고정·강화했다. 둘째, 양분된 문화계는 분단을 긍정하고 거기에 안주하는 문화 활동과 민족의 재통일에 이바지하려는 새로운 문화운동으로 대별된다.

이렇게 요약하면 재통일에 이바지하려는 새로운 민족문화운동 역시 분단체제의 고정·강화에 제 몫을 다한 것이라는 점을 알 수 있다. 또한 새로운 민족문화운동에 속하지 않는 문화 활동은 모두 분단을 긍정하고 거기에 안주하려는 문화 활동이라는 의미가 함축되어 있음을 알 수 있다.

문장의 꼬투리를 잡아서 시비를 걸려는 것이 아니라 이러한 모순된 진술이 새로운 민족문화운동의 정체를 밝히는 것이라면, '재통일에 기여' 운운하는 부분은 잘못 쓰인 것이 아닌가 하는 생각이 든다.

문화 활동을 전개하면서 분단을 긍정하고 거기에 안주하려는 것을 목표로 삼는 문화 활동이 어디 있겠는가? 위의 지적은 그렇지 않은 문화 활동도 있다거나, "결과적으로 또는 본의 아니게 그렇게 되었다"는 보조 설명도 없이 그런 문화 활동은 모두 추방되어야 한다는 과격한 논리를 숨긴 채 직선적으로 야유를 퍼붓는 진술이다. 새로운 민족문화운동이 통일 카르텔이나 트러스트를 조직한 것도 아닐진대 통일 독점주의적 사고를 거리낌 없이 노출하는 것은 삼가야 할 것이라고 생각한다.

"우리의 소원은 통일"이라고 목청껏 노래 부르면서도 남북한의 통일은 생각도 하지 않고 남녀 간의 통일이나 기업체의 총합, 반대세력과의 야합이나 엉뚱하게 꿈꾸고 있는 사람이 있다는 것도 사실이다. 심지어는 실향한 월남민 중에서도 통일이 되어보았자 쓸데없다는 망측한 생각을 하고 있는 사람들이 많다는 것도 사실이다. 이런 사람들을 보면 이성적 설득에 앞서 울분이 터지겠지만 가장 객관적이어야 할 역사적 서술에서 울분의 감정을 표시할 수는 없는 노릇이다.

남북한의 통일이야말로 우리의 지상명제지만 이런 상태로 보아서는 우리들끼리의 의식 통일이야말로 더욱 시급히 해결해야 할 과제이다. 다행히 이 점이 새로운 민족문화운동 쪽에서나 분단을 긍정·안주하려고 하지 않는 다른 쪽에서 공통적으로 인식되어 극단적 대립을 서로 지양하려는 방향이 모색되고 있는데, 이 시점에서의 한국소설도 그런 방향으로 활발히 창작되어야 할 것이다. 그런 소설이야말로 재통일에 기여하는 소설이 아니겠는가?

소설은 환상이나 은유를 통해서 통일이라는 당위적 사실을 비교적 자유스럽게 그릴 수 있는 시와 달라서 통일이라는 유토피아에 도달하기까지의 과정적 유토피아를 그릴 수 있을 따름이다. 어떤 시를 보면 종다래끼에 씨앗을 담아서 남북한을 자유스럽게 돌아다니며 포탄을 맞아 벌겋게 까뭉개진 산허리에다 그 씨앗을 심었으면 좋겠다고 하고, 또 충청도 물고기를 담아가서 황해도에 내다팔고 충청도 물고기와 함경도 백두산 산나물을 자식들에게 맛보이게 할 수만 있다면 우리는 하나라는 것을 깨닫게 된다고 노래하고 있는데, 당위적 사실인 통일을 환상적으로 노래한다고 해서 통일이 성큼 다가오는 것도 아닌 만큼 소설은 분단된 상황이라는 존재적 현실의 모습을 총체적으로 형상화하는 데 온 힘을 기울여야 할 것이다. 「통일절 소묘」라는 작품에서 보듯 당위적 사실을 환상적으로 그린 소설은 유토피아(어디에도 없는 곳) 소설과 비슷하게 되든지 우화소설로 변질될 가능성에서 벗어나기 힘들다.

백두산도 신문에서 자주 보니까 민족적 영산靈山의 신비감이 떨어지는 느낌이 드는 것처럼 통일이라는 말도 가급적 삼가서 휴화산의 폭발처럼 강력하게 ‘통일!’이라고 외칠 때나 한 번 사용한다는 의식이 소설에 반영되어야 한다. 입으로만 ‘통일’을 주문처럼 되뇌는 것보다는 통일을 현실 속에서 실체감 있게 부각시키는 일이 더 중요한 일이다.

아직도 한국소설은 이범선의 「오발탄」에서의 “가자, 가자”의 피맺힌 절규와, 체머리를 흔들면서 일생동안 통일을 염원하는 박완서의 「겨울나들이」의 여인숙 노파의 “몰라, 몰라”의 회의와, 한국전쟁의 사회·역사적 의미를 전체적으로 조망하려 한 홍성원의 「남과 북」의 결말에서의 “아니야, 아니야”라는 강한 부정에서 벗어나지 못하고 있다. 이런 외마디 외침이 아닌 완벽한 문장의 종지부가 찍혀질 수 있는 날을 기다리면서 이 엄연한 현실, 과정적 유토피아의 현실을 충실히 그려나가야 한다. 이것이야말로 재통일에 기여하는 실천적 행동이 아니겠는가?

2. **한국전쟁과 분단시대의 소설**

이 글에서 '한국전쟁과 분단시대의 소설'에 대한 이미 있어 왔던 논의들을 정리하여 몇 개의 유형으로 나눠보고, 그 수준을 측정하여 앞으로 이 주제에 대해서 어떤 방향의 탐색이 필요한 것인가를 알아보려고 한다. 지금까지 대부분의 논의들은 거의 비슷한 이야기를 여러 번 되풀이하면서도 전혀 새로운 이야기를 하는 것으로 착각하는 늙은이의 건망증 비슷한 증세를 보여 왔다. 이것은 한국전쟁과 분단시대의 문학에 대해서 궁극적으로 새로운 발상을 하기도 어렵거니와 혹여 새로운 발상이 떠오른다 해도 그것이 답답하게 억눌려 있는 현실을 개혁하는 데 별 도움을 주지 못하기 때문이다. 어렵게 새로운 생각을 떠올리기 위해 노력하는 과정에서 건망증 증세를 보이는 것은 어쩔 수 없는 일이지만, 생각도, 노력도 별로 하지 않으면서 '한국전쟁과 분단시대의 문학'에 대해서 그때의 상황에 따라 거의 아무렇게나 대답하는 사람들의 건망증은 정말 문제가 아닐 수 없다. 이것은 단순한 건망증이 아니라 책임회피이고 자기기만이며 더 나아가서는 자아분열증이다.

자신이 속해 있는 민족 최대의 문제를 기피하는 행동은 자기 자신의 중심과제를 회피하여 자기 아닌 남으로 행동하려는 중상이기에 자아분열중이라는 명칭이 반드시 과격한 것만은 아니다. 우리 주변에서 쉽사리 발견되는 그런 중세를 지닌 사람들을 위해서라도 이미 전개되어 왔던 이야기를 정리하고 그 논의 수준을 점검해 볼 필요가 있다. 그래야만 이미 했던, 그러나 별 가치가 없는 이야기를 또다시 지루하게 늘어놓는 일이 없어질 것이기 때문이다.

사실을 말한다면, 이 글의 내용 또한 전부터 해온 지루한 이야기들의 반복일지도 모른다. 이 경우의 반복은 건망증에서 비롯된 반복이 아니라 새로움을 찾기 위한 반복이라고 이해한다면 이 글 자체가 논리적 모순을 지니고 있다는 지적에서 벗어날 수 있을 것이다.

전쟁과 분단에 관한 논의의 수준

'전쟁이란 무엇인가'라는 문제에 대해 철저하게 연구하고 전략과 전술의 개념을 본격적으로 전개한 사람은 프러시아의 클라우제비츠 장군이며, 그는 『전쟁론』(1982)에서 전쟁을 다음과 같이 규정하고 있다.

전쟁이란 적을 굴복시켜 자기의 의지를 강요하기 위해 사용되는 일종의 폭력행위이다. 이러한 폭력은 적의 폭력에 대항하기 위해 여러 가지 기술 및 과학의 발명품을 가지고 무장한다. … 폭력, 말하자면 물리적 폭력은 수단이고, 적에게 우리의 의지를 강요하는 것이 목적이다. 그런데 이 목적을 달성하기 위해서는 적의 저항력을 무력화해야 하며 이것이 모든 군사적 행위의 목표이다.

한국전쟁과 분단시대의 문학에 대하여 논의하면서 이와 같은 전쟁에 대한 고전적 견해를 새삼스럽게 음미하려는 것은 전쟁이란 애당초 문학과 어울릴 수 없는 기본 속성을 가지고 있다는 사실을 확인하기 위해서이다. 클라우제비츠에 의하면 전쟁의 목적은 자국의 의지를 실현케 하는 것이고, 그 목표는 적의 저항을 무력화無力化시키는 것이며, 그 수단은 물리적 폭력이다. 이것과 문학의 목적, 목표, 수단 등을 대비해 보면 문학의 목적은 작가 자신의 의지만을 실현시키려는 것이 될 수 없으며, 독자의 저항을 무력화시키는 것을 목표로 삼을 수 없을뿐더러 물리적 폭력을 수단으로 삼을 수는 더군다나 없다. 전쟁과 문학은 이처럼 판이한 속성을 지녔다. 그렇기에 문학작품에서 전쟁을 다룬다면 전쟁의 본질적인 면을 정공법적으로 드러내서는 안 되고 전쟁의 비본질적인 면을 그림으로써 전쟁의 본질에 가까이 가는 역공법을 쓰는 수밖에 다른 도리가 없다. 강요하려는 자기 의지의 어떤 점이 불합리하고, 저항을 무력화시킨다는 것이 얼마나 터무니없는 일이며 물리적 폭력이란 얼마나 위험한 일인가 등을 지적함으로써 전쟁의 본질적인 면에 최대한 가까이 가는 것이 전쟁에 대해 문학이 할 수 있는 일이다. 흔히 '전쟁문학'이라는 말을 사용하지만 이처럼 모순되는 개념이 한데 뭉친 합성어도 별로 없다. '전쟁'이란 단어가 '문학'의 앞에 붙는 '**전쟁**문학'이란 거의 불가능하고 문학이 강조되는 '전쟁**문학**'이 가능할 따름이다.

이 부근에서 우리는 "한국전쟁을 제대로 다룬 문학이 없다"라는 흔히 듣던 말의 의미를 재음미해 볼 필요가 있다. 이 말은 대체로 한국문학의 수준이나 문학사회적 상황이 우리가 기대하는 만큼의 것이 못 된다는 개탄조의 말로 쓰여 왔다. 그러나 문학이 애초에 전쟁의 본질을 정면으로 다룰 수 없다고 본다면 한국전쟁을 제대로 그리지 못하는 것은 지극히 당연한 일이고 한국전쟁을 정면에서 그리지 못하고 한국전쟁을 에워싼 비본질적 측면을 주로 다룬 그 동안의 문학적 방법은 미흡하나마 제대로 구사되어

왔다고 볼 수 있다.

이 말에 대해서 다음과 같은 반문이 제기될 수 있다. 우리 문학에도 톨스토이의『전쟁과 평화』, 레마르크의『서부전선 이상 없다』, 노만 메일러의『벌거벗은 사람과 죽은 사람』따위의 훌륭한 전쟁문학 걸작이 있는가? 만약에 없다고 한다면 그 까닭은 한국작가들의 무능력과 꽉 막힌 정치상황 때문이 아닌가? 이런 물음에 대한 답변은 "그럴지도 모른다"라고 머뭇거리는 것이 상책이다. 물음 자체에 사대주의적 발상이 끼어들어 있고 사태를 비판적으로 파악하겠다는 의지가 강렬한 것이라서 그렇게 쭈뼛거리는 것이 묻는 사람의 의견을 존중하는 방법이다. 그러나 그들 작품은 전쟁이 강조되는 '전쟁문학'이 아니고 앞에 '전쟁'이라는 말이 붙지 않는 문학작품이라는 사실과 그들 작가들은 전쟁이라는 소용돌이 속에서도 미적 거리를 확보할 수 있었던 외국인이라는 점을 힘주어 말해야 한다. 우리는 "한국전쟁을 제대로 그리지 못했다"는 말을 되풀이해야 될 만큼 한국전쟁에 매달려야 했고 그 전쟁이 끝난 다음에도 전쟁을 객관적으로 살펴볼 수 있는 원근법적 거리를 확보하지 못하고 있다. 그러므로 중요한 것은 한국전쟁의 본질을 정면으로 파헤칠 수 있는 방법 개발이 아니라, 전쟁의 비본질적 측면을 확연하게 바라볼 수 있는 원근접적 거리 확보이다. 다시 말해서 한국전쟁의 본질을 문학작품을 통하여 철저하게 파괴하여 전쟁의 본질을 드러나게 하는 역공의 시발점을 찾아야 한다는 말이다.

우리는 흔히 한국전쟁을 객관적·총체적으로 체계 있게 다룬 문학작품이 없다는 말을 하기도 하는데, 전쟁에 대한 정치적·사회적·문화적·과학적 연구가 수없이 이루어져 왔고 또 앞으로도 이루어질 것이지만 그럼에도 전쟁에 대한 객관적·체계적 견해의 확립은 아직도 요원하다는 평가가 지배적이다.(*International Encyclopedia of the Social Science*, Vol. 16, Macmillan, 1980, 453~467쪽, 참조) 전쟁에 대한 수많은 연구들은 전쟁의 문제는 전쟁기술 개발에 의해 해결될 수 있는 것이 아니라 평화기술the art of peace 개발에 의해 해결될 수 있다는 점을 암시한다. 한국전쟁을 문학작품을 통해 객관적으로 체계 있게 다뤄야 한다는 주문은 문학을 전쟁에 대한 학문으로 착각하고 있는 견해이며, 전쟁에 대한 학문조차 체계적인 것과 거리가 멀다는 점을 감안한다면 그런 주문은 재고도 없는 상품에 대한 주문이나 다름없다. 문학작품은 한국전쟁이라는 본질에 집착할 것이 아니라 한국전쟁 이후의 잠정적 평화의 본질과 그 평화를 진정한 평화로 전환시키는 방법 개발에 관심을 쏟아야 할 것이다. 말하자면 분단 상황 그 자체에 집착할 것이 아니라 분단이 야기한 문제점에 관심을 기울여야 한다는 이야기이다.

따지고 보면 1950년대의 한국소설처럼 전쟁의 본질을 잘 드러낸 작품도 없을 것이다. 공포, 거세, 분열, 상실, 허무, 표류, 회한 등 전쟁의 본질적 속성이 잘 나타나 있음에도 불구하고 한국전쟁을 제대로 그린 소설이 없다는 말을 되풀이 할 수 있을 것인가? 한국전쟁의 본질을 드러내는 작업이 전체적인 맥락에서 큰 의미를 지닐 수 없다는 것을 우리는 50년대 소설의 한계에서 쉽사리 깨달을 수 있다.

그렇다면 분단이 야기한 문제점들에 대한 우리들의 인식 수준은 어느 정도인가? 문학작품에 나타난 인식 수준 문제를 일단 젖혀놓고 분단 상황에 대한 학문적 연구의 수준부터 알아보기로 한다.

분단현실에 대한 학계의 기존연구는 대체로 분단을 왜곡된 현실로 파악하고 그것의 극복, 즉 통일의 필요성을 당위적으로 전개하면서 ― 모든 사회성원이 동의하는 것으로 간주하면서 ― 통일을 지향하는 운동의 사적 전개과정을 해명한다거나, 통일된 상태를 이념형 적理念型的으로 가정하여 현재의 기형성을 드러내거나 혹은 분단 이후의 역사적 과정이 어떻게 비통일적 현실로 전락하는가를 제시하는 접근방식을 취하고 있는 것이 특징적으로 보인다 … 기실 분단과 통일은 불가분리의 것으로 파악되어야 하고 또 그것을 분리하는 것 자체가 분단된 현실에 의식적으로 매몰되는 것일 수도 있다. 그러나 분석적으로 볼 때 분단은 사실적 측면에 관한 것이고 통일은 당위적 측면에 관한 것이다. 따라서 기존의 접근방법은 '당위로부터 사실로' 접근해가는 방식이라고 볼 수 있다.

—김진균, 조희연, 「분단과 사회상황의 상관성에 관하여」, 변형윤 외,
『분단시대와 한국사회』, 까치, 398~399쪽.

이 논문에 따르면 "분단이라는 고유한 현실은 학문적 분석의 대상이기보다는 심정적心情的 차원의 문제로 전치轉置"되어 왔으며, 대부분의 연구가 "당위로부터 사실로" 접근하는 방식을 취함으로써 개념적 중립화나 현실의 객관화가 불가능했다는 것이다. 앞으로의 연구는 현재의 구조 자체에서 사회구조의 기형성을 포착해야 하고 그에 대한 극복 논리를 발견하는 분석적·체계적 방법이 요청된다. 분단이 남한의 구조적 현실을 매개로 민중들의 한 ― 심리적 차원 ― 을 가중시킨다는 점에 초점을 맞출 것이 아니라 분단과 현재의 사회적·경제적 문제구조의 맞물림에 대한 구조적 분석에 초점을 맞추어야 한다고 강조한다. (위의 책, 400~402쪽.)

이러한 논리가 문학에 시사해 주는 문제점은 적지 않다. 첫째, 지금까지 분단상황을 제재로 한 많은 문학작품은 "당위로부터 사실"로 접근하는 방식으로 형상화되지 않았는가. 둘째, 사실에 대한 엄밀한 검토를 통해서 현실 사회구조의 기형성을 포착하는 작업을 등한시한 것은 아닌가. 셋째, 포한抱恨의 문제와 같은 심정적 차원의 문제에서 벗어나지 못하고, 분단과 현재의 사회적·경제적 문제구조의 맞물림에 대한 구조적 분석을 할 엄두도 못 냈던 것이 아닌지 등의 문제점이다.

지금까지 한국소설은 당위로부터 사실에 접근하는 통일 지상주의적 발상에서 크게 벗어나지 못하고 있다. 이것은 소위 '분단의 일부 수혜집단'

이라고 통칭되는 통일을 사실상 반대하는 사람들의 작품은 물론이고 '분단극복의 형상화'가 민족문학의 제일의 과제라고 주장하는 사람들의 작품도 포함된다. 통일이 전 국민적 소망이라는 점을 생각한다면 통일 지상주의적 소설이 많다는 것은 그리 나쁠 것이 없다. 그러나 그런 점을 되풀이 강조함으로써 통일을 유토피아적 환상과 동일시하거나 유사종교의 신앙적 신념으로 착각한다면 통일 지상주의적 작품은 무서운 파괴력을 가진 폭탄 같은 것으로 변질되고 만다. 이 점에 대한 인식은 서서히 보편화되어 일부 완고한 작가들을 제외하고는 보다 성숙한 인식 쪽으로 대부분이 돌아서고 있다.

둘째, 셋째의 문제점에 대해서는 아직까지 더 검토할 시간적 여유가 필요하다. 현실 사회구조의 기형성을 포착하는 작업을 등한시했는가 여부의 문제는 구체적인 작품의 예를 들어 성찰해야 한다. 그동안의 한국소설이 한恨이라는 심정적 차원에 머물러 사회·경제적 문제구조의 맞물림에 대한 구조분석을 못했다는 말은 문학의 본질과 관련된 문제라서 쉽게 판단할 성질의 것이 아니다. 두 번째 문제는 뒤에 살펴보게 될 리얼리즘의 수준과 관련된 문제인데, 결론부터 말한다면 한국작가들은 기형적 현실구조에 살고 있기 때문에 현실구조를 바로 잡으려는 인식 역시 근본적으로 비뚤어져 있다는 사실에 주목해야 한다. 세 번째 문제는 문학의 본령이 감정적 차원에 쏠릴 수밖에 없지 않느냐는 되물음이 가능하다. 위에 인용한 논문에 밝혀졌듯이 학문적 연구의 수준도 아직 사회·경제적 맞물림의 구조에 대해 충분한 꿰뚫음이 없는 형편이라면 문학이 학문수준보다 한 걸음 앞서야 한다는 요구는 무리한 부탁이 아닐 수 없다. 위대한 작가는 시대에 앞서가는 법이라는 논리는 인식의 분화가 철저하지 못했고 철저할 수도 없었던 시대의 논리이다. 현시대의 작가는 여러 갈래로 갈라진 각 분야의 성과를 끌어 모아 자신의 것으로 변용시키는 작업조차 벅차게 여기고 있는 실정이다. 그렇다면 사회·경제적 맞물림의 얼개에 대한 꿰뚫음은 이제부터의 문학적 과제라는 것을 알 수 있다. 최근에 들어 한국사회에 대한 성찰과 인식 수준은 하루가 다르게 높아지고 있다. 뛰어난 작가가 나타나 그 수준을 혁신적으로 높일 수 있다면 크게 다행인 일이지만 시대적 현실의 아들인 작가들은, 이미 끌어올려져 있는 인식을 충분히 소화해서 그것을 문학적으로 형상화 하는 작업에 몰두해야 할 것이다. 그것마저 게을리 한다면 작가로 남기를 포기하는 것이나 다름없다.

이 말은 한국작가들의 인식수준이 아직도 낮다는 말로 오해될 수도 있겠다. 그러나 인식 수준은 고층건물의 승강기처럼 시간의 경과에 따라 올라가는 것도 아니고, 날마다의 기온변화처럼 오르락내리락 하는 것도 아니다. 더 올라갈 수 있는 수준이 있다는 것은 작가로서 행복한 일이고 그렇게 올라갈 수만 있다면 그것은 분명 즐거운 고통일 터이다.

프로이드가 지적했다시피 전쟁은 적어도 수많은 환상을 없애준다는 데 공적이 있다. "현실에서 우리들 인간은 우리가 믿는 만큼 높이 올라갈 수 없고 또 우리가 두려워 할 만큼 낮게 떨어지지도 않는다"는 사실을 인정하면 전쟁을 통해 어떤 비뚤어진 위안을 얻을 수도 있다. 그러나 전쟁이 끝난 뒤 다시 한 번 이전의 현실로 되돌아간다는 것은 대단히 어려운 일이다. 미래에는 보다 겸허한 기대 속에 살아야 할 것이다. 분단현실에 대한 우리의 인식 수준이 아무리 높아진다 해도 한국전쟁이라는 분단의식 재생산의 계기가 없었던 시절로 되돌아가기 어렵다. 한국소설은 다시는 되돌아갈 수 없는 것으로 여겨지는 전쟁전의 상태를 추구하면서 동시에 전쟁이 야기한 사회구조의 기형성을 구조적으로 포착해야 한다는 이중의 과제를 걸머지고 있다. 게다가 부단히 위협하는 전쟁 재발의 가능성도 무시하지 못한다.

프로이드는 전쟁 재발 가능성에 대해 다음과 같이 말하고 있다. "전쟁은 폐기될 수 없다. 국민들 간에 생존조건이 그렇게 서로 다르고 국민간의 혐오가 그렇게 강한 이상 전쟁은 있을 것이며 또 있을 수밖에 없다."(「전쟁과 죽음의 시간에 대한 고찰」, 스튜아트 휴즈, 『의식과 사회』, 박성수역, 삼영

사, 1978, 122쪽에서 재인용.) 쇼펜하우어 유의 염세주의 철학의 후계자이며 인간의 어두운 본성의 신봉자인 프로이드의 이 말은 정치적으로 이용당하고 있다고 비난을 받는 안보 논리와 여러모로 비슷하다. 그러나 남북한의 생존조건이 그렇게 다르고 내부의 혐오가 그렇게 강한 이상 전쟁이 일어나지 않는다고 누가 보장하겠는가? 한국소설은 이러한 회의를 깊이 있게 고려하여 전쟁 발생의 논리를 대치할 궁극적 평화창조의 방법까지 생각해야 한다.

인식의 수준이 높아진다고 해도 전쟁 이전의 상태로 돌아가기 힘들고 평화를 위한 노력 또한 단한번의 전쟁 위협에 와르르 무너진다면 소설을 쓰는 것보다 허망한 일이 또 어디에 있겠는가? 그러나 이러한 허무와의 투쟁이야말로 문학적 사회적 참가치를 창조하는 작업이라는 점은 거듭 강조되어도 귀찮게 여길 수 없는 금언이다.

문학론의 인식 수준

한국전쟁과 분단시대의 문학에 관한 가장 포괄적인 논의는『한국문학』 1985년 6월호의 「6·25 35주년과 분단문학 전책全冊 특집」을 들 수 있다. 총 인원 41명의 시인·작가·평론가들의 분단시대의 문학에 관한 언급은 분단문학론의 대향연을 구성하는 데 손색이 없는 것이었다. 이 글은 이 특집을 중심으로 논의의 유형을 정리하고 주제별 문제점을 제시하기로 한다.(인용문의 구체적인 근거 제시는 대체로 생략하겠음.)

1) 전쟁 체험의 유무와 세대 간 견해 차이

한국전쟁은 당시 아들들의 전쟁이었다. 늙은 할아버지나 아버지들은 전쟁의 직접적인 피해의 당사자들이었기 때문에 그들의 전쟁이라고 생각할 수도 있으나 그들은 기존 가치 체계를 지키기에 바빠서 전쟁의 와중에서 한걸음 벗어나 있었다. 지금은 세월이 흘러 아버지가 된 아들들은, 전쟁에 직접 뛰어들었기 때문에 오히려 전쟁의 전모를 파악하기 위해 어려웠던 사람들이고, 소년기에 한국전쟁을 겪었던 이들은 전쟁에 대한 어렴풋한 기억의 윤곽을 더듬어 전쟁 양상을 추체험하는 사람들이다. 또한 그들의 후계자인 30대 20대 세대들은 전쟁을 버릴 수 없는 유산으로 생각하고 전쟁의 피해가 근 40년에 이르는 오늘에 이르기까지 이어진다는 사실에 새삼스럽게 놀란다. 이렇게 볼 때 전쟁 체험의 유무에 따라 세대 간의 견해 차이가 생긴다는 것은 당연한 이야기이다.

　50대의 작가에게 반공은 한국전쟁의 뼈저린 경험을 가진 그 세대의 생리적·이념적 반응이다. 생리적 반응이기에 이성적 변화를 쉽게 일으킬 수 없고 이념적 반응이기에 다른 종류의 이념과의 갈등이 격렬하다. 이에 대하여 40년대 이후 출생 집단의 생각은 반공교육과 군복무 등을 통하여 반공 체험을 하지만 더 적극적으로 정치·경제·사회의 기회 창출과 배분에 자유롭고 창의적으로 참여하는 민주주의의 적극적 측면을 지향한다. 그들의 인식 형성기인 1960년대에 집중된 정치권력의 비민주적 성격은 그들의 이러한 지향을 더욱 굳게 만들었다. (김진균, 「변동과정에 있어서 1940년대 출생집단」, 『비판과 변동의 사회학』, 한울, 353~357쪽, 참조.) 물론 이들 중 사회화의 굴절과정을 통해 보수주의화된 성원들도 있으나 이들의 이러한 지향성은 절대적인 자유의 구축과 이익과 권리의 조직적 청원, 평등의 적극적 실천을 갈망하는 30대 20대로 이어진다. 그러나 20대 30대 작가들이 체험세대의 견해에서 자유로워진 것은 아니다. "항상 빨갱이는 어떻고, 6·25는 어떻다고 얘기해 주고 싶어 하는 세대 때문에 나중 세대도 객관적으로 바라볼 수 없는 게 아닌가"라는 50대 작가의 말은 자기 세대의 피해의식이 나중 세대로 확산되는 것을 지적한다. 이에 대해 40대

작가는 "우리가 문학으로서 실현시키고자 하는 '민족 동질성의 추구'나 '분단 극복의지의 구현'은 어디까지나 이데올로기의 정신 무장화를 초월하는 상태를 의미하는 것이며, 그것은 미래지향적인 안목이고 요구일 것"이라고 강조한다. 50대 작가가 체험에 충실하려고 한다면 40대 작가는 역사의식에 관심을 기울이려 하는데, 30대 작가는 궁극적인 새로움의 창출을 하려다 실패한 경험담을 이야기한다. 소년의 시선으로 한국전쟁을 이야기하는 소설도, "~라고 하더라" 식의 어투 소설도 마음에 안 들어 직접 한국전쟁 이야기를 하는 방법을 취해 보았지만 아직도 객관화될 수 없는 제반여건으로 인해 결과적으로 실패로 끝나고 말았다는 것이다.

이러한 세대 간의 견해 차이는 거센 갈등의 과정을 거쳐 합치점을 찾을 수 없는 평행선의 연장으로 귀결될 가능성이 크다. 체험하지 않은 쪽은 경험적 정태주의 위험성을 들어 체험 세대의 논리를 통박하고 경험세대는 연역적 추론의 비약을 들어 비 체험세대의 어리석음을 꾸짖는다. 여기서 주목되는 것이 체험도 비 체험도 아닌 반半체험의 40년대 출생 집단의 견해이다. 이들은 체험을 성숙시킬 수도 있고 체험하지 않은 것을 이해할 수도 있다. 물론 반대의 경우도 있을 수 있다. 그러나 이들의 신념은 아직 굳어버리지 않았기 때문에 비 체험 세대의 의견을 이해할 수 있다. 비 체험 세대는 이들의 활동을 지켜보고 그들이 놓치고 있는 부분을 보충할 수도 있고 모르고 있는 것을 거꾸로 깨우쳐 줄 수 있다. 미래의 주역은 아무래도 비 체험 세대일 것이므로 이들의 실패는 실패로 끝날 것이 아니라, 가치 있는 것에 대한 적극적인 도전의 기록으로 남을 것이라는 말은 이 글을 쓰는 필자가 비 체험 세대에 속하기 때문에 유독 강조하는 말이 아니다.

문제는 이들이 한국전쟁과 분단 상황에 대해 관심 갖기를 포기하고 절대적 자유와 이상주의적 평등 개념에 매달리는 경우인데, 이들의 바로 윗세대인 40년대 출생 집단의 슬기로운 선도로 비 체험 세대와의 조화가 순조롭게 이루어진다면 세대 간의 갈등은 자연적으로 해소되리라 낙관할 수 있다. "추체험의 영역 속에 있는 한국전쟁에 대한 정당한 이해나 평가 없이 우리 삶의 정체성이 드러날 수 없는 것이라면, 한국전쟁 혹은 분단 상황에 대한 문학적 형상화는 우리 세대의 문학적 채무이며, 그것의 정당한 이행 없이는 우리의 문학행위는 공소한 것으로 남을 수밖에 없는 위험성이 잠재해 있다"라는 비 체험 세대의 발언은 체험 세대가 걱정하는 것과는 반대로 그들 나름대로 철저한 역사인식을 하고 있다는 한 증거이다.

2) 분단극복의 방법 제시

분단극복의 방법을 논리적으로 명쾌하게 제시할 수 있는 방향은 민족·민주·민중의 개념을 내세우는 운동권 문학논리에서 찾아진다. 이에 의하면 분단 원인은 ① 강대국 원인론, ② 이념적 기인론, ③ 권력집단의 집권 의지론이며 분단문학은 이 세 가지 원인을 제거시키기 위해서 ① 반침략·반외세의식의 문학, ② 부르·프로 양자 간의 이념적 이질성을 민족적 동일성으로 극복하는 문학, ③ 권력 지속형 분단을 극복하기 위한 민중적 역사의식의 문학이 요청된다는 것이다. 이와 같은 논리는 분단시대의 한국 민족주의의 과제와 그대로 일치한다. 한 경제학자의 견해에 따르면 "분단시대 한국 민족주의의 과제는 진정한 민족해방의 실현에 의한 자주독립, 낡은 것의 청산을 통한 민주주의의 실현, 그리고 민족적 분단 상황의 극복에 의한 통일이다"

이러한 소망을 달성하기 위해서는 ① 민족을 인종공동체의 최고 형태로 다시 인식해야 하며, ② 진정한 의미에서 민족적이고 역사의 진보에 기여하는 것으로 되기 위하여 민중적 요구에 수렴되어야 하며, ③ 한국의 민족주의가 분단 상황에서 자주독립·통일·민주주의가 실현되어야 한다. (박현채, 「분단시대 한국민족주의의 과제」, 『한국민족주의론 II』, 창작과비평사, 60~61쪽.)

이러한 의견은 논리적으로 명확할 뿐만 아니라 강력한 실천의지를 불러일으키는 견해라서 이 방향을 그대로 따른다면 분단극복의 문학은 어렵잖게 수립될 수 있을 것으로 여겨진다. 그러나 이 세 가지 목표의 달성이 자주독립이나 통일만큼 어렵다는 현실적 제약을 감안한다면 이러한 견해가 너무 이상주의에 치우치고 있지 않은가 회의에 빠지게 된다. 세 가지 과제 모두 현실의 문제인 동시에 이상의 과제임을 상기한다면 이상적인 것은 현실적이고 현실적인 것은 이상적이라는 유사 해결책 명제의 공소함을 연상하게 된다. 이 세 가지 실천 방안이 현실과 마찰을 빚고 있는 이상주의적 명제라는 사실은 우리 시대의 통일운동에 실질적인 공헌이 될 분단극복의식을 충분히 구현한 장편소설이 아직 없다는 백낙청의 진술에서 확인된다.

위대한 분단극복문학의 출현이 통일운동에 획기적인 공헌을 한 것에 못지않게 통일운동 자체의 일정한 성숙에서만 그러한 문학의 출현이 가능해지는 것이다. 이렇게 볼 때 우리의 분단극복운동은 시나 중·단편소설에서 빛나는 작품들을 낳고 장편분야에서도 만만찮은 시도를 내놓을 만큼은 되었으니 안팎의 여러 제약으로 아직껏 최고 수준의 장편소설을 지닐 만큼 성숙하지는 못했다는 이야기가 된다. 그러므로 우리 주변에서 분단 주제를 탁월하게 다룬 장편 소설이 이미 나왔다는 듯이 자축하는 모든 논의들은 해당 작품의 참값에 대한 과대평가일 뿐 아니라 분단극복운동의 정확한 성격에 대한 오해 내지 왜곡을 뜻하기 쉽다. 운동의 전진을 위해서는 통일을 부르짖는 많은 목소리가 분단체제를 옹호하는 음성임을 알아차리는 일이 중요하며 문학에서도 이는 마찬가지다.(「80년대 소설의 분단극복의식」, 『분단시대와 한국사회』, 329~330쪽)

이 말로 미루어 본다면 목표는 이미 명확하게 설정되었는데 시기적으로 성숙하지 못하고 안팎의 여러 제약 때문에 참값을 지닌 장편소설이 출현하지 않았다는 이야기인데, 그렇다면 도달해야 할 목표가 너무 아득한 높이에 자리 잡고 있는 것이 아닌가라는 의심이 들며, 또한 그 목표하는 것이 시대나 상황에 따라 수시로 이동할 수 있는 것이라면 목표를 달성하는 장편소설의 출현이란 좀처럼 기대할 수 없는 것이라 생각된다. 최근에 들어서서 운동이 거칠어지는 것과 속도를 같이하여 목표의 급격한 이동현상이 나타난다. 그래서 민중개념이 전면적으로 재검토되고 아예 무시되기도 하는데, 민족·민주의 개념도 보수주의자들이 미처 예상하지 못한 방향으로 걷잡을 수 없이 뒤바뀌고 있다. 분단극복운동의 목표가 그렇게 속도전적으로 달라진다면, 장편소설 한 편을 쓰는 동안에도 수시로 바뀐다면, 분단극복의식을 충분히 구현한 장편이란 애당초 기대할 수 없는 노릇이다. 물론 윗글에 나타난 참뜻은 분단극복이 힘든 일이며 그 뜻을 살리고 그것에 이바지하는 소설은 나타나기 어렵다는 뜻일 터이지만, 목적의식에 매달려 그것의 구현 이외의 것은 허깨비에 지나지 않는다는 생각으로 오해될 여지도 크다. 장편소설 한 편을 '쓰는' 동안이 아니라 '읽는' 동안에도 목표에 대한 생각이 달라진다면 통일에 기여하는 문학이란 허상 이외의 다른 것이 아니다. 윗글의 필자가 강조하는 것 역시 움직일 수 없는 지고의 가치를 머금고 있는 목표의 설정인데, 절대적 자유와 근본적 평등의 개념을 주장하는 젊은 세대들에게는 그런 온건한 논조가 점점 설득력을 잃어가고 있다.

다소 비관적인 이런 견해와는 대조적으로 한국전쟁을 형상화한 소설을 네 범주로 나누어 각각의 존립의의를 인정하는 견해가 존재한다. 이 논의에 따르면 소설은 ① 전통의 감수성 ― 우리가 대대로 받아왔던 수난의식을 극복하지 못하고 자신의 숙명으로 체념하면서 그 수동적 세계관으로 스스로를 응혈시켜 집적된 감정의 상태를 중시하는 소설, ② 자아의 각성 ― 평온했어야 할 소년기에 충격적으로 겪은 한국전쟁에 의한 이 세계와 현실에 대한 비극적 인식과 지적 각성을 얻게 되었다는 것을 진술하는 소설, ③ 사회사적 접근 — 한국전쟁 이후 전통적 사회구조와 가치관으로부터 이탈되는 현장에 관한 소설, ④ 역사의식적 접근 — 한국전쟁이 우리에게 준 수난의식 또는 한국전쟁 콤플렉스의 주체적 극복의지에 관계된 소설 등으로 나뉜다.

첫 번째의 전통적 감수성에 대한 관점은 그 스스로의 복고적이란 한계에도 불구하고 분단된 남과 북이 서로의 혈연적 유대성을 확인하고 화해로운 관계를 조성할 수 있는 원초적 정서적 기반을 마련해 줄 것이다. 두 번째의 자아의 각성이란 관점은 그것이 아직 맹아의 상태에 머물고 있다 하더라도 근대인으로서의 인격형성과 세계 인식의 문화적 성숙에 기틀을 일구어 줄 것이다. 세 번째의 사회사적 접근은 … 사회변화에 대한 거시적 관찰을 가능케 해 주는 동시에 우리 역사를 선민의 역사에서 민중의 역사로 확대 발전시킬 전망을 얻게 된다. 그리하여 네 번째 관점인 역사의식적 접근을 통해 우리 민족사 최대의 비극이었던 한국전쟁과 그것이 집은 폐쇄적 체제와 피해 의식적 심리구조를 정당하게 극복할 계기를 획득할 수 있을 것이다
—김병익, 「6·25와 한국소설의 관점」, 『지성과 문학』, 문학과지성사,
101쪽.

한국전쟁을 제재로 한 소설 출판기념회의 축사처럼 들리는 이 말은 "이런 낙관적인 견해는 오직 낙관적일 뿐"이라는 글쓴이의 쑥스러워 하는 말로 곧 뒤바뀐다. 이렇게 쑥스러워 할 것이라면 무엇 때문에 그렇게 거창한 이야기를 늘어놓았는가? 이것은 아마 사태가 그렇게 진행되었으면 하는 평론가의 순수한 희망일 것이다. 분류 기준이 다소 불분명하고 논리보다

수사기교가 뛰어난 서술이지만 몇 개의 목표라는 당위를 설정하고 여기에서부터 사실에 접근하는 양상과는 달리 사실에 대한 분석에서 당위로 나아가는 논지의 전개방식은 일단 수긍하지 않을 수 없다. 위에서 살펴보았듯이 당위성으로 기우는 것은 개념의 중립화 과정을 가볍게 보는 것으로 변질되기 쉬운 것이다.

개념의 중립화에 보다 접근한 논의는 「6·25와 우리 소설의 내적 형식」을 살핀 글에서 읽을 수 있다. 이 글에 의하면 윤홍길의 「장마」 속에 우리가 불가사의·불가항력적인 것이라고 말한 한국전쟁의 참모습이 놓여 있다는 것이다. "6·25가 근대적인 물건이면서 반근대적인 물건임을 「장마」가 소설형식을 통해 보여주었다. 그러니까 화해를 전제로 한 「장마」는 근대적 소설형식의 미달현상이거나 아니면 '서사시'로의 후퇴현상이라 보아도 될 것이다." (김윤식, 『한국문학』, 1985년, 6월호, 281쪽.)

얼마간 난해한 이 말을 풀이해 보면 이렇다. 소설이란 현상과 본질의 합일에 바탕을 둔 서사시가 아니라 그 어긋남의 과정을 보여주는 형식이고, 근대적 사고란 인위적 질서를 강조하고 이데올로기적 변별력을 발휘하는 것을 말하는데, 「장마」는 소설보다는 서사시를 지향하고 있고 그 작품에 나타난 사고는 자연 질서, 화해의 세계 속으로 함몰하는 반근대적 사고로 나타나 이를 통해 우리는 한국근대소설의 '리얼리즘의 미달현상'을 선명히 볼 수 있다는 것이다. 이러한 리얼리즘의 미달현상에 대해 우리 소설은 너무 안이하게 생각해 오지 않았는지 라는 문제를 제기한다.

이 같은 논지로 보아서는 「장마」가 뛰어난 작품인지 그렇지 않은지 분명하지 않다. 반근대적 전쟁인 한국전쟁을 그답게 그렸다는 대목과 계속해서 장마를 거론하는 것으로 보아서는 뛰어난 작품으로 판단하는 것 같은데 그것이 리얼리즘의 미달현상을 대표적으로 표상하는 작품이라는 평가로 보아서는 그렇지 않은 것 같기도 하다. 이것을 우리는 개념의 중립성으로 이해할 수 있다. 그러나 소설은 현상과 본질의 어긋남을 드러내야 한

다는 이념형적理念形的 소설 정의를 규준으로 삼아 현상과 본질이 조금
이라도 화해할 기미를 보이면 반근대적이라고 생각하는 것에는 논리적 비
약이 없지 않다고 판단된다. 게다가 한국전쟁을 대표작으로 표상하는 소
설이「장마」라는 예증적 설명 또한 쉽게 납득이 가지 않는다. 이것은 한국
소설에 대한 이해를 관념적 차원에서 정립시켰기 때문에 그 관념에 어긋
나는 것에 대해서는 성찰의 여유를 가질 필요가 없다는 생각에서 비롯된
것 같다. 한국소설에 대한 관념적 이해는 메타 이론적 전제를 강조하여 설
명변수의 중요성을 놓치고 있는 듯하다. 이 점까지 염두에 두고 있는 논자
가 자꾸 되풀이해서「장마」를 거론하는 이유는 한국소설의 리얼리즘의 수
준 미달현상이 한국소설의 최대의 허점이라고 보기 때문이다.

　사실 리얼리즘의 수준 미달은 분단 상황에 대한 연구 수준에서 이미 말
한 바대로 현실의 기형성과 그런 기형적 현실에 적응되도록 길들여진 작
가의 사고 능력에 크게 기인하고 있다. 그 결과로 헛된 이미지와 상투적인
형상이 문학작품에 버젓이 자리 잡게 된 것이다. 한恨이나 샤머니즘적 발
상 또한 역사적 굴곡의 과정과 현실의 기형성과 크게 관련되어 있다. 그러
나 한이나 샤머니즘적 발생이 소설의 지배적 주제로 등장한다고 해서 그
것을 곧 리얼리즘의 미달현상이라고 규정할 수는 없다. 리얼리즘을 저해
하는 요소로서 한의 비중은 전통문화를 파괴하고 대중문화의 혼란을 야기
시킨 모더니즘에 비한다면 가볍기만 하다. 한국소설에 한의 주제와 샤머
니즘적 모티프들이 줄곧 등장하는 것이 리얼리즘의 기반이 될 수 있을지
언정 리얼리즘을 저해하는 요소로 간주될 수 없다. 분단 상황의 연구수준
이 심정적 심리적 차원에서 출발했듯이 한국소설의 인식수준은 한이나 샤
머니즘적 발상에서 출발하여 한 단계 높은 곳으로 나아가야 한다. 그런 과
정에서 리얼리즘의 기반이 잡히는 것이고 이데올로기적 변별력이 형성된
다. 이미 지적으로 높은 단계에 오른 사람의 시선으로 보면 리얼리즘의 수
준이 미달된 듯이 보이지만 이 단계에 대한 충분한 연습 없이 다음 단계로

의 도약은 있을 수 없다. 더군다나 인식 수준의 향상이 사태의 진정한 해결에 별 도움을 주지 못한다면 높이 올라가려고 미리부터 발버둥을 치는 것보다는 미래에 대한 겸허한 기대 속에서 변화의 계기를 모색하는 것이 보다 넉넉한 마음을 나타내는 길이다.

따지고 보면 한이라든지 샤머니즘적 발상은 이제 가만 놓아두어도 소멸해 버릴 운명에 처해 있다. 우리 시대의 젊은이들은 아버지 대의 한이나 샤머니즘적 사고에서 벗어나 서양적 개념의 복수Ressentiment나 정치·사회적 메시아주의에 물들고 있다. 니체에 의하면 복수심이란 사회적으로 차별을 당하고 있는 집단들의 억압된 증오나 질투의 표현이다. 한에서 복수심으로, 거기에 다시 계급투쟁으로 바뀌어가는 젊은이들, 민족 고유의 원초적·정서적 신념인 샤머니즘에서 서구의 유쾌한 메시아주의로 전향하고 있는 젊은이들에게는 한이나 샤머니즘이 한낱 경과 개념에 불과하겠다. 하지만, 지나간 시대를 증언하는 작가들에게는 주축적 개념으로 인식되고 있다. 한이 복수심으로, 다시 계급투쟁으로 바뀌는 것을 우리는 '진화'라고 부를 수 있을 것인가? 아니면 '변증법적 지양'이라고 불러야 옳은가?

지금까지 한국전쟁과 분단시대의 소설에 관한 논의의 수준을 살펴보았거니와, 이제부터는 지금까지 논의한 이 글의 수준에 대해 반성할 차례이다. 이 글은 무엇보다도 구체적인 작품에 대한 언급 없이 추상적인 차원에서 논지를 전개했다는 결함을 안고 있다. 이것은 의도적인 것으로 구체성의 결여라는 비판을 감수하면서 분단 극복의 개연성을 논리화하려는 의도를 살리려고 하였다. 그 과정에서 학문연구의 수준과 소설의 수준을 동일시하여 성급한 해결 방안을 내세우려 한다든가 몇 개의 개념들을 설정하여 소설을 그 틀에 끼워 맞추려는 시도의 위험성을 지적할 수 있었다. 또한 우리가 흔히 인식수준의 향상이라고 생각하는 것들이 사태의 해결에 결정적인 공헌을 할 수 있는가 회의를 표하기도 하였다. 자칫 잘못 새기면 회의

주의나 허무주의로 간주될 이런 생각까지 해 봄으로써 오히려 느닷없이 우리를 덮칠지 모르는 지식의 공허성에서 벗어나 보려고 하였다.

이런 작업을 통해 얻을 수 있었던 참 소득은 무엇인가? 개념과 실천의 대립과 지양을 통해서 변증법적 소득을 얻을 수 있다고 주장하는 사람들의 눈에는 지루한 진술의 연속이었는지 모른다. 하지만 현재까지의 논의 수준을 분석적으로 점검하여 사실에서 당위로 나아가려는 노력은 구체적인 작품의 검토와 함께 계속 진행되어야 할 작업이다.

한국전쟁과 분단 상황은 각기 고립적이거나 단절적이고 상호독립적인 현상이 아니다. 이와 마찬가지로 한국전쟁에 대한 소설과 그 소설에 대한 논의는 연계적이고 지속적이며 상호의존적이어야 한다. 이 글은 그런 책무를 넉넉하게 감당할 수 없었지만 적어도 그런 관계를 명확히 규정하려는 의도로 작성되었다.

3. 분단의식의 극복을 위하여

1. 검토해야 할 문제들

한국사회의 외적인 팽창이 야기한 정신적인 갈등과 의식적인 모순을 제거하려는 노력들이 점차 성과를 거두고 있는 시점에 우리들은 놓여 있다. 60년대 이래 한국사회를 주도해온 경제제일주의 정책의 결과 사회의 외피는 확대되었으나 이것을 밑받침할 의식의 지주들이 확보되지 못해 여러 가지 모순들이 속속 노출됐고 그에 따라 한국사회는 항시적인 과도기 양상을 보여 왔다. 그런데, 최근의 정치적 격변과 사회적 대변환에 힘입어 우리들의 의식수준이 전반적으로 향상될 수 있는 기회를 포착하게 되었다. 앞으로 처리해야 될 문제들은 산적해 있지만, 변화를 갈구하는 의지를 꺾을 방해요소를 우리의 힘으로 얼마든지 제거할 수 있다는 낙관주의적 발상이 국민적 합의사항으로 간주되고 있는 터여서, 앞날은 결코 어둡지 않다.

이러한 대변화를 밑받침한 것은 일반적인 사회의식의 성장과 치열한 정치투쟁, 사회구조의 전반적 변화 등이다. 여기에 문학이 얼마나 기여했는지가 문학인으로서 주의를 기울여야 할 최대의 관심 사항인데, 문학이 사회의식의 성장에 주도적 역할을 했다고 평가할 수 없지만 성장의 밑바탕 역할을 했다는 데 이의를 제기할 사람은 많지 못할 것이다.

사회구조와 사회의식의 변화가 바람직스러운 방향으로 바뀌는 이 시점에서 문학이 당면하는 새삼스러운 과제가 분단의식의 극복이라는 문제이다. 이것에 대해 문학은 지금까지 수없이 그 응답을 시도했지만 만족할 만한 결과는 얻지 못했다. 어느 면에서나 신물 날 정도로 똑같은 이야기를 반복해왔고, 또 어떤 면에서는 참신한 이야기를 전개할 수 있는 게제를 마련하지 못한 감이 있다. 거의 같은 유형의 발상을 모양만 달리해서 표현하는 것이 신물 날 정도의 그것이라면, 표현의 제약 때문에 한계 내에서 변화를 모색하는 것이 게제를 마련하지 못한 그것이라고 하겠다.

한국사회에 대한 인식의 변화가 분단 상황에 대한 이해의 혁신에서 비롯된다는 점을 새삼 강조할 필요가 없다. 한국사회가 세계의 다른 어떤 국가와 뚜렷하게 다른 점이 분단 상황에 놓여 있기 때문에 사회의식의 개혁은 분단인식의 혁신에 그대로 이어지는 것이다.

이 글은 분단의식의 본질적인 변화가 요청되는 전환기의 시점에서 전환의 방해가 되는 몇 가지 고정관념을 확인하고 변화의 방향이 어느 쪽인가를 예측하려고 한다. 사회체제가 문학에 강요했던 상투적인 틀을 벗어버리기 위해서는 고정관념의 확인과 그것을 깨뜨릴 수 있는 방법의 고안이 요청되고 그런 연후에 새로운 변화 방향의 예측이 수반되는 것이다.

2. 통일 염원 의지의 희석

문학의 관점에서 보자면 우리 문학은 '분단'과 '통일'의 지상명제에 대해 나름대로의 '자각적 인식'을 표현해내지 못하고 있는 게 아닌가 한다. 이른바 '국제 역학관계'에 따른 외국인(구미) 학자들의 '한반도 문제'에 관한 관점을 수동적으로 받아들이고 있거나, 관계 당국에서 나름대로 분석하고 또 제시해주는 바의 통일문제에 대한 논리를 이렇다 할 의심 없이 수용하여 그 테두리에서 '감성적인' 문학작품을 쓰고 있었던 것이 아닌가 반성하게 된다. (중략) 문학은 이처럼 분단된 절반의 세계에 갇히어 문자 그대로 '분단문학'을 해왔던 것으로 되겠으며, 그리하여 만약에 문학이 '통일'에 관한 관심을 표명한다면 그것은 분단되어 있음의 그 분단세계에서 감히 바라보고자 하는 '통일문학'에 다름이 아니었다고 하겠으니, 역시 제한된 통일문학인 것이지 통일된 시각 속에서 나름대로의 자유로운 관점을 세우는 통일문학은 무망하게 될 수밖에 없었던 것으로 보이는 것이다.

—박태순, 「분단의 경제학과 분단의 문학」, 『우리 시대 민족운동의
과제』, 한길사, 43~44쪽.

한 소설가의 경험에서 우러나온 이러한 진술에서 '통일문학'의 위험한 입지조건을 확인할 수 있다. 정부에서 확립한 관급성官給性 통일론에 얽매어서 첫마디를 꺼내면 마지막 구절을 알 수 있는 통일론을 작품 속에 펼쳐야 하고, 조금 색다른 의견을 개진한다고 해도 준공무원 신분의 지식인들이 분단한 분단사의 이론전개에 추수되어야 하는 답답한 실정이 작품에 반영된다. 그런 작품은 분단을 고정하는 '분단고정문학'일 뿐 통일의 염원을 형상화하는 '통일지향문학'이 될 수 없다. 통일논의의 독점은 진정한 통일문학의 성립을 그 시초부터 차단하는 것이다. 통일논의 독점에 수긍하는 문학작품은 결과적으로 분단고착에 기여하는 문학이 되고 만다. 여기서 문학의 '자각적 인식'의 필요성을 절감하게 되는데, 논리적·이념적 차원이 아닌 심리적·한적 차원에 익숙해진 그동안의 관행에서 쉽게 벗어나지 못하는 것이 문제이다. 그렇게 되니까 문학작품은 자각적인 인식을 산출하지 못하고 추상화작업에 몰두해서 그 분위기만 어슴푸레 떠올리는 애매모호한 것으로 변질된다. 문학이라는 것이 상징체계의 일종이긴 해도 상징적 깊이를 가지려면 상징의 주변에 분명한 논리를 포치시켜야 하는데, 상징의 변두리에 추상적 애매성을 늘어놓다보니까 상징성은 물론이고 사실성조차 흐리멍덩해진다. 그동안 생산된 소위 분단문학이라는 것이 말을 하려다 만 것처럼 어색한 결말로 대부분 끝맺는 것도 따지고 보면 이러한 추상화작업과 연관을 맺고 있다.

자유로운 통일논의가 분단 상황에서 벗어날 수 있는 기본전제임을 강조하면, 이에 대한 반론으로 국가 안보론이 으레 등장하기 마련이다. 통일논의를 자유롭게 해야 한다는 일체의 발상을 이적행위로 간주하는 상황에서는 안보논리가 무역사, 무과학의 논리라는 사실을 지적하는 것 역시 용납될 수 없다. 현실논리로서 안보논리가 강력한 제재력을 발휘하는 한 문학의 자각적 인식은 거의 무망하다. 현실을 받아들일 것을 요구하는 안보논리의 전면적 개폐는 상상할 수 없지만 점차 개방적인 범위 속으로 통일논의가 확산되어야만 문학뿐만 아니라 사회전체의 자각적 인식이 가능할 것이다. 이 분명한 사실이 앞으로 전개될 사회적 당위성에 내포될 것이라고 믿는다.

이러한 현실의 벽에 부딪친 사람들이 보이는 통일 염원 의지의 희석현상이 오늘의 한국문학에도 나타나고 있다는 사실이 자각적 인식의 결핍현상 못지않게 중요하다. 일종의 자포자기 증상으로 통일 불필요론이나 불가능론을 하나의 논리로서 주장하는 실정에 이르렀다.

우리는 가끔 자조적인 어조로 우리 민족의 통일을 먼 세월이 흘러도 불가능할 것이라는 말을 하곤 한다. 통일을 갈망하는 나머지 안타까움 때문에 그런 말을 하는 경우도 있고, 국제정세에 대한 나름대로의 파악 결과 그런 결론에 도달한 경우도 있다. 그러나 통일 불가능론을 이야기하는 어떤 종류의 사람들은 통일이 되어보았자 무슨 이득이 있겠느냐 라는 통일 불필요론의 발상까지 내포하고 있다.

통일이 장사가 아닐진대 이익이 있어야 통일이 필요하다는 생각은 도저히 이해할 수 없다. 이북에 고향을 두고 남쪽으로 내려온 실향민 중에서도 이런 생각을 품고 있는 사람들이 많다는 사회학 보고서를 접할 때, 분단 상황이 우리들의 이성을 얼마나 혼란시켰는가를 절감하게 된다. 만에 하나 통일이 불가능해도 통일의 의지만은 버리지 말아야 하는데, 그 의지의 씨앗마저 포기하려는 사람이 증가하고 있는 것이 오늘의 실태이다. 변혁의 주도세력은 연호까지 분단조국 44년, 통일염원 44년으로 사용할 정도로 통일을 강력하게 의식하고 있는데, 사회의 일각에서 통일 불가능론과 통일 불필요론을 노변잡담이 아닌 논리로서 주장하는 것은 문제가 아닐 수 없다.

북한을 대등한 국가로 인정하겠다는 현실 외교적 발상도 분단국가를 항속화하겠다는 의지의 발현이라면 결코 수용할 수 없다. 그런 정책도 어디까지나 통일을 전제한 일시적인 대응책이라는 사실을 잊어서는 곤란하다. 이러한 상황에서 우리 문학은 분단 상황의 실태를 정확하게 파악하고 통일의 염원을 확인하는 작업에 그전보다 더 큰 관심을 기울여야 한다. 통일 염원이 희석화 되는 현실을 감안할 때 종전 같은 소설적 구도로는 통일의 당위성을 설득하기 어렵다. 상투적인 관념에 의한 통일 강조가 아니라 현실적인 절박감을 지닌 문학성으로 통일의 필연성을 제시해야 한다.

우리는 '통일'이라는 말을 일상적으로 쓰고 있어서 어떤 점에서는 이 단어가 우리에게 환기시키는 바가 절박하다고 느낄수록 통일의 의미를 관념화시키고 추상화시켜서 실제의 우리의 삶의 문제로부터 분리시키고 있다는 것을 깨닫게 된다. 통일의 필연성을 제시한다고 해도 구체적인 것부터 차근차근 올라가서 손에 잡을 듯이 통일의 이미지를 확립시킬 필요가 있다. 그런 뜻에서 다음에 제시하는 시가 시사하는 바를 음미할 필요가 있다.

> 백두산 천지에 노란 물망초이 피었읍니다.
> 망초꽃 덤불 곁으로
> 시퍼런 천지의 물이 출렁이고
> 당신은 검은 치마 흰 저고리로
> 노란꽃들과 함께 춤추고 있습니다.
> 이름을 알 수 없는 누이여
> 당신은 그 꽃들이 하나하나
> 먼 남녘에 사는
> 어린 누이들의 눈망울인 걸 아십니까.
>
> —김진경, 「백두산 사진을 보며」에서

백두산에 피어 있는 노란 망초꽃을 남쪽에서 살고 있는 어린 누이의 눈망울로 표현함으로써 민족적 일체성을 구체화시킨 이 시에서 통일염원의 강력한 의지를 발견하게 된다. 백두산 사진을 이국풍경을 보듯 호기심으로 감상하지 않고 망초꽃 하나하나까지 민족의 일원으로 간주하는 세심한 배려가 이 시에 내포되어 있다. 그것이 비록 감성적 차원에 머무른다 해도 통일 염원이 희석되고 있는 세태에서는 그와 대립적인 역동적 이미지를 산출하는 것이다.

3. 6·25제재 일변도의 문학

한국전쟁이 분단의 시초가 아니고 그것으로 인해 분단의식이 강화되고 내면화된 분단의식을 생산하는 역사적 장치라는 점은 이제 하나의 상식으로 통용된다. 그럼에도 불구하고 분단이라고 하면 으레 6·25를 떠올리고 6·25일변도의 문학을 전개하는 상투적인 틀이 우리 문학에 존재한다. 이에 대해 임헌영은 다음과 같이 날카롭게 지적한다.

> 이미 사회과학에서는 우리의 분단이 8·15와 함께, 아니 그 이전부터 진행되어온 국제적인 음모의 하나로 거의 정설화 되어가고 있는데도 불구하고 문학예술은 의연히 결과론으로서의 6·25 비극에만 그 초점을 맞춰 이로 인한 민중적 비참상의 묘사에만 주력하고 있는 형편이다. 따라서 진정한 분단문학이란 우선 그 소재에서의 6·25적 비극의 결과론적 차원을 넘어 원인론까지를 수렴해야 할 것이다. 그렇지 않을 때 부수적으로 따르는 현상이고 피상적인 참상의 모사론적 미학의 민중적 대립만으로는 올바른 역사인식의 영역에 이를 수 없을 것이다.
>
> ―「분단인식과 민족문학」, 분단문학『비평』, 청하, 171~172쪽.

한국전쟁의 역사적 의미를 가볍게 여길 수 없고 분단사의 전개에 6·25의 비중을 결코 무시할 수 없지만, 6·25 그 자체를 따로 떼놓으면 6·25는 전쟁 이상도 이하도 아닌 역사적 사건이다. 전쟁으로 인한 비참한 상황을 묘사하는 것은 비역사적인 근거를 가지고 있다. 전쟁은 인류의 전 역사 前歷史 시대부터 시작된 보편적인 사회현상이고 전쟁으로 인한 비참함은 전쟁이 벌어지고 있는 어디에서나 존재한다. 따라서 전쟁 상황에 대한 강조와 전쟁으로 인한 피해의 역설은 보편적 항구성의 강조와 일반적 세계성의 역설과 마찬가지이다. 6·25가 민족적 내분의 성격을 띠고 있어서 6·25를 다루면 한민족의 분열상이라는 특수성을 드러낼 수 있다는 발상을 자동적으로 떠올리는 것이 문제이다. 물론, 그런 측면이 없지 않지만 세계적으로 민족의 내분이 우리에게만 존재하는 것이 아닌데 마치 우리만이 그런 불행을 당하는 것으로 간주하는 것도 문제이다. 좀 더 거시적 안목을 가지고 6·25를 파악함으로써 6·25의 원인론을 규명해야 한다. 6·25를 결과론으로만 해명하게 되면, 다시 그런 전쟁이 발발하게 되었을 때, 아무런 대책 없이 또다시 전쟁으로 인한 피해를 감수해야 한다는 체념에 도달하게 된다. 역사에 대한 무책임을 반복하지 않기 위해서 결과의 묘사보다 원인의 규명이 앞서야 됨은 물론이다. 그럼에도 불구하고 6·25의 참상을 직접 겪은 사람들이나 참상의 현장에 집착하는 사람들은 별다른 생각을 가질 여유조차 없이 전쟁의 참화에 매달린다.

조그만 마을 하나를
자유의 국토 안에 살리기 위해서는
한해살이 푸나무도 온전히
제 목숨을 마치지 못했거니

사람들아 묻지 말아라
이 황폐한 풍경이
무엇 때문의 희생인가를…….

고개 들어 하늘에 외치던 그 자세대로
머리만 남아있는 군마의 시체

스스로의 뉘우침에 흐느껴 우는 듯
길옆에 쓰러진 괴뢰군 전사戰士
일찍이 한 하늘 아래 목숨 받아
움직이던 영령들이 이제
싸늘한 바람에 오히려

간 고등어 냄새로 썩고 있는 다부원

—조지훈, 「다부원」에서

이 시에 표현된 바처럼 전쟁터의 현장성에 집착하고 있는 문학작품들은 전쟁의 즉물성만 강조할 따름이다. 기억과 회상에 의지하여 6·25를 형상화하는 세대들이 문학의 주역에서 탈락되고 있는 현실에서 이런 종류의 작품이 지니는 의의가 아주 없지는 않다. 하지만 경험에 국한시켜 6·25를 서술하는 것은 경험의 좁은 테두리 안으로 6·25의 의미를 제한시키는 행위이다.

이런 차원에서 80년대의 대표적인 문제작으로 조정래의 『태백산맥』이 꼽히는 까닭을 점검할 필요가 있다. 무엇보다도 『태백산맥』은 분단의 원인론적 규명에 작품의 초점을 맞춘다. 지금까지 발간된 1, 2부에서 중심적인 역사적 사건은 여순 반란사태이지만, 여순 반란사건 이전의 상황까지 작품 속에 포괄함으로써 분단의식이 내면화되는 과정을 속속들이 살피고 있다. 해방 이전의 식민지 상황과 해방 이후의 의식의 분열상, 분단을 가속화한 국제적인 역학관계에 대한 총체적인 조명을 시도하여 6·25에만 집착하던 종래 소설의 패턴을 탈피하여 분단 상황의 시원始原을 가려내고 있다. 제3부에서 6·25의 발발과 전쟁의 구체적인 진행상황이 전개될 터인데, 이제까지 발표된 내용으로 미루어보아 전쟁 그 자체에 매달리지 않을 것이 확실하다. 여순반란사건을 다루면서도 반란의 진행양상과 진압의 과정을 묘사하는 데 주력하지 않은 것도 반란사건의 궁극적 의미를 포착하기 위해서는 반란 자체에 주목할 필요가 없다는 판단 때문이다. 홍성원의 『6·25』(『남과 북』으로 개제)가 거둔 성과를 인정하면서도 어떤 한계를 느끼게 되는 것은 작가가 저널리스트적인 관점으로 6·25에 관련된 사실을 나열하는 데 바빴기 때문이다.

6·25의 비참성을 드러내는 문학작품의 사조가 자연주의에 근거를 두

고 있다는 점에 주목해야 한다. 자연주의적 세계관에 의하면 인간의 운명
이란 결정론적 한계 내에서 이미 움직일 수 없는 방향으로 고정된 것이다.
6·25라는 전쟁은 결정론적 토대로 작용하여 모든 사람의 운명을 비참한
쪽으로만 몰고 간다. 따라서 결정론적 토대의 파괴라든지 역사의 흐름에
대한 저항은 가상조차 할 수 없다. 또한 자연주의적 문학관은 물리적 변화
를 정신의 변혁에 우선하는 현상으로 간주하여 의식의 전환에 둔감하다. 6
·25로 인한 한국사회의 물리적 변화에 관심을 집중하는 문학작품이 정신
의 섬세한 파문을 자연스럽게 묘사하지 못하는 까닭도 여기에 있다. 자연
주의의 본질적 특성 중의 하나는 역사를 무력화시키고 인간을 과학의 실
험대상으로 삼는 것이다. 염상섭의 『취우』같은 작품에서 역사가 철저하
게 배제되어 있는 것과 전쟁의 소용돌이 속에서도 돈 보따리의 행방에 소
설의 관심이 쏠리는 것도 자연주의의 이러한 원천적인 한계와 연결된다.
자연주의의 한계가 이미 확정적으로 드러났음에도 불구하고 작금의 한국
문학은, 특히 한국소설은 아직까지도 그 범주를 초극하지 못하고 있다. 산
업 자본주의의 산물인 자연주의적 세계관이 완강하게 버티고 있는 것은
작가들 또한 자본주의 이데올로기에 푹 빠져 그 왜곡의 심도를 측정하지
못하고 있기 때문이다. 분단의식이 신식민주의 독점자본주의 체제의 산물
이라면 산업자본주의의 산물인 자연주의적 세계관이 분단의식에 함몰되
는 것은 지극히 자연스러운 이행이다. 그 자연스러움을 작품의 미덕인양
착각하는 작가가 존재한다는 것이 우리의 문학적 불행이다.

4. 편향적 논리의 극복

분단의식의 극복에 국한시켜 작가를 분류한다면 6·25를 체험했느냐
안 했느냐 라는 체험 유무의 기준은 별의미가 없다. 성인으로서 전쟁을 체

험한 세대, 유년기에 체험한 세대, 미 체험 세대의 분류 자체가 6·25에 집
착하고 있는 다른 형태의 분단의식 노출이다. 전쟁을 체험한 사람은 분단
의식을 극복하기 어렵고 미 체험 세대는 그렇지 않다 라는 기계주의적 구
분도 납득하기 어렵다. 문제는 분단의식을 극복하기 위한 노력의 정도와
성과의 달성도에 달려 있다. 그런 면에서 미 체험 세대가 체험세대보다 진
취적이고 입체적인 인식을 갖는 것은 당연하다. 체험세대는 사회구성체가
강요하는 편향된 이데올로기에 잘 길들여져 있어서 자신이 한편으로 치우
쳐 있다는 사실조차 모르는 사람이 대부분이다. 체험의 강도를 문학의 효
용과 연관시키는 설명은 적어도 분단의식의 극복문제에 대해서는 통용되
지 못한다. 우리가 최근의 문학을 논의하면서 신인들을 주목하는 까닭도
인식의 격변기에 있어서 변화의 주체는 새로 떠오르는 존재라는 사실을
알아차렸기 때문이다. 이런 논리로 따진다면 문학의 기성세대의 중요성을
간과하기 쉬운데, 거꾸로 체험세대가 변화에 적응하기 어렵기 때문에 그
들 세대의 조그만 변화는 미 체험세대의 대변화와 맞먹는 의의를 가진다
는 점에 주의를 집중해야 한다. 소설가의 예를 든다면 소시민적 현실의 자
질구레한 모순을 파헤치던 이호철 같은 작가가 격동의 70년대와 80년대를
거치면서 민족사적 공적쟁점을 부각시키는 소설로 작품경향을 바꾼 사실
이 미 체험 세대의 전환적 인식 못지않게 의미를 가진다는 말이다. 이 경우
에도 판단의 기준은 분단의식 극복의 심도에 놓여 있다.

　어떤 작가들은 분단의식의 극복을 위해서는 지금까지의 일방적 편향논
리에서 180도 전환해서 다른 쪽의 편향논리를 내세워야 한다고 생각한다.
그런 판단에 근거를 둔 작품일수록 논리보다는 심정적 차원에서 다른 형
태로의 방향전환을 모색하는데, 이것 역시 문제가 있다. 지리산에서 빨치
산 여대장 노릇을 하다가 정신병자 요양원에 수감된 인물을 찾아갔다가
그녀를 만나지도 못한 상태에서 비감에 젖어 술을 마신다는 따위의 작품
에서 우리가 얻을 것은 아무것도 없다. 기분파 좌익이 파괴적 극우파보다

나은 것은 아무것도 없다. 사회전체가 우향우 상태에 있기 때문에 조금만 방향을 틀어도 좌경화라고 규정한다는 지난 선거유세의 우스갯소리가 의미 있는 말로 여겨지는 것이 오늘의 실정이다. 그 방향이 기분에 의해 틀어진다면 그에 대한 반동도 격심해질 것이다.

김원일의 『겨울 골짜기』 같은 작품은 일방적 편향논리에서 벗어나기 위해서 거창양민학살사건의 유격대의 관점에서 서술한다. 서술관점의 변화를 시도했다는 것부터 의미 있는 일이지만, 저쪽의 논리를 단순화하고 사건의 핵심을 생존의 차원에 국한시켰다는 문제점을 낳는다. 이것은 이병주의 대하소설 『지리산』의 경우에도 해당되는데 이 작품의 현실적 가치는 인정되지만 논리의 편향성은 수긍할 수 없다. 이에 대해 『태백산맥』은 보다 미묘한 지점에서 대단히 예민한 문제를 과감하게 표출시킨다. 상당한 각고 끝에 그런 서술이 가능했겠지만 공산주의자들의 인간적 면모까지 부각시킬 정도의 이쪽과 저쪽의 현실논리를 별다른 윤색 없이 전개한다. 최종판단은 독자에게 미룬 채 작가는 양쪽의 가능성과 한계를 동시에 노출시킨다. 이만큼의 성과가 작가적 과단성에 기인함은 두말할 나위가 없다.

편향논리의 극복을 의식하고 있는 신진작가로 우리는 이창동을 꼽을 수 있다.

그의 「소지燒紙」·「친기親忌」·「끈」 등 일련의 작품은 화해와 해원의 형식으로 구성되어 있다. 소년의 의식으로 도저히 이해할 수 없었던 아버지나 친척의 행동을 보다 성숙해진 의식으로 이해하게 되고 그들을 용서한다는 줄거리의 작품들이 「燒紙」 유의 소설이다. 분단으로 인한 한이 샤머니즘에 대한 인간적 이해를 통해 용해되는 과정이 끈끈한 문체로 그려진다. 그런데, 이들 작품을 읽다보면 해한의 과정이 이전의 작품들과 마찬가지로 추상적 정체성에 머무르고 있다는 느낌을 받는다. 인식의 근본적인 변화를 꾀하기에는 넘지 못할 현실의 벽이 엄존해 있다는 생각에 작품의 전체구조가 답답하게 억눌려진다. 가장 최근에 발표된 「용천뱅이」를 보면 그 억눌림의 정체가 무엇인지 확인할 수 있다. 좌익운동을 하다가 전향한 나의 아버지가 자신이 직접 관련되지 않았음에도 불과하고 간첩단 사건에 가담했다고 자처하여 감옥에 갇혀 있기를 고집한다는 것이 이 작품의 줄거리이다. 이 시대에 순응하면서 살려면 미친 사람이나 문둥이를 뜻하는 용천뱅이의 삶을 살 수밖에 없다는 이야기이다. 아버지는 예전에 가지고 있던 신념을 되살리기 위해서는 감옥에 있는 것이 새 날을 기약하는 삶이라고 판단한다. 그런 아버지에게 아들은 격렬한 항변을 제기하지만 아버지의 진실 앞에 설복당하고 만다.

"그래서, 그래서 말입니다. 이제 용천뱅이가 그만 되겠다는 말입니까. 용천뱅이의 삶을 벗어나겠다는 것이 그래 고작 간첩죄를 뒤집어쓰는 것이란 말입니까. 그것이 아버지의 지나간 삶을 구제할 단 한가지의 길이라는 겁니까. 그렇지만 그게 관연 무슨 의미가 있습니까. 그런다고 지금까지 살아온 아버지의 삶이 바뀌어집니까. 그것이야말로 아버지의 삶을 철저히 속이고자 하는 바보짓이 아니고 무엇이냐 말입니다. 그건 제가 생각하기엔 미친 짓에 불과합니다. 또 다른 용천뱅이가 되는 것이란 말입니다"

어려서부터 아버지를 경시하고 반공논리에 길들여진 아들은 아버지가 죄가 없음에도 불구하고 간첩단 사건에 연루된 것부터 불쾌하다. 그래서 이처럼 아버지를 다그치는 것인데, 아버지의 초췌한 얼굴에 떨어지는 눈물을 목격하는 순간 아버지의 진심을 이해한다. 시대적 고뇌를 의식하기보다 개인적 영달을 꿈꾸었던 자신이 문득 초라하게 느껴지고 아버지의 지나간 행적을 합리적으로 이해할 수 있는 논리를 순간적으로 발견했기 때문이다. 이것을 확대해석하면 한쪽으로 편향된 논리만으로는 역사적 진실을 밝힐 수 없다는 것을 의미한다.

이런 식의 생각은 우리 사회에 팽배한 민중운동논리의 확산에 따라 이론적으로는 지극히 기초적인 관념에 해당한다. 하지만 구세대와 연관시켜 체험적으로 이러한 인식에 도달하게 했다는 점에서 이 작품이 지닌 뜻은 만만하지 않다. 앞서 <자각적 인식>이라는 용어를 반복한 것처럼 이런 인식의 변화야말로 자각적 인식의 시초요 그 진행과정이다. 이창동을 비롯한 신진작가들 임철우·이원규·정도상·김남일·홍희담 작품에서 편향되지 않은 논리의 작품화를 지켜 볼 수 있다는 점이 분단의식극복을 위한 좋은 조짐으로 작용할 것이다.

5. 통일 의식의 확보를 위하여

분단의식을 극복하고 이를 통일의식으로 수렴하기에는 넘어야 할 장애요인들이 산적해 있는 형편이라 자신 있게 그 방향을 예측할 수 없다. 그러나 분명한 것은 과거와 같은 동어 반복이 쉽게 용납되지 않을 것이며, 이런 판단에 내포되어 있는 낙관주의의 위험성을 지적해야겠지만 현 단계는 비관주의를 더 경계해야 될 것 같다.

궁극적인 자유가 허용되지 않는 한 분단 상황을 총체적으로 그린 작품이 출현할 수 없다는 이야기를 새로 발견해낸 진실처럼 말하는 것도 비관주의의 대표적 양상이다. 궁극적인 자유란 궁극적이라는 형용어구가 붙는 한 결코 도래하지 않는다. 자유란 항상 상대적인 것이며 상대적인 자유가 충분히 보장된다고 해도 궁극적인 자유만을 거론하는 작가들은 그 자유를 활용한 작품을 쓰지 못하고 만다. 자유라는 개념이 자본의 축적을 위한 경제 개념에서 유래했다는 사실을 깨닫는다면 자유를 부르짖는 사람들이 왜 그렇게 쉽게 경제적 유혹에 굴복하는가를 짐작할 수 있을 것이다.

이제까지의 문학은 분단극복의 의지를 구현한 것이 없다는 발상도 비관주의의 다른 형태이며 분단 상황이 지속되는 한 분단의식은 지속될 것이고, 분단극복의 의지를 구현한 작품이 존재한다고 해도 그 작품 속에 분단의식이 알게 모르게 개재되어 있을 것이다. 분단극복문학의 대명사라고 치켜세우는 축제적 논의는 경계해야 되지만, 그렇다고 지금까지의 문학이 분단의식 극복에 기여한 바를 지나쳐버릴 수 없다. 사회의식의 성숙과 더불어 분단의식의 소멸은 단계적으로 또는 혁명적으로 이루어질 것이다. 이런 확신을 배제하고 분단의식의 완강함만 강조한다면 그런 주장 역시 분절화 된 사상으로 변모할 것이다. 분단의식을 극복하기 위한 가장 시급한 과제는 여러 갈래로 찢긴 우리의 문학적 의식을 통합하는 작업이다.

4. 민족문학론의 현 단계와 전망

1. 문학 논쟁의 사회적 의미

80년 이후 오늘에 이르기까지 활발하게 전개된 문학 논쟁에 참여한 사람들은 물론이고 그것을 지켜본 사람들까지 문학 논쟁이 사회 변혁과 의식의 혁신에 선도적인 역할을 해왔다고 확신할 것이다. 일반인들이 쉽게 이해할 수 없는 고차원의 추상적 이론이 없었던 것은 아니나 논의의 수준이 우리 현실의 문제점을 예리하게 포착하는 것이라서 문학에 전문적인 관심을 쏟지 않는 사람들도 논의의 진행과정을 주시하고 그 가정에서 자기 분야의 문제점을 유추할 수 있었다.

문학논쟁이 변화의 선도적 역할을 하게 된 배경은 여러 가지가 있지만 첫 번째 꼽을 수 있는 원인으로 논쟁다운 논쟁을 허용하지 않았던 정치적 상황을 들 수 있다. 통치 이데올로기의 일방적 통행만을 강요하는 사회 상황에서 그 상황을 부정하는 논의는 지하로 숨어들 수밖에 없는데, 문학 논쟁은 논쟁 자체에 은유적 의미가 함축되어 있기 때문에 지하로 숨어든 논의를 비유적 차원에서나마 검토할 여유를 갖게 된다. 운동권 논리와 변화는 매우 숨 가쁘게 이루어졌고 격렬한 토론을 거쳐 확정되기가 무섭게 다른 이론으로 변모했지만, 이러한 변화 과정 전모를 알아차릴 수 있는 사람은 운동권 내부에서도 소수의 이론가들로 제한되었다. 일반인들이 그러한 논리에 접근하려면 운동의 중심권에 뛰어들 수밖에 없고, 또 제법 그 이론에 밝다고 해도 그 이론을 금기시하는 관변 이데올로기의 조작적·폭로적 해부 이론의 역작용에 부딪혀 갈피를 잡기 어렵게 된다.

이런 상황에서 진행된 80년대의 문학 논의는 6월 항쟁과 6공화국의 출발과 더불어 급격하게 새로운 국면으로 접어들게 되었다. 두 계간지의 복간으로 상징되는 다소 숨통을 터주는 문예정책에 힘입어 그동안 비축해왔던 혁신의 의지를 은유로서가 아니라 사실로서 주장하게 된 것이다. 80년대 초반을 요란하게 장식했던 '민중문학론'은 '민족문학론'의 접맥을 거쳐 '민중적 민족문학론'에서 '민주주의 민족문학론'에 도달하면서 이론적 민첩성이 논리적 진실성을 보장하는 것처럼 속도감 있게 변하고 있다. 어제의 사실이 오늘은 허구로 간주되고, 오늘 확정된 논리가 내일 어떻게 취급될 것인지 쉽사리 예측할 수 없다. 이렇게 변화가 급격하게 이루어지는 시대를 전환기라고 한다면 문학 논의에 관한 한 전환기에 처해 있음이 틀림없다.

그렇다면 전환기의 근본적인 특징을 함유하고 있는 이 시대의 문학 논쟁이 과거의 예처럼 변화 촉진의 선도적 역할을 감당해 나아갈 것인가? 나는 그렇지 않다고 본다. 문학 논쟁이 시대와 사회의 문제점을 상징적으로 제기했던 시절과 달리 사회과학과 인문과학 분야를 비롯해서 문화 예술 전반에 걸친 전체적 논의가 요청되는 상황에서 문학 논의는 사회 전반과 연관을 가진 부분 논의의 영역을 기꺼이 감당해야 하기 때문이다. 한국의 진보적 연구자가 집결한 학술단체연합 심포지엄의 전체 발표문을 수록한 『80년대 한국인문사회과학의 현 단계와 전망』 같은 책을 보면, 그 동안 드러내 놓고 발표하지 못했던 진보적 이론의 수준이 상당히 높은 경지에 올랐다는 실감을 하게 된다. 최근의 대표적인 문학 논쟁에 직접적으로 투영되는 것만 보아도 문학논의가 여타 분야의 논의에 영향을 받고 또 어떤 의미에서는 그에 종속되는 것을 확인할 수 있다. 사회 전체 구조의 보편적 향상을 위해서 문학 이론이 사회과학에 종속되는 것을 당연시하는 측이 존재하는가 하면 사회과학의 문학에 대한 또 다른 형태의 제국주의적 침략이 아니냐고 의문시하는 경향도 병존한다. 사실 최근에 발표되는 일부 비평은 사회과학 논문의 문학적 번안으로 이해되도록 의도적으로 작성되고 있다. 문학 이론을 위한 문학이론 같은 시대착오적인 발상은 거부해야겠지만 미학적 측면을 배제하고 인식의 결단만을 촉구하는 선언문 내지 강령적인 비평이 힘 있는 비평, 내용 있는 비평으로 평가되어서는 곤란하다.

문제는 일부 비평가들이 자신이 내세우려는 문학논리를 과신하는 데 있다. 그들 대부분이 단순한 탁상이론가가 아니라 발로 뛰는 실천가를 지향하고 있기에 사회구성체의 전반적 현상을 자신의 논리에 근거하여 재단하지는 않겠지만, 다른 사람의 논리를 명령하는 사람의 위치에서 배척하는 경향은 불식되어야 할 것이다. 앞서 밝힌 바처럼 논리의 변화 속도가 급격하고 논리의 진행이 비약적이라면 논리를 주장하는 주체조차 자신을 믿을 수 없는 부분이 존재하기 마련이다. 게다가 문학 논리가 사회 논리의 자율적 부분 구성체라는 사실을 감안한다면 비평가는 스스로 몸을 낮추고 목소리를 줄이는 겸손한 태도로 자신의 논리를 개진해야 할 것이다. 사회구성원의 절대 소수가 문학 작품을 가치 있는 문화체계로 인식하고 그 중에서도 절대 소수가 관념적 언어로 구성된 문학비평에 관심을 가지고 있다는 사실을 기억해야 한다. 이 말은 비평가들이 상대적 위축감을 느껴야 된다는 말이 아니라 문학의 상대적 팽창을 실현시키기 위해서는 자신의 위치와 문학논리의 사회적 위상을 정확하게 파악해야 한다는 이야기이다.

따지고 보면 듣는 사람이 소수라는 것을 확인하는 순간에 듣는 사람들은 모두 평균 이상의 우월한 사람들이라는 생각을 하게 되고, 그러다 보니까 목소리가 높아지는 것인데, 그런 경우에는 강연식의 어투와 어휘를 구사하지 말고 대화체의 이론을 전개하는 것이 타당할 것이다.

80년대에 전개된 문학 논쟁이 사회 전체에 미친 파급효과는 대단하다. 상황의 변화에 따라 직접적인 영향력은 감소되었지만 문학비평의 논리가 다른 문화 영역에 확산될 소지는 여전히 크다. 문학이 감각적 현실적 실체를 통해 사회의 구체적인 모순을 드러내는 한 문학 비평 또한 추상적 관념적 의미 층위에서 벗어난 새로운 가능성을 열어 보일 수 있기 때문이다. 이 시점에서 문학에 대한 제반 논의는 그 사회적 의미를 투철하게 인식하고 생활 속에 논의의 결과를 원용할 수 있는 현실적인 기반을 모색해야 할 것이다.

2. 민중문학론의 변화 양상

80년대 초반에 민중문학론이 활발하게 제기될 때 변혁의 움직임을 보수적인 안목으로 얼마간의 두려움을 가지고 지켜보았던 사람들은 '민중'이라는 말 자체를 인정할 수 없었다. 나 자신도 그런 사람 중의 하나로서 '민중'이라는 말이 지니고 있는 개념적 다의성을 지적하고 민중문학론이 그렇게 애매모호한 의미의 민중에 집착한다면 논리적 명확성을 확보할 수 없으리라는 판단을 내린 바 있다. (「민중문학론에 대한 몇 가지 의문」, 『한국문학』, 1985년 2월호) 개념의 확정성이라는 측면에서 이러한 기존의 생각을 고치고 싶지 않지만, 변혁의 욕구가 실현되는 역사적 과정을 지켜보면서 논리적 명쾌성만으로 현실 개혁을 이룩할 수 없다는 사실을 뚜렷하게 자각하게 되었다. 민중이라는 말에 대해 과민한 거부반응을 보이던 사람들조차 이 말이 현실적 추진력과 제동력을 가지고 있다는 사실을 부정할 수 없게 된 것이 오늘의 현실이다. 8·15 이후 오늘에 이르기까지 항시적인 전환기 의식을 격렬하게 뒤흔든 시기는 존재하지 않았다. 처음에는 무리한 논리로 달성할 수 없는 목표를 향해 당위성만 강조하는 논의로 여겨졌던 민중문학론이 오늘에는 시대를 선취한 가치 있는 문학적 논쟁으로 평가받게 된 것이다.

민중문학론에 대해서 선뜻 긍정적 평가를 내리지 않는 사람들의 반응은 예나 지금이나 한결같다. 민중문학론이 내포하고 있는 문제점을 이념적 대응으로 지적하는 것이 아니라 정서적이고 체질적인 거부반응으로 백안시하려는 태도이다. 최근에 발표된 복거일의 「보수주의 논객을 기다리며」라는 수필을 읽으면서 보수주의 논객은 지나치게 많이 알고 있는 그 이유 때문에 그 행동이 민첩하지 못하고 행동의 굼뜸을 체질적 거부 반응으로 대체하려고 노력한다는 사실을 깨달을 수 있었다. 그래서 영명한 보수주의 논객이 출현할 시기가 도래하면 기왕에 있었던 진보적 논의는 거의 사라지고 전혀 새로운 논리가 전개되기 마련이다. 뒤늦게 출현한 보수주의 논객의 할 일은 지나간 사실에 대한 해석과 보충, 지금의 인식 수준으로 이미 낡아버린 아무도 눈여겨보지 않는 가치체계를 신랄하게 비판하여 자기만족감에 도취하는 일 뿐이다.

우리가 살고 있는 이 시대는 전형적인 변명적 시대양상을 노출하고 있다. 지나간 시대를 떳떳하게 살지 못했던 아픈 기억 때문에 과거 다른 사람의 잘못에 대해 신랄하게 비판하면서도 정작 자기 자신의 잘못을 얼버무리면서 앞으로는 적당히 살지 않겠다는 헛된 다짐을 하고 있다. 날씨 이야기와 더불어 새로운 공통화제로 떠오른 소위 5공 비리에 대해서 저마다 분노를 터뜨리지만, 그 치하에서 안일하게 살았던 자신을 탓하기에는 변명의 논리가 이미 생활화되어 있다. 이런 실정은 문학이라고 예외가 될 수 없다. 6월 항쟁을 전후해서 발표된 많은 문학작품 중 다수가 변명의 논리를 바탕으로 지나간 날의 과오를 적당히 비판하고 적절하게 흐리면서 새로운

의식을 창조한 것처럼 착각하고 있다. 각종 종합지에 앞을 다투어 폭로되는 기왕의 비리를 주목하면서 왜 나는 거기에서 소외되어야만 했던가 라는 색다른 종류의 소외감을 느끼는 것도 변명적 시대의 특징 중 하나이다.

이 시기에는 지나간 일에 대한 철저한 비판도 중요하지만 앞으로의 일에 대한 예측능력의 신장이 더 중요하다. 사회의 근본 구조가 변혁되지 않는 상황에서 민주주의가 쉽게 활성화되리라고 믿는 것은 허상이고 근본 구조가 쉽게 뒤집히리라고 확신하는 것은 환상이다. 이러한 인식이 문학의 제반 논리의 바탕이 되어야 할 것인데, 변명의 논리는 문학비평에조차 이미 깊숙하게 침투되어 있다. 그것은 보수적인 문학논리 뿐만 아니라 혁신적이라고 자처하는 문학 논리에도 침윤되어 있다. 이것저것 눈치를 보면서 한편으로는 개혁적인 논조를 전개하고 다른 한편으로 체제 순응적인 이야기를 펼치는 것이 신념적 진리에 근거해서 일목요연한 직선적 논리를 펼치는 것보다 논리의 서술 절차상 더 어렵다. 한 가지 변명은 열 가지 이상의 추가 변명을 요구하기 때문이다. 오늘의 문학 비평이 언어만 교묘해지고 내용이 없어지고 있는 것도 변명적 시대가 요구하는 왜곡된 논리에서 벗어나기가 그만큼 어렵기 때문이다.

민중문학론 속에 내포되어 있는 논리적 생경성을 간과하기 어렵지만 그럼에도 불구하고 민중문학론을 평가할 수밖에 없는 것은 변명적 시대가 강요하는 변명적 논리를 민중문학론의 테두리 안에서 극력 배제하고 있기 때문이다. 사태의 본질을 꿰뚫지 못하고 그 외곽만 어루만지는 기형적으로 발달한 슬기보다 본질 그 자체로 뛰어들어 본질의 변개를 촉구하는 힘찬 추진력은 분명 충격적인 것이다. 그 추진력을 전문적인 용어로 바꿔 말하면 주체적 실천이라는 개념이 되겠다.

이 주체적 실천이라는 개념과 관련지어 지금까지 민중문학론의 이론적 원천을 제공해 왔고, 민족이라는 집단의 단위를 문학론에 접착시키는데 앞장 서 왔던 백낙청의 문학적 논리가 신진비평가에 의해 비판의 도마 위에 오르고 있음은 매우 의미심장하다. 비판의 구체적 진행 양상을 살펴보기 이전에 그 결론만을 끌어내 본다면 대체로 이렇다.

기본적으로 백낙청은 사실주의(자연주의)와 모더니즘이 그 표현 양식은 다르다 할지라도 주체의 와해라는 공통점을 지니고 주체와해가 피상적 사실들이나 피상적 의식 내용에의 매몰을 초래한다는 정당한 인식 하에 주체의 올바른 건설을 통해 이 양경향의 문제점을 극복하고자 하는 바른 자세를 취했던 것으로 보인다. 그러나 그의 주체추구의 과정은 역사적 필연성을 고려해 보려는 그의 초기 의도와는 달리 주체의 감각성·물질성의 측면을 철저히 추구해나가지 못함으로써, 즉 주체를 의식의 측면에서만(근원적 진리에 대해 묻는 자세, 시민의식, 민족적 양심, 민족주의, 각성된 노동자의 눈) 추구해나감으로써 (그 의식 내용에 있어서는 일정한 발전이 있다) 결과적으로 세계관을 객관현실과 유리시키는 사고에로 무구별적으로 용해될 위기에 처하게 되었다. (중략) 이렇게 주체를 의식의 측면에서만 추구함으로써 생긴 또 다른 결과는 그의 주체론이 주체형성론으로 되지 못하고 주체구성론으로 되고 말았다는 사실이다. 이러한 결과는 그가 현실주의를 가능케 하고 발전시킬 동력으로서의 주체를 역사발전의 필연성 위에 정초시키지 못했다는 사실과 연관되어 있다. 이렇게 합법칙적 역사과정과 유리된 그의 주체개념(제3세계 민중과 민족주의 이데올로기)은 보편인간성을 내걸고 있음에도 불구하고 기본적으로 계급적 제약성을 넘어설 수 없는 것(소시민 민족주의)이다. 이로써도 제국주의 이데올로기 등 지배 이데올로기에 대한 일정한 비판력을 갖게 되겠지만 현실 속에 살아 움직이며, 전체 사회의 진리를 드러내가는 감각적 현실적 주체의 생생한 운동을 총체적으로 그려낼 수 없다는 한계를 지닌다. 그 결과 그의 리얼리즘 이론은 비판적 리얼리즘 수준에로 귀착되고 만다.

—조정환,「현대 한국 민중문학의 방법 문제에 대한 연구(Ⅰ)」,
『실천문학』, 1988, 가을호, 399~400쪽.

이 인용문에서 우선 주목되는 점은 백낙청의 비평을 비판하는 비평의 문장이다. 다소 주변적인 이야기이지만 비평의 스타일리스트라고 할 수 있는 백낙청의 비평을 비판하기 위해서는 문장부터 세련되게 다듬는 것이 보다 효율적일 것이다. 독일어 문장을 직역한 것 같은 투박한 문장을 구사하면서 백낙청 비평의 전모를 이해했다고 자처하기에는 모자람이 많다. 백낙청 비평 문장의 세련성은 단순히 문장의 교묘함만을 뜻하지 않는다. 변명적 시대의 논리에 대처하기 위한 변명 아닌 변명을 이끌어내기 위해서 이모저모를 따져서 고안된 문장이 그의 비평문이고 따라서 그 속에는 그의 세계관이 담겨 있다. 비평이 문학의 주변 장르 중의 하나라는 사실을 감안할 때 세계관을 담고 있는 문장의 완성도가 문제되지 않을 수 없다.

두 번째로 비판자의 비판 태도가 상당히 유보적이면서도 결론적으로는 이질적이라는 사실이다. 위의 인용문에서 괄호를 친 부분은 유보적인 태도를 암시하고 있고, 결론은 백낙청 비평의 결정적 결함을 과감하게 지적하고 있다. 이런 태도는 비판자가 갖추어야 할 올바른 자세일 것이다. 인정할 것은 인정하되 그렇지 않은 것은 과감하게 부정하는 것이 비판자의 겸손하면서도 정당한 자세이다. 문제는 비판자의 비판태도가 아니라 비판의 대상이 되는 백낙청이라는 비평가와 그의 비평에 대해서 대하는 태도이다. 위의 글을 면밀하게 살펴보면 백낙청이라는 비평가가 비평가의 역할만을 감당해서는 안 되고 혁명의 주동자가 되었어야 하는데 그렇지 못했다는 안타까움이 담겨 있다. "현실주의를 가능케 하고 발전시킬 동력으로서의 주체를 역사발전의 필연성 위에 정초시"킬 수 있는 사람이란 과연 누구인가? 그는 비평가라는 직업 외에 다른 막중한 역할을 떠맡고 있어야 할 사람임에 틀림없다. 비평을 제대로 하면 능히 그런 역할을 감당할 수 있다는 주장이 가능하면 혁명에 뜻이 있는 사람은 대부분 비평가가 되려고 할 것이다. 비평가가 "현실 속에 살아 움직이며 전체 사회의 진리를 드러내 가는 감각적 현실적 주체의 생생한 운동을 총체적으로" 그려내는 존재라면 작가가 되기보다 비평가가 되려는 사람이 더 많아질 것이다. 이러한 억지 주문을 감내할 수 있는 비평가는 비평가로서는 존재하기 어렵다. 한 번 귀띔만 해도 비평가에 대한 비판으로서 과대 포장된 내용이라는 사실을 알아차릴 수 있는 인용문의 필자가 왜 그런 비판을 하게 되었는가?

내가 보기에는 이론적 당위성을 강조하다 보니까 비판대상의 결여된 부분을 보충할 과잉 논리를 산출하게 된 것이라고 판단된다. 이 과잉논리를 빼고 백낙청의 비평의 약점을 제시하면, 그가 실천보다는 의식에 치우쳐 있었고 주체형성보다는 주체구성에 기울어 있었다는 이야기가 된다. 그러기 때문에 백낙청 미학은 민중미학으로서 불충분하고 그것을 극복하기 위해서 "예술생산의 주체 문제와 생산과 수용의 사회적 역동성을 미학적 중심 개념으로 파악하는 새로운 미학파"의 형성이 요청된다는 것이다.

신진비평가의 이러한 공세에 대해 백낙청의 태도는 오히려 담담한 듯하다. 그가 담담해 하는 것은 자신이 전위적 이론가에서 밀려나 2선의 비평가로 물러앉는 것이 아니라, 자신이 계속해서 강조해 온 민족모순의 문제가 계급모순의 문제에 얽혀 뒷전의 문제로 취급되는 것과 오늘의 민족문학을 대표할 걸작이 출현하지 않았다는 사실 때문이다.

오늘의 민족문학을 긍정적인 눈으로 보는 입장이라 해도 노동현실을 통해 노사 간의 모순을 부각시키면서 동시에 그 극복을 위한 정치투쟁의 방향까지 실감나게 제시했다거나 분단문제의 절실성을 표출하면서 이를 자본주의사회의 기본모순과 제대로 연결시켜 형상화한 작품이 아직껏 안 나온 것은 인정하지 않을 수 없다. 그런데 이런 현실문제들의 이론적 규명을 떠맡은 사회과학자나 역사학자·

철학자들 간에도 독서인의 지침이 될 분명한 이론이 없는 듯하며 실
천가들의 길잡이가 되기에는 더구나 까마득한 느낌이다.
　　―「오늘의 민족문학과 민족운동」,『창작과비평』, 1988, 봄호, 233쪽.

　백낙청의 되풀이되는 걸작 대망론과 지도적 이론의 요청과는 대조적으
로 실천비평가들은 비평적 논리의 준거가 되는 작품의 부재와 지도적 이
론의 결핍에 대해서 정반대의 태도를 취한다. 아쉽지만 김인숙의「강」같
은 탁월한 작품이 발표되고, 지도적 이론을 자신들이 제시하는 논리를 중
심으로 구축할 수 있다는 주장이 그것이다. 이러한 차이는 앞선 시절의 민
중문학론과 오늘의 문학론의 차이를 선명하게 나타낸다. 과거의 문학론이
작품이라는 실체를 중요시하는 작품 중시의 해설적 차원의 그것이라면,
현재의 문학론은 앞으로 산출될 작품의 방향을 향도하는 예시적 차원의
그것이라는 점이다. 또한 앞서의 문학론이 상황에 대한 이론적 파악에 주
력했다면 현재는 설정되어 있는 목표로 전진하기 위한 전략의 수립에 집
중하고 있다는 점이다. 이 차이를 신진비평가들은 의식과 실천의 거리로
보고 있고, 앞서의 문학론은 실천의 길로 나아가기 위한 예비단계의 가치
밖에 가질 수 없다고 판단한다. 비교적 짧은 세월의 경과에 비해서는 놀라
울 정도로 빨리 바뀐 인식 변화현상이고, 논리적 갱신이 그렇게 급속도로
이루어질 수 있다는 사실에 일단 감탄할 따름이다.

3. 민주주의 민족문학론의 진로

　최근에 발표된 홍희담의「깃발」, 정도상의「친구는 멀리 갔어도」, 김남
일의「다시 서는 땅」 등의 소설이 주목되는 것과 대조적으로 시로서 관심
의 초점이 되는 작품은 별로 없다. 80년대 초반을 풍미했던 소설 쇠퇴론이

이제 시 쇠퇴론으로 바뀐 것인가 라는 의문이 들 정도이다. 그러나 소설 쇠퇴론이 비평가들의 성급한 추단에서 비롯된 단기적 현상이라면 시 쇠퇴론을 다급하게 논의할 까닭이 없다고 본다. 그런 문제보다 오늘의 독서계의 관심이 김학철의 「격정시대」, 김석범의 「화산도」, 이태의 수기 「남부군」 등에 집중되고 있다는 점에 관심을 돌릴 필요가 있다. 이론가들이 민중적 민족문학론과 민주주의 민족문학론을 부르짖고 있는 형편에 이들 작품들이 당대적 현실성과 직접적인 연관관계를 맺고 있지 않다는 점을 어떻게 설명할 수 있을까?

우선 이들 작품은 장편의 형태를 취하고 있다. "분단 문제의 절실성을 표출하면서 이를 자본주의사회의 기본 모순과 제대로 연결시켜 형상화한 작품"을 기다리고 있는 실정에서, 이들 작품도 그러한 기대감은 만족시키지 못하지만 그 당시 현실세계의 총체성에 근접하고 있다. 보다 긴 형태의 글을 읽기를 원하는 독자가 증가되고 있는 독서 실태에 비춰보아도 이들 작품의 서사성은 충분한 용량을 내포하고 있다. 이와 대조적으로 80년대에 산출된 작품으로 이들 작품 같은 사실적 긴박성을 지닌 장편소설은 현재 진행 중인 조정래의 『태백산맥』 등 일부 작품을 제외하곤 거의 별무한 실정이다. 현실 세계의 총체성을 복원하기 위해서는 의식의 총체성을 요구되는데, 우리들을 비롯해서 작가들까지 의식의 파편성에 얽매어 거기서 벗어나지 못하고 있지 않은가 라는 생각이 들 정도이다.

문학 논의의 근거가 되는 작품을 마음 놓고 고를 수 없는 문학적 상황에서 문학론만 비대해지는 기현상에 대해서 한 '문예통일전사'는 다음과 같이 설명한다.

지금의 문학논쟁은 '문학논쟁'이라는 포괄적인 성격을 지니고 진행되기보다는 '문학비평논쟁'으로 자기위상이 협소화된 가운데서 진행되고 있다는 점을 지적할 필요가 있겠다. 이런 현상이 야기된 이유는, 각각의 문학적 입장을 관철시킬 대중적 기초가 결여되어 있기 때문이다. 자신의 문학론을 뒷받침할 수 있는 '창작과 비평의 상호 조직화'의 영역 즉, '구체적인 문예성과물'을 공고히 할 수 없는 상황에서 이러한 현상이 발생하는 것이기 때문에 지금의 '논쟁'을 생산적으로 '검증'할 수 있는 책임성의 확보가 매우 아쉬운 과제로 남겨져 있다. (중략) 문예창작자. 그리고 그들의 문예생산과 무관하게 진행되는 문학비평논쟁은 기본적으로 문학비평을 창작의 전반적 추세와 동떨어진 길항관계로 만들어버리는 분리주의적 사고방식에 매몰되게 만들 뿐이다.

─백진기,「현 단계 문학논쟁의 성격과 문예통일전선의 모색」,
『실천문학』, 1988, 가을호, 404~405쪽.

이 글의 필자에 의하면 "문학논쟁의 궁극적인 지향은 '문예통일전선'을 진실하게 꾸리는 데"에 있다. 그런데 문학논쟁이 문학비평논쟁으로 제약되고, 그나마 구체적인 문예성과물을 논의의 바탕으로 삼지 않은 공소한 논쟁으로 변질되기 때문에 분리주의로 함몰될 가능성이 크다는 것이다. 문예통일전선의 치명적인 취약점을 노출시키면서까지 자기반성을 시도하는 필자의 견해에 일단 공감하지만, 현 단계에서 통일전선을 형성하려는 기도는 아무래도 성급한 것 같다. 구체적인 문예성과물이 멀지 않은 장래에 출현한다고 해도 그 성과물들을 통일전선으로 집결시키기까지 시간이 걸릴 것이기 때문이다. 인용문의 필자가 밝힌 것처럼 "각각의 문학적 입장을 관철시킬 대중적 기초가 결여"된 상황에서 통일전선을 모색하는 일은 자칫 역작용의 반동적 공세에 휘말릴 공산이 크다. 인용문을 포함해서 작금에 발표되는 급진적 문학논의에는 시대 착종적 발상이 질서를 잡기 어렵게 포치되어 있다.

1917년 당시의 러시아 문예이론이 내포되어 있는가 하면, 연안문예강

화식의 논리가 병치되고, 신식민지 국가독점자본주의 비판이론이 오버랩되기도 한다. 어떤 국면에서는 1930년대의 KAPF류의 발상이, 다른 장면에서는 해방 이후의 민족문학론이, 또 다른 곳에서는 서구라파 수정주의 이론이 혼효되어서 이론의 순정성을 흐리게 만든다. 당위에 대한 현실적 갈구와 이상실현의 안타까움 때문에 이런 현상이 벌어지는 것이라고 판단되는데, 문학론에도 분명한 주제와 정교한 플롯이 있어야 된다는 사실을 상기해야 한다. 이 사실이 문학론의 전개에 반영될 때 통일전선이 모색될 것이고, 문학에 모든 통일전선이 필요하지 않다고 부정하는 견해에 맞설 수 있는 것이다.

그런 의미에서 최근에 제기된 민주주의 민족문학론 역시 의식의 선취성을 강조하는 선언적 비평이라고 규정지을 수 있다.

전 세계적으로 독점 자본가 계급의 제국주의적 지배가 횡행하고 있는 이 시대에 자기 자신을 지배 세력으로 조직하지 않는 주체적인 힘이란 또, 어떻게 가능한 것일까? 역사 과정에서 지배라는 현상은 필연적인 것이다. 역사상 출현하는 사악한 지배를 제거하려는 의지가 지배 일반에 대한 혐오로 발전하는 것은 곤란하며 오직 현실적 지배의 성격과 내용에 따라 지배에 대한 태도를 달리해야 할 것이다. 즉, 현재 문제가 되는 것은 지배 일반이 아니고 다수에 대한 소수의 지배인가 소수에 대한 다수의 지배인가 하는 것이다.

제국주의 체제와 파시즘이 다수에 대한 소수의 지배라는 점은 두말할 나위 없는 것이다. 그리고 지금 역사에 있어 바로 소수의 다수에 대한 지배를 종식시키고 다수의 지배를 확립하는 것이 중대한 과제가 되고 있다. 이것은 다름 아닌 민주주의의 문제이고 이 말의 본래적 의미의 회복에 해당된다.

─조정환, 「80년대 문학운동의 새로운 전망」, 『서강학보』, 17집.

문학이 아니라 사회과학의 논리를 풀이한 이 글에서 민주주의 문학론의 지향점을 예측할 수 있다. 노동자 계급의 당파적 지도성의 확보를 문학화해야 한다는 논리와 민중의 사상적·조직적 통일의 과정에 봉사하는 문학 정립이 그것이다. 민중이라는 포괄적 용어를 중심으로 민중 주체의 문학을 내세운 민중문학론이 이 단계에 이르게 되면 드디어 올 데까지 왔구나, 라는 느낌을 억제하기 어렵다. 변명의 논리에 길들여진 사람의 안목으로 보면 민주주의 민족문학론은 대담하면서 무모해 보이고 솔직하면서 차게 느껴진다.

이러한 감정을 배제하고 논리로써 이 문학론에 대응하는 견해를 우선 살펴보도록 하자.

민주주의 민족문학론은 노동자 계급의 당파적 지도성의 개념을 통해 연합전선내의 계급적 차별성과 통일원리가 확보될 수 있는 이론적 기틀을 마련하는 데엔 성공하고 있다. 그러나 민주주의 민족문학론은 노동자 계급의 이념의 지도성이라는 개념을 중심으로 일사불란한 문학운동론을 전개시키려고 했지만 노동자 계급의 이념이 지닌 내용과 그 지도할 전위조직들의 이념 취득방식에는 언급이 되지 않고 있다. 이는 민주주의 민족문학론자 역시 노동자의 이념을 규범적·연역적으로 차용하고 있음을 보여주는 것이다. 민주주의 민족문학론에서 느껴지는 관념론의 짙은 냄새는 바로 여기에서 연원한다.

현실 속에서의 투쟁과 과학적 인식의 과정을 통해 쟁취된 것이 아닌, 당위론적·관념론적으로 주어진 변증법적 유물론은, 마르크스주의의 속류화의 한 측면을 반영하는 것이다. 80년대의 계급론적 관점에 입각한 민족문학론은 계급모순이 심화되고 있는 현실 속에서 나름대로 강고한 민중 계급적 이념의 필요성을 제기하고 있으나, 문제는, 그것이 당위로서 또는 규범으로서 주어졌다는 사실에 있다.

―임우기, 「민족문학론의 계급론적 관점」, 『문학과사회』, 1988, 가을호,
1097쪽.

이 글에서 비판의 요점은 민주주의 민족문학론이 규범적·연역적 이념에 근거한다는 점이다. 이 이념은 "현실과의 변증법적 관계 속에서 획득되었다기보다 규범적 원리로 주어졌다는 점에서 비변증법적" 원리이며 그런 뜻에서 민주주의 민족문학론은 마르크스주의의 속류화한 측면을 반영한다는 것이다. 이러한 비판의 시각은 예각적이지만, 이와 같은 내용은 민주주의 민족문학론에 대한 정면 대응은 아니라고 판단된다. 왜냐하면 "노동자 계급의 이념이 지닌 내용과 그 지도할 이념들의 조직들의 이념 취득 방식"을 충분히 언급하고 관념론의 짙은 냄새를 지워서 정통 마르크스주의의 이론으로 탈각시킨다면 민주주의 민족문학론은 승복하겠다는 의미가 강력하게 암시되어 있기 때문이다. 비판의 대상인 모델 이론에 대한 반대가 아니라 수정·보충의 의지를 확실하게 밝히고 있으므로 비판이라기보다는 첨가나 부연으로 보는 것이 마땅하다. 이런 방식의 대응은 민중문학론을 서구적 인식론의 치밀성을 빌어 비판한 정과리의 「민중문학론의 인식구조」(『문학과사회』, 1988, 봄호)도 거의 유사하다. 이데올로기의 기능에 대한 분절적·구조적 사고방식과 계급의 분화에 대한 보다 미묘한 분석 절차를 방법으로 삼아 민중문학론의 인식론적 측면을 규명한 이 글 역시 민중문학론을 대체할 만한 다른 의견을 제시하기보다 사고의 일탈이나 개념의 혼란에 대해 장황한 주석을 달았다고 여겨진다. 문장서술의 방법 자체가 복잡한 기계의 얼개를 연상하게 될 정도로 혼잡스러워서 간단한 것을 일부러 복잡하게 늘어놓은 감이 없지 않다.

민주주의 민족문학론에 대한 현 단계의 비판이 이 수준에 머무르는 까닭은 불투명한 미래의 변화에 대처하는 전망적 시각이 비판자 쪽에 마련

되지 못한 사정 때문이다. 한쪽은 난관을 무릅쓰고 정해 놓은 방향으로 달려가는 형편에 그 사람을 불러 무엇인가를 물어보려는 제스처를 취한다는 것이 얼마나 쑥스러운 짓인가. 민주주의 문학론의 능동적 자세는 그 안에 내포된 많은 문제점을 일시적으로 잊게 만들고, 그 이론을 비판하는 사람들의 날카로운 어조를 둔화시킨다. 사실, 민주주의 민족문학론은 이제 겨우 그 이론의 윤곽을 드러낸 문학 논리이다. 그 선두주자라고 할 조정환의 개인적 감정이 섞인 고백(「민주주의 민족문학의 현 단계와 문학적 현실주의」,『창작과비평』, 1988, 가을호, 187쪽)을 보면 그 진로가 매우 험난하다는 것을 뚜렷하게 알 수 있다. 그가 구상하는 문학론의 지도 한 귀퉁이에는 이런 말이 씌어있다. "당면과제로서 민주주의 민족문학의 건설, 그 가운데에서 당파적 현실주의의 지도적 확립, 자유주의적 전선왜곡을 차단하고 경험주의와 절충주의를 극복한다. 이를 위해서는 ……" 이렇게 맨 마지막 문장이 생략부호로 끝나고 있다. 윗 글의 필자는 그 지도를 등정지도라고 밝히는데, 오솔길 같은 것은 표시도 안 된 지도를 갖고 올라가는 것도 중요하지만, 갑자기 부딪치는 험한 바위와 낭떠러지의 위치가 지도에 표시되었는지 다시 살펴볼 필요가 있다. 주체적 실천을 완성하려면 주체의 실종이나 매장이 없어야 하기 때문이다. "당파적 현실주의의 지도적 확립", "자유주의적 전선왜곡의 차단" 따위의 낯선 용어들이 현실적 의미를 획득하는 정치적·사회적 대 격변을 초래할 정치·경제·사회적 전략을 수립해야 한다는 점에서, 민주주의 민족문학론은 문학론의 테두리를 벌써 저만큼 비껴나고 있다.

4. 문학론의 확산과 수축

민중문학론과 그에 잇닿은 민족문학론이 우리에게 준 교시중의 중요한 것은 역사의 주체와 문학의 주체가 누구이어야 하는가라는 점이다. 소수 엘리트의 전유물로서 역사와 문학이 아닌 대다수 민중의 공유물로서 역사가 진행되어야 하고, 문학작품이 생산·분배·소비되어야 한다는 사실을 민중문학론을 부정하는 사람에게까지 전파시켰다는 점을 기억해야 한다. 그러나 과학의 이름 아래 문학작품의 부분적 자율성까지 희생해 가면서 통일전선적 문학에 도달한다면 그 결과가 무엇일지 예측해야 한다.

'점진적 개량주의', '제국주의적 속물주의', '분열적 종파주의', '비변증법적 수정주의' 등등 충분히 고려할 대상이 되는 논리를 이와 같이 미리 경멸하기로 규정된 호칭을 앞세워서 비타협적 진로를 개척한 결과 사방에 적만 만들고 스스로 고립당하는 일이 벌어지지 않는다는 보장은 없다. 신진비평가들의 이론을 학생운동을 보는 통치 이데올로기에 순치된 일반인의 시각으로 보는 문학인들이 상당히 많다는 사실을 상기해야 한다. 그런 사람들은 전망적 시각의 부재 때문에 스스로 그에 대립되는 문학론을 작성할 능력이 없어서 정서적 혐오감을 그만큼 더 짙게 토로하나. 그들이 위에 인용한 글들에 쓰이는 인문사회과학 용어를 이해하려면 따로 그에 대한 공부를 해야 하는데, 그럴 시간에 자기 탐닉적 여가에 몰두하기를 바라기 때문에 학습에 대한 기대는 무망하다. 그럴수록 이론적·감각적 간극은 커져서 분단된 땅에 살면서 의식마저 분단 당하는 처지에 놓이게 된다. 분단 결합의 촉진제로서 문화재편성과 문화전파가 필요한 까닭이 여기에 있는데, 그 역할을 근본적으로 수행할 수 있는 가능성은 문학에 관한 한 문학 비평보다 문학작품 쪽에서 찾아야 한다. 문학의 대중적 기초가 창작 쪽에 놓여 있음은 자명한 이치이다. 진보의 확신 아래 논리의 혁신을 꾀하는 것도 좋지만 그를 밑받침하는 작품 없이는 논리를 위한 논리에 그치고 만다. 그런 뜻에서 "지나치게 높은 차원의 이론이 사회적 실천의 주체에 기초되어 있지 않는 한 관념적으로 이론상의 분열만 가속시킬 뿐"이라는 견해에 귀 기울여야 한다. 이 당연한 진리를 알고 있는 상태에서 마치 모르는 사람처럼 수준 높은 이론을 창출하려는 시도가 되풀이 된다는 것 자체가 모순이다. 상식은 때로 의도적으로 망각할 수도 있으나 대체로 지켜야 할 생활 규범이고 이 규범은 글쓰기라고 해서 예외적으로 적용되지 않는다.

스스로의 종속과 외부의 촉발에 의해 기형적으로 팽창한 한국 사회에 살면서 문학을 통해서 주체적 독립을 회복하는 일은 무엇보다도 중요하다. 앞으로 극복해야 할 문제들이 산적해 있지만 변화를 갈구하는 의지를 방해하는 세력을 우리의 힘으로 제거할 수 있다는 낙관주의적 발상이 문학 작품의 비평을 통하여 확인·전파되어서 민족적 합의사상으로 정립되어야 한다. 이것에 기여하는 문학논리를 우리는 바라는 것이다. 그것이 가능하기 위해서는 충격과 계몽의 방법이 공존해야 한다. 논리적 갱신은 신상품의 개발과 같은 물화된 차원을 넘어 선 곳에서 출발한다.

5. 민중문학론에 대한 몇 가지 의문

1. 민중 – 은유적 개념

70년대부터 거론되기 시작한 민중문학론은 80년대에 들어서서 활기를 띠기 시작하여, 이제 어느 정도 궤도에 오른 듯하다. 그러나 논의의 가장 기초적인 개념인 '민중'이란 낱말조차 제대로 정의되지 않은 상태에서 민중문학론이 논의되는 것은 앞뒤가 뒤바뀐 감이 없지 않다. 민중이 과연 누구인지, 민중의 역할 기능은 무엇인지, 국민이나 피지배민 등의 용어 대신 민중을 굳이 사용해야 할 까닭이 무엇인지, 이런 문제들에 대해서 여태까지 많은 사람들이 각기 다른 방향에서 각각 틀린 답변을 했지만 아직도 그 뜻이 분명해진 것 같지 않다.

이렇게 뜻이 분명하지 못하고 사용하는 사람의 의도에 따라서 뜻이 달라지고, 한 낱말이 뜻하는 바가 다의적多義的이라면 그 낱말은 은유의 개념을 내포하고 있음에 틀림없다. 민중이란 말이 사용되고 있는 용례를 살펴보면, 70년대에서부터 더욱 가중되기 시작한 정치적 압력에 대항해서 새로운 정치 질서와 새로운 사회체제를 열망하는 끈질긴 도전 의욕이 있는 곳에 반드시 민중이란 말이 나타나고 있음을 알 수 있다. 그렇다면 민중이란 말은 도전 의욕을 암시하고 있는 은유적 단어일 것이다.

바로 이런 이유 때문에 민중이란 말을 사용하고, 민중문학론을 논의하는 사람들 스스로, 민중이란 말을 사용하면 수상쩍은 사람으로 보는 그릇된 풍조가 있다고 비판하게 된 것이다. 그렇게 비판하는 사람들은 이 글을 쓰고 있는 내가 민중이란 말은 은유적 개념이라고 밝히고 있는 것조차 못마땅하게 생각할지 모른다. 민중이란 말에 부여하고 있는 강력한 실천성의 측면에서 보면 민중이 은유적 단어라는 말은 민중이란 말이 내포하고 있는 실천력을 거부하고 그 말의 의미를 전락시켜 허공에 들뜬 말로 만들려는 암계暗計가 끼어든 것이 아닌가 하는 의문을 가질 것이다.

일단 이런 의문을 갖기 시작하면, 민중이란 말의 의미를 중심으로 문화적·사회적·정치적 신념을 구축한 사람들은 민중이란 말 자체를 의심스럽게 보는 사람에 대립해서 동지적 결속력을 더욱 공고히 하고, 부정한 무리들을 백안시白眼視하는 행동을 보일지도 모른다. 그리고 그런 행동을 전후해서 민중이란 말에 더욱 깊은 뜻을 부여하고, 그 말의 뜻을 더욱 확산시키려고 노력할 것이다.

내가 민중은 은유적 개념이라고 말한 의도는 이 말 자체를 부정하기 위한 것도 아니고 민중문학론의 근거를 무시하자는 것도 아니다. 민중이란 은유를 문학작품으로 나타낸다면 별문제가 없겠으나, 단순한 신념의 표백이 아닌 논리가 우선 되어야 할 비평이나 논문에서 민중이란 말을 쓰려면 그 개념 정의를 명확히 한 다음에 민중의 논리를 전개해야 한다는 말이다.

대부분의 '민중' 또는 '민중문학론'의 논자들 역시 이 점을 깨닫고 있는 듯하다. 그래서 논의의 초점을 '민중' 혹은 '민중문학'이란 말의 개념 정의에 모으고 있는데, 그런 노력에도 불구하고 의미의 혼란은 여전하다. 따라서 논의된 것이 많은 것도 같고 그 수준도 상당히 높은 것도 같지만 다 의미가 다르고, 해석이 다른 말이 '민중'이고 '민중문학'이라면, 논리를 전개하려고 할 것이 아니라 신념이나 직관을 전달하려고 하는 것이 나을 것이다.

그런 의미에서 최근 발간된 『민중문학론』(문학과지성사)의 편자에 의해서 글이 "상당히 느슨해서 논지가 분명치 못"하다는 비판을 받은 백낙청의 「민중은 누구인가」의 민중에 대한 불분명한 정의가 오히려 합당한 견해가 아닌가 한다. 그 글에 의하면 "'민중'이나 '민서'나 '서민', '백성', '인민', '국민', '대중'들이 본디 비슷비슷한 말들이고 낱말 자체에 너무 신경을 쓸 것은 없을 듯하다"라고 밝히고 있다.

이 견해를 받아들인다면 민중이란 말이 감당할 수 없는 의미조차 과중하게 부과하려는 일련의 시도들은 큰 의의를 갖지 못한다. 물론 민중문학론을 지속적으로 전개하는 처지에서 보면 이 견해를 무비판적으로 받아들일 수 없을 것이다. 백낙청의 「민중이란 누구인가」라는 글은 1979년에 발표된 것이고, 그 동안의 상황도 급변하였으며, 민중문학론도 그러한 상황에 대응해서 '발전적으로' 전개되었기 때문이다.

그러나 논의의 전개 과정을 살펴보면 백낙청의 "낱말 자체를 신경 쓸 것이 없다"라는 견해가 타당하다는 것을 알 수 있다. 대부분의 논의들이 낱말에 집착해서 낱말의 쓰임새와 낱말의 현실적 실체를 자의적恣意的으로 해석하고 있기 때문이다. 문제는 낱말의 뜻에 있지 않고 그 낱말이 나오게 된 동인과 그 낱말을 사용하지 않으면 안 될 상황에 대한 정확한 측정과 평가, 그리고 그에 대한 대책에 있다.

이 점 역시 민중문학론의 논자들에 의해서 여러 번 지적된 것이다. 그런데, 일단 지적되었으면 지적된 문제를 중심으로 논의가 진행되어야 하는데, 논의 과정에서 지적된 문제를 망각하거나 그것을 초월한 문제를 다루고 있다. 그것은 대부분의 민중문학론자들이 민중문학론은 '발전'되지 않으면 안 된다는 생각을 가지고 민중이란 낱말의 뜻을 선명하게하고 이를 현실에 적용해야만 논의의 발전이 이룩된다는 신념에 사로잡혀 있기 때문이다.

민중이란 말이 은유의 개념이고 상징적 표상이라면, 은유나 상징에 무슨 발전이 있겠는가? 개념의 변화와 다채로운 형상의 변화가 있을 따름이다. 혁명을 의식하는 사회개혁론자의 처지에서 보면 개념의 발전이 반드시 이루어져야 하고 개념의 발전에 따르는 상황의 발전적 변화가 꼭 있어야 하는데, 현실은 그렇지 못하다. 개념은 '발전'되는데 상황은 악화되고 있다고 여겨지기에, 개념만 비대해지고 논의를 넘어선 신념만 굳어져 가는 것이다. 사실이 그러하다면 민중문학론에서 '민중'이라는 낱말이 사용되지 않을 날을 기다릴 수밖에 없다. 현실적 제약에서 벗어나기 위해 '민중'을 쓰게 되었다면 현실적 제약에서 벗어나게 된다면 그 말은 필요 없을 것이다.

이 점 또한 민중 혹은 민중문학론의 논자들에게 지각되고 있다. 즉 민중이란 말은 전략적·실천적 개념이지 분석적·학술적 개념이 아니다. 그렇다면 민중문학론은 분명히 '발전된' 논의가 아닐 것이다.

지금까지 전개된 문학 논쟁들을 살펴보면 60년의 참여·순수 논쟁의 공허한 양상에서 벗어나서 리얼리즘론, 민족문학론, 제3세계문학론으로 전개되는 동안 논의의 폭과 그 질이 크게 높아진 것은 사실이다. 이것을 소위 '발전'이라고 보는 것인데, 여태까지의 논의 역시 전술적·실천적 개념을 중심으로 이야기된 것은 사실이나 그들 논의들은 분석적·학술적 개념 또한 중시했던 것도 사실이다. 그런데 민중의 개념을 전략적·실천적인 것으로 국한시킨다면 그것은 '발전'이 아니라 '퇴행'일 것이다. 이 현상을 거꾸로 보아서 실천력의 '발전'이라고 보는 것이 지배적 의견인데 실천력은 '발전'되었을지 몰라도 실천력을 뒷받침하고, 때로는 실천력을 이끌어 갈 이론적 근거는 약해지고 있다.

물질적 발전이 자유의 신장에 크게 도움이 되지 않는다는 사실을 명백하게 인식하고 있는 사람들이, 발전의 개념에 매달려서 또 다른 형태의 발전의 잘못을 범하고 있는 것은 아닌지, 개념의 정립을 위해서 치열하게 머리를 짜내고, 개념의 실천을 위해서 몸부림친 노력 또한 사회발전론자들의 평면적 발전 논리와 외형상 비슷한 논리 체제를 바탕으로 한 행위가 아닌지, 이 부근에서 심각하게 다시 생각해 볼 필요가 있다.

거듭 말하지만 나는 민중문학론 자체를 부정하자는 것이 아니다. 모호한 개념을 명징하게 하기 위한 토론의 진행 상황과 그 과정에서 제기된 갖가지 문제점을 매주 중요하게 여기는 견지에서 민중문학론의 기반을 보다 확실하게 알자는 것이다. 민중문학론을 전개하고 있는 측면에서 보면, 나의 이러한 견해가 부정적이나마 도움이 될지도 모른다는 생각이다.

사실상 '민중문학론'은 논쟁이라고 이름 붙일 수 없는 비논쟁적 성격을 가지고 있다. 서로의 머릿속과 마음속을 잘 아는 논자들이 얼마나 다른 의견들을 시간의 흐름과 생각의 변화, 상황의 변천과 대응 양상의 차이에 따라서 개진해 온, 나쁜 의미로 말한다면 변말jargon만 통용되는 그런 논쟁이었다. 물론 이것은 나쁜 의미로 꼬집어서 들추어낸 말일 따름이고, 그런 변말이 오늘에 이르러서는 강력한 통용력을 가진 표준어까지는 안 되어도 표준어로 쓰일 수 있는 방언의 수준에 이르렀다는 것을 인정하지 않을 수 없다. 그러나 아직도 많은 '민중'들은 '표준어로 쓰일 수 있는 방언'의 의미를 모르고 있고, 역시 '민중'의 일부인 지식인들과 소위 '대자적對自的 민중'들이 그 의미를 애매하게나마 알아차리고 있다.

이 시점에서 민중문학론에 대해서 몇 가지 의문을 제기하는 것은 민중문학론에 대해서 근본적으로 잘 모르고 있는 사람들을 위해서도 바람직스러운 일이고, 민중문학론의 논쟁적 성격을 확고히 하는 데에도 도움이 될 일이다. 물론 이 따위 이야기는 당장 집어치워야 한다는 과격한 견해를 가진 사람도 있겠지만 자신의 과격한 견해를 끝까지 경청한, 그러나 다 듣고 나서도 이해하지 못하거나 그 견해에 동감할 수 없는 사람들의 경우를 생각해서, 몇 가지 의문의 제기를 너그럽게 용인할 필요가 있다고 본다.

2. 대중화 현상에 대한 이해

오늘의 한국 사회가 대중화 현상을 보이고 있고, 한국인 모두가 그 질의 차이가 어떻든 거의 모두가 대중의 일원이라는 것은 기정사실이 되어 버렸다. 이런 현상에 대해서 민중문학론의 어떤 견해는 매우 융통성 있게 이해하여 민중 역시 대중과 다름 아님을 강조하기도 하지만, 지배적인 의견은 대중이라는 말 자체에 거부반응을 일으켜 대중화 현상에 대립 하에 다른 형태의 문화운동이 일어나야 한다는 데 뜻을 모으고 있다. 그 극단적인 견해에 따르면 대중화 현상으로 인한 대중문화는 경멸적 의미의 '통속문화'이고 '상업적 매판 문화'로서 문화적 풍토에서 영구히 추방되어야 할 것이라고 한다.

이런 말을 하는 사람의 속은 매우 시원하겠지만 사태는 그렇게 속 시원히 해결되지 않고 있다. 아무리 '상업적 매판 문화'라고 매도하고 '통속문화 추방론'을 목청껏 부르짖어도 그런 문화는 사라지기는커녕 그런 목소리를 압도하는 대중의 거센 파도 소리가 현실의 대안을 덮쳐오고 있다. 일단 이런 문화에 젖은 사람들은 의식화 작업이 무엇인지, 의식화가 나의 삶에 있어서 어떤 보탬을 줄 것인지, 전혀 알려고 들지 않는다. 이들을 이렇게 만든 대중화 현상에 대해서 대중문화 추방론자들은 너무 안이하게 생각하고 있는 것은 아닌지, 이런 물음을 던져보고 싶다.

'민중'의 일원으로서 참다운 '민중적 삶'을 살아가야 할 많은 노동자와 농민들이 대중화 현상의 일환인 엄청난 물상화reification의 자의적恣意的 희생자가 되고 있다는 사실을 치밀하게 분석하여야 한다. 이들은 기회만 주어지면 스스로 기꺼이 물상화의 희생자가 되어 민중문학론들이 말하는

'민중적 삶'에서 벗어나 대중화 시대의 '썩어빠진' 대중, 유복한 삶을 즐기는 여유 있는 중산층에 편입되기를 원하고 있다.

이들은 흔히 생각하는 것보다 훨씬 많아서 대다수의 '민중'들이 이 부류에 속한다. 이들은 술에 취하면 되어먹지 못한 세상을 탓하고 상사를 욕하고 아내를 때리기도 하지만, 근본적인 개혁의지는 없는 사람들이다. 시간적 여유가 있으면 TV를 몇 시간이고 시청하면서 '동해물과 백두산'이 연주될 때까지 지켜보고, 친구들과 어울리면 고스톱 놀음을 한다. 이들의 허황된 꿈, 즉 기회를 잡으면 더 많은 돈을 벌 수 있다는 소박하다고 하면 소박하고 약아빠졌다고 하면 약아빠진 꿈을 만족시켜주고 있는 삶을 즐길 뿐이다.

이런 고치기 어려운 사람들을 무시해 버리고 그들이 신봉하고 있는 문화 형태를 추방시켜야 한다고 목소리를 드높인다고 해서 문제가 해결되는 것은 아니다. 여기에서 민중문학론의 일부에서 거론된 하위문화 재편성 작업의 중요성이 대두되는데, 지금까지의 민중문학론에서는 하위문화 재편성의 중요성만 강조되었지 그 구체적 실천 방안은 제시하기 못하고 있다.

민중문학이 깨어있는 민중에게는 올바르게 받아들여질 수 있고 그렇지 못한 민중 즉, 즉자적卽自的 민중에게는 용납될 수 없는 문학이라면, 민중문학은 민중이라는 은유적 개념의 원관념이 엘리트인, 바꿔 말해서 깨어있는 민중이라는, 다른 형태의 엘리트가 기틀을 이루고 있는 엘리트 문학일 것이다. 직접적인 반응을 보지 못해서 잘 모르긴 해도 '깨어있지 못한 민중'들은 민중문학의 대표적인 작품들을 모르고 있거나, 알아도 크게 흥미를 갖지 못하거나, 관심을 가지려고 하지 않을 것이다. 그들의 대부분은 일하고 있는 자기들 자신의 모습을 그린 민중미술의 판화 달력을 걸기보다는 예쁜 여배우가 웃고 있는 화장품회사의 달력을 사람들의 눈에 잘 뜨일 수 있는 장소에 걸려고 할 것이다.

한 연구에 의하면 서독의 하급 노동자들에게 자신을 프롤레타리아라고 생각하는가 라는 설문을 내자, 대다수가 자신은 프롤레타리아가 아니라 중산층이라고 답변했다. 이것은 프롤레타리아라는 말의 경멸적인 내포적 의미와 그 용어가 공산주의 진영에서 주로 쓰이는 이유 때문이기도 하지만, 노동자들이 자신의 위치를 애써 높이 평가하고 싶은 중산층 편입의 기본적 욕구를 지니고 있기 때문이다.

그런 의미에서 즉자적 민중은 자신이 비록 깨어있지는 못하나 민중의 일원이라는 사실을 인정하지 않으려 할 것이다. 더군다나 자신이 깨어 있지 못한 민중으로 분류된다는 사실을 깨닫게 된다면 민중이라는 말 자체를 혐오하게 될 것이다. 그렇게 분류한 사람들이 깨어 있는 민중이라는 엘리트라는 사실까지 알게 된다면 그들과 내가 다르다는 차별적 인식을 하게 되고, 깨어 있는 민중이 자신들과 똑같은 민중이라는 주장을 아무리 되뇌어도 그 말을 믿으려 들지 않을 것이다.

이런 민중은 작가들의 적이며, 또한 깨어 있는 민중의 적이다. 이렇게 되면 민중은 양쪽으로 분열이 되고, 다시는 화합할 수 없는 원수로서 서로를 적대시하게 된다. 그렇다면 작가는 대다수의 민중, 물상화의 자의적 희생자들과 싸워야 되는가? 물론 싸워야 한다.

민중문학론은 한편으로는 이런 싸움을 제기하면서 한편으로는 싸움을 뜯어 말리고 억지로 화해를 시키려는 상반된 논리를 가지고 있다. '싸우면서 건설하자'라는 70년대를 풍미한 비논리적 구호가 연상되는 대목이다.

이 대목을 보다 분명하게 파악하기 위해서 다음과 같은 말을 음미해 보도록 하자.

혁명적 예술이란 '민중의 언어'로 말하는 것이라고 사람들은 생각한다. 브레히트는 30년대에 다음과 같이 쓰고 있다. "증가하고 있는 만행에 대항할 만한 유일한 동맹자가 있으니 그것은 만행에 의해서 고통을 겪고 있는 민중이다. 오지 그들로부터 우리는 무엇인가 기대할 수 있다. 그러므로 작가는 의무적으로 민중에로 향해야 한다." 따라서 민중의 언어로 말할 것이 과거보다 더욱 더 절실해졌다. 사르트르도 이 견해에 동조한다. 지성인은 "가능한 한 빨리 그를 기다리는 민중 속의 자리로 되돌아가야 한다."

그러나 누가 '민중'인가? 브레히트는 대단히 엄격한 정의를 내린다. "민중이란 발전에 충분히 참여할뿐더러 실제로 발전을 주재, 추진, 결정하는 사람들이다. 우리는 역사를 형성하고 세계와 자기 자신을 변화시키는 사람들을 상상하는 것이다. 우리는 우리의 안전眼前에서 투쟁하고 있는 사람을 본다……" 그러나 후기 자본주의 제국에 있어서 이러한 일부의 사람들로 '민중'도 아니요 종속적 주민인 대중도 아니다. 그보다는 브레히트가 정의 내린 **'민중'은 이 대중에 대립하는 소수의 사람들 즉 호전적 소수일 것이다.** 예술이 이 소수뿐만 아니라 대중도 떠맡을 것이 기대된다면 작가가 어째서 이 민중의 언어로 이야기해야 하는지 분명치 않다. 그것은 아직 해방의 언어가 아닐 것이다.

─마르쿠제,『미적 차원』, 박종렬 옮김, 풀빛, 43~44쪽.

(고딕 부분 인용자)

이 글을 인용한 목적은 민중문학론의 방향이 브레히트와 같은 신좌파의 이론적 방향과 유사하다는 것을 지적하기 위한 것이 아니다. 민중문학론에서 강조하는 '민중의 언어'라는 용어가 지니는 실천력이 실제 작품을 창작하는 시인들이나 작가에게 있어서 큰 설득력을 가지지 못한다는 점을 상기시키고, 민중문학론에서 말하는 '민중'이 '호전적 소수'라는 점과 그 호전적 소수는 지식 엘리트를 중심으로 한 특정한 '깨어있는 민중'이라는 점을 확인하기 위해서이다.

‘호전적 소수’에 속하는 ‘민중문학’의 작가가 ‘방관자적 다수’인 대중의 언어를 사용할 수 없음은 분명하다. 그런데 그런 작가로 하여금 깨어 있지 않은 민중이 사용하고 있는 언어까지 포함한 ‘민중의 언어’를 말하여야 한다고 강조하는 것은 작가를 난처한 처지로 밀어버리는 이야기이다.

민중문학론에서 국민이나 대중이라는 말을 쓰지 않고 굳이 민중이라는 낱말을 쓰는 것은 억압받고 있는 대중 속에는 중산층이나 지식인이 대다수 포함되고 있다는 사실을 인식하고, 그 중산층이나 지식인을 단순한 대중이 아닌 다른 명칭으로 부름으로써 그들에게 어떤 위광威光을 부여하기 위한 것으로 여겨진다. 즉 ‘민중’은 목적지향적 은유를 내포하고 있는 개념인데 비해 ‘대중’은 사회학적 분석의 개념으로 위광威光의 요소가 내포되지 않은 건조한 개념으로 생각하는 것이다.

바로 여기에서 민중문학론의 지식인 편향성을 발견할 수 있다. 그렇기 때문에 민중문학론은 깨어있는 민중이라는 또 다른 형태의 엘리트의 문학론이라는 해석을 내릴 수 있다. 민중문학론이 왜 대중화 현상을 무시하거나 그에 대해 단순한 비판만 할 따름이지 적극적 대처 방안을 세우려고 하지 않는가를 깨달을 수 있다.

최근에 전개되고 있는 민중문학론의 어떤 글들은 이 점을 자각하여 깨어 있느냐 그렇지 않느냐 하는 문제를 일단 접어두고 민중이 주체가 되는 문학이야 말로 민중문학이라고 하고 있다. 이런 이야기 역시 난제를 안고 있는데 그것은 민중이 주체가 된다고 해서 진정한 민중문학이 될 수 있느냐 하는 문제와 그렇게 되면 작가가 설 자리는 어디인가라는 문제이다. 작가가 민중 속으로 뛰어 드는 것도 아니고 작가가 곧 민중이 된다면 민중이 안고 있는 모순을 똑같이 갖게 되고, 민중의 문제점 또한 같이 나누게 되어 민중이 나아가야 할 방향을 일반 민중처럼 똑같이 모르게 되는 것이다.

그런 의미에서 ‘혁명적 예술은 민중의 적’이라는 말을 다시 음미해 보아야 한다.

의식의 철저화를 꾀함은 곧 작가와 '민중' 사이의 물질적, 이데올로기적 균열을 애매하게 만들고 위장시키는 것이라기보다 그것을 명시적으로 만드는 것을 의미한다. 따라서 **혁명적 예술은 '민중의 적'**인 셈이다.

—위의 책, 44~45쪽, 고딕부분 인용자.

민중의 다급하게 헐떡이는 숨소리를 그대로 표현해야 민중문학이라는 논리는 문학이 예술임을 거부하고 문학을 신음소리나 구호 제창으로 변질시키려는 것이나 다름없다. 이런 사실을 잘 알고 있음에도 불구하고 민중문학론의 일부 글에서 그런 주장이 나오게 된 것은 민중문학론의 이론적 기초가 다 닦여지기도 전에 그 문학론이 '발전적으로 완성'되어야 한다는 성급한 마음부터 앞섰기 때문이며, 예술 운운하는 이야기를 민중의 적들이나 하는 잡스러운 수작으로 치부하고 사회개혁의 실천적 측면만 될 수 있는 한 빨리 실현시키려는 급진적인 행동 원리에 사로잡히게 되었기 때문이다. 민중이라는 말을 단 한마디도 쓰지 않고도 '민중'의 의미를 실천하고 있는 예술 작품이 전혀 불가능한 것은 아니다.

3. 정론적政論的 비평의 한계

이문열은 그의 「영웅시대」에서 영웅주의를 청산하지 못한 한 공산주의자의 자기 성찰을 통해 민중과 지식인의 관계에 대해서 이야기하고 있다.

자기가 속한 계급의 몰락을 예감한 비非민중계급출신의 지식인이 다음 시대에 주인이 되리라고 보여지는 민중에 대하여 흔히 취하게 되는 태도는 아첨이다. 그 중에서도 민중의 어리석음과 투쟁하지

않고 그들을 허구의 덕성德性 — 예컨대 정의로움, 선량함, 또는 혁
명적 기질 따위 — 만을 추켜세우는 것은 가장 악질적인 아첨이다.
그것은 민중의 자기 발전을 저해할 뿐만 아니라, 때로는 민중을 또
다시 한 도구로 이용하려는 간악한 기도조차 엿보이기 때문이다. 그
런데 너는 — 그런 짓을 해 왔다.

　‘민중 속으로!’라고 외치는 것은 그가 민중 속에 있지 않다는 뜻이
다. ‘나는 민중의 하나가 되었다’라고 주장하는 것은 그가 아직 민중
이 아닌 그 무엇이라는 뜻이다. 종종 그 같은 외침이나 주장은 일종
의 자격획득을 겨냥한 소小 영웅주의자의 췌사贅辭이다. ‘민중 속
에’ ‘민중으로’ 있어야만 민중의 지도자가 될 수 있으므로, 그런데
— 너는 그렇게 외치고 주장해 왔다.

　내가 이 글을 인용한 목적은 민중주의가 곧 아첨의 한 형태라는 것을 소
설의 한 대목을 빌어 은유화 하려는 것이 아니다. 지금까지의 민중문학론
및 민중에 대한 논의를 살펴보면 이 글에서 제기된 문제를 나름대로 충분
히 검토했다는 것을 알 수 있다. 민중의 긍정적인 면과 부정적인 면의 고
찰, 민중과 함께 있음의 어려움 등 여러 가지 문제들이 논의되고 있음을 알
수 있다. 그러나 이 소설의 주인공이 하고 있듯 민중주의(주의라는 말이 어
색하기는 하지만)에 대한 자기 성찰 내지 자신의 존재 근거에 대한 근본적
인 회의는 그다지 치열하지 못한 것 같다. 특히 ‘민중’이라는 말에 대해서
시비를 걸고 있는 사람들을 업신여기고, 그들의 의견을 묵살하고 그들의
작품 세계를 낮추어 보아 왔다. 논의 과정에서 누누이 강조되어 왔듯이 교
조주의적 비평 태도를 회피하려는 것이 민중문학론인데 민중이란 낱말이
교조주의적으로 사용되고 있음을 미처 뒤돌아보지 못하고, 시비 자체를
혐오하거나 기피하고 있다는 느낌이 없지 않다.

　민중문학론은 상당히 유연한 민중 이해의 양상에서 출발했기에 다시 말

해서 매우 포괄적인 유추 개념에서 시작되었기 때문에, 미술·무용 등의 다른 예술의 방향과 사회과학적, 역사학적, 종교적인 방향으로 확산되어 민중 예술, 민중 사학, 민중 신학으로 퍼져 각각 상당한 설득력을 확보할 수 있었다. 그런데 최근에 들어와서는 상황이 단단하게 막히게 되었음인 지 그 이론 또한 단단하게 막힌 방향으로 흘러가고 있다.

민중문학론은 위에 보기를 든 다른 민중에 대한 논의보다 더 꽉 막힌 방향으로 나아가고 있는데, 전단 문학이란 문학 장르가 가능하다든가, 전문적 문학인의 문학 작품을 팽개쳐 버려야 된다든가 하는 견해는 그 의견의 전위성이나 파괴성만큼 섣부르고 위험한 견해이다. 민족 통일을 실천적으로 촉진시키고 민중의 인간다운 삶을 회복시키려는 기도에서 민족문학론이 나오고 그것이 민중문학론으로 변화된 것이라면, 이런 전위적·파괴적 견해가 점점 큰 목소리로 이야기되고 있다는 것은, 그리고 호전적 '민중'들이 그것을 올바르다고 생각하는 것은, 민중문학론이 막다른 골목으로 접어들었거나 아니면 사태가 돌아설 수 없는 골짜기에 빠졌다는 것을 뜻한다. 민중문학론이 전단문학의 경우처럼 구호의 차원에서 머물고, 비전문인의 문학처럼 아마추어의 수준에 머문다면, 그것은 이미 문학론이 아니라 표어라는 실용문에 대한 검토나 문학에 대한 소인素人들의 단상에 불과할 것이다. 물론 전단 문학을 화제로 삼고 전문인들의 문학을 뒤엎으려는 논의들의 진정한 의도는 이처럼 단순한 것이 아니라 하더라도 그 속에 비난을 받을 만한 소지는 충분히 있는 것이다. 한마디로 좀 더 유연한 발상, 너그러운 포용력을 가진 발상이 아쉽다. 참다운 민중적 삶을 누리기 위해서는 참답지 못한 삶을 누리고 있는 극복의 대상이 되는 사람들의 삶까지 일단 잘 이해하려고 하는 여유가 필요하다. 내 코가 석자나 빠졌는데 여유가 다 무엇이냐, 라는 반론이 가능하겠지만 민중적 삶의 확립이 시급하다 하더라도 남들의 삶을, '코가 아닌 눈으로' 확인해야 제 삶이 남들의 삶과 어떻게 다른지를 보고 느낄 수 있지 않은가?

대낮에도 아파트 현관문을 이중 삼중으로 잠그고, 한낮에 대로에서 치기배들에게 약탈을 당해도 나 몰라라 하는 세상에 심정의 여유를 쉽게 가질 수 없을 것이다. 그러나 민중적인 삶을 바탕으로 한 문학론을 펼쳐 나가려면 자신들의 신념에 어긋나는 것조차 포용할 수 있는 아량이 필요한 것은 아닐까? 이런 아량이 없다면, 민중의 적이라고 규정하면 그 적에게 돌팔매를 던지고 뭇매를 때리는 행동으로 민중논의가 변질될 가능성은 없는지, 이것을 조심스럽게 묻고 싶다.

이점을 의식해서 『민중문학론』의 편자는 아지 · 프로agitation/propaganda와 문학성의 바람직한 상호 관계가 확립되어야 한다고 밝히고 있는데, 더군다나 변증법적 교호 관계가 이루어져야 한다고 힘주어 말하고 있는데, 바로 이런 점이 정론적政論的 비평의 한계이다.

정치적 편향성의 이론으로 정치적 · 논변적 특질을 힘주어 이야기 하다가도 그것이 어떤 벽에 부딪치면 문학성의 필요성을 조금씩 인정하는 경향을 30년대의 정론적 비평에서 너무나 익히 보아 왔지 않은가? 말이 그럴 듯해서 변증법적 교호관계이지 정론성과 문학성이 '변증법적'으로 지양되면 정론 쪽이 더욱 강조되는 문학이 나오지 정론과 문학이 서로 뒤섞인 그런 문학이 나올 수 있겠는가? 만약 아지 · 프로와 문학이 긴밀한 유대관계를 맺어 상호 보완적 작품이 나온다면 그 작품은 이미 아지 · 프로라는 경향성이 노출된 문학을 목표로 삼으면서도 그것을 문학성으로 슬그머니 가리려는 의도가 확연하게 드러나는 것이다.

민중문학론의 애초의 목표는 분명 '아지 · 프로의 문학'이나 '운동 개념으로서의 문학'은 아닐 것이다. '민중'과 '민중문학'의 개념 파악에 골몰하다 보니까, 개념에 몰두하는 것의 비생산성을 깨닫게 되었고, 그 비생산성을 보충하기 위한 생산적 이론의 돌파구를 찾다보니까 '운동 개념으로서 문학'이 나오게 되었고, '운동'을 강조하다 보니까 '문학'이 어디론가 사라져 버린 것 같이 여겨져 '아지 · 프로와 문학성의 조화'로 그 숨통을 열어

보자는 것인데, 다음 단계가 무엇일지 자못 궁금하다.

나의 개인적인 생각으로는 '예술의 민주화와 인간회복의 길'로 다시 들어가 발전이라는 개념에 사로잡힘 없이 문학의 민주화와 대중사회의 문제점들을 다시 한 번 검토하는 것이 바람직할 것 같다. 이 부근이 지금까지 한국의 비평이 감히 건드리지 못한 드높은 가치를 머금고 있는 최대의 명제를 내포하고 있는 부분이라고 생각되기 때문이다. 이 방향의 비평은 원리 원칙만을 따지는 고루한 강단 비평이나 모래 위의 집 같은 미학적 순수성만을 강조하는 순수문학비평이 뛰어 넘을 수 없는 지고한 명제를 가지고 있다. 민족적 현실과 결부되지 않은 문학적 논의는 현실적 기반을 가질 수 없다는 것을 이 방향의 비평은 분명하게 그리고 매우 호소력 있게 가르쳐 주었다.

물론 문학의 민주화의 길은 험난하기 짝이 없다. 그것은 지식인들의 환상일지도 모른다. 그럼에도 불구하고 민주화가 이루어져야 한다는 것은 계속 강조되어야 한다. 문학의 민주화의 길을 통해서만 대중화 현상의 온갖 장애를 극복할 수 있다. 그 길을 최근의 민중문학론에서는 엉뚱하게도 문학의 질적으로 저하된 민주화로 착각하고 있는데, 민중문학론이 그런 방향으로 변질된다면 '민중문학론'이라는 말에서 '문학론'을 떼어 버리고 '민중선전론', '민중을 주제로 한 격문쓰기 운동'으로 바꿔 불려야 한다. 그렇게 바꿔 부르는 것이 민중이란 개념도 그 파악이 어려운데, 문학이라는 말썽 많은 개념까지 첨가해서 괜히 시끄럽게 만들지 않는 묘책이 아닌가 한다.

4. 반성적 고찰

민중문학론에 전념하는 전문적 문학인이라고도 할 수 없고, 투쟁의 대열에 앞장 서지도 않은 내가 민중문학론의 치열한 전개 과정에 대해서 '수상적은' 말을 몇 마디 한 데 대해서 대단히 불쾌하게 생각하는 사람도 있을 것이다. 투쟁 그 자체를 신성시하는 사람들에 대해서 몇 가지 의문 어쩌구 하는 따위가 예의가 아닐 줄 안다.

하지만 민중문학론의 전개 과정에서 볼 수 있듯이 급격한 방향으로 급선회하려면 충분한 시간에 걸쳐 차근차근 단계를 거쳐야 하는 터인데, 최근의 민중문학론은 자제력을 상실하고 투쟁정신만 강해져서 자신들이 가장 경계하는 논리를 자신도 모르게 구사하게 된 것 같다. 게다가 문학인들을 몇 부류로 나누어서 한심한 무리들과 바람직스러운 집단으로 구분하는 풍조는 일종의 당파성의 조장으로 생각될 뿐이다. 김팔봉의 「조선 문학의 현재와 수준」(신동아 1934.1월)의 부록 도표를 보면 문인들의 계보가 일목요연하게 그려져 있는데, 그 도표가 프로 문학의 당성黨性을 강조하기 위해 작성되었다면 오늘날의 도표는 어떤 차원의 당파성을 강조하기 위해 그려진 것인가? 소위 한심한 무리들 못지않게 바람직스러운 집단 역시 배타적·독점적 경향성에 지나치게 매달리고 있지 않은가? 진정으로 바람직스러운 문학인의 집단이 되려면 당파성을 초월해서 민족성 내지 대중성을 힘 있게 외쳐야 되지 않을까? 이런 의문을 스스로 품어 본다.

민중문학론은 대중화 현상에 대한 문제 해결에도 몰두해야겠지만, 그것보다도 먼저 보수적 엘리트주의자들에 대한 철저한 연구가 필요하다고 본다. 타파되어야 할 무리라고 간단히 규정하기에는 보수적 엘리트주의의 세력은 그 뿌리가 너무도 깊고 세력 또한 완강해서 쉽사리 대처할 수 있는 방안을 마련할 수 없다. 보수주의의 물결이 다시 일고, 보수주의자들이 홍수처럼 사회를 휩쓸게 된 현상은 산 너머 물이 아니다. 보수주의자들의 진보주의자에 대한 연구만큼 진보주의자들은 보수주의자들에 대해서 더 많은 연구를 해야 한다.

진보주의자들은 자신들 내부 이론적 갈등이 심한 나머지 자신들을 돌보기에도 바쁜 형편이라, 보수주의의 논리쯤은 자신들의 이견 조정에 성공한 다음이면 간단히 해결할 수 있다는 안이한 생각을 하게 된다.

민중문학론의 초기 단계에 민중이란 잣대를 갖고 명쾌하게 그 길이를 측정했던 보수주의의 문학작품들은 그 나름의 강인한 생명력과 가치를 지니고 있어 그렇게 간단하게 평가될 성질의 것이 아니다. 그렇게 간단하게 평가했다는 자체가 오류라는 것을 깨닫고 다시 따지고 들어가야 한다. 그래야만 지난날의 낮은 수준에서 벗어나 보다 높은 곳에서 이론의 변화 과정을 굽어볼 수 있다.

다음 단계로 민중문학론은 민중문학론에 숨겨져 있는 엘리트주의 이론에 대해 반성적 성찰을 해야 한다. 사실상 이것이 가장 어려운 일인데, 엘리트주의 이론을 완전히 불식시키면 이론에 힘이 없어지고 엘리트주의를 강조하다 보면 실천의 힘이 약화되기 때문이다. 또한 민중의식을 내세우면서도 스스로는 소시민의식으로 소시민으로서 생활하고 있지 않은가를 살펴보아야 한다. 이것 역시 어려운 일인데 민중의 성자가 아닌 이상 생활과 이념의 괴리를 어쩔 수 없는 일이기 때문이다.

이렇게 보면 민중문학론은 개념 정립자체가 어려울 뿐만 아니라, 그 실천은 더욱 어려운 문제를 안고 있다는 것을 알 수 있다. 자격이 별로 없는 처지로서 콩 놔라 팥 놔라 하는 것이 쑥스럽지만, 그렇게 하지 않으면 도저히 불가능한 것이 민중문학의 논리이다.

생활에 밀착된 이론일수록 이론에서 벗어나기 쉽고, 행동 강령만 강조되기 마련이다. 그러다 보면 목소리만 커지고 실천에 옮기지 못하는 경우가 많다. 민중문학론의 경우가 바로 그러하다.

민중문학론은 지금까지 언급한 어떤 이론보다도 먼저 자본주의 이데올로기의 정통성 문제를 다루어야만 한다. 그 전개과정에서 이미 나타난 바와 같이 탈자본주의적 요소가 생경하게 노출되는데, 이데올로기적 정통성의 문제를 고찰하지 않거나 더 나아가서는 그것을 대체할만한 다른 정통성을 수립할 수 없다면, 전체의 근거가 흔들리고 만다. 만약 그런 것을 찾을 수 있다면 그것이 현실적으로 얼마나 수용될 수 있는가 다시 검토되어야 한다.

이렇게 본다면 민중문학론은 문학론으로 감당할 수 없는 엄청난 과제를 그 안에 감추고 있음을 확인하게 된다. 따라서 민중문학론은 민중문학론이라는 특정한 명칭으로 묶일 수 없는 논의이다. 그것은 전략적·실천적 개념이 아니라 포괄적·은유적 개념이며 포괄적·은유적 개념이기에 분석적·학문적 연구가 더욱 요청되는 개념이다.

이 점을 지나쳐 버리고 개념의 발전성에 연연해서 민중문학의 실천적 기능만 강조하다 보면 다시 원점으로 되돌아가야 하는 벽에 부딪치게 된다.

거듭 말하지만 민중문학론은 명칭에 제한되지 않고 그 이론이 나타나게 된 동인을 철저히 분석해야하고 보다 포용력 있는 이론으로 '발전'되어야 한다.

6. **민족적 대서사시의 창출을 위한 준비작업**

—통일문학의 기본적 전제와 예비적 절차에 관한 논의

1. 통일문학은 과연 가능한가?

역사에 대한 예측과 전망이 불가능할 정도로 오늘의 세계는 급변하고 있다. 이에 보조를 맞추어 남북관계의 개선도 적어도 문서상으로는 획기적인 변혁을 이룩하였다. 이러한 일련의 변화와 혁신으로 인해서 통일문학에 대한 전망이라는 과거에는 상상으로도 설정하기 힘든 과제를 논의할 단계에 이르렀다.

통일문학은 과연 가능한가? 이 물음 속에는 '과연'이라는 낱말이 들어있다. 불가능할 것이라는 예단적 의미가 '과연'이라는 말에 내포되어 있음은 물론이다. 그러나 한편 가능할지 모르며 그렇게만 된다면 대단한 일이 될 것이라는 감탄의 뜻도 가지고 있다. 그것이 과연 가능할 것인가?

가능하다고 본다. 아니 가능하다고 볼 수밖에 없다.

▲ 멜로드라마적인 통일은 경계해야 한다.

정치학자의 분석능력을 초월하는 이변들이 속출하고 있는 것이 오늘의 세계 상황이다. 소련연방의 붕괴와 사회주의 이념의 퇴조, 동구사회의 변혁, 이라크의 쿠웨이트 침공과 페르시아만 전쟁, 독일의 통일 등 돌발적이다시피 한 일련의 사태들이 남북한 통일의 신화가 신화 아닌 현실로 나타날 것이라는 믿음을 심어주고 있다.

이런 믿음은 통일의 과정에서 제기될 수없이 많은 문제를 일단 잊고 통일이 곧 올 것이라는 확신만을 강조하는 분위기를 형성한다. 통일 지상주의라고 할 이런 경향을 두려워 할 필요는 없다. 말로만 통일, 통일하면서 분단의식을 내면화시키는 것에 몰두했던 과거에 비추어 보면 통일 지상주의적 발상은 그래도 건전한 편이다.

통일 지상주의적 발상은 통일이 되기만 한다면 그 한계와 허구성이 단번에 드러날 것이다. 따라서 그런 발상을 염려할 것이 아니라, 통일과정의 전개 형태에 대해 보다 큰 관심을 쏟아야 할 것이다. 통일이 언제 될 것이라는 문제를 통일문제에서 가장 중요한 것으로 여기는 것 역시 통일 지상주의적 발상과 상통한다. 내년이 될 지, 다시 47년이 흘러가야 할 지, 아무도 자신 있게 예측할 수없는 현안에 지나치게 매달리는 것 자체가 반통일적 발상이다. 통일이 될 그날을 기대하면서 통일을 향해 한발자국이라도 더 다가서야겠다는 의지의 실천이 중요하다. 그런 관점에서 독일의 통일과 월남의 통일이 우리에게 제시하는 바는 매우 크다. 독일의 급격한 통일에 충격을 받지 않은 한국인은 없을 것이다. 월남이 통일되었을 때 받은 충격이 강도를 넘어서는 충격의 원인으로 서독의 자본주의에 대한 사회주의 체제의 굴복이라는 외면적인 요인 외에, 전쟁에 의한 것이 아닌 협상에 의해 평화적으로 통일되었다는 내면적 요인이 작용하고 있다. 자본주의적 합리주의가 사회주의적 계몽주의를 접수한 것이다.

우리도 그렇게 할 수 있다는 가능성이 엿보이기 시작하자, 곧 통일이 실현될 것이라는 소박한 꿈을 갖게 되었다. 그러나 꿈은 오로지 꿈일 따름이다. 북한사회는 반세기에 가까운 자기응축과정을 통해 주체사회라는 세계에서 가장 견고한 폐쇄체제를 허물 기미를 보이지 않고 있다. 남한사회 역시 폐쇄체제를 깨뜨릴 충분한 역량을 확보하지 못하고 있다. 과거와 달라진 것은 내면적으로는 아무 것도 없다.

그럼에도 불구하고 통일과 통일문학을 논의하는 것은 불확정성의 시대 속에서 벌어질 돌발적인 사태에 대한 기대심리에 연원한다. 이 한 가닥 기대심리는 그 속성상 문학적이다. 문학적인 요소 중에서도 설화적인 요소가 강하다. 이러이러한 일이 일어나다가 갑자기 다른 일이 벌어져 절정에 도달한다는 이야기 중에서 가장 이해하기 어렵고 이야기 가치도 보잘것없는 설화 속에 내포된 심리세계이다. 필연적인 전개가 아닌 우연의 연속, 이 것을 우리는 멜로드라마에서 흔히 접한다. 멜로드라마에서 전개되는 우연의 연속에 대해서 양식 있는 사람들은 대부분 경멸하지만, 경멸하면서도 그것이 지니고 있는 매력을 근본적으로 부정하지 못한다. 위급한 상황에 처해 있는데, 느닷없이 뛰어난 능력과 수완을 가진 조력자가 나타난다면 기뻐하지 않을 사람이 없다.

우리의 통일에 대한 갈망이 멜로드라마적 상상력에 크게 의존하고 있다는 것을 경계해야 한다. 멜로드라마의 특성 중 하나는 선과 악을 분명히 구별해야 한다는 점이다. 착한 사람은 한결같이 착하고 악한 사람은 언제나 악하다. 그리고 악당이라도 개심만 하면 순식간에 선인으로 변해 죽을 때까지 착하게 산다. 이런 논리를 따른다면 북한은 악한들의 세계, 남한들은 선인들의 천국, 통일은 당연히 선인들의 승리로써 악한의 개심이 뒤따른다는 식으로 진행된다. 유감스럽게도 지금까지의 통일정책과 통일교육은 이러한 멜로 드라마적 구성과 동일한 양상을 보여 왔다. '북한은 지옥'이라는 은유개념을 끊임없이 강조해왔고 강조하고 있다.

그렇다면 남한은 천국인가, 천국까지는 못가도 북한에 비하면 천국에 가깝다는 것도 강조해왔고 강조하고 있다. 오펜바흐의 오페레타 제목인 <천국과 지옥>이 한반도에 공존하고 있는 셈이다. 이런 발상에 따르면 통일은 지옥과 천국의 경계선인 연옥에 도달하는 것이 된다. 분단이라는 연옥도 견디기 힘든데 통일이라는 연옥이 다시 마련된다면 더 견디기 어려울 것이다. 그것이 통일의 결과라면 그런 통일은 사절하고 싶은 심정이다.

독일 통일 후 동서독의 양독 국민들이 각각 실망하고 심지어 통일을 후회하는 사람까지 다수 존재하는 것도 통일을 멜로드라마적인 것으로 해석했기 때문이다. 통일을 너무 서둘렀기 때문에 통합된 국민이 될 수 있는 기회를 놓쳤고, 문화적 통일을 상실했다는 작가 귄터 그라스의 지적이 나오는 것도 이 까닭이다. 독일의 과거에 대한 근본적인 성찰과정마저 생략한 정치 경제만의 폭주였다고 그는 통일을 신랄하게 비판한다. 그러나 그의 이런 푸념도 우리로서는 행복한 고민으로 느껴진다. 통일이 되었으니까 통일에 대한 비판이 가능한 것이 아닌가.

문학적인 판단에 국한시켜 독일 통일 이후의 과제에 대해 언급한다면, 통일 속에 내포되어 있는 멜로드라마적 요소를 하나씩 정제해서 통일 이후의 대서사시를 완성시키는 작업이 필요하다고 하겠다. 과연 그 대서사시가 완성될 것인지, 서사시로 나아가려고 하다가 괴상한 형태의 변종 장르로 낙찰될지 궁금증을 가지고 지켜볼 수밖에 없다. 사회주의적 통제에 길들여져 자아창조 능력이 결핍된 동독인들과 자본주의적 확산에 익숙해져 통제를 기피하는 서독인들의 만남은 외국인들의 만남과 다를 바 없다. 똑같이 독일어를 사용하는 이방인들의 접촉이 순조로울 리 없다. 그럼에도 그들은 매일 접촉해야 하고 독일어를 같이 사용하기 때문에 더 세밀하고 치열하게 논쟁을 벌어야 한다. 말이 같은 한민족이기에 갈등의 양상은 더 심각하게 전개된다.

▲ 사회문제를 천착하는 문학작품이 통일에 기여한다.

다시 논의를 우리의 경우로 돌리면 통일에 대한 멜로드라마적 환상을 억제하고 구체적인 통일 방안의 플롯을 짜야 한다.

8·15 해방도 어느 날 갑자기 찾아왔기 때문에 통일도 그렇게 될 것이라는 판단은 멜로드라마적 상상력에서 벗어나지 못함을 의미하는 것이라 하겠다. 식민지 치하에 있었기 때문에 8·15 해방처럼 외세들 간의 투쟁 끝에 얻어진 피동적인 필연적 단계가 되어서는 안 된다. 한민족의 민족적 자주역량에 의한 능동적인 필연적 단계 창출이 요청된다.

그러기 위해서는 우선 남한사회부터 통일사회의 출현을 가능케 하는 사회구조로 개편되어야 한다. 후기산업자본주의 사회의 병폐를 척결하는 정치·경제·문화적 대개편이 이루어지지 않는 한, 통일의 길은 아직도 요원하다. 그런 작업의 실제에 대한 분석과 전망은 능력을 넘어서는 일이기 때문에 문학적 판단만을 내린다면, 이 사회의 구조적 병리현상을 낱낱이 지적하고 그것을 어떻게 제거할 것인가라는 문제에 매달리는 작품이 끊임없이 산출되어야 한다.

분단의식 극복문학이라고 해서 분단 문제를 전담하는 문학이 그런 문학의 중심을 이루겠지만, 그렇게 전문화된 문학 외에 이 사회의 근본적 문제에 천착하는 모든 문학작품이 통일에 보다 큰 기여를 할 수 있다고 본다. 통일을 위한 문학이라는 관점에서 판단하면 황영석의 「한 씨 연대기」도 의미가 크지만, 같은 작가의 『장길산』도 그에 못지않다.

우리 작가들의 작품은 의외로 사회성이 약한 편이다. 사회적 통제의 의식, 작가 자신의 내부검열, 흥미성의 제고에 사회의식이 장애가 된다는 계산, 자본주의 병리현상에 침윤된 결과 나타나는 의식의 파편화, 극단적인 개인주의에 대한 집착, 외래사조에 대한 본능에 가까운 선호 등등, 사회성 약화의 여러 원인들이 이 사회에 대한 거시적 통찰을 방해하고 있다. 미시적 관찰의 결과를 문학적 기교의 승리로 간주하는 비평도 난무하고 있다.

그러나 확인하건대 통일은 거시적 통일로 획득할 수 있는 거대한 사회변화이다. 바이러스를 전자현미경으로 들여다보는 듯한 문학작품은 아무리 많이 산출되어도 망원경으로 비무장지대를 한번 살펴보는 것보다 통일을 위한 문학으로서는 바람직스럽지 않다. 이런 주장이 비유로 적절하지 못한 점도 물론 있다. 사회성의 제고가 통일을 위한 문학의 전제라는 점을 강조하기 위한 일종의 역설로 이해해도 무방하다.

과거의 문학은 사회 속에서 문학이 차지하는 비중이 컸기에 반사회적인 것을 지향하고 개인주의만을 강조하는 작품이라도 사회의식이 풍부한 작품으로 해석할 수 있었다. 오스카 와일드 같은 유미주의 작가조차 그가 의도하지 않는 사회의식을 작품에 내포시킬 수 있었다.

오늘의 문학은 과거의 문학에 비해 상대적으로 그 비중이 작아졌기에 반사회적 개인주의 작품은 사회의식을 포괄하지 못한다. 그렇기 때문에 사회의식을 과대 포장한 작품도 그 의식의 치열성이 약화된 것으로 해석된다. 우리 문학에서 사회의식의 확대와 심화는 통일을 위한 문학의 기본 전제이다. 이런 예비단계의 절차와 수속 없이 통일문학은 불가능하다.

북한의 문학은 사회의식의 정수만을 잔뜩 모아 놓은 사회의식 덩어리 그 자체이다. 그렇게 지나친 문학과 내응·소화하기 위해서는 가만히 내버려두면 사회의식이라는 의미 자체가 사라질 우리 문학을 통일을 위한 문학, 나아가서 통일문학으로 탈바꿈시킬 수 없다

통일문학을 위한 준비 및 예비단계의 절차와 수속이 착착 진행되어갈 때 우리는 '통일문학은 과연 가능한가?'라는 물음 대신 '통일문학은 무한한 가능성을 가진다'라는 대답을 제시할 수 있을 것이다.

2. 통일문학의 걸림돌

통일 독일의 문화계 여러 분야 중 통일 이후의 혼란이 비교적 가장 적은 영역은 음악계일 것이다. 통일 전부터 지휘자를 비롯해서 음악가들의 교류가 활발했던 관계로 고전음악 재현에 관한 한 통일 전이나 통일 후나 크게 달라진 것은 없다. 카를로스 클라이버 같은 지휘자는 통일되기 전에도 드레스덴이나 베를린 또는 뮌헨의 오케스트라를 번갈아 가면서 지휘할 수 있었다. 하이든이나 베토벤의 음악을 공동의 문화유산으로 공유할 수 있었고, 괴테와 실러를 그들의 문화적 자부심으로 다른 민족에게 내세울 수 있기 때문에 문화적 관심을 일치시킬 수 있었다.

우리가 이러한 독일의 사정에서 유추할 수 있는 것은 남북한 공유의 문화적 유산에 대한 상호간의 교류를 보다 활발히 해야 한다는 점이다. 문학인 간의 교류 계획은 아직 수면 아래에서 숨 쉬고 있는 단계지만, 음악인들과 무용인들의 교류는 이미 이루어졌고 또 어느 정도로 성과를 거두었다. 그 여파로 일본에서 남북한 음악이 한자리에서 같이 연주되고 한겨레 음악제 같은 행사가 치러지기도 했다.

음악에 비한다면 문학의 교류는 걸음마도 떼지 못한 초보 직전의 단계에 불과하다. 이념이라는 것은 결국은 언어의 문제라서 이념이 내포 되지 않으면 성립할 수 없는 문학에 비해 이념을 담고 있으면서도 음의 추상성에 의해 이념을 감출 수 있는 절대음악은 문학보다 자유스럽게 교환될 수 있었던 것이다.

▲ 문화적 관심의 불일치

북한 음악인들의 서울 공연은 TV로도 중계되어 많은 사람들이 비록 한정된 레퍼토리이긴 하지만 북한 음악의 실상을 시청할 수 있었다.

그 공연에서 주목할 것은 그들이 음악에도 주체사상을 도입해서 나름대로의 독특한 음악세계를 펼쳤다는 점이다. 전통악기를 개량해서 국악기와 양악기를 같이 연주하는데 장애를 없앤 것도 한 특색이었고, 소위 주체 창법이라고 하여 가곡 창법의 독자적인 영역을 개척한 것도 다른 특색이었다. 국악기 개량은 개량된 국악기의 음색이나 연주방법 등에 낯선 우리로서는 전통의 파괴를 초래하지 않았는가라는 우려를 낳게 했고, 주체 창법은 이태리나 독일식 창법에 익숙한 우리로서는 얼마간 상스럽게 들리기도 했다. 이것이 남북문화의 기본적인 차이라고 단정할 수 없지만, 차이의 중요한 일면을 발견할 수 있다.

남한은 국악기의 개량 등의 변화보다는 국악기의 본래적 모습을 재현하는 전통보존에 중점을 두고 있고, 한국식 창법의 개발보다는 이태리의 벨칸토 창법이나 독일 리트의 창법을 한국적 적용에 노력을 기울이고 있다.

국악기 같은 전통 문화에 대해서는 보수적인 자세를, 노래 창법에 대해서는 서구지향적인 태도를 보이는 남한 음악에 대해, 북한은 국악기에 대해서는 변화 추구적 자세를, 창법에 대해서는 주체적 보수성을 나타내고 있다. 우리 문화에 오랫동안 계승되어 온 전통은 변혁시키고 외래적인 요소는 자기화하는 북한의 음악에서 그들의 문화예술에 대한 기본적인 관점을 간파할 수 있다.

논의가 문학에서 멀어지지만, 그래도 가장 활발하게 교류된 영역이 음악이기 때문에 문학에 대한 연관 개념을 도출하기 위해 음악의 경우를 좀 더 자세하게 고찰할 필요가 있다.

북한 음악인의 설명에 따르면 창법의 경우, 그들은 벨칸토 창법이나 리트 창법 등을 배우지만, 북한 가곡을 부르기 위해 다시 주체창법을 학습한다고 한다. 그것은 가곡을 벨칸토 창법으로 부르면 음악 자체는 아름답게 연주할 수 있지만 가사전달에 문제가 발생된다는 것이다. 한국 가곡을 들으면서 가사를 이해하지 못하는 부분이 많음을 상기한다면 그들의 의도를 충분히 짐작할 수 있다.

가사가 잘 전달되지 않는다는 것은 이념이 전달되지 않는다는 것이므로 선전으로서 예술의 치명적 약점이다. 북한의 가곡에 가성과 콧소리가 들리고 부자연스럽게 고운 음조가 대중가요처럼 섞이는 것도 이런 이유 때문이다.

예술의 수준보다는 이념의 전달이 더 중요시되는 현상이다. 이 현상을 예술적 수준의 저열성으로 평가할 수도 있지만, 그럴 경우 북한 음악에 대한 이해는 포기하겠다는 말이 된다.

북한의 국악에서는 판소리가 거의 취급되지 않는다. 이것은 그들의 주석이 판소리는 양반문화의 파생물로 단정 지었기 때문에 이해하기 쉽다. 문론 그 까닭이 다른 어떤 이유보다 중요하지만, 북한의 음악문화 중에서 창의 문화가 남한과 다른 분포를 보이고 있기 때문에 판소리를 국악 문화에서 배제한 것이라고 생각한다, 경기도 민요와 연맥 되는 서도소리와 강원도 민요에 접속되는 함경도 민요의 분포 상황에서 전라도 남도소리인 판소리가 끼어들 자리는 거의 없다. 판소리의 가락이 너무 애절하고 퇴영적이어서 판소리를 추방했다는 이론도 공훈인민 배우인 서도소리 전승자의 노래를 들어보면 이론적 자가당착에 빠져있다는 것을 깨닫게 된다.

판소리의 예에서 우리는 이념이 개재하기 이전에도 남한과 북한의 문화는 본질적인 차이를 보였다는 점을 확인할 수 있다. 분단 이전에 이미 존재했던 차이까지 섬세하게 지각하는 것도 통일을 위한 문학을 수립하기 위해 필요한 작업이다.

▲ 민족적 차원의 교감 부족

체형인류학적으로도 남한인과 북한인은 뚜렷하게 구별할 수 있을 정도로 차이를 나타낸다. 두개골의 크기. 평균 신장. 용모의 구분 등 상당히 다르지만, 그래도 다 같이 한국인임에는 틀림없다. 구비전승문학도 얼마간 다른 양상을 보이지만 대체적으로 동일하다.

식민지시대의 한국문학에서 북한 출신 문학가들의 활동은 한국문학사 전체에 상당한 비중을 차지한다. 이광수, 김동인, 주요한, 김억, 김소월, 백석, 한설야, 최명익, 등등 얼핏 예를 들어도 식민지 한국문학사에서 이들이 차지하는 비중을 가늠하기 어려울 정도이다. 신문화에 대해서 가장 진취적인 태도를 보인 북한 출신 문학가들의 활동에 의해서 소위 북방정서를 우리 문학의 기본적인 정서 유형으로 꼽게끔 만들었다.

북한 출신 문학가들의 작품을 통일을 위한 문학이라는 관점에서 재조명해야 될 필요성은, 남한과 북한을 구별하기 위한 것이 아니라, 다시 통합하기 위해서 그들만의 문학적 특성을 이해해야 함에서 찾아진다. 이렇게 분단 이전의 문화적 차이를 인식한 다음, 실제적 교류를 위해서는 음악의 예처럼 서로 공감할 수 있는 고전문학의 명작과 작가를 중심으로 의견 교류의 장을 마련하는 것도 생각할 수 있다. 이규보, 박지원 등의 문학에 대해서 이쪽과 저쪽이 각기 다른 견해로 해석하지만 중요한 작가로 인식하는 것은 일치된다. 급격한 상황 변화가 없는 한, 이데올로기적 차이를 노정하는 토론의 장이 될지도 모르지만 문학적인 공통 주제를 마련했다는 의미는 충분히 확보할 수 있다.

이런 만남에 잇달아서 현대문학사의 공통적 관심 분야를 찾아내서 학술적 교류를 시도할 수도 있다. 이러한 시도는 해외의 한국학 대회에서 간간이 이루어졌지만, 그것은 국제적 행사의 일환이었지 통일을 위한 문학, 통일문학을 위한 작업과는 거리가 멀었다. 따져보면, 문학인간의 교류도 몇몇 입북인사의 개별적인 활동에 의해서 개인적인 차원에서 약간의 진전을 보인 것도 사실이다. 민족적 차원에서 문학적 교류와 교감은 이루어지지 않았다. 그러한 불모상태는 희망의 한 전제이기도 하다. 아무 것도 하지 않았기 때문에 앞으로는 무엇을 하든지 진일보의 양상을 띠게 될 것은 확실하다.

우리의 북한문학에 대한 이해는 그 전모는 부감할 수 없으나, 북한 문학

작품의 비공식적 유통 경로를 통해서 대충 짐작할 수 있는 단계이다. 대학가를 중심으로 북한문학의 소위 걸작들과 화제작이 하나의 상품으로 소개되고 있다. 이에 대하여 북한의 남학문학 이해는 몇몇 전문가들의 독점적 독서에 국한되어 있다. 하나의 상품으로서 북한 문학 작품이 은밀하게 유통, 소비되는 과정을 모를 리 없는 통치당국이 마치 이것을 묵인하는 것처럼 방임하는 것은 그런 작품을 읽어 보았자 그 따분함에 지레 질리게 될 것이라는 판단이 작용했기 때문인지도 모른다. 이것은 순전히 추측이지만 만약 그렇다면 과감하게 개방하고 해적판이 아닌 정식 수입판으로 유통 과정을 개편할 필요가 있다. 좌파 상업거래로 공공연한 비밀처럼 북한의 문학작품의 유통·소비가 이루어지는 것은 통일문학의 걸림돌이다.

현 단계 북한문학의 특징을 한마디로 규정짓는다면 유토피아 문학의 전성기라고 할 수 있다. 사회주의 체제가 공고하게 완성되고, 주체사상으로 철저히 무장되어, 인민을 행복하게 만들어 준 지도자의 친부모와 같은 보살핌 속에서 기쁨으로 가득 찬 인민의 생활상을 그리는 문학이 북한문학이다. 세상에 달리 부러울 것이 없는 인공적인 환경 속에서의 유토피아 문학은 사회주의 문학의 특징과 거리가 먼 종교주의 문학을 연상케 한다. 신보다 더 위대하게 부상시킨 지도자에 대한 칭송과 찬미는 서양의 중세 시대의 그레고리안 찬트나 바로크 시대의 성모 찬가의 가사를 연상시킨다. 루마니아의 차우체스쿠의 몰락처럼 지도자의 위상이 갑자기 전락한다면, 이런 문학은 순식간에 그 가치를 상실한다. 이런 종류의 문학이 언제까지 북한문학의 주류를 형성할 것인지, 이 종류문학의 융성과 쇠퇴에 따라 통일을 위한 문학과 통일문학의 전개·완성 시기가 결정된다고 해도 지나친 말은 아니다.

말을 바꾼다면 사회주의 퇴조와 북한사회는 관계가 없다는 것이다. 세계적으로 사회주의가 퇴조해도 북한의 사회주의는 사회주의와 멀어진 주체체계로 구성된 별종의 사회주의이기 때문에 주체사상이 굳건히 존재하는 한 그 사회는 근본적으로 바뀌지 않는다. 통일의 최대의 걸림돌은 주체사상에 놓여 있는데, 우리는 주체사상의 전모를 이해하지 못하고 있다. 통일문학의 걸림돌을 제거하기 위해서라도 주체사상에 대한 주석과 비판이 달리지 않는, 주체사상의 본질을 이해하고 이에 대한 대처방안을 마련해야 하겠다.

3. 통일 후 우리 문학의 진로

'우리 문학과 분단극복문제'에 대한 논의에서 한 작가는 독일과 한국의 경우를 비교하여 다음과 같은 발언을 하고 있다.

> 우리의 분단은 전범국 일본에 대신하여 미·소 열강의 도상圖上 흥정에 의한 일방적인 피해인 대리분단이었던 데 비해 독일의 경우는 전쟁의 책임을 묻는 것이 분단의 직접적인 원인이 되었던 것이다. 따라서 우리의 경우는 전쟁의 끝이 식민지로부터의 해방이 아닌 새로운 식민과 종속 상태에의 돌입이었다면 독일의 분단은 그 자체가 파시즘의 청산을 요구하는 의미였던 것이다.
>
> —신상웅, 「우리 문학과 분단극복 문제」, 『創論 10집』,
> 중앙대 예술연구소, 1991.

독일의 문학에 지워진 짐은 당연히도 바로 이 '과거 극복'이었고 독일작가들이 시달린 것도 역시 파시즘의 망령이었다. 「그루페 47」 작가들이 중심이 된 서독 쪽의 문학이 오로지 나치 군국주의 선민의식 관료주의로 표상되는, 더 거슬러 올라가면 고약한 옛 프러시아 제국으로 이어지는 전통을 끊고 청산함으로써 죄의식을 갖는다는 데 문학적 전관심이 부어지고,

동독의 문학이 처음으로 노동자 농민의 주인이 되는 이상국을 세운다는 신념과 자긍에 찬 문학에 매진해 왔다면 거기에 분단 혹은 통일이 끼어들 여지가 없었다고 하는 것은 당연할 것이다. 적어도 이 과제가 완료될 때까지 독일의 정신적 환경이 의존하고 있었던 것은 평화공존 그것이었던 것이다.

이 같은 견해에서 우리가 주목할 것은 통일에 대해 애초부터 그다지 적극적이지 않았던 독일이 평화공존의 지속 결과로 통일되었고, 통일 문학이라는 것을 생각조차 않았던 독일이 통일문학을 전개하게 되었다는 점이다. 러시아에서 폴란드, 불란서 서북부와 이태리 북부, 스위스의 북부, 광범위한 민족적 분포상황을 보이는 독일민족은 나치즘의 청산 결과로 초래된 분단 상황을 안타깝게 여기면서도 평화공존을 통한 국가의 병립을 전쟁 패전국의 숙명처럼 감수했다. 그러면서도 통합할 수 있는 여건 조성에 하나씩 합의를 하는 도중에 통일이라는 대격변을 느닷없이 맞이한 것이다.

우리도 이제 문서상으로 평화공존을 확인하는 절차를 마치게 된 시점에서, 통일을 위한 필요조건을 충족시키려면 평화공존 상태가 현실로 구현되어야 한다. 그래야만 서로 다른 마음을 한꺼번에 일치시켜 통일이라는 지각의 대변동을 체험할 수 있을 것이다. 통일문학에 대해서 언급한다면 분단 또는 통일의 외면적으로 열망하는 작품의 산출도 중요하지만, 작가 다른 체제 속에서 그들 문학의 지향점을 분명하게 할 필요가 있다.

남한문학에서는 식민지적 잔재의 청산 노력과 신식민주의적 사회체제에 대한 개혁의 의지가 작품 속에 뚜렷이 부각되어야 한다. 북한문학에서는 지도자 찬가를 억제하고 노동자 농민의 주인의식이 사회주의체제의 취약성을 보완할 수 있도록 조정되어야 한다. 이 자명해 보이는 문학적 진실의 실천을 남북한 문학 공히 소홀히 하고 있다.

남한의 문학은 이성 중심주의의 퇴조를 포스트모더니즘으로 진입하는 신호탄으로 해석하여 우리 사회의 구조적 변화보다 앞선 포스트모더니즘

논리의 문학화를 주장하는 작가나 이론가들이 큰 방향을 일으키고 있다. 식민지 체제의 청산도 못한 상황에서 후기산업자본주의 사회의 말기적 현상에 스스로 속박된다면 통일 후의 문학적 이질감은 더욱 크게 느껴질 것이다. 북한은 대를 이어 충성한다는 정권 상속을 정당화하기 위해 주체의 벽을 더욱 공고하게 쌓아 올리는 데 문학의 기능을 집중하고 있다. 통일의 걸림돌들은 남북한 공히 더 많이 더 높게 더 험하게 쌓아 놓는 것에 몰두하고 있는 형편이다.

이런 판에 통일 후 우리문학의 진로라는 논의 제목은 한숨을 유발시키는 논제임에 틀림없다. 통일이 문제이지 통일 후의 문학 따위가 다 무엇이냐 라는 반발을 예상할 수도 있다. 그러나 통일을 후회하는 독일 사람들의 예에서 보듯 문화적 통일을 계산에서 뺀 통일이 얼마나 큰 위험 부담을 초래하는지 이미 알고 있는 이상, 통일 후 문학에 대한 막연하지만 필연적으로 예상해야 할 과업을 상정하지 않을 수 없다.

앞서 통일을 대서사시라고 표현한 바처럼 통일문학의 진로는 민족적 대서사시의 완성에 놓여 있다. 온갖 이질적인 요소로 들끓고 있지만, 그것들이 한꺼번에 용융되어 일찍이 존재하지 않았던 새로운 형태의 대서사시를 창출하는 것, 이것이 통일문학의 과업이다. 비록 말뿐이지만 이렇게 말이나마 통일 이후 문학의 진로를 주먹구구식으로 예측하는 행위는 분단의 억눌림 때문에 잔뜩 주눅이 들었던 가슴을 일시적으로 펴게 만든다.

앞으로는 문학적 술어부터 분단 문학, 분단극복의지, 분단의식의 내면화 등을 통일을 위한 문학, 통일지향의지, 통일의식의 내면화 등으로 바꿔 쓸 필요가 있다. 용어를 바꾼다고 현실이 달라지는 것은 아니지만, 우리의 심리와 사회적 분위기는 달라질 것이 확실하기 때문이다.

7. 통일문학의 새로운 전환과 방향 모색

―90년대 분단문학의 유형

1. 미전향 장기수를 보는 다른 시각

이인모 노인의 송환 사건은 문민정부의 출현과 함께 달라진 대북 정책을 상징적으로 내외에 천명한 일종의 이벤트였다. 과거에는 상상도 하지 못했던 미전향 장기수의 북한 송환은 이 시대의 통일 정책이 전향적으로 바뀌고 있음을 극적으로 제시하고 있다. 이 시점에서 우리의 분단문학은 어떻게 달라진 모습을 보이고 있으며 달라져야 할 방향은 어디인가를 모색하려는 것이 이 글의 목적이다.

보편적이고 원칙적인 논리 전개에 앞서 우리 소설의 달라진 모습을 미전향한 장기수 문제를 다룬 두 편의 소설을 통해 일단 점검해 보자. 이러한 방법을 사용하는 것이 추상적 차원에서 통일문학을 논의하는 것보다 실효성에 있어 더 능률적이라고 판단된다.

문순태의 「느티나무와 당숙」(『문학사상』, 1992, 12월호)은 40년 동안 전향을 하지 않고 감옥살이를 한 '나'의 인열이 당숙이 '나', 박지수가 살고 있는 고향마을의 공사판에서 불도저에 깔려 죽은 사건을 다루고 있다. 당숙이 자신이 살고 있는 도시 근처의 양로원에 기거해 왔다는 사실조차 모르는 '나'는 뜻밖의 장소에서 죽음을 맞은 당숙으로 인해 많은 것을 생각하게 된다.

당숙은 개발로 인해 없어진 고향 느티나무를 항상 그리워했다. 40년 동안 전향하지 않고 자신의 사상을 고집하던 당숙이 고향 느티나무에 크나큰 애정을 느끼는 것은 무엇 때문인가. 고향은 개발이라는 미명 아래 황폐해질 대로 황폐해졌고, 그래도 고향다움을 느끼게 하는 것은 거북재 느티나무뿐이라는 고향 회귀의식이 목숨보다 귀한 사상조차 포기하고 죽음을 선택하게 되었다는 저간의 사정이 당숙의 편지에서 밝혀진다.

(상략) 나는 마치 타임머신을 타고 미래의 낯선 나라에 와본 것 같은 당혹감으로 불안해하고 있다. 나의 이상과 희망과 진리는 1950년대 초에 기반을 두고 있다. 1950년대 초의 이상을 희망으로 생각하고 있는 1950년대식 사람인 내가 어떻게 1990년대에서 존립을 할 수가 있겠느냐. (중략) 그리고 마지막 소원이 있다면 내 꿈의 한 부분을 너에게 주고 싶구나. 진리, 인간, 고향, 사랑이 모든 것들이 변했어도 지금도 1950년대식과 같이 한결같은 모습으로 나를 반겨 준 우리들 고향의 거북재 느티나무가 바로 내가 네게 남겨 주고 싶은 진리이며 꿈이고, 희망이며 사랑이다.

더 이상 부연 설명이 필요 없을 정도로 명확하게 자신의 죽음의 이유를 밝히고 있다. 40년동안 사회와 격리된 당숙의 생활은 달라진 사회 상황에 대한 적응을 불가능하게 만들었고, 1950년대식 사람의 한계만 절감케 해 거북재 느티나무에 대한 애착심만 커지게 만든다는 것이다.

이 작품의 주인공 인열이 당숙을 비롯한 많은 미전향 장기수들은 목숨을 걸다시피 자신의 이데올로기적 신념을 지키려고 노력해 왔다. 이인모 노인의 경우도 예외는 아니다. 그런데 그들이 미전향 상태에서 석방되었을 때, 그들이 소중하게 간직한 이념이라는 것은 이미 현실적 실천력을 상실한 지나간 시대의 유물에 불과하다는 것을 그들 스스로 실감할 수 있었을 것이다. 물론 시대가 변해도 변치 않는 역사 발전에 대한 신념까지 포기할 수는 없지만, 새로운 시대에 새롭게 적응하기에 그들은 이미 늙고 또 낡아 버린 것이다.

여기서 우리는 전향이라는 개념에 대해서 다시 검토할 필요를 느낀다. 자신의 신념에 반하는 행동이나 태도 표명을 강요당할 때 그것에 순응해서 자신의 견해나 태도를 재조정하는 것을 전향이라고 정의한다면, 그러한 전향의 개념에는 윤리적 의미가 내포되어 있다. 즉 정몽주나 성삼문이 전향을 거부했듯이 전향을 하지 않는다는 것은 지조나 정절을 지키려는 윤리적 결단이라는 것이다. 그러나 지식, 이데올로기 등은 끊임없이 변하는 속성을 그 자체 안에 내포하고 있어서 시간의 경과에 따라 소폭적인 전향을 수시로 진행하는 것 또한 사실이다. 이렇게 보면 전향을 하지 않는 지식인이란 거의 전무하다고 보아도 무방하다.

북한 사회의 경우 북한 사회의 출발 당시의 이데올로기적 실체는 오늘날 사뭇 달라진 성질의 것으로 변모했다. 국내파, 소련파, 갑산파, 연안파, 동북 항일연군파 등 출신이 각각 다른 공산주의자들이 연합해서 형성한 이데올로기는 권력 투쟁 과정을 거치면서 김일성 부자의 세습을 지상과업으로 삼는 세계적으로 그 유례를 찾을 수 없는 특이한 이데올로기 체계로 변모하고 말았다. 김일성을 비롯한 동북 항일연군 출신의 빨치산이 권력을 완전히 장악한 세계 유일의 빨치산 인민공화국이 북한이다. 그렇다면 미전향 장기수 중 이러한 북한 체제에 완전히 동의할 사람은 또 얼마나 될 것인가.

「느티나무와 당숙」의 인열이 당숙 역시 자신이 1950년대의 사람이라는 것을 확인하고 자신의 한계를 뼈저리게 느끼지 않을 수 없다. 전향은 끝내 거부했지만 시대와 사회의 변화에 따른 내부적인 전향—이데올로기 실체의 변화에 따른 자기 적응에 대해서는 거부할 수 없다. 그래서 고향의 느티나무에 대해서 과도한 관심을 보인다는 것인데, 이 대목을 쉽게 납득할 수 없다. 이념적 인간이었던 인열의 당숙이 너무 쉽게 정서적 인물로 변화하고 있는 것이다. 이미 늙었고 모든 가능성이 차단된 상태에서 그가 택할 수 있는 유일한 길이 정서적 인간으로의 변신이고, 그 변신에 대한 갈등이 결국 자살로 나타나게 되었다는 작가의 해석에 선뜻 동의할 수 없다. 이념적 인간의 이념에 대한 완강한 집착을 상기한다면 당숙의 자살은 인과관계의 필연성에 따른 죽음이 아니라 돌발적인 우연사에 불과하다. 확대 해석한다면, 이런 식의 이념적 인간에 대한 돌발적 처리는 통일 지향적 문학에 별 공헌을 하지 못한다고 판단할 수 있다. 어떠한 형태가 되든지 통일이 되면 이념적 인간형은 쉽사리 정서적 인간형으로 탈바꿈할 것이고 여기에 적응하지 못하는 인간은 돌발적으로 도태될 것이라는 발상이 내포되어 있기 때문이다.

또한 당숙의 죽음을 통해 비로소 그의 처량한 처지와 심리적 갈등을 이해하게 되는 '나'의 인식의 한계가 안타깝게 여겨진다. 마음속에 늘 기억하고 있으면서도 의도적으로 그 기억을 배제하려고 한 결과, 당숙이 어디서 기거를 하고 어떻게 살고 있는지조차 모르는 조카의 현실은 이 작품의 인물에 국한된 현상이 아니다. 당숙 역시 자신의 삶의 모습을 조카에게 보이려 하지 않았고 아무런 기별도 하지 않는 채 고향에 들러 의문의 죽음을 선택한 것이다. 작가는 이렇게 안타까운 상황이 지속되는 한 통일의 길은 아직도 멀다는 것을 암시하는 듯하다.

당숙을 꼭 죽게 만들어야만 했을까, 죽음을 통해 숭고미를 확장시키는 전통적 소설의 상투 수법을 반드시 동원해야 했을까, 라는 의문은 해소되지 않는다. 이념 분쟁으로 인한 피해의식 때문에 당숙과 조카가 끝내 평행선을 달려야 했던 이 시대의 안타까운 모습을 다시 한 번 확인하는 허전함과 쓸쓸함을 소설 읽기의 소득으로 간주할 수밖에 없다.

유시춘의 「안개 너머 청진항―3」(『실천문학』, 1992, 겨울호) 역시 미전향 석방 장기수 문제를 다루고 있는 연작 소설이다. 장기수와 결연하고 있는 주부가 장기수 출신 김 노인이 일시적으로 행방이 묘연하게 되자 그를 찾아나서는 과정에서 만나는 인물들을 삽화 형식으로 그리고 있는 작품이다. 이 작가는 이인모 노인의 송환 희망이 매스컴에 보도되기 이전부터 미전향 장기수의 문제를 꾸준히 작품화하고 앞으로도 작품화할 예정으로 있어 주제 포착의 기민성과 주제에 대한 집착을 동시에 과시하고 있다.

일류대학 물리학과 재학의 수재 학생이 그에게 낯선 도시 대구에 와서 선반공으로 일하다가 죽은 빈소에서 삶과 역사의 덧없는 국면을 체험하고, 김노인과 친구로 지냈던 강 선생과의 대화에서 결코 그냥 흘려보낼 수 없는 역사의 의미를 되씹어 본다.

남북 고위급 회담이 성사되면 자신이 정치범 교환 제1호로 고향에 돌아갈 수 있다고 믿는 김 노인, 자신이 사랑했던 김양의 전향 방송을 듣고 전향을 결심하고 이를 실천에 옮긴 강 선생, 선반의 균형추 쇳덩어리에 맞아 비명횡사한 운동권 학생 출신의 광훈이, 이 세 인물이 모자이크처럼 교직의 무늬를 그리면서 남과 북의 통일의 가능성을 점검해 보고 있다. 언뜻 주제적 통일성이 결여된 느낌을 주지만, 이렇게 이야기를 여러 갈래로 분기시킴으로써 현실과 이상, 과거와 현재, 상황에 대한 진단과 미래에 대한 전망을 복합적으로 전개한다.

작가는 이들 인물의 삶의 의미를 작품의 문맥에서 단정하거나 제한하려고 하지 않는다. 독자의 편에 선 작가의 의문이 작품의 전개와 더불어 그 농도가 심화된다. 나는 강 선생의 남파 당시의 상황에 대해 강한 호기심을 가지고 있는데 이는 이 작품을 읽는 독자들도 마찬가지이다. 나의 그러한 호기심을 알아차린 강 선생은 남파되기 전 가족과 헤어지던 상황을 이렇게 밝힌다.

사일구가 일어난 해 남파될 때 살아서 귀향하는 줄로 알았냐고? 글쎄, 남조선에서 사일 가을에 떠나왔지. 내 딸은 오십 사년 생이니까 인민학교 입학 전이었고 막둥이 아들이 막 첫돌을 지났을 때인데 우리집은 비교적 시설이 좋은 집이라 유리문이 많았어. 모두 일흔두 장 그걸 한 장 한 장 쓰다듬어서 내 손때를 묻혀 놓았어. 다시 돌아오지 못할 수도 있다는 생각으로. 눈치 챈 장모님이 집사람을 꾸짖더군. 큰 일하러 가는 남자에게 눈물을 보이면 안 된다고. 아내 나이 서른두 살, 청진 공항에서 평양행 비행기에 오르기 전에 본 게 마지막이었네.

장편소설의 줄거리로도 넉넉한 강 선생의 삶의 굴곡을 작가는 담담하게 옮겨 적을 뿐이다. 섣불리 해석하거나 분석하지 않고 표면적으로 떠오르는 의문만을 독자와 함께 묻는 것이다.

"북의 대남 정책 담당자는 그의 어느 면을 보고 공작원으로 파견했을까. 청진을 떠나던 밤에 그가 한 장 한 장 손때를 묻혀놓았다는 유리문 일흔두 장은 그대로 있을까. 오십사 년생인 그의 큰 딸은 나와 동갑이다. 아, 얼마나 보고 싶을까," 이런 물음은 사변적 질문이 아니라 정서적 궁금증이다. 엄청난 강 선생의 인생 역정에 비한다면 자그마하기 짝이 없는 일시적 호기심일 따름이다.

작가는 여기에 대해 주석을 다는 욕심을 부리지 않는다. 사실 그 자체만을 전달하는 것도 충격을 주는 일인데, 거기다가 잡다한 주석을 다는 것은 번거롭게 느껴질 뿐 아니라 사실 그 자체를 호도할 위험이 내포되기 때문이다. 자수한 남파 간첩의 의도적으로 조정된 이북의 실상 폭로에 오히려 익숙한 풍토에서 남파 간첩의 인간적인 면을 알게 된 것 자체가 충격인데 거기에 무엇을 보탠다는 말인가.

작가의 이러한 의도적인 판단 보류는 앞으로 이어질 연작을 위한 것이기도 하고 수 없이 많은 질문을 던지고 그에 대한 해답을 모색해야만 통일의 길이 열린다는 작가적 확신에서 비롯되었을 것이다. 그래서 작가는 또 다른 종류의 물음을 던지면서 작품을 맺고 있다.

청진으로 돌아갈 수 있다는 김 노인의 믿음은 한갓 망상일까. 광훈이가 꿈꾸던 것은 무엇이었을까. 꿈이 없었다면 굳이 연구실을 버리고 선반공을 선택했을 리 없다.

활주로 위에 비행기들이 기착해 있을 청진 공항은 쉬이 떠오르지 않는다. 다만 가을의 밤기차 소리만 뚜렷이 들려온다.

통일에 대한 전망은 쉽게 떠오르지 않는 청진 공항처럼 아직 불투명하다. 그렇다고 통일에 대한 열망을 포기할 수 없다. 이 작품의 결말은 이러한 내용을 암시하고 있다. 아직도 그 행방을 찾을 수 없는 김 노인을 그리워하면서, 이 땅의 삶을 나름대로 치열하게 살다 죽어간 광훈의 죽음을 안타깝게 여기면서, 통일의 그날이 오면 그들의 삶은 어떻게 자리 매김이 될 것인가를 다시 생각해 보는 것이다.

미전향 장기수의 옥중생활을 자세하게 묘사하여 그들의 치열한 삶의 실상을 여실하게 보여준 김하기의 작품 역시 90년대에 들어서서 새롭게 대하는 분단 주제의 소설 형태의 하나이다. 김하기는 미전향 장기수들이 온갖 회유와 협박, 육체적 폭력의 공포 속에서도 왜 그들의 이념을 포기하지 않는가를 그들과 더불어 같이 겪는 옥중생활의 실상을 통해서 표출한다. 그의 소설의 흐름을 따르면 미전향 장기수들은 그들이 소중하게 신봉하는 이념체계를 포기하면 삶의 가치를 상실한다고 보기 때문에 존재가치를 정립하기 위해서 전향을 거부하는 것으로 되어 있다. 서류에 사인만 하고 실제로는 공산주의자로 남아도 무방한데, 그렇게 되면 그들은 인간으로서 가치를 상실하게 되는 것이다. 공산주의의 옹호도 문제지만 삶의 이유를 상실 당하면서까지 전향할 이유가 없다는 것이 미전향 장기수들의 공통적인 생각이다. 사선을 넘는 그들의 투쟁을 지켜보면 사상이 삶의 전부가 되어버린 그들이 사상을 포기할 수 없는 이유를 자명하게 알 수 있다. 사상의 포기는 곧 삶의 포기로 이어진다. 그 사상이라는 것이 이미 지나가 버린 시대의 유물이라는 것을 그들은 애써 부정하고 있다. 작가 역시 미전향 장기수의 사상의 실체에 대한 검토는 의도적으로 생략하는데, 그것은 사상의 내용보다는 사상을 지키는 태도가 더 중요한 문제이기 때문이다.

최근에 들어와서 여러 작품에 일종의 유행 제재로 등장하는 미전향 장기수의 문제는 우리 사회가 그러한 주제를 공적인 차원에서 다룰 수 있을 만큼 조금은 자유로워졌다는 사회 현상의 한 반증이다. 그런 현상의 정책적 수렴이 이인모 노인의 송환으로 집약되는데, 그렇다고 모든 장기수의 문제가 해결된 것은 아니어서 이제 막 문제 해결의 서장을 열었을 뿐이다. 마르크스주의 그 자체가 죄악은 아니다 라는 어떤 측면에서 지극히 상식적인 인식이 상식으로 정착되고 있음을 위에서 거론한 작품들을 통해 확인할 수 있다. 이 사실이 상식으로 정착되기까지 얼마나 오랜 세월이 필요했으며 또 얼마나 큰 사회적 갈등을 겪었는가를 생각하면 통일이 이제라도 곧 이루어지리라는 흥분된 통일 논의의 위험성을 쉽게 알아차릴 수 있다.

2. 만남을 통한 통일 의지의 확인

남북한 통일 협상에서 이산가족 상봉 문제가 계속 다루어져 왔고 그 결과 일종의 시범 케이스로서 이산가족 상봉이 공개리에 이루어졌지만, 민간차원에서 사적인 만남이란 상상할 수 없었다. 그러나 중국과의 왕래가 자유로워지고 제3국에서의 남북한 민간 접촉이 잦아짐에 따라 이산가족 상봉이 제한된 범위 내에서 이루어지고 있다. 이러한 현실을 반영하는 이산가족 만남 제재의 소설이 90년대의 분단문학의 새로운 형식으로 자리잡고 있다.

만남의 형태는 북으로 넘어간 아버지의 존재를 확인할 수 없었던 남한의 아들이 제3국에서 만나는 종류와, 역시 제3국에서 남북한 민간인이 접촉하면서 그들끼리 벌이는 통일에 대한 의견의 대립과 일치, 그러는 과정에서 동일 민족의 일원임을 확인하고 뜨거운 정감을 확인하는 종류 등으로 구분할 수 있다. 여기서 우리가 주목하는 것은 사회주의 사상에 물든 이념적 인간은 북한의 아버지이고, 그를 이해할 수 없었던 아들은 정감의 인간 유형에 속한다는 사실이다. 이것은 우리의 최근대사가 아버지세대에서 이념의 대립에서 어느 한 쪽을 선택하도록 강요받는 상황으로 전개되었기 때문일 것이다. 아들의 세대는 그러한 지나간 시대의 질곡의 전모를 이해할 수 없도록 이념 배제의 교육을 철저하게 받았기 때문이다. 전쟁 미 체험 세대의 문학에서 아버지 세대의 죄악(아들의 처지에서 본)에 대한 용서와 화해의 모티프가 자주 등장하는 것도 정감적 인간으로 키워진 신세대가 이념적 인간을 이해하는 데 오랜 시간과 상황의 변화가 요청되었기 때문일 것이다.

이 점을 확인하기 위해서 미 체험 세대의 작가 중에서 편향 논리의 극복을 모색하고 있는 이창동의 작품세계를 살펴보도록 하자. 이창동의 분단 주제의 소설 「소지」, 「친기」, 「끈」 등 일련의 작품은 소년의 의식으로 이해할 수 없었던 아버지나 친척의 행동을 성숙해짐에 따라 보다 포용적인 의식으로 이해하고 그들을 용서한다는 화해와 해원의 형식으로 구성되어 있다. 분단으로 인한 한이 샤마니즘적 차원의 해한으로 용해되는 것이 아니라 보다 근원적인 이념에 대한 이해를 통해 해결되어야 한다는 인식의 단서가 발견된다. 이들 작품을 읽다보면 해한과 화해의 과정이 체험 세대의 작품과 마찬가지로 추상적 정체성에 머무르고 있다는 느낌을 받는다. 인식의 근본적인 변화를 꾀하기에는 넘지 못할 현실의 벽이 엄존하고 있다는 생각에 작품의 전체구조가 답답하게 억눌려진다.

그의 「용천뱅이」라는 작품에는 그 억눌림의 정체가 보다 구체적으로 나타나 있다. 좌익운동을 하다가 전향한 나의 아버지가 자신이 직접 관련되지 않았음에도 불구하고 간첩단 사건에 가담했다고 자처하여 감옥에 갇혀 있기를 고집한다는 것이 이 작품의 골격이다. 이 시대에 역행하지 않고 소극적이라도 순응하면서 살려면 미친 사람이나 문둥이를 뜻하는 용천뱅이의 삶을 살 수밖에 없다는 이야기이다. 아버지는 예전에 가지고 있던 신념을 되살리기 위해서는 감옥에 있는 것이 새날을 기약하는 삶이라고 판단한다. 그런 아버지에게 아들은 격렬한 항변을 제기하지만 아버지의 논리를 넘어설 수는 없다.

> 그래서 그래서 말입니다. 이제 용천뱅이가 그만 되겠다는 말입니까. 그것이 아버지의 지나간 삶을 구제할 단 한 가지의 길이라는 겁니까. 그렇지만 그게 과연 무슨 의미가 있습니까. 그런다고 지금까지 살아온 아버지의 삶이 바뀌어집니까. 그것이야말로 아버지의 삶을 철저히 속이고자 하는 바보짓이 아니고 무엇이냐 말입니다. 그건 제가 생각하기엔 미친 짓에 불과합니다. 또 다른 용천뱅이가 되는 것이란 말입니다.

어려서부터 아버지를 경시하고 반공논리에 길들여진 아들은 아버지가 죄가 없음에도 불구하고 간첩단 사건에 연루된 것부터 불쾌하다. 그래서 이처럼 아버지를 다그치는 것인데, 아버지의 초췌한 얼굴에 떨어지는 눈물을 목격하는 순간 아버지의 생각과 진심을 이해한다. 시대적 고뇌를 인식하기보다 개인적 영달을 꿈꾸었던 자신이 문득 초라하게 느껴지고 아버지의 지나간 행적을 합리적으로 이해할 수 있는 논리를 순간적으로 발견했기 때문이다. 이것을 확대 해석하면 한쪽으로 편향된 논리만으로는 역사적 진실을 밝힐 수 없다는 것을 의미한다. 이것은 지극히 상식적인 논리지만 구세대와 연관시켜 체험적으로 이러한 인식에 신세대인 아들이 도달했다는 점에서 주목된다. 이러한 인식의 변화야말로 자각적 인식의 단서이고 그것을 바탕으로 아버지와 아들의 궁극적인 화해가 가능할 것이다.

이창동을 비롯한 임철우, 이원규, 정도상, 김남일 등의 작품에서 편향되지 않는 논리의 소설화를 지켜볼 수 있다는 점이 분단의식극복 문학의 좋은 조짐으로 여겨진다.

최윤의 「아버지와 감시」는 이창동의 「용천뱅이」와 달리 분단으로 인해 떨어져 있던 아버지를 제3국에서 만나 그동안 환영처럼 존재해 오던 아버지의 실체를 확인하는 과정에서 갈등을 해소하도록 노력하고 화해를 시도하는 작품이다. 그래서 「아버지와 감시」는 분단소설의 90년대적 유형이라고 일컬어지면서 분단소설의 새로운 지평을 예고한다는 긍정적인 평가를 얻고 있기도 하다. 그러한 평가는 물론 예고적 단계에서의 적극적 평가이겠지만 결론부터 이야기한다면, 이 소설은 이창동, 임철우 같은 미 체험 세대의 작가들이 제기했던 분단극복의 모색에서 크게 벗어나지 못한 80년대 연장 소설일 따름이다. 그래도 달라진 것이 있다면 무엇이고 비슷한 점이 있다면 무엇인지 작품의 줄거리를 따라 확인해 보자.

이 작품의 작중 화자인 '나', 창연은 프랑스 국립연구소 연구원으로 식물학 박사이다. 그가 불안정한 이국생활을 선택한 까닭은 월북인사의 아들이라는 꼬리표 때문에 어려서부터 '하도 지긋지긋하게 당해, 아예 나라를 떠나 떠돌이 생활'을 하기로 한 것에 있다. 그런데 어느 날 갑자기 아버지 소식이 날아든다. 월북 후 재혼하여 딸 아들을 둘씩 얻었으나 막내는 남겨둔 채 중국으로 탈출해서 야인으로 살고 있는 아버지가 보낸 편지는 통일의 열기를 담은 반가움보다 가족들의 당혹감을 자극한다. 아버지라는 존재의 새삼스러운 출현은 반가움이라기보다 오랫동안 숨겨온 범죄의 증거가 드러나기라도 한 것 같은 불편함에 지나지 않았던 것이다.

가족들은 아버지를 어머님의 한을 풀어드리기 위해서라도 초청해야 한다는 견해와 공연히 쓰라림만 더하는 일인데 초청해서 무엇하느냐 라는 회의 등의 분분한 의견 차이를 보인다. 이러는 가운데 어머니는 타계하고 만다. 이 어머니의 죽음은 해한을 하지 못한 채, 다시 말해서 가족적 재결합과 통일을 보지 못한 채 맞이한 죽음이라는 차원에서 상징적 의미를 지닌다. 어머니는 아들들의 냉담과 무관심 속에서 아버지에 대한 그리움과 오랜 기다림의 한을 지닌 채 죽은 것이다.

어머니가 창연을 배고 있을 때 아버지가 월북해서 마치 유복자처럼 출생한 '나'는 아주 어려서부터 어머니로부터 아버지에 대한 이야기를 들었고 아버지의 월북 이후 어머니를 비롯한 집안 식구들의 고생담을 귀에 인이 박히게 듣고 자라 그것들을 마치 자기가 겪은 일처럼 착각하는 버릇을 가지고 있다. 전쟁 미 체험 세대임에는 틀림없으나, 체험담에 대한 추체험을 통해서 체험세대로 자인하는 인물이 이 작품의 '나', 창연인 것이다. 그런 나는 어머니가 돌아가신 지 석 달이 지나서 아버지에게 초청 의사를 담은 편지를 쓰기 시작하고, 그 결과 아버지는 한국이 아닌 프랑스로 나를 만나러 온다. 그러나 나는 아버지를 마음에서 우러나오는 반가움으로 맞이하기보다 한 번도 겪어 보지 못했다는 불안감으로 계속 의심하면서 아버지의 월북처럼 프랑스 방문도 법적으로 문제를 일으키지 않을까 걱정하는 가운데 일거수일투족을 면밀하게 감시한다. 그리고 아버지에게 아버지의 출현이 어머니의 죽음을 재촉하였다는 것과 아버지 역시 북한 사회에 적응하지 못해 중국으로 탈주한 전향자인데 왜 북한 사회나 사회주의에 대한 비판이 없는가를 재우쳐 묻는다. 그런 나에게 아버지가 마지못해서 말한 응답은 이런 것이다.

다시 한 번 반복하는 꼴이 되겠다만 내가 온 것은 너희들에게 용서를 빌려는 데 뜻을 둔 것은 아니다. 네 생각은 어떨는지 몰라도 네가 난생 보지 못한 애비라는 사람한테 첫 답신을 보냈을 때 벌써 반 정도는 이루어진 일 아니겠느냐. 나머지 반은 시간과 우리의 노력 여하에 따라 두고두고 이룰 일이리라. 내 뜻은 딴 데 있었다. 나는 내가 어떤 모양새를 가지고 너희들 속에 살고 있는지를 알 길은 없다만, 네가 방금 말한 대로 망령으로서 너의 살림의 주위를 돌아다녔다면, 이 내 망령이라는 것이 실제와는 천양지차일 것이라는 게 나의 소견이다. 그렇다고 늙은이가 주책없이, 죽기 전에 나 개인의 모양을 바로 잡으려고 이 먼 여행을 계획했다고 생각하지 말기 바란다. 나는 바로잡을 모양새도 자랑할 만한 거리도 없다. 네 애비라는 사람은 그저 이십여 년 이상 농사에 매달린 야인일 뿐이고, 내 보잘것없는 생애에 많은 우회를 거친 다음에 어렵게 이룬 이 자리가 흡족할 뿐이다. 그리고 바로 있는 그대로의 나의 모습을 너희들에게 꼭 보여주고 싶었다…….

아버지에 대한 원망으로 가득 차 있는 아들은 아버지가 가족들에게 용서를 빌고 자신이 신봉한 이데올로기의 허구성을 스스로 폭로해 줄 것을 기대하지만, 아버지는 자신의 삶의 실상을 보여 주는 것밖에 다른 아무것도 제시할 수 없다고 말끝을 흐린다. 이 작품의 아버지는 이제까지의 아버지−아들의 대립 분단주제 소설과 마찬가지로 주눅 든 아버지상의 또 하나의 전형이다. 원망의 대상으로서 아버지상은 살아 있거나 죽었거나 그 존재가치를 부정당하기 마련이다. 임철우는 「아버지의 땅」에서 "아버진 진작 죽은 사람이에요. 아니, 설사 살아 있더라도 우리한테는 그게 백번 나아요."라고 울부짖고, 이창동은 「소지」에서 "난 사관학교 떨어지고, 대학 포기하고, 동사무소 서기하면서부터, 아니 그 이전부터 내손으로 아버지를 파묻어 버렸어요."라고 절규한다. 이쯤 되면 아버지는 원수나 다를 바 없는 증오와 죄악의 화신이다. 「아버지와 감시」에서 아버지도 여기에서 예외가 아니다. 그래서 '나'와 아버지는 머나먼 이국 땅 프랑스에서 만났음에도 불구하고 죄인과 감시자처럼 팽팽한 긴장관계를 유지할 수밖에 없다. 이러한 긴장관계 속에서 나온 "있는 그대로의 나의 모습을 너희들에게 꼭 보여 주고 싶었다."라는 아버지의 말은 과거지사에 대한 용서를 빌려는 뜻에서 부자 상봉을 실현하지 않았다는 점에서 더 큰 의미를 지닌다. 두 체제 한 민족 간의 진정한 화합은 돌이킬 수 없는 과거에 매달리기보다 있는 그대로의 현재에 중점을 두어야 한다는 화합의 자세를 견지해야 한다는 점을 이 작품의 아버지의 말은 상기시키고 있다. 이 점에서 「아버지와 감시」는 분단극복 소설의 새로운 단계를 내딛고 있는 셈이다.

그러나 이념적인 인간인 아버지는 아들 앞에서 당당하게 자신의 전력을 소상히 설명하지 못하고, 아들은 아들대로 아버지를 이해하지 않으려는 태도를 고수한다면 그런 상태에서 화해는 일시적인 정서적 차원에서의 융화에 불과하다, 이 작품에서 아버지와 아들이 불란서 코뮌 당시 죽은 인민 혁명 전사의 묘지를 찾는 도정에서 일시적 화해의 양상을 보이지만, 그런 감정이 얼마나 오래 지탱될지 의심스럽다. 이념의 대립 문제는 감정적 화해가 전제되어야 하지만 결국 지성 융합의 차원에서 문제 해결의 근본 요체를 찾을 수 있는 것이다. 또한 분단의 문제를 가족적 차원에 집중시킴으로써 현실 사회의 구조적인 문제를 거론하지 못한다는 원천적인 제약을 내포하고 있다는 사실 또한 지적할 수 있다. 물론 이러한 한계는 「아버지의 감시」라는 작품에만 국한된 현상은 아니다. 이 작품의 아버지는 북한 사람이 아니라 중국인이기 때문에 아버지와 아들의 만남은 남한사람과 중국인이 된 한국인과의 만남이라고 생각할 수 있다. 새롭다기보다 낡은 구도를 여기저기 수선한 흔적을 이 작품에서 찾을 수 있다면 이는 글쓴이의 개인적 반응에 지나지 않는 것일까.

　아버지와 아들의 만남이라는 주제를 지금까지의 거의 틀에 박힌 구성에서 벗어나 조금은 색다르게 재구성한 작품으로 홍상화의 「어머니 마음」(『한국문학』, 1993, 5, 6월호)을 들 수 있다. 이 작품에서 아버지와 아들은 중국에서 만난다. 중국 유하의 사촌누나와 연락이 닿아 누나의 중계로 북한의 아버지와 남한의 아들이 상봉하는 것이다. 아들인 '나'는 카바레의 색소폰 주자로 근근이 살아가는 소시민이고, 나의 어머니는 세 남편을 거치는 등 억센 여인이다. 나는 중국의 사촌누나 금자와 서신연락을 하면서 아버지하고도 서신연락을 갖게 된다. 그래서 그 편지를 어머니에게 보이는데 어머니의 반응은 오히려 시큰둥하다. 나는 태어나기 1개월 전, 1950년 9월 고향인 경남 함양에서 교편을 잡다가 인민군을 따라 월북한 아버지가 나를 잊지 않았다는 사실에 감격하지만, 어머니는 아버지를 '젊은 가시나 꽁무니 쫓아간 작자'라고 비웃으며 아무런 미련을 보이지 않는다. 게다가 아버지가 북에서 그 여인과의 사이에 아들만 셋을 두었다는 사실에 노골적인 야유를 보낸다. 어머니의 시각으로 보면 아버지는 사상운동을 하다가 월북한 것이 아니라 가시나 궁둥이를 따라 북한으로 넘어갔다는 것이다. 나는 이런 어머니를 별로 좋아하지 않는다. 그녀 자신도 살기 위해서 젊은 군인과 놀아나기도 했고, 나를 버리고 재혼해 세 남자와 살림을 차리는 등, 윤리적으로 문제가 있는 삶을 살아왔기 때문이다.

　나는 이러한 어머니를 뒤에 두고 혼자 북중국의 사촌누나 집에서 아버지를 기다리다 만나지 못하고 대련으로 떠나는데, 뒤늦게 도착한 아버지가 대련으로 쫓아와 극적으로 부자상봉을 한다. 아버지에 대한 아들의 태도는 지금까지 거론한 소설 속의 아들들과는 달리 그저 감격적이기만 하다. 아버지에 대한 원한도 크지 않고, 따라서 아버지를 용서하겠다는 마음도 없는, 오랜만에 떨어져 살아온 아버지에 대한 육친의 정을 확인할 따름이다. 그래서 아버지의 발을 주무르기도 하고, 두 사람 모두 색소폰을 불면서 「오 데니 보이」라는 곡을 같이 좋아한다는 사실에 흐뭇해하기도 하며,

정겨운 만남의 시간을 가진다. 아들은 아버지에게 자신이 지닌 돈 전부를 드리고 이에 감격하는 아버지는 이북에 있는 가족과 찍은 사진을 아들에게 준다. 그 사진에는 어머니가 젊은 가시나라고 표현한 그 여자도 들어 있어 아버지는 아들에게 그 사진을 어머니에게 보여주지 말 것을 당부한다.

이러한 이 소설의 줄거리는 이념적 전제 없이 남북한 구성원이 서로 만날 수 있다면 인간적 정감의 교류에 아무런 문제가 없다는 것을 알려준다. 아버지는 어머니를 버린 것을 후회하지만 아들에게 비굴한 태도라든지 주눅 들은 모습을 나타내지 않고 아들도 그런 아버지를 자연스럽게 받아들인다. 그러나 어머니는 아들이 강제로 보여준 이북에 있는 아버지 가족의 사진을 받아들고 대성통곡을 한다. 사진에 나오는 젊은 여자가 아버지가 그녀에게 미쳐 이북에 가게 된 여선생이라는 것이다. 어머니는 결코 그런 아버지를 용서할 수 없다. 한참 통곡을 하던 어머니는 울음을 멈추고 코를 '횡'하고 푼다. 그제야 나는 마음을 놓는데, 그것은 "어머니가 코를 '횡'하고 풀면 기쁨·슬픔·분노할 것 없이 어떤 감정이라도 끝장을 보게 마련"이기 때문이다. 이 소설의 압권이라면 단연 어머니의 이 코 푸는 장면이다. 모든 격앙된 감정을 이 코 푸는 행위를 통해 가라앉히고 다시 말해서 한을 일단 진정시키고, 생활 전선으로 다시 복귀하겠다는 의지를 확인한다. 분단으로 인해 겪어야 했던 험난한 삶의 체험을 통해 축적된 예지가 '횡'하는 코 푸는 소리에 응축되어 있다.

이 작품은 아버지와 아들의 만남이라는 모티프 외에 중국 교포들이 한국에 초청 받고자 애를 쓰는 삶의 한 양상, 중국에서는 돈깨나 있는 인물로 행세하다가 한국에 돌아와서는 생활에 쪼들리는 소시민의 모습을 그려 보임으로써 소설 속의 사건의 실감을 더하고 있다. 중국에 갔다 온 나는 여행빚에 쪼들려 택시 운전사로 전락하고 중국의 누나 가족은 한국에 초청될 줄 알고 빚을 냈다가 초청이 미루어지는 바람에 곤경에 처하게 된다. 중국 방문 자유화의 교류 자유화에 따라 중국과 한국을 오가는 우리들과 중국

교포들에게는 이러한 문제가 발생하고 있는 것이다. 오랜 분단 상황으로 인해 정상적인 인간 교류가 불가능해졌다는 점을 확인한 것도 이 작품의 부산물이다.

　여러 가지 점에서 기존의 상봉소설과 다른 형태를 취한 이 작품은 결말에 이르러 고전적인 용서의 주제로 회귀한다.

　　그러나 오늘밤은 다른 꿈을 꾸고 싶다. 미래 어느 한 시점, 우리 세 식구가 한 자리에서 모인 데서 아버지가 어머니에게 용서를 구하고 어머니는 아버지를 용서하는 꿈이다. 세월의 흐름이 망각을 불러일으키지 않는다면, 세월의 흐름이 용서를 동반하지 않는다면, 그리고 그것이 새로운 미래를 받아들이지 않는다면, 세월의 흐름은 죽음을, 한 서린 죽음을 맞이할 뿐이라는 것을 어머니도 알고 계실 것이다.

　바람난 아버지는 돌아온 탕아이고, 남편을 셋씩이나 바꾼 어머니는 난질꾼 여편네다. 따지고 보면 누가 누구를 용서한다는 것 자체가 잘못된 발상일지도 모른다. 이 작품의 특이성은 지금까지 이러한 주제의 소설에서 아버지는 탕아로 설정된 데 반하여 어머니는 온갖 풍상을 겪으면서도 자식들을 기르며 정절을 지키는 정숙한 여인으로 설정되곤 했는데, 이 작품은 그러한 공식을 타기시켰다는 점이다. 어머니가 도덕적으로 문제가 있는 인물이라는 것은 남쪽 사회라고 해서 항상 정당성을 확보한 사회는 아니었다는 은유로 해석할 수 있다. 지금까지 소설의 단순 논리를 그대로 따르자면 북한 사회는 남한에서 문제를 일으킨 인물들이 몰려가 정착한 무법지대 같은 것이다. 그런데 관점을 바꾸어서 북한의 시각으로 월남한 아버지의 경우를 상정하면 그 아버지 역시 정치적으로나 가족적으로 탕아에 지나지 않는다. 이런 시각에서 정절을 지키지 않은 어머니의 설정은 생각보다 훨씬 중요한 의미를 머금는다. 즉 보다 성숙한 조망으로 남북한 관계를 다시 투영해야 할 필요성을 느끼게 되는 것이다. 누가 옳고 그른지를 따지기 이전에 서로가 서로의 잘못을 솔직하게 인정하는 태도가 요청된다. 그러한 행위를 이 작품은 '용서'라는 낯익고 때 묻은 단어로 표현했는데, 그 내포적 의미는 서로의 처지를 인정하는 것으로 해석해야 할 것이다. 아버지 세대는 죄악의 세대였고 아들의 세대는 그 죄악을 용서하는 선의 세대였다는 단순 논리에서 벗어난 것도 이 작품에서 주목할 점이다. 이 작품에서 아들은 아버지의 죄악의 '죄'자조차 입 밖에 내지 않는다. 아버지는 아버지대로 삶의 흐름을 쫓아 월북한 것이고 남겨진 아들은 아들대로 생활의 격류를 따라 흘러간 것이다. 아들은 그러한 아버지를 용서할 건더기도 가지지 않았고, 아버지는 아들 앞에서 주눅이 들어 쩔쩔맬 필요가 없다. 이러한 시각이 최근에 들어 와서야 정립이 되기 시작한 것을 보면 소설가들 역시 시대가 강요하는 사고방식에서 크게 자유롭지 못함을 실감할 수 있다. 「어머니 마음」의 작가는 「피와 불」 같은 분단극복 주제의 본격적인 장편소설을 통해 시각의 폭과 깊이를 넓히고 깊게 한 노력의 결과 시대의 질곡적 사고에서 한 걸음 비켜 한 걸음 앞설 수 있게 되었다고 판단된다.

3. 남과 북, 아직도 메울 수 없는 간격

국제 사회에서 북한 사람과 접촉할 수 있는 기회는 나날이 증가하고 있다. 그렇게 민간 차원에서 사적인 만남을 지속해도 남한 사람과 북한 사람의 마음에는 서로 유리벽 같은 것을 장치하고 있는 듯 도저히 메울 수 없는 간격을 느낀다. 이 간격을 어떻게 메울 수 있는가, 이런 주제를 작품화하는 것은 지난한 일이다. 합의점에 도달했다가도 끝에 가서는 매번 결렬하고 마는 남북회담처럼 남북한인의 심리적 격절감은 쉽사리 해소되지 않는다.

그러한 간극의 양상을 실화와 같은 형식으로 소설화한 작품이 이호철의 「보고 드리옵니다」(『계간 문예』, 1993, 봄호)이다.

작가 이영호는 폴란드를 방문해서 오가락 최라는 여교수의 권유로 폴란드 대학의 한국어과 교환 교수로 와 있는 북한의 오남 교수를 만나게 된다. 이영호가 능동적으로 만난 것이 아니라 오가락 최 교수의 강권에 못 이겨 만나게 된 것이다. 만나기 싫다고 노골적으로 밝힐 수도 없는 그런 상황에서 만나기로 작정한 순간 작가 이영호는 모스크바에서 북쪽 고향 마을에 띄웠던 편지 문면을 반추해본다.

> 지금 저의 눈앞에는 어릴 때 익혔던 마을 정경이 한 폭의 그림처럼 선연하게 떠오르며, 도롱메의 솔바람소리가 또렷하게 들립니다. 하여, 새삼 남겨두고 온 친족들의 근황이 궁금한 바, 염치없는 짓인 줄은 아오나, 혹여 소식이라도 알 길이 없겠는지요. 조부모님과 부모님은 이미 연만하시어 세상 떠났을 것으로 짐작되오나, 두 누님과 남동생, 여동생들의 생사라도 알고 싶습니다.(중략) 친족들의 근황을 알려 주시거나, 만날 수 있는 계기를 마련해 주신다면 저로서는 백골난망이겠사오며 최선을 다할 용의가 있습니다. 소련 작가동맹의 극동담당 레디나 여사거나, 모스크바 방송국의 곽정숙 여사에게 연락주시면 고맙겠습니다.

구구절절이 고향에 대한 그리움이 사무쳐 있는 이런 문면을 읽다보면, 고향과 친족에 대한 집착은 우리 민족의 민족적 고유한 특성이라는 생각까지 들 정도이다. 한편 이런 편지라도 쓸 수 있는 이산가족은 그래도 행복한 사람이라는 생각도 들고, 문면 가득 넘치고 있는 감상성에 감동해서라도 회답이 주어지지 않을까 라는 기대도 해 본다. 하지만 이 편지를 보낸 작가 이영호는 그 편지가 제대로 전달될 것인지에 대해서는 전혀 기대를 하지 않는다. 이런 착잡한 심정을 안고 오기남 교수와 첫 대면을 하는 순간 영호는 "우리 조선 사람들은 자고로, 술이 있어야 이야기도 잘 풀리지 않습니까."라는 말로 대화를 시작한다. 술이 있어야 한다는 것은 정답게 이야기할 수 있는 조건을 갖춰야 되겠다는 의미이고, 일부러 '조선 사람들'이라고 함으로써 서로의 간격을 좁혀 보려고 시도한다.

첫 번째 만남은 서로 한 치도 간격도 좁히지 못한 채 결론 없는 격렬한 논쟁으로 끝나고 만다. 북은 북대로 김일성 부자를 위하는 방법이 있고 남은 남대로 그들을 이해하는 방법이 있다는 영호의 전제에 북의 오기남씨는 "기딴 소리는 모르겠다"고 딴청을 부리고 남조선에서 투쟁깨나 했다는 이영호가 그동안 헛놀음에만 바삐 돌아간 것이 아니냐고 비아냥거린다. 민주주의라는 미명 아래 80여개의 정당이 난립하는 폴란드 정국도 못마땅하다는 것이다. 오기남씨는 이영호에게 '이 사람 참 복잡하고 어려운 사람이구만'이라는 말을 인사말로 남기고 헤어진다.

두 번째 만남은 바르샤바 공원을 무대로 삼는데 이영호의 영국 역사 강의 같은 논쟁거리 제기에 오기남씨는 계속 딴청을 부리며 공연히 날씨에 대한 화풀이만 한다. 오기남씨는 퀴리부인 집에 가자는 이영호의 요청에 마지못해 따르는데, 바르샤바에 있으면서도 그 집에는 한 번도 들르지 못한 눈치이다. 오기남은 이영호가 제기하는 논쟁에 휘말리는 대신 북에 있는 영호의 가족 소식을 알려 주겠다고 구미에 당기는 제안을 하지만 이번에는 영호가 딴청을 부린다.

세 번째 만남부터 둘 사이는 점점 스스럼이 없어져 간다. 그래서 오기남씨는 지나치는 말처럼 이렇게 실토를 하기까지 하였다. "사실은 1950년 겨울 그때, 미 해병부대가 부전고원에서 후퇴할 때는 나도 가족을 따라서 처음에 남하 길에 나섰습네다. 당시에 우리집도 그 지방에서는 그 정도로 행세깨나 하였었수다. 또 당시의 일반적 상황도, 그랬었구요. 그러니까 이선생도 마음 푹 놓으시라구요. 이 참에, 어떤 수를 써서든지 가족을 찾아 보시자우요." 영호는 이 실토가 믿기지 않는다. 서로의 기본거리를 좁혀보자는 갸륵한 마음씨에서 나온 위장 실토로 간주한다. 영호는 그날 온 친족들의 가족사항을 소상하게 적어주고 기분 좋게 한턱을 낸다.

네 번째 만남은 영호가 부다페스트로 떠나는 이별의 만남이다. 보드카와 안주거리까지 잔뜩 싸온 오기남 씨는 영호와 어울려 아침부터 술을 마시면서 어깨동무를 하고 유행가를 부르고, '나의 살던 고향은 꽃피는 산골'을 고래고래 악을 쓰듯이 노래를 부른다. 그리고 헤어지는 순간 바바리 코트 차림으로 껑충하게 선 채 오기남씨는 눈물을 흘린다. 남 창피하게 울긴 왜 우느냐고 영호는 눈물을 말렸지만 그 눈물의 의미가 무엇인지 짐작하지 못한다. 그러나 그 순간 영호는 오기남 씨가 한 가솔처럼 여겨졌던 것을 부인하지 못한다.

이 네 번의 만남을 정리하면, 첫 번째 만남은 오가락 최의 소개로 인한 안면 익히기. 마지막 만남은 서로 친숙해져서 헤어지기 아쉬워 할 정도가 되기 등으로 요약할 수 있다. 오기남 씨의 눈물의 의미가 무엇인지 밝힐 수 없지만 만약 다섯 번째 그리고 여섯 번째의 만남이 지속된다면 그 의미도 밝혀질 수 있을 것이다. 남북한의 사람과 사람의 만남은 이런 형태로 지속되는데 남북한 통치 당사자의 만남은 왜 이런 식으로 전개되지 못하는 것일까. 작가가 말하고자 하는 요점은 이런 것인 듯하다. 작가는 의견 제시를 보류하고 이러한 소설을 북한 주민 접촉의 보고서로 썼다는 것을 밝혀 아직도 통일에 대한 의견 제시가 통치 당국에 의해 제한된 권리라는 사실을 은근히 풍자한다.

이상, 폴란드에서의 제 행적을 보고 드리옵니다. 그러나 정작 이 보고를 어디다가 제출해야 할는지 몰라집니다. 새 정부가 들어서는 고비라, 이런 문제를 취급하는 담당부서가 어느 기관인지 애매하기 때문입니다. 그렇다면 할 수 없습니다. 대한민국 국민 모두에게, 이상, 보고드리옵니다. 1999년 2월, 이영호.

이 문맥에서 통일 정책에 대한 새로운 검토가 새 정부에 새롭게 이루어지기를 바라는 작가의 숨겨진 목소리를 들을 수 있다. 또한 민간 차원의 사사로운 사항까지도 일일이 보고를 해야 하는 부자유스러움에 대한 풍자가 내포되어 있다. 이러한 보고는 대한민국 국민이라면 의무적으로 제출해야 한다는 사실에 대한 소극적 저항이 포함되어 있다. 정부의 통일 정책에 의해 매주 TV를 통해 북한의 이모저모에 대해서 소상하게 알고 있는 국민들이 아직도 통일 통제적 사고를 강요당한다면 이것은 사회적으로나 문학적으로 바람직스러운 현상은 아니다.

1960년대의 판문점을 묘사한 이호철의 「판문점」이 그 시대 분단극복문학의 한 정점을 이루었다면, 「보고 드리옵니다」는 90년대 분단극복문학의 정점을 향해 출발하는 시동소리를 들려준 작품이다. 전쟁체험 세대의 문학적 건재를 확인할 수 있다는 것은 이 시대 분단극복문학의 지속성을 확보하게 하는 동시에, 통일의 대들보로서 전쟁체험 세대의 귀중한 존재 가치를 입증하고 있는 것이다.

4. 통일의식의 현실적 실천을 위하여

분단의식을 극복하고 이를 통일의식으로 수렴하기에는 넘어야 할 장애 요인들이 산적한 형편이라서 자신 있게 그 방향을 예측할 수 없다. 분명한 것은 과거와 같은 동어반복은 용납되지 않을 것이며, 기대지평이 큰 것만큼 방향의 전환도 폭넓게 이루어지리라는 것이다. 이런 판단에 내포되어 있는 낙관주의의 위험성을 지적해야겠지만 현 단계에서는 비관주의를 더 경계해야 될 것 같다.

　지금까지 최근에 발표된 작품을 중심으로 달라진 분단극복 주제 문학의 경향을 살펴보았다. 미전향 장기수를 바라보는 새로운 시각을 통해 이념 문제에 대한 다른 방향에서의 접근양상, 부자상봉 주제 소설의 새로운 경향, 남북한 민간인 접촉의 달라진 모습 등을 그 과정에서 확인할 수 있었다. 사실 이러한 주제들은 전혀 새로운 것은 아니다. 과거에 있었던 주제를 현재의 관점에서 시각을 약간 달리하여 쓰인 작품들이 대부분이다.

　시각을 약간 달리하기 위해 작가들은 얼마나 정신적 고초를 겪어야 했으며, 그 시각을 정당화하기 위해서 사회적 갈등은 또 얼마나 겪어야 했는가. 그런 뜻에서 이 새롭지 않은 새로운 소설의 가치는 충분히 인정되어야 한다. 이 작품들을 분단극복문학의 대명사로 치켜세우려는 것이 아니라, 분단극복을 위해 일정 정도 공헌한 바를 인정해야 한다는 말이다.

　이제부터는 이 작품이야말로 분단극복문학의 대명사 격의 작품이라고 단정하는 축제적 논의는 지양되어야한다. 그런 식으로 아무리 떠들어도 분단상황은 하나도 달라진 것이 없고, 그런 작품은 상업적 성공을 거두어서 작가 개인의 물질적 삶만 풍요로워진 결과만 초래했을 뿐이다. 이제까지 완강한 사상 통제 정책은 작가가 생각을 조금만 자유롭게 해도 문제를 삼아 작가가 아니라 생활인으로서 살아남기 위해서는 극도의 조심을 하지 않으면 작가적 생명을 유지하기 어려운 형편이었다. 분단극복문학의 성공작으로 평가되는 작품들은 작가가 돈키호테처럼 외부 검열의 보이지 않는 망을 저돌적으로 돌파할 각오를 보인 작품이거나, 교묘하게 내부·외부 검열을 피해 은유적인 표현에 성공한 작품들이 대부분이다. 만용에 가까운 용기나 이리저리 머리를 굴리는 잔꾀 부림에 대해서 우리는 지나치게 높은 평가를 내렸던 것이다. 아직도 이런 평가를 지속해야 할 만큼 상황은 크게 달라지지 않았다. 여기서 과거처럼 시대의 질곡에 속박된 한도 내에서 잔꾀만 쓰고 있을 것인가 본질에 집착할 것인가 등의 과제를 놓고 선택해야 할 시점에 도달했다. 이 대목에서 '궁극적 자유의 확보'라는 구절이 상투적으로 제기될 것이다.

그러나 궁극적인 자유가 허용되지 않는 한 분단 상황을 총체적으로 그린 작품이 출연할 수 없다는 이야기를 새로 발견한 진실처럼 말하는 것은 비관주의의 대표적인 견해이다. 궁극적인 자유란 '궁극적'이라는 관형어구가 붙는 한 결코 도래하지 않는다. 자유란 항상 상대적인 것이고 상대적인 자유가 어느 정도 보장된다고 해도, 궁극적인 자유를 부르짖는 작가는 그 상대적 자유를 활용한 작품을 쓰지 못하고 만다. 자유라는 개념이 자본의 축적을 위한 경제 개념에서 유래했다는 사실을 깨닫는다면, 자유를 부르짖는 사람들이 왜 그렇게 쉽사리 경제적 유혹에 굴복하는가를 짐작할 수 있다.

90년대의 문학·사회적 상황은 예측이 불가능한 국면으로 변화해 가고 있다. 분단의 내면화를 의도적으로 조장하는 자기 파괴적 해체주의 문학이 목소리를 드높여 감에 따라 통일 지향적 문학은 상대적으로 위축된 모습을 보이고 있는 듯하다. 통일지향의식이 역사주의의 소산이라면 탈 역사주의를 강조하는 포스트 모더니즘적 사고는 역사주의를 압박해서 통일의 가치를 부정하는 방향으로 현실의 제 국면을 조정하려고 한다. 이 탁류와도 같은 허무주의 물결을 국제주의, 전위주의로 인식해서 그것에 편승하는 것이야 말로 문화적 가치를 창출하는 것으로 오인한다면 분단극복 문학, 통일지향 문학이 싸워야 할 대상은 바로 그러한 착각의 가치체계일 것이다.

남북한 동질화를 이야기하면서 남한의 모든 문화 예술은 탈근대주의화의 물결에 동참해야 한다고 주장한다면, 이것처럼 무의미한 강변은 없다. 북한은 근대주의조차 인정하지 않으려는 판국에 탈근대주의 운운하는 것은 통일을 이미 물 건너 간 것으로 간주하고 우리끼리 어지러운 문화 예술의 초현대적 잔치를 벌이자는 이야기와 다르지 않다. 분단 반세기 동안 벌어질 대로 벌어진 남북한의 간격을 의도적으로 더 벌여놓고 말겠다는 엉뚱한 고집을 피우는 행위인 것이다. 분단 상황을 진정 안타깝게 여기고 정말로 통일을 위한 문학을 건설하려면 반역사적, 비역사적 문화 예술의 허구성을 스스로 자각하고, 무엇이 남북한 동질화에 기여하는 것일까 진지하게 재검토해야 한다. 이 작업은 물론 현실에 대한 면밀한 성찰 없이는 불가능하다.

지금까지 분단극복 문학의 주제적 변천 과정을 살펴보면 의식의 급격한 변화는 별로 찾아볼 수 없다. 그것은 통일이 하루아침에 이루어지는 것이 아닌 것처럼 인식의 변화도 시대와 사회의 변화에 부응하는 것이어야 했기 때문이다. 90년대는 아직 미정형의 변화 도정에 있기 때문에 90년대의 통일지향문학 역시 미정형일 수밖에 없다. 바로 이러한 미정형성이 90년대 통일지향문학의 가능성이라고 인식하고 통일을 향해 한 걸음씩 성실한 발걸음을 지속할 때 분단극복문학의 진정한 가치는 현실 속에서 실천·구현될 것이다.

8. 남쪽 민족문학론의 전개

―민족문학의 가능성

1. 통일이라는 대전제

통일시대의 한국문학을 전망하려는 우리의 논제와 결부시켜 떠올릴 수 있는 생각은 단재의 명제에 대한 패러디이다. "민족의 통일이 문제인데 문학 따위가 다 무엇이냐"가 그것이다. 통일이 되는 판국에 통일 이후의 문학이 어떤 형식과 내용을 지니든 무엇이 대수로울 것이 있겠느냐 라고 그냥 넘어갈 수도 있는 문제를 이 자리에서 논의하는 셈이다. 민족의 통일을 이룩하기 위해서는 문학적 침체는 감수해야 하고 문학에 대한 전망 따위의 문제에 매달릴 것이 아니라 통일을 위한 본원적인 문제제기에 몰두하는 것이 보다 생산적일 것이다. 이런 생각에 대한 반대의견도 얼마든지 개진할 수 있다. 사회 각 분야에 걸쳐서 통일의 그날을 대비하기 위한 전망을 해두는 것이 통일이라는 한국사회의 대 지각변동에 대비하는 바람직스러운 태도이고, 문학에 대한 전망도 그러한 차원에서 필수적으로 이루어져야 할 것으로 간주할 수 있다. 이것은 문학하는 사람들로서는 당연한 견해이기는 하나 통일이라는 사회 지각변동의 차원에서는 다소 긴박감이 떨어지는 것이 사실이다. 격변기의 문제해결의 순서가 정치 경제 사회 다음에 문화라고 상정한다면 문학에 대한 전망도 통일시대의 한국에 대한 그것 중 가장 긴장도가 떨어질 것이다. 요컨대 통일시대의 한국문학을 전망하더라도 문학이 아닌 한반도의 상황에 초점을 맞추어야 논의의 필요성과 의의가 제고된다는 말이다.

1995년 북미간의 외교 연락사무소를 개설하기로 한 약정이 발표되고, 지난 50년 동안의 미국과 북한간의 적대관계가 해소될 징후를 뚜렷하게 보임에 따라 통일의 전망이 훨씬 밝아지는 듯 보였다. 냉전의 마지막 그림자가 드리워 있던 한반도의 기상이 맑아지게 된 듯 했다. 북한과 미국이 1995년 8월 13일 제네바에서 '정상적인 정치 경제 관계 수립'을 추진키로 합의한 것은 미국과 북한간의 관계에 그치지 않고, 한반도를 포함한 동북아 질서를 밑바닥으로부터 바꾸어 놓는 계기가 될 것으로 보인다.

그러나 북한과의 외교문제는 지난날 늘 그래왔듯 예측할 수 없는 방향으로 내닫고 있는 것이 오늘의 실정이다. 4자 회담을 둘러싼 북한의 태도의 변화가 수용과 거부의 어느 쪽으로 방향이 바뀔 줄 모르는 상황에서 남북 간의 문화 교류문제나 남북 문학론의 대응적 전개를 논의하는 것은 매우 어려운 일이다.

김일성 사망 이후 김정일 체제가 완전히 자리 잡지 못했으나, 그 제체가 김일성 생전의 그것보다 유연하게 운영될 것이라는 예측이 지배적이다. 김정일이 문화예술의 실질적 책임자였다는 사실을 상기한다면 남북한 문화 교류가 질적으로나 양적으로 확장, 심화될 것이라고 내다볼 수 있다. 과거 남북한 문화 교류가 관 주도의 공식적인 것이었다면 이후의 문화 교류는 민간 위주의 사적인 성격을 띨 것이다.

여기서 우리가 주목할 것은 남북한의 경제 교류, 문화 교류의 가능성이 남북한의 합의하에 도출된 것이 아니라 북한과 미국의 합의에 힘입은 바

클 것이라는 사실이다. 한민족의 자율적 문제가 타율적으로 그 실마리가 풀릴 만큼 외세 의존이 크다는 사실은 통일의 길이 아직도 험난하기만 하다는 점을 명시한다. 주체사상을 국시로 삼는 북한 역시 미국과의 합의를 도출하기 위해 외교적 줄타기를 거듭했다는 사실 또한 주목할 일이다. 남한이 합의과정에서 소외되었다는 인상을 주는 것을 불식시키기 위해 우리 정부가 막후 역할을 담당했다는 점을 주장할수록 정부당국의 쑥스러움은 더 크게 느껴진다.

지난 1995년 8·15 해방 경축사에서 정부는 3단계 통일론을 천명한 바 있다. "이제 공허한 이념 대립 대신에 민족 복리 증진을 남북관계의 중심으로 삼아야 한다"는 것이다. 정부는 통일정책과 관련 *남북한의 화해 협력 *남북연합 *통일국가 완성을 내용으로 하는 3단계 통일방안을 밝히고 "통일은 남과 북의 이질화된 민족사회를 하나의 공동체로 발전시키는 일로 시작해야 한다"고 강조한다. 이러한 통일방안은 기존의 정부 통일방안에서 획기적으로 달라진 것이 아니라 기존 방안을 손질하면서 자유민주주의 체제 내에서 통일이라는 개념에 중점을 둔 것이다.

자유민주주의 체제하의 통일이란 흡수 통일의 다른 표현으로 생각되는 남한 위주의 통일방안으로, 그래서 통일 논의의 뒷전에 밀려 있었던 것인데, 그것을 통일방안으로 다시 내세운 것이다. 이념과 체제에 대한 자신감이 흡수 통일로 인식되는 자유민주주의 체제하의 통일방안에 내포되어 있다. 이 통일방안은 통일의 미래상으로 자유 복지 인간 존엄성이 보장되는 선진 민주국가를 제시한다. 북한이 이 통일방안에 동의를 표시하리라고는 전혀 예상할 수 없으리라는 것을 전제로 천명된 통일방안이 아니겠느냐는 견해도 가능할 것이다.

그러나 북한의 체제가 적어도 경제적으로 자유민주주의 체제로 변화할 것이라고 예측할 수 있고, 나아가서 정치적으로도 김일성 생전의 폐쇄성을 탈피할 수밖에 없다는 점을 상기한다면 자유민주주의 체제하의 통일방안은 미래를 투시한 통일방안이라고 인식할 수 있다. 한편으로 이념의 소멸을 강조하는 이념의 정립, 북한의 정치상황에 비추어볼 때 시기상으로 다소 빠른 것이 아니냐는 지적, 3단계 통일방안은 이러한 이견도 가능하게 한다.

통일방안이 없어서 통일을 못 한 것은 아니다. 그런 관점에서 이번의 3단계 통일론은 정부의 공식적인 견해를 천명하고, 민간 차원의 통일방안에 방향을 제시한 것으로 볼 수 있다. 통일에 대한 모든 논의를 정부로 집중시키고 사적인 차원에서의 통일논리 전개를 억제하겠다는 의도를 포함시킨 이번 방안은 보수로의 회귀라는 대전제를 깔고 있다. 앞으로의 통일 논의는 이 대전제에서 자유로울 수 없을 것이다. 통일이라는 대전제에 대한 또 하나의 전제를 어떻게 활용, 극복하느냐가 통일 논의의 초점으로 떠오르고 있다.

2. 북한문학의 변화 가능성

김정일 체제의 등장 이후 북한의 문화계가 어떻게 달라졌다는 보도는 일절 접한 바 없다. 북한의 정치상황이 어떻게 변화할 것이고 문화, 특히 문학의 동향은 어떻게 바뀔 것인가에 대해 언급하는 것만큼 예술적인 작업은 없다. 여기서 예술적이라는 말은 치밀한 구상 없이 즉물적·즉흥적으로 작업하는 예술가가 그의 작품이 예술적으로 어떻게 완성될 것인가를 예측하지 못한다는 차원의 그것이다. 북한의 정치상황에 대한 국제문제 전문가들의 예상이 그대로 들어맞은 경우가 거의 없다는 사실은 북한은 변화하지 않는데, 북한이 변화하기를 바라는 우리의 희망을 담아 예측했기 때문에 번번이 과녁에서 빗나간 것이 아닌가라고 생각된다.

김일성 사망 사건 이후 수많은 김일성 내지 북한 전문가들의 발언 중 앞으로 사실로 나타날 것은 극도로 제한되어 있다. 분석과 예측이라는 지적 작업 속에 내포된 정념적이고 미신적인 희망 섞인 점괘의 내용을 과감하게 제거하는 것이 필요하다. 김일성이 어느 날에 죽을 것이라는 점괘가 맞았다고 해서 한반도에서 극적으로 달라질 것은 무엇인가, 김일성이 죽으면 통일이 된다는 환상은 왜 실현되지 않는가, 김정일의 성격을 예측할 수 없을 정도로 변덕스럽고 포악무도하다고 설정한다고 해서 우리가 얻을 반사적 이득은 무엇인가. 우리는 이런 점들을 검토하지 않으려고 의도적으로 애써왔다. 앞으로의 통일 논의는 희망 섞인 예상을 가급적 배제하고 희망에 반대되는 상황까지 개관적으로 살펴보는 여유를 가져야 할 것이다.

북한문학에 대한 우리의 희망 섞인 예상은 이런 것이 될 것이다. 김정일 등장 이후 국제 정치상황에 북한이 적응해서, 우선 경제개방정책이 대대적으로 시행된다. 북한의 중국화가 이루어져서 경제특구가 전국적으로 확산되고 북한의 인민들은 정치보다는 경제에 관심을 집중시킨다. 이에 따라 문학도 당 주도의 문학에서 벗어나 작가 개인의 개성이 중시되는 경향으로 바뀐다. 연애소설이 급증하고 과거의 빨치산 문학은 관심의 바깥으로 사라진다. 남북한 문학이 이념적인 차원에서 유사성이 발견되고 따라서 남북한 작가의 교류도 활발해져 북한 여배우와 남한 남자배우가「남남북녀」라는 영화에 공동 출연한다. 문학작품의 경우 시작품에서는 과거에 씌어졌던 작품, 예를 들어 고은의 『백두산』이 북한 쪽 백두산 기행으로 수정본이 나온다. 작품의 배경이 남북한 전역으로 확장된 작품이 속출한다. 통일만 되지 않았을 뿐 남북한 문화의 이질감은 전혀 느끼지 못한다. 50여 년 동안의 분단의 한을 담은 내용으로 한 작품은 과거를 청산하고 망각한다는 차원에서 독자들에게 철저히 외면당하고, 남북한의 목전에 다가온 통일의 감격을 선취하는 밝은 내용의 작품이 선풍적인 인기를 모은다. 통일 직전의 문학적 상황은 우리가 바라는 바대로라면 이렇게 요약될 것이다.

하지만 이대로만 될 것이라고 갈망하는 문학인의 희망이 무참하게 좌절
된다면 어떤 상황이 연출될까. 북한은 핵확산금지조약에서 탈퇴하고 김정
일이 제거되고 군부의 집단통치가 이루어지면서 빨치산 2세대들의 정당
성을 강조하는 군부문화의 시대가 도래한다. 남북한은 종전보다 더 심각
한 대치상황에 놓이고 통일의 전망은 더욱 암담해지는데, 설상가상으로
러시아와 중국에 극좌 정권이 들어서고 세계는 다시 냉전시대로 돌입한다.
통일문학에 대한 전망이라는 주제는 통일이 가능하다는 것을 전제로 쓰는
것인데, 새롭게 악화된 시대는 그런 주제를 사치스럽고 비현실적인 것으
로 여길 수밖에 없다. 분단 강화의 시대, 역사가들은 이 시대의 성격을 이
렇게 정의한다.

무슨 악몽과 같은 이러한 시나리오는 우리 민족이 상정할 수 있는 최악
의 미래상을 담고 있다. 이렇게 예상할 수 없다는 근거가 있는가? 희망의
논리의 이면에는 항상 좌절의 논리가 자리 잡고 있는 법이다.『무궁화 꽃
이 피었습니다』같은 과학을 표방하는 공상소설과 반대되는 소설은 우리
의 희망을 무시하기 때문에 전혀 팔리지 않을 것이다. 남북한이 통일이 되
어 막강한 군사력으로 핵 위협을 통해 일본을 굴복시킨다는 그 소설만큼
우리의 희망을 극대화한 작품은 드물다. 이런 종류의 소설을 통해 얻는 것
은 역사의식의 상실 이외에 별다른 것이 없다.

북한문학의 변화에 대한 예측은 현재의 관점에서 매우 조심스럽게 전개
할 수밖에 없다. 통일에 대한 전망이 아직 확실하게 보이지 않기 때문이다.
우리의 바람을 극도로 억제한 상태에서 냉정하게 관찰할 때, 세계적인 변
화의 추세인 극단적인 개인주의화와 경제적 실리의 추구에 북한이 언제까
지 냉담할 수 있을 것인가라는 측면에서 북한문학도 과거의 경향에서 달
라질 것은 틀림없는 사실이다.

국제화·개방화의 추구는 주체사상에 대한 재검토로 이어질 것이다 북
한이 주체사상을 정립한 배경에는 중소 등거리 외교의 필요성이 작용했다.

이 시점에서 등거리 외교의 필요성은 북한의 중국 경도로 소멸되었고, 앞으로 개방화가 추구된다면 주체성은 살리되 국제화를 이룩해야 한다는 갈등을 겪을 것이다. 주체사상은 그 속에 유교적인 가부장 존경의 덕목이 내포되어 있어서 김일성 생존 시 인민의 자기정체성을 확인시키는 기능을 발휘했다. 주체사상에 대한 강조는 어버이 수령에 대한 무한한 존경으로 자연스럽게 이어졌는데 그 어버이가 사망하고 만 시점에서 김정일을 새로운 어버이로 떠받들 수는 없는 노릇이다.

주체사상의 흔들림은 북한문학에 새로운 지평을 열 것이다. 과거의 문학에 대한 조심스러운 재평가작업이 이루어진다면, 중국의 경우처럼 영화나 문학의 비판 기준에 대한 검토가 행해질 것이다. 김정일 체제에서 문화의 비판적 기준은 영화를 통해 정립될 공산이 크다.『피바다』의 실질적 연출자로 알려진 김정일이 그의 통치철학을 영화에 담을 것은 분명한 사실이다. 북한문학의 변화는 북한영화 변화의 기미에서 간파될 듯하다.

최근 한총련 연대 점거사건 이후 '주사파'에 대한 경계심이 고조되면서 주체사상은 시대착오적 이념주의자들의 환상으로 공격되고 있다. 지나간 시대의 군부 통치는 극단적인 저항의 이념의 필요성을 항쟁운동 진영에 촉발시켰고 주체사상은 반대이념으로 남한사회에 자리 잡게 되었다는 사실을 잊지 말아야 한다. 북한이 주체사상에 대해 변화의 조짐을 보인다면 남한에서는 '주사파'의 문제는 탄압의 형식을 띠지 않고서 자연스럽게 해결될 것이다. 반대이념의 근거가 상실되는 시대가 북한에 도래하고 남한의 재야세력 역시 다른 근거의 반대이념을 정립할 수 있는 시대가 온다는 것은, 그 자체가 통일에 한걸음 더 다가섰다는 것을 의미한다.

북한문학 창작의 중요 원리 중 하나인 '종자론'은 그 명칭에서부터 혁명 2세대를 연상하게 한다. 좋은 종자가 풍성한 결실을 맺게 한다고 소박하게 이해할 수 있는 종자론은 김정일에 의해서 특히 강조된 것으로 알려졌다. 김정일이 종자가 아닌 원목으로 등장한 이때 종자론이 더 이상 무슨 의미

를 가지는지 검토될 것임에 분명하다. 예술의 폭넓은 이해자요 창작자의
반려로 자처하는 김정일이 그의 시대를 맞아 새로운 예술론을 전개하리라
는 것도 분명하다. 급격한 변화는 북한의 체제상의 특성상 어렵겠지만 변
화의 소용돌이가 내면에서 꿈틀거리고 있다.

북한문학에 대한 이 같은 전망은 북한문학이 남한과 동질화될 것이라는
궤도에서 벗어난 것이다. 우리의 희망은 동질화를 요구하고 있지만 북한
이 어떻게 변화하든 절대적 동질화는 불가능하다. 북한문학이 남한과 동
질화된다면 남한의 오늘날의 문학적 경향이 그러하듯 탈모더니즘적 징후
같은 것을 그대로 보여야 하는데, 남한에서도 사회와 대응되지 못하는 시
대초월적인 탈모더니즘 징후가 북한문학에 나타나야 한다는 주장은 불가
능하다. 탈모더니즘을 과도기적 시대의 변명적 이데올로기로 파악한다면,
일정한 시간이 경과된 다음에도 여전히 존재하는 항속성 있는 사조라고
생각할 수 없다. 설령 이러한 탈모더니즘적 징후가 북한문학에 나타난다
고 해도 그것은 바람직스러운 것이 아니다.

모든 것을 남한이 흡수할 수 있다는 발상이 절대적인 동질화를 요구한
다. 북한사회는 우리가 상상하는 것 이상으로 남한에 비해 이질화되어 있
어서 동질화의 모색은 동질화될 수 있는 미세한 부분부터 차근차근 시도
해야 한다는 점을 명기하자.

3. 민족문학의 전개

민족문학론이 세계화시대와 어울리느냐 그렇지 않느냐를 따지자는 것
이 이 글의 목적은 아니다. 통일이 이루어지는 판국에 남북한의 통일 이후
의 문학이 어떤 형식과 내용을 지니든 대수롭지 않은 일로 치부해버려도
된다. 독일문학의 경우 통일의 감격을 극대화한 작품은 별로 산출되지 않

았다. 오히려 통일의 문제점을 담은, 구동독과 서독의 융합할 수 없음을 노정하는 통일로 인한 갈등의 문제를 부각시킨 작품이 두드러지게 출현하고 있다. 행사시나 기념시라면 모를까 통일의 감격을 목청껏 부르짖는 문학작품은 문학의 속성상 대량으로 쏟아질 가능성이 희박하다.

그런 점에서 북한의 문학인들이 할 일을 잃고 남한의 문학인들만 신바람은 내며 창작에 몰두하는 통일이라면 통일문학의 위상은 보잘것없이 위축되어 보일 것이다.

남북한 문학의 통일을 이룩하려면 남한의 문학부터 극단적인 개인주의나 전위적인 실험주의를 가급적 억제하고 사회의 공적 쟁점을 부각시키는 현실주의의 경향을 지향할 필요가 있다는 점을 필자는 통일지향 문학에 관한 논의에서 거듭 주장한 바 있다.

밤과 낮을 가리지 않고 성애의 쾌락을 탐닉하기를 앙망하는 문학, 이것을 단재는 장음문자奬淫文字라고 경멸하였다. 김학철은 『격정시대』에서 김동인의 「발가락이 닮았다」를 읽고 재미있게 읽었음에도 조국이 일제의 압제 하에서 신음하는데 발가락이 닮았으면 어떻고 손가락이 닮았으면 어떠냐고 분개하고 있다. 정도에 지나친 비판 같지만 이런 정신이 기반이 되어 통일을 위한 튼튼한 사회적 토대를 완성하는 것이 통일 예비문학의 의무이다.

통일을 의도적으로 거부하는 문학작품을 쓰면서 통일이라는 말만 나오면 쓸데없이 흥분하는 문학인들도 있다. 자신의 작업이 통일의 걸림돌이 되는가 아닌가를 성찰하면서 작업을 진행하는 작가는 의외로 드물다. 사람 해치기를 식은 죽 먹듯 하면서 자기 집단의 위계질서나 예의는 목숨처럼 준수하는 집단과 다를 바 없는 이중의 행적을 보이는 문학인들이 적지 않다는 것은 우리 시대의 큰 슬픔이다.

민족문학, 이 말은 환상의 용어가 아니다. 그것은 우리 민족의 당위적 현실을 반영하는 문학이다. 그 당위성에 도달하기 위해서 시대의 굴곡을 바로잡으려는 불굴의 의지를 가다듬을 필요가 있다. 우리 쪽의 민족문학론은 이러한 전제를 바탕으로 지속적으로 전개되어야 한다. 문학적 논쟁의 차원에서 일정 시기에 왁자하게 떠들다가 잠잠해지는 논의가 아니라 항시적 차원에서 통일의 그날까지 우리 문학의 대전제로 자리 잡아야 한다.

9. 통일문학의 가능성 모색

1. 위기의 지속화

2010년은 1950년 6월 25일 한국전쟁이 발발한 지 60주년, 말하자면 환갑이 되는 해이다. 전쟁이 시작된 날부터 오늘에 이르기까지 60년이 지나 환갑에 도달했어도 한반도의 분단 상황은 달라진 것이 별무하다. 60의 나이가 되면 천명에 순응하는 이순耳順이 되는데, 한반도에는 통일의 기본 논리라고 할 천명이 존재하지 않고 남북한 양 체제가 서로의 주장을 받아들이지 않는 이역耳逆의 상태로 대치되어 있다. 통일을 위한 마음 닦음의 진경은 전혀 이루어지지 않은 채 분단의 세월만 늙어버린 것이다. 참으로 허무한 환갑이다.

천안함 사태 이래 지난 시기의 냉전 체제가 도로 급속하게 자리 잡아 북한에 대한 공격적 응징이 적극적으로 논의되고 있다. 복수를 기획하는 강경파의 주장이 설득력을 얻기 시작하면 중도파나 온건파의 견해는 마치 없었던 일처럼 묵살되고, 뒷일이 어떻게 전개될 것인가에 대한 깊은 사려

없이 "공격! 앞으로!"의 구호만 남는다. 시간은 다시 전쟁 상황으로 돌려진 느낌이다. 강경파의 주장이 득세할 수 있는 까닭은 천안함 사태로 인해 우리가 아직 전쟁 상황에 있다는 사실을 다시금 깨닫고, 음험한 적의 존재를 재확인했기 때문이다. 6자회담이라는 번거로운 절차를 거쳐서 핵문제를 비롯한 한반도 평화 유지를 위한 대화상대로 북한을 대하겠다는 기존의 협상 태도도 이제 달리 생각하겠다는 것이다. 보수 언론들은 입을 맞춘 듯이 "눈에는 눈, 이에는 이"의 원칙을 들먹이고 있다. 매스커뮤니케이션에 의한 대처 방안의 획일화 주장이 걱정되는 국면이다.

이제 남북 대화의 채널은 명목조차 유지하지 못한 채 끊어지고 한반도가 휴전 체제 속에서 상존하고 있다는 사실만 재확인되고 있다. 휴전이란 전쟁의 지속 혹은 일상화라는 점을 상기하면, 앞으로의 정치 체제가 군사적·정치적 대결 체제이자 국민동원 체제로 바뀔 위험성을 생각해야 한다. 이 팽팽한 긴장 관계를 정권 유지의 기제로 삼고, 국제적 역학 관계에서 적극적 역할을 수행할 수 있는 호기로 삼는 냉전체제의 수호자들이 존재한다. 이런 상황에서 한국 전쟁 발발 60주년은 아무런 의미가 없다. 천안함 사태 이전에도 이명박 정부 등장 이래 남북 관계는 긴장과 갈등의 국면을 보였지만 이번 사태를 통해 긴장과 갈등은 고조되어, 상호신뢰의 단서를 찾아야 하는 이 시기에 대결의 끝까지 각오하는 대범한 무책임이 남북 관계를 악화시키고 국민의 걱정과 불안을 증폭시키고 있다.

한국전쟁을 연구하는 한 외국인 학자가 13년 전에 쓴 한국전쟁 비극론이 그대로 유효하다는 점을 이 시기의 한반도 정세는 실증하고 있다.

진정한 비극은 전쟁 그 자체가 아니었다. 왜냐하면 순전히 한국인들끼리의 내부 충돌이라면 식민주의, 민족분단, 외국간섭 등으로 야기된 엄청난 긴장이 해결되었을 것이기 때문이다. 비극은 이 전쟁이 아무것도 해결하지 못했다는 것이다. 오직 이전의 현상(現狀)으로

복구되었을 뿐이며, 오직 휴전만이 평화를 유지했을 뿐이다. 오늘날
까지 긴장과 문제는 그대로 남아 있다.

―브루스 커밍스,『한국현대사』에서

"진정한 비극은 전쟁 자체가 아니"라는 말은 달리 해석할 수 있다. 불행한 사건의 연속과 파멸적 결말을 통해서 카타르시스라는 심리적 해소감을 비극을 통해 얻을 수 있다면, 전쟁은 그러한 비극의 미학적 속성과 상관이 없다. 전쟁 그 자체는 비극이 될 수 없다. 윗글에서 '비극'은 '비참함'이라는 말로 대체되어야 한다. "이 전쟁이 아무것도 해결하지 못했다는 것"이 우리가 대면해야 할 비참한 현실이다. 휴전은 평화를 가장할 뿐 언제 다시 출발할지 모르는 전쟁의 연장이다.

1953년 7월 27일 휴전 이후 오늘날까지 긴장과 문제는 그대로 남아 있고, 최근의 한반도 상황은 긴장과 대결을 고도로 상승시킨 국면에 처했다. "남북 화해 협력, 남북 연합, 통일 국가 탄생"이라는 3단계 통일론은 이제 그 이론의 뼈대조차 의문시되고 있다.

통일논의를 휴전 당시의 상황으로 돌아가 재논의를 해야 하는 시점에서 한국전쟁과 한국문학이라는 주제를 성찰하는 것은 어려운 일이다. 휴전 이래 한국문학은 분단 사회의 현실에 대한 여러 면모를 폭넓게 살피면서 인식의 깊이와 인지 영역의 넓이를 확보해 왔다. 그런 문학적 노력이 이 위기의 시기에서 무화될 위험에 처하게 되었기 때문에, 문학이 분단사회의 현실 인식을 어떻게 심화·확장했는지 살필 필요가 더욱 커졌다. 중간적 범주 탐색과 화해의 모색을 근본적으로 차단하는 상황에서 탈피하기 위해서 '적과 나'의 이분법에서 벗어나려고 했던 문학작품을 통해 위기 해소의 실마리를 찾아야 한다.

2. 화해와 공존

빨치산과 켈로 부대원은 극좌와 극우를 대표하는 병사들이다. 정지아의 「혜화동 로터리」의 '최'와 '박'은 빨치산과 켈로 부대원이다. 1948년 여순 반란사건을 기점으로 1950년대 초반까지 지리산, 백운산 등지에서 벌인 빨치산 항쟁의 대열에서 최는 싸웠다. 박은 한국전쟁 당시 맥아더 사령부의 직할 유격부대였던 켈로Korea Liasion Office의 부대원이었다. 이 두 사람은 정치학 전공의 전국 대학교 교수 '김'의 연결로 전쟁 직후부터 오늘에 이르기까지 티격태격하면서 우정을 쌓고 있다.

좌익과 우익의 이념의 차이만 드러낸다면 이 두 사람은 친구가 될 수 없지만 박과 최는 단순한 친구가 아니라 절친한 친구가 되어 반세기의 교분을 쌓고 있다. 전쟁과 항쟁의 세월을 거친 휴전 상황에서 허무를 술로 달래던 최와 박은 첫 대면에서 서로의 바닥을 순식간에 꿰뚫어보았다. 이념의 물리적 충돌인 전쟁을 치르면서 이 두 사람은 각기 회복할 수 없는 정신적 상흔을 얻었고, 사회 밑바닥에 나둥그러진 자신들의 영락을 확인했다. 정신적 상흔의 질은 서로 다르지만 이념 대결의 허무함을 체화시킨 수준은 거의 똑같다. 이런 처지에서 과거의 '적과 나'의 이분법적 대립은 무의미하다. 그들은 이항대립binary opposition을 적과 나의 구별 같은 단순 대립으로 생각하지 않게 되었다. 적을 죽이지 않으면 내가 죽는다는 전투 태도에서 벗어나 내가 이런 상황에 놓이면 상대편도 그에 걸맞은 상황에 처한다는 대칭적 사고를 하게 되었다.

원래 이항대립은 인간과 자연 또는 인간과 동식물의 세계가 대칭적으로 존재한다는 대칭적 사고의 기본 논리이다. 인간인 내가 식량 획득을 위하여 곰을 사냥하지만 곰은 인간 못지않은 정신세계를 가지고 있어서 인간인 나는 곰을 숭배하면서 곰과 더불어 살아야 한다. 이 대칭적 사고가 정복자로서 인간이 아닌 공존자로서 인간을 부각시켰다. 이분법적 대결만 강요하던 전쟁 당시는 대칭적 사고를 전개할 정신적 겨를이 없었다. 박과 최는 이원론적 대립의 체험을 통해 서로의 존재 의미를 인정하는 대칭적 상상력의 영역으로 들어섰다. 상호 존재를 인정하는 단계에 들어섰지만 이 두 사람은 상대의 삶과 논리를 완전히 이해하지는 못한다. 그래서 사소한 일로 사사건건 대립하면서도 결말에서는 평화적으로 대립을 희석시킨다.

> "인사는 해야지, 네 팔자를 이 모양 이 꼴로 만든 게 잘난 사회주의자 네 부모 아니니?"
> "부모님이 뭘. 뭐 하라 한 적 없어."
> "흥, 뭘 해라 해야 배후조종이니? 네 부모가 쏘미 쏘미 하니 너두 쏘미 됐지? 그게 바로 배후조종이란 거란다, 애."
> "그래, 쏘미 쏘미 하다 나두 쏘미 됐다. 그러는 너는 헬로 헬로 하다 켈로 됐니?"
> "흐응. 아주 삼류는 아닌가 부다. 하나를 가르치니 둘은 아네."

최의 아버지는 합천 만석꾼의 아들로서 일제치하에서 공산주의 운동에 나서면서 전재산을 말아먹고 해방 후 월북하여 남로당 숙청 때 처형당했다. 최는 경기중학교 면접시험에서 미소공동위원회를 소미공동위원회 말했다가 합격이 취소되었다. 지금은 다른 사람의 집인 최의 아버지의 옛날 집을 지나면서 박은 최에게 지난날의 일을 연상하며 신랄한 야유를 퍼붓는다. 박은 경기고에 다니다가 영어 좀 안다는 죄로 선배 따라 켈로 부대원이 되었다. "헬로 헬로 하다 켈로"되었다는 최의 힐난에는 그런 사연이 담겼다. 이 두 사람은 이렇게 힐난과 야유를 교차시키면서도 서로 삼류는 아니라는 사실을 확인하며 평화스럽게 말싸움을 마무리한다. 그들이 서로의 비아냥거림을 잘도 견딘 것은, "하필 가려운 데를 긁어주는, 하필 막힌 데를 뚫어주는, 통쾌함 때문이었는지도 모른다." 상호 이해의 대칭적 사고가 그들의 가려운 데와 막힌 데의 문제를 해소시켜주는 것이다.

박과 최는 전쟁 체험을 통해 순응주의자로 변신한 것은 아니다. 두 사람은 자신들의 노선을 간직한 채 다른 견해와 이념에 적응되었다. 한국전쟁은 사회 내의 각종 갈등을 일종의 전쟁으로 인식하게끔 사람들의 심리와 행동을 바꿔놓았다. 노사 분쟁도 전쟁처럼 치러지고 시위와 진압도 전쟁의 양상으로 처절하게 진행된다. 사는 것은 전쟁이고 전쟁에서 살아남으려면 상대를 완전히 제압해서 승리를 거두거나 그럴 수 없다면 승리자의 논리에 순응하는 것이 차선이다. 한국전쟁은 경쟁 승리와 순응주의라는 처세심리를 한국사회에 보편화시켰다. 한국인의 심리 기저에는 전쟁 심리가 깔려 있다.

정지아의 「혜화동 로터리」에서 눈여겨 볼 점은 작가가 박과 최를 대립이 아닌 대칭의 인물로 그리고 있다는 것이다. 그들은 경쟁을 통해 상대를 제압할 의도도, 강한 논리에 승복해서 순응주의적 태도를 보일 필요도 없다. 서로를 잘 이해하기 때문에 상대의 삶에 나를 적응시킨 사람들이 박과 최이다. 두 사람은 한국인의 보편적 전쟁 심리의 기제에서 자유롭다. 그럴 수 있었던 것에는 그들이 사회에 대해 아무런 영향력 없는 인물이고 늙은이라는 이유도 있을 것이다. 하지만 그들은 반세기 이전부터 전쟁 심리에서 벗어나서 서로를 대칭적 존재로 인정하는 데 적응된 사람들이다. 작가가 두 인물에서 강조하는 것도 그런 점이다.

남북간의 화해와 공존, 이 화두가 휴전 이후 얼마나 진지하게 참구되었는가? 남북은 각각 화해와 공존이라는 말만 되풀이했고, 그 표현의 사이사이에 긴장과 대결이라는 실재를 재현했다. 문학작품은 박과 최의 경우처럼 대칭적 사고로 남북한 사회가 상호 존중할 것을 희망한다. 이런 점에서 문학은 남북한의 어떠한 정치·외교적 전략보다 원숙한 단계에서 남북한 관계의 재정립을 기획한다. 남북한 사회의 이질성을 상호 이해하면서 사소한 것에는 다투더라도 평화롭게 사태를 마무리 짓는 정치적 지혜, 이런 것을 문학은 요구한다. 문학작품을 통해 확인된 상호존중의 원칙은 그것은 문학이니까 가능한, 정치 현실의 비정함을 망각한 순진한 문학적 환상으로 간주되어 왔다. 그 원칙은 단순한 은유가 아니라 기본적으로 지켜야 할 최소한의 조건으로 문학작품이 제시한 것이다. 분단극복과 통일을 위해서 이보다 중요한 원칙은 없다.

문학작품이 제시한 원칙이 현실화되려면 중도적 범주, 매개적 영역이 존재할 필요가 있다. 「혜화동 로터리」에는 박과 최를 중재하는 김이라는 인물이 있다.

오백 미터 남짓한 길을 앞서거니 뒤서거니, 박과 최는 슬로비디오로 걷는다. 좁은 인도에서 걸음 더딘 그들을 바라보는 누구도, 그들이 한 때 빨치산으로 혹은 켈로로 전장을 누비던 역전의 용사임을 상상하지 못한다. 그들은 그저 거치적거리는 노인네들일 뿐이다.
김은 가다 말고 멈춰 서서 박과 최를 기다린다. 김은 늘 그랬다. 파리에서 박사학위를 받고 돌아와 새벽녘 고속도로 같은 출세 가도를 달릴 때에도, 저렇듯 멈춰 서서 낙오자인 박과 최를 보듬어주었다. 그것이 잘 자란 김의 미덕임을 알면서도 박과 최는 뭔지 모르게 심통이 나서, 선술집이 뭐니 선술집이. 그만큼 벌었으면 기생집쯤 데려가야 하는 것 아니냐, 볼멘소리를 하곤 했었다. 지금이라고 심술은 어디 가지 않는다.

김은 소르본 박사 출신의 전직 국립 대학교 교수로서 진보도 보수도 아닌 인물이다. 그는 자신의 출세에 아무런 도움이 되지 않는 박과 최를 보듬어주었다. 박은 김의 입주 가정교사였고, 김의 집과 최의 집이 다정한 이웃 사이였다는 인간관계가 김을 중재적 인물로 만든 것은 아니다. 적과 나의 대결이라는 한국전쟁을 거치면서 전쟁 상황에서 탈퇴하려면 중도적 범주가 존재해야 한다는 김의 성숙한 인식이 두 낙오자를 반세기 넘게 돌봐주게 한 것이다.

전쟁의 와중에서 중립이란 존재하지 않는다. 중립은 전쟁 전의 평화 상태에서조차 위태롭게 존재한다. 김은 박과 최의 양극단을 중화시켜 전쟁 속에 존재하지 않는 중립자로서 전쟁이 무의미한 것이었음을 확인한다. 박과 최는 중립적 존재인 김의 지혜와 미덕을 인정하면서도 괜히 심술을 부린다. 볼멘소리와 심통은 어디 가지 않는다. 그래도 김은 중재자 역할을 잘 수행한다. 오늘날의 6자회담의 남북한을 제외한 국가의 중재적 역할이 김의 처신처럼 신뢰할 수 있는지, 이 작품을 읽으면서 다시 생각하게 된다. 김의 존재감 정도의 무게를 지닌 조정자는 국제 정치 현실에서 찾기 어렵다. 6자회담 체제 안에서 남북한이 대결의 구도를 걷어낼 수 없는 것도 진정한 중재자의 부재 때문일 것이다.

김은 1950년산 데킬라, 환갑을 맞은 독주를 가지고 박과 최와 함께 중국 음식점으로 간다. 그들은 경력과 사상이 각자 다르듯 음식도 제각기 다른 종류를 시킨다. 박 혼자 1950년산 데킬라를 마시면서, 그들은 나중에 친구 둘과 함께 빨치산으로 입산했다가 자기만 도망쳐 나와 나중에 장관 자리에 올랐던 강을 화제로 올린다. 빨치산 경력 때문에 열흘 만에 장관직에서 물러난 강은 간암으로 죽어가고 있다. 강은 자기가 끌어들였다가 백운산에 버리고 온 죽은 두 친구 때문에 술만 먹으면 울었다. 강은 베를린 장벽이 무너진 날 박과 최를 만나 울고 또 울었다.

"수많은 사람들의 운명을 짓밟은 사상이란 것이 눈앞에서 실감으로 무너지고 있었던 것이다. 박도 최도 강도 거기 짓밟힌 수많은 사람 중 하나였다."

작가 정지아는 그들의 울음의 의미에 대해서 이런 작가의 논평을 내린다. 전쟁 때문에 세워진 장벽이 평화의 힘에 의해서 무너질 때, 전쟁의 아픈 상처를 껴안고 살아야 했던 사람들의 감회는 언어 이전의 '눈물' 그것일 것이다. 「혜화동 로터리」는 이런 저런 추억에 잠겨 술과 음식을 나누던 박과 최와 김이 각자의 집으로 흩어지는 장면으로 마무리된다. 그들은 화해와 공존을 확인하기 위해 곧 다시 만날 것이다. 공존이란 뭉쳐서 같이 산다는 것이 아니라 각자의 삶과 사상을 존중하면서 떨어져 있으면서도 더불어 산다는 느낌으로 사는 것이다. 남북한의 대결의식이 공존의식으로 변화하려면 남한과 북한이 분리되어 있으면서도 함께 살고 있다는 인식의 기반이 마련되어야 한다. 「혜화동 로터리」는 사적인 인간 교류의 양상을 통해 이런 묵중한 주제까지 부각시키고 있다.

3. 북한 체제의 소설적 형상화

함석헌은 『뜻으로 본 한국역사』에서 한국전쟁에 대해서 "심한 파괴지만 본래 깨끗이 청소하자는 것이 이 전쟁의 목적이다"라고 규정한다. "이 늙은 갈보, 거렁뱅이 처녀, 수난의 여왕이 새날의 임감을 낳으려고 하는 산통의 부르짖음이 6·25다"는 것이다. 한국전쟁으로 인한 민족의 수난은 수난으로 끝나는 것이 아니라 '중도中道'라는 새 날의 기틀을 마련하는 계기가 된다.

이제라도 우리의 나갈 길은 중도를 지키는 데 있다. 한을 붙잡고 밝히는 데 있다. 비폭력주의·평화주의·세계국가주의·우주통일주의에 있다. 6·25를 지나 봤으면 무력으로 아니 될 줄을 알아야 할 것이요, 전쟁 즉시로 그만두어야 할 줄 알아야 할 것이요, 국경을 없애고 세계가 한 나라로 되어야 할 줄을 알아야 할 것이요, 우리의 생명이란 곧 우주적인 것을 알아야 할 것이다. 그러나 그것은 믿음 없이는 못할 것이다.

함석헌이 강조하는 중도에 대한 믿음은 남북한 모두 가지고 있지 않다. 그의 믿음에는 종교적 믿음이라는 초월적 색채가 뿌려져 있어 정치적 믿음으로 현실화되기도 어렵다. 그런데 남한은 세계화와 글로벌 경제 체제에 이미 편입되어 있어서 본의 아니게 '세계국가주의'에 다가섰다. 그래서 함석헌의 중도의 영역에 적어도 경제체제는 들어섰다. 북한은 개혁·개방을 거부하는 주체사상으로 지구상에서 가장 강력하게 세계화와 글로벌 경제체제에 대해 반대하고 있다. 세계화는 곧 미국화이고 글로벌 경제 체제 편입은 미국에 대한 지배라고 북한 지배층은 판단한다. 세계화에 드는 비용과 세계화로 인한 지배, 세계화에서 제외되는 고립, 이 세 가지를 북한은 두려워하고 있다. 북한은 정신과 물질의 영역에서 공히 중도를 인정하지 않는다.

미국은 북한을 통제할 수 없는 가장 위험한 국가로 간주한다. 사실은 미국 역시 통제할 수 없는 가장 위험한 국가이다. 9·11 테러로 미국이 국제사회에서 겸손하고 신중하게 행동하는 법을 배우길 기대했지만, 공격을 받으면 더욱 적대감을 불태우는 경향의 미국은 이라크와 아프가니스탄을 침공했다. 미국은 통제되지 않는다. "유일한 방법은 손을 잡는 것뿐이다. 그리고 미국과 손을 잡는 방법 중 하나는 바로 글로벌 경제를 구축하는 것이다. 미국을 제외한 다른 국가들이 자신들에게 유리한 세계화를 이루어나가려면 세계화에 대한 미국의 시각을 먼저 이해하는 것이 중요하다." (L.C. 서로우, 『세계화 이후의 부의 지배』에서)

글로벌 경제는 이미 존재하는 미국 경제의 복사판이 아니라는 사실을 중국은 알아차리고 있다. 북한은 미국의 통제가 두렵고 남한에 대한 경제적 복속을 염려하여 개혁·개방의 속도를 한사코 늦추고 있다. 북한이 중국 경제에 지배되어 세계화에 대한 늦은 동참의 대가를 철저하게 치를 것이라는 전망이 유력하다. 북한은 벌써부터 그에 대한 대가를 치르고 있어 북한을 탈출하는 인민의 유민화流民化 현상을 보이고 있다.

북한 사회의 구조적 문제점을 북한에 거주하면서 밝힐 수 없는 이 시점에서 탈북자 사태는 북한 사회를 폭넓게 통찰하는 시각을 열어준다. 북한 작가들이 북한 사회와 경제적 파탄을 작품화할 수 없는 형편을 감안하면 남한 작가라도 그 형편을 문화적으로 형상화하고 북한 체제를 거시적으로 관찰할 필요가 있다. 이대환의『큰돈과 콘돔』(2008)은 이런 북한 현실 폭로에 대한 작가적 의무감과 사명감으로 쓰인 작품이다. 작가는 "북한 체제에 대한 소설적 형상화도 한국 작가의 몫으로 돌아오게 되며, 현재는 탈북자들이 그 가능성을 열어주는 문제적 개인이다."라고 밝힌다.

한국전쟁 이후 더욱 고착된 냉전 체제로 인해 남한작가들도 자기 검열의 오랜 타성에 젖어 조심스럽게 분단 한국의 모순을 폭로해 왔다. 북한 작가들은 자기 검열과 당 조직의 검열에서 남한 작가들보다 훨씬 엄격하게 통제되어 왔다. 북한 문학계에서 지하작가와 지하문학이란 그 명칭조차 존재하지 않을 것이다. 구소련의 솔제니친도 지하작가는 아니다. 구소련 체제의 우월성을 강조하기 위해서 또한 서방세계 대응형 작가로 내세우기 위해서 소련은 그의 작품의 출판을 허용하고 서방 밀반출을 묵인하고 그의 추방을 용인했다. 소련의 극소수 지하작가들은 솔제니친의 작품을 지하문학의 범주에 넣는 것을 부정했다. 이대환은『큰돈과 콘돔』에서 탈북자들의 북한에서의 삶과 탈출 과정, 남한 정착 생활에 대한 서술로 지하작가가 없는 북한 문학계를 대신해서 그 사회의 문제점을 파헤친다. 그와 더불어 솔제니친이 서방세계에서 끊임없이 소련 사회와 근대사의 비리를 노정시킨 것처럼 남한에서 북한사회 현실의 모순을 재구성하려고 한다. 황석영의『바리데기』, 김영하의『빛의 제국』의 미진한 서사를 넘어서 남북한을 종단하고 횡행하는 문학적 모험을 시도한다. 한국전쟁 이후 한반도 최근의 현실을 남북한 통합의 차원에서 살피려고 했다.

『큰돈과 콘돔』의 주인공 표창숙의 탈북 동기는 간단하다. "그것은 재미없고 따분한 일상에서 탈출하려는 욕망이었다." 그녀는 사리원에 거주하는 부모님 밑에서 비교적 여유로운 생활을 하며 고등중학교를 마치고 식품 가공공장에서 사무원으로 복무한다. 그 공장이 가동 중단되자 '하마'라는 장연 특산의 산개구리 말린 포 장사를 시작하고 장사에 눈뜬 그녀가 이웃집 아주머니의 동생인 고영란과 함께 더 큰 돈을 벌기 위해 중국에 밀입국한다. 그녀는 "길어야 열흘 걸릴 돈벌이 여행"이라고 생각했을 뿐, "중국에 몇 달을 머물거나 틀어박힐 계획은 터럭만큼도 없었다. 반동분자는 더욱 아니었다. 꿈의 어느 찰나에도 생사의 어느 찰나에도 남조선을 동경한 적이 없었"다. 그녀의 탈북 동기는 자본주의 사회의 욕망인 돈에 대한 갈망과 일상 탈출 욕망이다. 북한의 사회주의 폐쇄 경제 체제 속에서 그녀처럼 돈과 탈출욕과 관계없어 보이는 처녀조차도 자본주의적 욕망 때문에 탈북 한다는 사실, 이것은 북한 사회가 폐쇄성을 더 이상 유지하기 어렵다는 점을 반증한다.

그녀는 중국에서 북한의 참혹한 현실과 부딪친다. 북한 사회에서 출세를 보장하는 당원증을 가진 리봉규가 아내가 당 비서의 아들에게 성상납의 대가로 식량을 얻어왔다는 사실에 충격 받아 탈북하게 되었다는 것도 그녀는 북한이 아닌 중국에서의 피신생활을 통해 알게 된다. 그녀는 리봉규와 동거 아닌 동거를 하게 되고 리봉규는 그녀를 지키기 위해 탈북자 사냥꾼과 공안을 상해하고 용정의 감옥에 갇힌다. 그녀가 중국에서 만난 탈북 남녀의 북한에서의 비참한 생활과 중국에서 겪은 처참한 현실, 남한 입국 과정의 파란만장한 사연 등에 대해서 여기서 자세히 소개할 여유는 없다. 그들은 그 과정에서 남녀를 불문하고 함석헌의 표현을 빌린다면 "늙은 갈보, 거렁뱅이 처녀, 수난의 여왕" 같은 존재였다. "늙은 갈보의 겨드랑에서, 이빨 사이에서, 내장 갈피에서. 자궁 틈어리에서, 뼈 속에서, 세포 속에서, 박히고 물들고 스며든 더러움, 늙음, 찢어짐을 말갛게 뽑아내자는 것이"(『뜻으로 본 한국역사』)한국전쟁인데, 그들은 더러움, 늙음, 찢어짐의 상태에 그대로 놓여 있다.

작가 이대환은 작중인물 허옥희의 발언을 통해 북한 사회의 정체성停
滯性에 대해서 신랄하게 비판한다. 이 비판은 북한에 살고 있는 사람의 내
부 사회 비판으로 해석할 수 있다.

우리 공화국도 1960년대에는 그때 기준에서 세계적으로 비교해
도 좋은 사회였다고 추억하잖아? 그런데 한 세대를 못 가서 왜 엉망
진창이 됐겠나? 세상은, 세계는 멈춰 있지 않고 계속 변하기 때문이
야, 세계는 변하는데, 우리는 안 변해야 한다. 여기에는 진화나 진보
가 있을 수 없어. 변화를 향한 의지가 미약해도 조금씩 변해 나가는
것이 진화고, 변화의 의지가 강력하게 들어가면 진보라고 할 수 있
는데, 진보라는 것, 하다못해 진화라는 것, 이게 다 뭐야? 더 좋은 쪽
으로 변화해 나간다는 거지. 그런데 '우리식'이라고 딱 고정하고 교
류를 차단해버리니까, 진화도 진보고 말라죽게 돼 있어. 진화, 진보,
이런 게 없는 변증법이 어딨고 유물론이 어딨어? 현재 우리 공화국
에서는 진화, 진보가 유랑으로 내몰린 인민들처럼 국외로 도망쳤거
나 굶어죽은 아이들처럼 말라죽었어.

1953년 7월 27일 휴전이 되었을 때 북한은 3년간의 폭격으로 완전한 폐
허가 되어 도시라곤 존재하지 않았다. 전후 주력 산업이 재건되어 한국전
쟁 이후 십 년 동안 북한은 연평균 25%의 세계 최고의 경제성장률을 기록
했다. 1978년의 미 중앙정보국 보고서는 1976년 북한의 일인당 국민총생
산 GNP를 남한과 동일한 수준으로 발표했다. 그런 북한 경제가 곤두박질
치듯 하락한 까닭을 허옥희는 진화, 진보개념의 절멸에서 찾고 있다. 이것
은 남한 체제가 강조하는 반공 논리가 아니라, 북한 내부에서의 통찰의 결
과이다.

표창숙을 비롯한 이 작품의 탈북자들이 남한 행을 택하는 것은 남한 정

치와 사회체제의 우월성 때문이 아니다. 그들의 남한 자본주의 사회의 비정성에 대해서 숙지하고 있다. 그럼에도 불구하고 남한 행에 기를 쓰는 것은 탈북자 남한 입국의 브로커들의 공작과 농간 때문이고, 근본적으로는 더 많은 돈을 벌어 자립하고 얼마간의 돈을 북한의 가족들에게 송금할 수 있다고 생각하기 때문이다. 탈북자들의 관심은 남한인보다 더 강력하게 돈에 쏠려 있다. 돈만 벌 수 있다면 운명과 대결도 서슴지 않겠다는 것이다. 『큰돈과 콘돔』의 작가는 허옥희의 입을 다시 빌려 운명에 대한 탈북자들의 대결 의지를 강조한다.

> 우리는 공화국에서 자기 운명에 대해서는 모르고 살아온 사람들이야. 가르쳐주는 대로 의심 없이 따르고 배치해주는 대로 불평 없이 일하고, 그렇게 살아가는 사회체제 속에서 자기 운명에 대해서 생각한다는 것은 반동적이고도 사치스런 관념이었지. 하지만 인간은 누구나 자기 운명과 대결하면서 살아가는 거야. 이게 진실이야. 두고 온 그 아이도 장차는 자기 운명과 대결해 나갈 거니까 대범하게 받아들여라. 여기 모인 우리 모두가 다 그래. 우리 모두가 자기 운명과 대결하고 있는 거잖아.

자기 운명에 대해 생각조차 해본 일이 없는 북한 사람들이 운명과 대결해야 한다는 의식에 이르기까지, 많은 탈북자들이 운명의 대열에서 탈락해 창녀가 되기도 하고 리봉규처럼 사형 당하기도 하면서 기구한 운명을 맞이한다. 이런 대결이 남한 사회에서는 더 가열될 것을 알면서도 그들은 목숨을 걸고 남한행의 모험에 몸을 던진다. 그들은 돈에 포한을 품은 사람들이기에 돈에 더 집착한다.

표창숙은 보험설계사로 비교적 안정된 생활을 하면서도 남편 탈북자 김금호의 아이 낳기를 포기한다. 아이 출산비와 양육비를 생각하면 부부관계 시 콘돔을 사용해서 피임하는 것이 큰돈을 절약하는 대처 방법이라고 생각한다. 콘돔을 큰돈으로 잘못 알아들어 부부끼리의 은어로 콘돔이 큰돈이 되었다는 것에서 포창숙과 김금호가 얼마나 돈에 집착하는 가를 알 수 있다. 작가의 풍자는 해학과 진지의 영역을 넘나들면서 작중인물들의 심리성향을 꿰뚫는다. 그들 부부는 자본주의 사회의 돈의 힘과 논리를 나름의 수준에서 이해하고 있다.

표창숙은 보험설계사로서 성공한 동인을 고난 속에 터득한 자본주의 논리로 설명하고 있다.

저는 고객관리에서 피라미드 모양을 싫어합니다. 수만 개의 벽돌들이 최상의 하나를 떠받쳐야 하니, 그건 북한체제와 같다는 생각이 들어서 더욱 싫어합니다. 고객관리는 가지를 많이 치는 방식이 좋다고 생각합니다. 그래서 한 그루의 우람한 나무로 가꿀 수 있다면, 최고의 보험설계사가 되는 거라고 생각합니다. 설계사와 신뢰를 형성한 고객 한 분이 보험에 대해 불확실한 인생에서 행복의 동반자를 믿음을 갖게 되면 몇 종류의 보험을 가입할 수도 있고, 또 그 고객 한 분이 가족과 친지, 친구들을 소개해줄 것입니다. 이렇게 되면 보험설계사는 한 그루의 우람한 나무와 같은 고객관리를 확보하게 됩니다.

피라미드 모양의 고객관리를 싫어하고 한 그루의 우람한 나무 모양으로 고객을 확보하려는 표창숙의 보험영업원칙은 비즈니스에 도덕을 개입시킨 양심적 영업 방법이다. 돈벌이에 혈안이 된 이기심의 무조건적인 낯 두꺼움을 표창숙은 싫어한다. 북한체제의 치명적 결함인 피라미드 모양의 관리를 배제하고 탈북 생활에서 겪은 부도덕한 상거래의 문제를 도덕으로 보완한다.

자본주의는 프로테스탄트의 윤리와 유교적 덕성을 전제로 하지 않는다. 그것은 시장에서의 교환체제이다. 장사는 도덕과 무관한 교환일 뿐 더도 덜도 아니다. 이 관점에서 보면 그녀는 남한 자본주의 체제에 완전히 물들지 않았다. 그녀는 자신이 남한 사람들의 물질적 욕망과 성적인 욕구에 물들어간다고 판단하고, 물질적 욕망 때문에 콘돔을 사용하여 콘돔을 절약하는 것에 성적인 욕구만 만족시키려는 불순한 의도가 내포되었다고 생각한다. 그녀는 콘돔을 버리고 김금호의 아이를 낳아 물질적으로는 풍족하지 않을지라도 성적욕구만 해소하는 삶에서 건전한 가정생활로 바꿀 것을 결심하고 이것을 곧 실행으로 옮긴다. 장사에 도덕원리를 도입하고 건강한 부부생활로 성적욕구 비정상적 분출을 막는 그녀의 반듯한 선택은 남한 사람들에게는 낯설게 느껴진다. 그것은 탈북자가 남한사회에 제시하는 그렇게 살아야 할 긍정적 삶의 양상이다.

작가 이대환은 풍자와 야유, 해학과 냉소를 점철시키면서 현실을 직시하는 리얼리즘의 기법으로 탈북자에게서 얻어낼 수 있는 교훈을 남북한문학에 제시한다. 남한과 북한의 사고체계와 삶의 양상 통합이라는 통일문학의 가능성 중 하나를 탐구했다는 점에서 『큰돈과 콘돔』은 문학적으로 새로운 성과를 올린 작품이다.

4. 지금·현재의 중요성

전쟁 상황에서는 과거의 승리나 패배는 전혀 의미가 없다. 지금 여기에서 전쟁이 어떻게 진행되고 있는가, 전쟁을 종식시키려면 현재 어떠한 태세를 취해야 할 것인가의 판단만이 중요하다. 한국전쟁과 한국문학을 논하면서 정지아, 이대환의 최근작 두 작품만을 다룬 것은 우리가 여전히 전쟁 상황에 놓여있기에 현재에 대한 문학적 대응을 살피는 것이 시급한 과제라는 생각 때문이다.

정지아의 「혜화동 로터리」에서는 화해와 공존의 모색이 이 시점에서 가장 진지하게 탐구해야 할 현안이라는 것을 확인했다. 화해와 공존을 위해서는 중재자의 헌신적인 노력이 수반되어야 함도 이 작품 속에서 발견했다. 또한 이원대립이 아닌 대칭적 사고가 화해와 공존을 위해서 불가결함을 깨달을 수 있었다. 문학적 대응력이 대결의식을 고취하는 정치적 공세보다 훨씬 유연하고 포괄적인 가능성을 가졌음에도 불구하고, 문학작품이 제시하는 남북공존의 원칙을 거리낌 없이 무시하는 정치논리가 엄존한다는 사실에 당혹감을 느낄 따름이다.

이대환의 『큰돈과 콘돔』은 반공의식 일변도의 북한체제 비판을 넘어서서 남북한 양쪽의 관점에서 북한사회의 문제점을 조감한다는 차원에서 한국문학의 새로운 국면을 열어 보인 작품이다.

탈북자와 새터민들의 남한 유입은 한국전쟁 이후의 남북한 관계를 다르게 정립시키고 있다. 새터민들이 비공개 루트를 통해서 가족의 안부를 휴대폰으로 소통하고 북한의 가족에게 송금할 수 있다는 사실은 북한 주민이 더 이상 고립된 사회 속에서 살고 있지 않다는 것을 알려준다. 개혁과 개방은 통제로 인해 늦추어지고 있을 뿐, 북한은 그 대세를 거슬러 갈 수 없다. 『큰돈과 콘돔』은 이렇게 달라지고 있는 남북한 현실에서 북한사회의 문제점도 남한문학이 적극적으로 대처하고 형상화해야 할 소설의 제재라는 점을 적시한다. 새터민들을 거지근성의 유랑인으로 한국사회의 문제적 집단으로 간주하는 부정적 시각을 구축하고, 그들의 건전한 삶이 남한인들의 부도덕한 자본주의 삶에 신선한 충격을 주고 있다는 점을 밝힌다. 이 작품은 통일 한국을 위해서는 남북한 사람들의 사고체계와 삶의 양상을 통합적 시각에서 정합해야 한다는 점을 환기시킨다.

아직도 끝나지 않은 한국전쟁의 상황에서 한국문학은 전쟁의 진정한 종식을 위해서 선결되어야 할 과제를 진지하게 다루고 있다. 이 과제의 중요

성이 냉전체제의 논리에 함몰되지 않기 위해서 통일을 위한 문학작품의
탐색은 더욱 사려 깊게 진행되어야 할 것이다.

IV. 시와 언어

1. 사랑의 한국적 원형 탐색

―김초혜, 『사랑굿』

1.

김초혜 시집 『사랑굿』은 제1시집 『떠돌이별』에 이은 두 번째 작품집이다. 시작 생활 20년 만에 발간한 제1시집 『떠돌이별』이 20년 동안의 창작 생활의 결산이라면 『사랑굿』은 『떠돌이별』 이후의 작품을 묶은 신작 중심의 작품집이다.

이 책에는 책의 제명이 된 「사랑굿」 연작 40편과 「문둥북춤」 연작 10편 「문둥탈춤」 연작 10편 등 총 60편의 시가 수록되어 있다. 「문둥북춤」과 「문둥탈춤」 연작은 제1시집 『떠돌이별』에 5편씩 수록되어 있던 작품들인데 이번 시집에는 열편으로 늘려서 배열순서도 「문둥북춤」 다음에 「문둥탈춤」 순으로 새롭게 바꾸어 놓았다.

일정한 제목을 놓고 연작시의 형태를 취하는 것은 제1시집 『떠돌이별』에도 「무당」·「일기」·「이별」·「어머니」·「편지」 등의 연작이 실렸는바, 이렇게 연작형태에 관심을 갖는다는 것은 단편적이고 파편적인 사고에 머물지 않고 제재가 내포하고 있는 총체적인 의미를 끈질기게 탐구하여 대상을 깊이 있게 내면화하려는 시도로 이해된다.

「사랑굿」 연작 40편은 사랑이라는 주제를 중심으로 인간의 내면적 갈등과 그 해결의 양상을 심층적으로 탐구한 노작들이다. 사랑이라는 낱말이 인플레 시대의 10원짜리 동전처럼 평가절하 되어 아무런 가치도 없는 말로 전락되고 있는 세태에 비추어 볼 때, 「사랑」을 주제로 40편의 연작을 쓸 수 있다는 사실 하나만으로도 주목에 값한다고 생각한다. 입으로는 사랑을 외치면서 뒤돌아서면 증오의 눈길을 보내는 오늘과 같은 시대에 사랑의 문제를 정면에서 다룬다는 사실도 그냥 지나쳐 넘겨버릴 일이 아니다. 자칫 서푼짜리 연애 이야기로 전락할지 모르고, 잘못하면 흔하디흔한 연가(戀歌)로 들릴지 모르며, 잘 쓴다 하더라도 기존의 명시 수준 언저리에서 맴돌지도 모르는 사랑 이야기를 시도한다는 것은, 시인의 무지에서 비롯되든가 아니면 용감성에 근거를 두고 있든지, 혹은 그런 것쯤 상관 않는다는 대범함에 연유할 것이다. 과연 그 어느 쪽인가 하는 것은 작품을 통해 살펴보는 것이 지름길일 터이다.

2

「사랑굿」 연작에 나타나 있는 사랑은 우리들의 마음을 졸이게 하지만 윤곽조차 파악하기 어려운 풋내기 사랑과는 거리가 멀다. 사랑의 달콤함을 연상하기에 앞서 사랑의 잔혹함을 상기하고 만날 것을 생각하면서도 떠날 것을 동시에 생각하는 사랑에 대한 성숙한 이해가 「사랑굿」의 사랑 수준이다.

곁에 있는

아픔도 아픔이지만
보내는 아픔이
더 크기에
그립고 사는
사랑의 흑법黑法을 압니다

—「사랑굿 1」

　사랑의 흑법黑法을 터득한 사람이 느끼고 생각하는 사랑이기에 사랑 그 자체에 연연하거나 거기에 매달려서 삶의 다른 가능성까지 방기하는 어리석음을 화자는 범하지 않는다.

　사랑의 단계가 이렇게 차원이 높다면 차원 높다는 것이 대개 그러하듯이, 지켜야 할 조건도 까다롭고 이것저것 따져 보아야 하고 상황이 달라지면 민감하게 변해야 하는 그런 사랑이 연상되는데, 「사랑굿」에는 사랑의 그런 변덕스러움이 나타나 있지 않다.

　생활에 여유가 생기고 지식이 웬만한 수준에 오르면 스스로 지켜야 할 법칙들을 자질구레하게 마련해놓고 그런 예절decorum을 지켜야만 사람답게 살 수 있다고 착각하는 법인데, 그래서 산다는 것이 어딘지 모르게 불편해지는 법인데, 이것은 사물을 지각하는 고정된 마음, 문자를 쓴다면 항심恒心이 없어서 그렇게 되는 것이다.

　「사랑굿」의 사랑은 사람이니까 물론 변덕을 전혀 부리지 않을 수 없지만 항심에 근거를 둔 사랑으로 나타난다.

그대
살을 우비는 냉정함의
절대한 그리움을
주저앉히진 못할지라도

가거든 아니오기를

―「사랑굿 3」

그리움의 대상인 그대가 오지 않기를 바라는 마음을 속된 말로 변덕이라고 할 수 있을까? 변덕이라고 표현하기에는 너무나 융숭 깊은 역설적 기원이 깃들어 있는 시구이다. 이지적인 까다로움과는 거리가 먼, 사랑을 향한 일관된 마음의 움직임이 존재하기에 사랑의 흑법黑法을 알고 있으면서도 사랑에 집착하는 것이다. 그렇다면 그 사랑의 대상이 되는 '그대'의 정체는 누구인가?

이 시집에 수록된 해설을 읽으면 김초혜의 「사랑굿」은 "완전자에 대한 그리움과 초탈·의지"를 형상화한 시편이라고 한다. 좀 더 인용하면 "그가 추구하는 사랑은 완전자에 대한 그리움이며, 불구성의 존재로부터 해탈에 이르는 방편"이라는 것이다. 이 말이 사실이라면 사랑의 대상인 그대는 완전자임에 틀림없고, 그대를 그리워하고 있는 사람은 '불구성의 존재로부터 해탈'하고자 하는 화자(話者) 자신이다.

그러나 「사랑굿」의 시를 조금만 주의 깊게 읽어보면 그대가 완전자가 아님을 쉽게 알 수 있다. 완전자로 지칭되는 그대를 때로는 너라고 맞대놓고 반말로 가리키기도 하는데, 그대가 완전자라면 그런 완전자를 가리켜 "너"라고 말할 수 있겠는가? 상식적으로 생각해도 이해가 안 된다.

시를 해설하다 보면 전편의 시를 관류할 수 있는 몇 가지 관념적 단어를 생각하고 그 관념적 단어가 요구하는 범위에 시를 끼워 맞추어 설명하기 쉬운 노릇인데 이 경우가 그런 경우라고 판단된다.

네게 가까이 가려면
불 속에서 떨고

얼음 속에 불타야 하고
그대에게 가지 않으면
천지도 생겨나
만월滿月로 뜰 수 있고

―「사랑굿 15」

　가까이 갈 때의 상대방은 "너"로 지칭되고 멀리 있을 때의 그는 "그대"로 부르는데, 이 맥락에서 보면 상대방은 상황의 변화에 따라 '나'에 의해서 달리 생각되고 있다는 것을 알 수 있다. 이 미묘한 호칭의 변화에서 우리는 그대가 완전자라기보다는 소유와 존재의 대립적 구조를 같이 갖추고 있는 구유적具有的 실체라는 것을 알 수 있다. 모순과 진리, 욕망과 무욕, 육체와 정신 등등의 대립적 어휘들을 소유와 존재라는 말에 덧붙일 수도 있으리라.

　흔히 완전자라고 하면 서구의 절대자로서 신의 개념을 연상하게 되는데, 서구적 신성추구와 「사랑굿」은 거리가 멀다. 제목부터가 굿이라는 말을 들어간 것을 보아서도 신을 추구한다면 인간의 희로애락을 함께 겪어가고 인간의 부족함과 인간의 뛰어남을 같이 갖춘 인간적 신에 대한 접근일 것이다.

점을 쳐 패를 푸니
욕심 따라 성급히
서둘지 말고
마음을 정히 닦아
푸닥거리나 하라 한다

오늘 하루 마음대로

　　너를 사랑해
　　만남 지옥 헤어짐 지옥
　　질끈 묶어서
　　모두 지옥
　　구석구석 웃어나 보란다

―「사랑굿 18」

　이런 시를 읽으면 왜 이 시의 제목이 「사랑굿」이 되었는지 짐작이 갈 것이다.

　매일 밤 TV나 영화, 그리고 거리의 곳곳에서 사랑의 푸닥거리가 무수히 치러지는데, 그런 것들은 거의가 감정의 쓰레기더미에서 사랑이라는 빈 병을 줍고 있는 넝마주이 잔치 같은 것들이다. 앉으나 서나 "사랑해"를 부르짖다가도 돌아서서 뒤통수를 내리치는 난잡한 사랑의 디스코 파티, 그 속에 무슨 완전자가 있고 초탈의 의지가 있겠는가?

　답답한 마음을 풀기 위해 정결한 굿판을 마련하고, 지옥 같은 현실 속에서도 웃을 수 있는 여유를 되찾으려는 마음이 「사랑굿」의 조촐한 자리를 마련한 것이다.

　사랑의 사회학이라는 분야가 있다면, 그 분야에서는 사랑의 형태가 변하는 것과 사회구조가 변하는 것을 연관시켜 다루어야 할 것이다. 레슬러 휘들러 라는 미국 평론가가 『미국소설의 사랑과 죽음』이라는 책을 썼는데, 그 책에서 다루고 있는 주제가 바로 이것이다. 그 책에 의하면 과도기의 구조적 변화를 가장 예민하게 나타내는 것이 사랑이라고 한다. 사랑에 대한 사람들의 반응을 살펴봄으로써 사회의 결핍구조를 파악할 수 있다는 말이다.

　오늘의 한국 사회에 가장 결핍되어 있는 것은 사랑의 한국적 원형이다. 「사랑굿」은 말하자면 그 원형을 찾기 위한 노력의 큰 궤적인 셈이다. 정치,

경제, 사회, 민족, 민주 등등 이념적인 분야의 한국적 원형을 찾는 작업도
소중하지만 이념과 정서, 본능이 한꺼번에 뒤섞여서 혼연일체의 양상으로
뭉치어 나타나고 있는 사랑에 대한 탐구 작업 또한 큰 뜻을 지닌다.

「사랑굿」 연작의 시들을 이렇게 사랑의 한국적 원형을 탐구하는 작업이
라고 이해하고 나면, 한恨이라든가 인종忍從 등의 한국적 정서가 어떻게
처리되고 있는가, 라는 점이 궁금해진다.

삶을 울음 반 한숨 반으로 지내는 한과 인종의 양상이 「사랑굿」에서는
다른 형태로 표현되고 있다. 때로는 울기도 하고 때로는 한숨짓지만 그것
은 한과 인종에 속박되어서가 아니라 한과 인종에서 벗어나기 위한 울음
이요, 한숨이다.

> 그대 넘나들지 마시고
> 더러 생각나거들랑
> 가다가 멈추어 서서
> 못 잊는 내 허물
> 탓하지나 마시라
>
> — 「사랑굿 6」

> 바다는 비를
> 다시 받아들여도
> 넘치지 않고
> 흙은
> 물을 마시어도
> 물이 아니어듯
> 눈 먼 영혼을 가진 그대여
> 나의 헌납을

속박 없이 받으시라

―「사랑굿 30」

이 시를 해설하는 내가 개인적으로 가장 좋아하는 이 시편을 보면 울음 반 한숨 반의 한과 인종의 정서가 어떻게 극복되고 있는지 잘 알 수 있다. "탓하지나 마시라"나 "속박 없이 받으시라"의 은근한 명령 어투들은 쭈뼛거리며 움츠리고 있는 상대방의 마음속에 당당하게 울리는 여장부의 말투이다. 이런 어투는 성적 매력을 감소시키는 말이기는 하지만 찔찔 짜면서 하는 말보다는 백 번 낫게 들린다. 이런 당당함의 그늘 속에 섬세함이 숨어 있다는 것이 「사랑굿」의 이중어조이다.

「사랑굿 30」에서 40까지의 시편을 보면 이런 이중어조가 보다 세련되고 성숙한 톤tone으로 말해지는데, 「사랑굿」이 「사랑굿 40」으로 끝나는 것이 아니라 계속 이어지리라는 점이 「사랑굿」 연작의 끝 작품인 「사랑굿 40」에 암시되어 있다.

물이어라

이룬 것 없는 듯
이루는

너를 잠기게 할 수 있고
네 속에 들 수 있는

죽어도 딴 마음
가질 줄 모르는

작은 것으로 큰 것을
머물게 하는

너를 잃지 않으면
너를 붙잡아 둘 수 있는

물이어라

「사랑굿 1」에서 39에 이르기까지 몇 편의 예외가 있기는 하나 계속해서
불의 이미지를 강조하던 시인이, 흐르는 물처럼 언젠가는 비가 되어서 다
시 지상에 흐를 물의 이미지로 사랑굿을 일단 끝맺음 한 것이다. 그것은 끝
남으로 인해서 다시 시작되는 사랑처럼 이 시가 계속될 것을 암시한다고
해석할 수 있다. 사랑이란 어제 오늘의 문제가 아니라 인간이 살아있는 한
계속될 것이라고 본다면 이 연작이 계속을 암시하면서 끝나는 것은 지극
히 당연한 일이라고 여겨진다.

3.

이 시집에 같이 수록된 「문둥북춤」과 「문둥탈춤」의 연작은 「사랑굿」 연
작과 상보적 관계와 대립적 관계를 동시에 가진다.
「사랑굿」이 정신적 고뇌와 갈등의 양상을 현시하고 있다면, 「문둥」 연
작은 정신적인 것이 어떤 모습으로 육화되고 있으며, 사랑의 포기를 강요
하는 상황에서 어떻게 벗어날 수 있을 것인가를 표상하는 작품이다. 「문둥」
연작은 상승 의지의 「사랑굿」의 뿌리가 내려져야 할 척박한 터전을 그리
고 있으면서 동시에 「사랑굿」과 대립되는 황량한 삶의 모습을 그리고 있

는 작품이다.

> 머리를 찾습니다
> 몸을 찾습니다
> 나도 모르게 없어진
> 분실물입니다
> 모자만 있습니다
> 옷만 있습니다
> 찾지 않아도
> 사물事物로만 있습니다
>
> —「문둥탈춤 8」

　육신이 다 없어지고 사물로만 존재하는 현실은 정신의 무소부재無所不在함을 탐구하는 「사랑굿」의 그것과는 참으로 대조적이다. 「사랑굿」에서는 초월적인 대상을 찾기 위해 굿이라도 할 수 있었지만 육체의 형태마저 상실된 「문둥탈춤」에서는 내가 아닌 다른 존재를 표상하는 탈을 쓰고 탈춤이나 출 수 있을 따름이다. 아니면 존재 상황의 음험함을 암시하는 북소리에 맞추어 율동도 없는 북춤을 출 수 있을 따름이다.

　"쿵기덕 쿵더 더러러/ 쿵―쿵 쿵더 덩―더" "덩기덕 덩더 더러러/ 덩덩―덩더―쿵더" 이렇게 표현되는 북소리는 삶의 전율과 공포의 여운을 상징한다. "쿵"하는 북소리에 가슴이 내려앉고 "더러러"하고 떨리는 여음에 마음을 조여야 하는 처연한 존재의 군상들, 이들은 「사랑굿」의 꿈도 꾸어보지 못한 존재들이다. 맥박도 고르게 뛰지 않고 숨도 헐떡여야 하는, 삶의 원초적인 리듬마저 상실한 존재들이 「사랑굿」을 생각하는 사람들과 같이 살고 있다는 사실을 「문둥」 연작에서 확인하게 된다.

　이런 사람들을 잊어서는 안 된다는 것, 우리들의 고상해 보이는 삶 속에는 사물로만 존재하는 처참한 삶의 부분이 같이 포함되어 있다는 것, 이런 점들을 알려 주기 위해서 시인은 「사랑굿」과 「문둥북춤·탈춤」을 병치시키고 있는 것이라고 생각한다.

한국적인 것의 탐색은 그 외관에 대한 집착에서 벗어나 내면에 대한 탐색으로 방향을 돌려야 한다. 「사랑굿」은 잊혀져가는 풍물을 전시하듯 외관만 한국적인 것을 지향하는 풍조에서 벗어나 내밀한 정신구조를 탐색하려는 작업의 소산이다. 손에 잡히는 것도 없는 힘에 벅찬 작업이지만, 한바탕 굿판을 벌이듯 사랑굿이 신명나게 지속될 것을 기대해 본다.

2. 영혼의 정화와 간명한 형식

―김초혜,『사랑굿·2』

1.

김초혜 시집『사랑굿·2』를 읽고 나서 시인의 특정 주제에 대한 끈질긴 탐구 의욕과 정열에 대해 새삼스럽게 감탄하지 않을 수 없었다. 『사랑굿·1』의 40편의 사랑을 주제로 한 시를 통독하고 나서 이만큼 썼으면 이제 사랑에 관한 한 쓸 만큼 쓰지 않았느냐 생각했었는데, 시인의 집념과 정열은 그러한 안이한 예측을 넘어서서 108편이라는 호한한 분량의 「사랑굿」 연작을 완성시킨 것이다. 『사랑굿·1』의 마지막 시편인 「사랑굿 40」을 읽어보면 사랑굿 연작이 『사랑굿·1』로 끝나지 않는다는 점이 암시되어 있다.

물이어라

이룬 것 없는 듯

이루는

너를 잠기게 할 수 있고
네 속에 들 수 있는

죽어도 딴 마음
가질 줄 모르는

작은 것으로 큰 것을
머물게 하는

나를 잃지 않으면
너를 붙잡아 둘 수 없는

물이어라.

　“이룬 것 없는 듯/이루는” 물처럼 사랑굿은 그칠 줄 모르는 흐름을 통해 『사랑굿·2』의 시집을 형성하게 된 것이다. 그래서 『사랑굿·2』의 첫 시편 「사랑굿 41」은 물의 이미지를 통해 『사랑굿·1』의 마지막 시편과 연결된다.

하늘에
해가 하나이듯
물 흐르는 도리에
두 가지가 없어라

　　그대로가 하나이어
　　마음에 두 길을 내지 못하고
　　짧은 생명에 갇히어
　　내 영혼은 울어라

　『사랑굿·1』과『사랑굿·2』의 이러한 자연스러운 접속으로 미루어 본다면 사랑굿 시편이 108편으로 마무리되었다고 해서 완전히 끝난 것은 아니라고 생각된다. 108이라는 숫자의 불교적 의미를 상기할 때「사랑굿」연작은 종결이 아니라 새로운 시작의 첫머리에 놓인 것이라고 판단된다.

　　2.

　『사랑굿·2』에 실린 시편들의 형식적인 특징으로 우선 시가 대단히 간결한 형태로 구성되었다는 점을 들 수 있다. 요즈음 시들이 산문을 무색하게 할 정도로 번잡하고 시의 형태 또한 산문과 구별되지 않고 시어 역시 산문화되고 있는 형편을 고려한다면『사랑굿』의 시편들은 그러한 문학적 세태와 대조적인 형태를 취하고 있다. 한 행의 길이가 길어야 20자를 넘지 못하고 한 어절이 한 행을 이루기도 하고 간명한 연의 배열로 시각적 피로감을 배제하는 간결한 형태의 시가는 다른 시인들의 어느 시집에서도 쉽게 찾아볼 수 없는 현상이다. 꼭 필요한 말만 골라 시의 패러프레이즈를 억제하는 이러한 수법은 독자를 쓸데없이 지치게 만드는 요설 위주의 시들과 구별되는 것이다. 시를 통해 입심의 강도를 과시하는 듯이 보이는 최근의 문학적 세태와 대조되는 간결한 시의 형태는 시의 건강성 회복이라는 관점에서 더욱 돋보인다. 뱀 장수의 사설 엮기처럼 정력과잉의 시를 읽다가 활자보다 백지가 차지하는 넓이가 더 넓은 다음과 같은 시편을 읽을 때의 청량감은 대단히 상쾌한 것이다.

오늘은 강물이
무슨 일로
한밤내
울고 있는가

흔들리며
웅얼웅얼
어떤 추억을
우는 것인가

달도 쉬어가고 그리움도 쉬어가는
월유봉月留峰에
분꽃은 수줍은데

건드리면
눈물이 될
마음을 안고
그대에게
가야하리
불이 꺼져도.

—「사랑굿 · 43」

이렇게 길고 빼빼마른 시의 형태는 시의 내용과 매우 걸맞은 조화를 이룬다. 이 시의 중심어인 강물은 이 시의 형태처럼 흐르고 있고, 월유봉 역시 이 시의 형태처럼 솟았으며 분꽃이라는 꽃 또한 시의 형태와 닮았다. 지방질이 많은 뚱뚱한 시의 형태로는 이러한 시의 제재를 살릴 수 없다. 비계와 군살을 빼버리고 날씬한 몸매로 사랑굿의 신명을 표현하려는 시인 자신의 의지가 간결한 형태의 시로 나타나는 것이라고 생각한다.

간결한 형태는 독자에게 친숙한 느낌을 전달한다. "달도 쉬어가고/그리움도 쉬어가는/월유봉月留峰에/분꽃은 수줍은데"같은 연은 짧은 행 배열을 통해 쉬어간다는 의미를 강조하는 동시에 독자 역시 여유를 가지고 시를 읽을 수 있도록 배려한다. 독자를 압도하는 시가 아니라 독자와 함께 쉴 수 있는 시이기에 시의 품격을 유지하면서도 독자에게 어필할 수 있는 베스트셀러의 시집이 될 수 있었던 것이다.

의도적인 친절이 아니고 계산적인 휴식도 아니면서 독자에게 친근감을 주는 시들은 우리 주변에 많지 않다. 자기 고민 강조하기의 시, 시장 상인의 외침 같은 시, 운동권의 노래 가사 같은 시, 잠꼬대를 하고 있는 시, 섣부른 개똥철학의 시, 이런 시들에 질려버린 독자들에게 읽힐 수 있는 시의 형태는 너무나 가까운 곳에 있었던 것이다. 그 가까운 곳에 있는 것을 재발견한 공로가 이 시인에게 주어지는 것은 당연한 일이 아닐 수 없다.

따지고 보면 시의 생명은 간명성에 있다. 그런 것이 간명성만 가지고는 허전한 것 같아 자꾸 복잡해진 것인데, 『사랑굿』의 시편은 시의 원초성을 회복하는 간명성을 다시 제시하여 시의 근원이 어디에 있는지를 밝힌 것이다.

3.

최근에 들어 사랑을 주제로 한 연시戀詩들이 줄을 이어 발표되고 있다. 그 구체적인 작품명은 밝히지 않겠지만 『사랑굿』이 그 선두에 서는 작품이라는 점은 적시할 필요가 있다. 동서고금을 통해 수많은 시들에 사랑이

라는 주제가 등장하고 있지만 주제의 고갈 현상은 일찍이 나타나지 않았
다. 인간이 존재하는 한 사랑이라는 주제는 마르지 않는 시의 샘이기 때문
이다. 그러나 바로 이런 이유 때문에 사랑이라는 주제를 시화시키는 것에
어려움이 있다. 주제부터 진부해 보이고 잘못 다루면 천박해지기 쉽고 과
장을 하면 신파조로 흐르게 되고 유행가 가사와 혼동되는 위험성이 사랑
시에 내포되어 있다. 이러한 위험을 인식하면서도 『사랑굿』의 시편들은
사랑의 시를 선도적으로 노래하기 시작했고 이어서 여러 시인들의 사랑
시 연작들이 출간되었다.

『사랑굿』이 연시 출간의 향도적 역할을 감당할 수 있었던 까닭은 시인
이 시류에 민감해 하지 않고 시의 근원과 중심을 찾아 내밀한 자기 연찬을
계속했기 때문이다. 사랑의 감정만큼 시를 촉발시키는 주제는 별로 없는
데 많은 시인들이 그 위험성 때문에 사랑을 외면하고 다른 일상의 감정과
풍속과 세태, 이념과 투쟁에 골몰해 있을 때, 구태의연하게도 사랑이라는
주제를 붙들고 거머쥔 것이다. 구태라는 말은 경멸적인 말이지만 의연이
라는 말은 떳떳함을 나타내는 말이다. 그 의연함으로 인해서 구태를 신태
新態로 바꿀 수 있었다. 그 새로움 모습의 몇 가지 면모를 살펴보자.

    다르다 하면
    하나로 되고
    같다고 보면
    거리가 있어지는
    그대
    누구시오

    가까이 있을 땐
    가까와 못 가고

멀리 있을 땐
멀어 못 가
맘 조리며
그대신가 기다리고

잊지도 않고
구하지도 못하여
네 속에 네가 숨어도
내 속에 내가 숨어도
감추어지지 않는
사랑이라는 말
차마 쓰기 어려워
더디게 울어 보내오

—「사랑굿 · 48」

　이 시의 의연함은 첫 연에서부터 나타난다. 사랑시라고 하면 대개 달콤한 말을 연상하게 되는 법인데 이 시는 그 어법부터 다르다. "그대/누구시오"라는 어투는 달콤함과는 거리가 멀다. 누군지 몰라 안타깝기는 하지만, 그리고 그대를 향한 그리움도 간절하지만 '누구세요'나 '누구십니까'가 아닌 '누구시오'라는 말을 선택하여 그대 앞에 당당하게 대면할 수 있는 자신임을 밝힌다. 이렇게 떳떳한 자신이면서도 "사랑이란 말/차마 쓰기 어려워/더디게 울어 보내오"라는 구절에서 보듯 감정의 깊은 굴곡을 표현한다. 일방적인 기다림이나 타의에 의한 이별이 아니라 기다리기도 하고 만나기도 하고 이별도 하면서 각 단계의 그리움과 아쉬움을 표현한 것이 이 시의 특징이다.

들키지 않을
눈짓만
넉넉한 그대 이마에
얹어 놓고
서 있는 이 자리가
어둡고
험해도
노래할 테요.

―「사랑굿·52」에서

이 시구의 화자의 태도가 시인 자신의 서술 정신이다. 사랑이라는 말을 차마 하지 못하고 헤어진다고 해도, 서 있는 자리가 어둡고 험해도 노래를 하겠다는 서정의 정신이 『사랑굿』을 관류하는 서술의 정신이다. "서정 시인은 어떠한 갈등과 고통의 소용돌이 속에서도 '나는 노래한다, 고로 존재한다'라고 말할 수 있어야 한다"고 니체가 이야기했는데, 이 시는 바로 그러한 정신을 노래하고 있다. 그 서정성은 시공을 초월하고 삶과 죽음을 넘어서서 상사의 무변공간으로 확장된다.

그대는

달빛으로 번지는
하늘이어라
기왓장에 어리는
시월의 빛이어라

꿈도 휘저어 보고

　　빛도 휘저어 보는
　　하늘을 떠도는 새
　　그대를 운다

　　몸은 하늘에 두고
　　그림자는 땅에 두어
　　그 망연함
　　만난다 해도

　　변하면 변하는 것이 아닌
　　서로 지켜
　　길어 올리는
　　새벽이 되자

―「사랑굿·95」

　‘그대’는 ‘달빛으로 번지는 하늘’이었다가 ‘기왓장에 어리는 시월의 빛’으로 변할 수 있는 공간을 초월할 수 있는 존재이다. 그리고 무한한 능력을 가지고 있어 꿈도, 빛도 휘저어 볼 수 있는 초능력의 소유자이다. 그러나 ‘그대’가 아무리 뛰어난 존재라고 해도 ‘변하면 변하는 것이 아닌 서로 지켜 올리는 새벽이 되어야만’ 나에게 의미를 가질 수 있다. 그대의 끝없는 메타모르포시스[변환變幻]에 경탄하면서도 그 변환이 현실적으로 있을 수 있는 구체적 양상으로 나에게 나타날 수 있어야만 사랑으로 완성될 수 있음을 노래한다. 『사랑굿』의 시세계는 이 시에서 확인되듯 허랑방탕한 공상의 영역에 있지 않고 대지에 굳건히 발을 디고 있다. 상상의 힘은 무한하지만 아무리 무한해도 현실의 나와 관련되어야 한다는 강한 현실적 자각이 「사랑굿」 연작의 장점이다. 사랑이라고 하면 이 땅의 현실과 동떨어진 우주의 신비를 연상하는 상식적인 사람들에게 충격을 주어 그들의 허공에 뜬 마음을 다잡는 견인력을 「사랑굿」 연작은 넉넉하게 가지고 있다.

4.

「사랑굿」 연작의 이러한 현실 복원력 때문에 '사랑굿'이라는 제목에서 기대되는 무속적 황홀경의 경지 또한 대단히 현실적이다. 작두에 올라타도 발을 베지 않는 신통력을 보여준다거나 죽은 자의 혼을 건져 올리는 신비한 능력을 발휘한다거나 현실 세계를 떠나 영혼의 세계로 초월할 수 있는 계기가 굿에 의해 주어지고 그 황홀경이 비현실적인 것을 감안한다면 『사랑굿』의 굿의 세계는 그러한 통상적인 무속과는 동떨어져 있다.

엑스타시를 억지로 맛보기 위해서 요란한 음악에 맞춰 미친 듯이 춤을 추는 의도적인 광란을 철저히 배격하고, 의식과 정신과 영혼을 깨끗하게 하는 정화의 의식儀式을 조촐하게 거행하는 정돈된 마음이 「사랑굿」의 기본 정조情調이다. 황홀경 또한 그윽한 형태로 은근하게 표출되고 그 장단 역시 요란하지 않다. 조용하면서 심금을 울리는 절창이 「사랑굿」의 배경 음악이다.

그대 내린
벌罰이
화를 불러도
고통은
나를 깨우는 길

미움은

한 덩이씩
아침 쪽으로 뒹굴어
은은한
그리움이 되고

—「사랑굿·101」에서

역설을 통해 그리움이 되는 황홀경에 도달하고,

그대 아니 오는데
눈부신 빛이면
무얼하리

이제 짐 풀고 앉아
마음으로 지은 죄
붉은 눈물로 받으리

—「사랑굿·75」에서

황홀경은 광희狂喜 속에 나타나지 않고 눈물 속에서 맛보게 된다.

살이 아파하는 소리
뼈가 못 들은 채
이대로도 반나절
갈피를 못 잡고

—「사랑굿·53」에서

갈피를 못 잡는 방황 또한 황홀경으로 변환한다.

이처럼『사랑굿』의 시편들은 은은한 가락 속에서 온갖 형태의 황홀경을 표출한다. 황홀경의 상투형을 깨트렸다는 점이『사랑굿』의 또 하나의 특징이다.『사랑굿·1』과『사랑굿·2』의 시집을 비교·대조해서 읽어보면『사랑굿·1』의 시들이 기본적으로 조용하면서도『사랑굿·2』에 비해 격정적인 장면을 많이 수용하고 있음을 알 수 있다. 또 그대에 대한 갈구의 양상이『사랑굿·2』에 이르면 보다 온화해지고 느긋해지고 있음을 확인할 수 있다. 이것은 시인 자신이「사랑굿」연작을 쓰면서 사랑에 대해 달통한 경지로 스스로 승화되고 있음을 반증하는 예일 것이다.

시인은 새로「어머니」연작을 구상·발표하고 있는데, 이러한 새로운 시도는「사랑굿」에 의해 승화된 시정신의 연속이라고 생각한다.「어머니」연작을 통해 어떤 형태의 사랑의 정신이 표현될 것인지 더불어 지켜보고자 한다.

3. 심원한 가능성의 탐구 형식

― 김초혜, 『섬』

1.

『사랑굿』의 시인 김초혜의 제4시집 『섬』의 분석과 더불어 이 시인의 시가 왜 많은 사람들의 애호를 받는지 그 원인을 살펴볼 필요가 있다. 저널리즘의 주목을 받을 만한 특별한 사연이 있는 것도 아니고, 출판사측이 대대적인 선전 전략을 실행한 것도 아닌데, 『사랑굿』 1·2가 공전의 베스트셀러 시집으로 떠오른 이유는 무엇인가? 그 까닭은 이 시집을 읽고 자신의 시에 비해서 별 두드러진 특징이 없는 것 같다고 머리를 갸우뚱하는 시인들에게나, 이들 시에 대한 오해의 관념을 의도적으로 지속시키려는 독자들, 이 모두에게 궁금한 사항이 아닐 수 없다. 심지어는 시인 자신도 그 이유를 명쾌하게 해명할 수 없으리라 추측된다. 해설자 역시 분명한 해답은 제시할 수 없지만, 하나의 의무로써 그 답변을 시도하고자 한다.

먼저 이 시인의 시편들의 간결한 형태가 주목된다. 요즈음 시들이 산문을 무색하게 할 정도로 번잡하고 시의 형태 또한 산문과 구별되지 않는 형

편을 고려한다면 김초혜의 시는 그러한 문학적 세태와 대조적인 형태를
취하고 있다. 한 행의 길이가 길어야 20자를 넘지 못하고 한 어절이 한 행
을 이루기도 하며, 간명한 연의 배열로 시간적 피로감을 배제하는 간결한
시의 형태는 다른 시인에게서 쉽게 찾아볼 수 없는 현상이다.

『섬』에 수록된 시 중에서 임의로 어느 한 편을 골라도 쓸데없는 장황한
헛소리는 발견되지 않는다.

　　사슬로
　　감아도
　　이보다 더하랴
　　하루하루가
　　괴롭고
　　어렵더니
　　참고
　　견딤이 버릇되어
　　도리어
　　어둠도 다정해라

─「사랑굿 126」에서

뱀 장사의 사설 엮기처럼 정력 과잉의 시를 읽다가 독자를 시각적으로
나 청각적으로 지치게 하지 않는 위와 같은 시를 읽을 때의 청량감은 대단
하다. 가령 이 시의 배열을 달리하여,

　　사슬로 감아도 이보다 더하랴
　　하루하루가 괴롭고 어렵다니
　　참고 견딤이 버릇되어 어둠도 다정해라

로 바꾼다면 그 의미가 얼마나 달라지고 가독성可讀性 또한 얼마나 떨어지겠는가? 추상적인 관념이 조금도 내포되지 않은 일상의 언어에 의미를 부여하기 위해서 시행의 배열을 의도적으로 간결하게 한 것이다. '사슬로 감아도'와 '사슬로/감아도'의 차이는 언뜻 생각하는 것 이상의 큰 차이를 갖는다. 계속해서 이어지는 리듬이 아니라 단속적인 기능을 수행하는 리듬이 짧은 시행의 연속에서 연주된다.

2.

『섬』의 시들은 지극히 본원적인 정서를 노래하고 있다.『사랑굿』1·2의 시들이 사랑이라는 동서고금을 통해서 가장 기본적인 인간의 정서를 주제로 삼았듯이 이 시집의 주제도 인간의 가장 근본적인 삶의 양상을 주제로 삼고 있다. 시집 끝부분에 수록된「어머니」연작 또한 우리에게 낯익은, 낯익다 못해 진부한 주제를 형상화한다. 시가 존경하는 대상을 경배하기 위해서 발생된 문학 장르라면 어머니를 노래한다는 것은 문학의 가장 본원적인 양태일 것이다. 그런데 우리는 이 기본적인 주제를 시화하는 것을 문학 입문자나 할 일로 치부하고, 웬만큼 수준에 오른 시인이라면 그 정도는 이미 터득한 것으로 간주하는 습관을 갖게 되었다.『섬』의 시인은 그러한 인습을 과감하게 깨버린다. 누구에게나 중요한 존재가 어머니라면 어머니에 관한 시는 몇 만 편 다시 써져도 무방하고, 몇 천 년 되풀이되어도 그 사연을 다 이야기할 수 없는 원형적 소재를 내포한다. 시인의 발상은 이것이며, 이것을 시화한 것이 시인의 과감성이다.

　　한 몸이었다
　　서로 갈려

다른 몸 되었는데

주고 아프게
받고 모자라게
나뉘일 줄
어이 알았으리

쓴 것만 알아
쓴 줄 모르는 어머니
단 것만 익혀
단 줄 모르는 자식

처음대로
한몸으로 돌아가
서로 바꾸어
태어나면 어떠하리.

―「어머니 1」

　　"한 가지에 나고 가는 곳 모르는구나"라는 「제망매가」의 한 구절을 연
상하게 하는 친숙한 표현으로 시작된 이 시는 "주고 아프게/받고 모자라
게"라는 독창적인 발상으로 어머니와 자식과의 관계를 응축적으로 정립한
다. 어머니는 자식에게 주고도 마음이 아픈데, 자식은 그 사랑을 받고도 모
자람을 느낀다는 생각을 이처럼 집약적으로 나타내기란 정말 힘들다. 평
범한 착상으로 시작해서 비범한 발상으로 이어지는 시상의 전개방식도 뛰
어나거니와, 평범한 단어를 도치시켜 단어 자체로는 감당하기 어려운 의
미를 넉넉하게 수용한 언어구사능력도 탁월하다. 어머니를 기리는 지은이

의 애틋한 정은 도저히 현실화될 수 없는 내용을 서술하고 있는 마지막 연에 이르러 가장 깊은 경지에 도달한다. 자식이 어머니의 몸으로 다시 돌아가 바꾸어 태어날 것을 원하는 것은 생명의 법칙에 분명히 어긋난다. 그럼에도 불구하고 어머니에 대한 사무치는 그리움은 그 법칙마저 무시하는 인식의 뒤엎음을 감행한다. 단순한 슬픔, 또는 슬픔의 연속에서 초래된 한의 감정이 아니라 본능마저 바꾸려는 삶의 적극적인 의지가 돋보이는 국면이다.

일반문학의 관점에서 볼 때 어머니라는 상징은 반드시 긍정적인 이미지만 가진 것은 아니다. '무서운 어머니'라는 이미지는 생명의 파괴와 죽음을 상징한다. 거센 비바람이 불어 나무가 뿌리 째 뽑히고 생명 있는 모든 것들이 죽어버리는 것도 대지라는 거대한 어머니에 회귀하는 현상이다. 그 경우 어머니는 자애로운 어머니가 아니라 무서운, 잔인한 어머니이다. 이 시집의 「어머니」 연작에는 그러한 '무서운 어머니'의 상은 등장하지 않지만, 어머니를 자연이라는 '무서운 어머니'에게 빼앗긴 절망적인 비애와 삶의 괴로움이 직설적으로 서술된다.

> 뒷 산곡山谷에
> 부엉이 울다 가면
> 그 산에 가득한
> 어머니의 얼굴
> 동생들의 울음
> 현絃이 끊기고 말았던가
> 하늘빛이
> 변했던가
>
> 꽃필 날

다시없을
뿌리가 뒤집힌
나무들은
생명이 병病보다
더 아프단다.

—「어머니 11」에서

　어머니의 죽음은 천재지변처럼 예기치 못할 자연의 횡포이며, 그 이재민들인 자식들이 건강하게 살아 있다는 것은 병을 앓는 것보다 더 큰 아픔이라는 것이다. 이처럼 처절한 아픔을 묘사하면서도 시의 겉 표정이 의젓해 보이고 시인의 태도가 객관적으로 표출되는 것이 김초혜의 시가 지니는 놀라움이다.

　위에 인용한 부분에서도 서술자 자신은 울음을 참고 산곡에는 어머니의 얼굴과 동생들의 울음으로 가득하다고 표현하고, 자신의 생명이 병보다 아프면서도 이것을 뿌리가 뒤집힌 나무에 비유하는 시적 여유를 유지한다. 과장된 슬픔의 감정이 시의 주조를 이룬다면 이런 여유는 작위적인 것으로 인식될 터인데 어머니라는 대상에 대한 간곡하고도 진솔한 그리움이 존재하기에 그 여유는 시적 성실성으로 판단된다.

　평범에서 출발하여 비범에 도달하는 여정의 다채로움, 이것이 독자들의 관심을 집중케 하고 긴장을 고조시키는 원동력이다.

3.

　『섬』의 시에는 영혼의 성숙을 기약하는 시인의 예지와 경험의 미완결성을 강조하는 회의의 정신이 동시에 깃들어 있다. 성숙과 회의라는 일견 모순되는 말은 사물의 본질을 파악하는 동일한 관찰방법이다. 성숙이란 사물 위의 우월한 위치에 군림하고 있음을 의미하는 것이 아니라, 제현상의 다양한 모습을 직관하면서 동시에 그 현상을 파악하고 파악된 그 문제를 인식하는 견해를 확립하는 과정을 뜻한다. 따라서 그 시적 서술의 태도가 오만하지 않고 친절하며, 독자를 계몽한다는 생각보다는 독자와 함께 탐색하고자 한다. 한편 이 시인이게 있어 회의는 모든 사물은 불분명하다는 불가지론不可知論의 그것과는 다른, 완결된 체험은 없으며 삶의 진행에 따라 체험의 실체가 변한다는 창조적 가능성을 내포한다. '사랑굿'의 시를 이미 두 권의 시집으로 묶었으면서도 그칠 줄 모르게 '사랑굿'의 시편을 생산할 수 있는 것도 이미 형상화 된 것을 새롭게 형상화하는 능력과 사물에 대한 일의적一義的 인식의 불가능함을 확신하는 회의의 정신 때문이다.

        목적도 없이
        빛을 지폈다
        있다면 시드는 것이
        유일한 목적이다

        멀고 서름한
        당신의 눈매가
        나의 별이 될 줄은 몰랐다

        당신은
        말하지 않던 것을
        말하게 하고
        새로운 눈물의 길을

열어 넓혔다.

―「편지 9」에서

이 시에서는 처음에는 낯선 눈매로 보였던 '당신'에 의해 내가 성숙해지는 과정을 자연스럽게 서술한다. 그러나 성숙의 결과는 말하지 않던 것을 말하게 하는 긍정적 기능의 것과 새로운 눈물의 길을 열어 넓힌다는 부정적인 것이 동시에 포함된다. 성숙이 만능이 아니라는 점을 예리하게 지적하면서 그럼에도 인간은 성숙해져야 한다는 욕구를 표현한다. 이러한 시의 내용은 이미 성숙한 단계에서 독자를 깨우치려고 하고 자신의 인식이 자신이 생각해도 높은 경지에 있다고 교만을 부리는 시들과는 거리가 멀다. 독자나 시인이나 모두 불완전한 상태에서 완전에 대한 기약을 함께 하는 즐거움을 공개적으로 (결코 은밀하지 않게) 누리는 것이다. 시인 역시 독자 자신과 마찬가지라는 동류의식을 확인하기란 요즈음의 시에서는 어려운 일이다. 그런데 그것이 이 시에서는 가능한 일이다.

그대와 내게
괴로움이 없다면
어디에
마음을
기댈 수 있나

괴롬에
깊이 머물면
성내는 마음
견뎌지고
무엇이나

빛이 되리

비록
괴로움의 끝에
설 수 있다 해도
기쁨을
두려워
꺼릴 줄 아는
몽매함
가졌어라.

—「사랑굿 109」에서

이 작품은 시인이 대상 속에 깊이 침잠하여 대상이 주는 괴로움까지 이해하고 나아가서는 괴로움을 기쁨으로 전환시키는 예지를 기술한다. 이 시가 여기서 끝났다면 공허한 인내심을 미덕의 일종으로 착각하는 대표적인 예가 되었을 터이다. 그런데 셋째 연의 '괴로움 끝에 기쁨을 얻는다 해도 그렇게 얻은 기쁨을 두려워하는 몽매함'을 지적하는 단계에서 시인은 대상의 내면에서 대상의 외부로 관찰의 시각을 전환하여 그 기쁨의 의미를 객관적으로 정립한다. 시인이 대상의 내부에만 존재한다면 참을성만 증가되고, 외부에서 바라보기만 한다면 냉정한 비판에 머물 뿐이라는 말이 연상되는 대목이다. 이 시의 화자는 내부와 외부의 시각을 교차시킴으로써 인내심과 객관성을 단계적으로 표상할 수 있었다. 사물의 일의성을 인정하지 않는 회의정신의 산물이 대체로 이런 것이다. 장자는 "내가 나비의 꿈을 꾼 것인가, 나비가 나의 꿈을 꾼 것인가"라는 유명한 명제를 도출했고, 몽테뉴는 "내가 고양이들과 함께 논다고 할 때, 내가 그들을 심심풀이로 삼는다기보다 그들이 나를 심심풀이로 삼는다는 편이 나을지 누가 알 것인가"라는 양면적 고찰방식의 명제를 이끌어내었다. 괴로움과 기쁨을 교차시킨 위의 시의 발상 또한 위의 예거한 사람들의 착상에서 과히 멀지 않다.

> 죽을
> 죽음이 없어도
> 다시 죽기 위해
> 안 끝나는
> 죽음을 시작하려오.
>
> —「사랑굿 110」에서

이러한 시적 역설이 가능한 것도 양면적 고찰을 가능하게 하는 강한 회의의 정신 때문이다. 어떤 평자는 이를 가리켜 변증법 운운하는데 미리 정해진 방향으로 귀착하는 논리적 귀일성을 지칭하는 말로 변증법을 사용한다면 김초혜의 시는 변증법과는 관계가 없다. 시인 자신도 예측하기 어려운 방향으로 정해지지 않은 목적지를 향해 걷거나 뛰다보면 특정한 목표를 향해 매진하는 사람이 상상할 수 없는 개방적인 가치를 함축하고 있는 가능성의 세계에 도달할 것이다.

시의 독자들은 시 읽기의 과정을 중요하게 여기는 것만큼 시의 과정을 의미 깊게 수용한다.

4.

『섬』의 시적 특징을 서술하면서 이 시인의 시를 애호하게 되는 까닭을 몇 가지 양상으로 나누어보았다. 간결한 형태로 본원적인 주제를 다루고 있는, 성숙과 회의의 겹 시각을 가진 이 시인의 작품들이 여러 층의 독자들에게 두루 읽히는 것은 시의 저변확대라는 점에서 매우 바람직스러운 현상이다. 이 현상을 정확하게 이해하지 못하는 사람들은 독자에 대한 영합, 예술적 가치 등의 상투적인 용어를 기계적으로 적용하려고 할 것이다.

그러나 독자에 대한 영합은 차치하고 시를 쓰는 자기 자신에게도 영합하지 못하고, 자신이 그렇게 갈구하는 대상인 '그대'에게까지 정면에서 접근하지 못하며, 일단 가까워졌다가도 이내 물러서는 『섬』의 시들은 독자와 함께 고뇌하는 시인 자신의 초상이다. 지칠 줄 모르는 형상의 창조자로서 거듭 태어나게 한 사랑의 심상들은 대상의 내면의 외부를 두루 통찰하는 예술적 위상을 입체적으로 보여준다.

"그대의 불멸의 형상이/차가운 어둠 속에/감긴다 해도/나는 후회하지 않겠네/구름을 껴안다 다친/이 발목을"(「슬픈 연가」)이라는 시구에서 확인되듯 이 시인의 형이상학적 기원은 그칠 줄 모르는 형상의 창조능력과 후회까지 유보하는 단단한 의지로 점철되어 있다. 모르는 것도 아는 체하는 세상에서 이미 확정된 것마저 다른 가능성이 없을까 탐구하는 정신은 희귀한 시적 영상을 구현한다.

대상에 대한 집착과 사물 위에 군림하겠다는 아집을 버리고 청징淸澄의 세계를 지향하는 순수한 의지, 복잡함을 파기하고 간결한 형식으로 마음을 정리하는 순화된 정서, 결과보다는 도달하기까지의 과정을 중시하는 가능성 탐구의식. 이 여러 요소들이 결합되어 김초혜의 시를 빛낸다. 특수한 삶보다는 보편적인 삶, 신기한 심상과 구별되는 독창적인 심상, 순간적인 가치를 넘어서는 지속적 가치, 낯설지 않은 친숙한 이야기, 우리 마음을 아늑하게 하는 이러한 요소들이 심원한 가능성의 형식으로 펼쳐진다.

4. 언어를 통해 '보는' 음악의 아름다움

─조창환, 『파랑눈썹』

1.

　음악을 듣는 것은 예술의 가장 수동적인 행위이다. 연주회장에서 온 정신을 집중시키고 음악에 몰입하다가도 어느 한 순간부터 정신이 해이해진다. 집에서 재생기기로 음악을 들으면 그러한 해이의 순간이 너무 쉽게, 자주 나타나 곧잘 졸음에 빠진다.

　악기의 연주 주자는 극히 예외적인 경우를 제외하면 연주 중에 조는 일이 없다. 그들은 적극적인 예술 재창조에 몰두하기에 그럴 틈이 없다. 이것을 보면 음악을 진지하게 듣는 수동적 행위가 음을 연주하는 적극적 행위보다 시간을 지탱하기가 어려움을 알 수 있다. 수동적 예술행위로서 음악 청취는 나름대로 인고와 시련의 극복 행위이다.

　조창환의 음악시집 『파랑눈썹』은 음악을 진지하게 듣는 것에 그치지 않고 음악을 통하여 시를 발견하는, 또는 시를 통하여 음악을 재발견하는 적극적 음악 수용의 수준 높은 단계를 우리에게 제시하고 있다. 우리의 통상적인 음악과 시의 체험에 비추어 볼 때, 조창환의 음악시집『파랑눈썹』은 무정형의 음악적 감동을 시의 실체를 통해 재현함으로써 글로 쓰인 음악을 보여주는 소리글의 장르를 개척하고 있다.

추상적 음악 세계에 대해 관념적 해설만 늘어놓을 것이 아니라 우리에게 익숙한 음악에 대한 시인의 재해석의 글소리를 들어보자.

희미한 공기덩어리가 걸어온다

안개를 헤치고, 피리소리들이 걸어온다

푸른 스카프를 걸친, 홰나무들이 걸어온다

열린 門들에서, 구름의 신발들이 걸어온다

닭털 모자들이 걸어온다

젖은 전류電流들이 걸어온다

강철로 된, 비탈이 걸어온다

유황硫黃과, 산酸이 걸어온다

황금黃金빛, 기관차가 걸어온다

불과, 파도와, 수증기와

깃발들이 걸어온다

─「볼레로」 전문

이 시에서 '걸어온다'는 아홉 번 각 행마다 반복되다가 마지막에서 두 번째 행만 생략된 뒤 끝 행에서 열 번째 반복되며 끝맺고 있다. 이것은 볼레로 음악의 오스티나토 [반복되는 똑같은 음형]의 두 개의 선율과 하나의 리듬을 연상시킨다. 처음에는 일정한 선율과 리듬이 소음량으로 나오다가 점차적으로 많은 악기가 참여하면서 엄청난 음량으로 증폭되고, 한 차례의 반전을 거쳐 거친 파열음으로 끝맺는 볼레로의 도취적인 음악구조, '걸어온다'의 반복과 무수히 등장하는 갖가지 이미지들은 그 음악구조에 대한 언어적 수축·대응 구조로 대비되고 있다.

"불과, 파도와, 수증기와/깃발들이 걸어온다"라는 끝에 이르러 격정적 감정이 분출하는 국면을 묘사하는 한편, 그 격정이 음악이 멈춘 다음에도 진정되지 않음을 암시한다. 시인은 '걸어온다'라고 했지, 걸어와서 그 자리에 섰다든가 무엇과 부딪쳤다고 서술하지 않는다. 음악과 시는 끝났지만, 앞서 나타난 모든 사물과 대상은 아직도 걸어오고 있다. 이 시를 모리스 베자르 안무의 발레 '볼레로'와 연결시켜 해석할 수도 있다. 그러나 시인의 관심은 무용보다는 음악 자체에 두어져 있다. 시 제작의 경제성으로 보아 음악을 무용화한 것을 다시 시로 옮기는 간접화의 간접화를 시도할 필요가 전혀 없다. 시인은 음악이 그의 심성에 던진 파문을 즉물적으로 파악하여 그에 대한 시적 반응을 뭉뚱그려 표현할 언어적 등가물을 포착한다.

이러한 시적 방법은 인상주의 음악가들이 시를 음악화 할 때 구사한 방법과 비슷하다. 언어가 전달하는 의미나 시 속에 담긴 이야기나 주제의 감동보다 언어의 소노리테, 정서적 가치, 말의 미묘한 뉘앙스가 중요하다고 여기는 상징주의 시에 영향 받은 인상주의 음악가들은 음 소재 자체의 감각적 측면, 화음의 절대적인 정서적 가치, 음상의 섬세한 뉘앙스를 추구했다. 말라르메의 시를 대본으로 삼은 드뷔시의 「반수신의 오후」, A. 베르트랑의 시와 시집 제목에서 따온 라벨의 「밤의 가스파르」 같은 작품은 인상주의 음악의 대표작이다.

조창환은 시집 『파랑눈썹』에서 라벨의 「물의 희롱」, 「볼레로」, 「밤의 가스파르」 등 3편의 곡과 드뷔시의 「영상」을 시화하고 있다. 드뷔시보다는 아무래도 라벨에 치우친 편인데, 그렇다고 드뷔시가 거부되는 것은 아니다.

1
푸른 그리움의 무늬들이
허공에 박혀있다
눈송이처럼

――혹은 라벨의 피아노곡
물의 희롱처럼

2
녹색 페어글라스 저편에서
드뷔시가 가을 나무 그늘에 쉬고 있다
떠오르다가 머물러 있는
시간은
흐를수록 희미해지고

―「연가풍으로」 부분

여기서 보듯 라벨과 드뷔시는 페어글라스를 사이에 두고 서로 마주 바라보고 있다. 이마주images와 거울miroirs, 페어글라스는 이 두 층위의 구성물을 가리키는 것이리라. 드뷔시가 사물을 음악화하면서 마음을 거쳐서 바라보는 이마주의 방법을 택했다면, 라벨은 객체를 물리적으로 투사하는 거울의 방법을 택한다. 드뷔시는 세계를 주관적으로 해석하는 로맨티시즘의 흔적을 남기는 반면, 라벨은 조형적인 정교한 구성으로 즉물주의 세계관의 전초를 열어 보인다.

이 시는 라벨은 라벨대로 드뷔시는 드뷔시대로 수용한다. '푸른 그리움의 무늬들'은 라벨의 「물의 희롱」처럼 박혀 있고, 흐를수록 희미해지는 시간은 드뷔시처럼 '가을 나무 그늘에 쉬고 있다.' 인상주의자로 불리는 것을 거절하고 자연스러운 음의 조형가로 자처했던 드뷔시와 일정한 틀을 거부하고 음의 실험주의자를 자임했던 라벨, 한 범주 내에서 각기 다른 방향을 지향했던 대립적인 음악을 어떻게 나란히 수용할 수 있을까?

음악을 시화하면서 음악적 방법의 순수성을 지나치게 고려할 필요가 없다고 시인은 생각하고 있다. 자신이 만들어 보이려는 것의 매재가 음이 아니라 언어인 이상, 음악 방법의 상충성을 언어적 방법의 조화성 안에 포괄할 수 있다고 보는 듯하다.

시인은 이러한 다양성에 에릭 사티의 음악세계까지 끌어들이고 있다. 벌거벗은 음악musique dépouillée의 작곡가 사티는 재즈의 영향을 받기도 하며 유머러스하고 풍자적이고 비의적인 음악세계를 구축한 독특한 작곡가이다. 이 시집에서는 사티의 대표작 「짐노페디」가 이야기시처럼 형상화되고, 잘 듣기 어려운 사티의 소품 「차가운 소곡pièces froides」이 연주된다.

「차가운 소곡」은,

> 탄력을 가라앉혀
> (일격은 가하지 않고)
> 소리의 틈서리에
> 하나씩의 은빛 못을 박으면서

울려 나온다.

사티는 '듣고 지나치는 음악'을 강조하면서 일상의 음악을 목표로 삼았다. 그의 음악에는 베토벤의 교향곡처럼 우리에게 일격을 가하는 음의 강타라는 것이 있을 수 없다. 그러한 사티의 음의 특징을 '탄력을 가라앉혀', '소리의 틈서리에', '은빛 못을' 박는 것으로 시적으로 번역한다. 실제로 「차가운 소곡」의 셋째 부분에는 '유혹적으로', '너무 많이 먹지 말 것', '좋아' 따위의 사티 자신의 주석이 붙어 있다. 이렇게 무심한 일상사를 그리려고 작곡된 음들이, 은빛 못이 소리의 틈서리에 박히듯 꽂히는 것이다. 무심한 음을 해석하는 유심한 시어가 음악과 시의 감동을 더불어 배가시킨다.

예술작품에서 받는 감동은 결국 언어로 표현되기 마련이다. 어떤 종류의 예술이 주는 감흥도 언어 이외의 것으로 정착될 수 없다. 그런 측면에서 악기를 연주하면서 내는 연주자의 신음소리까지 언어를 통해 아름다움의 깊이를 그려내는 「카잘스」 같은 시는 함께 음미하고 싶은 작품이다.

　　파블로 카잘스

　　흐린 오후의 역광逆光
　　긴 그림자 속으로
　　바이킹의 활을 힘차게 문지른다
　　단전丹田 아래에서 울려나오는
　　신음

　　분청색 혼魂의 그늘이
　　비스듬하다

　　한손에 벗은 모자를 들고
　　우산을 받쳐든
　　늙은 마부馬夫의 뒷모습이
　　멀어진다

시인에 따르면 카잘스의 음악적 분위기는 '흐린 오후의 역광'과도 같다. 눈부시지는 않으나 빛의 존재가 뚜렷한 오후의 어둠 속에서, 생활의 필수품으로 활을 지니고 있는 바이킹처럼 그는 첼로를 힘차게 문지른다. 가끔

토해내는 신음소리는 혼의 밑바닥에서 첼로 소리와 함께 웅얼거리며 나온다. 그런 카잘스에게 생활은 예술이고 예술이 생활이다. 그 점에서 늙은 마부와 그는 다를 바 없다. 해설의 오류를 무릅쓰고 이 시를 산문화하면 이런 내용이다.

그런데 '분청색 혼魂의 그늘'을 담고 있는 카잘스와 그의 음악은 낡은 필름의 한 장면처럼 "벗은 모자를 들고/우산을 받쳐든" 채 우리 곁에서 사라져간다. 이 장면에서 우리는 잊지 못할 추억에 잠겨 그윽한 첼로 소리와 함께 시의 내면에 담긴 시인의 목소리를 듣는다. 늙은 마부의 퇴장을 시인은 시의 필름 속에 용해시킨다.

> 어느 마을의 빗장이 풀리고
> 강이 깊은 곳에서 멈춘다

—「첼로」 부분

영화가 끝난 뒤에도 음악소리는 계속된다.

2.

음악 듣기의 큰 기쁨 중 하나는 자신의 마음에 들지 않으면 아무리 위대한 음악가의 걸작이라도 안 들을 수 있다는 배제의 즐거움이다. 듣기 싫은 것을 음악사적 가치 때문에 억지로 들을 필요가 없다. 그리고 또 하나의 큰 기쁨은 음악적 체계나 장르 구분을 무시하고 이것저것 듣는다는 병렬 청취의 즐거움이다. 클래식을 듣다가 재즈를, 유행가를 듣다가 국악을, 팝송을 듣다가 중세 음악을 들을 수 있다.

시집 『파랑눈썹』의 음악은 클래식 위주로 선곡되어 있으면서도 다른 장르의 음악에 대한 관심이 공존하고 있다. 그레고리안 찬트에서 김정길의 「8주자奏者를 위한 추초문秋草紋」에 이르기까지 중세음악과 현대음악이 함께 어우러지고, 클래식·팝송·국악·유행가가 위치를 바꿔가며 시의 초점으로 등장하고 있다. 그때그때의 환경과 분위기에 따라 어떤 종류의 음악도 청취하고 감상할 수 있다는 음악적·시적 융통성이 이러한 장르 혼합을 가능하게 한 것이다.

이 시집의 제목으로 뽑힌 「파랑눈썹」은 뉴에이지 음악의 대표곡인 조지 윈스턴의 「가을」에 관한 시이다. 두루 알다시피 뉴에이지 음악은 재즈의 한 변형으로서 인상주의 음악과 같은 연대감을 형성하고 있는 유행음악이다. 이런 음악을 들으면서 시인은 짐짓 엉뚱한 표정을 지어 보인다.

> 너는 파랑색
> 눈썹 한 금이다
>
> 쩔뚝거리면서
> 유리하늘에 흩어지는

뉴에이지 음악은 심각한 의미를 배제하고 투명한 음의 뉘앙스를 통해 주제 없는 명상의 경지를 노래한다. 이런 음악과 어울리게 시인은 시에 의미를 부여하려고 하지 않는다. 무엇인지 알 수 없는 존재의 파랑색의 기이한 눈썹 한 금이, 있을 수 없는 사물인 유리 하늘에 쩔뚝거리면서 흩어진다는 것이다. 이 기묘한 이미지의 재현이 문제일 뿐 더 이상 주장하거나 강조하는 것이 없다.

명상도 화두를 들고 용맹 정진하는 선의 경지에 이르면 만단정회와 만단관념이 들끓어 그러한 복잡한 사고에서 벗어나기 힘들다. 여기서 벗어나는 것을 득도라고 한다면, 주제 없는 명상은 애초에 멍청한 상태에서 시작하기 때문에 무엇인가를 느꼈어도 곧 잊어버리게 마련이다. 정신의 텅 비어있음, 비어 있어서 간결한 마음, 쓸데없이 복잡한 생각으로 가득 찬 현대인의 궁극적인 바람이 이런 마음의 상태일 것이다. 그 상태를 시인은 음악을 통해 표현한다.

조창환은 복잡한 음악을 좋아하지 않는 듯하다. 교향곡 같은 관현악곡에 대해서는 언급이 없고, 있다면 바르토크의 「관현악을 위한 협주곡」, 시벨리우스의 「바이올린 협주곡」 정도인데, 바르토크에서 동양적인 관조의 경지를 주목하는 듯하고, 시벨리우스를 들으면서도,

바이올린 협주곡 D마이너
튜티가 아냐
솔로 부분의 첫 소절
북받치는 서러움에 가슴 저미며
흐르는 눈물 그대로 흘려
눈 쌓인 북쪽 벌판에 남기고 싶어

라고 자신의 취향을 밝힌다. 관현악의 총주보다는 한 악기의 독주에 보다 더 마음이 끌린다는 말이다. 이것은 시끄러운 재즈를 들으면서도 피아노 음 하나만 분리해서 새겨가며 듣는 필자의 취향과 상통한다. 개인적인 취향의 화제를 더 늘어놓는다면 나로서는 「장엄미사」나 「레퀴엠」이나 「성 피에트로의 눈물」 같은 성가는 그 위선적인 음의 질서에 질려버려 재즈 같은 위악적인 음에 몰두하는 편인데, 종교적 신심의 세계를 이해하지 못한 형편에 성가 취향에 대해 더 이상 왈가왈부할 처지는 아니다. 그래도 안심이 되는 것은 이 시인이 성가취향 일변도로 나아가지 않고 이 시대의 흘러간 유행가까지 관심을 보인다는 점이다.

붉은 머리띠에 검은 리봉 달고
조국은 하나다 씩씩하게 외쳐대는
이땅의 젊은이여 그대들 가슴팍에
눈물젖은 강물줄기 맥맥히 흐르거던

그대들 눈을 들어 저 강을 바라보라
얼음짱 꽝꽝한 두만강에 오줌누고
칼바람 살을 찢는 북녘의 들판 향해
이고 지고 쓰러지며 쫓겨가던 할애비들.

—「눈물 젖은 두만강」 부분

　음악과 종교의 세계를 혼합해서 일평생 자기만의 세계를 고집하다 죽은 브루크너 같은 작곡가는 음악의 성안에 자신을 유폐시킨 고립주의자의 한 전형이다. 음악가뿐만 아니라 예술가들은 스스로 설정한 범주 안에 자신을 고립시키려 한다. 이 세상의 온갖 더러운 꼴을 보지 않으려면 그것이 제일 효과적인 대처방안이다.

　눈물 젖은 두만강을 노래한 이 시에서 시인은 저 인상주의자의 오묘한 유리알 속에서 성큼 벗어나서, 여항 속에서 부유하며 살고 있는 보통 사람들의 삶 앞에 다가선다. 그리고 우리의 쓰라린 근대사를 확인하고 그 역사가 우리의 가슴팍에 강물줄기처럼 맥맥이 흐르고 있음을 규지한다. 바흐나 헨델을 듣던 시인은 「눈물 젖은 두만강」을 들으면서 지금 이 자리에 현실을 투시한다.

　하찮게 들리는 흘러간 노래를 들으면서도 그것의 시적 유관성을 포착하는 능력은 레너드 코엔이나 쥬디 콜린스 같은 팝송 가수가 등장하는 「거울」에도 나타나 있고, 명창의 대접도 받지 못하고 불우한 일생을 마쳐야 했던 임방울의 생애를 조감하는 「임방울」에도 발현된다.

그대 꺾쉰 목청만 남아
쑥대머리 한 대목에 잠깨어 있어
어지럽던 세상은 가고 또 오고
이 땅의 춘향이들 화냥년 될 때
들을 수 있네
그대 낡은 탁성으로 떠도는 것을

복각 SP판에 담긴 임방울의 쉰 목소리와 화냥년 된 이 땅의 춘향이가 묘한 대조를 이룬다. 쑥대머리 귀신 형용이 되어서도 정절을 지키려던 이 땅의 춘향이가 이제는 화냥년이 된 것을 한탄하듯 임방울의 쉰 목소리는 SP판의 스크래치 노이즈 등의 잡음과 섞여 갈라져 나오는 것이다. 서양음악을 들으면서 느꼈던 현실과 동떨어진 비의에 가득찬 음은 이 시의 내용과 함께 한국적 현실의 음으로 바뀌고 있다.

국악에 대한 시인의 관심은 「난蘭」, 「산조」, 「수제천壽齊天」 등의 작품에서 대금산조, 김죽파의 가야금 산조, 아악 등의 시적 형상화로 나타나 있다. 죽파竹坡의 산조를 "남녘의 깊은/대나무/숲//항라 치맛자락/스치는/소리"라고 노래한 것은 소리도 그렇거니와 시로서도 절창의 한 가락이리라.

소리에 대한 시인의 관심의 폭은 음악으로 정형화된 소리에 국한되지 않는다. 시집 4부에 실린 여러 편의 시들은 특정의 음악곡에 대한 작품이 아님에도 불구하고 소리의 영역에 대한 시인의 지속적·집착적 관심을 잘 형상화하고 있다. 피리 소리, 폭포 소리, 뻐꾸기 울음소리, 비 소리, 풀벌레 소리, 새벽이 오는 소리, 밤 트럭 달리는 소리, 그리고 지렁이 울음소리까지 다양하고 다채로운 소리들에 시인은 귀를 기울여 소리의 내면을 보듬어 본다. 그 중에서 들리는 기막히게 서글픈 소리의 한 대목.

태풍 지난 후
나뭇잎들에서 물기 빠지는 소리 들린다

막가는 세월
우울한 영화 속에 보이던
재수없는 화상 몇이
잠 없는 밤을 떠돌다
코 푼 휴지처럼 구겨진다

잠 없는 가을
썩은 피가 눈물샘 근처에 고이는 소리
들린다

─「눈물샘 근처에」 전문

'나뭇잎들에서 물기 빠지는 소리'는 대강 짐작이 가도 '썩은 피가 눈물샘 근처에 고이는 소리'는 대체 어떤 소리일까? 확실히 규정할 수는 없어도 잠 안 오는 밤에 혼자 속상해하여 눈시울을 붉히는 시인 자신이 내는 소리일 것이다. 무엇 때문에 재수 없게 느끼는지 모르나 피까지 썩을 정도로 기분 나쁜 내면에서 솟아오르는 서글픈 소리, 그것이 '눈물샘 근처에 고이는 소리'일 터이다. 작곡가가 아닌 시인은 그것을 언어로 작사를 한 것이다. 이 정도에 이르면 시인은 음악가를 부러워할 필요가 별로 없다.

3.

음악을 좋아한다는 것은 그 자체로 자랑스러운 일도 내세울 만한 취미

도 아니다. 자랑스러운 일이 아닌 것은 음악가가 아닌 이상 음악 듣는 일보
다 본업에 전념해야 하는 까닭이고, 내세울 만한 취미가 아닌 것은 음악을
제대로 듣자면 시간과 경비, 특히 돈이 많이 드는 까닭이다.

　사정이 이러함에도 음악을 시의 장식물로 생각해 음악은 물론 시까지
가치를 훼손시키고, 음악에 대해 아는 것을 현학의 과시 수단으로 착각하
는 풍조가 있어 왔다. 이국취향이나 예술 도락주의를 음악의 이름으로 포
장해서 '나는 별세계에서 한껏 음악적 향취를 누리고 살아가고 있다'는 투
의 시를 읽으면, '남과 자신을 속이며 사는 방법도 가지가지로구나'라는
생각이 절로 든다. 음악보다는 음악가의 스캔들에 대해 소상하게 알고 있
는 음악애호가는 음악을 듣는 것이 아니라 스캔들의 내막을 되씹고 있는
셈이다. 음악을 생활과 동떨어진 무엇으로 생각하는 것은 스스로를 삶에
서 유리시키는 행위이다.

　조창환의 시집 「파랑눈썹」의 전편을 읽어보면 위에 이야기한 꼴불견 음
악 감상 태도가 일체 나타나 있지 않음에 놀라게 된다. 그저 소박하게 그때
그때 음악적 흥취에 젖어보기도 하면서 분수에 맞게 살아보려는 스스럼없
는 자세에 공감하게 된다.

　시인은 「바흐를 들으며」에서 이런 느낌을 담백하게 술회한다.

　　고맙다
　　실비가 온다
　　여기
　　지금
　　앉아 있음에 느꺼웁다
　　실비 속으로
　　속절없이 떠오르는
　　연기와

티끌
스스로 낯익어 동으로 일어서는
평화 하나와
감사 하나가
새벽
상치꽃밭에 볼을 부빈다

이 시에는 바흐를 듣는 사람의 지나치게 심각한 표정이 없다. 음악을 들을 수 있다는 것 자체가 고맙다는 감사의 마음과 음악을 듣는 평화로운 마음이 있을 뿐이다. 실상 바흐도 자신의 음악을 종교적 신념에 불타서 또는 예술적 야망을 위해 몸부림치면서 작곡하지 않았다. 하루하루의 삶을 성실하게 살려는 직업 음악인으로서 눈병이 나 눈이 멀 때까지 꾸준히 음악을 작곡했을 따름이다. 그에게서 음악은 곧 일 이외의 다른 것이 아니다. 이 시는 그런 바흐의 음악을 바흐답게 표현하려 한다. '새벽녁 상치꽃밭에 볼을' 부비는 사치스러운 감정도 없지 않으나 이 정도의 감상은 눈감아줘도 무방하지 않을까.

동료시인의 죽음을 애도한 「어느 시인의 추억」의 일절은 이렇듯 평범하게 살아가는 삶과 그 이후의 죽음의 세계를 음악이 연결해 주고 있음을 상기시키고 있어, 문득 섬뜩한 느낌을 억제할 수 없다.

차이콥스키의 피아노 트리오 A단조…… '어느 위대한……'의 눈물겨운 서주부가 시인의 오른손 검지의 잘려진 마디에서 검은 피 흘리다 주저앉은 피리소리와 아득하게 흙먼지 자욱한 1950년의 참호 속 M—1 소총소리와 박격포성과 군번 0157584의 유효사거리권 안에 뒤섞여 있는 멧비둘기의 똥냄새와 장밋빛 핏방울과 먹장 어둠과 미사리 돌밭의 수없이 많은 검은 새떼들이 한꺼번에 솟구쳐 날아오

르는 날개소리와 함께 흐릿한 장밋빛 어둠의 그림자 하나로 책상 앞
에 앉아 있었다.

한 시인의 생애와 죽음이 차이콥스키의 「어느 위대한 예술가를 기리기
위하여」의 음악 소리와 피리 소리, 소총 소리, 박격포성, 새들의 날개 소리
와 청각혼합, 기억분할, 이미지 점묘의 양상으로 뒤섞여 울린다. 그 시인
역시 음악을 좋아했던 시인이라는 점을 이 시는 새삼스럽게 떠올리게 하
고, 삶과 죽음이 이렇게 소리와 정적으로 구분된다는 사실을 처연하게 묘
사한다. 수많은 소리들은 책상 앞에 '흐릿한 장밋빛 어둠의 그림자'의 정
적으로 바뀐 것이다. 소리 없는 세상, 그것은 죽음이다.

이렇게 죽음의 소리, 소리 아닌 침묵까지 포착한 시인이 해야 할 일이 어
떤 것일까. 그것은 지금까지 음악을 통해 음악에서 얻어 왔던 것들을 음악
에 돌려주는 일이다. 언어로 음악에 광채를 부여하는 작업은 음악에 대한
깊은 이해 없이 불가능하다.

지금까지 조창환 시인이 해 온 일이 음악의 시적 이해였기에 앞으로 그
의 시에 어떤 음악이 시적 소리를 내며 진행될 것인지 더불어 듣고 감상해
볼 일이다.

5. 자유로운 상상력, 튼튼한 삶

－조순,『눈물 씻은 눈으로』

1.

조순 시인은 1958년에 데뷔, 올해까지 만 30년 동안 시작활동을 지속하고 있다. 이번 시집『눈물 씻은 눈으로』가 세 번째 시집이므로 평균 10년에 한 권씩 시집을 발간한 셈이다. 등단한 지 얼마 안 되어서 대여섯 권의 시집을 발간하는 오늘의 시단 풍조에 비추어 볼 때 이 시인은 지나칠 정도의 과작의, 그렇기 때문에 더욱 겸허하게 생각되는 시인임에 틀림없다.

그의 시는,

> 피를 말리고
> 숨이 모이는 시간도 흘러
> 눈물의 불꽃이 핀
> 들 가운데서
> 목마르게 나부끼는 풀잎 풀잎

라는 시구에서 보듯, 슬픔과 고뇌가 아우러진 오랜 인고의 시간 속에서 산출된 고귀한 체험의 산물이다.

시집을 발간한다는 것은 자신만 간직하고 싶은 치부를 보이는 행동이다. 그런데 시집을 직장 동료들에게 보냈더니 그들은 '나날의 신문 한 장보다 가볍게 받는다.' 시인은 시를 우습게 여기는 잘못된 세상 풍토에 대해서 분노와 절망을 느끼지만 시에 대한 집념을 버리지 않는다.

시집은 매양 팜플렛처럼 가난하고
금박 비평서는 대의원의 안경같다.

친구야 우리들의 시집은
선인들의 문집文集같이 내자꾸나

구수한 촌내 나는 시, 고결한 정신적 기품이 엄존하는 시, 시류에 물들어 자신의 목소리를 잊어버린 시들과 구별되는 시를 쓰자는 다짐이 위의 시구에서 확인된다.

2.

나이 든다는 것과 죽는다는 것은 인간이면 누구나 겪어야 하는 보편적인 체험 현상이지만, 시인 자신이 혼자 느끼기에는 특수하고 개인적인 현상이 아닐 수 없다. 자신의 늙음과 죽음은 자신만이 맞이해야 하는 개인적인 체험이기 때문이다.

『눈물 씻은 눈으로』에 수록된 시 중 가장 큰 비중을 차지하는 것이 늙음과 죽음의 주제를 다룬 시편들이다. 시인의 연륜이 그런 주제를 자연스럽게 다룰 수 있는 경지에 이르렀기 때문이기도 하고, 죽음에 대한 인식을 통해서 자신의 삶과 자신을 둘러싸고 있는 세계에 대해서 보다 폭 넓은 이해를 확보하고자 하는 시인의 의지 때문이기도 하다.

> 죽음은 사는 일을 가는 쟁기
> 호리처럼 삶을 깊인다.
>
> 하늘과 땅이 친하듯
> 삶이 익으면 죽음도 익는다.
>
> 잎에 가렸던 풋감이
> 가을에 들어나듯
> 삶의 의미가 죽어서 익는다.
>
> 오늘도 하루를
> 죽음의 비석을 깎고 있다.
>
> ─「삶의 끝에……」에서

이처럼 죽음의 문제를 일상성 속에 은폐하지 않고 그 정체를 밝힘으로써 삶을 떳떳하게 하는 것이 죽음에 대한 시편의 의도이다. "죽음은 자연의 이법이요 작용일 뿐 아니라, 자연을 돕고 이롭게 하는 것"이라는 『페이터의 산문』의 아우렐리우스의 말과 상통하는 발상이다. 죽음에 대한 성찰이 이처럼 성숙한 수준에 놓여있기에 이승과 저승 사이에는 '그승'이 있다는 비극적이면서도 유머러스한 생각을 떠올릴 수 있는 것이다.

> 사람은 이승에서 살다가
> 그승으로 이어서
> 저승으로 간다
>
> 억수의 아픔도
> 영겁의 번뇌도 끊어지는 세상
>
> —「저승으로 가는 그승」에서

　어머니를 사별하는 것은 가슴 아픈 일이지만, 사별이란 자연의 질서에서 아주 벗어나는 것이 아니고, 그 안에 남아있어 변화를 계속하고, 자연을 구성하고, 또 시인 자신을 재구성하는 것이라는 점을 의심하지 않는다. 이승과 저승 사이에 그승이 존재한다는 생각은 문자의 희롱이라는 차원을 넘어서 삶의 튼튼함에 기여하는 죽음이라는 생각으로 자연스럽게 연결된다. 노발리스가 「밤의 송가」에서 아래와 같이 노래했던 영원한 삶으로서 죽음의 개념과 조순 시인의 죽음에 대한 관념은 밀접한 연계를 맺고 있다.

> 깊은 슬픔 속에 우리를 잠기게 했던 그 무엇이 이제 감미로운 동경과 함께 우리를 이승으로부터 데려간다. 죽음 속에서 영원한 삶이 알려진다. 너는 죽음이다. 너만이 우리를 튼튼하게 한다.

　청마 유치환, 향파 이주홍, 그리고 시인 자신이 흠모하고 사랑했던 육친의 죽음을 통하여 사상의 폭이 넓어지고 체험의 정수가 단단해진다. 작은 아버지의 장례식 날 영구차의 유리창에 붙은 파리 한 마리를 보면서 나를 실어갈 영구차에도 한 마리 파리만 붙어있으리라 예상하는 「파리 한 마리」

시에서 시인의 죽음에 대한 예리한 통찰력을 엿볼 수 있다. 루앙 시립병원의 시체 안치실에 날아다니는 파리의 시선을 닮아보려고 노력했던 사람이 비정한 리얼리즘의 창시자 플로베르라면, 조순의 시선은 예술적인 면보다 인간의 존재적 측면에 치우쳐 있다. 자신의 죽음을 향하여 미리 달려가면서 자유로워질 때, 우연히 들이닥치는 자기를 상실 당하는 여러 가능성으로부터 벗어날 수 있다는 하이데거의 말이 실감된다. 허무주의자도 극단적인 비관론자도 아닌 이 시인은 내면의 삶을 튼튼하게 하고 풍부하게 하는 지혜의 샘으로서 죽음에 관한 시편을 형상화한다.

이 시집의 서문에서 시인은 "시의 길은 끝없이 자유로와야 한다"고 강조하고, "한 사람의 시가 하나의 틀만으로 이루어지지 않는 것은 마땅한 일이다"라고 천명한다. 그냥 자유로운 것이 아니라 '끝없이' 자유롭고, 특정한 시의 틀에서 '마땅히' 벗어나야 한다는 생각이 이 시집을 관류하는 기본 정신이다.

이 시집의 작품이 지니는 자유스러움은 짐짓 점잖은 체하는 위선과 가식을 벗어던지고 인간의 순수한 본능의 세계를 다룬 「5초의 본능」같은 작품이나, 되어먹지 못한 세상을 뱁새에 비유하여 신랄하게 야유하고 있는 「교부조巧婦鳥」 등의 작품에 잘 나타나 있다.

> 다리 짧은 뱁새
> 황새 걸음보다 날래고
> 빚진 놈이 빚 준 사람보다 잘 산다
> 제자보다 선생이 술값 먼저 내고
> 서방 있는 계집 창녀보다 날래다
> 학자가 포수보다 총질이 빠르고
> 제 돈 한 푼 없이 남의 돈 수백억을
> 먹어 치우는 뱁새도 있다.

―「교부조巧婦鳥」에서

특정한 틀에 묶이기를 거부하는 시인으로서 이 시에 표현되어 있는 세속적인 틀에 얽매이는 것을 단호히 거부한다. 일상의 자잘한 기쁨을 탐닉하면서도 생활의 기만을 망각하지 않고, 지금 이곳의 비참한 현실을 이야기하면서도 (「산아제한」), 지구 저쪽의 비참한 기아의 현상을 제시한다. (「이디오피아의 코렘 캠프에서의 통신」) 조국의 분단 현실을 뼈아프게 묘사하면서(「찔레꽃」), 그러한 현실을 개혁시킬 수 없는 자신의 무력감을 통절하게 표출한다.(「자화상」)

> 시국에 한해서는
> 눈도 멀고
> 귀도 멀고
> 벙어리가 된 벌레
> 살만 찐다.

―「자화상」

시인은 잘못 되어가는 현실을 질정할 수 있는 힘을 가지지 못한 자신을 준열하게 꾸짖으면서 적극적인 삶의 길을 모색한다. 개인의 힘으로 초극할 수 없는 역사 앞에서 무엇보다도 처절한 자기반성을 앞세우는 것이다. 이러한 성찰은 현실에 대한 포기를 의미하지 않는다. 이 시집의 표제가 된 「눈물 씻은 눈으로」에서 보듯, 시인은 앞으로 다가올 미래를 낙관한다.

> 슬픔을 닦아라 사랑하는 사람아
> 오늘이 가면 내일은
> 다시 태어날 고운 것들이

꽃처럼 필 것을
눈물 젖은 눈으로 웃으면서 바라보자

이 시집 전체에 걸쳐서 단 한번뿐인 명령 어투를 구사하면서 우리에게 권유하는 시적 정서의 이면에는 현실은 괴롭지만 그래도 살만한 것이라는 삶에 대한 여유가 넉넉하게 내포되어 있다. 페이소스pathos라는 말이 애수나 비애를 의미하면서 동시에 정열적인 정념의 뜻을 가지고 있다는 점을 이러한 시구에서 새삼스럽게 깨닫게 된다.

고통의 세월 뒤에는 보상의 순간이 올지 모른다는 운명론적 낙관주의와는 다른 차원의, 삶의 현장을 사랑하는 사람만이, 생의 참뜻을 실천하는 사람만이, 다시 태어나는 세상을 목격할 수 있다는 '굳센 염세주의'가 이 시집 전체를 구성하는 기본 관념이다. 죽음의 세계로 한 걸음 먼저 달려가 그 의미 파악으로 삶을 튼튼하게 하고, 끝없는 자유와 다양성을 내세워 이성과 정서의 유연성을 유지한다. 눈물을 씻은 다음 눈에 비치는 해맑은 풍경을 이 시인과 함께 지켜보고자 한다.

6. 절제 · 인내 · 경건의 시세계

—박이도, 『안개 주의보』

박이도의 시들은 화려한 아름다움이나 격렬한 이념의 제시 때문에 읽히는 것이 아니라 사물을 대하는 진지한 태도와 경험의 원숙성 때문에 읽힌다. 그의 시에는 사람을 사로잡는 미적 황홀경이나 번쩍이는 재치, 피를 들끓게 하는 구호의 외침 같은 것이 들어있지 않다. 그의 시에는 그런 것으로 시를 요란스럽게 선전할 의도가 조금도 들어있지 않다. 은은하면서 저력 있는 목소리로 자연의 신비와 경이에 대해서 이야기하고, 세상의 복잡 미묘함을 간명하게 정리한다. '희롱조의 낙서'나 '혈서를 쓰듯 고조되는 톤의 시들'이 진정한 시로 간주되는 문학적 현실에서 그런 시들을 '고장 난 장난감'처럼 무의미하게 여기는 시인의 태도는 시대를 역행하는 행동으로 여겨질지 모른다. 그러나 시인 자신은 태연하게 자신의 작업을 지속하고 있다.

이러한 태연함의 원동력은 오랫동안 시를 쓰는 동안에 구축된 시세계의 자체 논리와 그것을 뒷받침해주는 원숙한 경험에서 유래한다. 시인 자신도 남들처럼 현실의 일선에 나서서 칼을 휘두르며 싸우고 싶지만 자신의

할 일이 무엇인지 분명하게 알고 있기 때문에 그런 충동을 능숙하게 자제
한다.

무사武士가 칼을 잡는다
그때 차라리
나는 무형의 바람이기를
아니, 칼의 날이기를 바란다
물도 자르고 바람도 자르는
시퍼런 칼날이기를

아니, 나는
칼의 자루이기를 원한다
감정의 뿌리를 꼭 쥐고
오래 생각할 수 있는 자루이기를
뿌리 뽑을 수 없는 아카시아 나무같이
깊이 생각하는

아니, 아니
차라리 자갈이기를 원한다
아무나의 발부리에 채고
의연한 그대로의 자갈이기를

떨어진 날과
뽑힌 자루를 두고
빈 칼집에 한恨을 담는다
물과 바람의 형체로
맞서는 무사武士이고 싶다

―「무사武士의 노래」

이 시에서 보듯 시인은 무사 그 자체가 되기를 원하지 않는다. 무사가 칼을 잡을 때 그는 칼날이 되기를 바란다. 그 칼날은 사람을 베는 칼날이 아니라 물과 바람을 자르는 칼날이다. 권력을 장악하기 위하여 휘두르는 탐욕의 칼날이 아닌 자연의 신비를 날카롭게 분석하는 칼날이다. 그런데 그런 칼날조차 위험한 것으로 여겨 칼의 자루가 되기로 소원을 바꾼다. 칼날처럼 감정에 즉각 반응하지 않고 '뿌리 뽑을 수 없는 아카시아 나무같이 깊이 생각하는' 칼자루가 되기 원한다. 그 다음 단계는 소원이 더욱 축소되어 자갈이 되기를 바란다. 칼날이나 칼자루 등은 위에서 군림하는 자들의 무기라고 생각되기에 자신을 스스로 낮추어 자갈이 되기로 결심한다. 빈 칼집에 한을 담는 무기력한 존재 같지만 자갈의 의연함으로 폭력과 맞설 수 있는 또 다른 형태의 정신의 무사가 되고 싶다는 이야기이다. 민중을 위해서 앞장서서 싸운다는 과장된 사명감도 없고, 그들을 계도해서 특정한 방향으로 끌고 나아간다는 선민의식도 없지만 밑바닥에서부터 자신을 차근차근 정립하여 한의 정체를 밝히겠다는 의지가 담겨 있다. 그의 시에는 이러한 겸손한 의지의 세계가 자연스럽게 펼쳐진다.

①
이 어둠을 지새우며
반짝반짝 빛나는 것은
가려진 나의 꿈 살아 있음이니
저 별빛같이 멀리멀리에도
나의 꿈 살아 있음을

―「반딧불과 바위」

②
늘 푸른 나무
등이 굽어 백년을 헤아리는가
삭풍에 터져나가는 껍질을 털고
바다를 내려다보며 머리를 푼다
세찬 바람소리만큼
괴로운 시늉을 한다
매운 풋고추를
질겅질겅 씹어 삼키듯
광풍狂風에도 소나무는 울지 않는다
나이테 깊숙이 웅크리고 송진내 뿜어대는
무성한 바닷바람에도 울지 않는다

—「소나무」

③
주전자에 물 끓는 소리
커피 향기
조간신문이 현관에 떨어지는 소리
정오를 때리는 벽시계
사형수가 열두 발의 총성을
끝내 다 세지 못하고 절명하듯
열두 번의 때림은
견딜 수 없이 지루하다

—「인습因習의 탯줄」

①의 시에는 어두운 현실 속에서도 꿈을 버리고 살 수 없음을 강렬하게

비치면서 삶에 대한 긍정적 의지를, ②의 시에는 괴로움을 느끼면서도 그것을 삭일 줄 아는 생의 예지를, ③의 시에는 이러한 의지나 예지로도 견딜 수 없는 답답한 상황을 제시한다. 이처럼 남들을 일깨우거나 자극함으로써가 아니라 자신의 신념을 내면화함으로써 이 세상의 이미를 파악하는, 현실의 여러 국면의 심층 속으로 파고 들어가는 시인의 자세를 시 속에 드러내 보인다. 이 드러냄의 작업에 있어 그는 시의 언어조차 제 기능을 다하지 못하는 것이 아닌지 의심을 품는다.

> 안개 속에선 언어의 기능도 오리무중, 미궁에 빠진다.
> 들리는 말의 참뜻을 모른다
> 모든 말은 허위의 탈을 쓰고
> 노래를 부른다 합창을 한다
> 천둥소리같이 맞부딪치며 폭발한다
>
> —「안개주의보」

　　이러한 견해는 언어를 근본적으로 불신한다는 것이 아니라 언어에 대한 관심의 변화를 나타내는 말이다. 언어로 무엇이든지 형상화할 수 있다는 시적 야망을 근본적인 차원에서 재검토해야 한다는 것이다. '언어로 시를 쓰는 것이 아니라 시가 언어의 옷을 입는다는 느낌'으로 무의식의 세계로 침잠해가는 현실적인 감정과 행위들을 포착하는 것이다. 허위의 탈을 쓴 말들의 가식을 벗기고 미궁에 빠진 언어를 다시 끌어올리는 노력이 이러한 언어관에 수반되고 있음을 주목해야 한다. 언어의 뼈만 추슬러서 생경한 의미만 강조할 것이 아니라 이미지나 상징의 체계로 언어의 모든 것을 보여주려는 작업은 언어에서 벗어남으로써 언어의 내부로 침잠하는 새로운 변화의 양상이다. 그것은 때로는 음악소리로 때로는 회화적 영상으로 나타난다.

　　마을을 나서면
　　거기엔 이상한 소리들
　　들을 질러가는 강둑에 앉아
　　자연음自然音을 듣는다

　　물 속에 꿈틀대는 고기떼
　　나뭇가지에선 바스락대는 소리
　　두서넛 낚시꾼의 헛기침
　　바람 속에 날린다
　　그때 물고기들의 입질이 뜸해지며
　　수양버들 속에서 푸드득 나는 새들
　　잎이 두엇 흐느적대며 떨어진다

―「들의 자연음自然音」

　　이 시에서의 소리들―나뭇가지 바스락대는 소리, 낚시꾼의 헛기침 소리, 바람소리, 새소리, 나뭇잎 떨어지는 소리 등은 언어의 표현능력을 넘어서는 자연음들이다. 이 자연음들과의 교감을 통해서 들의 교성악交聲樂을 구성한다는 것은 다른 시인이 쉽사리 흉내 낼 수 없는 시인의 독창성이다.

　　드뷔시의 인상주의 음악을 연상시키는 이러한 시구에서 시인의 뛰어난 음감을 감지할 수 있다. 박이도의 시에 바흐, 헨델, 슈베르트 등 음악가의 이름이 등장하는 것은 현학적 취미의 과시가 아니라 음악성의 효과를 높이려는 분위기 조성의 한 방법이다.

　　돌아오지 않는 시간의 꿈을
　　훨훨 날아서 가는 갈매기

바다는 이제 한 장의 청사진
너의 나래만이 퍼덕이는,
영원히 살아서
수평을 지키는 파수꾼
나는 눈을 감고 헤엄치고, 나는 시늉을 해본다.

―「바다 갈매기·5」

이 시는「들의 자연음」과는 달리 회화적 심상을 구사하여 바다를 정적인 대상으로 파악한다. 바다란 바람이 불고, 물결치고, 배가 지나다니고, 갈매기가 날아다니는 동적인 대상인데 시인은 그러한 동적인 움직임을 일순간 정지된 정적 대상으로 인식한다. 바다는 무한대의 초점으로 흐려져 있고 갈매기만 정확한 초점으로 찍힌 사진을 떠올리게 하는 영상이다. 바다의 정적인 면과 갈매기의 동적인 움직임이 대조적으로 그려져 있고 이 시의 화자인 나는 바다보다는 갈매기 쪽에 동경과 회원을 실어 보내고 있다. 바다에 대한 저항을 시도하기에는 나나 갈매기의 능력은 한정되어 있기에 바다를 환상적으로 정지시킨 상태에서 영원히 꿈을 꾸어보는 것이다. 짐짓 눈을 감고 '헤엄치고 날으는 시늉'을 해보는 몸짓은 대단히 유약해 보이지만 이 시대를 살고 있는 대부분의 사람들의 모습을 정확하게 그리고 있는 시적 초상이다. 다만 아쉬운 것은 바다라는 대상을 '운명의 굴레'로 파악하지 않고 삶의 동반자로서, 때로는 다투기도 하지만 그와 더불어 사는 반려자로서 좀 더 여유 있게 인식할 수 없느냐 하는 점이다. 이러한 태도야말로 변증법이나 유토피아 같은 낱말을 들먹이면서 인간들 스스로 내정해놓은 결론으로 일방적으로 끌고 가는 사고의 폭력에 진정으로 대립하는 길일 것이다.

바다를 생각하면

한 마리 커다란 짐승이 떠오른다

무섭고 떨리는 마음으로
오랫동안 보고 싶었던 짐승
많은 뱃사공을 삼키고
아직도 아우성이다

—「바다는 한 마리 짐승」

현실과 자연을 이 시의 바다처럼 외경스럽게 대하는 태도는 시인 자신의 기독교 신앙과 관련된다. 이 시인의 두려움은 단순한 떨림의 감정이 아니라 팽팽한 긴장 속에서 맞서는 두려움이고 떨리기는 하지만 은근히 기다려지는 두려움이다. "오랫동안 보고 싶었던 짐승", "팽팽히 맞서는 두려움"이란 구절에서 그 점을 확인하게 된다.

그럼에도 불구하고 한 가닥 아쉬움이 남는데, 시인의 현실 대응의 자세가 안온하고 편안한 느낌 쪽에 치우친 것이 아닌가 하는 점이 그것이다. 아이들은 나가놀고 아내는 아내대로 외출한 한낮에 모처럼의 낮잠을 즐기는 광경을 그린 다음과 같은 시구에 공감하면서도 문득 이러고 있으면 안 되는데 하는 경각심을 느끼게 된다.

서툰 솜씨로 커피를 끓이고
음악을 듣는다 비스듬히
기대어 명상에 잠겨
그때 창 밖에서 몰려드는
강렬한 햇살에 놀람

자장가를 들려주는 슈베르트,

무풍의 공간을 피어오르는 담배연기와
포도주 한 잔의 의미는
무료하고 무료함

훔쳐낸 햇살과 커피와
슈베르트와 낮잠과
내 꿈꾸는 세계의 모두를 위해
기도를 드림 아멘

—「아멘」

슈베르트의 성악곡과 말라르메의 「목신의 오후」를 연상시키는 이 시에 대해 시비를 거는 것은 낮잠마저 자유스럽게 자게 내버려두지 않으려는 고약한 심보일 것이다. 아름다움이나 감상성을 허황되게 강조하는 여성취향의 아늑함도 아니고 안이하고 나태한 생활을 예술로 착각하는 사이비 예술성도 아닌 오묘한 분위기를 이 시를 통해 느끼면서도 이것만으로는 어딘지 허전하다. 「커피를 마시며」, 「스케치」, 「설경雪景」 등의 시에도 이러한 인상주의풍의 심미적 감각이 잘 나타나 있다. 순간순간의 변화에 미묘하게 바뀌는 사물의 음영을 예리하게 포착하여 승화된 감각의 세계로 전환시키는 능력을 이 시인은 가지고 있다.

그래서 한군데 안주하지 않고 이곳저곳을 배회하며 새로운 변화를 찾아 방황한다. 「나그네」, 「여름 나그네」, 「낯선 마을에서」, 「눈사태」, 「도요지陶窯址에 가던 날」 등의 시는 이러한 의도적인 떠남의 과정에서 얻어진 산물이다.

가위눌림 같은 긴긴 밤을
허위적이다 눈을 뜨면

거기 광활한 대지가 펼쳐진다.
눈부신 빛의 역사役事가 시작되고
나는 길을 떠난다
빛나는 태양을 따라
갈 길을 정한다

―「나그네」

자연과 신의 섭리에 순종하면서도 두려움과 떨림의 감정으로 나날을 보내는 이 시의 화자는 여행을 통해 삶의 순결한 영역을 개척하려 한다. 그리고 다가올 새 아침을 위해 꿈속에 빠져든다. 고적하면서도 아늑한 정감을 간직하고 있는 여정이다. 절망을 과장하지 않고 절망 속에서 희망의 씨앗을 발견하려는 시인의 긍정적 세계관을 「나그네」유의 시편에서 엿보게 된다. 우리가 살고 있는 이 세상을 이 시인처럼 파악할 수만 있다면 쓸데없는 분쟁은 일어나지 않을 것이다. 시인은 세상이 그렇지 않다는 사실을 잘 알고 있으면서도 그렇게 느끼고 생각해야 할 세상을 노래한다. 이 점이 박이도 시세계의 가능성이자 한계이다. 그것의 한계라면 시인 스스로가 울타리를 쳐놓고 그 바깥으로 나가지 않으려고 다짐한 경계선을 의미한다. 이 시집에 수록된 여러 편의 신앙 시는 기꺼이 그 안에 안주할 영혼의 영역을 형상화한 시편들이다. 겸허한 신앙인의 자세로 자신의 직분에 충실한 것을 다짐하는 시에 대해서 종교적 편견을 가지고 대해야 할 아무런 이유가 없다. 그런 의미에서 다음의 시구는 재삼 음미해볼 필요가 있다.

젊은 친구여
<지식에 절제를
절제에 인내를
인내에 경건을>

우리의 대화 속에서 찾아야 한다.

—「멀고 먼 그 길」

　다른 사람을 선동하려고 하지 않고 타이르기조차 꺼려하는 것 같은 이 시집 전체의 톤으로 보아 매우 의미심장한 경구이다. 경험이 일천한 필자로서는 이 말이 가리키는 경지가 어디에 있는지 가늠하기 어렵지만 평범 속에서 비범함을 발견하려는 시인의 의도만큼은 짐작할 수 있을 듯하다. 절제와 인내와 경건의 세계가 이어지는 시작의 작업을 통해 더욱 굳건히 다져지기를 기대해본다.

IV. 시와 언어 _547

7. 우리시대 서정의 네 모습

　김달진·이성선·조정권·최동호, 이 네 시인의 공동 시집 『샘물 속의 바다가』는 한국 서정시의 위상을 한 권의 시집으로써 가늠할 수 있는 기쁨을 안겨주는 책이다. 80대의 노시인의 작품을 위시해서 40대 후반에서 초반에 이르는 시인들의 작품을 동시에 접할 수 있어 서정시의 시대적 흐름을 조감할 수 있을 뿐만 아니라, 각기 다른 개성을 지닌 이 네 시인의 공통점과 차이점의 대조·비교를 통해서 이들 시인들의 시적인 개성을 보다 뚜렷하게 파악할 수 있다. 이해를 돕기 위해서 이 네 시인의 시세계를 개괄적으로 표현하자면, 김달진 옹의 시는 동양적인 고담古談이 그의 시세계를 관류하고 있고, 이성선은 순수한 시적 영혼으로 꾸밈없는 서정성을 나타내고 있고, 조정권은 고전적 세계관과 현대의 그것을 융합하려는 진지한 시도를 보여주고 있고, 최동호의 시는 현실에 대한 비판을 내면화하는 극기의 미학을 정립하고 있다.

　물론 이런 식의 설명은 순전히 이해와 편의를 돕기 위한 것이지만, 이렇게 네 시인의 시세계를 포괄적으로 이해할 때 이들 시인의 시편이 한 권의 책으로 묶인다는 것은 결코 우연이 아닌 것 같다. 현대시의 시적 소란 속에서 고함을 지르는 시를 써도 독자의 귀에 잘 안 들리는 세태와 대조적으로 나직한 목소리로 자신들의 내면세계의 울림을 전달하려는 기도는 고함소리에 묻혀 사라지지 않고, 그 소리를 의식하는 많은 사람들에게 특별한 감동을 불러일으킨다. 고함소리는 아무리 잘 질러도 고함소리일 뿐 우리들의 정신을 순화시키는 시어가 될 수 없음을 이 시인들은 너무나 잘 알고 있다.

김달진의 시는 고전적 시세계의 원형을 보여준다는 점에서 독특한 감흥을 준다. 시집의 맨 앞부분에 실린 「씬냉이꽃」 같은 작품은 바쇼의 패랭이꽃을 노래한 시가 연상될 만큼 동양시의 순수한 원형을 보여준다. 사람들이 모두 신록新綠 철 놀이 간다고 야단인데 시인은 혼자 뜰 앞을 거닐다가 그늘 밑의 조그만 씬냉이꽃을 본다. 그리고 문득 이렇게 노래한다.

> 이 우주宇宙
> 여기에
> 지금
> 씬냉이꽃이 피고
> 나비 날은다.

조그만 씬냉이꽃에서 우주를 인식한다는 것은 아무에게나 가능한 것이 아니다. 짐짓 도통한 체하는 사람들은 어디서 주워들은 단편적 지식으로 그런 이야기를 하겠지만, 이 시에 표현된 것처럼 지극히 자연스러운 깨달음의 가락을 노래할 수 없다. 씬냉이꽃에서 우주를 감지할 수 있는 시인은 말뿐만 아니라 행동으로서 자연과 합일된다. 창문을 활짝 열어젖히고 앉아 바람과 녹음을 불러들이고 구름 한두 조각 더 있는 불암산마저 맞아들인다는 「여름밤」 같은 시를 보면 가만히 앉아있어도 어떠한 요란스러운 행동도 성취할 수 없는 성과를 거둠을 알 수 있다.

‘그리는 세계 있기에’ 고뇌 속에서도 초조해 하지 않고, 마음을 이미 비웠기에 무심하고 시름없는 마음의 경지를 유지할 수 있다. 노시인의 시가 시적으로 잘되었다 못되었다 이야기하기에 앞서 시인의 마음의 경지가 여기에 이르렀다면 우리가 해야 할 것은 오로지 그를 닮으려는 노력을 경주할 일 뿐이다. 그의 시는 교훈을 전달할 의도가 조금도 내포되어 있지 않음에도 불구하고 읽는 이로 하여금 자연스럽게 그의 세계관을 승복하게 하는 힘을 가지고 있다. "모든 재기才氣와 현명賢明 앞에/하나 어리석은 침묵으로" 같은 시구에서 엿볼 수 있듯 겸허한 마음의 자세에 저절로 이끌리게 되기 때문이다.

이성선의 시는 꾸밈없는 아름다움을 가지고 있다. 말의 진정한 의미에서의 순수함이 그의 시구의 내부에서부터 솟아나온다. 교묘한 수사기법을 구사하여 사람들의 눈을 어지럽히는 외화내빈의 시가 아니라 내면의 충일성을 기약하는 겸손한 의지가 그의 시의 튼튼한 생명력이다.

> 내 너무 별을 쳐다보아
> 별들은 더럽혀지지 않았을까
>
> 내 너무 하늘을 쳐다보아
> 하늘은 더럽혀지지 않았을까
>
> (중략)
>
> 바라보면 너 눈물 같은 빛남

가슴 어지러움 황홀히 헹구어 비치는

이 찬란함마저 가질 수 없다면
나는 무엇으로 가난하랴.

―「별을 보며」에서

　별을 쳐다보는 행위는 흔히 있을 수 있는 일인데 그런 일에서조차 별에게 미안함을 느끼는 이런 마음이야말로 이성선의 순정한 시심이다. 순수하지 않은 마음으로 별을 쳐다본다면 별이 더럽혀지지 않을까하는 우려는 결코 기우가 아니다. 가난하지만 별과 더불어 살 수 있는 넉넉한 마음이 있기에 마음은 찬란한 별빛으로 가득 차는 것이다. 그러기에 이성선은 시인은 '하늘을 듣는 사람'이라고 정의한다.

내 귀를 네게 묻는다.
듣는 사람아
하늘을 듣는 사람아
그대 시인이여.
너의 가슴에서 플루우트를 듣는다.
내 안으로 깨어 오는
또 한 사람이 들린다.
진실한 언어의 발소리

―「나무에게」에서

　이 시에 의하면 시인은 하늘의 소리를 듣는 사람, 즉 자연에 순종하고 하늘의 뜻을 따르는 사람이고, 가슴에서 플루우트를 듣는 사람, 즉 노래의 정신을 간직하는 사람이며, 진실한 언어의 발소리를 듣는 사람, 곧 언어에 진실성을 부여하는 사람이다. 이성선의 시가 어떻게 해서 맑고 깨끗한 영혼의 분위기를 유지할 수 있는지 그 원동력이 되는 시인의 사상을 이런 시구를 통해서 확인할 수 있다.

조정권의 시에는 옛것을 소중히 여기는 넉넉한 마음의 여유와 시 쓰는 행위의 저변을 탐구·반성하는 자아확립의 정신이 동시에 깃들어 있다.

「수유리에 사는 옹翁을」이나 「수유리 시편」 등이 그의 시세계를 떠받치는 고전적 정신의 기둥을 이야기하고 있다면, 물에 뜨지 않고 가라앉아 버리는 흑단黑檀처럼 정신의 단단함을 기약하는 「흑단」과 보신각종이 왜 깨져야 했는지를 이야기하면서 시다운 시를 저해하는 환경의 횡포를 말한 「균열」에서는 시를 어떻게 써야 할 것인가를 탐구하고 있다. 이러한 치열한 시정신의 탐구는 때때로 스스로를 경멸하는 자조의 늪에 빠지게 만들지만 이 시인의 탁월한 복원 능력은 늪에 빠진 무기력한 자신의 모습을 허락하지 않는다.

생활이란 커다란 바위 옷을 둘러 입고
요즈음에는 볼펜으로 종이에 글씨를 파 가듯이 시詩를 쓴다.
똥이나 먹어 똥이나 먹어, 자신을 탓하면서
검은 땅 속에서 솟는
땅소나기를 맞으면서

— 「78년 5월」에서

극렬한 자기 부정은 똥이나 먹으라는 막된 말로 나타나지만 이 부정은 부정을 위한 부정이 아니라 자아확립과 시정신의 정립을 위한 처절한 몸부림이다. 검은 땅 속에 솟는 땅 소나기를 맞을 정도로 자신과 시의 내면을 파고 들어가겠다는 결의가 있는 한 이 부정은 대 긍정임에 틀림없다. 시를 쓰는 일은 빈 드럼통 수천 개를 부두에 쌓아올렸다가 그것이 무너지기 직전 그것을 하나씩 굴리고 가서 변두리 시간의 공터에 내다버리는 것만큼 허황된 것이지만(「허공虛空 만들기」), 그렇다고 해서 자아와 시의 뿌리는 쉽사리 뽑히지 않는다. 배추가 뽑히더라도 '흙 속에는 아직도 뽑혀지지 않은 그 무엇이 악착스럽게 붙어 있는' 것처럼 이 시인의 시정신은 '흙의 육을 이빨로 물어 뜯은 채' 건재할 것이다.

최동호는 2차적 언어 행위인 비평에 만족하지 않고 언어의 일차적 가치를 탐구하려는 시인의 강렬한 욕구를 담고 있다. 책을 읽고 비평을 하는 행위도 물론 소중하지만 책읽기라는 수동적 행위만으로는 모자라는 정신의 갈구를 시의 창작으로 채우려 한다.

> 이미 책 속에선 찾을 수 없는 생목의 향기
> 잘 떠오르지 않는 기억의 조각들
>
> 무너진 개미의 둑 위에 쌓아 올린
> 책 속의 모래알 글자들이 아른거린다.
>
> 언제이던가
> 마른 손의 주름살 사이로 사라진
>
> 싱그러운 유년의 날들이
> 불빛 가린 손등 너머로 보인다.
>
> —「독서」에서

밤늦도록 책을 읽으면서 책 속의 진리에 침잠하지만 책을 넘어서는 소중한 기억들이 시인의 뇌를 스치고 시인은 그 소중한 기억의 영상이 뜻하는 바를 되새긴다. 비평가로 더 유명한 이 시인이 왜 시를 써야만 하는가를 이 시는 잘 알려주고 있다. 그의 시는 책 속에서는 발견할 수 없는 뜻 깊은 기억의 심상으로 가득 차 있다. 이 심상들을 기억의 저장고에서 하나씩 끌어내어 소박하면서도 아름다움을 느끼게 하는 언어의 옷을 입히는 일이 이 시인의 과업이다. 이론가의 체취를 전혀 느낄 수 없는 그의 시에서 시가 어떻게 논리를 뛰어넘는가를 확인하는 것은 그를 알고 있는 독자의 큰 기쁨이다. 때로는 현실의 문제에 직접 대면해서 불의에 타협하지 않으려는 단호한 의지를 보이기도 하지만, 그가 걸으려는 시의 길은 「강가로 걸어나가」라는 시에 나타나있듯 적요한 아름다움을 간직한 길임에 틀림없다.

이제 가슴 위로 차오르는 물줄기를 헤치며
돌아가야 할 적요한 길에는
눅진한 저녁 안개 병풍처럼 서리고
강마을에 흔들리는 등불 두어 점
개 짖는 소리에 별처럼 떠오르고 있었다.

8. 우정·사랑·평상심

―박호영,『그대 아직 사랑할 수 있으리』

　박호영 시인의 두 번째 시집『그대 아직 사랑할 수 있으리』를 읽으면서 '괄목상대刮目相對'라는 고사성어가 내 머릿속에 줄곧 맴돌았다. 우선 수록 시들이 간결하면서도 깊이 있는 내용을 담고 있다는 점에 대해서 눈을 크게 떴고, 첫 시집『오두막집에 램프를 켜고』보다 더 높은 정신의 경지에 도달했다는 것에 대해 눈을 비볐고, 친구가 그렇게 큰 진경을 보이는 사이에 나는 무엇을 했나라는 생각에 시편들을 놀라운 눈으로 다시 읽게 되었다. 선비가 삼일 동안 떨어져 지내면 눈을 비비고 고쳐 대해야 한다는 '괄목상대'를 박시인은 이번 시집을 통해 실현한 셈이다. 부러울 따름이다.

　박시인과 나는 40여 년의 친구로서 우정을 쌓아왔다. 그 짧지 않은 세월을 거치면서도 변하지 않는 그의 의젓한 성품에 나는 늘 감탄했다. 그의 인품을 인정하면서도 사소한 실수, 소소한 말 잘못, 가볍게 보이는 행동의 기미 등이 노출될 때면, 나는 그 점을 가차 없이 지적하고 질타해 마지않았다. 그렇게 공격하고 놀려 먹는 것이 우정의 발현이라고 착각한 듯하다. 심지어는 낚시터에서 있었던 그의 실수를 나의 책『유혹과 몰입의 기술, 낚시』에서 상세하게 서술하여, 그를 별 볼일 없는 조사, 탐욕의 낚시꾼으로 여겨지도록 했다.

　말이 아니라 글로 사람을 공격하는 것은 매우 위험한 일이다. 지워지지 않을 나의 비난에 대한 그의 반응은 실로 관대한 것이었다. 그는 너털웃음 한 방으로 나의 심적 부담을 덜어주었다. 그는 상대의 지나친 농담도 적절한 농담으로 받아들일 줄 아는 사람이다.

　　　살 날이 얼마 남지 않은
　　　간암 말기 한 여인이
　　　그녀를 위해 음식을 차리는 남편에게
　　　하늘 한 스푼 바람 두 스푼을
　　　찌개 그릇에 넣으라고 한다
　　　남편은 알았다고 고개를 끄덕이고
　　　살짝 그릇 뚜껑을 열고
　　　하늘도 넣고 바람도 넣는
　　　시늉을 하며 그녀를 쳐다본다
　　　둘은 서로 환한 웃음을 짓는다

　　　저 웃음이면
　　　정말 하늘과 바람이
　　　두 사람의 식탁 위에 오를 것 같다
　　　우리는 감히 어쩌지도 못하는
　　　하늘과 바람을
　　　그들은 마음대로 불러들이고 있다.

―「행복」 전문

이 시에 의하면 농담을 농담으로 받아들이는 것이 곧 행복이다. 행복은 거창한 개념이 아니다. 간암 말기 한 여인이 생명이 위태로운 긴장된 상황 속에서 마음의 여유를 뜻밖의 농담으로 표현한다. "하늘 한 스푼 바람 두 스푼을 / 찌개 그릇에 넣으라고 한다" 긴장과 이완의 대립과 교차 속에서 농담을 발생한다. 병든 그녀의 주문을 건강한 남편은 고개를 끄덕이며 농담으로 수용한다. 농담은 농담 수용자의 적극적 긍정에 의해서 웃음을 초래한다. 그 부부는 하늘과 바람까지 마음대로 불러들이는 초월의 경지에서 죽음을 넘어서고 있다. 농담은 잘 조련된 정서와 훈련된 교육을 통해 나타나는 절제된 넘침에 다름 아니다. 이 시의 남녀는 죽음을 앞에 둔 상황을 심각하게 느끼는 정서를 조절하고, 마음의 여유에서 나오는 행동으로 웃음을 유발한다. 그들은 '절제된 넘침'을 언어와 행동으로 표현할 수 있었다.

농담은 어떤 상황이나 이야기가 희극적으로 전개될 때 번쩍하고 뿜어나오는 섬광이 아니다. 그것은 삶의 구석구석에서 어떤 구석을 은은하게 밝히는 촛불 같은 것이다. 특정한 삶의 장면에서 은밀한 빛을 발하며 삶의 가치를 잠시 동안 밝히고 확인하는 것이 농담이자 행복이다. 시인은 행복 또한 '절제된 넘침'의 일종이라는 사실을 알려준다. 행복은 농담처럼 오래 지속될 수 없고 삶의 한 시점을 일정 시간 화려하게 장식하고 곧 잊힌다. 농담을 잘 하고 잘 받아들이는 능력이 행복의 발견으로 이어지는 것은 당연하다.

그 능력을 소지하고 있는 것이 친구 간의 우정에서 필수적이다. 아리스토텔레스는 『수사학』에서 우리가 친구로 삼고 싶은 사람들의 품성과 행동에서 농담의 조건을 우선적으로 꼽는다.

> 농담을 할 줄 알고, 농담을 받아들일 줄 아는 사람들, 이러한 사람들은 서로의 재치를 겨루며 절제된 농담을 주고받는다. 우리가 가진 장점들, 특히 우리 자신이 가지고 있지 못하다고 생각하는 장점들을

칭찬해주는 사람들. 삶의 방식과 마찬가지로 겉으로 드러나는 옷차림도 단정한 사람들. 우리가 범한 과오나 우리가 받은 도움을 이유로 우리를 비난하려고 하지 않는 사람들.

이런 사람들 사이에서 우정이 형성된다. 나는 이 대목을 읽으면서 마음속으로 여러 번 뜨끔거림을 느꼈다. 절제된 농담이 아니라 도를 넘어선 나의 농담을 상기했기 때문이다. 또한 내가 범한 과오를 비난하려고 하지 않았던 친구의 태도를 나에게서 확인할 수 없었기 때문이다. 게다가 "삶의 방식과 마찬가지로 겉으로 드러나는 옷차림도 단정한 사람들"이라는 문장에 이르러, 나와 달리 늘 단정한 옷차림의 박 교수를 지목해서 서술하고 있다는 느낌을 받았다. 앞으로 이런 친구를 못살게 굴면 안 되겠네, 이런 생각을 하면서도 슬그머니 치밀어 오르는 부아를 다스려본다.

박 시인의 시는 그의 단정한 옷차림만큼, 친구를 대하는 그의 태도처럼 단정하다.

> 비 그치니
> 인왕의 바위
> 그윽이 맑은 얼굴이다.
>
> 기와집 한 채 둘러싼
> 십여 그루 소나무들
> 모두 정정하다.
>
> 병든 벗이여, 건강하시게
> 저 나무들처럼.

　　염려하는 자의 애틋함이

　　안개로 퍼져 올라

　　골짜기에 가득 차 있다.

-「인왕제색도」 전문

　이 시에는 "겸재 정선이 오랜 친구인 사천 이병연의 병이 쾌유되기를 빌며 그린 진경산수도"라는 주가 붙어 있다. 이 주의 내용은 시인이 잘못 알고 있는 것이다. 이 작품은 겸재가 76세 때(1751) 단금斷金의 벗으로 평생 그림자처럼 함께 지내던 사천이 81세로 세상을 떠나자 그를 기리면서 그린 작품이다. 고미술학자 최완수 선생은 '신미년 윤달 하순'이라는 겸재 자신이 밝힌 제작 시기가 친구를 잃은 슬픔 속에서 그렸다는 사실을 밝히는 근거라고 설명한다. 그 설명에 의하면 친구를 잃은 마음의 고통을 이기기 위해 자신의 모든 기량을 다해 걸작을 완성시켰다. 백악산 기슭 사천 집에 놀러 가면 늘 같이 올려다보던 인왕산을 그려 추억을 되살리려고 했다. 그 작품이 국보 216호의 겸재의 최대 걸작 「인왕제색도」이다.

　사실이 그렇다면 이 시의 내용은 달려져야 할 것이다. 나는 이 점을 지적해 놓고 제 버릇 못 고쳤다는 당황스러움에 빠져든다. 하지만 짚어야 할 것은 짚고 넘어가야 한다. 자세히 따져보면 사천 이병연은 윤5월 29일에 운명했고 그림의 제작 시기는 날짜를 밝히지 않은 윤달 하순이다. 그렇다면 이 그림을 사천의 생전에 혹은 사후에 그렸는지 불분명하다. 사천의 목숨이 경각에 달린 시점에서 그의 쾌유를 마지막으로 비는 심정에서 이 그림을 그렸다는 해석도 가능하다. 나는 시인의 해석을 따르겠다고 생각을 고친다. 아이구, 다행이다.

　이런 장황한 작품 제작 배경과 작품에 대한 고미술학자들의 상세한 해설과 대조적으로 이 시는 매우 정돈된 형식을 갖추고 있다. 이 시의 인왕산은 단아한 용모의 산악으로 그려지고 있다. 적묵법, 농묵쇄찰법 등의 필묵법에 대한 일체의 언급 없이, "인왕의 바위 / 그윽이 맑은 얼굴이다"라고 간단하게 묘사한다. 소나무들에 대해서도 "모두 정정하다"라고 간략하게 묘출한다. 자세한 화면은 그림을 직접 보면서 확인하라는 시적 오만에 가까운 이런 묘사는 이미 묘사를 포기했다. 묘사에 관한 한 시는 그림의 적수가 되지 못하므로 이런 식의 서술로 대체했다. 시인이 주목하는 것은 묘사가 아니라 그림에 담긴 뜻, "병든 벗이여, 건강하시게 / 저 나무들처럼"이다. 이 화의畵意에 집중하면 "염려하는 자의 애틋함"을 비온 뒤 골짜기에 가득 찬 안개에서 읽을 수 있다. 친구들의 우정을 이렇게 단정·명료하게 형상화했다는 것이 이 시의 매력이다.

「인왕제색도」는 겸재가 평생 갈고 닦은 기량을 총동원하여 혼신의 힘으로 그려낸 걸작이다. 걸작 생산의 원동력이 "염려하는 자의 애틋함"이라는 우정에서 비롯되었다. 우정은 친구가 병들고 세상을 떠나는 불행한 일들을 겪으면서 더욱 소중한 그리움으로 남는다.

강물도 서로 어울려 흐르니
물살이 저렇게 황홀히 빛나는구나
두물머리 부딪쳐 멈추기도 하련만
막힘없이 잘도 흐르는구나
이 험한 세상
그대 없는 그리움을
이 강물에 싣고서
나도 끝없이 흘러 볼이거나

―「양수리에서」 부분

「고故 김광해에게」라는 부제의 이 시에서 내 친구이기도 했던 그에 대한 그리움에 흠뻑 젖는다. 우정은 그리움으로 떠올라 강물처럼 서로 어울려 흘러간다. 강물은 그리움을 싣고서 끝없이 흘러가다 결국 멈출 것이고, 또 하나의 그리움이 다른 흐름 속에 떠돌 것이다.

우정이란 험한 세상을 살면서 우리가 부득이 갖춰야 했던 경쟁심, 질시, 교만함 등을 깊숙이 감추거나 폐기시켜야 발현되는 긍정적 삶의 가치이다. 시인은 그 가치를 시를 통해 힘들게 찾아낸다.

오래 동안 외로웠구나
바람조차 머물지 않았던
너의 초막이
나의 가만한 기척으로
흔들리는 것을 보면

문도 없이 항상 열린
너의 집을
나는 왜 들르지 않았던 것일까
네가 지고 있는 삶의 등짐
그 무거움을
나는 왜 잠시라도
헤아리지 못한 것일까

―「가난한 친구를 찾아서」 부분

가난한 친구는 막힘없는 소통을 원했기에 문을 항상 열어놓는다. 그런 집을 왜 들르지 않았을까, 나는 자책한다. "네가 지고 있는 삶의 등짐"의 무거움을 왜 잠시라도 헤아리지 못했을까, 나는 후회한다. 이러한 자책과 후회는 아무나 할 수 있는 일은 아니다. 연민의 마음을 소유하고 있는 사람만이 친구의 외로움을 이해하고 그의 무거운 마음의 짐을 헤아릴 수 있다.

연민은 상대를 측은하게 여기는 동정과 다르다., 연민은 고통을 당할 이유
가 없는 사람이 고통을 당하는 것을 알게 되는 것에서 연유하는 고통이다.
　그리고 그 고통이 남의 고통이 아니라 나와 가까운 사람이거나 나에게
도 일어날 수 있는 고통이라는 사실을 확인할 때 연민의 정서가 발생한다.
연민은 괴로움으로 가득 찬 비극에서 미의식을 찾아낼 수 있는 동인이 된
다. "네가 지고 있는 삶의 등짐"이 언젠가는 "내가 지게 될 삶의 등짐"이
될 수 있다는 공감의 의식이 연민이다. 인간과 사물에 대한 뿌리 깊은 공감
의 연민이 인생과 자연을 아름답게 느끼게 한다. 이 시에서 연민은 친구의
가난한 삶을 돌아보면서 나의 삶에 대해 다시 성찰하게 한다.
　아리스토텔레스는 앞의 책에서 우정을 느낄 수 있는 사람들은 "원한을
품지 않고, 불만을 키우지 않으며, 언제나 화해할 준비가 되어 있는 사람
들"이라고 말한다. 이 시의 화자인 '나'도 친구와 화해할 준비가 언제나 되
어 있는 사람이다. 가난한 친구와 나는 서로가 같은 방식과 정도의 호의를
갖고 있다는 것을 금방 깨닫고 화해할 필요도 없는 화해에 도달했을 것이
다. 이 얼마나 아름다운 화해인가? 시인이 우정을 시적 주제로 삼은 까닭도
우정이 미의식을 소생시킨다는 사실을 인지했기 때문일 것이다.
　우정에 대한 성찰은 지난 세월과 나이 듦에 대한 통찰로 자연스럽게 이
어진다. 시인 자신이 문득 늙어버렸다는 자각을 하고 사물에 대해 황혼기
의 처연한 시각을 드러낸다.

　　예순 넘긴
　　늘그막에 이르러서야
　　나의 그림자가 항상
　　나를 따라다닌다는 것을
　　알았다
　　그림자 한층 길어지는

고적한 오후

—「투영」 전문

    아무리 성질 안 내려고 해도 "예순 넘긴 늘그막"이라는 표현은 수긍할 수 없다. 예순을 넘기면 고령자에 속하기는 하나 '늘그막'이라는 말이 어울리는 노인은 아니다. 노인 복지법상 노인은 만 65세 이상의 고령자이다. 요즘 사회 통념상 늘그막은 80대에나 어울린다. 이 시의 '늘그막에 이르러서야'는 '오랜 시간이 흐른 뒤에서야'라는 뜻으로 해석하고 싶다. 아직 창창한 나이에 늘그막 운운은 어울리지 않는다. 이것은 시인에 대한 질책이 아니라 나 자신이 그런 늘그막과 관련이 없다는 지적이다.

    젊은이는 앞으로 달리기에 바빠서 그림자 따위를 의식하지 못한다. 나이가 들어야 자기 주변을 돌아보고 그림자가 따라다님을 확인하고, 그림자가 오후에는 더 길어진다는 예지를 터득한다. 이 예지를 나이든 사람은 젊은이들에게 오히려 자랑해야 한다.

소리 없이 가는 가을입니다
그 쓸쓸한 끝자락에 매달려 봅니다
까닭 모를 눈물이 흐릅니다
돌아보니 아무 자취 없는
지나온 삶의 아쉬움 때문이겠지요
어느 것 하나 잠시 머무르다
가지 않는 것이 없음에
애써 마음을 달래봅니다
사람들은 가을이 깊어갈수록
점점 옷깃을 세우고 외로움을 키웁니다
나의 외로움도 그 속에 놓여 있습니다

이제 가을을 놓아주어야 할 때인 것 같습니다
내가 맞이해야 할 겨울도
그리 길지는 않겠지요

-「가을 가고 겨울 가면」 전문

이 시를 읽으면 박호영 시인이 늙지 않았다는 것 정도가 아니라 사춘기 소년 같은 심정의 소유자라는 것을 알 수 있다. 가을의 쓸쓸한 끝자락에 매달려 까닭 모를 눈물을 흘리는 것이 늙은이에게 가당한 일인가? 늙은이는 눈물이 메말라 슬플 때는 눈물이 나오지 않고 하품이나 할 때 까닭 모를, 쓸데없는 눈물을 흘리는 것이 보통이다. 사춘기 소년이 가을의 끝자락에 매달려 까닭 모른 눈물을 흘린다고 썼으면, 센티멘탈리즘의 과잉이라고 비난했을 것이다. 나이 든 사람이 이렇게 썼으니까 나는 그것을 감상적感傷的 사치라고 규정하고 싶다. 이것은 분명 정서적 호사 취미에 해당된다. 나이 들었다고 다 뒤돌아보고 지난 삶에 아쉬움을 느끼는 것은 아니다. 또 모든 것이 잠시 머무르다 간다는 사실을 확신하지도 않는다. 감상적 사치에 젖을 수 있는 사람만이 그런 것을 인식하고 눈물에 젖는다. 이런 사람은 외로움이라는 정서적 호사 취미를 누리기도 한다.

사람들이 다른 사람들에게 외롭다고 호소하는 것은 다른 사람과 같이 있으면서 외로움으로부터 벗어나기 위해서이다. 외로움이란 원래 인간 자신의 일부라고 생각하는 사람은 외로움을 두려워하지 않고 외로움 속에서 살기를 오히려 원한다. 시인은 결코 외로움을 두려워하지 않는다.

이 시에서 "사람들은 가을이 깊어갈수록 / 점점 옷깃을 세우고 외로움을 키웁니다"라는 구절은 시적 진실이 아니다. 사람들이 옷깃을 점점 세우는 까닭은 가을이 깊어갈수록 추워지기 때문이지, 외로움을 키우기 위해서가 아니다.

사람들은 추워지면 '외롭다'고 말한다. 이 경우 '외롭다'의 이면에는 따뜻해지고 싶다, 뭔가 화끈한 일(사랑의 야합 따위)을 하고 싶다, 즐기고 싶다, 라는 욕망과 그 욕망이 이루어지기 어렵다는 판단에서 오는 낙담 같은 감정이 서려있다. 그들은 진정 외로운 사람이 아니다. 외로움은 옷깃을 세운다고 키워지는 것도 아니다. 옷깃 안과 그의 몸에는 몇 만 마리의 세균과 알 수 없는 숫자의 미생물이 버글거리며 살고 있어서 그는 결코 외롭게 사는 사람이 아니다. 세운 옷깃으로 사람들은 세균과 미생물을 보호하고 있는 것이다. 외로움을 느낄 수 있는 사람은 "가을을 놓아주어야 할 때"를 판정할 수 있는 사람이고, 가을이 끝나지도 않았는데 "맞이해야 할 겨울"이 길지는 않을 것이라고 예측하는 사람, 즉 정서적 호사 취미를 향유할 수 있는 사람이다.

이 시의 '나'는 그런 차원에서 옷깃을 세운 사람들과 본질적으로 다르다. 서로 호환되는 감상적 사치와 정서적 호사를 아우를 수 있으려면 사춘기 소년 같은 마음의 상태를 의도적으로 조성해야 한다.

늙음에 대한 처연한 긍정은 낡아 빠진 시를 산출하게 한다. 사실이 그러할진대 황혼의 나이라는 점을 강조하는 「노을 부부」 같은 시는 검토의 여지가 많다. 노을 구경을 갔다가 노을은 보지 못하고 그들 자신이 노을이라는 것을 인지한다.

> 어느 새 어둑해진 나이의 나와
> 그만큼 젊음이 기울어진 아내
> 남은 삶을 서로 기대어 갈 수 있다면
> 그대들이 바로 노을이라고
>
> ─「노을 부부」 전문

노을은 물론 아름답다. 서로 기대어 살아갈 수 있는 남은 삶도 소중하다. 그러나 어둑해진 나이의 나와 젊음이 기울어진 아내가 노을처럼 살아간다는 이런 시는 이 정도 쓰는 것으로 그쳐야 된다고 생각한다. 이런 시보다는 해돋이 구경 갔다가 해가 떠오르지 않아서 실망했는데, 아이가 모래밭에 원을 그려 떠오르는 해를 대신한다는 「해맞이 풍경」이 훨씬 싱그럽다.

> 새해 해돋이 인파로
> 북적한 경포 바닷가
> 구름에 가려 해는 보이지 않고
> 사람들 실망하며
> 발길을 돌리는데
> 엄마 따라 나온 아이 하나
> 백사장에 주저앉아 막대기로
> 커다란 원을 그리며
> 웃고 있다
>
> — 「해맞이 풍경」 전문

박호영 교수는 강릉대학교 교수 시절 바닷가 아파트에 살면서 아침 때 때로 낚시를 해서 잡은 물고기로 회를 쳐 먹는 즐거운 시간을 보냈다. 그는 낚시꾼이기에 해돋이는 아침에 습관적으로 보는 것이라서 해맞이에 큰 의미를 두지 않는다. 그런 그의 눈에 아이가 백사장에 그린 커다란 원의 해는 신선한 농담으로, 산뜻한 충격으로 느껴진다. 아이의 순진한 눈으로는 백사장에 그린 커다란 원이 해라고 여겨진다. 지구를 비추는 또 하나의 태양이 아이의 유추에 의해 새롭게 생성된 것이다. 아이는 거대한 천체를 만들어냈다.

"미련 없이 누울 곳 찾아 / 이내 자취를 감추는 / 아름다운 임종臨終"(「노을」에서)보다 새로 탄생하는 해와 아이의 천진한 웃음이 시적 가능성을 더 깊이 포괄하고 있다. 나이를 초월하여 아이의 순진무구한 심상을 읽어내는 것이 자신의 나이에 걸맞은 심상을 형상화하는 일보다 어렵다.

시인은 이런 사실을 환하게 알고 있다. 자신에게 충실하다 보니까 늙음을 잠시 살폈을 따름이다.

여린 잎들이기에
서로 부딪쳐도
상처가 나지 않습니다.

여린 잎들이기에
바람 아무리 사나워도
서로 포개져 잠을 잡니다

―「여린 잎들이 있어」 부분

조그마한 마찰과 갈등에도 쉽게 상처 받는 성숙한 잎과 달리 여린 잎은 부딪쳐도 상처가 나지 않는다. 풍파에 시달려서 잠도 이루지 못하는 세상의 어른들과 달게 서로 포개져 깊은 잠을 이룰 수 있는 것이 여린 잎이다. 눈엽嫩葉이 있기에 낙엽落葉이 있다. 이 시는 "그들이 있기에 / 우리가 살고 있습니다"로 끝맺는다. 사실 박 교수는 어린 학생 덕분에 선생 노릇하면서 잘 살고 있지 않은가?

어린 것과 새로 난 것에 대한 관심은 사랑에 대한 상념으로 이어진다. 이 시집의 제목인 「그대 아직 사랑할 수 있으리」를 읽기 전에 표제만 보면, 나이는 들었지만 아직도 육체적·정열적 사랑을 할 수 있으리라는 육욕의 시세계가 펼쳐질 것 같은 예감이 든다. 시인은 그 기대감을 여지없이 깨뜨린다.

"그대 아는가 / 전남 장성군 북일면 / 축령산이 거느린 편백나무 숲을"이라는 시의 서두는 색다른 데이트 코스를 제시하는 것 같아 호기심을 자아낸다. 독립가 임종국 선생이 평생에 걸쳐서 이룩한 장성 축령산 삼나무·편백나무 숲은 백만 본에 가까운 나무가 심어진 국내 최대의 조림지이다. 이런 인공적 절경의 숲과 산책길에서는 무엇인가 로맨틱한 일이 벌어질 것 같다. 시인은 그런 분위기를 일축하고, 며칠 남지 않은 삶을 살면서 "마지막 희망의 텃밭을 가꾸며 / 못 다한 사랑을 나누는 가족"들에 주목하라고 강조한다. "그들이 서로 나누는 웃음에는 / 눈물이 섞여 있다 / 진한 사랑이 녹아 있다"는 것이다. 편백나무 숲의 전언을 들으려면 "그들의 간절한 희망"과 "아낌없는 사랑을" 생각하고 기억하라는 것이다. 그렇게 하면 "눈물이 마르지 않는 한 / 그대 아직 사랑할 수 있으리라는" 숲이 전하는 말씀을 들을 수 있으리라 예상한다.

삼나무·편백나무 숲에 들어서면 회색 줄기의 편백과 붉은 줄기의 삼나무가 묘한 대조를 이룬다. 신선한 바람 속에 장쾌하게 뻗은 나무에서 나오는 상큼한 수향이 섞여 있어, 삶을 청신하게 살라는 메시지를 숲이 전하는 듯하다. 시인은 숲 자체가 전하는 말씀에는 반드시 그 숲을 터전으로 사는 사람들의 인간사에서 유래하는 감동이 섞여야 한다고 강조한다. 그리하여 육체적 사랑 따위는 젖혀놓고 높은 경지의 정신적 사랑의 경지에 들어서 보라고 청유한다. 그 숲길을 걸으면서 동행자와 잡담이나 하고 나무에서 나오는 피톤치드를 더 받아 마시겠다고 심호흡이나 계속한 나로서는 그 아득한 정신의 경지를 이해할 수 없다. 이 쉽게 요해할 수 없는 사랑의 경지가 시인이 새롭게 터득한 삶의 이치와 연결되어 있다.

> 그대와 나의 사랑을 위해선
> 저 화원에 활짝 핀
> 장미꽃이면 되리
> 화려한 열정으로 숨쉬는
> 장미꽃 한 송이면 되리

그대와 나의 사랑을 위해선
장미꽃 한 송이조차
아니어도 좋으리
들녘에 이슬 머금고 있는
한 이파리 풀이면 되리

이 세상 어느 것들이
우리의 사랑을 대신할 수 있으리
아무리 값진 보석도
잠시 눈을 현혹할 뿐
영원할 수 없느니

그대와 나의 사랑을 위해선
아무 것도 없어도 되리
오직 우리의 가슴을 오가는
맑은 웃음이면 되리
순수한 눈물이면 되리

―「사랑이라는 것」 전문

「사랑이라는 것」 역시 「그대 아직 사랑할 수 있으리」와 마찬가지로 시의 정열적·맹목적 사랑을 암시하는 연으로 시작한다. "그대와 나의 사랑을 위해선" "장미꽃 한 송이면 되리"라는 시구에서 뜨겁게 타오르는 연가戀歌가 전개되겠다는 예상을, 이번에도 어김없이 빗나가게 만든다. 장미꽃 한 송이를 "들녘에 이슬 머금고 있을 / 한 이파리 풀이면 되리"로 점강시키고 마지막 연에 이르러서는 "아무 것도 없어도 되리"로 무화시킨다.

그대와 나의 사랑을 위해서는 장미꽃과 풀도 없어도 되고 아무것도 없어도 된다는 이야기다. 아무것도 없어도 되지만 그래도 허전하니까 '맑은 웃음'과 '순수한 눈물'이면 된다는 것이다.

정서적 교감만 나눌 수 있다면 사랑에는 그 어떤 물질적 표상도 필요 없다는 추상적 정신의 사랑을 강조한다. 이 사랑은 세속의 사랑이 아니라 이데아적·형이상학적 사랑이다. 불교의 '무無'사상과 연관되는 이 아득한 사랑의 경지는 범인이 꿈꾸는 사랑이 아니다. 시인은 예상과 기대를 저버리는 시상 전개로 사랑의 공식을 깨버리고 높은 차원의 사랑의 형상을 제시하여 참신한 감흥을 환기시킨다. 맹목적 사랑에 대한 열망을 버리지 못한 사람은 눈을 크게 뜨고 다시 음미해야 할 새로운 사랑의 노래이다. 나역시 박 시인이 언제부터 사랑에 대한 관념을 고상하게 고쳐 생각한 것일까 눈 비비고 이 시를 다시 읽었다. 모를 일이다.

가을이 깊게 내게 다다르면서
비로소 나는
그동안 무심히 지나치던
걸인을 보았다.
구걸하며 내미는
청동 빛 그의 손에서
삶의 내력을 보았다.
내가 미처 헤아리지 못했던
이 세상의 슬픔과 고통까지 보았다.

그가 나를
적선했다.

—「적선積善」 전문

인도의 거지들은 적선과 보시를 하는 사람들에게 자기들이 은혜를 베푼다고 생각한다. 내가 가난하기 때문에 그대는 나 대신 부자가 되었고 내가 병들었음에 나 대신 건강하게 사니 두고두고 내 은혜를 잊지 말라는 것이다. 인도의 거지는 그래서 당당하게 구걸하고 당연하게 적선을 받아들인다. 이 시의 걸인은 당당하지도 않고 당연하게 적선을 받지도 않는데, 그 걸인은 결국 나를 적선했다. 무심한 지나침에서 적극적 관심으로 전환하여 걸인을 살펴봄으로써 나는 거지에게 적선을 받은 것이다. 관심은 걸인의 삶의 내력과 이 세상의 슬픔과 고통까지 보게 만들었다. 인간과 세계에 대한 깊이 있는 통찰의 시각을 걸인을 통해 확보할 수 있었기에 걸인은 나에게 은혜와 적선을 베푼 셈이다. 사랑의 아득한 경지를 노래할 수 있는 것도 무심히 지나치며 본 걸인을 깊은 관심으로 관찰하고 이것을 생각의 줄기로 정리하는 과정에서 연원한다는 것을 알 수 있다. 사소한 일상사에서 깨달음의 단서를 찾아내고 더 큰 깨달음으로 가는 길목에 평상심平常心이 자리 잡고 있다.

봄이 와도
오는 듯 가는 봄인데
꾀꼬리면 어떻고
종달새면 어떠한지요
매화 좋으면
복사꽃도 좋은 것 아닌가요
만행 중에 만난 봄길
그저 무심히 다닐 뿐
차별 두지 말라는
법전 스님의 말씀이
이 화사한 봄날에

바람 따라 귓가에 들립니다

이 시에 인용된 법전 스님의 '차별 없는 마음'은 평상심에서 나온 말씀이다. 평상심에서 평平은 계급의 고하高下, 물아物我의 차별이 없어진 것이고, 상常은 고금古今 속의 거리와 유무有無의 변환이 없어진 것이다. 평상심을 가지면 꾀꼬리, 종달새 소리가 어느 쪽이 아름다운지 따질 필요가 없고 매화 좋으면 복사꽃도 좋다는 차별 없는 인식에 도달한다.

조주 스님이 남전 스님에게 도가 무엇이냐고 여쭙자 "평상심이 곧 도이다"라는 답변이 나왔다. 평상심이 선불교의 요체라는 사실을 부연할 지식이 나에게 없는 관계로, 평상심은 깨어있는, 차별 없는 마음이라는 말만 덧붙이겠다.

시인은 첫 시집『오두막집에 램프를 켜고』이래 불교의 선지식에 더 많이 기울어져 평상심이 곧 선심이고 시심이라는 사실을 잘 알고 있을 터이다. 그래서 걸인이 나에게 적선했다는 시도 쓸 수 있었을 것이다. 이쯤 되면 그동안 읽은 불교철학의 진리의 말씀과 마음 수련의 진경을 바탕으로, 현학적이거나 도통한 체하는 시를 쓸 수 있을 터인데, 그런 시가 이 시집 전체에 없다는 것에 주목할 필요가 있다. 그 사실이 시인이 평상심으로 이 시들을 썼다는 확연한 증거이다. 선의 지고한 깨달음의 경지는 원래 불립문자 不立文字라서 시 한 편으로 전달할 수 없다. 시인은 그 점을 숙지하여 생활 속에서 평상심의 증거를 소박하게 제시한다. 자기 주제를 잘 알고 격에 맞게 쓴 깨어있는 마음의 시를 나는 진정 사랑한다.

우리가 꽃을 사랑하는 것은
꽃의 아름다움을
가슴 속에 들여 놓기 위함이다

짧은 삶일지라도
아름답게 피고 지는
꽃의 적멸을 따라가기 위함이다.

―「꽃과 별의 마을」 부분

　이 얼마나 단순·질박한 꽃 사랑의 마음인가? 현란한 수사는 평상심을 저해한다. 가슴 속에 꽃의 아름다움을 들여 놓기 위해서, 꽃의 적멸을 따라가기 위해서 꽃을 사랑한다는 그 이유가 마음에 와 닿는다. 쏘가리나 참돔 같은 물고기나 사랑하는 나로서는 꽃을 사랑하는 까닭을 이제야 어설피 알게 되었다.

미황사 뒤란의 동백이 피었는지
오래 전 남녘으로 간 친구가
도시의 무지렁이 내게
오라는 소식을 전해 왔다.
며칠 후 여장을 차리고
길을 나서는데
동백이 졌노라는
또 다른 소식이 닿는다.

―「무상無常」 전문

　궤변과 췌언이 난무하는 난해 시를 읽다가 이런 직절·명료한 평상심의 시를 읽으면, 한 소식 얻은 스님의 마음처럼 후련·통쾌하다. 꽃 보러 갔다가 꽃이 피지 않아서 꽃구경을 못했다는 것이 아니라, 꽃피었다는 소식 듣고 여장을 차리는데 꽃이 졌다는 소식이 들렸다는 것에서 더 큰 무상을 느낄 수 있다. 꽃구경에 관한 아무런 행동도 하지 않았기에 없음이 늘 거기에

있는 무상에 더 가까이 갈 수 있다. 미황사 동백은 풍문 속에서 피고 또 졌
다. 그것이 곧 무상이다.

이제 동백도 졌으니 저 머나먼 해남 땅 미황사에 갈 생각 버리고, 여보시
게 박 시인, 인사동 주막에서 술이나 한 잔 하세. 시집 발간을 축하하고, 친
구에 대한 질책을 자제하고 점잖은 글을 쓰느라고 애태운 나를 위해 건배
하세. 무상이 무어 별 것인가? 취해서 떠드는 언사가 모두 무상의 말씀이
지, 안 그런가?
안 그렇다면 자, 다시 또 한 잔!

V. 작가와의 대화

1. 나의 문학, 나의 소설작법

― 하근찬

1. 자전적 체험과 작품세계

전영태 선생님의 작품 「삼각의 집」을 보면 작중의 인물이 사진작품을 보면서 "미의식이 결여되어서는 작품이 되질 않지만, 그것과 함께 현실을 보는 눈이랄지, 인생과 역사를 생각하는 마음 같은 것이 잘 작용해 있지 않으면 깊은 맛이 우러나지 않는다."라고 말하는 대목이 있습니다. 이 말처럼 선생님은 미의식을 중시하면서도 역사의식과 현실의 문제를 외면하지 않는 그런 경향을 보여, 일제 말기의 수탈의 양상과 6·25 사변으로 인한 전쟁의 상흔 등의 문제를 끈질기게 다루어 오셨는데, 선생님의 소설관과 그런 주제에 주목하게 된 동기를 말씀해 주시지요.

하근찬 문단 데뷔작인 「수난이대」가 제 작품세계나 경향을 대표하는 작품이라고 할 수 있습니다. 6·25의 전장에 나가 다리 하나를 잃고 돌아오는 아들을 태평양전쟁 때 팔 하나를 잃은 아버지가 마중을 나가 불구의 아버지가 불구의 아들을 업고 외나무다리를 건너는 그런 상황을 그린 소설이「수난이대」인데, 그 이후 일관되게 쓴 것이 6·25로 인한 피해담으로, 이것이 초기 제 작품의 성격이라 할까 주제였고, 그 다음에는 소년 시절에 겪었던 태평양 전쟁의 양상, 일제의 수탈 등을 두 번째로 집중적으로 다루었지요.「삼각의 집」은 거기에서 벗어나 서울 변두리의 현실을 다룬 작품이지만, 여하튼 그 작품에서 말한 "미의식이 결여되어서는 안 되지만 역사나 현실을 보는 눈이 있어야 좋은 작품이 될 수 있다"라는 것은 제 나름대로의 소설관이라고 할 수 있을 것입니다. 저는 1957년에 신춘문예로 문단에 나왔으니 말하자면 '50년대 작가'인 셈입니다. 50년대 작가들은 6·25라는 전쟁을 관념적으로 겪은 것이 아니고 직접 그 속에서 피해와 괴로움을 겪은 세대로서 6·25라는 민족의 비극과, 소설과 말하자면 커다란 민족적 소재에서 벗어날 수 없었어요. 그래서 신춘문예 당선 이후 한동안 6·25를 소재로 하되, 시골 사람들의 피해담을 가지고 깨끗한 한 권의 창작집이 될 수 있도록 써보아야겠다는 생각으로, 다시 말하면 처음부터 주제를 설정해놓고 그 주제에 맞는 소설만을 써나갔던 것이지요. 그래서「수난이대」다음에「나룻배 이야기」,「흰종이 수염」등 거의 비슷한 계열의 작품들로 창작 생활을 시작했습니다. 6·25를 소재로 한 작품들을 일단락 지은 다음에는 시대를 몇 년 거슬러 올라가서 일제 말엽의 소년시절에 겪었던 일종의 전쟁 상황들을 소재로 해서 두 번째 작품경향을 전개했지요. 6·25와 태평양전쟁은 보통 의미로서의 전쟁, 말하자면 민족 대 민족, 국가 대 국가가 싸우는 전쟁이 아니라, 6·25는 분단된 상황 속에서 민족과 민족이 타의에 의해 싸우는 대리전 비슷한 이데올로기의 전쟁이었고, 태평양전쟁은 자민족을 지배하는 타민족에 강제로 끌리어서 그들을 위해 희생당한 전혀 무의미한, 부끄럽기 짝이 없는 그런 전쟁으로 두 가지 다 가치 없는 수치스러운 전쟁이었어요. 타의에 의한 전쟁이나 지배자를 위한 전쟁에서 목숨을 잃거나 부상 또는 미행을 당했다는 것은 너무나 억울하고 의미 없는 일이지요. 그래서 더욱 비극성이 짙다고 할 수 있겠는데, 그런 비극적인 전쟁은 한국 작가로서 충분히 문학의 대상으로 설정할 수 있을 것 같고, 또 바람직한 일이기도 한 것 같아서 지금까지 이 두 가지 것을 집중적으로 다루어 왔다고 할 수 있겠습니다.

전영태 6 · 25와 태평양전쟁의 이야기를 소설적 제재로 다루면서 공통되는 것은 그 등장인물이 주로 한벽한 시골의 순박한 사람들이고, 초등학교 아동이나 교사가 곧잘 등장한다는 점이며, 다른 하나는 작품에 대체로 두 세대가 등장하고 있다는 점입니다.「수난이대」,「흰종이 수염」에서는 아버지와 아들,「분」에서처럼 어머니와 아들,「왕릉과 주둔군」의 아버지와 딸,「전차구경」에서의 할아버지와 손자 등이 그것인데, 그러한 인물설정과 2대의 대비는 어떤 의미를 갖는 것인지, 그리고 그런 이야기들에는 자전적 체험이 얼마나 짙게 나타나 있는지에 대해 말씀해 주시지요.

하근찬 제 작품에는 저의 직접적인 체험이 많이 작용하고 있습니다. 개인적인 이야기지만 6 · 25 때 제 부친이 학살을 당하셨습니다. 아버지의 시신을 찾기 위해 시체의 바다를 더듬어서 시신을 찾아 매장한 그런 일이 있었습니다. 제가 스무 살 때인데, 참으로 충격적인 체험이었죠. 제 작품에 어머니가 등장하는 일은 드물고, 주로 아버지가 주인공으로 나오는데, 그게 아마 그런 체험이 동기가 된 게 아닌가 싶습니다. 그리고 2대를 대비시킨 것은 전쟁의 직접 피해자인 기성세대를 다음 세대, 즉 어린이의 눈으로 보게 하려는 의도도 깔려있다고 하겠습니다. 피해를 입은 당대만으로 이야기를 전개하면 소설이 너무 딱딱하고 거칠어질 것 같아 순진한 어린이의 눈을 통해서, 다시 말하면 참혹한 현실을 한 번 더 걸러서 보여줌으로써 보다 더 비극의 의미가 선명해지고, 또 한결 부드러운 맛이 날 것 같아 그런 기법을 썼다고 할 수 있을 것 같습니다. 국민학교 아동이나 교사가 곧잘 나오는 것은 제가 사범학교를 다녔고, 6 · 25를 전후해서 4,5년 간 초등학교에서 교편을 잡은 일이 있는데, 그 경험 탓이 아닌지 생각되는군요. 작가란 물론 관념이나 상상을 통해서, 혹은 간접적인 체험을 통해서도 소설로 충분히 형상화할 수 있겠지만 역시 자기 자신이 직접 몸을 담아 본 그런 세계가 가장 잘 알 수 있고, 또 리얼하게 그릴 수 있지 않겠어요.

2. 친근감과 두려움의 격차

전영태 6·25와 태평양 전쟁이 빚은 비참성은 대단히 심각한 것인데, 선생님의 작품의 주인공은 순박한 시골 사람들이고, 때로는 국민학교 아동이기도 해서 어떤 한계나 특수한 분위기 같은 것이 조성되는 것 같습니다. 이런 사람들은 비극에 대해 이성적으로 대처하는 것이 아니라, 감성으로 충돌하는 양상을 보여주기도 하고, 등장인물이 순박하거나 어리기 때문에 우리들의 경험과 더욱 밀착된 어떤 친근감을 주기도 해서 낯익은 분위기나 부드러운 정감을 느끼게 합니다. 그런가 하면 부드럽고 낯익은 느낌을 주면서도 동시에 집단의 체험이 비참하면 비참할수록 냉혹한 면도 엿볼 수 있는 것 같습니다. 그러한 친근감과 두려움의 격차에 대해서는 어떻게 생각하십니까?

하근찬 제 작품에 등장하는 주인공들은 거의가 전쟁 피해자들입니다. 어른이든 어린애들 노인이든 그 주인공들은 무구하고 아무 잘못이 없는데도 전쟁으로 인해 고통을 받는 피해자들이기 때문에 그 피해자들에 대한 작가의 시선은 따뜻할 수밖에 없고, 또 동정적인 입장이기 때문에 따뜻하면서도 밑바탕에는 슬픔이 깔려 있을 수밖에 없지요. 그리고 그 사람들이 피해자가 되어 고통을 겪게 되는 원인이 전쟁이니까, 그 전쟁을 일으킨 집단과 세력 또는 역사적 상황에 대한 작가의 시선은 냉혹할 수밖에 없습니다. 피해자를 향한 시선은 긍정적인 것인데 반해, 전쟁이나 일제 때의 일본인 같은 지배자에 대해서는 부정적인 시선을 가질 수밖에 없는 것이지요. 그러니까 부정적인 시선은 작품의 골격을 이루고, 그 골격을 감싸는 살은 따뜻한 긍정적인 시선으로 이루어진 그런 작품을 창작하게 되었다고 할까요. 그러니까 아무리 뼈대가 실해도 살이 없으면 고기가 될 수 없듯이 증오만 있고, 살이 없는 이를테면 해학이랄지, 슬픔이 없는 소설은 소설로서 너무 건조하고 거친 것 같아서 냉혹함과 부드러움의 조화를 시도하게 된 것입니다.

전영태 선생님의 작중인물이 무구한 사람들인 것처럼 그 무구한 사람들을 바라보는 작가의 시선 또한 무구한 것 같습니다. 나아가서는 선생님 또한 무구하신 것 같고요. 그래서 유종호 씨 같은 분은 선생님을 8·15 이후 가장 순수한 작가다라고까지 했는데, 이런 비평적 코멘트에 대해서는 어떻게 생각하십니까?

하근찬 그렇게까지 이야기하는 것은 과찬인 것 같습니다. 민망스럽기도 하고요. '무구하다'라는 말은 '소박하다', '순진하다'는 것과 통하는 것이지요. 저는 어릴 때부터 시골에서 자랐고, 소설 자체도 시골사람들을 다루었습니다. 어떤 분은 「수난이대」, 「흰종이 수염」 등이 발표됐을 당시 내 작품을 보고 유능한 농민작가가 나왔다고 했는데, 저는 그 글을 읽고 웃었습니다. 전쟁에 희생을 강요당한 무구한 시골사람들을 쓰려한 것이지, 농촌의 문제를 내세워 농민에 대해 쓴 것이 아닙니다. 전쟁이라는 역사의 회오리바람 속에서는 순박한 시골 사람들이 가장 큰 수난을 당하죠. 도망 갈 줄도 모르고, 징용가고, 정신대로 끌려가고, 희생당한 대부분의 사람들이 무구한 시골 사람들입니다. 그런 사람들을 주인공으로 설정하고, 그들을 바라보는 시선이 긍정적이라고 해서, '가장 순수한 작가'라는 이야기가 나오는 것 같은데, 그런 사람들이 주인공인 소설은 관념적일 수가 없지요. 관념은 역시 도시의 청년층이나 지식계층이 주인공으로 등장해야 되는 것인데, 그런 것이 아니기 때문에 주인공의 차원도 소박할 수밖에 없고, 작가도 소박한 시선을 가져야만 그런 계층을 잘 드러낼 수 있지 않겠어요. 그래서 하는 말이 아닌가 싶습니다.

전영태 농촌에 대한 관심, 농민에 대한 관심이 어디에서 비롯되었는가 말씀해 주셨는데, 흔히 농촌이나 민요·판소리에 대한 관심은 체제비판이나 사회개혁에 관심을 갖는 것과 동일시하고 문학의 데몬스트레이션과 관련이 있다고 생각하는데, 선생님의 경우는 그런 견해와는 거리가 있는 것이겠지요?

하근찬 저의 농촌과 시골사람에 대한 관심, 민요나 판소리 같은 재래적인 것에 대한 친밀감은 체제비판적인 성격의 것은 아닙니다. 누구나 자기가 살던 고향을 그리워하고 애착을 갖는 것처럼, 자기가 자란 향토에 대한 애정이 밑바탕에 깔려 있는 것이지, 체제비판과 관련된다는 점에 대해서는 저는 회의적입니다. 민요나 판소리가 소설에 등장한다고 해서 반드시 현실 부정적인 것이 되어야 한다고 볼 수는 없는 것이지요. 저는 향토적 재래적인 것에서 친밀감과 함께 어떤 평화 같은 것을 느낍니다. 시골에도 문제가 없는 것은 아니겠지만, 도시보다는 시골, 외래적인 문명보다는 재래적 문화가 근본적으로 어떤 평화스러움 같은 것을 간직하고 있는 게 아닌지 생각해서 그런 것에 애착을 가지게 된 것입니다. 민요처럼 토속적인 것에 관심을 가지는 것은 외래적인 것에 대한 거부가 아니라, 누구나 가지는 자신의 것에 대한 친화감 때문이지요. 그래서 재래적인 것을 내세워 외래적인 것을 무턱대고 배척하는 상극적 행위는 문명적 행위가 아니지 않은가 생각합니다. 그 두 가지를 잘 조화시켜 나가야 되겠지요.

3. 문체의 미와 정결한 결벽성

전영태 선생님의 소설 문장은 일반적으로 간결하면서도 정곡을 찌는 문장인 것 같습니다. 그래서 선생님의 작품을 읽다가 보면 문체의 미에 이끌려서 그것에 흡입되는 느낌을 받습니다. 또 선생님의 수필을 읽어보면 선생님은 작품을 백지에 썼다가 원고지에 옮기고, 틀린 부분이 한 군데도 없도록 정서를 하기 때문에, 원고지 한 장을 쓰려면 4, 5매의 파지를 낸다는 구절이 있는데, 문체에 대한 생각과 집필 때의 습관 등에 대해 이야기해 주시지요.

하근찬 문체는 그 사람이다, 그 작가라고 생각하는데, 그 작가의 성격이 곧 문체에 나타나는 것이겠지요. 제 자신의 성격에 좀 남다른 결벽성이 있는 것 같아요. 가령 글 쓸 때 책상 위가 지저분하거나 주변이 산만하면 절대로 글이 안 써져요. 또 장소를 옮겨도 안 돼요. 늘 쓰던 내 방이라야지, 생소한 장소에 가서는 도무지 붓이 나가지 않아요. 그런 묘한 결벽성이 문체에도 나타나는 것 같아요. 그리고 글 쓰는 과정에서 추고를 많이 합니다. 그 추고도 작품을 다 쓰고 죽 읽어가며 하는 것이 아니라, 원고지 한 장에 대한 추고가 완전히 되어야만 그 다음으로 넘어갈 수 있어요. 그러니까 쓴다기보다는 문장을 다듬어간다고 하는 편이 옳을지 모르겠어요. 그런 추고는 습작 시절부터 비롯된 것인데, 결국 문장을 간결하게 다듬어 가는 작업이라고 할 수 있지요. 문학을 공부하기 시작한 것이 해방 직후의 일인데, 그 무렵, 문학수업의 참고서로서 상허尙虛의 『문장 강화』라는 것이 있었어요. 지금은 여러 가지 그런 서적이 많지만, 그 무렵은 아마 그게 문학수업의 유일한 참고서적이 아니었나 생각돼요. 그 『문장 강화』를 무슨 바이블처럼 생각하고 거듭 읽은 것 같아요. 그 『문장 강화』의 결론도 소설의 문체에는 여러 가지가 있겠지만, 간결한 문체가 결국 제일 가치가 있는 것이 아니냐 하는 것이었지요. 상허의 문장도 간결하고 깨끗한 것이 아닙니까? 그 책을 교본으로 삼았고, 또 그것이 내 성격에도 맞고 해서 그렇게 된 것 같아요. 어떤 하나의 대상을 표현하는 데 적합한 말은 한 가지밖에 없다는 말을 플로베르가 했던가요. 그 말이 머릿속에서 늘 떠나지 않아요. 그래서 용어선택에 상당히 신경을 쓰는 셈이지요. 그리고 "글을 쓸 때는 가위를 가져라"라는 말도 있는데, 문장의 불필요한 부분은 깨끗하게 잘라야 한다는 그 말 역시 문장수업을 할 때부터 머리에 밴 말이지요.

전영태 그런데 흔히 스타일리스트라고 하면 문체의 미나 형식적인 면에 관심을 가져 문학작품의 메시지에 대해서는 무관심한 그런 작가들을 지칭하는데, 그런 의미에서 스타일리스트라면 선생님은 거부하시겠지요?

하근찬 저는 형식이 일차적이라든지 내용이 일차적이라든지 하는 견해에 찬성하지 않습니다. 소설은 무엇인가를 전달하기 위해서 어떻게 쓴다는 것이므로 형식과 내용이 잘 조화되어야 한다고 생각합니다. 내용과 형식이 오묘한 일치를 이룬 작품이 좋은 작품이라는 생각을 할 때, 문장도 중요하고, 하고 싶은 얘기도 중요합니다. 그래서 초기에는 작품을 쓸 때, 설계를 한다면 좀 이상하지만 플롯을 세세하게 짜놓게 거기에 맞춰서 써나갔어요. 설계를 해놓고 집을 지어 나가듯이 썼으므로 부분 부분의 문장에 집착해도 전체적으로 균형이 잡히는 것이지요.

전영태 선생님의 데뷔시절에 현상문예에 여러 번 당선된 일이 있다고 어딘가에 쓰신 걸 보았는데, 그 시절에 대해 말씀해 주시지요.

하근찬 문학공부를 시작하는 사람들이 다 그렇겠지만 저 역시도 처음에는 시를 하려고 했었지요. 한국적인 서정시를 쓰는 그런 시인이 되어야겠다고 생각했었는데, 6·25라는 비참한 상황을 겪고 나니까 정서나 서정이 고갈되었는지 시가 안 나오더군요. 그 대신 6·25 때 겪었던 여러 가지 끔찍한 일들을 증언하듯 이야기해야겠다는 생각이 머리를 쳐들었어요. 6·25라는 것이 없었다면 저는 시인이 되었지 않았나 생각합니다. 제 기질에도 다분히 서정적 감성적인 것이 있어서, 냉철한 이성이나 이지보다는 오히려 그 쪽이 승하지 않나 하는 그런 생각이 들어요. 문학소년, 문학청년 시절에는 문학이라는 것은 누가 가르쳐주거나 배우는 것이 아니라는 묘한 생각을 가지고 있었어요. 문학은 어디까지나 자기 내부의 가능성을 자기 스스로 계발해 나가는, 혼자 해나가는 것이라는 생각이지요. 지금 생각하면 좀 우습기도 하고 왜 그랬을까 하는 생각도 드는데, 중학교 다닐 때도 문예부에 들어간 일이 없어요. 그 무렵부터 문학을 하겠다고 결심을 했을 터인데도 문예부에 들어가지 않고 딴 부에 들어갔어요. 대학에 들어갈 때도 공과 계통에 들어갔습니다. 그러니까 문학은 완전히 혼자 수업을 한 셈이지요. 그런 과정에서 생활도 어렵고 해서, 학생문예니 교육문예니 저축문예, 혹은 국방문예 같은 목적을 가진 현상공모가 있으면 응모를 하곤 했는데, 그 결과는 저를 실망시킨 적이 없어요. 말하자면 학생시절의 저의 아르바이트인 셈이지요. 신춘문예를 통해 데뷔한 것도 결국 마찬가지 이유 때문이었어요. 신춘문예 때의 에피소드를 잠시 얘기할까요. 결혼을 해야 될 처지가 됐는데, 생활이 워낙 어려워서 결혼비용이 있어야지요. 어머니에게 그해 신춘문예의 상금만큼만 빚을 얻으라고 했지요. 그래서 신춘문예에 응모해놓고 결혼을 했는데 당선이 되었지 뭐예요. 상금을 받아다가 고스란히 어머니 앞에 내놓고 빚을 갚으라고 하니까 어머니가 "관세음보살" 하시더군요. 그럼, 그런 현상응모에 어떻게 번번이 당선되었는지 묻는다면 뭐라고 대답할 말이 없지만, 굳이 답변을 한다면 소설의 정석대로만 차분히 쓴다면 그런 목적을 가진 현상에는 당선이 되는 게 아닌가 싶군요.

전영태 문학수업을 생활 속에서 자연스럽게, 어쩌면 정석대로 하신 것 같은데, 그런 의미에서도 선생님의 소설은 전통적 정통적 의미에서의 소설인 것 같습니다. 실험적인 소설을 써보실 의향은 없으신지, 또는 실험적 경향의 작품들에 대해서는 어떻게 생각하시는지요?

하근찬 제 소설이 전통적 고전적인 수법에 의한 소설이라는 점에 대해서는 전적으로 동감합니다. 지금 역시 소설은 그런 틀을 크게 벗어나서는 안 되지 않는가 하는 생각이 고정관념처럼 박혀 있어서 어떤 의미에서는 그런 생각 때문에 제 소설이 다양하지 못하고, 틀에서 벗어나지 못한 것 같습니다. 그런 점에서는 아주 보수적이지요. 그렇다고 해서 실험적인 경향에 반대하는 것은 아닙니다. 그런 가능성을 가진 사람은 과감하게 실험을 하는 것이 좋다고 생각해요. 그래야만 소설의 영역이 넓어지고 깊어지는 것이겠지요. 그러나 제 경우는 처음부터 그런 것이 아니었고, 저의 작가적 생리가 그런 데 맞지 않는 것 같기 때문에 실험적인 것을 시도하다 보면 전보다 못한 작품, 전혀 엉뚱하게 빗나간 작품이 나올 것 같아서, 그런 경향은 아예 도외시해 버리지요.

4. 작품의 뿌리

전영태 되풀이되는 말씀입니다만, 문학사적으로 중요한 질문 같아서 다시 한번 드립니다. 아까 선생님 스스로 '50년대 작가'라는 말씀을 하셨는데, 전후 작가들은 대체로 전쟁으로 입은 상흔 때문에 자아 충돌을 일으키기도 하고, 사회적 모순과 갈등을 일으키기도 하며 허무주의나 개인주의·도피주의에 빠지기도 합니다. 동시대의 작가와 선생님 스스로를 비교할 때 작가적 위치가 어떤 것이었는지를 설명해주시지요.

하근찬 동시대 작가 중에는 저와 비슷한 작가도 있고 이질적으로 느껴지는 작가도 있는데, 소설의 정착점, 즉 소설이 뿌리내린 곳에 차이가 있다고 하겠지요. 저는 농민은 아니지만, 시골사람에 뿌리를 박았기 때문에 제 작품에는 관념적인 절망이나 허무가 없습니다. 관념적 절망이나 허무·퇴폐 등은 도시에서 교육받은 층에 있기 마련이지, 소박한 농민들에게는 그런 것이 드뭅니다. 물론, 그들도 절망을 하긴 하지만, 그러나 그들은 끈질긴 원초적 생명력을 가지고 있습니다. 물론 시골사람 중에도 절망 때문에 자살을 하거나 그런 사람도 있겠지요. 하지만 다리가 잘려나가는 절망적 상황 속에서도 꿋꿋하게 살아가는 그런 건전한 인간형이 보편적인 시골사람들입니다. 이들을 소설의 대상으로 삼았기 때문에 관념적 허무나 절망은 제 작품에서 찾아볼 수 없습니다. 「수난이대」에서도 팔이 하나 없는 아버지와 다리가 하나 없는 아들이 외나무다리를 건너가는데, 여기서 다리를 건너가느냐 떨어지느냐가 문제입니다. 신춘문예 시상식 때 소설 분야가 아닌 다른 분야 심사위원 한 분이 그들 부자를 다리에서 떨어지게 했더라면 더 좋지 않겠느냐고 하셨는데, 그렇게 하는 편이 더 재미있고 극적일지는 몰라도, 고난 속에서도 그것을 딛고 극복해 나아가는 그런 강인함을 내 작품의 바탕으로 삼았기 때문에 그들 불구 부자로 하여금 아슬아슬한 외나무다리를 무사히 건너가게 했지요. 우리 민족의 역사가 바로 외나무다리를 건너는 것 같은 그런 게 아닌가 해서 상징적으로 그려본 것입니다. 대부분의 50년대 작가들은 도시적 관념적 실의의 세계를 다루는데, 저는 그와 대비되는 세계를 다루지 않았나 생각됩니다.

전영태 어떤 작가는 도시인들이 농촌사람이나 가난한 사람에게 주목하는 것을 일종의 '부르주아적 센티멘털리즘'에 불과하다는 과격한 말도 하였는데, 선생님은 그와는 정반대의 위치에 섰던 셈이군요.

하근찬 그런 의도로 시골사람을 등장인물로 설정하는 것은 제 의도와는 전혀 다른 것이겠지요.

5. 장편「山에 들에」의 의미

전영태 장편「산에 들에」를 내셨는데, 이 작품을 통독해 보면 지금까지 발표된 단편에 나온 모티프들이 다시 나오고 있는 대목이 있습니다. 예를 들어「준동화」같은 작품에 나오는 일본인 여선생과 일본군 소위의 연애 같은 것이 그렇고, 「죽창을 버리던 날」에서의 해방의 기쁨 같은 것도 다시 나오는데, 이것으로 보아 이 작품은 일제 말기를 다룬 선생님 작품의 총정리·총결산이 아닌가 생각합니다. 이 작품을 쓰시게 된 배경이라든가, 작품 자체에 대한 설명을 좀 해주시지요.

하근찬 그동안 6·25를 소재로 한 일련의 작품들을 써왔고, 그 다음 소년시절의 기억과 회상을 바탕으로 한 작품을 써왔는데, 이번에 「山에 들에」를 쓰면서 두 번째 계열의 작품세계를 총정리하고 이것으로 끝내자는 생각을 했습니다. 자꾸 그런 것만 쓰기도 무엇하고, 또 실제로 그런 소재도 바닥이 난 듯해서 이 세계를 장편으로 마무리 지어서 끝내고, 다른 작품세계를 모색하자는 의미에서 기왕의 단편 모티프들에 구애받지 않고 모두 동원해서 이 「山에 들에」를 구상하고 집필했지요. 이 작품은 말하자면 세 개의 중편인 셈입니다. 제1장은 정신대라는 것에 얽힌 이야기고, 제2장은 주재소와 금덩어리, 즉 일제의 수탈에 관한 것이 주제로 되어있고, 세 번째는 일제가 한국 재래적 가치를 말살시키는 그런 테마를 다룬 중편이라고 볼 수가 있지요. 제4장은 8·15의 해방으로 끝맺음을 한 것이고요. 독립된 중편은 아니지만, 중편 형식으로 세 개를 묶고 끝을 맺었지요.

전영태 그럼, 당분간은 일제시대의 상황을 제재로 한 작품을 집필할 계획은 없으신지요?

하근찬 제 나름대로는 일제뿐 아니라 6·25에 대한 작품도 일단은 작품화하지 않았나 하는 생각이 들어서, 앞으로는 역사와 시대를 앞세운 그런 작품은 지양하고, 그런 것이 나오더라고 그것은 역사나 시대로서 먼 배경으로 깔고, 인간을 보다 앞세워서 어쩔 수 없는 인간의 근원적인 운명이랄까 죽음 또는 영혼의 문제, 이런 것에 대해서, 또는 그런 것에 연관되는 방향으로 작품을 써볼까 생각합니다. 황혼기로 들어선 탓인지 역사나 시대 속의 수난 같은 타율적인 운명이 아니라, 인간의 근원적인 운명 같은 것을 생각하게 되더군요. 지금까지는 죽어서 전쟁 때문에 죽었으니 억울하다 하는 데에 그쳤었는데 앞으로는 죽음 그 자체의 운명적인 근원 같은 것에 관심이 간다고 할까요. 그리고 종교적으로는 불교에 대해서도 관심을 가지고 생각해 볼까 합니다.

전영태 선생님 자신은 그런 소재들을 계속해서 써오셨기 때문에 지루하다거나 다 쓰셨다고 생각하실지 모르나, 작품을 읽는 독자들로서는 그런 느낌을 받지 않는 것 같습니다. 왜냐하면 외견상 비슷해 보이는 작품들도 사실은 한 편 한 편 조금씩 각도가 다르고, 또 각기 다른 의미의 뉘앙스를 풍겨 주어서 다른 각도에서의 감동을 받기 때문입니다. 그래서 답답한 느낌을 받지 않는데, 앞으로 선생님께서 다른 방향의 작품을 모색하신다고 하니까 어떠한 작품이 나올지 대단히 궁금합니다.

2. 나의 문학, 나의 소설작법

-최인훈

1. 「광장」의 작가

전영태 사람들은 흔히 선생님을 일컬어 「광장」의 작가라고 하기도 하고 이 작품이 발표된 1960년을 '최인훈의 해'라고 말하기도 합니다. 선생님의 다른 작품에 대해서는 잘 모르는 독자도 이 작품만은 잘 알고 있습니다. 선생님 자신도 이 작품에 애착을 가져 다섯 번이나 개작을 했는데, 오늘 이 시점에서 이 작품을 어떻게 생각하고 있는지 그 점부터 묻고 싶습니다.

최인훈 이 작품은 데뷔작은 아닙니다만, 그때까지 내가 생각했던 주제를 비교적 충분한 분량으로 쓴 것입니다. 「광장」의 주제는 현재로서도 내 의견 그대로의 주제들입니다. 한 작가가 시대와 관련된 일반적인 주제를 일생동안에 여러 번 바꿀 수는 없을 것입니다. 일관되고 깊이 있는 주제일 경우에는 기본적이고 지속적인 관심의 대상이라고 생각됩니다. 그런 의미에서 「광장」은 나 자신에게는 아직도 살아 있는 작품입니다. 그래서 도중에 여러 번 고쳤는데 우리 현대 문학의 관행으로 볼 때는 개작이라는 것이 일반적인 현상은 아니지만, 그것은 사무적인 불편 때문이지 사정이 허락된다면 소설이란 신문기사 같은 것이 아니니까 고칠 수 있다고 봅니다. 10년 전의 신문기사는 고칠 수 없겠지만 소설의 경우에는 원칙적으로 자꾸 교정이 되는 것이 옳다고 생각됩니다. 실제로는 그것이 어렵겠지만 그 주제에 대해 아직도 애착을 갖고 있기 때문에, 그리고 예술 작품의 경우 사진 같은 것을 제외한다면 개정하는 것이 원칙이기 때문에 고치게 되는 것이지요. 내 경우는 출판 여건 같은 것이 주어졌기 때문에 개정을 반복하게 된 것입니다.

전영태 「광장」의 경우에는 주제적 일관성 때문에 여러 번 개작이 되었습니다만 선생님의 작품 경향을 보면 일관되었다기보다는 다양하다는 느낌을 받습니다. 「광장」, 「가면고」, 「회색인」 등 지식인의 내적 고뇌를 다룬 작품, 「열하일기」, 「놀부뎐」 등 우의성이 짙은 작품, 전통과의 접맥문제를 다룬 희곡 작품, 소설적 실험을 시도한 「총독의 소리」, 「서유기」 같은 작품 등 다양한 작품을 써 왔는데, 이것은 작가적 다양성 때문인지 아니면 소설을 써 나가면서 변화의 모티브를 모색해서인지 그 점에 대해 말씀해 주시지요.

최인훈 이제 말씀대로 같은 소설이라는 형식 안에서도 몇 가지 계열이 있는 것 같고 장르조차 바꿨는데, 이것은 애초부터 그렇게 하겠다는 의식이 있었던 것이 아니라 그동안 죽 써 가면서 바뀌게 된 것이지요. 내가 작품 활동을 해온 그동안의 세월이라는 것이 우리 사회를 유지하고 있는 가치관의 안정성이나 정치 질서의 일관성에 굉장한 변화가 있었던 시댑니다. 물론 20세기 한국 자체가 그런 것이었겠으나 내가 작가로서 경험한 세월도 그런 변화의 시대였다 이거지요. 그런 경우에 여러 가지 대응태도를 취할 수 있을 것입니다. 어떤 고정 주제나 소재를 초점이 흐리지 않게 추구하는 작가도 있겠는데, 내 경우에는 중점을 여러 번 바꾼 것이지요. 소설을 써 나가면서 나타나는 여러 가지 문제를 그때그때마다 생각해보는 과정에서 소재도 달라지고 형식도 달라지고 장르 자체도 다른 희곡을 쓴다든지 하는 이런 변화가 나타나는 것이지요. 이것은 나로서는 생리적이고 필연적인 변화였고 그렇게 해서 지금에 이르렀다고 봅니다.

전영태 선생님 작품에는 시도 자주 삽입되는데 시에 대해서도 상당한 관심을 가진 것 같습니다만…….

최인훈 50년대에 ≪새벽≫지를 통해서 시로 추천받았으니까 형식적으로는 시인입니다. 그 이후에는 시에 대해 숙달이 안 되었다는 생각도 있었고, 좀 더 부연하고 설명할 수 있는 것이 소설이라는 생각에 소설에 주력하게 된 것입니다.

2. 예술의 폭은 무한하다

전영태 선생님의 소설에 대해서는 양극단의 견해가 있는 것 같습니다. 한쪽에서는 지식인의 내적 고뇌를 가장 치열하게 형상화한 작가라는 견해가 있고, 다른 쪽에서는 관념의 과잉, 소설적 형상력의 결핍, 인물의 육화 肉化가 잘 안 되어 있다, 소피스트케이션이라고 하여 비판을 하기도 합니다. 또 독자의 경우에도 선생님의 작품에 탐닉된 독자도 있고 거부반응을 보이는 독자도 있습니다. 여기에 대해 어떻게 생각하십니까?

최인훈 그런 비판의 말을 들으면 얼마간의 거부감이 없지 않습니다. 그러나 그럴 여지는 없다고 생각합니다. 내가 2~3년 소설을 쓴 사람도 아닌데, 인물의 육화가 어떻다든지 하는 얘기는 내 필법—이것도 묘사의 일종인데, 이런 묘사를 부지불식간에 어떤 특정한 묘사의 스타일을 기준이나 정통이라고 내세워 잘못 생각한 것입니다. 그런 이야기는 음악, 미술, 연극 등에서는 이미 하는 사람이 없을 것입니다. 피카소에 비해 렘브란트가 세부의 묘사에 있어 간추려졌다든지 소피스트케이션이 심하고 설명이 부족하다든지 하는 말을 아무도 안 할 터이고, 또 멘델스존과 베토벤을 비교해서 한 사람은 확실한데 다른 사람은 확산되었다든지 하지 않을 것입니다. 그런데 소설에서는 예술이라는 분야에 대한 인식적 파악이 확실치 않기 때문에 역사기술과 보도 문장 등과 말을 같이 사용한다는 데서 오해의 여지가 있습니다. 피카소를 좋아하는 사람이 렘브란트를 좋아하는 사람보고 왜 그 사람을 좋아하느냐고 말 할 수 없을 것입니다. 그런데 문학에서는 유독, 그것도 소설에서는 유독 그런 말이 가능한 것이, 이를테면 문학이라는 커다란 묶음 속의 한 주장에 불과한 것을 당연히 받아들여야 할 보편적이라는 주장이 아직도 성행하기 때문입니다. 내가 그동안 해온 작업 자체가 그런 것에 대한 반증이지요. 계몽적인 의미에서 아직도 그런 이야기가 되풀이된다면 퍽 곤란하다고 생각합니다.

전영태 저는 선생님 작품을 읽으면서 관념의 상세한 표백 같은 경향이 반드시 있어야 할 부분이라고 생각하는데, 어떤 이들은 이것이 불필요하지 않느냐 하는 그런 의구심을 품는 것 같습니다.

최인훈 그건 있을 수 있는 이야기입니다. 그것이 예술이 정치나 경제와 다른 점입니다. 정치나 경제에는 몇 개의 필연적인 코스가 있는데 특히 어떤 특정시기에 있어서 정치나 경제에는 무한한 코스가 주어져 있지 않습니다, 그런데 예술의 폭은 이념적으로 그보다 넓습니다. 다만 거기에서 예술 특히 문학이 당대사회의 현실적 상황과 초점을 맞추는 경우가 있는데 이것이 예술의 가장 바람직한 상황은 아닐 것입니다. 예술가가 경제 계획을 세운다든가, 정치백서를 작성한다면 그 말이 맞겠으나 예술이란 현재 가능한 것과 불가능한 것 또한 인간으로서는 언제나 불가능한 것까지 말이라는 주어진 자유를 가지고 자유를 이야기하는 것입니다. 이러한 자유를 잘못되었다고 생각하는 것은 깊이 생각해야 할 문제입니다.

전영태 소설이라는 것은 일정한 전형이 있는 것이 아니라 그 사회와 대응하면서 현실적 변화에 따라 끊임없이 형식을 바꾸는 것 같습니다. 선생님은 「총독의 소리」, 「서유기」 같은 작품을 통해 일련의 소설적 실험을 시도했는데, 이 작품에 대해서 '서사성의 포기'라는 말을 하는 이도 있습니다.

최인훈 어떤 작가가 당연한 이야기를 넘어서 이야기를 했을 때에는 그만한 내적인 필연성이 있는 것입니다. 「서유기」의 경우에는 서사적인 대하소설의 수법으로 쓸 수 있겠지만, 내가 의도하는 바는 그런 것이 아닙니다. 이 점을 이해한다면 그 소설의 세계에 일단 들어서서 그 소설의 논리를 찾아보려고 해야 감상이 성립될 것이에요. 이렇게 써서는 서식이 틀리니까 관용서식으로 바꿔라, 사제서식을 제출해서는 안 된다 하는 것은 예술에서는 성립될 수 없어요. 어떤 예술가가 새로운 형식으로 발언을 했을 때 그때부터 예술사에 그 형식을 등록하는 것입니다. 서사성이라는 것을, 횡적으로 시간의 변환을 통해서 주제를 전개하는 것이라 본다면, 「서유기」에서는 횡적으로 전개되었던 것을 수직으로 직립해 세워놓은 결과입니다. 이조 말에서 현재까지 이르는 한국 사회의 변화와 한국인의 사상과 가치관 감정을 옆으로 벌려놓은 것이 아니라 수식으로 세워서 현재 살고 있는 어떤 개인의 일점에 집약해서 세울 때 어떤 의미를 가지느냐, 이런 것을 다루었기 때문에 리얼하다는 의미는 그야말로 초등학생적인 리얼이라고 생각합니다. 왜냐하면 예를 들어 김옥균 같은 사람의 사상을 역사적으로 기록하는 것이 아니라, 지금 살아있는 사람의 두뇌 속에서 어떻게 기억되고 있느냐를 다루었기 때문입니다. 「서유기」는 한국 근대 정신사를 살아있는 사람의 머릿속에 1~2분 동안 재생시킨 일종의 말을 가지고 만든 순간기록재생기 같은 것이겠지요. 이런 의미에서 이 작품은 정말 고지식하고 초등학생적인 리얼함을 가지고 있습니다. 그리고 「총독의 소리」는 「서유기」하고는 조금 다릅니다. 「서유기」는 실험적 계열의 작품이지만, 「총독의 소리」는 한일협정이라는 해방 후 정치사회사의 새장을 여는 사건에 대한 한 지식인으로서 충격과 혼란과 위기의식을 폭발적으로 내놓기 위해서 소설의 통념적인 형식을 벗어나 보려고 했건 것이지요. 이 작품의 형식은 소설의 가장 원초적인 형태인 서간문 또는 일인칭 형식의 변형입니다.

전영태 연설이라고 하는 것이 어떻겠습니까?

최인훈 연설이라고 할 수 있지요. 살아 있지 않는 일본총독이 한국 서울 어딘가에서 잠복해서 이야기한다고 하는 것이 픽션인지 아닌지 반문하고 싶어요.

전영태 선생님은 실험부재의 문학적 풍토 속에서 누구보다도 먼저 실험을 시도한 작가, 앞서가는 작가, 새로운 것에 용감한 작가이기 때문에 얼마간의 오해가 있었던 것 같습니다. 보다 폭 넓은 예술적 포용력이 필요하다고 보아야겠지요.

최인훈 내 작품은 그렇게 써 왔으나, 한국 소설의 일반적인 모습에 관해서는 내 작품같이 써야 한다든지 하는 이야기는 한 적이 없어요. 다만 그러한 자리가 있어야 하고, 다른 어떤 훌륭한 계열이 있다 하더라도 그런 자리의 의미를 이해한다는 것이지요.

전영태 「태풍」 같은 작품은 신문연재 소설이었고 또 대단히 이색적인 작품인데 이 작품을 쓰게 된 동기는 어떤 것이었는지요?

최인훈 아리스토텔레스의 말대로 문학이란 '있었던 사실'만을 이야기하는 것이 아니라 '있음직한 사실', 즉 개연성을 이야기하는 것인데 「태풍」은 이러한 개연성을 이야기함으로써 소설이 픽션이라는 것을 밝힌 것입니다. 이 소설은 징병되어 한 한국인의 이야기인데, 『비록2차대전사』니 하는 책을 보면서 늘 느끼는 것이지만, 늘 남의 이야기를 하는 것 같은 느낌을 받습니다. 한국 사람은 늘 당하거나 속습니다. 이런 것이 못마땅했기 때문에 소설의 개연성, 픽션으로서의 소설로 내 나름대로 재구성한 것입니다. 그래서 이름도 철자를 바꾸고 지명까지도 픽션으로 처리한 것입니다 이를 테면 픽션의 에스페란토 같은 것을 만들어 본 거지요. 이 작품은 신문에 연

재되었지만 다행히 편집인들이 잘 이해해주어서 작가 나름대로의 이야기
를 할 수 있었습니다.

3. 이론 집필의 동기

전영태 선생님은 작품 활동 외에 문학이론이나 사회이론 같은 것을 많
이 발표하셨는데 이론 집필의 동기는 어디에 있으신지, 『문학을 찾아서』
나 『문학과 이데올로기』 같은 책에 이론적인 글들을 집적해 놓았는데, 그
이론들과 작품이 어떤 관계를 가지고 있고, 이론 집필을 통해서 어떤 소득
을 얻는지 그 점을 말씀해 주시지요.

최인훈 어느 시점에 이르니까 이론적인 에세이를 점점 자주 쓰는 데에
이르렀습니다. 그 동기를 살펴본다면 시대적 안정성과 관련 있는 이야기
가 될 것입니다. 종교관이나 윤리관, 정치의식이 안정된 시기가 있을 수 있
겠고 상대적으로 다른 시기에 비해서 문화적 전성기라고 할 수 있을 것입
니다. 그러나 그런 시대에 살지 못했기 때문에, 즉 과도기―엄격한 의미에
서는 모든 시기가 과도기지만―에 살았기 때문에 자기가 종사하는 분야에
대한 본질의 재파악과 자기 동일성에 혼란을 느끼게 되는 것입니다. 나는
젊었을 때부터 소설을 써왔지만 소설이 무엇이라는 것을 이론적으로 파악
하고 쓴 것은 아닙니다. 선행했던 작가들의 소설이 있었기 때문에 그것을
읽다보니 나도 소설을 쓰게 되었다 이것입니다. 소설이라는 것이 음악이
나 미술처럼 어느 정도 안정된 틀 속에서 변화하는 것이 아니라 자꾸 바뀌
어져야 하는 것인 만큼 소설 자체에 대해 생각하게 되고 각종의 가치관·
정치관·애정관 등을 생각하게 됩니다. 소설 자체가 그런 가치관을 다루
는 것이지만 집필하기 전 단계의 것들에 대해 자세하게 고찰할 필요가 있
습니다. 글씨를 오래 쓰면 잘 써지는 것처럼 소설도 기계적으로 숙련되게

쓴다면 잘 써지는 것은 아니라고 생각됩니다. 어느 정도 작품을 쓰다보면 갑자기 막막해지고 이제까지 쓴 것이 전부 무력해보이고 종이 위의 점 같아 보이고 해서 생생하게 내 눈에 들어오지 않아요. 자기가 쓴 글이 자기를 움직이지 못하게 되었을 때에는 자기를 뜯어보고 자기에게 힘을 주는 무엇을 발견해야 합니다. 사고를 정리하고 체계화하고 원천적인 결함을 점검해서 새로운 힘의 광맥에 자신을 접맥시켜야 합니다. 이런 작업은 문인, 예술가 또는 보다 넓은 의미에서의 정신의 노동자라는 관점에서 볼 때 의식의 작업이라고 보고 싶어요.

4. 외국체험 · 문학교육 · 독자

전영태 선생님은 미국생활을 3년 동안 하신 것으로 알고 있는데 미국에 체류하시면서 작가로서 느낀 점이라면 어떤 것이 있겠습니까?

최인훈 우선 미국 사람들이 한국을 생각하는 관점이 내가 여기서 한국에서 생각하는 것보다 비할 수 없이 왜소하다는 것을 느꼈어요. 미국사람들이 우리를 굉장한 상대방으로 느낀다고 나는 생각했었는데, 3년 동안 미국에서 배운 것 중 가장 큰 것은 미국인이 한국인을 경멸하는 것은 아니지만 그 사람들이 처리해야 할 문제에서 한국의 비중은 상대적으로 낮다는 것입니다. 미국인의 관심은 오히려 대서양을 중심으로 한 대서양 문화권에 있습니다. 그렇다고 해서 서양의 학문이나 사조를 배척해서는 안 되겠지만 이러한 미국인의 태도는 우리로서는 상당히 고려해야 할 부분이라고 생각합니다.

전영태 작가적 체험으로서 미국생활은 어떻습니까?

최인훈 상당히 좋았습니다. 서양을 책으로만 이해한 것이 아니라 지리적인 옷도 입히고 빛깔이나 냄새를 인지해서 관념에 옷을 입힌 것입니다.

구체적인 현장체험을 한 것이지요. 미국에서는 풍토적으로 충격을 느낀 것은 아니고 관념적인 신기함을 느꼈다고 할 수 있지요. 풍토적으로 새로운 것을 느낀 것은 미국보다는 오히려 그보다 먼저 했던 동남아 여행에서였는데, 그때의 신선한 감동이 계기가 되어 「태풍」을 쓰게 된 것입니다.

전영태 선생님은 작가 생활과 교수생활을 병행하고 있는 것에 만족하고 계신지, 그리고 학생들을 가르치면서 문학교육의 문제점 같은 것을 들 수 있다면 무엇인지…….

최인훈 학생들을 가르치면서 유쾌한 생활을 보내고 있어요. 그러나 여유가 충분하다면 작가생활에 전념하고 싶은 생각도 없지 않습니다. 그리고 문학교육에서 제일 문제가 되는 것은 학생들이 기본적인 독서량이 부족하다는 점입니다. 고등학교 교과서를 보면 고도의 체제를 갖추고 있는데 그것과 학생들의 실제적 또는 무의식적인 문학적 수준과는 너무 격차가 크다 이것입니다. 다이제스트 유의 책이나 읽고 해서 읽는 것은 기본적으로 적고 이론의 고도의 것이고 해서 거기서 괴리가 생긴 것입니다. 그래서 독서량을 늘리고 이론적인 지식을 주고 실작實作의 과제를 준다는 3중의 과제를 가진 셈인데 여기에 묘안은 없습니다.

전영태 독서량의 절대적인 빈곤이 문화의 위기를 초래하는 것 같습니다. 작가가 전달하려는 메시지가 전달이 안 되는 데서 작가와 독자 간의 단절감이 생기는 것 아닐까요?

최인훈 오늘날과 같은 정보사회에는 많은 분화된 지식이 사회에 유통되는데 이러한 시대에 있어 문학의 역할과 기능은 한 사회의 정보의 총체에 대해서 어떤 비유의 수법으로 상징화하는 것입니다. 그런데 독서량이 없으면 상징화가 아니라 도식화나 단편화의 염려가 생깁니다. 이제는 피라미드형의 독서층을 당연한 것으로 생각해야 판단기준의 혼란을 막을 수 있을 것입니다.

5. 희곡 장르로의 이행

전영태 선생님은 최근 소설 창작 활동은 안 하시고 희곡 집필에 주력하시는 것 같습니다. 앞으로도 계속 희곡만 쓸 것인지 아니면 소설도 쓰실 것인지, 그리고 희곡에 주력하게 된 계기가 무엇인지 설명해주시지요.

최인훈 「서유기」나 「총독의 소리」를 쓸 즈음부터 희곡을 써야 할 필연적 계기 같은 것이 생기게 된 것 같습니다. 희곡이 가지고 있는 고유의 전달형식에 관심을 가져야 했던 것이지요. 그리고 앞으로 희곡만 쓰겠다는 생각은 없습니다.

전영태 장르의 선택은 세계관의 문제이고 작가의 운명의 문제가 아니겠습니까? 소설에서 희곡으로의 이행은 작가적 세계의 근본적 변혁을 의미하지 않겠습니까?

최인훈 그렇습니다. 서사적 장르를 택했을 때는 사물을 시간과 공간성에서 발전하는 것으로 파악하는 것이지요. 그러나 장르의 선택이 세계관의 결정이라는 것은 그 속에 여러 가지 장르를 택한다는 것이 모순이라는 명제를 내포하는데, 나는 여러 장르를 다 택하는 것도 또 하나의 세계관의 표현이라고 생각합니다. 특정 장르만 선택하는 것에 흡족함을 느낄 수 없기 때문에 여러 장르를 택하게 되었습니다.

전영태 그런 선택에서 장르간의 충돌과 모순은 없을까요?

최인훈 그러나 충돌 · 갈등 · 모순은 한 장르의 선택에도 있습니다. 이 경우 그것들이 가지고 있는 갈등을 없애는 것이 아니라, 오히려 갈등과 갈등을 공존시키고 그 폭발에서 갈등이 타협되지 않을 때 다른 장르로 넘어가야 가겠지요.

전영태 선생님의 희곡 작품을 읽어보면 소설에서 다루었던 '잃어버린 옛날에의 순례' '옛날을 찾아서'등의 주제가 보다 심화되고 총체적으로 드러나는 것 같습니다. 한국인의 정신 기저에 놓여있는 전설, 민담, 역사를 다룬 작품이 거의 전부인데 이러한 희곡적 경향에 대해서 설명해주시지요.

최인훈 그 점은 C. G. 융의 틀로 설명할 수 있을 것입니다. 데뷔 이래 죽 써온 것들을 지금 정리해 보면 '인간의 의식과 기억의 문제'라고 압축할 수 있을 것입니다. 이것은 의식이나 기억 외의 다른 문제들, 예컨대 사회나 역사의 문제를 도외시했다는 것이 아닙니다. 어떤 예술가가 사과를 택했을 때는 사과만을 택했다는 것이 아니고 사과 속에다 우주를 집어넣었다고 보아야 합니다. 그런 의미에서 정보라는 것 자체, 말로 된 저술이라는 것 자체가 기억을 다루는 것이 사실입니다. 역사의 경우 그것은 추상화된 현실이며 지식이라는 의미에서 파악될 수 있을 것인데 문학은 사실의 재현이라는 데서 한 걸음 더 나아가서 구체적인 현실을 제시해야 합니다. 예술로서의 소설은 소재가 외부에서 온다고 하더라도 사실의 모방이나 거울이라고 생각할 필요조차도 없다는 것이 나의 견해입니다.

전영태 그래서 그런지 선생님의 희곡은 현실적이면서 환상적인 양면성을 지니고 있는 것 같습니다.

최인훈 그런 데서 오겠지요. 독자와 작자 사이의 공통의 성감대 같은 기반에서 그런 것이 오는데, 예술에 허용된 마지막 목적은 그것이 우리 민족에 고유하다는 것에 있지 않고 그것을 유리한 조건으로 삼아 궁극적으로는 그것이 어디에서 오는 것인가 하는 것에도 집착하지 않고 희곡을 읽는 순간, 연극을 보는 순간 이것은 조금도 양보할 수 없는 현실 자체라고 느끼는데 있는 것입니다. 내 희곡의 모든 주제는 의식과 기억의 문제인데, 말하자면 어떤 인물들의 머릿속에 있는 과거의 자기와 현재의 자기가 싸움을 벌이는 것, 어떤 의미로는 문명사적 의미의 인류적 의식 전체와 지금의 구체적이고 감각적인 자아와의 싸움을 하는 의식의 드라마가 겉으로 드러나는 상황을 해결하리라 생각합니다. 그런 관점에서 내 희곡을 주의 깊게 보아 주었으면 합니다.

전영태 되풀이되는 말씀입니다만, 소설가로서 앞으로의 계획은 없습니까?

최인훈 아직 희곡에서 쓰고 싶은 것이 많습니다. 아직도 미진함을 느끼고 흥이 덜 차서 희곡에 관심을 두지만 흥이 다 차면 시로 돌아갈 지도 모르고 어떻게 될지 모릅니다. 소설에서는 내가 하고 싶은 이야기는 거의 다 했습니다. 이것은 소설의 객관적 의미에서 모든 것을 다 했다는 말이 아니라 나라는 작가로서 하고 싶은 이야기는 다 했다는 것입니다. 「태풍」을 통해서 내가 하고자 했던 실험도 다 했고, 「광장」 이후 정치적인 것, 의식의 추적 등을 거의 했기 때문에 소설에 대해서는 절박한 생각을 가지고 있지 않습니다. 다시 소설을 쓰게 되면 쓰리라 생각하지만 현재로서는 희곡을 더 써 볼 작정입니다.

전영태 선생님의 희곡작품이 공연되었을 때 얼마나 공감 내지 만족감을 느끼셨는지…….

최인훈 원천적으로 전공이 아닌 분야가 아니라 희곡이라서 문학적인 미학 감각으로 쓴 것인데 무대에 나타난 것을 볼 때에는 내가 바란 것과는 다른 것이 대부분입니다. 좋은 공연도 없지 않았지만 내가 희곡을 쓸 때 바랐던 그런 것은 별로 없었습니다. 그래서 공연이 아니고 문학의 일종으로서 희곡에 중점을 두고 있습니다. 오히려 그쪽이 더 순수하겠지요.

6. 의식과 기억의 탐구 작업

전영태 선생님은 이북에서 월남하셨기 때문에 말하자면 실향민이라고 할 수 있는데 실향 작가적인 특징이랄까, 작품세계의 특이성 같은 것이 무엇이겠는지요?

최인훈 나는 6·25 발발 후 얼마 있다가 내려왔는데 그런 의미에서 실향민인 셈이지요. 실향민으로서의 문제는 결국 의식의 문제와 연결되는데

의식의 추적 같은 것도 실향과 관련이 있다고 정신분석적으로 말할 수 있으리라고 생각됩니다. 내 경우 나쁘게 말해서 관념적이다 무엇이다 하는 것도 실향이라는 것과 외적인 관련을 갖고 있을 겁니다. 모든 실향민이 의식 추구의 소설을 쓰는 것은 아니지만 내 경우에는 실향이라는 것과 기계적인 관련은 아니지만 어떤 관계를 맺고 있을 것입니다. 다른 사람은 어떨지 모르지만 작가라는 직업은 망각이 불가능합니다. 나는 고등학교 2학년 때 월남했는데 내가 작가이기 때문에 소년 시절의 기억을 잊는 것이 불가능합니다. 그리고 의식의 기억이 월남 후에 동질적인 것이 아니라 전혀 상반된 이질적인 것이었기 때문에 해결해야 될 큰 과제를 짊어지게 되었던 것이지요. 그래서 자기 속에 분열된 요소가 생겨 의식의 문제는 분열의 문제가 돼 버립니다. 그런 관점에서 내 소설을 보게 되면 내 소설의 어떤 주인공이든 자아통합에 성공하지 못하고, 분열 때문에 육체적으로 파탄하거나 일반적인 적응을 할 수 없는 지극히 문제적인 생활을 영위하는 주인공들입니다. 남성적이고 폭력적인 것을 억제하고 그 고뇌를 정신병적인 것으로 나타내지 않는 그런 인물들이 내 소설의 인물들입니다. 결론이 나지 않는 것을 폭력으로 해결하려 하지 않고, 프로이드적 의미에서 정신병에 걸려도 자기도피를 하려는 경향을 보이지 않고 그 직전에서 각성된 의식의 상태를 자신의 생물학적 에너지로 발광을 미연에 방지하기 위해서 생각하는 그런 유형이지요. 이런 것도 도피라고 말할 수 있을 지 확실히 말할 수 없습니다.

전영태 의식과 기억의 문제에 집착하는 것 자체도 도피라고 규정하고 '잃어버린 옛날을 찾아서'도 일종의 신기루라는 견해도 있는데요.

최인훈 그런 견해는 인간을 너무 괄시하는 것이라 생각합니다. 인간은 수백만 년 동안의 기술적 집적을 60년 동안 향유하고 사는 전율할 만한 신비한 존재입니다. 문학의 교육적 의미는 50만년 내지 100만년 동안에 축적한 정보의 총량을 일대에 그 핵심을 감각적·비유적 방법으로 충격적으로 제시하느냐에 있습니다. 사람이라는 것이 그렇게 굉장한 내용을 조절해야 할 존재일진대 어떻게 그것을 간단히 해결할 수 있을지 의심스럽기만 합니다. 우리 사회는 정치적인 상황을 차치하고라도 사회적인 변혁으로 본다면 새로운 지점에 들어섰습니다. 굉장한 기술과 굉장한 정보를 처리해야 하는데, 이러한 상황과 대치했을 때 문학이 고전적인 균제 된 형식으로 모든 것을 다 처리할 수 있는 만능의 것이냐에 의심을 품지 않을 수 없습니다. 이것이 내가 성인이 된 이후에 가장 큰 관심을 둔 문제입니다.

전영태 잘 알겠습니다. 선생님은 작품을 통해서 또는 이론적 에세이를 통해서 불교에 큰 관심을 표하고 전통과의 접맥문제에 있어 불교를 크게 부각시켰는데 이것도 우리들의 기억과 의식의 문제에 관련되는 것이겠지요?

최인훈 그전에는 그렇게 생각했는데 요즈음은 약간 다른 생각을 갖게 되었습니다. 나는 의식의 탐조자로서 불교를 파악하려 했는데 불교적인 것을 소설화하는 데 있어서 문제가 생깁니다. 즉 감각적 형상화의 문제에 있어 불교는 이론적으로 깊고 철학적이기 때문에 잘 풀리지 않습니다. 그리고 불교는 우리 민족에게 있어 오래된 것이지만 그보다 더 오래되고 뿌리 깊은 것이 무속입니다. 불교에서 말하는 업보나 윤회 같은 것도 인간의 무의식 속으로 깊이 들어가면 샤머니즘과 맥락이 닿는 것이겠지요. 인간의 의식을 인류학적 지층에 접맥시키는 데 있어서는 샤머니즘의 뿌리가 더 오래 되고 길게 뻗어 있다는 이야기입니다. 이것은 불교가 샤머니즘보다 못하다는 그런 의미가 아니라 의식과 기억의 차원에서 그렇다는 말입니다.

전영태 오랜 시간 감사합니다. 선생님의 의식과 기억의 탐구 작업에 보다 큰 진경이 있기를 기대합니다.

3. 나의 문학, 나의 소설작법

—홍성원

1. 소설의 장인匠人

전영태 선생님은 1964년 단편 「빙점지대」, 「기관차와 송아지」, 장편 「D데이의 병촌」을 발표하며 화려하게 문단에 데뷔했습니다. 이후 꾸준히 작품 활동을 계속하시는 동안 사람들이 흔히 선생님을 '소설의 장인'이라고 일컫게 되었습니다. 이런 호칭에 대해서 선생님은 어떻게 생각하십니까?

홍성원 남들이 그렇게 말하니까 나도 그런가 보다 하고 있습니다만 사실 나는 그런 명칭에 대해 못마땅하게 생각합니다. 장인이라고 하면 영혼이 없는 기술이 연상되기 때문에 내 소설이 그런 것은 아닌데 라는 생각이 듭니다.

전영태 사람들이 그렇게 말하는 것은 독자들에게 늘 안도감을 주는 소설, 바꿔 말해서 다 읽고 나서 이 작가의 작품은 내 기대를 저버리지 않는구나 라는 생각을 갖게 하는 소설을 써 왔기 때문이라고 생각합니다. 견고

한 문체, 중후한 구성, 뛰어난 재미, 이 세 요소가 선생님 소설의 특징이라고 생각하고 싶습니다. 이 세 요소에 대해 말씀해 주시지요.

홍성원 문체라는 것은 표현의 대상과 조화를 이루어야 한다고 생각합니다. 내 소설의 문체는 소재에 따라 다르기 때문에 분류하기가 불가능합니다. 굳이 내 소설 문체의 특징을 든다면 과장된 것을 억제하는 것이라 할 수 있습니다. 형용사, 부사를 절제해서 가급적 수식어를 제한합니다. 어떤 이는 내 문체를 헤밍웨이와 연관시킵니다만, 한국어와 영어는 어순도 다르고 음절도 달라서 그와 나의 문체를 비교할 수는 없다고 생각합니다. 예를 들어 'He said'라는 문장은 2음절이지만 '그는 말했다'라고 하면 5음절입니다. 헤밍웨이를 좋아하기는 하지만 언어 자체가 다르기 때문에 본질적인 영향을 받을 수 없었습니다. 소재가 요구하는 문체를 표현하기 위해서 노력해야 합니다. 그러다보면 내가 쓴 것 같지 않은 문체가 나타나기도 하는데 「즐거운 지옥」 같은 경우가 그 대표적인 예입니다. 소재가 요구하는 문체가 개발되지 못했을 경우 문장을 쓰는 속력이 더뎌지고 파지만 나오고 50매를 쓰느라고 한 달을 보내기도 하지만 결국 못 쓰게 됩니다. 이럴 땐 공격을 잘못했구나, 이 소재에 대해서는 이런 문장을 하는 것이 아니었구나 하는 것을 깨닫고 전면적으로 고쳐 쓰게 됩니다.

전영태 그렇다면 구성에 대해서는 어떻게 생각하십니까? 건축의 설계 같은 것인지, 아니면 구성이라는 것이 별도로 존재하지 않고 종합적 요소의 구현이라고 생각하시는지…….

홍성원 구성이라는 것은 테마를 독자들에게 가장 정확하게 전달하는 틀이지 건축의 도면같이 정형이 있는 것은 아닙니다. 「무사와 악사」 같은 중편의 경우 마지막 장면에서 방향이 전환되어서 3분의 1만 살리고 나머지는 다시 쓰게 되었고, 장편 「남과 북」에서는 주인공의 운명까지 바꿨습니다. 즉, 죽게 되는 인물이 살고, 살게 되는 인물이 죽는 그런 상황으로 변한 것입니다. 이 경우는 쓰는 과정에서 결말이 뒤바뀌게 된 예입니다.

전영태 데이쉬스라는 비평가는 소설비평의 제1기준은 재미라고 했습니다. 선생님 소설의 중요한 특징인 재미에 대해서 말씀해 주시겠습니까?

홍성원 '재미'라고 했을 때 그 '재미'가 문제입니다. 우리가 재미있는 소설이라고 했을 때 재미에는 두 가지 종류가 있습니다. 하나는 고급독자가 느낄 수 있는 재미이고 하나는 저급독자가 느끼는 재미인데 내 소설의 경우에는 이 두 가지를 통합한 재미가 나타난다고 봅니다. 독자층이 다양하기 때문에 하이 브로우한 것과 로우 브로우한 것을 통합함으로써 많은 사람에게 재미를 느끼게 할 수 있습니다. 나는 재미없는 소설은 소설의 중요한 결격 사유를 내포한 소설이라고 생각합니다. 재미가 없으면 소설의 생명력은 잃고 맙니다.

2. 소설은 소설이다

전영태 소설이란 '문제적 현실'에 대한 투쟁과 갈등을 그리는 것이다, 라는 정의가 있는데 이런 정의와 관련해서 선생님의 소설관에 대해 이야기해 주시지요.

홍성원 소설이 무엇인가라고 했을 때 흔히 소설의 기능과 공리성을 연상하는데, 이것이 소설을 잘못 생각하는 원인이 됩니다. 소설이라는 것은 그것이 무엇이라고 간단히 정의하기 곤란합니다. 소설은 독서의 대상물로서 우리의 제한된 시간과 공간을 뛰어넘어 간접적 경험을 제시하는 예술의 일종입니다. 이 점은 분명합니다만, 소설은 현실비판이다, 소설은 현실과의 투쟁을 그려야한다, 따위의 말들은 분명한 말이 될 수 없습니다. 소설에는 분명히 이것이 소설이라는 공통 기반이 있습니다. 그런데 나는 그런 공통 기반이 깨져야 한다고 생각합니다. 한마디로 말해서 소설은 소설입니다. 어떤 특정한 틀도 없고 약속도 없는 표현 형태이지요. 그것은 어떤 형식으로 전달돼도 무방합니다.

전영태 그런데 선생님의 소설은 그런 공통 기반 위에 세워진 것이고, 매우 전통적인 소설 같은데…….

홍성원 그런 사람들이 생각하는 소설과 우리 문학인이 생각하는 소설은 본질적 차이가 잇지요. 그런 사람들은 파란만장한 이야기가 곧 소설인데, 우리 작가의 눈으로 보면 그런 것은 티피컬한 인생이고 스트레오타입의 삶입니다. 그런 사람들은 별문제가 안 되는데, 문제는 문학권 밖에 있는 전문인, 예를 들어서 의사나 변호사 같은 사람들이 문학을 오해하는 것이 문제입니다. 이런 사람들은 도스토예프스키나 카뮈를 읽고 한 사람들인데, 그들이 생각하는 문학이 바로 그런 것들이지요. 나름대로 문학에 대해 고도의 지식을 가지고 있다는 사람들이 한국 소설이나 나 자신의 소설에 대해 이러쿵저러쿵 비판하는데, 나는 그런 경우 이렇게 말합니다. 나는 전문적 지식이 없기 때문에 당신들이 하고 있는 일들에 대해서 일체 간섭을 안 하는데, 당신들은 내가 하고 있는 작업에 대해서 무엇을 알고 있으며, 얼마나 시간을 들여서 그것을 알려고 했는가. 모르면 가만히 있어라 이겁니다. 읽은 독자의 관점에서 문학을 아는 것과, 20년을 소설을 써서 문학을 하는 것은 질적으로 다른 것입니다.

3. 특징을 내세우지 않는 특징

전영태 선생님 작품을 체계를 세워서 읽거나 연구하려고 할 때 곤란한 점은 우선 작품량이 방대하다는 것이고, 두 번째로는 뚜렷한 특징을 찾기 힘들고 작품을 분류하기가 곤란하다는 점입니다. 작가론을 쓰려는 사람에게는 이 점이 극복되어야 할 문제인데, 이런 말씀 많이 듣지 않으셨습니까?

홍성원 내가 늘 억울해 하는 것이 그 점입니다. 나는 내 작품들의 특징은 이것이다, 라는 특징을 내세우지 않는 것이 특징이라고 생각합니다. 어떤 사고의 틀에 갇혀서 그것만을 파고드는 것을 나는 싫어합니다. 다양한 소재를 탐구하고, 여러 가지 가능성을 모색해서 중복되지 않는 작품을 창조하는 것이 나의 작가적 의도입니다. 또 하나 내가 불안스럽게 생각하는 것은 내 작품이 쉽다는 이야기입니다. 내 작품이 쉬운 것은 내가 체질적으로 쉽게 써서 쉬운 것이 아니라 애써 쉽게 표현하자면, 말하자면 '만들어진 쉬움'인데, 그것은 자연스럽게 써 나가기 위해서 내가 노력한 결과입니다. 또 내 작품에는 지문보다는 대화가 많이 나옵니다. 이것에 대해서도 오해가 있는 듯한데, 이것은 우리 문학에 행동적인 면이 결여된 데 대해서 내 나름대로 불만을 느끼고 의도적으로 대화를 많이 사용했기 때문입니다. 「역조」라는 장편에서 그것을 본격적으로 시도했는데, 어떤 상황을 묘사된 글로 표현하지 않고 행동 속에서 생략된 지문을 찾아내라 이것입니다. 이렇게 함으로써 템포를 빨리할 수 있고 드라마틱한 상황 전개가 가능해집니다.

전영태 지금 말씀하신 소설의 특징은 말하자면 작품의 작품론이 되겠는데요, 이런 방법론이 단편·중편·장편에 똑같이 적용되는 것입니까, 아니면 구별이 되는 것입니까?

홍성원 나는 단편·중편·장편 중 어떤 특정한 장르에 애착을 갖지 않습니다. 단편은 현실의 한 국면을 강렬하게 조명하는 것이고, 장편은 삶의 과정 전부를 그리는 것인데 중편은 내 경우 어느 쪽이냐 하면 단편이나 장편을 쓰다가 얻어집니다. 어떤 사람은 장편소설만이 '소설'이라고 하는데 나는 그렇게 생각하지 않습니다. 우리나라의 경우 단편의 수준은 세계 어디에 내놓아도 그 수준을 인정받을 수 있을 정도입니다. 제임스 조이스나 헤밍웨이 같은 사람들은 훌륭한 단편을 많이 썼지 않습니까? 단편을 잘 쓰는 사람은 장편도 잘 쓸 수 있습니다.

전영태 신문소설도 많이 쓰신 것으로 알고 있는데, 신문소설의 제약과 한계에 대해서는 어떻게 생각하시는지요?

홍성원 신문소설이 청탁되었을 때 우선 곤란한 것은 2000매 이상의 장편을 연재되기 한 달 전에 써달라는 것입니다. 이런 주문 자체가 신문 소설을 일종의 소모품으로 생각하는 것입니다. 이것이 신문연재의 맹점인데, 나는 신문소설의 개선은 작가에게 책임감을 지워줌으로써 가능하다고 봅니다. 연재되기 6개월 전쯤에 청탁을 하고, 연재 되는 동안 모든 것을 작가에게 책임을 지워줌으로써 작가는 보다 생각할 시간이 많아지고 부담이 커집니다. 아울러 신문기업인과 신문편집인의 구분이 있어야 될 거라고 생각합니다. 기업인 쪽에서 부수와 관련해서 소설을 보는데 신문소설에 관한 한 편집인이 전권을 가져야합니다. 이렇게 신문소설의 개선 방향을 얘기해 봅니다만, 사실은 신문연재를 수락했다는 것은 나쁜 의미로 말한다면 작가가 상업주의와 결탁했다는 말을 피할 수 없지요. 신문사에서 신문소설을 소모품으로 보려고 하고 작가는 그 그물로부터 도망쳐서 자신의 이야기를 써보려고 하는 데서 갈등이 생깁니다. 내 경우 몇 작품은 이런 갈등에서 벗어난 작품도 있어요. 연재되기 전에 내가 어느 정도의 독자 선은 유지하겠다고 약속하고 나름대로 써나간 예인데 그런 작품들은 그런대로 성공한 작품들이 아닌가 생각합니다.

4. 독서 체험—현실적 국면의 정리

전영태 선생님 소설의 주요 경향으로 도시 지식인의 고민의 근저를 해부하여 현대의 모호한 정신세계를 분석하는 것을 들 수 있겠습니다. 그런 해부와 분석의 과정에서 상당히 전문적인 지식이 동원되고 있는데, 선생님의 독서체험에 대해 말씀해 주시지요.

홍성원 나는 소설을 쓰는 사람이지만 소설은 잘 안 보고 사회과학 책과 논픽션 쪽을 주로 읽습니다. 사회과학 서적은 우리가 난해한 현실에 부딪혔을 때, 엉클어진 현실의 국면을 분석하거나 종합하게 하는 정신적 얼개를 만들어 주고, 또 논픽션은 허구가 첨가되지 않은 날 것으로서 현실을 보여주고 우리가 접하기 힘든 상황을 통해 인간의 극한 상황, 기묘한 상황을 보여줍니다. 이것이 작가들에게 어떤 자극을 주는가 하면 그런 상황에 허구를 가미했을 때 변화할 수 있는 가변치를 크게 확대시켜준다는 것입니다. 그런 의미에서 논픽션은 중요한 독서 대상물이 되는 것이지요. 나는 사회과학 분야에서도 특히 역사서와 철학서를 즐겨 탐독합니다. 한때 야스퍼스에 심취해서 실존적이고 정신분석적인 문명비판을 다룬『현대의 정신적 위기』같은 책을 열심히 읽었으며 요즈음에는『야만적 인간』등의 책을 재미있게 읽었고 역사서를 읽고 있습니다.

전영태 좋아하시는 작가나 영향 받은 작가는 어떤 분들입니까?

홍성원 우리 세대의 다른 작가와 비슷한 이야기인데, 도스토예프스키의 영향을 받았다고 할 수 있겠고, 헤밍웨이도 좋아합니다. 우리 소설의 경우에는「임꺽정」같은 소설을 즐겨 읽었고 1930년 대 말의 ≪문장≫을 뒤지면서 최명익의「장삼이사」같은 작품을 좋아했습니다. 그 잡지에 수록된 작품 중에는 형편없는 작품들도 많이 있었으나, 몇몇 작품은 매우 뛰어난 것들이었습니다. 나 자신이 영문과를 수학했지만 셰익스피어나 밀턴 등에는 질려버렸습니다. 셰익스피어나 밀턴이 아무리 위대한 작가라 하더라도 나로서는 볼만한 작품들이 별로 없었습니다. 어떤 이들은 밀턴을 강의하면서 감탄과 감동을 전달하려고 애를 씁니다만 소설을 쓰는 데는 큰 도움을 주지 못했습니다.「일리아드」,「오디세이」같은 것도 그렇습니다.「일리아드」를 읽다가「오디세이」는 포기해 버렸습니다. 그런 작품들에는 서양에 너무 편향되어 있어서 나에게 큰 감동을 주지 못한 것이지요.

5. 일상적 삶·바다·문학

전영태 선생님 작품에는 자신의 일상적 삶이 그대로 투영된 작품, 예를 들어 「서울보통시민」이나 「즐거운 지옥」 같은 작품이 있습니다. 그런 소설을 쓰게 된 동기는 무엇인지요?

홍성원 내가 생활에서 직접 취재를 하는 것은 손쉬운 데서 찾겠다는 것이 아니라 내 생활에 어떤 자각적 질서를 부여하기 위해서입니다. 「탈신」 같은 작품도 그렇고, 「주말여행」은 좀 다르긴 하지만 자각적 질서를 찾는다는 데서는 마찬가지입니다. 어떤 사람은, 특히 내 주변에 있는 몇몇 친구들은, 자신이 등장하는 이야기는 보고 소설이라는 것이 별것 아니라는 투의 비난을 하는데, 그것이 그렇게 간단한 것은 아닙니다. 생활 속에 새로운 리듬을 부여하기 위해서는 자신의 가장 직접적인 삶을 체크할 필요가 있는 것이지요. 머릿속에 지식이 꽉 차 있으면서도 왜 우리는 가난하게 살아야만 하는가를 생각하다 보면 잔소리도 나오고 투정도 쏟아집니다. 지식인이 제대로 대접받지 못하고 박해받는 풍토 같은 것이 내 작품에 자주 등장하는 이유도 그런 것들 때문입니다. 작가의 삶은 생활인으로서의 삶과 작가로서의 삶, 이렇게 이중 구조로 되어 있습니다. 이 두 삶은 어떻게 균형 있게 조절해 가느냐가 나로서는 커다란 문제입니다.

전영태 선생님 작품에는 바다가 자주 나옵니다. 최근에 발표하신 「일부와 전부」에서도 데모꾼이었던 주인공이 낚시 안내인이 되어서 겪는 정신적 고뇌가 그려지고 있는 그 배경은 바다이고, 또 최근에 출간된 「잃어버린 출발」이라는 장편도 비슷한 상황이 설정되어 있습니다. 내륙지방인 합천에서 태어났기 때문에 바다가 그리움의 대상으로 잡힌 것인지 평소에 낚시를 좋아하기 때문에 바다가 작품의 모티브가 된 것인지 자못 궁금합니다.

홍성원 나는 합천에서 태어나기는 했지만 자라기는 강원도 고성에서 자랐습니다. 지금이 이북이 되어서 가 볼 수는 없지만, 그곳에서 자라면서 늘 바다와 가까이 생활했고 외국인들의 별장 같은 것을 늘 보면서 컸지요. 그래서 그런지 몰라도 나는 바다를 무척 좋아합니다. 나의 작품에 나타나는 바다를 정신분석적으로 해명해 본다면 상당한 흥미가 있을 것입니다. 내가 바다를 그리워하는 것은 더 이상 단순할 수 없는 한 개의 선으로 된 구도 때문입니다. 바다에는 시선이 머물 만한 대상이 없어 눈길을 거둬 자기 안을 들여다보게 되는데, 사람들은 그때 까닭 없이 허망해지는 것이지요. 나는 낚시 가서 폭풍우가 몰아쳐 낚시를 할 수 없을 때에도 바닷가에 나가 앉아 바다를 바라봅니다. 바다는 무한한 잠재력을 가지고 있는 역동적인 실체이지만 뜻밖에 관대합니다. 바다의 질펀한 물은 무한한 포용력을 내포하고 있습니다.

전영태 카뮈의 작품에도 바다가 자주 등장하지 않습니까? 자신의 바다와 어떤 점에서 차이가 난다고 생각하는지?

홍성원 카뮈의 바다는 주로 지중해가 그려져 있습니다. 알제리라는 식민지와 불란서를 사이에 둔 지중해는 카뮈에게 어떤 장벽의식을 갖게 했을 것입니다. 따라서 분명히 말할 수는 없지만 그의 바다는 자기 실존의 장벽으로서 혹은 자신을 가두는 바다인데 비해서 나의 바다는 열린 세계이며 무한한 가능성입니다. 우리나라의 육지에서는 지평선을 볼 수 있는 데가 김제평야 등을 제외하면 별로 없지 않습니까? 그것도 지평선 끝에 무언가가 조그맣게나마 가로막았습니다. 그러나 바다는 그렇지 않습니다. 트리비얼 한 삶에서 탈출과 원시의 충동 이런 것들을 바다는 만족시켜줍니다.

전영태 낚시를 좋아하는 것도 그런 이유 때문이겠지요?

홍성원 말하자면 그렇습니다. 원시의 충동을 만족시키는 데 가장 좋은 취미로는 사냥을 들 수 있겠지만 사냥은 우리 형편과는 맞지 않고 또 바다를 좋아하니까 낚시를 하게 된 것이지요. 호랑이 사냥 이야기를 다룬 「폭

군」이나 소 돼지 도살 이야기를 다룬 「역류」 등은 원시의 충동을 정면에서
다룬 작품이지요. 그런데 요즈음에는 바다에 잘 나가지 않고 있어요. 무엇
보다도 시간을 빼앗기기 때문입니다. 낚시를 하면서 많은 소재를 구한 것
도 사실이지만 그냥 낚시만 다녀서는 바다나 어항에 대해서 자신 있게 쓸
수 없지요. 관심을 가지고 정확하게 관찰해야만 쓸거리가 생깁니다. 그리
고 바다를 소재로 하더라도 관심은 역시 인간과 현실의 문제입니다.

6. 소설비평의 방법과 소설적 진로

전영태 아까 선생님이 말씀하셨다시피, 평론가나 주변 사람들이 자신의
작품을 곡해하는 경우가 많이 있습니다. 특히 평론가는 어떤 틀을 세워 거
기에 끼워 맞추려고 하는데 선생님은 그 틀에 끼워 맞추기를 작품 자체로
거부하고 있습니다. 소설비평의 방법이나 비평에 대한 불만이 있으시면
이 기회에 한번 말씀해 주시지요.

홍성원 내가 비평에 대해서 화를 내는 것은 내 작품을 욕하거나 내 작품
의 가치를 폄하하기 때문이 아닙니다. 그보다는 내 작품을 소홀히 다루어
서입니다. 작품에 대해서 별로 관심도 갖지 않고 그저 지나가는 말투로 툭
던져 버리면 그보다 화나는 일이 없습니다. 그런 비평보다는 가만히 말없
이 있는 비평, 사일런스 크리티시즘silence criticism이 보다 나을 것입니다.
그런 성의 없는 비평을 보았을 때 모욕당한 기분을 느낍니다. 비평은 무엇
보다 작품에 대한 애정에서 출발해야 합니다. 그 작품이 잘 되었든 못 되었
든 애정에 바탕을 두고 그 작품을 분석 평가해야 할 것입니다. 물론 작가에
게까지 애정을 느끼란 소리는 아니지요. 비평 대상은 어디까지나 작품이
니까 말입니다. 애정이 결핍되어 있으니까 도스토예프스키, 포크너니 하
면서 저쪽 작품과 대비시켜 우리 문학작품을 비하하는데, 이점은 특히 외

국문학을 하는 사람들이 흔히 지니고 있는 병통입니다. 나는 외국문학을 공부했지만 우리 고전이나 식민지 시대의 문학작품을 나름대로 열심히 공부했습니다. 우리 문학작품에 대한 애정이 결핍된 상태에서 외국문학 작품만을 치켜세우는 것은 일종의 넌센스입니다.

전영태 조연현 선생도 『한국현대문학사』 서문에서 한국문학사는 애정이 없이는 서술할 수 없는 문학사라는 얘기를 했었지요. 비평뿐만 아니라 창작이나 독서도 문학에 대한 애정에서 비롯되어야 할 줄 알고 있습니다. 그럼 이야기를 바꿔서 홍 선생님 자신은 자신의 작품이 문학사적 관점에서 자리매김을 한다면 어디에 위치해 있다고 생각하시는지 설명해 주시지요.

홍성원 군이 말하자면 나 자신은 60년대 작가라고 할 수 있겠지요. 4·19를 전후한 세대들이 흔히 그렇듯이 사회 전반의 상황에 대해서 큰 불만을 가졌고 그 불만의 분출구가 소설이었던 것입니다. 직접적인 공격 대상은 현실이지만, 현실에 대한 공격은 일차적인 것이고 간접적인 대상으로 내면적인 정신적 제약들을 타파하기 위해서 애를 썼던 것입니다. 나하고 비슷한 궤도를 걸은 작가로 김승옥, 박태순, 이청준, 서정인 등을 들 수 있겠습니다. 이들은 물론 각기 다른 경향의 작가이지만 한 가지 공통점을 갖고 있는데, 그것은 모국어의 가능성을 넓게 펴 보였다는 것입니다. 모국어의 가능성은 어휘를 개발했다거나 참신한 표현을 구사했다는 하는 것이 아닙니다. 그보다는 모국어적 발상법에 개혁을 가져왔다는 것입니다. 즉 생각하는 방법의 변화, 나아가서는 세계관의 변화까지 추구하는 의미에서 모국어의 확충을 꾀했다는 것이지요. 내 소설도 이런 궤도에서 크게 벗어나는 것이 아니지요. 모국어의 가능성의 확충, 이것이 내 소설의 주안점입니다. 언어적인 면도 그렇지만 발상법이 더 큰 문제입니다.

전영태 지금까지의 창작생활이 그런 방향으로 진행되어 왔다는 것을 잘 알겠습니다. 그렇다면 앞으로 어떤 구도 하에 소설을 써 나아가실 것인지,

스스로 생각하시는 소설적 진로에 대해서 한 말씀…….

홍성원 소설적 진로라는 이야기는 나에게 있어 매우 중요한 문제라고
생각합니다. 나는 앞으로 역사의 의미에 대해 깊이 생각해보려고 합니다.
우리가 흔히 역사에서 의미가 있다고 생각하는 것이 과연 당대의 삶에서
어느 정도의 의미를 갖는 것인지 이 문제를 따져보고자 합니다. 역사의 주
류라는 것은 올바른 목소리를 자주 깔아뭉개버립니다. 올바른 목소리가
힘 앞에서 좌절되는 경우를 너무나 자주 보아오지 않았습니까? 올바른 목
소리는 소리 높이 외쳐보아도 어느새 역사 속에 수렴되어 자취를 감추고
맙니다. 역사라는 것이 과연 정당한 것인지 이것부터 의심하지 않을 수 없
습니다. 역사란 무엇인가, 근본적인 질문을 던져보고자 합니다.

전영태 K. 포퍼는 『역사주의의 빈곤』이라는 책에서 역사는 반란에 성
공한 장군들의 역사이고, 횡포한 왕의 역사이며, 이간질에 성공하는 간신
들의 역사, 권력에 기생하는 잡놈들의 역사라고 말한 바 있습니다. 그가 생
각하는 역사란 '모든 사람들의 역사' 특히 통치자의 지배에 시달리는 민중
의 역사인데, 이 점은 어떻습니까?

홍성원 흔히 그런 말들을 하지요. 그런데 민중의 의미라는 게 묘합니다.
민중, 민중 하지만 민중은 어떤 의미에서 정의를 압살시키는 장애물 같은
것이기도 합니다. 불의가 성립되었을 때 아무 말도 없이 침묵하는 민중은
얄미운 민중이며 야만적인 민중이고 무책임한 민중입니다. 민중에 큰 기
대를 걸고 있는 사람조차 민중의 이런 속성을 잘 알고 있습니다. '민중의
배반' 또는 '대중의 반란'이라는 말이 나오는 것도 이러한 맥락에서입니
다. 내가 해결하고자 애를 쓰는 문제가 역사와 민중의 문제이고, 또 하나는
예술이라는 것이 과연 많은 사람들의 희생을 바탕으로 해서 이루어져야
할 행위인가 하는 문제입니다. 무슨 말씀인가 하면 얼마 전 자바에 있는 큰
불사를 보면서 그 거대함과 아름다움에 찬탄한 바가 있는데, 그때 이런 생
각이 들었습니다. 저 불사를 짓기 위해서 얼마나 많은 사람들의 목숨과 노

력이 희생되었는가 하는 생각 말입니다. 물론 그 불사를 세움으로써 통치자는 국민적 일체감을 형성할 수 있었고 정치적 불만을 억누르는 통치술을 구사할 수도 있었겠지요. 그래서 결국 불사 건립된 것인데 그 희생은 어디서 보상받을 수 있겠습니까?

전영태 동원된 사람들이 신앙심을 가지고 일을 했을 경우도 생각할 수 있지 않겠습니까?

홍성원 물론 그렇습니다. 그러나 그런 사람은 극소수에 불과할 것이고 또 신앙심이 있다고 해서 희생의 대가가 신앙심이라고 말하기도 곤란합니다. 나는 그래서 이런 문제를 포괄적으로 다루기 위해서 임진왜란을 제재로 하는 장편소설을 구상하고 있습니다. 상층 구조, 즉 임금이나 신하, 장수가 치르는 전쟁이 아니라 하층 구조, 즉 이름 없는 백성들과 무명의 용사들이 치르는 전쟁을 그려보고자 하고 있습니다. 임진왜란이 가지고 있는 의미는 상당한 것입니다. 임진왜란을 제재로 한 소설은 이미 많이 나와 있지만 실록에서 크게 벗어난 것은 아니기에 내가 서술할 수 있는 서술 영역은 아직도 미개지로 남아 있습니다. 그 미개지에 한번 진입해 보려 합니다.

전영태 선생님이 데뷔 장편이 「D데이와 병촌」이고 또 「6·25」라는 대하 전쟁소설이 있는데 이번에는 임진왜란을 다루시게 되었군요.

홍성원 내가 전쟁에 주목하는 것은 허위로부터 본체가 드러나기 때문입니다. 죽음 앞에서의 반응은 누구나 정직하지 않을 수 없습니다. 용감한 사람은 장렬하게 죽고 파렴치한 사람은 비겁하게 죽습니다. 사실 끝까지 파헤쳐 본다면 장렬하게 죽든 비겁하게 죽든 죽는다는 것은 마찬가지입니다. 그럼에도 불구하고 그것은 문젯거리를 던져 주는데 그것은 허위와 본체의 문제입니다. 내가 「D데이와 병촌」을 쓰게 된 것은 군대생활을 헛되이 보내지 않기 위해서 내가 알 수 있는 한 모든 것을 군대에서 보고자 했던 결과였고, 「6·25」를 쓴 것은 '6·25'라는 민족적 대사건을 통해 분단의 제 양상을 뚜렷하게 부각시키고 분단 상황이 강요하는 희생이 어떤 것들인가를 제시하기 위해서입니다. 임진왜란은 내가 처음 써보는 역사소설이고 해서 이에 관계되는 책을 섭렵하고 나름대로 자료를 상당히 정리했지만 나로서도 어떻게 될지 궁금합니다.

전영태 「6·25」는 우리의 민족적 비극을 정면에서 다룬 호한한 거작인데 의외로 널리 알려져 있지 않은 것 같습니다. 그러나 작품적 가치에 대해서는 이미 상당히 정립된 것으로 알고 있습니다. 새로 손대시는 역사소설도 그에 못지않은 훌륭한 대작이 될 것을 기대하고 있겠습니다. 모쪼록 좋은 작품이 산출되기를 기대하겠습니다.

4. **나의 문학, 나의 소설작법**

― 이청준

1. 자기 구원의 몸짓

전영태 선생님은 1965년 ≪사상계≫에 「퇴원」으로 등단을 했으니까 오랜 세월에 걸쳐 소설을 써오신 셈이 되겠습니다. 그동안 작가생활을 지속해 오시면서 소설의 기능에 대해 생각하신 점이 많을 줄 압니다. 소설의 사회적 기능 또는 예술의 본질로서 소설의 기능에 대해 말씀해 주시지요.

이청준 그게 제일 어려운 질문일 텐데요. 지금의 생각보다는 그동안의 생각을 정리한 것을 이야기하자면 두 번째 창작집 『소문의 벽』의 후기에다 소설 공부하는 이유를 기본적으로 '자기구원을 위해 쓴다'라고 이야기 하였고, 그 이후에도 '자기구원'이라는 것을 잘못 생각하고 있다고 여기지 않아 굳이 수정을 안 하고 있습니다. 그러면서도 자기구원의 방식이 다른 사람의 삶의 뿌리에 닿아서 다른 사람의 구원에도 관계가 맺어지기를 바라고 보편성을 획득하는 단계까지 확대되었으면 좋겠다는 욕심을 갖게 되었지요. 그러나 우선은 남보다는 자기 문제가 앞서는 것이겠지요. 이런 내용을 후기에다 썼고 그 다음에는 「지배와 해방」이라는 작품에서 그 내용을 좀 더 구체화했다고 할까, 자기해설이라고 할까 하는 것을 썼는데, 자기구원의 문제가 무엇인가 하는 것을 이 작품에서는 현실과 개인, 현실과 이념적 개인의 대결에서 늘 패배하는 사람들이 소설을 쓰게 되는데, 소설은 현실적인 지배력이라든가 복수 감행보다는 갇힌 방 안에서 그리고 내부에서 자기를 패배시킨 사회에 복수하고 이념적으로 지배하려는 노력이라고 썼습니다. 기본적으로 소설의 기능은 자기와 관계되는 것이지만, 작가라는 공인된 직업으로서 독자와의 관계를 맺는 직업이 될 때에는 사회적 책임이라는 것에 관련되는데, 출발 자체는 현실에 대한 복수나 개조 의지 이념적인 지배 욕망에서 시작되지만, 독자와의 관계라는 면에서 살펴보면 독자는 작가에게 지배당하고 복수당하기 위해서 책을 읽느냐하면 그런 것은 아니지요. 이 점에서 작자와 독자가 서로 상치되는 것입니다. 그렇다면 그 화해관계를 찾아야 하는데, 작가가 현실의 사회를 지배하는 방법은 기본적으로 두 가지가 있을 수 있습니다. 하나는 복수수단이 '자유'여야 한다는 것이지요. 자유로 개조하고 자유로 지배하고 자유로 복수해야 한다는 것—역설적인 이야기 같지만 내부에서 자기구원의 문제와 상관해서 패배당하는 이유가 자기 확대가 저지당했을 때, 자유제약이라든가 질서나 규범에 의해 패배당하는 것이므로, 작가가 현실을 지배하려는 의지나 목적은 늘 자유와 상관이 있는 것이지요. 지배수단이 자유일 때는 역설적으로 그것은 지배가 아니고 해방이라는 뜻이 됩니다. 작가의 사회적 책임은 사회 자체가 유연성을 가지게 하고 그 마당을 넓히는 해방의 길로서 자유를 모색한다는 데 있는 것입니다. 또 한 가지는 작가가 현실을 지배하려고 할 때 '자유'나 복수의 심리를 추구하는 것이 현실적인 자유나 복수의 심리가 아니라는 것이지요. 그것은 이념적인 것이므로 만약 그 지배나 복수 같은 것이 현실에서 이루어진다면 작가는 그 자리에 남아 있을 수 없습니다. 그래서 다음 단계로 자유가 규제받고 있는 보다 넓은 문을 향해 그 현장을 떠나게 되는 것이지요. 그런 의미에서 작가는 이상주의자일 수밖에 없지요. 작자와 독자와의 관계에서 첫째는 지배수단이 자유를 꿈꾸는 것이 되고, 둘째는 현실을 지배하려는 것이 아니라 그것이 꿈으로 제시되고 그 꿈이 현실에서 이루어졌을 때는 작가는 거기에서 떠나서 없기 때문에 그런 면에서는 작가의 지배라든가 복수를 독자 쪽에서 거부하거나 작자와 상충되지 않을 수도 있지 않겠나 하는 것을 「지배와 해방」에서 썼는데, 지금도 그 견해는 별로 바뀌지 않았습니다.

전영태 지금 말씀에서 '복수'라는 말을 자주 사용하셨는데 꼭 '복수'라고 표현해야 할까요? 도전이라든가 현실극복이라는 용어를 쓸 수 있지 않겠습니까?

이청준 독자에 대한 책임이라는 면에서나 사회적 기능이라는 면에서는 '복수'라는 말이 적합하지는 못하지만, 지배하는 것이 해방의 길이라는 의미에서 '복수'라는 표현도 괜찮을 것 같습니다. 작가는 독자를 위해서 쓰고자 하지만 자기 자신을 위해서도 쓰는데, 그 때 작가는 자기 복수심으로부터 해방되는 부분이 있지요. 그러니까 복수를 행하면서 복수 자체에서 해방되는 것이지요.

전영태 한국작가 중에서 선생님만큼이나 쓴다는 행위나 소설의 의미에 대해 집요한 집착을 가지고 그 문제를 해명하려고 한 작가도 없을 것 같습니다. 작품을 쓰는 데 제약을 주는 상황과 작품 제작의 현실적 여건에 대한 불만에 대해 말씀해주시지요.

이청준 우선 표현의 자유문제를 들 수 있는데, 그것은 사람에 따라서 느끼는 강도가 각기 다를 터이고, 그보다 더 심각하다고 느끼는 현상은 듣기 싫은 소리를 많이 듣게 되는 것입니다. 시내버스를 타면 운전수가 트는 유행가라든가 소음 같은 것을 다 들어야 되는데 그런 것이 듣기 싫은 소리의 예가 되겠지요. 표현의 자유문제는 적극적인 면에서 문제이고, 듣기 싫은 소리를 듣는 것은 소극적인 문제이지만, 두 가지 다 문학의 표현수단인 말의 기능과 공과를 따지지 않고는 이야기가 될 수 없습니다. 말의 내용에 대한 반성도 중요하지만 소설이라는 말의 질서 자체에 대해서도 늘 반성을 해야 합니다. 그래서 말에 대해 반성을 하다보니까 어떤 경우는 침묵을 생각하게 됩니다. 노자의 『도덕경』 첫 구절에 나오는 "말로 표현된 것은 진실이 아니다 道可道 非常道 名可名 非常名"라는 말은 서양적 논리로서는 말이 되지 않지만 우리의 경우에는 말이 된다고 생각합니다. 소설이나 시의 경우 말을 적절하게 표현한다고 하지만 어차피 선택이기 때문에 그 선택이 글 쓰는 사람으로서는 가장 미덥지 못합니다. 침묵이라는 것은 사고가 없는 것이기도 하지만 선택되지 않은 사고의 저변을 포함하기 때문에 거기에 오히려 진실이 있지 않은가 생각합니다. 서양 소설에서는 우리나라 소설이나 일본 소설처럼 말없음표가 없고, 대화가 계속된다거나 해설적 지문으로 침묵을 표현하는데, 우리나라 소설의 경우에는 침묵을 통해서 상황을 이해시키거나 이해할 수 있지요. 그러니까 우리 소설의 경우에는 침묵도 하나의 화법으로 받아들여지는데, 서양에서는 그런 것을 인정하지 않지요. 왜 침묵이 화법으로 등장하게 되었는가를 규명해 볼 필요가 있습니다.

2. 존재적인 삶, 관계적인 삶

전영태 지금까지 말씀하신 것들을 포괄적으로 형상화한 것이 선생님의 작품 전체라고 생각합니다. 특히 말의 본질이나 말의 사회학을 소설적으로 규명하고자 한 것이 '언어사회학서설'이라는 부제 또는 '잃어버린 말을 찾아서'라고 명칭을 붙일 수 있는 연작들을 통해서 나타났고, 다른 하나는 문화 공간에서 장인匠人들의 삶이 가지는 의미를 규명하려는 경향의 작품들로 나타났습니다. 이 두 계열의 작품들은 언뜻 보아서 그 방향이 서로 엇갈리는 것 같지만, 사실상 작가의 삶의 모습을 차원만 달리해서 표현하고 또한 그 두 경향이 변증법적으로 지양됨으로써 삶의 전체적인 모습을 조명할 수 있는 계기를 마련하고자 한 것이 아닌가 싶습니다. 선생님 작품의 이 두 가지 모습에 대해 설명해주시지요.

이청준 이제까지의 작품을 정리해보면 '언어사회학서설' 시리즈와 '남도 사람들' 시리즈가 있는데, 먼저 쓴 것은 '언어사회학서설'이었지요. 이들 시리즈에 안 들어간 작품들도 있는데, 그 작품들도 이 속에 들어갈 수 있겠지요. 현실과 가까운 것을 쓰다보니까 도회적인 삶과 삶의 현상에 먼저 주목하게 되었지만, 마음 한구석에는 내가 태어나고 성장한 토속적인 삶에 늘 관심을 가지고 있었습니다. 존재적인 삶과 관계적인 삶 두 가지가 나에게는 가 중요하다고 생각합니다. '남도사람들' 시리즈와 '언어사회학서설' 시리즈의 완결편으로 「다시 태어나는 말」을 쓰게 되었지요. 존재적인 삶이나 관계적인 삶, 이 두 가지가 나 한 사람의 삶의 두 양상이므로 한 가지가 둘로 표현되는 것입니다. 그러니까 원래 있었던 삶을 표현하는 것이 존재적인 삶의 '남도 사람들' 시리즈이고, 사람과 사람의 관계를 다른 것이 '언어사회학서설' 시리즈인 셈입니다.

전영태 그런데 선생님 소설을 읽는 평범한 독자로서는 '언어사회학서설'은 말이라는 추상적 개념에 대한 고차원적인 사변이라고 느껴져서 좀 어렵다는 생각을 갖게 되고 그래서 '남도사람들' 시리즈에서 보듯 토속적인 삶과 장인의식의 분석과 해석에 보다 큰 관심을 갖는 것 같습니다. 장인들의 이야기란 다름 아닌 작가 자신의 삶과 소설을 향한 작가의 집념을 소재로 바꿔 이야기한 것인데, 독자들은 그런 점보다는 다채로운 이야깃거리, 소재의 특이성, 흥미를 집중시키는 사건 전개에 더 큰 관심을 쏟게 됩니다. 이러한 독자들의 반응에 대해 어떻게 생각하십니까?

이청준 앞서 이야기했다시피 내 작품의 두 가지 경향은 한 가지 삶의 두 모습입니다. 하나는 원래 있었던 자신의 모습이고 다른 하나는 다른 사람과 섞이는 삶인데, 독자들로서 어느 한 가지만 흥미를 갖는다면, 작가가 이 두 삶의 모습을 균형 있게 이야기 하는 것을 이해하지 못하게 됩니다. 나는 그러한 독자의 반응에 대해 두려움을 느낍니다. 두렵다는 말 대신에 염려된다는 말을 써도 무방합니다. 어느 한 면만 알게 될 때, 그리고 어느 한 면만 강조하게 될 때 삶의 총체성을 획득하지 못하는 것이 아니겠습니까?

전영태 선생님의 다채로운 작품경향이나 주제 전개가 삶의 총체성을 획득하기 위한 진지한 작가적 노력의 결과라는 것을 잘 알겠습니다. 이 질문도 그런 것과 관련이 있겠습니다만 제재적 특이성이라든지 새로운 주제 추구에 그렇게 큰 역점을 두시는 이유는 무엇이겠습니까?

이청준 문학이 정치와 다른 것은 어떤 이념이 있으면 정치는 같은 구호를 구현하는 것인데, 문학은 신념도 중요하고 태도도 중요하지만 같은 신념, 같은 태도, 같은 방법으로는 문학이 하나의 호소이기 때문에 허용이 되지 않는 것입니다. 그래서 주제 면에서 변용 내지는 변주를 해야 하고 이야기하는 방법에도 변화를 가져오지 않으면 안 됩니다. 남의 모방도 해서는 안 되지만 더욱 어려운 것은 자기 모방의 경향에 빠지지 않는 것이지요. 자기모방에서 탈피하려면 주체가 되어 다른 얼굴처럼 보이면서 밑바탕에 깔려 있는 것은 일관되게 유지해야 합니다. 녹자가 작품을 읽으면서 "그 사람 이야기는 전번하고 같네."하게 되면 그 사람 소설은 다시 읽을 필요가 없는 것이 아니겠습니까? 소재도 같은 것을 되풀이 이야기하면 구호가 된다고 이야기할 수 있지 않겠습니까? 결국 알아보기 어려울 만큼 제일 깊이 들어 있는 것은 작가의 경우 한두 마디 말이겠지만, 독자가 계속해서 그 한 마디를 이해하기 위해서는 자기 변화를 주제에서나 소재 또는 이야기 방법에서 변주를 하지 않으면 안 됩니다. 그런 것을 지나치게 의식해서도 안 되지만 그럴 필요는 있습니다,

3. 피가 통하는 삶의 세계

전영태 선생님께서는 이제까지 많은 소설을 써 오셨는데, 장편소설은 그렇게 많은 것 같지 않습니다.「당신들의 천국」,「낮은 데로 임하소서」외에 중편과 장편의 중간지점에 있는 작품들이 많은데, 선생님의 장편소설에 대해 말씀해 주시지요.

이청준 장편이라는 장르라는 것이, 원고지 1000장 내외의 것을 장편이라고 한다면「씌어지지 않은 자서전」,「조율사」등도 있습니다. 이런 작품들을 스스로 느끼기에 중편이라고 생각하는데「춤추는 사제」,「낮은 데로 임하소서」도 장편이고 이번에 막 탈고해서 조판 중에 있는「제3의 현장」이라는 작품도 있습니다. 이 작품은 전작소설인데, 제목이 무엇으로 나올지 아직 모릅니다. 그런데 어떤 것을 중편이라 하고 어떤 것을 장편이라고 할지 애매합니다. 길이로만 따질 수도 없고 해서 말입니다. 분량으로는 장편이라고 할 수 있는데 중편인 것이 섞여 있는 형편입니다.

전영태 장편소설 중에서「당신들의 천국」은 소록도의 나병원을 취재했고, 문둥이라는 사회에서 철저하게 소외된 인간상을 주요 등장인물로 삼았기 때문에 여러모로 특이한 작품입니다. 또 조원장이라는 개성 있는 인물의 내면적 실상과 허상이 철저하게 해부·분석되고 있어서 주체적인 면에서도 상당한 충격을 주는 작품입니다. 이 작품이 선생님의 작가생활에서 차지하는 비중이랄까 의미는 어떤 것입니까?

이청준「당신들의 천국」을 쓰기 전까지는 주로 우리가 살아가면서 그 삶을 가장 잘 포괄할 수 있는 말들―자유·행복 같은 좋은 말들이 살아있는 현상에서 어떤 의미를 가지는가에 대해 주로 썼었지요. 삶을 포괄하는 말이 광범위하면 할수록 존재적인 삶, 관계적인 삶, 자유 등을 보다 넓게 포괄할 수 있다는 생각을 가졌지요.「지배와 해방」이라는 작품에서 그때까지 내가 삶에 대해 이해했던 것을 거의 전부 정리를 했었습니다.「당신들의 천국」에서 그것을 좀 더 피가 통하게 하고 생생한 삶의 현장에서 의미를 갖도록 한 것이지요. 그리고 취재 과정은 내가 살던 동네에서 바로 그 이웃이어서, 소풍도 가고 방학 때 놀러가기도 하고, 어떤 면으로는 그곳에 대해 잘 알고 있었습니다.

4. '관념적' — 부정확한 비평용어

전영태 선생님 작품에 대해서 일부 비평가들은 관념적인 것의 과잉을 지적하기도 하고, 심리적 분석 일변도를 들어서 현실적인 해결 방법을 모색하지 못하고 관념 속에서만 해결된다, 그래서 답답한 느낌을 받는다, 등의 말들을 하고 있습니다. 이런 부정적인 방향의 비평을 포괄해서 비평에 대한 전반적인 생각들을 말씀해 주시지요.

이청준 비평에 대해서 한마디로 이야기하면 작가가 그 비평을 어떻게 받아들이느냐에 문제가 있다고 생각합니다. 작가가 다 옳을 수도 없고 비평가가 작가를 전반적으로 해명할 수도 없는 것인데, 다만 작가가 자기에게 아픈 부분을 어떻게 받아들이느냐 하는 것이 문제입니다. 필요한 것이나 아픈 데는 아픈 대로 빨아들이는 것이지요. 때로는 작가로서 못마땅한 지적도 있지요.

전영태 구체적으로 어떤 지적들입니까?

이청준 바로 아까 지적한 '관념적이다'라는 것입니다. 부정적 견해가 작가 쪽에서 느끼고 있는 것을 옳게 지적했을 때는 그것을 받아들입니다만, 어떤 경우 비평가의 그런 지적을 다시 살펴보면 그 비평가는 손해보고 있지 않나 하는 생각을 가질 때도 있습니다. 그것은 그 소설의 긍정적인 면은 어떤 문맥으로서는 전혀 못 보고 못된 점밖에 보지 못한다면 비평가 쪽에서의 손해라는 생각입니다. 비평을 확대해서 독자들의 반응이라는 면에서 보면 독자들이 '관념적' '심리 분석적' 등의 느낌으로 거부반응을 갖는다는 이야기가 되겠는데, '관념적'이라는 말은 정확한 비평용어가 아니라는 말을 먼저 할 수 있을 것 같습니다. 특히 제 작품에 적용되는 용어라면 더욱 부정확한 말입니다. '심리적'이라는 말은 행위나 작품의 근거를 설명하기 위해서 쓸 수도 있겠지만, '관념적'이라는 말은 행위가 덜 보이고 근거가 불확실하다는 의미인데, 그렇다면 그 용어는 내 작품을 설명하는 데 부정확한 용어입니다.

전영태 작가 김은국의 말로는 한국의 독자나 비평가들 또는 작가까지 사상적 훈련을 철저하게 쌓지 않았기 때문에 주제의 이념적 전개를 충분히 이해하지 못하고, 그런 것을 딱딱한 것, 관념적인 것, 추상적인 것이라고 생각한다고 하는데, 그런 말에 대해 동감하십니까?

이청준 그런 견해는 아까 드린 말씀과 비슷한 견해입니다. 독자에게서 듣는 이야기로 가장 이상적인 것은 한글을 해독하면 초등학교 학생부터 일흔 살의 노인에 이르기까지 누구나 다 감동을 받을 수 있는 그런 작품을 써야하는데 그것은 전혀 불가능한 이야기입니다. 사람들이 갖고 있는 감성의 높이와 세상을 이해는 지적인 높이는 제각기 다르기 때문에, 나와 제일 가까운 사람은 내가 도달해 있는 그 부분의 사람이고 그들은 나를 쉽게 이해합니다. 어떤 작가를 보고 '관념적'이라 하는 것은 우리 경우 한 작가가 모든 사람들에게 읽혀져야 한다고 생각하기 때문에 그런 것입니다. 문화라는 것도 어느 면에서는 자꾸 추상화되고 있는 과정입니다. 가시적이고 구체적인 것에서부터 추상적인 질서를 부여해 가고 있는 과정이지요. 나와 가까운 사람들은 내 소설을 '관념적'이라고 하지 않는데, 매우 조심스러운 말이지만 안 읽어도 무방한 사람들은 '관념적'이라는 말을 합니다. 더욱 관념적인 사람들은 관념적이라고 하지 않고 그렇지 못한 사람들이 '관념적'이라고 하는 셈이지요. 작자나 비평가, 독자가 자신에 맞는 작품을 찾아서 읽으면 되는데, 작가들에게 너무 전반적인 것을 요구하는 경향이 있습니다.

전영태 개인적인 생각으로는 사고의 훈련 내지 사상적인 수련을 하는 데 있어서 선생님 작품이 일종의 텍스트 역할을 하고 있다는 생각이 듭니다. 특히 문학에서 어떤 추상적인 깊이를 탐구하고자 하는 학생들이 선생님 작품을 열심히 읽고 분석하려고 합니다. 신춘문예 평론부분에 응모하는 작품 중 상당수가 선생님 작품을 다루고 있는 것도 한 예가 될 터입니다.

이청준 작가 쪽에서는 분석당하는 것보다 감동을 주는 것이 좋은데, 지금 말씀하신 것처럼 텍스트라고 하면 좀 안 좋고 궁극적으로는 감동을 주어야겠지요.(웃음)

5. 한국문학의 조건

전영태 선생님은 독문과를 졸업하시고 작품 활동을 계속해 왔는데, 외국문학을 전공한 작가로서 혹은 한국에서 작품을 쓰고 있는 작가로서 한국문학의 특징이랄까, 한국 소설의 조건에 대해 어떤 생각을 갖고 계신지……

이청준 첫째로 말씀드릴 것은 외국문학을 전공했다고 하지만 제대로 하지 않았다는 것입니다.(웃음) 구태여 넓게 비교할 필요도 없이 가까운 일본과 비교해 보면 어떤 면에서는 일본은 소설거리가 별로 없는 나라이고 우리는 그렇지 않다는 것입니다. 소설가가 꿈 꿀 수 있는 삶의 양상이 현실에서 이루어진다거나 근접할 수 있게 되면, 소설가가 살아남으려면 그 현실보다 훨씬 앞서서 삶의 보다 아름다운 모습을 보여 주어야 합니다. 그렇게 되면 소설가의 걸음이 너무 빨라지게 되고 소설가가 남아 있을 수 있는 이유가 없어지게 되지요. 일본문학의 경우 자꾸 내면화되고 소위 정신의 형태가 비밀 쪽으로 가게 되는 데 비해서 우리는 거기까지 안 가도 즉, 현실 자체의 사진사 역할만 해도 충분히 작가 노릇을 할 수 있단 말이에요. 오해의 여지도 있는 말이지만 어떤 면에서는 우리 작가들은 오히려 행복하지 않은가 하는 생각도 듭니다. 물론 상황의 압력을 견뎌내는 노력은 대단히 큰 힘을 요구하고 있지만 그러나, 할 말이 많다는 점에서는 형태적인 면에서 크게 힘을 기울이지 않아도 될 무엇이 있다고 말할 수 있겠지요. 이번에 노벨문학상 수상자인 윌리암 골딩의「후계자들」이란 소설의 경우, 인간의 삶과 말이, 특히 말이 인간의 삶에 무엇을 보태느냐를 다루고 있는 소설인데, 말이 태어나면서부터 지배와 피지배가 이루어진다는 소설이에요. 이처럼 정신의 형태에 관한 것이 이루어진 사회에서는 정신의 형태에 큰 관심을 쏟게 되는데 비해서 남미의 소설 같은 데에서는 사회제도나 풍속이 소설의 표면에 나타납니다. 우리가 그 쪽 작품을 보면 그쪽과 비슷해서인지 라틴 계통의 소설이 보다 힘 있어 보이고 인간을 더욱 뚜렷이 석명釋明하고 있는 느낌이 듭니다.

전영태 현실에서 받는 압력이 크면 클수록 그것을 견뎌내는 힘도 생기고 또 그것을 극복할 수 있는 혜안도 갖게 됩니다. 그런 의미에서 우리나라 작가는 행복하다고 하셨는데, 최근 어느 잡지에 한국문학을 공부하는 한 외국인이 우리 소설을 '한 타령'이라든가 '분단연극' 등으로 풀이하는 것을 읽고 상당히 불쾌하게 생각했는데, 그런 견해에 대해서는 어떻게 생각하십니까?

이청준 그에 대한 직접적인 말씀을 드릴 수 없고 다만 이런 점은 말씀드릴 수 있을 것입니다. 즉 한국의 현실을 가장 잘 이해하는 사람은 한국작가를 포함해서 한국인이라는 사실입니다. 외국인이 보는 견해에도 경청할 만한 것이 있겠지만, 한국인이 몸소 겪고 느끼는 것만 하겠어요? 한국소설의 경우에는 엄살적 표현이라는 것도 꽤 큰 힘을 갖는 것이지요. 엄살이라는 것은 현실에서 느끼는 아픔보다 더 작에 표현되는 것인데, 엄살도 큰 아

품으로 표현될 수 있고, 통상의 의미보다 더 큰 것을 전달할 수 있는 것이
지요.

6. 다시 태어나는 말

　전영태 작품집 『자서전들 쓰십시다』의 책머리에 선생님 스스로 쓰신
약력과 간단한 수상을 보면 서울생활에 대한 집착과 서울생활에 대한 환
멸이 동시에 나타나 있음을 알 수 있습니다. 그리고 서울과 시골생활을 번
갈아 하실 때도 꽤 많은 것으로 알고 있는데 고향에 대한 선생님의 생각은
어떤 것인지요?

　이청준 제 생각은 작가에게 있어 삶의 현장은 그저 견딜 뿐이지, 결국은
못 견디고 못 살 곳이라는 생각이에요. 서울에 있으면 시골 생각을 하게 되
고 시골에 있으면 서울에 있어야 한다는 생각을 하게 되지요. 결국 현장에
서의 삶은 견디는 삶일 따름입니다.

　전영태 「귀향연습」 같은 작품에 선생님의 그런 생각이 잘 나타나 있다
고 생각하는데, 그 작품의 '나'는 고향 근처까지 갈 뿐이지 고향에는 들르
지 않고 있습니다. 이것은 고향이라는 이미지를 고향에 직접 찾아감으로
써 훼손시키지 않으려고 했기 때문이겠지요?

　이청준 '귀향지'라는 마지막 장소까지 파괴될지 모른다는 두려움 때문
에 고향 근처에만 간 것이지요. 고향 근처의 '기태'라는 친구 집에 '내'가
머무르게 되는데, 그 친구는 자신이 살고 있는 곳이 천국이라는 무지에서
오는 아집으로 귀향지의 이미지를 깨뜨립니다. 그래서 결국 '나'는 서울로
되돌아오게 되는 것이지요.

　전영태 이야기를 다시 원점으로 돌이킵니다만, 말이라는 것이 갖고 있
는 힘에 대해서 회의를 느끼고, 말보다 더 우월하고 더 가치 있다고 생각되

는 것, 예를 들어 신앙적인 것에 귀의함으로써 작가생활을 포기하는 경우도 있지 않습니까? 그런 작가에 대한 생각을 들려주시지요.

이청준 나는 문학의 출발점은 하나님에 대한 등짐에서 시작된다고 생각합니다. 물론 말보다 가치 있는 그 무엇이 있을 수 있겠지요. 그러나 문학에서는 기본적으로 그리고 궁극적으로 말이 문제입니다. 말의 질서나 힘의 가능성과 한계를 끝까지 탐구해야 되겠지요. 작가가 말이나 글자를 버리지 않는 것은 직업인으로서 직장을 버리지 않는 것과 비슷한 점도 있겠으나, 그것은 무엇보다도 자기구원의 길을 포기하지 않겠다는 뜻이지요. 앞서 말씀했다시피 완성된 것, 완벽한 것이 구해졌다면 더 이상 소설을 쓸 필요가 없을 것입니다. 소설은 그런 의미에서 구원에 대한 확신을 보이는 것이 아니라 확신을 갖는 길을 보이는 것입니다. 나는 아직 말을 버릴 단계가 아니라고 생각합니다. 최근에 끝마친 「제3의 현장」이라는 소설도 궁극적으로 그런 문제를 다루고 있는 것이지요. 그리고 작품을 쓰는 데 있어서 가장 힘든 것은 형태와 내용이 맞아 떨어지기 어렵다는 점입니다. 장인 이야기를 하게 되면 '옛날에 했더란다' 식으로 이야기해야 되고 구성 자체에 기교를 부려서도 안 됩니다. 그런가 하면 부조리를 이야기할 때에는 구성 자체도 무엇을 이야기하는 것인지 잘 모르도록 설정해야 합니다. 문제는 정직한 말이 얼마만큼 힘을 가지는 것이냐 하는 것이지요.

전영태 지금까지 써온 작품들을 내면적으로 혹은 실질적으로 정리하셨는데 앞으로의 계획은 어떻습니까? 특별히 구상하고 있는 작품이나 작품 경향에 대해 설명해 주시지요.

이청준 특별히 구상하고 있는 작품은 없습니다. 다만, 「소문의 벽」에서처럼 소설에 대한 회의, 말에 대한 회의를 주제로 한 소설을 써놓고, 다시 말해서 소설을 쓸 수 없다는 소설을 써놓고 이제 더 무엇을 쓸 것인가가 문제였지요. 말과 말의 사회에 대한 책임과 기능에 관한 것을 나름대로 정리해 놓았습니다만, 아직도 말에 대해서 철저히 분석할 여지가 있습니다. 요즘은 동화에 대한 생각을 많이 하게 됩니다. 아동을 위한 동화를 아니지만 동화의 세계에 대해 관심을 두고 있습니다. 동화란 상상력이 집약되고 있는 장르이고 현실에서는 용납이 안 되는 어법도 용납되는 장르입니다. 그 전에 두어 편 동화를 써 본 일도 있고, 그 장르의 가능성 때문에 동화를 생각하고 있습니다.

전영태 선생님께서 쓰실 동화가 어떤 형태로 언제 발표될 것인지 궁금하군요. 그 동화 역시 '다시 태어나는 말'의 의미를 갖게 되겠지요. 감사합니다.

5. 우리 모두 꼴찌에게 갈채를

―박완서

1. 거친 경험 속에 핀 문학의 꽃

요즘 세대들의 소설엔 감동이 없다는 말을 흔히 한다. 피를 흘리며 체득한 절절한 체험이나 찐득찐득 묻어나는 삶의 흔적들이 그만큼 부족하다는 얘기다.

그런 면에서 볼 때 작가 박완서의 글은 튼튼한 바탕을 미리부터 갖고 있는 셈이다. 삶의 밑바탕을 통째로 뒤집어 놓았던 6·25를 경험한 것이나, 그 이후 그의 삶에 몰아닥쳤던 크고 작은 사건과 변화가 누구보다도 컸기 때문이다.

우리가 박완서의 글을 대하며 격하지 않으면서도 오래가는 감동을 느끼게 되는 것은 이러한 진한 경험이 가장 보편적인 삶을 통해 조명되고 있어서인 경우가 많다. 한 시대의 가치관이 글이라는 매개체 속에 완전히 용해되어 있되 가장 평범한 사람, 가장 일상적인 삶을 통해 이야기되고 있기 때문이다.

마흔의 나이에 소문 없이, 조용히 등단하여 팔순을 바라보는 현재까지도 왕성한 작품 활동을 하고 있는 작가 박완서. 자잘한 주변 이야기를 엮어가면서고 통렬한 사회 비판을 글 속에 숨겨 놓기를 잊지 않는 작가. 글에서 보여주는 탄탄한 모습처럼 깔끔하고 짜임새 있게 꾸며 놓은 그의 집을 찾았다.

전영태 바쁘신 중에 시간을 내주어 감사합니다. 어머니와 작가 관점에서 청소년들에게 도움이 될 만한 좋은 말씀을 해주시기 바랍니다. 먼저 선생님의 지난날에 비추어 우리시대를 살아가는 청소년들이 지녀야할 바람직한 청소년 상에 대해 말씀해 주시죠.

박완서 제가 어렸을 때와 비교해보면 학생들의 생각이 너무 많이 변했어요. 우리 세대엔 먹고 입는 것만 해결돼도 다행으로 여겼기 때문에 다른 것에 한눈 팔 겨를이 없었는데, 요즘엔 모든 것이 풍족하다 보니 오히려 중요한 것을 잊고 지내는 것 같아요. 그러나 보니 청소년들의 심지가 부족한 것 같고……. 부족함과 고생도 경험해 봐야 자신의 삶을 똑바로 바라볼 수 있는 힘이 생길 겁니다. 자신이 나아갈 바를 스스로 개척해 나가는 청소년이 바로 우리시대를 살아가는 바람직한 청소년의 모습이라고 생각합니다.

2. 획일화된 삶에 대한 거부

전영태 선생님의 작품을 보면 방금 말씀하신 것처럼 어려운 처지 속에서도 꿋꿋하게 자신의 삶을 살아가는 청소년의 모습을 자주 볼 수 있습니다. 특히 전쟁 속에서도 자신의 삶을 일으켜 세우는 젊은이들의 모습은 감동을 주는데, 그런 작품을 통해 청소년들에게 하시고 싶은 말씀은 어떤 것이었는지요.

박완서 전쟁이라는 절대적인 힘 앞에서 나약해질 수밖에 없는 인간의 모습과 그런 극한 속에서도 자신의 삶을 펼쳐나가는 모습을 얘기하고 싶 었습니다. 물론 밑바탕을 이룬 것은 제가 전쟁 동안에 겪었던 좌절이나 고 통들이었지요. 결국 전쟁이 일어날 수밖에 없었다면, 그것을 극복해 나가 야 할 뒤 책임은 전쟁을 일으킨 우리들에게 있을 것이며, 이 모든 것을 극 복하기 위해서는 또 다른 희망으로 새 삶을 시작해나가야 합니다. 이런 생 각 때문에 제 작품 속에 당찬 젊은이들이 자주 등장했을 겁니다.

전영태 전쟁을 혹독하게 겪은 기성세대들의 경우 다음 세대들에게 지나 칠 정도로 자신의 경험을 주입시키는 경우가 있습니다. 그것에 대해서는 어떻게 생각하십니까? 그것 때문에 세대 간의 격차가 심해지는 경우도 있 습니다만.

박완서 자신들의 경험을 무작정 다음 세대에게 강요하는 것은 옳지 못 합니다. 또 말로 경험을 전달하는 데는 한계가 있기 때문에 자칫 넋두리가 될 수도 있구요. 특히 아직까지도 전쟁의 악몽에 시달리고 있는 우리 세대 들에게서 흔히 볼 수 있는 '빨갱이 콤플렉스'는 이해는 가지만 조심해야 할 것입니다. 내 자식이 빨갱이가 될까봐, 혹여 내가 빨갱이로 지목될까봐 노심초사했던 지난날들의 경험 때문에 이 문제에 대해서는 아직까지도 지 나치게 민감한 것이 사실입니다. 하지만 중요한 것은 그런 체험을 알려주 는 것이 아니라 그 경험을 뛰어 넘는 것이라고 생각합니다.

전영태 지난 시절의 상처를 뛰어 넘어야 한다는 말씀은 '이산가족'의 아 픔도 적절하게 극복해야 한다는 뜻이겠지요.

박완서 물론입니다. 그러나 이산의 아픔을 극복해야 한다는 의미는 단 지 헤어졌던 가족들을 만나게 해주고 부둥켜안고 눈물을 흘리게 해준다는 의미와는 뜻이 다릅니다. 「그해 겨울은 따뜻했네」에서처럼 오랫동안 그리 워하던 자매가 계층 간의 격차 때문에 진정으로 화합하지 못하는 경우는 현실에 있어서도 충분히 일어날 수 있습니다. 제가 말한 '이산의 극복'은 세월이 만든 정신적인 이산까지도 극복하자는 것입니다. 그러려면 배금주의에 젖어있는 우리의 때 묻은 정신부터 정화시켜 나가야 한다고 생각합니다.

전영태 진정한 행복은 어떠한 것이라고 생각하십니까?

박완서 우리 세대에서 행복의 조건이라면 '밥이나 굶지 않았으면'이었을 것입니다. 조금 다음 세대로 가면 '남 보기에 모양이 좋은 직장'을 갖는 것이었습니다. 판・검사, 의사 등 돈도 많이 벌고 명예와 권력이 있는 직업을 선망하더군요. 그것이 보편적으로 '더 많이 벌어 남보다 잘 입고 잘 먹는 것'이 더 행복한 것으로 인식되기도 했습니다. 그런데 요즈음엔 중요한 변모가 일어난 것 같아요. 쉽게 말하면 '내 잘난 맛에 산다'는 풍조지요. 내가 좋아하는 것, 내가 하고 싶은 것을 하면서 살면 행복이라는. 스스로 자기의 삶에 충실하고 자아의 성취에 행복을 느끼는, 말하자면 각자의 개성에 맞게 자기의 인생을 사는 데서 행복을 느끼는 된다는 바람직한 현상이 있는 것 같아요.

전영태 충분히 공감할 수 있는 말씀입니다. 하지만 그러한 개인적인 행복의 가치, 특히 그릇된 가치와 상반될 경우 개인의 행복과 전체의 가치와의 조화는 어떻게 해야 한다고 생각하십니까.

박완서 유기적인 관계에 있는 개인과 사회는 종국엔 조화를 이룰 수밖에 없습니다. 제가 강조하고 싶은 것은 '획일화'에 대한 거부입니다. 개개인의 개성이 존중되고, 그 존중된 개성들이 모여 사회를 이룬다면, 그 사회는 구조적인 모순에 찌든 모습이 아닐 겁니다. 개인과 사회의 조화는 이런 측면에서 이해되고 해결돼야 할 문제라고 생각합니다.

3. 끝까지 노력하는 아름다운 꼴찌

전영태 '꼴찌에 대한 갈채'도 결국엔 한 개인의 개성을 존중하고, 획일화를 거부하는 것에서부터 출발한 것이라고 볼 수 있을까요.

박완서 일등과 꼴찌를 애초부터 확연히 구분 짓는 사회의 통념을 거부한다는 면에서는 획일화에 대한 거부라고 할 수 있지요. 그러나 당초 내가 묘사하고 싶었던 것은 비록 모두에게 소외된 꼴찌지만 그러나 끝까지 노력하는 아름다운 꼴찌의 모습이었습니다. 말하자면 '마라톤에서의 꼴찌' —박수를 쳐줄 관중도, 같이 뛰어 줄 동료도 없는 코스를 홀로 뛰고 있는 꼴찌에게 모두가 박수를 보내자는 것이 저의 애당초 의도였습니다.

전영태 꼴찌에게 갈채를 보내자는 말을 쉽게 내뱉을 수야 있지만, 실제 선생님의 자녀가 꼴찌였다면 아무래도 갈채까지야 보낼 수 없을 게 아닙니까.

박완서 물론 자기 자녀가 꼴찌이기를 바라는 부모는 없겠지요. 다만 적어도 편협한 가치 기준에 의해 생긴 꼴찌라면 그리 걱정할 바가 없다는 뜻입니다. 한 방면에서의 꼴찌라 하더라도 다른 방면에선 일등을 할 수도 있는 것이니까요.

전영태 그러면 혹시 선생님께선 꼴찌가 돼 본 경험이 있으신지요.

박완서 딱히 생각나는 건 없지만, 제게도 분명 '꼴찌의식'이 있습니다. 열등감과는 다소 다른, 왠지 자신 없고 주눅 드는 그런 꼴찌의 설움 같은 것이 제게도 분명히 있습니다. 세월이 지났는데도 불구하고 이제껏 꾸준히 그 책이 독자들의 사랑을 받는 것도 꼴찌라는 것이 주는 동류의식인 것 같아요.(웃음)

4. 여성에 대한 억압부터 없애야

전영태 선생님의 작품을 읽다보면 어머니에 대한 절대적인 존경과 함께 남·녀 차별에 대한 얘기가 많이 나옵니다. 실제 선생님께서는 여성의 지위나 여권운동에 대해서 어떤 생각이신지요.

박완서 저희 어머니는 시골 촌부로서는 혁명적이랄 수 있는 분이셨습니다. 저와 오빠를 공부시키겠다는 일념으로 살붙이 하나 없는 서울에 올라온 것이나 궂은일을 마다 않고 저까지 대학 공부를 시킨 것은 학구열이라기보다는 '깬 분'이라고 표현할 수밖에 없지요. 덕분에 집안에서 차별대우를 받은 적은 없습니다.

전영태 전혀 없었다는 말씀은 아니시겠지요.

박완서 물론입니다. 다른 부모들에 비해 덜했지만, 남자를 선호하는 사상은 없을 수가 없었지요. 제 경우를 경험 삼아 남녀평등에 관한 자서전을 쓴 적도 있었습니다. 이 자서전에 쓴 어릴 적 경험 중에 좀 못된 남자 애를 때렸다가 여자애가 남자를 때렸다는 사실 때문에 되레 혼이 났던 경험이 있습니다. 기가 센 편이었던 나는 당시 분에 못 이겨 기절까지 했습니다. 잘잘못에 관계없이 여자라는 이유만으로 퇴박 받는 게 억울해서 이지요. 그래서 저는 딸 넷, 아들 하나를 거의 차별 없이 키웠습니다.

전영태 진정으로 남녀평등이 이뤄지려면 무엇부터 선행돼야 한다고 생각하시는지요.

박완서 어머니들의 생각이 바뀌어야 합니다. 어릴 때부터 평등한 분위기에서 자란 사람이어야만, 남녀평등을 몸으로 실천할 수 있습니다. 때문에 키우는 어머니가 차별 않고 키워야 밖에 나가서도 제 주장을 펼 수 있을 것입니다. 흔히 민주화가 되면 여성의 지위도 자연스레 향상될 것처럼 생각하지만, 얼토당토않은 얘기입니다. 남녀평등은 여성들의 의식과 어머니들의 자녀 키우는 방법이 고쳐져야만 제자리를 찾을 수 있습니다. 또 이 나라 국민의 반수가 여자라는 것을 모두가 깨달아야 합니다. 여자이기 때문에 억압받는 부분이 남아 있는 민주화라면 진정한 민주화일 수 없지요. 물론 여성들만이 압제받는 계층은 아니겠지만, 그러나 진정한 민주화는 여권 신장과 병행돼야 합니다.

5. 노동의 소중함을 알고 땀 흘려 일할 줄 알아야

전영태 「무서운 아이들」이라는 작품에서 선생님께서는 물질적이고, 이기적으로 치닫는 이즈음 학생들의 모습을 묘사했습니다. 그러나 학생들을 이렇듯 삭막하게 내모는 것은 사실상 학생 자신보다는 입시제도나 교육제도 탓인 경우가 많습니다. 오늘의 교육제도에 대해서도 할 말이 많으실 듯 싶은데요.

박완서 막내 대학 입시를 마지막으로 우리 집에선 입시 부담이 사라졌습니다. 다 지나고 나니까 별 거 아니었다는 생각이 들지만, 당시엔 보기만 해도 딱해 보였습니다. '꼴찌에 대해 갈채'를 보내지는 않는다 해도, 점수로 모든 것을 귀결시키는 풍토는 바로 잡아져야만 할 것입니다. 인간 교육과 전인 교육을 해야 한다는 말은 너무 들어 식상한 느낌이 들지만, 그러나 우리 교육을 위해서는 그보다 더 나는 처방은 없을 겁니다.

전영태 학생들에게 주고 싶은 말이 있으시면 한 말씀하시지요.

박완서 공부를 열심히 해야 하는 것은 학생으로서는 당연한 것이지요. 이즈음 청소년들에게 부족한 것은 육체적인 노동입니다. 일 하는 기쁨과 가치를 알아야합니다. 육신을 움직여 일하는 보람과 기쁨을 모른다면 진정한 삶의 가치를 알 수 없죠. 땅을 파 본 사람이 쌀 한 톨의 귀중함을 알 수 있습니다. 땀을 배우며 자라야 합니다.

전영태 요즈음의 대학생의 모습에서는 어떤 것을 느끼셨는지요.

박완서 학생들의 움직임에 대해서는 구체적으로 아는 게 없어요. 다만 운동권 학생에 대해 못마땅하게 여기는 이들이 더러 있는 모양인데 제가 만난 사람들은 참 좋았어요. 요새 사람들 같지가 않아요. 푸근하고 진지하고… 또, 그렇지 않으면 운동을 못할 것 같고요. ‘투사’라는 말이 주는 선입견과는 너무나 다른 모습들이었어요.

전영태 아마 이기심을 버렸기 때문이겠지요. 남에게, 이웃에게, 민족에게 내가 할 수 있는 일은 무엇인가라는 질문에서부터 출발한 행동이기에 아름답고 숭고한가 봅니다.

박완서 6월15일인가 명동 성당에 갔어요. 아 참, 나는 천주교 신자라 교회에 늘 나갑니다. 오늘도 나가야 하는 건데… 주보 읽는 재미가 보통이 아니에요. 정말로 살아 있는 언론이지요. 그날은 정평위 사제단의 기도가 있었어요. 신부님들도 격렬하더군요. 기도회가 끝난 다음 촛불 시위에 참여했는데 모처럼 소중한 체험을 했어요. 후련하고 시원해서 정화된 느낌을 얻었어요.

전영태 아마 온 국민이 다 그런 정화된 감정을 느꼈을 것입니다.

박완서 스님들도 가사 자락을 싹싹 휘두르며 데모를 하는데 아주 멋졌어요. 모두가 한마음이 되어 외쳤으니 그 감동이 얼마나 컸겠어요. 하고 싶은 말을 한다는 게 그렇게 좋은 일인데…….

전영태 앞으로 민주화는 잘 될 것 같아요?

박완서 그 사람들이 그 사람들인데 쉽게 되겠어요? 척결되어야 할 문제가 어디 한두 가지여야지요. 억압받고 살아온 세월이 길어서, 하여튼 민주화는 꼭 이루어져야지요.

전영태 오랜 시간 좋은 말씀 감사합니다.

6. **작가의 길**, **교수의 길**

—현길언

1. 건강과 주거 환경의 문학

전영태 이렇게 자주 뵙게 되어서 반갑습니다.(현길언 선생과 나는 박사 논문 심사 관계로 요즘 자주 만나는 사이이다.) 건강은 어떠신지요?

현길언 괜찮습니다. 건강에 항상 신경을 쓰고 있어서 지금 상태로는 양호한 편입니다.

전영태 제가 알기로는 75년에 위 수술을 받으시고, 85년에 담석 제거 수술을 받은 것으로 기억하는데, 제 주변 사람들을 보면 그런 대수술을 받고도 현 선생님처럼 건강하게 사시는 분도 있고 그렇지 못한 사람도 있더군요. 건강 유지의 무슨 비결이라도 있는 것인지…….

현길언 사실, 생활에 어느 정도 지장이 없는 것은 아니지요. 쓸개라는 것이 위에서 소화를 시킬 대 소화액을 알맞게 조절해서, 적절한 때에 적절한 양을 위에서 투여하는 기능을 하는데, 그것이 제대로 안 되니까 소화가 불규칙스럽게 진행되어 곤혹스러운 경우도 있습니다.

전영태 세간에 '쓸개 빠진 사람'이라고 해서 지조 없는 것을 놀리는 비유로 그런 말을 쓰는 데 선생님은 거기에 해당 안 되시겠지요?

현길언 (웃음) 육체와 정신을 그런 식으로 동일시하면 곤란하지요. 저는 건강 유지 활동으로 산책을 즐깁니다. 제가 살고 잇는 과천은 산책이나 조깅을 즐기는 사람에게는 천국 같은 곳입니다. 서울대공원 전체가, 그리고 관악산 전체가 과천 사람에게는 휴식 공간인 셈이지요. 조금만 부지런하면 과천 전체가 산책의 무대가 되는 것입니다.

전영태 저하고 같이 근무하는 소설가 이동하 선생은 분당으로 이사 가서도 전 거주지인 과천을 그리워하고 있습니다. 이 선생은 그래서 「과천에는 새가 많다」라는 과천을 제재로 한 소설을 쓰기도 했습니다.

현길언 그건 나도 읽었습니다. 저도 「벌거벗은 순례자」라는 작품을 쓰기도 했습니다. 그 내용은 이 자리에서 자세히 밝힐 것은 못되고.

전영태 제가 선생님의 건강과 주거 환경에 대해 상세하게 여쭌 까닭은 질병과 문학이 그리고 주거 환경과 문학이 어떤 상관관계를 맺는 것이 아닌가라는 점을 확인하기 위한 것입니다. 이상, 김유정 같은 사람의 폐병은 그들의 문학에 큰 영향을 미쳤을 것입니다. 현 선생님의 문학에도 위장이나 쓸개의 병이 분명히 어떤 영향을 미쳤을 텐데요.

현길언 제 경우 위장병은 제주시에서 고등학교 교편을 잡을 때 학교의 격무에 시달리다 생긴 것인데 이것 때문에 상당히 스트레스를 받았고, 다른 한쪽으로는 자신의 몸과 건강에 대해 세심한 관심을 기울이다 보니 주변을 바라보는 저의 시각이 보다 날카로워졌고, 세계를 긴장 관계로 파악하는 습관을 갖게 되었습니다.

2. 제주도의 생장 환경과 독서 체험

전영태 현 선생께서 태어나고 자란 이야기로 화제를 바꿔보죠. '제주도' 하면 먼저 떠오르는 것이 그 수려한 자연 풍광입니다. 돌, 바람, 여자가 많은 삼다三多의 섬 제주의 자연 정경에 대해서 누구보다도 더 잘 아시지 않습니까?

현길언 제가 생각하는 유년 시절의 제주도는 전 선생이 말하는 수려한 자연 풍광의 제주도가 아닙니다. 물론, 노란 결실이 탐스러운 밀감 밭, 끝없이 펼쳐지는 목장, 그 속에 노니는 소 등을 연상하게 되지만, 그 당시의 제주도는 풍경을 논하기에는 주민들이 너무나 힘겹게 살아가는 척박한 땅이었어요. 그때를 기억하며 제주도를 생각하면 '바람과 비', 이 두 단어로 연결됩니다. 육지에서는 상상하기 어려운 엄청난 힘의 바람과, 양동이로 퍼붓듯이 쏟아지는 비는 간난한 삶을 더욱 어둡게 만드는 동인이었어요.

전영태 아하, 그렇군요. 그런 환경에서 현 선생께서는 제주도 남원면 수망리에서 아버지 현문필, 어머니 김임춘 사이에서 둘째로 태어났는데, 부친께서는 면사무소에 다니셨죠?

현길언 그렇습니다.

전영태 형제분이 모두 몇입니까? 지금 무슨 일을 하고 계세요?

현길언 3형제인데, 맏형은 고향에서 법환 초등학교 교장 선생을 하시고, 셋째는 일본에서 사업을 하고 있습니다.

전영태 형제분들이 다 잘되셨군요. 그런데 현 선생님, 현 선생님 형제분들도 공부와 관련된 분야에서 두각을 나나내시고 아드님도 공부를 잘해서 S대 경제학과를 다니는 것으로 보아 현 선생 자신도 어렸을 때 천재라는 소리께나 들으셨을 거로 짐작되는데, 어떻습니까?

현길언 (웃음) 다섯 살 때 중조할아버지한테서 『천자문』을 배워 다 떼어서 영특하다는 소리는 들었습니다. 그러나 '천재'는 아니지요.

전영태 충격적인 독서 체험은 언제 하셨습니까?

현길언 제가 살았던 남원 면은 문화 환경이 피폐했을 뿐만 아니라, 초등학교 2학년 때 4·3사건이 터졌지요. 다니던 학교가 불타버리고 교과서도 없어서 프린트 본으로 공부하던 때라서 책다운 책을 보지 못했습니다. 오현 중학교 시절 제주 시내에 책방이 있었는데 거기서 온갖 문학 서적을 만나는 충격을 겪었습니다. 그 책방에 서서 많은 책을 읽었지요.

전영태 책을 사기도 했었나요.

현길언 네, 그때 시내에서 자취하면서 쌀 서 말을 집에서 부쳐왔는데 그 중 두 말은 식량으로 쓰고 나머지 한 말을 팔아서, 한 말이 네 되가 되는데 그걸로 황순원, 김동리 등 당시 출간되는 모든 신작 소설집을 샀던 기억이 납니다. 지금 서울대학교 교수로 있는 김대행 교수가 내 방에 놀러 왔다가 책이 많이 쌓여있는 것을 보고 깜짝 놀라던 기억이 나는군요. 그렇게 많은 책이 쌓여 있는 것을 처음 본 모양입니다. 얼마 전에 김 교수가 저한테 그런 이야기를 하더군요.

전영태 물질적으로는 빈한하지만 정신적으로는 부유한 삶을 사신 것이네요.

현길언 그렇습니다.

3. 4·3사건과 나의 소설

전영태 현 선생님 소설의 체험적 에센스라고 할 4·3사건에 대해 언급할 차례가 되었군요.

현길언 1948년 4·3 사건이 일어나고 제가 살던 중산간 부락인 수망리는 토벌대들이 마을 전부를 불태워 버려 할 수 없이 해안 마을로 소개돼 면사무소에 다니던 아버지의 노력으로 남의 집에 얹혀살게 되었습니다. 소개된 지 얼마 안 돼 빨치산이 습격해서 지서를 제외하고 해안 마을을 전소시켰습니다. 이 시절 토벌대와 빨치산 양쪽에 대해 똑같이 분노했습니다. 토벌대는 양민을 무참히 죽이고 빨치산도 반동분자에 대해서는 처참하게 응징했지요.

전영태 육지 사람들이 대부분을 차지하는 토벌대와 현지민이 대부분인 빨치산, 그 어느 쪽도 옳게 보이지 않았던 시각이 현 선생님의 소설에 나타나는 중립적 시각과 연관되지 않습니까?

현길언 그렇지요. 육지 사람으로서 섬사람에 대한 우월의식을 보이는 토벌대나, 현지인이면서도 현지만의 삶을 파손시키는 빨치산, 그 어느 쪽의 시각으로도 4·3을 정직하게 바라볼 수 없습니다.

전영태 제주도 출신 작가, 예를 들어 현기영, 오성찬 선생의 소설과 현 선생의 소설이 준별이 된다면 어떤 점에서입니까?

현길언 현기영 씨 같은 분은 4·3을 역사 사회학적 입장에서 보면서 그 이데올로기의 대립 양상을 집중적으로 파헤칩니다. 반면 저는 혼란의 와중 속에서 파괴되는 인간의 삶의 양식, 인간의 본성 문제에 대해 깊은 관심을 갖고 있습니다. 저는 지금도 4·3은 끝나지 않았다고 생각합니다. 80년대에 제가 4·3을 제재로 한 많은 소설을 썼지만, 80년대는 사회가 근본적으로 열려져 있지 않은 상태라서 정말로 써야 될 것을 쓰지 못했습니다. 80년대 이후 4·3을 정직하게 바라볼 수 있는 여건이 마련되었기 때문에 나는 그것을 다시 쓰려고 합니다. 지금까지 4·3을 정확하게 다루지 못한 것은 첫째, 4·3을 금기시해서, 둘째 4·3을 이데올로기화해서 제대로 파악하지 못했기 때문이지요. 나는 그것을 4·3 콤플렉스라고 부르는데, 이 시점에서 우리는 4·3에서 자유로워져야 합니다. 제주도민의 삶 가운데 이루어진 비극적 사건과 그 엄청남 혼란이 어떤 것인가를 밝혀야 합니다. 4·3을 이데올로기로 다루는 것은 어느 정도 위험성을 내포하고 있습니다. 그 당시 빨치산에 참여한 중학생, 농민들, 산간 사람들의 이데올로기적 미숙성에 대해서는 새삼 강조할 필요가 없어요. 이데올로기가 무엇인지도 모르면서 그것 때문에 희생당한 사람들은 이데올로기의 도구로서 삶을 파괴당한 피해자들입니다. 이것은 좌익, 우익 사상 모든 것을 떠나서 마찬가지입니다.

전영태 4·3사건 당시 현 선생의 바로 위형이나 선배들이 많은 피해를 보았을 터인데, 특히 기억하는 사람은 없습니까?

현길언 뭐 누구라고 꼭 집아 말할 수 없습니다. 저의 형 연배인 15세부터 18세에 이르는 청소년들이 피해가 컸습니다.

전영태 4·3은 6·25의 전사이면서 동이세 6·25와 깊이 연관되고, 그 이전에 여순 반란 사건과도 관련을 맺습니다. 현 선생님 작품 중에 6·25와 4·3을 연계시킨 소설이 있지요?

현길언 네, 「미명」이라는 작품입니다. 4·3 사건 때 빨치산에 가담해서 인천 소년형무소에 수감되었다가 6·25가 발발하면서 고향인 제주도에 돌아와서 지내다가 예비 검속을 당해 죽에 되는 소년의 이야기를 다룬 작품이지요.

전영태 제주도는 6·25의 직접적 전화는 피할 수 있었던 곳이 아닙니까? 6·25가 제주도 사람들의 삶에 끼친 영향을 어떤 것입니까?

현길언 4·3 사건으로 황폐화 될 대로 황폐해진 제주도에 6·25가 발발하자 피난민들이 몰아닥쳤습니다. 피난민들이 제주도민보다 많았지요. 게다다 모슬포에 제1훈련소가 설치되어 군인이 많았지요. 그래서 살 집이 모자라서 쩔쩔매게 되었어요. 그러나 피난민들은 제주도 사람들에게 엄청난 문화적 충격을 주었던 것도 사실입니다. 육지 사람들에 대한 거부 감정은 물론 있었지만, 그들이 무슨 일이든지, 특히 공부 같은 것을 열심히 하는 것을 보고 우리도 뒤져서는 안 되겠다는 당시 중학생들까지도 길에 다니면서 영어 단어를 외우고, 조회에 참석해서도 단어를 복습하기도 했습니다. 교회도 많이 설립되고 해서 기독교인도 증가했고, 아무튼 살아가는 방법의 치열성을 육지 사람인 피난민한테 배웠어요.

전영태 선생님의 연보를 보면 고향 생활보다는 타지 생활이 더 오래더 군요. 같은 제주도하고 해도 남원은 귤 밭으로 유명한 농촌이고 제주는 도회지인데, 도회시 생활을 오래해서인지 목가적인 정경 같은 것이 현 선생의 소설에는 잘 안타나거든요.

현길언 북제주군 사람이 적극적, 진취적이라면, 저의 고향인 남제주군 사람은 무언가 좀 소극적입니다. 같은 제주라도 기질이 이렇게 달라요. 그런데 저는 남제주군 남원 출신입니다만, 제주의 자연에 대해 경이적인 눈으로 바라보지 못했습니다. 어렸을 때의 고향의 아름다움 같은 것은 기억에 없고, 아까 말씀드린 '바람'과 '비'의 기억뿐입니다.

전영태 어린 시절에는 풍경이 기억되는 것이 아니라 사건이 기억된다는 아동심리학의 이론이 있습니다. 춥고 우울하고 습한 정감이 왜 선생님의 소설을 주도하는지 그 까닭을 알 것 같군요. 그런데, 제주사범학교 진학한 동기는 무엇인지요?

현길언 그 당시에는 대학에 진학할 형편이 못 되었고 그래서 사범학교에 진학한 것인데, 그곳에서 제주도 내 고등학교 문학지망 학생들을 규합한 '석좌'의 동인으로 활동하면서 문학에 대해, 창작에 대해 눈을 떴습니다.

전영태 현기영, 김광협, 이런 분들이 같은 동인이었죠?

현길언 네, 현기영 씨 하고는 그때 참 많은 교분이 있었는데, 20년 정도 세월을 두었다가 서울에서 다시 만났고, 작고한 김광협씨는 학교로는 1년 후배인 셈인데, 그 사람 아버지가 서울대 부설 생약 연구소의 책임자로 있어서 새로운 농법에 관심을 가진 분인데, 그곳에 놀러가서 체소나 과일을 실컷 먹었던 유쾌한 추억이 있습니다.

전영태 제주 사범학교를 졸업하고 초등학교 선생님이 되셨는데 그 때의 감회가 어땠습니까?

현길언 제가 부임한 광양 초등학교는 제주시 변두리에 있는 학교인데 저하고 서너 살밖에 나이 차가 없는 학생들을 가르치기도 했습니다. 그들 중 서울대 법대, 물리학과에 들어간 제자들도 여러 명 있지요.

전영태 선생님의 연보를 보면 59년도 이후로 계속해서 진학과 학문 탐구의 열정을 보이시고 있는데 초등학교 교사로 있으면서도, 그 격무 속에서도 그렇게 계속해서 진학하려고 열정을 보인 근본적인 동인은 어디 있다고 생각하십니까?

현길언 아니, 뭐, 그 당시는 공부하고 싶어 하는 것은 본능적인 욕구라고 생각하거든요. 그래서 59년에 마침 제주대에 야간부가 생겨서, 야간 다니면서 생각한 게 졸업하면 대학원을 가야겠다고 생각했어요. 대학에 열심히 다닌 이유는 야간 국문과 학생이 6명쯤 있는데, 제가 안 가면 강의가 안 돼요. 여섯 명 중에 한두 사람만 빠지면 안 되고, 또 개인적으로 교수들을 잘 알고 하니까 열심히 참석했습니다.

전영태 교수들이 어떤 분이 있었어요?

현길언 제주대 전 총장인 현평효 선생, 구비문학 하시는 현용준 선생, 민요 분야에 김영돈 선생, 양중애 선생, 문덕수 선생, 문덕수 선생은 몇 년 있다가 서울로 올라가셨는데, 문 선생에게는 처음 문학 공부할 때 지도를 많이 받았죠.

전영태 굉장한 분들이 계셨군요. 김영돈 선생하고는 무슨 추억 같은 거 없으세요?

현길언 김영돈 선생은 중학교 은사십니다.

전영태 예, 그분이 제주 민요의 권위자시죠?

현길언 그렇죠. 제가 한동안 구비문학에 관심이 많아서 제주 전설, 설화 공부를 좀 했어요. 그분 영향을 많이 받기도 했죠.

전영태 재학 중에 육군에 입대해서 강원도 소총 부대에서 근무를 하게 되지요?

현길언 오음리, 12사단에서 군대 생활을 했습니다.

전영태 예, 오음리, 그때, 아주 일선이 아닙니까?

현길언 그렇죠, 일선이죠. 중대 일종계를 했어요.

전영태 경력을 보면 중대 일종계를 비롯해서 장학사 등 각종 사무를 보셨는데.

현길언 (웃음) 어쩌다보니 그렇게 됐어요.

전영태 그런데 소설가 분들이 대개 사무 능력이 떨어지는데, 선생님은 그렇지 않으시죠?

현길언 글쎄, 뭐, 저는 그런 일들을 맡게 되니까, 맡은 일을 남에게 피해를 안 주려는 게 제 살아가는 기본적인 뭘까, 그런 거라서 맡은 일은 좀 열심히 했죠. (웃음)

전영태 제주도에서 계시다가 강원도 그 산골에 가시니까 어떤 또 다른 기분이 드셨어요?

현길언 그때 교보라고, 교원 특별 병역 혜택으로 군대를 갔으니까 기간이 일 년 정도였어요. 제대 날짜만 기다리고 살았으니까……. 그때 일이 참 많았어요. 중대 단위로 취사했고, 우리 중대가 시범 급양 중대였어요. 그때 아주 부정이 많고 급식 여건이 열악해서 시범적으로 한 중대를 설정해서 모범적인 급양 실상을 보여준다고 검열도 많이 하고, 그래서 정신이 없었어요.

전영태 예, 그래서 제대하고 졸업하시고 성균관대학 대학원에 진학하셨는데, 석사 논문 다 끝내시고 결혼하셨어요. 대학원 졸업하시고 결혼하시겠다는 플랜이 있으셨어요?

현길언 플랜이 있었던 게 아닌데, 지금 아내가 오랫동안 사귀었던 사람이고, 후배이고, 같은 교회를 다녔고, 중학교 대부터 시작해서, 13살 때부터 시작해서 스물일곱 살 때까지니까, 한 십오 년 한 거 아닙니까. 객지 생활이 진절머리가 나서 빨리 결혼했죠.

전영태 네, 그리고, 선생님의 건강에 아주 중대한 위기인 위장병을 앓게 되시는데요.

현길언 내가 결혼하기 전에는 상당히 건강했는데, 그게 뭐냐 하면, 스트레스 같은 것, 긴장했기에 나타나지 않았던 모양인데, 결혼하자마자 위장병 증세가 나타나서, 또 고등학교 업무가 상당히 격무였죠. 그래서 몇 년 시달리다가, 제가 처음엔 오현 고등학교 근무하다가, 70년엔 서울로 올라왔어요. 서울에 영락 상고로 자리를 옮겨서 근무했습니다.

전영태 영락 상고가 영락 교회에서 운영했던 학교였지요. 충무로 3가인가에 있었지요?

현길언 그때에는 응암동에 있었어요. 중고등학교 병설이라서. 교회 목사님이 오라서 해서 왔는데, 제가 9월 2일에 부임했는데, 9월 28일에 입원했어요. 위궤양으로 한두 달 동안 입원하고 그냥 제주도에 내려와 버렸죠.

전영태 이때 석사 논문도 통과되시고, 다음에 입시 지도 교사도 하시고, 그러면서도 문학에 대한 열정은 계속 갖고 계셨죠?

현길언 그런데, 작품은 본격적으로 공부 못했어요. 한동안 쉬었죠. 대학원 다닐 때는 내가 학문을 하겠다는 생각을 가졌고, 대학원 나와서 잠시 동안 창작에 관심을 덜 가졌어요. 그렇지만 지방에서 문학 써클도 지도하고, 일 년에 한두 편 습작했는가 모르겠어요. 쭉 소설을 쓰겠다는 생각은 늘 작고 있었죠. 바쁜 가운데도.

전영태 바쁜 격무에서 떠나기 위해서 여러 가지 모색을 하셨죠.

현길언 그런데 길이라는 게 별로 없었죠. 그러니까, 제주대학에 시간강사로 나갔고, 대학 입시 지도하고, 대학 입시 지도라는 것이 또 매력적인 거예요. 교사로서는. (웃음) 육년 동안 정말 열심히 했어요.

전영태 스파르타식으로 지도를 했겠네요.

현길언 예, 일요일 날도 교회 예배만 끝나면 학교에 가서 학생들 특별 지도를 하고, 어떤 때는 추석날도 오후에 아이들 불러다가 지도했어요. 왜냐하면, 잘 하는 아이들 모아서 따로 지도해야 되는데 제가 38 이남에 있는 명문 고등학교를 전부 돌아다니면서 정보를 수집하고 문제를 얻어다가 별도로 다시 문제를 프린트해서 시험을 봐야 되지 않습니까. 그런데 시간이라는 게, 토요일 오후하고 일요일하고 그런 공휴일밖에 없거든요.

전영태 76년에는 장학사도 하시고 그러면서도 설화 연구도 하시고 제가 추측하기로는 그 시절부터 소설 쓰겠다는 열망을 다시 불태우신 것 같습니다.

현길언 예, 그때는 저 자신이 기로에 있었던 때예요. 아예 대학에 갈 길도 전혀 없었고, 79년도에 갔는데, 당신만도 지방대학은 차츰 학과가 축소되었거든요. 제주대학에는 교수 결원도 없었고.

전영태 그때 함동선 선생님도 거기 계셨어요?

현길언 함동선 선생님은 문덕수 선생님 올라온 다음에 잠깐 계셨습니다.

4. 작가의 길, 교수의 길

전영태 그래서 드디어 79년에 「성 무너지는 소리」로 ≪현대문학≫에서 초회 추천을 받았는데, 추천해주신 분은 누구셨습니까?

현길언 이범선 선생님이지요. 그 작품은 노동쟁의를 다뤘거든요. 제주 부둣간의 주정공장에서 일어난 노동자와 고용주의 갈등에서 힌트를 얻은 그 당시로는 다루기 어려운 노동쟁의에 대한 이야기입니다.

전영태 부둣가의 공장 하수구에서 고구마 찌꺼기가 나오잖아요. 그래서 거기에 물고기들이 많이 몰려요. 제가 낚시꾼이라서 그 공장의 위치와 규모에 대해서는 잘 압니다.

현길언 아, 그래요? (웃음) 공장이 경영자가 바뀜에 따라서 노사 문제가 발생을 했는데, 그런 걸 소재로 했어요.

전영태 그 당시 유신체제 말기에, 엄혹했던 시기에 발표하기 어려운 내용의 진보적 경향의 작품을 이범선 선생님한테 추천받으신 셈이네요.

현길언 제 이야기여서 어색한 말씀이지만, 「성 무너지는 소리」가 그 당시 주변에서 평판을 좋게 받은 작품이었어요. 소재도 특이하다고 그랬고, 현대문학사 안에서도 좋게 얘기하고 그랬습니다. 두 번째 추천 작품인 「급장선거」도 재미있는 작품이에요. 그 작품의 스토리는 담임선생이 학급 학생을 대상으로 다기 의도대로 학급의 간부들 있잖아요, 급장, 부급장, 학생회장, 부회장, 이걸 전부 선출이라는 과정을 거쳐 실제로는 배정하는 이야기예요. 권력자가 은밀히 조작적으로, 유신체제 하에서의 권력 구조를 통해서 사회를 어떻게 재편해 나가는가에 대해서 암유적으로 그려낸 작품이거든요.

전영태 이범선 선생은 추천해 주시면서 뭐라고 말씀하셨어요?

현길언 그분이 아마 제가 첫 추천인 걸로 기억하는데요. 저를 추천하기 앞서 정종수라는 분이 있는데, 그분은 다른 분이 한 번 추천한 걸 그분이 추천하고, 이회 연속 추천해서 추천을 완료한 건 제가 처음인 걸로 아는데, 선생께서 저를 상당히 격려해 주셨습니다. 그분이 하신 말씀 중에 인상적인 것은, 나보고 뭘 하냐고 해서, 제가 도 교육위원회 장학사를 한다고 했거든요, 그러니까, 저보고 당장 때려치우고 구멍가게나 하면서 작품 쓰라고 그래요. 아주 제게는 충격적인 이야기였는데, 그래서 옆에 있던 이 교수라는 분이 그러면 이 사람은 뭘 먹고 어떻게 삽니까? 그러니까, 밥이야 어떻게 먹을 수 있지 않겠어, 그러시면서 다 때려치우라는 것이었어요. 그래서 작가가 된 이 시점에서는 이 말씀을 치열하게 작품 쓰라는 격려로 받아들였고, 지금도 종종 생각이 나죠.

전영태 80년이니까 우리 나이로 마흔 한 살에 늦깎이로 데뷔를 하신 셈인, 그래서 본의 아니게 80년대 작가로 분류되는 것 아닙니까? 70년대에는 소설을 발표 안 하셨으니까, 젊은 사람들과 작품 활동을 같이 하게 되었는데, 그래서 같은 연배의 이미 작품을 활발히 발표한 작가라든지 이런 사람들에 대한 선망 같은 건 없으셨어요?

현길언 그런 것보다는 전 쓸 기회가 있으면 열심히 쓰겠다는 생각을 갖고 있거든요. 여러분들이, 전 선생님을 비롯해서 많은 분들이 제가 이따금씩 발표하는 작품에 관심을 가져주니까, 늦깎이로 등단했지만 계속 쓰고 싶은 의욕이 생겼고, 그 당시에는 제가 대학 교수였고, 다루는 것이 제주도였고, 다루지 않던 4·3문제를 주로 다뤘고, 늦게 등단했고, 그래서 비평가들이 작품은 신통치 않아도 관심을 갖고 읽어주신 것 같아요.

전영태 작품이 신통치 않으면 어떻게 다들 읽을 생각을 했겠습니까.

현길언 그래서 열심히 썼어요.

전영태 한양대학교 박사 과정에 입학하셔서, 공부도 하시면서, 소설도 쓰셔서, 교수가 되셨는데, 좀 짓궂은 질문입이다만, 교수가 되시면 소설 쓰기가 어려운 것 아닙니까?

현길언 글쎄, 저는 교수하고 작가 두 길을 가면서, 욕심인데, 교수로도 성실한 교수가 되자, 작가로도 좋은 작가가 되자, 이런 생각을 하면서 삽니다. 저는 작가라는 것이 일종의 프로라고 생각하거든요. 프로는 어떤 상황에서도 계속 작업을 해야 한다는 게 나의 지론입니다. 쓸 기회가 있으면 열심히 쓰자. 그래서 논문도 뭐, 구색 맞춰서 써야 되고, 작품도 계속 쓰고 그랬죠. 그래도, 어느 글에서 얘기했지만, 저는 교수와 작가 중에서 어느 한쪽을 선택하지 못한 점에 대해서 상당히 부끄럽게 생각합니다. 이청준 선생과 제가 같이 한양대학교에 들어왔죠. 이청준 선생은 한 일 년 있다가 교수라는 직업이 자기 작품 활동에 도움이 안 된다고 생각하니까 그만 뒀죠. 저는 그만두지 못했거든요. 저는 그게 부끄러운 겁니다.

전영태 제가 생각하기로는, 이청준 선생님은 교사 체험이 없었거든요.

현길언 물론 그런 면이 있죠.

전영태 현길언 선생님은 입시 지도 등 프론트에서 교사 체험을 하셨기 때문에, 교사로서 성실성은 기본적으로 갖추고 계시지 않았나, 그래서 대학 교수 생활을 잘 견뎌나가시고 계신 것이 아닌가 하는 생각이 드는데.

현길언 일종의 제 자신의 방법이랄까 요령이랄까 이런 걸 잘 터득해서 그렇다고 봐야죠.

전영태 그런데 교수 생활이나 교사 생활하신 작가 분들이 교실 체험, 학교 체험을 소설화하는데 그런 작가들에 비하면 선생님은 그 체험에 대해서 별로 다룬 것이 없는데요.

현길언 네, 교사 체험이나, 교수 체험에 대해서는 몇 편 쓰기는 했는데, 교수, 그러니까 80년대 교수들의 어정쩡한 모습에 대해서 몇 편 쓰기는 했는데, 별로 없죠. 근데, 전 그 생활이 요즘은 잘 안되는데, 학교에서는 교사나 교수로 일하고, 집에 와서는 작가로 일하고, 그걸 딱 구분해 놓았어요. 그러니까, 두 생활을 좀 어정쩡하게도 할 수 있었지 않았나 해요.

전영태 한양대학교 대학원 박사 과정에 수학하시면서도 제주대학 교수 하시면서, 비행기 값도 많이 날렸겠어요.

현길언 (웃음) 그래서, 한양대학에서 잘 봐줘서, 한 달에 두어 번 드나들었지요.

전영태 그래도 그 당시 비행기 값이라는 게 만만히 않았을 텐데.

현길언 네, 그런데 전 자주 다니니까 비행기 삯에 대한 관념이 상당히 희박해졌어요. 그리고 비행기 요금을 카드로 결재하니까, 별로 비싸다는 느낌이 안 들어요.(웃음)

전영태 그러니까, 고향이 강원도다, 그러면 승용차로 다녀도 되는데, 제주도는 꼭 비행기로 다니셔야 되잖아요. 그리고 이상기후일 때, 비행기가 안 뜬다든가 하는 차질을 빚은 에피소드는 없으십니까?

현길언 비행기는 없었는데, 배를 많이 탔지요. 비행기가 일반화되지 않았을 때, 그러니까 대학원 다닐 때 배를 많이 탔죠. 목포에 갔는데 배가 안 뜨지 않습니까? 근데 고향 갈 때 여비를 충분히 가져가는 것도 아니고, 딱 배 삯하고 열차 삯만 가져가는데, 그 당시에는 해상교통편도 원활하지 못했죠. 한 번 안 뜨면 이게 며칠 갈지 몰라요. 목포에 조천 하숙이라고 있어요. 제주도 조천 사람이 부둣가에 차려놓은 하숙이었는데, 거기 며칠 묵으면서 거기서 돈을 꾸어다 쓰고 그랬죠.

전영태 지금도 목포 제주 간은 데모크라시호라는 배가 독점적으로 운항하는데, 추자도 사람이나 제주도 사람이나 불만이 상당하더군요. 조금만 날씨가 나빠도, 손님이 없는 것 같아도 운항을 하지 않아서 불만이 많지만 독점 노선이라서 다른 배편을 이용할 수도 없고, 불만이 참 많더라고요.

현길언 지금은 비행기를 이용하니까 그런데, 바다라는 게 육지로 진출하는 큰 장애여서, 제 또래 육지 살았던 사람들은 고향에서 어렵게 살다가도 열차를 타면 서울에 올 수 있었지 않습니까. 그렇게 올라와서 몸으로 부딪쳐 살면서 고학으로 공부도 하고 그럴 수 있었는데 우리는 그게 안 된단 말씀입니다. 바다를 건너고 다시 열차를 타고, 이게 상당히 고생스러운 일이지요.

전영태 목포에서 제주도 가다보면 관탈도라는 섬이 있어요. 옛날에 귀양 가던 선비들이 거기서 관을 벗는다고 해서 관탈도冠脫島라고 이름 붙인 섬이 있는데, 거긴 가보셨어요?

현길언 하하……. 아니 가보지는 못했어요. 관탈섬, 관탈섬 그러는데……. 거기 낚시꾼들이 많이 가죠.

전영태 거기가 섬 같지도 않은 섬인데, 그곳이 제주와 육지 사이의 난바

다에 위치하고 있어서 섬에서 육지로 진출하는 큰 장애를 상징하는 섬이
다 그런 생각이 듭니다.

현길언 아, 바다 지형 상으로 그렇게 됩니까?

전영태 네, 난바다에 있죠.

5. 아직도 다 갚지 못한 글쓰기의 부채

전영태 80년대에 현 선생님의 작품 활동은 눈부신 바가 있습니다. 84년
에『용마의 꿈』을 문학과지성사에서 출간했고, 85년에는『우리들의 스승
님』을 또 출간하셨고, 제주도 문학상도 탔고, 이렇게 활발히 작품 활동을
하고 상도 받아서 스스로 자극이 되었겠어요.

현길언 예. 그리고 문학과지성사가 그 당시 어려웠던 시절인데, 작품의
양이 어느 정도 되어서 가져가면 책으로 내주곤 했어요. 그래서『우리들
의 스승님』,『닳아지는 세월』,『무지개는 일곱 색이어서 아름답다』등의
작품집을 장편소설「한라산」을 제외하고 다섯 권인가를 냈을 거예요.

전영태「한라산」은 다 끝내지 못하셨죠?

현길언 못했습니다. 그게 하나의 부채로 남아 있지요.

전영태 '한라산'이라는 제목의 다른 시인의 작품도 있지 않습니까?

현길언 예, 이산하의『한라산』이 있죠. 애초의 제 계획으로는 아홉 권을
쓰려고 했는데, 현재 1, 2부 세권 출간하고 당분간 쉬고 있거든요. 아마 2,
3년 내에 다 써야 되는데 잘 될지 모르겠습니다.

전영태 선생께서 내년이면 한 갑주甲周를 맞이하게 되셨는데, 죄송한
말씀입니다만, 나머지 여섯 권을 쓰셔야 될 텐데 그 계획이 잘 실천되실는
지요?

현길언 자꾸 중간에 다른 일들이 끼어들어서 걱정입니다. 저의 성격 중

에 하나가 뭘 부탁하면 거절하지 못해서, 자꾸 중간이 일들이 끼어들어서 못 쓰고 있는데, 오히려 제 생각에는, 위로가 될지 모르겠지만 못 쓴 게 다행이 아닌가 생각을 해요. 더 새롭게 볼 수 있지 않겠느냐, 시간이 지날수록, 하는 생각에. (현 선생은 이렇게 말씀하시면서 그래도 자신이 있다는 표정을 지어 보였다. 글쓰기의 채무를 반드시 갚겠다는 의지가 그 표정에 담겨 있었다.)

전영태 평론가 이동하 씨가 「투명한 어둠」을 읽고 쓴 글을 읽어봤더니, 자신의 체험 세계와 그 소설의 주인공 강철규의 그것이 비슷한 가닥이 있어서 그랬는지 약간은 흥분조로 그 작품에서 느낀 감회를 적고 있습니다. 선생님은 이동하 씨의 글 읽어봤습니까?

현길언 어디 쓴 거예요?

전영태 ≪현대문학≫이요.

현길언 못 봤네요. 이거 월간지예요?(현 선생은 내가 제시한 복사물을 한참 살피고 수첩에 수록 잡지의 발행 연 월일을 적는다. 평론가인 나로서는 자신의 작품에 대한 작가의 반응이 이렇게 적극적이라는 사실이 흐뭇하게 여겨진다.)

전영태 주인공 강철규는 명문대학 법학과에 입학해서 사법 시험을 패스하지만 연수원 입소를 포기하고 대학원 사학과를 입학하는 과정과 평론가 이동하 교수가 법대를 졸업하고 대학원 국문과로 진학한 자신의 경우와 유사하지 않나, 여기에 착안해서 흥분조로 쓴 것이 아닌가 생각합니다.

현길언 글쎄, 그 당시에 제가 유신 시대 지식인의 사회적 의미성에 대해 관심을 가졌었죠. 지금 지나고 보면, 7~80년대가 지식인이 상당히 허약했던 시대가 아닙니까. 그래서 그들이 어떻데 변신해 나가는가, 이건 제가 계속 쓰려고 하고 있습니다. 지금 「불임시대」의 개작 속편인 「투명한 어둠」 상·하가 나와 있습니다만 그 속편을 또 쓰려고 합니다. 80년대 이야기를 쓰려고 합니다. 역사학도가 쓴 소설이라고 해서 강철규가 다시 소설을 쓰는데 그가 다시 정치에 들어가서 3김 틈바구니에서 야당 후보 단일화에 실패한 상황, 그런 어떤 정치적 허무 의식을 극복하기 위해서 소설을 쓰죠. 역사학도가 가상의 현실을 가지고 그런 얘기를 쭉 쓰고 있어요.

전영태 「불임시대」의 이야기가 아직 안 끝났어요?

현길언 예. 변동기 시대 지식인의 사회적 존재성이 어떻게 변모되어 가느냐에 대해 쓸 예정입니다.

전영태 저도 「불임시대」 끝나고 나서 뒷마무리가 허전하다고 느꼈는데, 「투명한 어둠」이 나와서 반가웠습니다. 그런데 속편에서 강철규를 탄광의 광부로 만들어가지고 80년대 탄광 파업에 앞장서는 인물로 그리지 않았습니까? 그 친구를 하필 왜 탄광으로 보냈어요?

현길언 그것은 탄광이 가장 열악한 노동조건의 현장이기 때문입니다. 또 하나는 역사가가 쓰는 역사의 한계성에서 벗어나 만드는 역사로 나아가야 한다는 생각 때문입니다. 이제 역사가가 만드는 역사의 주체자로서 참여하기 위해서 탄광으로 가는데, 쓰는 역사에 대한 환멸 때문에 결국 좌절하게 되죠.

전영태 제가 「투명한 어둠」에 대해서 관심을 가지는 까닭은, 선생님의 많은 작품들이 대개 4·3 사건과 관련이 있는데, 이 소설은 정말 지식인 소설이라고 볼 수 있어요. 그리고 체험이라든지, 추체험, 허구로써 써나간, 소설가로서는 공부해 가지고 써나간, 만들어 나간 소설이라고 생각했기 때문이지요. 평론을 하는 사람은 지적인 편력을 좋아하는 상투적인 그런 시각이 있어요. 그래서 지적 편력을 주목하게 됩니다. 그런데 강철규를 탄광지대에 보내놓고 나니까 작가인 현 선생은 또 탄광 공부도 많이 하셨을 것 같아요.

현길언 예, 제가 태백에 가서 한 일주일 살았고, 그 경험을 바탕으로 「회색도시」라는 작품을 쓰지 않았습니까? 탄광 노동자들은 탄광이라는 가장 열악한 작업 조건 가운데 살면서도 그들의 삶을 진실하게, 순박하게 그려

냅니다. 재작년에 제가 경동 보일러 만드는 도계 탄광에 가서 기숙사에서 한 달을 살았어요. 그 탄광이 상당히 시설이 잘 돼 있습니다.

전영태 일부러 사신 거예요?

현길언 예, 글도 좀 쓰고, 인연이 좀 닿아서, 탄광에 여전히 관심이 있어요.

전영태 사모님도 모시고 갔어요?

현길언 아니, 저 혼자 가서.(웃음)

전영태 얘기 들어보니 선생님은 포항 근처의 토끼 꼬리 대보라는 곳에서 사셨다고 들었는데요.

현길언 66년 제대하고 대학원에 진학하기 위해서 당시 초등학교 교사직을 사표를 내야 되는데, 그 당시에는 경상도로 나온 사람들이 많았거든요. 제주 출신들이. 그래서 사표를 낼 테면 경상도하고 맞바꾸자. 그래서 경상도로 전출 와서 사표를 내면 될 거 아니냐, 그래서 제 가까운 사람이 맞바꾸기를 원해서 그곳에서 두 달 반쯤 살았어요.

전영태 거기가 바닷간데.

현길언 예, 오대불순이라고 살기가 제일 어려운 데죠, 뭐. 날씨가 그렇게 안 좋고. 오대불순은 날씨, 물가, 집세…… 하여튼 살기 어려운 고장이지요. 군대가 주둔하고 있어서 집세도 비쌌고 술집도 많고 참으로 묘하고 이상한 곳이에요. 그런데 요전에 가보니까 상당히 깨끗하고 살기 좋은 마을이 됐던데요.

전영태 자연환경은 아름다운데 그런 식으로 열악한 상황에서 사는 것이 선생님의 제주도 체험하고 연장선상에 있군요.

현길언 예, 날씨가 좋으면 굉장히 아름다운데, 그때는 봄이었는데 해변 마을이 비바람이 잦고 날씨가 안 좋았어요. 방향 감각이 날씨 맑을 때와 흐릴 때에 따라 엄청나게 달리 바뀌어져요.

전영태 그 고장 체험은 소설로 쓰실 생각 없으세요?

현길언 그 고장 체험을 쓴 소설이 이번 ≪문학과 의식≫에 게재됩니다.

전영태 최근 선생님의 집필 추세는 장편으로 기울어지는 경향인데, 장편 쓰시면서 힘드시지 않습니까?

현길언 애, 집안일도 잘 못하고. 학교 일도 소홀해질까 봐 집필은 방학에 해야죠. 집에 오면 수업 없는 날은 거의 작품 쓰는 일로 보내고 있습니다. 나이 드니까 봐야할 때가 많아서 고민입니다. 저는 서울 와서 누구 특별히 사귀는 분들이 없어요. 문단 친구도 많지 않습니다.(친구보다 소설을 더 귀중하게 여기는 현 선생의 소설 제일주의를 확인할 수 있는 대목이다).

전영태 「한라산」 쓰시면서 일본 취재하느라 고생했을 터인데 얼마나 계셨어요, 일본에?

현길언 오사카에 한 달쯤 있었어요.

전영태 제주도 분들이 일본에 많이 건너가시지 않았습니까? 재일 동포 중에서 성공한 제주 분들이 많더라고요. 동네에 재산의 일부를 기증해서 경로당을 짓거나 대공사에 전재를 기증하는 분들도 계시고, 그분들 참 억척같이 살았죠?

현길언 그렇죠.

전영태 「한라산」에서도 그런 얘기를 실을 생각이신지?

현길언 예, 앞으로 쓸 부분에서 그들의 삶이 소개될 것입니다. 이미 출간된 1, 2, 3권은 4·3사태 전사에 해당되는 부분이죠.

전영태 4·3의 전사를 보면, 일제시대 때도 제주도 사람들이 토굴을 파고 전쟁 물자를 은닉하느라고 굉장히 고생을 했다고 들었어요.

현길언 그게 아니라 제주도 58군단이라고 해서 일본 군대가 한 7만 명 정도 주둔해 있었죠. 그 사람들 얘기일 겁니다, 아마.

전영태 거기에 부역한 사람들이 그렇게 고생을 했다고 들었어요. 그러

니까 일제시대 이래로 계속 4·3까지 이어져 온 제주도민들이 정말 신고
의 세월을 보내지 않았나 해요.

현길언 제주도 사람들과는 관계없는 외부 정세 변화에 의해 제주도 사
람들이 고통을 많이 당했죠. 그래도 다행인 것이 2차 대전이 한두 달만 더
끌었다면 제주도는 완전히 불바다가 되었겠죠.

전영태 그렇죠. 7만 군대가 있었으니. 제주도민의 피해가 이만저만 아
니었을 텐데, 그렇다면 제주도는 아마 제2의 유황도가 되었을 것입니다.

현길언 그래서 제주도 사람들을 육지로 소개했었죠.

전영태 그런 얘기는 아버님께 들으셨겠죠?

현길언 예. 그런 전사 얘기가 1, 2, 3권에 실려 있고 앞으로 이어질 이야
기는 4·3 이야기, 또 그 이후의 이야기가 계속됩니다.

6. 소설공부 이렇게 했으면

전영태 연전에 보내주신 『소설 창작의 이론과 실제』 잘 읽었습니다. 그
동안 소설 창작 방법론에 대해 강의한 노고의 결산이 이 책이 아닌가 싶습
니다.

현길언 하하. 창작론 강좌가 우리 대학(한양대학교)안산 캠퍼스에도 개
설돼 있고, 행당에도 있어요. 창작론 강의할 교재도 없고 그래서 처음에는
여기저기 뽑아서 노트하는데 이게 불편하니까 한 삼 년 노트한 것을 책으
로 만들었죠. 그런데 이게 완전히 스테디셀러가 되어서 저도 놀랐습니다.

전영태 아니 그런 책이 스테디셀러가 되었다구요? 얼마나 팔렸어요?

현길언 한 6쇄 찍었나…… 일 년에 한 번은 찍어요. 대단한 책도 아닌
데…… 우리나라 문학 서적에 학생들에게 읽힐 문학 안내서가 별로 없다
고 생각하거든요. 기본적으로 문학에 대해 이해시킬 수 있는, 그래서 소설

읽기에 대한 그『소설을 어떻게 읽을 것인가』이건 보내드리지 못했는데, 그걸 한 권 보냈어요, 한길사에서. 이런 것들을 모아서 제가 그만둘 때 되면, 소설론 하나 펴낼 생각이거든요. 저로서는 소설에 대한 생각의 정리이기도 하고요.

전영태 전상국 선생님도 교수되시더니 바로 이런 종류의 책을 한 권 내셨는데 보셨어요?

현길언 예, 보았습니다. 제가 그 당시에 이걸 왜 썼냐 하면, 제가 소설 공부할 당시에는 그냥 혼자 하지 않았습니까, 그런데 혼자 하다 보면, 어느 수준까지는 오르는데 그 이상 수준에 오르는 것 이게 힘 드는 거예요. 그래서 학생들 쓴 거나 소설 공부하는 사람들 소설 쓴 것을 보면 다 일정한 수준은 오르는데 그 다음 단계가 힘들어서, 그게 뭐냐 생각해 보았더니 방법에 대한 기본적인 것이 모자라기 때문이 아닌가, 라는 생각이 듭니다. 피아노 치려고 해도 레슨 받는 단계가 있는데 문학 창작만은 단계가 없잖아요. 그냥 뭐, 많이 읽고 쓰고 생각하면 된다지만, 실은 그게 아닌데.

전영태 그래서 그 책이 실제로 소설을 시작하는 사람들, 쓰고 있는 사람들, 문학 지망생한데 많은 감화를 줬다는 사실이 6쇄가 팔렸다는 사실에서 확인될 수 있지 않습니까?

현길언 (웃음) 요즘 문창과가 많이 생겨서 그렇겠죠 뭐. 시골에도 지방에도 문창과가 얼마나 많이 생겼습니까.

전영태 소설을 쓰려고 하는 문학청년들에게 선배 작가로서 해주고 싶은 말씀이 있으시다면?

현길언 소설을 쓰려면 적어도, 적절한 비유가 될지 모르겠지만, 사법 시험 공부하는 것처럼 일정 기간에 전력투구해서 공부를 해야 된다. 지금 문학 공부하는 애들이 그럭저럭하다가 신춘문예 기간이 되면 한두 편씩 써서 응모하고, 떨어지면 한 반 년 잊어버리다, 그런 식으로 해선 안 된다는 거죠. 이게 하나의 공부니까, 공부라는 것은 계획을 세우고, 체계 있게 방법을 생각하면서 집중적으로 해야 결과가 나타나는 거죠.

전영태 신춘문예에 응모하신 적은 있으세요?

현길언 추천 받기 전에 70년대 초에 한두 번 있을 겁니다, 아마.

전영태 그땐 낙선하시고?

현길언 (웃음) 그렇죠. 그때 작품을 보면 지금 말씀드린 기본적인 것이 돼 있지 않으니까 떨어진 것은 당연하지요.

전영태 신춘문예에 당선되겠다는 야망은 어떤 면에서는 문학적 허영심으로 볼 수 있겠죠?

현길언 그렇죠. 그런 허영심을 걷어내고 자신의 문학세계를 어떻게 설계할 것인가, 얼마나 탄탄하게 다질 것인가를 생각해야 합니다.

전영태 집안 일로 제주도에 급히 가서야 되는데, 이렇게 만나주셔서 감사합니다. 한 가지 못 여쭤본 것 중에 이런 점이 있습니다. 선생님 소설은 너무 엄숙해서 연문학적인 관능적인 측면이 결여된 점에 대해서는 동감하시지요?

현길언 그렇죠. 그래서 요즘 사람들 읽지도 않고, 그런데 그것은 소설이라는 게 어차피 자기 진실을 쓰고, 30대는 30대가 확인한 세계의 진실을 쓰고, 이런 것들을 모아서 우리 문학을 더욱 풍부하게 만들 수 있지 않겠는가 생각합니다. 그런데 젊은 학생들을 지도하면서 그들의 작품 세계를 읽어보면 어린 처녀 여학생이, 성 체험도 없을 거라 분명히 판단되는 그러한 어린 학생이 어디서 뭘 봤는지, 들었는지 모르겠지만 실제로 이루어질 수 없을 것 같은 성행위의 글을 나름대로는 적나라하게 묘사한 이런 것도 읽으면서 좀 당혹한 적도 있습니다. 성체험이나 성에 관한 것을 작품화할 때 제일 전제될 것이 뭐냐 하면, 성에 대한 기본적인 인식을 바탕으로 해서 성행위를 그리고 성을 생각해야 되는데, 지금 젊은 사람들은 세계를 인식하는 인식의 틀 없이 현상만 가지고 보는 것이 아닌가, 그런 게 제 불만입니다. 학생들의 작품을 자주 읽는데, 읽어보면 거의 비슷비슷한 작품이 나와요. 신춘문예 심사도 가끔 하는데, 읽어보면 그게 그거라서 헷갈려요, 헷갈려. 그 작품이 그 작품이라. 서사성이 취약한 것이 아마 요즘 소설의 문제가 아닌가 생각합니다. 세상을 바라보는 눈은 상당히 섬세하고 정직한데, 그것과 서사성이 서로 만난다면 정말 좋은 작품들이 써지지 않을까 생각합니다.

전영태 소설을 20년 가까이 써오시면서, 문제 작가, 화제작가 반열에서 벗어난 적이 없으신데, 앞으로도 더 건강하시고, 건필하시길 바라고, 이후의 모든 계획이 차질 없이 진행되시길 바랍니다.

현길언 고맙습니다. 아무리 재능이 있어도 쓰고 싶지 않으면 못 쓰니까, 저는 쓰고 싶은 때 많이 쓰자는 생각입니다. 쓰고 싶은 때 많이 쓰자.(선생은 '쓰자'의 '쓰'를 힘주어 발음했다.)

1971
「역사의식의 지평－최인훈론」, ≪대학신문≫, 서울대학 신문 현상문에 입선작.

1973
「비극적 체험과 비극적 형상화－현진건론」, ≪중앙일보≫, 신춘문에 당선작.

1978
「대중소설론의 문제점」, 평론 추천 완료작, ≪현대문학≫, 5월호.
「『혈의 누』, 『모란봉』의 변화양상 고찰, ≪선청어문≫, 9집.

1979
「최명익론: 자의식의 갈등과 그 해결의 양상」, ≪선청어문≫, 10집.

1980
「올바른 삶에 대한 성찰」, ≪현대문학≫, 1월호.
「새해 소설의 다양한 표정」, ≪현대문학≫, 2월호.
「환상과 풍자」, ≪현대문학≫, 3월호.
「복합성과 단순성」, ≪현대문학≫, 10월호.
「전후세대가 말하는 통일 전망」, 채광석, 신혜수, 박종기, 강기종 좌담, ≪월간중앙≫, 6
　월호.
「일상 이야기의 감동」, ≪국제신문≫, 8. 29.
「이 달의 신작소설」, ≪국제신문≫, 10. 1.
「이 달의 소설」, ≪국제신문≫, 10. 30.
「대중문학논고」, 서울대대학원 학위논문.

1981
「한국문학의 현실과 위상」, ≪충북대학보≫, 9. 21.
「브 · 나로드 운동의 문학사회적 의미」, ≪국어교육≫, 38호.
「한국근대문학사 연구방법론시고」, ≪선청어문≫, 12호집.

「김유정, ‘산골’」,『한국현대소설작품론』, 문장.
「생활에 밀착된 언어들」,『현대한국단편문학전집』52, 작품해설, 금성출판사.
『한국 단편소설을 어떻게 읽을 것인가』, 한샘출판사.

1982
「한국문학의 과제」, ≪충북대학보≫, 4. 20.
「이야기의 대상성과 기교」, ≪현대문학≫, 10월호.
「새로운 것과 낡은 것」, ≪현대문학≫, 11월호.
「작가적 성실성과 문학의 기교」, ≪현대문학≫, 12월호.

1983
「나의 문학, 나의 소설 작법」, 대담 홍성원, ≪현대문학≫, 3월호.
「나의 문학, 나의 소설 작법」, 대담 최인훈, ≪현대문학≫, 5월호.
「한국적 소설이란 무엇인가?」, ≪소설문학≫, 10월호.
「나의 문학, 나의 소설 작법」, 대담 하근찬, ≪현대문학≫, 11월호.
「한국 근대소설의 대중성에 대한 고찰」, ≪한국학보≫, 9호.

1984년
「베스트셀러를 어떻게 볼 것인가」, ≪충북대학보≫, 5. 14.
「나의 문학, 나의 소설 작법」, 대담 이청준, ≪현대문학≫, 1월호.
「담담한, 혹은 정결한 결벽성－하근찬론」, ≪소설문학≫, 2월호.
「정소성「천년을 내리는 눈」」, ≪소설문학≫, 3월호.
「시대적 고뇌의 두 모습」, ≪서울대학신문≫, 1984. 4. 2.
「신화와 이론으로서의 대중문화」, ≪충북대학보≫, 8. 29.
「김성한 문학과 몰의식의 세계」,『한국현대소설사연구』, 민음사.
「좌절과 희망의 노래」, 손영목,『풍화』, 소설문학사.
「환상과 현실의 멜로드라마」, 최인호,『도시의 사냥꾼』, 범한출판사.
「좌절하지 않는 불패자不敗者의 의지」,『현대한국단편문학전집』65, 작품해설, 금성
　출판사.

1985년
「지식인과 비평의식」, ≪문예중앙≫, 봄호.
「말과 글의 진실」, ≪현대문학≫, 1월호.
「생활과 진실」, ≪현대문학≫, 2월호.

「85 신춘문예 소설을 읽고」, ≪중앙일보≫, 2. 4.
「민중문학론에 대한 몇 가지 의문」, ≪한국문학≫, 2월호.
「분명한 것과 불분명한 것」, ≪현대문학≫, 3월호.
「비평의 문제점」, 박동규, 김원일 좌담, ≪현대문학≫, 5월호.
「6.25와 한국소설의 재발견」, ≪한국문학≫, 6월호.
「신인 작가의 문제점」, 김윤식, 조남현 좌담, ≪현대문학≫, 7월호.
「광복 40주년 특집들」, ≪광장≫, 9월호.
「식민지 잔재의 청산」, ≪광장≫, 10월호.
「이청준 창작집과 황순원의 단편소설」, ≪광장≫, 11월호.
「이 달의 소설, 정종명, 『인간의 숲』」, ≪중앙일보≫, 11. 29.
「산업사회와 침묵의 문학」, ≪광장≫, 12월호.
「80년대의 문학」, 염무웅, 김사인, 이재현 좌담, ≪창비≫, 57호.
「4차원적 세계의 실상과 허상―장용학『원형의 전설』」, 『한국소설의 문제작』, 일념.
「진보주의적 정열과 계몽주의적 이성―심훈론」, 김동성·우한용 편, 『한국근대작가
    연구』, 삼지원.

1986년
「이달의 소설―김주영『천둥소리』」, ≪중앙일보≫, 7. 26.
「이달의 소설―이상문「바늘 도막 하나」」, ≪중앙일보≫, 8. 27.
「민족적 삶의 생동감 입체화 시도」, ≪동대신문≫, 11. 4.
「신문소설의 통속성」, ≪성심대학보≫, 11. 14.
「민족의 상황과 문학의 사회사적 의미」, ≪문예중앙≫, 가을호.
「86년 문학계의 전망」, ≪광장≫, 1월호.
「지금, 이 땅에서의 문학」, ≪한국문학≫, 1월호.
「해한의 탑에 이르는 길―조정래『불놀이』」, ≪광장≫, 4월호.
「6.25와 분단시대의 소설」, ≪한국문학≫, 6월호.
「86년도 상반기 문학을 말하다」, 이남호, 이동하 좌담, ≪현대문학≫, 7월호.
「풍속시의 가능성과 한계」, ≪소설문학≫, 7월호.
「서정의 여러 가지 형태」, ≪소설문학≫, 8월호.
「'바다'의 변주곡들」, ≪소설문학≫, 9월호.
「우리 문학의 사회적 조건 I」, ≪한국문학≫, 9월호.
「존재와 지각 그리고 현실―김준성 작품론」, ≪현대문학≫, 9월호.
「이념적 갈등의 뿌리를 찾아서」, ≪한국문학≫, 10월호.
「깨끗하고 정직한 삶을 위하여―정대구의 시세계」, 『우리들의 베개』, 문학세계사.

「쏠리지 않는 균형 감각」, ≪소설문학≫, 10월호.
「연작소설은 '문제작'인가」, ≪문학사상≫, 12월호.
「사회적 현실과 비판의 시각」, ≪외국문학≫, 11호.
「신문학 초창기의 영웅숭배사상 고찰」, ≪개신어문≫, 충북대.
「하근찬·강용준의 작품세계」, ≪정통한국문학대계 13≫, 어문각.
「월남 전쟁 인식의 심화와 확대」, 이상문, 『황색인』, 한국문학사.
「민족적 현실과 시대의 증언」, 김중태, 『겨울나비』, 동문선.

1987년
「87년 문학에 기대한다―보다 새로운 시각을」, ≪문예중앙≫, 봄호.
「새로운 개성의 창출을 위하여」, ≪소설과 비평≫, 창간호.
「주제사적 방법의 넓이와 깊이―이재선, 『우리문학은 어디서 왔는가』」, ≪문학과 비
    평≫, 봄호.
「비평문학의 제자리 잡기」, 김인환 대담, ≪문예중앙≫, 겨울호.
「"사는 일의 바름"을 위하여」, ≪현대문학≫, 1월호.
「우리문학의 사회적 조건 II」, ≪한국문학≫, 1월호.
「새해 소설의 다양한 표정」, ≪현대문학≫, 2월호
「일탈의 심리학」, ≪현대문학≫, 3월호.
「문학 속의 에로티시즘」, ≪문학사상≫, 7월호.
「절제·인내·경건의 시세계」, 박이도 시집 서평, ≪현대문학≫, 7월호.
「속박에서 영광으로 이르는 길―이원규, 『훈장과 굴레』」, ≪현대문학≫, 8월호.
「우리 모두 꼴찌에게 갈채를」, 박완서 대담, ≪우리시대≫, 8월호.
「심원한 가능성의 탐구 형식, 김초혜, 『섬』」, ≪한국문학≫, 9월호.
「역사적 현실과 환상을 넘어서―복거일, 『비명을 찾아서』」, ≪현대문학≫, 10월호.
「시대의 폭력과 소설」, ≪문학사상≫, 11월호.
「87년의 문단을 총점검한다」, 김윤식, 임헌영 좌담, ≪문학사상≫, 12월호.
「문학 민주화의 기초개념 I」, ≪한국문학≫, 12월호.
「가능성 탐구의식과 넉넉한 포용력」, 구인환, 『촛불 결혼식』, 한샘출판사, 1987.
「일상적 논리의 거부」, 『한국단편문학』 14, 작품해설, 금성출판사.
「우리 시대 서정의 네 모습―김달진, 이성선, 조정권, 이동호」, 『샘물 속에 바다가』, 문
    학사상사.
「자유로운 상상력, 튼튼한 삶」, 조순, 『눈물 씻은 눈으로』, 혜진서관.
「현실을 투시하는 두 겹의 시각」, 김원일, 『허공의 돌멩이』, 삼중당.
「해방에서 피난으로 이르는 길―염상섭론」, 권영민 편, 『염상섭 문학 연구』, 민음사.

1988년

「민족문학론의 현단계와 전망」, ≪예술과 비평≫, 가을호.

「'액세서리'나 '훈장'으로서의 책 읽기」, ≪우리시대≫, 1월호.

「문학 민주화의 기초 개념 II」, ≪한국문학≫, 2월호.

「문학적 진실의 심화와 확대」, ≪한국문학≫, 2월호.

「우리 시대의 어두운 풍경」, ≪동서문학≫, 2월호.

「젊은 영혼의 메아리」, ≪우리시대≫, 3월호.

「체험에 대한 각별한 인식－이동하, 『밝고 따뜻한 날』」, ≪현대문학≫, 3월호.

「근대 소설사 기술의 정초」, ≪문학과 비평≫, 5월호.

「드러냄과 감춤－김유택의 문학세계」, ≪문학사상≫, 5월호.

「젊은 영혼의 메아리」, ≪우리시대≫, 5월호.

「분단의식의 극복을 위하여」, ≪한국문학≫, 6월호.

「분단 문제를 보는 시각」, ≪동서문학≫, 6월호.

「백마 타고 오는 초인을 없다」, ≪우리시대≫, 7월호.

「궁극적 물음에 대한 답변－이동하, 『우리문학의 논리』」, ≪현대문학≫, 8월호.

「이야기 불감증에 걸린 작가들」, ≪동서문학≫, 9월호.

「다기성과 다향성의 이상 문학상」, ≪문학사상≫, 10월호.

「우리 시대의 몇 가지 표정」, ≪현대문학≫, 10월호.

「자의식 극복의 양상」, ≪현대문학≫, 11월호.

「사회적 비리와 소설적 대응」, ≪현대문학≫, 12월호.

1989년

「사회적 대응력과 다양성」, 김윤식, 이동하 좌담, 『문학사상』, 1월호.

「여가시대와 시의 역할」, ≪현대시세계≫, 여름호.

「이 작가를 주목한다－채희문」, ≪동서문학≫, 2월호.

「오늘의 쟁점」, 김선학, 이윤택 좌담, ≪현대문학≫, 3월호.

「문제 작가 화제작」, ≪세계일보≫, 4. 23.

「자유연애사상에 따른 문제점」, ≪문학사상≫, 9월호.

「80년대의 문학 총정리」, 이동하, 이재현, 구모룡 좌담, ≪한국문학≫, 11월호.

「삶의 여러 모습과 그 다양성 울림」, 우한용, 『불바람』, 청한.

「진실과 감동의 자연스러운 박동」, 이동하, 『삼학도』, 동아.

1990년

「한국문학과 낭만주의」, 김열규, 김선학 좌담, ≪현대문학≫, 10월호

「진보에 대한 신념과 상상력의 궤적」, 이원규, ≪황해≫, ≪문학과 의식≫, 가을호.

「우리들의 최 선생」, ≪중대신문≫, 10. 18.

「소설의 현실주의 그리고 대항문화」, ≪문학사상≫, 12월호.

「이 시대의 문제를 제시하는 작가적 경험」, 정건영, 『멍에와 구두뒤축』, 고려원.

「평범으로부터의 해방을 위해서」, 홍상화, 『사람』, 한국문학사.

1991년

「포스트모더니즘 문제 많다」, ≪월간조선≫, 1월호.

「소설에 전념하시기를 바라며, 경마장 가는 길」, ≪한국일보≫, 1. 26.

「문단에 몰아친 "이문열" 파문」, ≪월간조선≫, 2월호.

「쓸데없는 논쟁을 부추기지 말라」, ≪월간조선≫, 3월호.

「문학전문지의 감소」, ≪월간조선≫, 4월호.

「이 시대 살아가기의 어려움」, 박양호, 『슬픈 새들의 사회』, 동아.

「자유의 질서를 구현하기 위하여—이청준론」, 권영민 엮음, 『한국 현대 작가 연구』,
　　문학사상사.

1992년

「문학·연애·성욕—문학에서 성이란 무엇인가」, ≪동서문학≫, 봄호.

「우리 소설, 어디로 치닫고 있는가?」, ≪소설과 사상≫, 겨울호.

「소설 쓰기를 의식하는 소설들」, ≪현대문학≫, 1월호.

「감각과 현실」, ≪현대문학≫, 2월호.

「이야기의 기능성과 한계」, ≪현대문학≫, 3월호.

「민족적 대서사시의 창출을 위한 준비 작업—통일문학의 장래를 전망한다」, ≪문학사
　　상≫, 5월호.

「'위기'의 시대와 소설」, ≪문학사상≫, 7월호.

「사랑과 교육의 두 현장」, ≪문학사상≫, 8월호.

「'짧은 소설'이 펼치는 기나긴 작품세계」, ≪문학사상≫, 9월호.

「일탈의 세 양상」, ≪문학사상≫, 10월호.

「젊음의 소설과 장년의 소설」, ≪문학사상≫, 11월호.

「일상성 복귀의 세 양상」, ≪문학사상≫, 12월호.

「표절·외설·상품화 시비로 얼룩진 한해」, 김윤식, 이승훈 좌담, ≪문학사상≫, 12월호.

「역사의 격류를 헤쳐 나가기」, 이호철, 『개화와 척사』, 민족과 문학사.

1993년

「통일 문학의 새로운 전환과 방향 모색―90년대 분단문학의 유형」, ≪계간문예≫, 여름호.

「우리 소설의 탈이데올로기적 징후와 전망」, ≪소설과 사상≫, 겨울호.

「우리 소설의 세 표정」, ≪한국문학≫, 1·2 합병호.

「풍속과 소설」, ≪한국문학≫, 3·4 합병호.

「비교와 대조」, ≪한국문학≫, 5·6 합병호.

「도시화에 대한 또 하나의 시각―채정운,『문원리의 봄』」, ≪현대문학≫, 5월호.

「소설에 나타난 전쟁 속의 인간형―『태백산맥』조정래의 김범우」, ≪문학사상≫, 6월호.

「언어를 통해 '보는' 음악의 아름다움―조창환,『파랑눈썹』」, ≪시와 시학≫, 6월호.

「소설에 나타난 전쟁 속의 인간형」, ≪문학사상≫, 6월호.

「쉬운 이야기 어렵게 쓰기」, ≪한국문학≫, 7·8 합병호.

「93 상반기 문학 총평」, 김윤식, 남진우 좌담, ≪현대문학≫, 8월호.

「도덕적 가치와 소설적 가치」, ≪한국문학≫, 9·10 합병호.

「일상사의 확대와 축소」, ≪한국문학≫, 11·12 합병호.

「개인과 사회가 조화를 이루는 문학이 되어야 한다」, ≪문학사상≫, 12월호.

1994년

「대상성 표출의 어려움」, ≪현대문학≫, 4월호.

「종교와 일상」, ≪현대문학≫, 5월호.

「현실의 여러 통속적 장면」, ≪현대문학≫, 6월호.

「민족의 현실과 통일문학의 과제」, ≪문학사상≫, 9월호.

「흙에서 흙으로, 토지에서 토지로」, ≪현대문학≫, 10월호.

1995년

「충격 다스리기의 여러 방법―최현식,『먼 산』」, ≪한국문학≫, 봄호.

「소설적 인식의 전환과 다양성의 확보」, ≪문학사상≫, 3월호.

「직업과 일상성」, ≪현대문학≫, 7월호.

「깨달음과 무지의 교차와 반복」, ≪현대문학≫, 8월호.

「사랑, 소설의 영원한 주제」, ≪현대문학≫, 9월호.

1996년

「관계의 연대성과 지속성」, ≪문학사상≫, 5월호.

「현대문학 통권 500호를 말 한다」, 김용직, 김윤식, 이동하 좌담, ≪현대문학≫, 8월호.

「아리랑 노래로 읽어보는 아리랑」, 조남현 편, 『아리랑 연구』, 해냄.
『한국 근대 단편소설의 이해』, 한샘 출판사.

1997년
「신춘문예 당선 소설의 영원성을 위하여―소설 당선작 총평」, ≪문학사상≫, 2월호.
「남쪽 민족 문학론의 전개」, ≪현대문학≫, 3월호.
「삶과 소망의 이데올로기―이규정, 『먼 땅 가까운 하늘』」, ≪한국문학≫, 여름호.
「마음속에 서성거리는 노래」, 울산 MBC, ≪Family≫, 9월.
「문학과 사회의 관계를 논의하는 까닭」, 『현대사회와 문학적 상상력』, 거름.

1998년
「세상의 모든 쾌락―어리석음의 심연 속에서」, 대담 현길언, ≪문학과 의식≫, 여름호.
「잊혀진 민족 수난사의 재조명」, 안수길, 『북간도』, ≪문학사상≫, 4월호.
「미셀러니, 이동하론」, ≪작가세계≫, 5월호.
「새롭게 읽어보는 70년대 소설」, 『한국현대3대문학상 수상소설집』 3, 가람기획.
「중편소설의 시대」, 『한국현대3대문학상 수상소설집』 4, 가람기획.

1999년
「작가됨과 교육자 되기의 신산한 발걸음과 글쓰기」, 대담 현길언, ≪문학과 의식≫, 여름호.
「역사소설의 성취와 반성」, 『현대한국문학 100년』, 민음사.
「현실의 삶, 문학의 삶」, 편저, 『문학과 현실의 삶』, 국학자료원.
『현대소설의 이해』, 공저, 새문사.

2001년
「퓨전 : 고급과 대중의 엉성한 뒤섞임」, ≪문학사상≫, 4월호.
「비판적 지성과 풍자의 시」, 『송욱』, 새미.

2005년
「멜로드라마로 우리 시대 다시 읽기」, ≪문학수첩≫, 겨울호.
「'나무꾼과 선녀'에 대한 통합적 해석」, ≪선청어문≫, 33집.
「이성과 쾌락」, 『현대인을 위한 글쓰기 기술』, 동인.

2006년
『쾌락의 발견 예술의 발견』, 생각의 나무.

2007년
「문학선생 해먹기 어렵네요」, 《대산문화》, 가을호.
「고통 속에서 아름다움 찾기−송기원, 『사람의 향기』를 중심으로」, 《계간문예》, 겨
　울호.
「웃음의 여러 형태」, 『선연선과를 찾아서』, 시학.
「Let it be」, 『유시민을 말한다』, media200m.

2008년
『유혹과 몰입의 기술 : 낚시』, 생각의 나무.

2009년
「남의 글, 내 글」, 《실천문학》, 겨울호.
『이무영』, 편저, 문학과지성사.
『문학과 사회의식』, 국학자료원.
『아름다움과 고통의 재발견』, 문학수첩.

2010년
「통일 문학의 가능성 모색」, 《문학만》, 6월.
「우정・사랑・평상심」, 박호영 시집, 『그대 아직 사랑할 수 있으리』, 시학.
「강에 뚜껑 막을 자, 누구인가」, 『4대강 사업 반대 글 모음』, 작가회의.
『어제와 오늘, 이 땅의 문학』, 새미.

어제와 오늘, 이 땅의 문학

| 초판 1쇄 인쇄일 | 2010년 11월 22일 |
| 초판 1쇄 발행일 | 2010년 11월 23일 |

지은이	전영태
펴낸이	정진이
총괄	박지연
편집 · 디자인	이솔잎 채지영
마케팅	정찬용
관리	한미애 김민주
인쇄처	은혜사
펴낸곳	새미

등록일 2005 13 14 제17-423호
서울시 강동구 성내동 447-11 현영빌딩 2층
Tel 442-4623 Fax 442-4625
www.kookhak.co.kr
kookhak2001@hanmail.net

| ISBN | 978-89-5628-559-7 *93800 |
| 가격 | 55,000원 |